Griechische Götter- und Heldensagen

Griechische Götter- und Heldensagen

Nach den Quellen neu erzählt von
Reiner Tetzner und Uwe Wittmeyer

Mit Stammtafeln der Götter und Helden
sowie Anmerkungen

Reclam

RECLAMS UNIVERSAL-BIBLIOTHEK Nr. 19644
2003, 2019 Philipp Reclam jun. Verlag GmbH,
Siemensstraße 32, 71254 Ditzingen
Umschlaggestaltung: Stefan Schmid Design
Umschlagabbildung: Aias bedrängt Kassandra im Tempel der Athena (Bild auf einer Hydria, die sich heute im Archäologischen Nationalmuseum in Neapel befindet; um 480 v. Chr.)
Gestaltung: Cornelia Feyll, Friedrich Forssman
Druck und Bindung: EsserDruck Solutions GmbH,
Untere Sonnenstraße 5, 84030 Ergolding
Printed in Germany 2023
RECLAM, UNIVERSAL-BIBLIOTHEK und
RECLAMS UNIVERSAL-BIBLIOTHEK sind eingetragene Marken der Philipp Reclam jun. GmbH & Co. KG, Stuttgart
ISBN 978-3-15-019644-1

Auch als E-Book erhältlich

www.reclam.de

Inhalt

Die Geschichten werden in genealogischer Reihenfolge erzählt. Kursive Überschriften im Inhaltsverzeichnis bezeichnen Mythen, die inhaltlich, aber nicht genealogisch an diese Stelle gehören.

GÖTTERSAGEN

Die drei Göttergenerationen 17

Die Welt entsteht 17 · Der Sohn entmannt den Vater 19 · Aphrodite wird geboren 20 · Pygmalion verlangt nach einer Statue 21 · Der begehrte Adonis 22 · Die Nachkommen der Nacht 23 · Schicksalsgöttinnen 24 · Die Nachkommen des Pontos 25 · Galateia und Polyphem 26 · Die Titanen unter Kronos 27 · Zeus wird geboren 28 · Die Titanenschlacht 31 · Die Unterwelt 32

Die Olympischen Götter 34

Zeus herrscht 34 · Demeter trauert um Persephone 36 · Zeus und Hera – das göttliche Paar 39 · Hephaistos' und Athenas widernatürliche Zeugung 40 · Apollons langwierige Geburt 42 · Apollon erwählt Delphi 43 · Artemis und Kallisto 44 · Hermes wird geboren 47 · Als Säugling stiehlt Hermes Apollons Rinder 48 · Der ziegenfüßige Pan 50 · Athena erfindet die Flöte 52 · Marsyas und Apollon im Musenwettstreit 53 · Apollon liebt den Hyakinthos 54 · Daphne, die Lorbeerjungfer 54 · Asklepios' untreue Mutter 56 · Die Giganten greifen an 57 · Der Kampf mit dem Weltfeind Typhon 59

Prometheus und die Entstehung der Menschheit 63

Die vier Weltzeitalter 63 · Die große Flut 65 · Der Menschenfreund Prometheus 66 · Prometheus wird angeschmiedet 67 · Pandora bringt das Übel auf die Welt 69 · Die Abstammung der Heroengeschlechter 71

Das Geschlecht des Agenor 73

Zeus liebt Io und verwandelt sie in eine schöne Kuh 73 · Phaëthon begegnet seinem Vater Helios 75 · Phaëthon fährt den Sonnenwagen 77 · Die Kalydonische Jagd 78

Das minoische Kreta 81

Zeus verführt Europa 81 · Minos und das Monster Minotauros 83 · Ikaros fliegt sonnenwärts 84 · Byblis und Kaunos 85

Theben – die leidgeprüfte Stadt 88

Kadmos gründet Theben 88 · Aphrodite und Ares im Liebesakt gefesselt 89 · Hermaphroditos' Verweiblichung 90 · Die Hochzeit von Kadmos und Harmonia 92

Die Taten des Dionysos 93

Die Flammengeburt des Dionysos 93 · Zagreus, der erste Dionysos 93 · Dionysos bei Ino und Melikertes 95 · Dionysos bewährt sich 95 · Dionysos kehrt nach Theben zurück 97 · Dionysos und die Minyaden 98 · Seeräuber entführen Dionysos 99 · Dionysos wird im Olymp aufgenommen 101

Oidipus und Sieben gegen Theben 102

Aktaions unerlaubter Blick 102 · Das Schicksal des Oidipus 103 · Der erste Angriff auf Theben wird vorbereitet 108 · Oidipus' Ende 110 · Sieben gegen Theben 111 · Antigone 113 · Die Epigonen 115 · Wie Teiresias zum größten Seher wurde 117 · Narkissos und Echo 118

Die Nachkommen des Belos 120

Perseus 120

Die blutige Hochzeit der Danaïden 120 · Danaë und der Goldregen 121 · Perseus enthauptet Medusa 122 · Perseus rettet Andromeda 124 · Perseus gründet Mykene 126

Herakles 128

Zeus zeugt mit Alkmene Herakles 128 · Herakles' Geburt 130 · Die zwölf Taten des Herakles 132 · Herakles am Scheideweg 151 · Als Sklave bei Omphale 151 · Herakles erobert Troia 152 · Herakles und Deïaneira 154 · Herakles' Ende 156 · Die Rückkehr der Herakliden 157

Die Nachkommen des Prometheus 160

Sisyphos und andere Gottesfrevler 160

Hellen und seine Kinder 160 · Selene verliebt sich in Endymion 161 · Der goldene Widder 162 · Sisyphos überführt den Meister der Diebe 163 · Sisyphos überlistet den Tod 164 · Tod eines Wagenlenkers 166 · Bellerophon erlegt Chimaira 167 · Bellerophons Ruhm und Untergang 170 · Die Überhebung des Salmoneus 171 · Tyros unglückliche Liebe 173 · Admets Freundschaft zu Apollon 174 · Herakles rettet Alkestis 175

Iason und die Argonauten 178

Der einsandalige Aioler 178 · Vorbereitung der Argonautenfahrt 180 · Bei den stinkenden Lemnierinnen 181 · Die Abenteuer in der Propontis 182 · Die bedrohlichen Symplegaden 190 · Die Argonauten in Kolchis 191 · Bias und Melampus 202 · Proitos' Töchter widersetzen sich Dionysos 205

Die Nachkommen des Atlas 207

Die frühe Geschichte Troias 207

Iasion zeugt mit Demeter den Reichtum 207 · Die Vorgeschichte Troias 208 · Ganymed wird Mundschenk des Zeus 210 · Aphrodite vereint sich mit Anchises 211 · Die Gründung Troias 213 · Das Troia des Priamos 215

Geschichten aus Kleinasien 216

Kybele und Attis 216 · Der eselsohrige Midas 218 · Philemon und Baukis 221 · Die Spinnerin Arachne 223 · Pyramos und Thisbe 225

Die Geschichte Spartas 227

Lakonien 227 · Die Feindschaft der Zwillingspaare 228

Geschichten aus Böotien 235

Der große Jäger Orion 235 · Eos und Artemis verlieben sich in Orion 236 · Die verschollenen Kinder Antiopes 237 · Amphion und Zethos erbauen Thebens Mauern 239 · Niobes Hochmut 240 · Das Ende von Amphion und Zethos 242 · Glaukos und Skylla 243

Die Nachkommen des Asopos 245

Pelops und Tantalos 245

Die Töchter des Asopos 245 · Die Qualen des Tantalos 246 · Pelops' mörderisches Wagenrennen 248 · Pelops erobert seine Insel 250

Die frühe Geschichte Athens 252

Der Schlangenmensch Kekrops gründet Athen 252 · Athena gewinnt ihre Stadt 252 · Hephaistos versucht Athena zu vergewaltigen 254 · Kekrops' Töchter behüten Erichthonios 255 · Athens verworrene Königsfolge 257 · Tereus verspeist seinen Sohn 257 · Eos raubt Kephalos 260 · Kephalos tötet seine Geliebte 261 · Kephalos hilft Amphitryon 263 · Der fromme Sünder Eumolpos 265 · Athenerinnen opfern sich fürs Vaterland 267 · Der verschollene Sohn Ion 268 · Athen versinkt in Intrigen, Kämpfen und Unruhen 272 · Aigeus' gefährdete Herrschaft 274

Die Taten des Theseus 276

Theseus' Kindheit 276 · Der Keulenmann Periphetes 277 · Der Fichtenmann Sinis 277 · Die Krommyonische Bache 278 · Der Klippenmann Skiron 279 · Der Ringer Kerkyon 280 · Das Bett des Prokrustes 281 · Der vergiftete Willkommenstrunk 282 · Theseus festigt Athens Herrschaft 284 · Unter schwarzen Segeln nach Kreta 286 · Im Labyrinth des Minotauros 288 · Ariadne auf Naxos 289 · Theseus schafft Recht und Ordnung 290 · Der Amazonenkrieg 291 · Hippolytos wird verflucht 293 · Ixion begehrt Hera 296 · Die Kentaurenschlacht 297 · Theseus in der Unterwelt 298 · Theseus' Ende 300

Die mykenische Blütezeit 302

Atreus wird Mykenes König 302 · Atreus' Versöhnungsfest 304 · Die Rache des Thyestes 305 · Der Ruhm der Atriden 309

Das Volk der Myrmidonen 310

Der mustergültige Herrscher Aiakos 310 · Telamon in Salamis 313 · Die Taten des Peleus 314

Das Vorspiel zum Troianischen Krieg 316

Die bedrohliche Braut Thetis 316 · Der goldene Apfel 318 · Das Parisurteil 319 · Troia nimmt sein Unheil an 321 · Der Raub der schönen Helena 323

HELDENSAGEN

Der Troianische Krieg 327

Die griechische Streitmacht wird aufgeboten 327

Odysseus stellt sich wahnsinnig 328 · Achilleus in Frauenkleidern 329 · Iphigenie in Aulis 331 · Neun lange Jahre Krieg 333

Der Groll des Achilleus – Die Ilias 336

Achilleus verweigert den Kampf 336 · Zeus täuscht Agamemnon 338 · Paris und Menelaos im Zweikampf 340 · Eidbruch und Aufmarsch der Heere 343 · Diomedes verwundet Ares und Aphrodite 345 · Hektor tröstet seine Frau 349 · Aias und Hektor im Zweikampf 351 · Die Troer vertreiben die Achäer 354 · Agamemnon bietet Achilleus Buße 356 · Achäer und Troer senden Späher 359 · Agamemnon und Odysseus werden verwundet 360 · Die Troer stürmen gegen das Lager der Achäer 363 · Kampf um die Schiffe 365 · Hera

…scht Zeus 366 · Die Achäer werden hart bedrängt 368 · Patroklos wird getötet 370 · Die Griechen retten Patroklos' Leiche 373 · Hephaistos schmiedet neue Waffen 374 · Achilleus versöhnt sich mit Agamemnon 376 · Die Götter greifen ein 378 · Achilleus kämpft gegen den Flussgott 380 · Achilleus tötet Hektor 384 · Die Leichenfeier für Patroklos 387 · Priamos löst Hektors Leiche aus 389

Das zehnte Kriegsjahr – Troia wird fallen 392

Achilleus tötet Penthesilea 392 · Der Tod des Achilleus 394 · Der große Aias bringt sich um 395 · Paris' Tod 397 · Die Orakel für Troias Fall 398 · Das Troianische Pferd 399 · Troia wird zerstört 402

Die Helden kehren heim 406

Die Achäer büßen ihre Schuld 406

Das Schicksal Agamemnons und seiner Familie 409

Klytaimnestra erschlägt ihren Gatten 409 · Orests Muttermord 411 · Die Eumeniden 414 · Iphigenie bei den Taurern 417

Die Irrfahrten des Odysseus 421

Die Götter erbarmen sich 421 · Volksversammlung und Abfahrt 425 · Beim greisen Nestor 427 · Bei Helena und Menelaos 429 · Die Freier planen, Telemachos zu töten 432 · Odysseus verlässt Kalypso 433 · Odysseus und die schöne Nausikaa 436 · Odysseus bei den Phäaken 438 · Im Land der Kikonen und Lotophagen 443 · Der Kyklop Polyphem wird geblendet 444 · Von den Winden des Aiolos zu den Laistrigonen 449 · Kirke verwandelt Odysseus' Gefährten in Schweine 451 · Besuch in der Unterwelt 455 · Odysseus widersteht den Sirenen, Skylla und Charybdis 460 · Die Rinder des Helios 462 · Odysseus landet in Ithaka 465 · Odysseus beim Schweinehirten 468 · Odysseus als Bettler bei den Freiern 470 · Odysseus begegnet seiner Frau 473 · Odysseus siegt im Bogenkampf 474 · Die Freier werden getötet 478 · Penelope erkennt Odysseus 480 · Die Versöhnung 482

ANHANG

Nachwort 487
Lateinische Entsprechungen wichtiger griechischer Götter 502
Stammtafeln 503
Anmerkungen 522
Literaturverzeichnis 549

GRIECHISCHE GÖTTER- UND HELDENSAGEN

Von Schöpfungen und Verfehlungen der Götter wie Zeus und Aphrodite, von Abenteuern und Verbrechen einmaliger Helden wie Herakles, Theseus und Achilleus und von Ungeheuern wie Minotauros und Medusa wird hier erzählt. Auch davon, wie die Olympischen Götter die Giganten und andere Feinde der Weltordnung besiegten, wie Prometheus den Menschen beistand, Sisyphos den Tod überlistete. Und davon, wie Paris die schöne Helena raubte und wie Liebe und Machtgier die Welt in den großen Troianischen Krieg stürzten, in den selbst die Götter hineingerissen und schuldig wurden, aber dennoch der Welt Ausgleich und Stabilität zu bewahren versuchten. Dieser Antrieb ist auch für das Verständnis unserer Gegenwart bemerkenswert.

GÖTTERSAGEN

Die drei Göttergenerationen

Die Welt entsteht

Am Anfang entstand das Chaos. Die einen nannten es Urgrund, den gähnenden Schlund; vergleichbar dem *Ginnungagap* im Germanischen, bei anderen hieß es »Ungeschieden, Vermischtes«. Aus dem Gemengten ordnete sich später der Kosmos.[1]

Aus dem Chaos wuchs alles: zuerst die breitbrüstige Gaia, die Erde als Urmutter aller Generationen und nie wankender Wohnsitz der Unsterblichen, nebst Eros, dem schönsten unter den Göttern und Urgottheit der geschlechtlichen Liebe. Er verwirrt alle Geschöpfe und treibt zu unablässiger Zeugung.[2] Alles Handeln entspringt dieser Quelle. Und führten die Griechen Krieg, kämpften sie angeblich nicht um Macht und Reichtum, sondern um die schönste der Frauen. Die Römer setzten Eros mit *Amor* gleich; beide gaben erotischen und amourösen Erlebnissen später sogar den Namen.

Weiter entstand aus dem Chaos die finstere Unterwelt, Erebos, als Ort der Toten längst nicht so tief in der Erde wie Tartaros, zu dem ein Amboss, der neun Tage vom Himmel bis zur Erde fällt, noch einmal so lange bis dort hinab braucht. Als das Unterirdische geschaffen war, entschwebte dem Chaos die dunkle Nacht, Nyx, die den Äther als das Überirdische aushauchte.

Nachdem diese beiden Hauptorte entstanden waren, erzeugte Gaia den riesigen Uranos, den sternenreichen Himmel, und begehrte ihn. Auch um seine Aufmerksamkeit zu erringen, türmte Gaia mächtige Berge mit wilden Schluchten auf, ihrem Leib entsprudelten die rastlos wogenden und in der Brandung tosenden Meere, auch Pontos, die offene See, die Erde mit bläulichem Schimmer umstrahlend.

Somit war die ganze unbelebte Natur, wie wir sie kennen, bar jeder Liebe geschaffen. Doch die Schönheit der Erde entstand bereits aus Liebesverlangen, und Eros reizte auch Uranos, die weitwegige Erde ganz zu umhüllen.[3]

Die Erdgöttin Gaia und der Himmelsgott Uranos wurden nach Hesiod das Ur-Paar aller Götter. So sahen die Menschen vieler Länder ihre Welt. Bei den Römern hieß Gaia *Terra* oder *Tellus*. Auch bei den alten Indern, den Chinesen, Japanern, Germanen, sogar den Mayas Yucatans standen eine Erdgöttin und ein Himmelsgott am Anfang der Zeiten. Bei den alten Ägyptern ist die Erdgottheit *Geb* männlich und der Himmelsgott *Nut* weiblich.

Homer nennt als anderes Urpaar aller Götter Okeanos und Tethys.[4] Ein weiterer Schöpfungsbericht erzählt von einem Weltei am Anfang, gelegt von der Urnacht Nyx.

Nacht für Nacht umarmte Uranos seine Gattin. Und so gebar Gaia sechs göttliche Söhne und sechs Töchter, die Titanen, von denen verbanden sich zu Geschwisterehen die goldbekränzte Phoibe und Koios, die liebliche Tethys und der tiefaufgewirbelte Okeanos, sowie Theia und der glänzende Hyperion. Zuletzt gebar Gaia den hinterlistigen Kronos. Dieses schrecklichste aller Kinder hasste den gewaltigen Vater, eiferte aber anfangs seinen älteren Geschwistern nach, freite seine Schwester, die Erdgöttin Rhea, und zeugte mit ihr die Olympischen Götter.

Uranos' unermessliche Zeugungskraft erwies sich bald als bedrohlich. Maßlose Kinder, Brontes, Steropes und Arges, entstampften ihrem Bund. Weil ihnen nur ein einziges kreisrundes Auge auf der Stirn stierte, wurden sie Kyklopen genannt. Zwar waren sie stark wie die Götter, aber gewalttätig und arglistig.

Darin verwandt waren ihnen ihre drei anderen Brüder: Kottos, Briareos und Gyes, die hochmütigen Hekatoncheiren. Hundert Arme wirbelten an ihren wuchtigen Leibern, und jedem waren fünfzig Köpfe über den klobigen Schultern gewachsen.

Der Vater hasste diese riesenhaften Unholde von Anbeginn. Welch widerwärtiger Anblick auf dem Antlitz von Gaia, seiner Geliebten! Welche Missgeburten verunstalteten die lieblichen Täler, die azurnen Ufer des Pontos! Würden gar diese Ungeheuer bald stärker sein als er? Versuchte sich eines von ihnen der Mutter zu entwinden, stieß Uranos es voller Ekel zurück in Gaias Schoß, der davon immer unheilvoller aufquoll.

Der Sohn entmannt den Vater[5]

Der Schmerz der bedrängten Mutter Erde wuchs von Tag zu Tag. Ihr schien es unmöglich, auch nur ein einziges neues Kind zu fassen. Und was wäre, bescherte ihr der unerbittliche Gatte noch blutigere Geburten? Derart verbittert ersann sie eine böse List, bildete eilends aus hellem Stahl eine scharfzahnige Sichel und zeigte sie ermunternd ihren Söhnen:

»Euer frevelnder Vater brachte als erster das Unrecht auf die Welt, wollt ihr mir gehorchen, so rächt seine Schandtat!«

Alle Söhne flohen schaudernd. Nur der hinterlistige Kronos erwiderte der besorgten Mutter:

»Ich verspreche die Rache, denn ich verachte einen Vater, der seine eigenen Kinder einkerkert.«

Gaia weihte den Jüngsten in ihren Plan ein, wies ihm sein Versteck zu und gab ihm die verderbliche Waffe.

Als Uranos, die Nacht herbeiführend, liebeslüstern stöhnte und Gaia umschlang, packte[6] Kronos mit der linken Hand das Geschlecht des Vaters, zückte mit der rechten die riesige Sichel und mähte dessen Männlichkeit ab.[7]

Kronos schleuderte das Gemächt im hohen Bogen samt der Sichel bei Kap Drepanon, dem Kap der Sichel, ins Meer. All das verflossene Blut nahm Gaia in ihrem fruchtbaren Leib auf und zeugte im Lauf der Jahre wilde Erinyen, weibliche Rachegeister, die erbarmungslos Recht erzwingen. Die Römer kannten sie unter dem Namen *Furien*. Auch die melischen Nymphen entstanden aus diesen Blutstropfen, wie die im Glanz ihrer Waffen strahlenden Giganten. Statt auf Beinen zu gehen, krochen die auf Schlangenschwänzen. Doch davon wird später zu berichten sein.

Aphrodite wird geboren

Das Glied des kastrierten Vaters trieb wie ein Stamm durch die wogende See; weißlicher Schaum umquoll das unsterbliche Fleisch, bis eine herrliche Jungfrau aus ihm emporwuchs.[8] Zunächst näherte die Göttin sich dem heiligen Kythera, wandte sich dann zum ringsumflossenen Kypros und stieg dort ans Land.

Nach ihrer Herkunft nannte man sie Aphrodite, die »Schaumgeborene«. Unter ihren schlanken Füßen sprosste üppig Gras zu einem blumenübersäten Teppich. Eros und der schöne Himeros, das Liebesbegehren, folgen der berauschend Schönen. Sie versteht verführerisch zu plaudern und zu lächeln; gern zur Täuschung und zum Liebesgenuss aufgelegt, umgarnt sie alles, was da kreucht und fleucht.[9] Später sollte sie den Troianischen Krieg mit verursachen.

Als Göttin der weiblichen Schönheit und der Liebe ist sie mit der sumerischen/akkadischen *Inanna/Ištar* verwandt, die aber noch über eine kriegerische Seite verfügte, die Aphrodite und ihre römische Schwester *Venus* verloren haben. In Griechenland wurde sie besonders in Zypern verehrt, vor allem in ihrem berühmtesten Heiligtum, dem späteren Paphos, wo sie erstmalig Land betrat.

Pygmalion verlangt nach einer Statue

Wie Aphrodite unstillbar Liebe zu wecken vermochte, erfuhr später Pygmalion, Herrscher über Zypern, ein inbrünstiger Verehrer der Göttin sowie begnadeter Künstler. Er schnitzte aus Elfenbein eine so schöne Gestalt, wie sie ein geborenes Weib nicht zu erlangen vermag. Pygmalion glühte für sein eigenes Werk, berührte es oftmals mit der Hand, unschlüssig, ob es Fleisch oder Elfenbein sei, küsste, umarmte und beschenkte es. Nachts bettete er seine Lagergenossin auf purpurne Linnen, stützte ihren Nacken mit flaumigen Kissen, bedeckte sie mit kostbaren Stoffen, als ob sie Härte oder Kälte fühle.

Als wieder Aphrodites Fest gefeiert wurde, opferte Pygmalion, trat zum Altar und bat:

»Oh, mächtige Göttin, die du alles vermagst, schenke mir zur Gattin« – die elfenbeinerne Jungfrau wagte er nicht zu sagen – »eine, der elfenbeinernen ähnlich.«

Aphrodite verstand und sandte günstige Zeichen. Pygmalion eilte zurück und presste seine Lippen auf die der Statue, die sich zu erwärmen schienen. Sacht betastete er ihre Brüste, die an Starre verloren und seinen Fingern nachgaben. Während Pygmalion zweifelte, sich freute, sich zu täuschen fürchtete, prüfte er wieder und wieder das Pochen in ihren Adern, ihre zarte Haut, den Hauch ihrer Lippen.

Die Ehe zwischen Pygmalion und Galateia (II)[10], wie die erweckte Statue später genannt wurde, war gesegnet. Galateia gebar nach neun Monaten Paphos, die der später von ihrem Sohn Kinyras gegründeten Stadt ihren Namen gab.

Der begehrte Adonis

Aphrodite vermochte grausam zu sein. Kinyras, König auf Zypern, besaß mit Myrrha eine so liebliche Tochter, dass seine Gattin sich verstieg, Myrrha hübscher noch als Aphrodite zu nennen. Die Göttin pflanzte im Zorn Myrrha unersättliches Verlangen nach ihrem Vater ein. Als gewöhnliches Mädchen verkleidet, täuschte Myrrha ihren Vater und lag ihm zwölf Nächte bei. Erst dann erkannte Kinyras sie. Myrrha floh vor seinem gezückten Schwert, bis sich die Götter erbarmten und sie in den Myrrhenbaum verwandelten.

Aber Myrrha hatte bereits einen Sohn von ihrem Vater empfangen, und nach abgelaufener Frist platzte der Myrrhenstamm auf und gab Adonis frei. Als Aphrodite die Schönheit des Knaben gewahrte, verbarg sie ihn in einer Truhe, die sie Persephone übergab. Doch auch die Göttin der Unterwelt verliebte sich in Adonis und weigerte sich, ihn wieder herauszugeben. Ein Richterspruch entschied den Streit der Göttinnen derart: Adonis müsse ein Drittel des Jahres im Hades bei Persephone zubringen, ein weiteres Drittel Aphrodite zu Diensten sein und dürfe nur das letzte Drittel für sich leben.

Auch wenn Adonis sein freies Drittel mit Aphrodite verbrachte, freuten sich die beiden Liebenden nur kurze Zeit aneinander. Obwohl ihn Aphrodite inständig bat, nur ungefährliche Tiere zu jagen, hetzte Adonis einen Keiler und wurde von dessen Hauern zerfleischt. Die untröstliche Göttin ließ aus seinem Blut die rote Anemone sprießen, und alljährlich wird sein Hinscheiden betrauert. Auch in der orientalischen Tradition hat die große Liebesgöttin einen jüngeren Geliebten, der als Symbol der Fruchtbarkeit stirbt und wieder aufersteht.[11]

Die Nachkommen der Nacht

Doch kommen wir zur Welt der Urgötter zurück. Nyx, die Göttin der finsteren Nacht, von den Römern *Nox* genannt, wurde nicht von Liebe berührt; und ungeliebte Kinder krochen aus ihrem unheilschwangeren Leib: das Alter, der Tod Thanatos und sein Zwillingsbruder Hypnos, der Schlaf, und mit ihm die wirren Geschlechter der Träume, außerdem Betrug, Täuschung, Lügen, Verderben, Hunger, Mord, Schlachten und anderes Unheil.

Auch die schrecklichen Keren, Todesgeister, gehören dazu: Frauen mit Vogelkrallen und langen Zähnen, mit denen sie die Unglücklichen zerfleischen, dann dem Leichnam das Blut aussaugen und dem Hades überantworten. Erwähnt sei noch Eris, die Göttin der Zwietracht und des Streites.

Später wird sie ungeladen auf Peleus' Hochzeit erscheinen und durch den Streit dreier Göttinnen den Troianischen Krieg veranlassen.

Ein einziges Mal gab sich die Nacht einem Manne hin. Mit dem finsteren Erebos zeugte Nyx die hellstrahlende Hemera, den Tag. Nur einen winzigen Augenblick, wenn abends die Nacht aus der Unterwelt aufsteigt oder morgens, wenn sie zu ihrem düsteren Haus zurückkehrt, begegnet sie ihrem leuchtenden Kind.

Schicksalsgöttinnen

Auch die unerbittlichen Moiren galten als Töchter der Nyx. Nach anderer Überlieferung stammen sie von Zeus und Themis, der Göttin des Rechts, was angesichts ihrer Macht glaubhafter erscheint. Sie wohnen in einer Höhle des Himmels bei einem Teich mit weißem Wasser und spinnen den Lebensfaden der Menschen. Manchmal wird nur eine Moira genannt. In der Regel sind es ihrer drei: Klotho, die Spinnerin, als Geburtsmoira, Lachesis, die Zuteilerin des Loses, und die unabwendbare Atropos, die den Zwirn abschneidet, als die Todesmoira.

Selbst Zeus habe auf ihre Entscheidungen keinen Einfluss und sei, wie einige Quellen berichten, an das Schicksal gebunden, was die Macht der Olympischen Götter einschränkt. Die Römer kannten sie unter dem Namen *Parzen*, ursprünglich »Gebärerinnen«. Bei den Germanen hießen die drei Schicksalsflechterinnen *Nornen*, die über noch mehr Wissen verfügten als die Götter.

Die Nachkommen des Pontos

Ob Gaia bereits früher ihren rechtmäßigen Gatten betrog oder ihm erst Hörner aufsetzte, nachdem ihm keines mehr wuchs, ist nicht überliefert. Gaia zeugte in Pontos' feuchtem Beilager neben dem starken Thaumas auch den mannhaften Phorkys, die schönwangige Keto, ein Meeresungeheuer, und Halia.

Phorkys und seine Schwester Keto hatten unheilvolle Kinder. Dazu zählen die Gorgonen – geflügelte Monster mit ehernen Händen und roten Zungen zwischen Zähnen, groß wie Hauer. Anstatt Haaren wanden sich Schlangen um ihre Köpfe, so hässlich und erschreckend, dass dem, der sie anblickte, das Blut gefror und er versteinerte. Von den dreien war nur Medusa sterblich, sie soll früher wunderschön gewesen sein, wovon wir erst berichten, wenn Perseus auf sie treffen wird.

Zur Brut des unheilvollen Paares gehört weiter die Chimaira (Chimäre). Das feuerschnaubende Scheusal hatte einen Löwenkopf, den Körper einer Ziege und einen Drachenschwanz – erst Bellerophon sollte es erlegen.

Aus dem Bauch der Keto kamen außer der Sphinx noch der Nemëische Löwe und Echidna, bis zur Hälfte ein äugelndes, schönwangiges Mädchen, unten aber eine entsetzliche Schlange. Mit Echidna zeugte der Weltfeind Typhon gewaltbesessene Kinder: die Lernäische Hydra, die Krommyonische Bache und die beiden Hunde Orthos wie Kerberos, der mit seinen drei Köpfen die Unterwelt bewacht.

Von Thaumas und der Okeanostochter Elektra stammen die hurtige Iris, der Regenbogen, die als Botin der Götter tätig ist, und die Harpyien: Vogel- und Frauenkörper in einer Gestalt, die als rasende Windgeister über die Erde jagen.

Doch Gaia und Pontos gebaren auch den berühmten Nereus. Er galt als untrüglich, wahrhaftig und als Vertreter des Rechts. Der Greis vermochte nicht nur die Zukunft vorherzusehen, sondern sich auch in jede erdenkliche Gestalt zu verwandeln. Doris gebar dem Nereus liebliche Kinder wie die schönfüßige Amphitrite, die Thetis, deren Sohn Achilleus auch noch heute die Dichter besingen, die wohlgebildete Galateia und 47 weitere untadelige Töchter.

Galateia und Polyphem

Zu den zahlreichen Freiern um die wunderschöne Galateia gehörte sogar der Kyklop Polyphem, ein Sohn des Poseidon – doch die Nereïde hatte ihr Herz an den Jüngling Akis verloren. Ihre Liebe zu Akis war so stark wie ihr Abscheu gegen Polyphem. Der grimmige Unhold – selbst den Wäldern ein Schrecken –, der weder Gastrecht noch Götter achtete, erlag plötzlich ungewohnter Liebesleidenschaft. Er vergaß seine Herden, seine Höhlen und begann sein Äußeres zu pflegen. Er kämmte seine störrischen Haare, schnitt mit der Sichel den struppigen Bart und begutachtete seine wilden Züge im Spiegel des Wassers. Da prophezeite ein Seher ihm:

»Dieses einzige Auge, das du mitten auf der Stirn trägst, wird dir Odysseus rauben.«

»Dümmster aller Seher«, lachte Polyphem, »du irrst, das raubte längst eine andere.«

Dann bestieg der Kyklop, gefolgt von seinen Schafen, einen Hügel am Meere, legte eine Fichte zu Boden, die groß genug war, als Mastbaum zu dienen, und begleitete mit der Hirtenflöte seine Liebesklage:

»Leuchtende Galateia, würdest du mich kennen, bedauertest du, vor mir geflohen zu sein. All die Früchte dieses Landes, die Herden, Schafe, Ziegen und Kühe, nenn ich mein eigen, sowie anmutige Höhlen. Oh, Geliebte, tauche aus dem bläulichen Meer! Sieh, wie groß ich bin! Nicht einmal Zeus ist so stattlich. Sieh, mein einziges Auge leuchtet wie ein Stern! Und die Fülle meines Haares! Borsten zieren meinen schönen Leib. Erhöre meine Bitten, mein Flehen. Ich erfülle dir jeden Wunsch. Ich, der ich Zeus und die Götter verachte, fürchte dich. Dein Zorn ist schlimmer als dessen Blitzstrahl.«

Da Galateia nicht erschien, machte sich Polyphem auf, ertappte das Liebespaar und schrie:

»Ich sorge dafür, dass ihr euch nie wieder in Liebe vereint!«

Galateia tauchte in ihr Reich, Akis floh ängstlich. Doch der Kyklop verfolgte den Nebenbuhler, brach einen Fels vom Berge und warf nach ihm. Obwohl nur der äußerste Zacken Akis traf, zerschmetterte er den Unglücklichen. Galateia vermochte zwar den Tod ihres Geliebten nicht zu verhindern, aber sie verwandelte ihn in eine Quelle.

Die Titanen unter Kronos

Die Titanen, Kinder von Gaia und Uranos, als zweite Göttergeneration, hatten zahlreiche Nachkommen. Durch diese Zeugung wurde die Welt weiter bevölkert. Tethys gebar ihrem Bruder Okeanos die wirbelnden Ströme, wie den Nil, den Mäander, den Skamandros und alle anderen Flüsse. Zu den heiligen Töchtern dieser Beziehung zählen die schon erwähnte Elektra und Doris, die geliebte Dione, Metis – deren Sohn die Olympischen Götter hätte stürzen können –, die verlangenerweckende Kalypso – die sich einst in Odysseus verlieben und ihn sieben Jahre auf ihrer Insel festhalten wird –, Klymene und Eurynome. Aber wer kann schon alle sechstausend Töchter und Söhne des lüsternen Paares aufzählen?

Wie bereits berichtet, gehörten neben dem Herrscherpaar Kronos und Rhea zu den Titanen noch zehn weitere Uranoskinder: Koios und Phoibe zeugten Asteria und die milde Leto; sie galt als die sanfteste am Himmel und sollte als Geliebte von Zeus die Göttergeschwister Apollo und Artemis gebären.

Hyperion und Theia zeugten den großen Helios, die Sonne, die leuchtende Selene, den Mond, und die rosenfingrige Eos, die Morgenröte, von der wiederum Sterne und Winde abstammen. Helios fuhr mit einem vierspännigen Wagen über den Himmel,[12] beobachtete dabei alles und berichtete den Göttern Ungewöhnliches wie später Aphrodites Ehebruch. Die Zauberin Kirke und die lüsterne Pasiphaë waren seine Töchter. Iapetos aber führte die schönfüßige Okeanostochter Klymene heim und zeugte den riesigen Atlas, den klugen Prometheus sowie den törichten Epimetheus.

Zeus wird geboren

Nachdem Kronos die Zeugungskraft seines Vaters gebrochen hatte, erhob er sich zum mächtigsten der Götter, war aber nicht weniger grausam als Uranos. Kronos wurde von den Römern *Saturn* gleichgesetzt und zeugte mit seiner schwesterlichen Gattin Rhea, die mit der kleinasiatischen Kybele[13] in Verbindung gebracht wurde, die Olympischen Götter: zuerst den mächtigen Hades, der unbarmherzig sein unterirdisches Reich regieren wird, dann Hestia als Göttin des heimischen Herdfeuers, sowie Demeter, ferner die goldbeschuhte Hera und den Erderschütterer Poseidon.

Aber der gewalttätige Kronos erfuhr von seinen Eltern, sein eigener Sohn werde ihn vom Thron stürzen. Ob dies nur listige Rache des Verstümmelten war, bleibt im Dunkeln. Sicher ist jedenfalls, dass Kronos alle seine Sprösslinge verschlang, sobald sie aus Rheas heiligem Schoß glitten.

So lag der Götterkönig auf der Lauer, ja keine Geburt zu verpassen. Unsägliche Trauer litt die Mutter; und als sich unter ihrem Herzen ein neues Kind regte, bat sie ihre Eltern um Rat, wie sie den Säugling retten könne.

Gaia und Uranos schickten die Schwangere in das reiche Kreta, wo sie in der Diktäischen Grotte mit Zeus niederkam. Die Kureten[14], dämonische Jünglinge, tanzten ekstatisch um das Kind, brüllten und schlugen mit ihren Speeren auf die Schilde, um das Plärren des Säuglings zu übertönen. Ernährt wurde Zeus von Honig, der aus den Bäumen tropfte, und der Milch der Ziege Amaltheia[15]. Auch später als Herrscher der Götter erinnerte sich Zeus liebevoll seiner Amme und versetzte sie als Sternbild des Steinbocks an den Himmel.

Doch noch schwebte der kindliche Gott in Lebensgefahr. Kronos war Rheas Schwangerschaft nicht entgangen. Zur Täuschung windelte Rhea einen großen Stein; im Glauben, es handele sich um seinen Stammhalter, packte ihn Kronos und verschlang ihn.

Kronos war durchaus kein Tor. Die Griechen pflegten ihre Neugeborenen bis auf das Gesichtchen mit einer langen Windel mumienähnlich einzuwickeln, so dass sie einem ovalen weißen Stein glichen. Noch heutzutage verfahren einige Naturvölker so.

Gaia zog den Kleinen auf, ihm wuchsen rasch Kraft und Wissen zu. Es gelang ihm, Metis zu überreden, Kronos Gift zu reichen. Daraufhin würgte der den Stein, den er zuletzt verschlungen hatte, aus sich heraus, danach erbrach er alle seine Kinder in der umgekehrten Reihenfolge, wie er sie gefressen hatte. Da Hades zuletzt wieder ans Licht kam, wird er der erst- und der letztgeborene Kronide genannt. Zeus stellte den Stein im heiligen Delphi unter den Schluchten des Parnass auf; er wurde als Omphalos, der Nabel der Welt, verehrt.

Kronos' Heimtücke blieb also ohne Erfolg. Griechische Götter waren unsterblich und demnach weder durch Gift noch Verschlingen zu töten. Selbst der große Zeus sollte später in eine ähnliche Lage geraten; und wir werden sehen, ob er seinen Vater auch an Intelligenz übertreffen wird. Bei den Germanen hätte es Kronos leichter gehabt. Dort sind selbst die Hauptgötter wie *Wodan/Odin* und *Donar/Thor* sterblich. Es wird sogar davon berichtet, wie der strahlendste Gott *Balder* getötet wurde. Auch die meisten indischen Götter gelten in ihrer derzeitigen Existenz als sterblich.[16]

Folglich ist in griechischer Vorstellung kein Gott zu einem derartigen Selbstopfer fähig wie der indische Gott *Prajapati*, aus dessen Körper die Welt entstehen konnte, oder wie im Germanischen *Ymir*, aus dessen Leib die Welt gebaut wurde. Dennoch findet man bei Dionysos Züge des

Selbstopfers,[17] die im Umkreis der Gnosis, einer antiken Glaubensgemeinschaft, die das Urchristentum maßgeblich beeinflusste, immer stärker in den Vordergrund traten und im Kreuzestod des Gottessohnes Jesus gipfelten.

Die Titanenschlacht

Nachdem Zeus' Brüder und Schwestern unverletzt Kronos' Leib entkommen waren, wollten sie Freiheit und Macht, während die Titanen unter Kronos ihre Herrschaft zu bewahren und die nächste Generation zu vernichten suchten. So entbrannte zwischen den Titanen und den Kindern von Kronos und Rhea eine gewaltige Schlacht.[18] Zeus befehligte den Kampf vom Olymp. Atlas führte die Titanen vom Gipfel des Berges Othrys in die Schlacht, denn nach der Sage war Kronos bereits zu alt.

Zehn mörderische Jahre währte der Krieg unentschieden, bis Zeus, nach Gaias Weissagung, in den Tartaros hinabstieg und die von Kronos Eingesperrten befreite. Dankbar schmiedeten die Kyklopen dem Zeus den gleißenden Blitzstrahl, Hades seine Tarnkappe und Poseidon den Dreizack. Diese Waffen nebst neuen Verbündeten sollten die Entscheidung bringen. Befreit wurden nämlich auch die Hundertarmigen Gyes, Kottos und Briareos. Sie stampften heran, dass die Erde dröhnte und warfen mit ihren dreihundert Armen dreihundert Steine gegen die Titanen. Diese schlugen mit ihren Waffen zurück, dass es über das Meer hallte. Der Himmel stöhnte vom Kampf, und es wurde so gestritten, als stießen Himmel und Erde zusammen. Zeus schleuderte Blitze, bis die Feinde geblendet erstarrten oder als Fackeln davonrannten. Schließlich fesselten Zeus und seine Verbündeten die Titanen, brachten sie unter die weiträumige Erde und ließen sie im düsteren Tartaros von den Hundertarmigen bewachen. Die Kyklopen aber machten sich später in der Schmiede Hephaistos' nützlich.

Nach der germanischen Überlieferung brachen die Göttergeschlechter der Asen und Vanen ihren einzigen Krieg ab, den keine der Parteien zu gewinnen vermochte. Anstatt mit Hilfe gewalttätiger Verbündeter den Feind zu unterwerfen und einzukerkern, verständigte man sich, tauschte die Vornehmsten als Geiseln aus und schloss für immer Frieden.

Die Unterwelt

Der Tartaros befindet sich so tief unter der Erde oder gar dem Hades wie der Himmel über ihm. Den modrigen Ort – widerwärtig sogar den Göttern – umgeben eherne Mauern und Tore. Um seinen Eingang ist dreifach schwarze Nacht gegossen. Bis zu ihm hinab reichen die Wurzeln der Erde. Über ihm braust das Meer. Innerhalb des gähnenden Abgrundes erhebt sich zuvorderst die Stätte der verderbenbringenden Nacht und ihrer schrecklichen Kinder, von düsteren Wolken umwallt.

Vor dem Abgrund steht Atlas und stemmt den Himmel auf seinen Schultern, verbüßt so seine Strafe. Später vergab Zeus dessen Brüdern, den Titanen, und versetzte sie auf die Insel der Seligen. Dort herrschen sie mit Kronos, ihrem König, fortan über Tote, denen das Schattenschicksal aller übrigen Sterblichen erspart blieb; denn für die tätigen Griechen galt das körperlose zur Tatenlosigkeit verurteilte Leben nach dem Tode als trostlos.

Später wurden Tartaros und Hades weniger unterschieden, man fasste Tartaros als tiefsten Ort des Hades auf oder setzte sie gleich.

Nach der Bestattung in der Oberwelt führte der Weg der Toten in die Unterwelt[19] über die Unterweltströme wie Acheron oder Styx. Der Fährmann Charon verlangte für die Überfahrt einen Obolos. Am Eingang jenseits wachte der furchtbare Hund Kerberos. Wer hineinging, den grüßte er mit wedelndem Schwanze. Doch wer wieder entkommen wollte, dem lauerte er auf, um ihn zu fressen. Hier waltete der grimmige Hades über die Toten. Seinen Beinamen Pluton, der sich auf seinen Reichtum bezieht, übernahmen später die Römer, die ihren Unterweltsherrscher *Pluto* nannten.

Die Olympischen Götter

Zeus herrscht

Die Titanen galten als wilde, kaum Gesetzen unterworfene Mächte. Die Olympischen Götter bemühten sich, der Welt Maß und Ordnung zu geben. Nachdem die Titanen gebändigt waren, teilten sich die siegreichen Brüder das Weltall durch Los. Hades zog die Herrschaft der dämmrigen Unterwelt, Poseidon[20] das schimmernde Meer, und Zeus wurde zum Gebieter des weiten Himmels. Auch wenn Zeus als König der Götter anerkannt wurde, blieben die Erde und der umwölkte Götterberg Olymp ihnen gemeinsam. Nach anderen Berichten überließen Zeus' Geschwister ihm aus Dankbarkeit die Königswürde.

Zeus' Attribut ist der Adler. Die Eiche ist dem Gott wie dem germanischen *Wodan* heilig. Zeus' Blitzwaffe macht ihn vergleichbar mit dem germanischen *Thor/Donar* und dessen Hammer *Mjöllnir* und dem indisch-vedischen *Indra* mit seiner Keule *Vajra*. Die Götterdreiheit von Zeus, Poseidon und Hades ist in indoeuropäischer Tradition verwandt mit der älteren indisch-vedischen von *Indra, Mitra* und *Varuna* und der germanischen von *Odin, Thor* und *Frey*.

Ob Zeus sein Herrscheramt je ganz befriedigte, bleibt im Dunkeln. Wie seinen Großvater Uranos trieb ihn unersättliche Zeugungskraft. Was seine Frau Hera als bloße Abenteuer bekämpfte, darin bestand eine seiner göttlichen Aufgaben: durch Fortpflanzung neue Götter, Heroen und Menschen zu schaffen.

Zuerst machte Zeus die Metis, Tochter des Okeanos, zu seiner Geliebten.[21] Trotz ihrer besonderen Klugheit und

Verwandlungskünste erlag sie seinen Nachstellungen und wurde schwanger, was schließlich zur Geburt der Athena führte. Davon wird in Kürze erzählt. Danach führte Zeus die Themis heim, Tochter des Uranos und der Gaia, also seine Tante. Als alte Erdgöttin war sie für die Ordnung in der Natur und bei den Menschen zuständig. Ihr oblag, die Versammlungen der Götter auf dem Olymp einzuberufen. An diesem »Rat der Götter« nahmen auch die Göttinnen teil. Es wurden Nektar und Ambrosia gereicht.[22] Da Themis das Schicksal kannte, verstand sie sich auf Prophezeiungen und Rat; wie jenen, durch einen großen Krieg die Erde von der Last zu vieler Menschen zu befreien. Die Themis, auch Göttin der Gerechtigkeit, gebar Zeus die Horen, drei glänzende Töchter: Eunomia, die Ordnung, Dike, das Recht, und Eirene, den Frieden. Sie lassen Getreide und Wein reifen, sind fürs Wachsen und Blühen zuständig, bedienen die Wolkenpforten des Himmels, sichern den Staat und geben ihm Reichtum.

Okeanos' Tochter Eurynome gebar dem Zeus die schönwangigen Chariten, die den Göttern und Menschen Freude und Glück schenken. Niemals feierten die Götter ein Festmahl ohne deren anmutige Gesellschaft. Auch seine andere Tante, Mnemosyne, die schönhaarige Göttin der Erinnerung, verführte Zeus; und ihrem Bund entsprangen die mit goldenen Stirnbändern geschmückten Musen – neun an der Zahl. Die Musen werden von Künstlern um Inspiration angerufen, wie Kalliope, die Muse der Dichtkunst. Das berühmteste Kind der Musen ist der Sänger Orpheus, den Apollon mit Kalliope zeugte.

Demeter trauert um Persephone

Zeus erlag auch den Reizen seiner Schwester Demeter, die ihm die weißarmige Persephone gebar. Demeter, eine menschenfreundliche Erdgottheit mit weizenblondem lockigem Haar, war für die Fruchtbarkeit, vor allem für den Ackerbau zuständig. Als die schlankfüßige Persephone zu einer sinnenbetörenden Jungfrau, daher ihr Beiname Kore, erblüht war und kichernd mit ihren Freundinnen Lilien und Hyazinthen zu Kränzen flocht, klaffte plötzlich die nysäische Flur, aus der Hades mit seinem goldenen Wagen herausbrach, um die Liebliche mit Zeus' Einverständnis zu rauben. Persephone sträubte sich und schrie gellend, aber vermochte nichts gegen den Herrscher der Unterwelt auszurichten.

Als Demeter die ängstliche Stimme ihrer Tochter vernahm, riss sie sich die Binden von ihren Locken, warf den dunklen Schleier um und eilte wie ein Vogel über Land und Wasser. Die Mutter irrte, brennende Fackeln haltend, neun Tage rings um die Erde, suchte verzweifelt ihre Tochter. Nachdem sie durch Helios von dem Raub erfahren hatte, mied sie zornig die Versammlung der Götter und stellte ihr fruchtbares Wirken ein. Gräser, Sträucher, Bäume hörten auf zu wachsen, Früchte verkümmerten und verdorrten. Die Göttin nahm das Antlitz einer ergrauten Greisin an und trauerte klaglos.

Dieser elende Anblick rührte die Eleusiner, und sie brachten die verwandelte Göttin in das Haus von Keleos und Metaneira. Deren uralter Magd Baubo[23] brach es das Herz, die Trauer mitansehen zu müssen, und sie bemühte sich, die »Herrin der Ernte« mit mancherlei Scherz aufzuheitern. Nachdem alle Versuche gescheitert waren, entblößte Baubo ihr verhutzeltes Geschlecht, was die erhabene Göttin zum Lachen brachte. Seitdem wurden Demeter zu Ehren Zoten aufgeführt; und sie ließ sich überreden, Demophoon, den Säugling des Paares, aufzuziehen.

Prächtig gedieh das Kind in den Armen und an der Brust Demeters. Es wuchs ohne Milch seiner Mutter und gewöhnliche Speise auf, sondern wurde mit Ambrosia gesalbt und nachts ins Feuer gehalten. Dadurch wollte Demeter ihm Unsterblichkeit und ewige Jugend verleihen. Doch als eines Abends die Mutter ahnungsvoll das Gemach betrat und sah, wie ihr Kind an den Fersen gehalten und von den Flammen umlodert wurde, stürzte sie laut schreiend hinzu und riss ihren Sprössling aus dem Feuer – Rettung im Sinn, aber Unheil bewirkend. Denn nun warf Demeter ihr Alter ab, wechselte die Größe, nahm ihre göttliche Schönheit und Gestalt an und eröffnete der schlotternden Mutter, dass Demophoon nunmehr seinem sterblichen Schicksal ausgesetzt sei. Die Göttin umzustimmen gelang nicht. Aber man baute ihr hier einen Tempel, in dem sie ihren Sitz nahm.

Der Same stockte weiter in der Erde, die Stiere zogen die Pflüge umsonst. Elend machte sich breit, die Menschen hungerten und besaßen nichts mehr, um den Göttern zu opfern. Zeus begab sich selber zu Demeter und ihrem Tempel in Eleusis und bat um Fruchtbarkeit, ließ Geschenke bringen. Aber die Göttin im schwarzen Gewand erwiderte:

»Nicht eher kehre ich in den duftenden Himmel zurück, nicht eher lasse ich wieder Früchte wachsen, bis ich meine Tochter wiedersehe.«

So musste Zeus sein eigenes Einverständnis widerrufen, Hermes zu Hades senden und befehlen, Kore wieder ihrer Mutter zurückzuschicken.

Freudestrahlend wuchs das Mädchen aus der Erde,[24] doch Demeter ahnte Betrug und fragte besorgt ihre Tochter:

»Nahmst du bei den Schatten etwas zu dir?«

»Nur einen Granatapfelkern«, antwortete sie unbekümmert. Doch mit dieser Arglist band Hades seine Gemahlin ewig an die Unterwelt. Persephone darf sich zwei Drittel des Jahres am Sonnenschein erfreuen, muss aber ein Drittel zu Hades hinab ins Dunkel.

Nach Rückkehr ihrer Tochter ließ die Göttin der Ernte die Früchte gedeihen. Blätter und Blüten prangten in neuer Pracht. Bei Persephones alljährlicher Wiederkehr wird sie als Getreidegöttin begrüßt. Sie erscheint nicht im Frühjahr, sondern im Herbst, wenn die griechischen Bauern das Getreide säen, das dann bis zum Frühsommer reift und geerntet wird, bis Helios' Sommerstrahlen alles verdorren und Kore wieder in die Unterwelt eingeht.

Demeter bedankte sich für die teilnahmsvolle Aufnahme in Eleusis. Sie gab nicht nur die Kunst des Getreideanbaus an Triptolemos weiter,[25] der sie der ganzen Welt vermittelte, sondern sie wies auch die ansässigen Adelsfamilien in die geheimen Eleusinischen Mysterien[26] ein. Wahrscheinlich wurde Persephone dort als Sinnbild für die menschliche Seele dargestellt, die durch den Tod hindurch zum Leben schreitet. Dabei trat wohl der eng mit Kore verbundene Dionysos als Retter auf.

Zeus und Hera – das göttliche Paar

Nachdem Zeus zahlreiche Göttinnen geschwängert hatte, verband er sich mit seiner Schwester Hera zu fester Ehe. Hera wurde Beschützerin der Frauen und der Ehe. Für die freiere zügellose Liebe allerdings war Aphrodite zuständig, was zu Konflikten zwischen beiden führte. Als Attribute besaß Hera Granatapfel, Opferschale und Zepter. Der Pfau war ihr heiliges Tier.

Zeus und Hera wurden das Herrscherpaar der Olympischen Götter. Die Römer nannten sie *Jupiter* und *Juno*. In zahlreichen anderen Mythen findet sich ein derartiges Paar, wie bei den Germanen *Wodan/Odin* und *Frigg*.

Nach der Geburt der Herakinder Hebe, die den Göttern als Mundschenk dient, Ares, dem blindwütigen Gott des Krieges[27], und Eileithyia, die den werdenden Müttern bei der Geburt beisteht, trieb es Zeus schon bald zu neuen Abenteuern.

Wie konnte sich bei Zeus' zahllosen Liebschaften die Göttin der Ehe weiterhin an ihn binden? Hoffte sie auf Besserung? Erlag die Göttin willenlos Zeus' Verführungskünsten oder zuweilen gar seiner List und Gewalt? Bei einem derartigen Gemahl vermochte Hera schwerlich Achtung und Treue bei den griechischen Göttern und Menschen zu fördern. Als Einschränkung müssen wir freilich anmerken, bei den Männern.[28] Oder war es Heras Schicksal, sich dem Göttervater dienend zu widersetzen? Sie würde jedenfalls viel List und Tücke aufbringen müssen, frühere und künftige Geliebte ihres Gemahls und deren Kinder zu verfolgen.

Hephaistos' und Athenas widernatürliche Zeugung

Auch außergewöhnliche Klugheit hatte bekanntlich Metis nicht vor Zeus' Nachstellungen bewahrt. Erst Gaia wies ihren Enkel auf die Gefahr in Metis' Bauch hin. Mit der glanzäugigen Athena bekäme er zwar eine weitsichtige Tochter, aber danach einen klugen Sohn, der den Götterthron besteigen würde.

Zeus hatte von seinem Vater gelernt, die Geburt derartiger Kinder nicht abzuwarten. Da sie aber als Götter unsterblich sind, sah auch er den einzigen Ausweg darin, sie zu verschlingen, und zwar mitsamt der Mutter. Nun erst soll er jene Weisheit erlangt haben, in der ihm auch Athena, die in seinem Schädel wuchs und heftigste Kopfschmerzen bereitete, gleichkommen sollte.

Hera erzürnte und zeugte ganz ohne männliche Hilfe einen kunstgewandten Gott, Hephaistos, der Waffen und die großartigsten Kunststücke zu schmieden verstand, jedoch bucklig und lahm war. Einige meinen jedoch, er beging die Torheit, sich in einen Ehestreit zwischen Zeus und Hera einzumischen, worauf er, vom Olymp geschleudert, nach neun Tage und neun Nächte lang währendem freiem Fall auf der Insel Lemnos aufschlug, sich ein Bein brach und so zum Krüppel wurde.

Hephaistos ist Gott des Erdfeuers und des Handwerks, vor allem der Schmiede. Er baute die Paläste der Olympischen Götter und fertigte zahlreiche Kostbarkeiten und Waffen wie später Achilleus' Rüstung und galt als der Kunstfertigste der Götter. Die Griechen glaubten ihn mit dem ägyptischen Schöpfergott und universalen Handwerker *Ptah* verwandt. Die Römer nannten ihn *Vulcanus*. Der

Hinkefuß mit dem rußigen Gesicht gewann als Gattin die schöne Aphrodite, die ihn allerdings mit dem Kriegsgott Ares betrog, wie wir noch berichten werden.

Hephaistos erlöste Zeus von jenen Qualen, die ihm die ausgewachsene Jungfrau in seinem Kopf bereitete.

»Nimm deine Axt und spalte mir den Schädel!«, befahl Zeus.

»Was?«, glaubte Hephaistos seinen Ohren nicht zu trauen. »Ich erschlag' doch nicht den Göttervater! Wie kannst du das von mir verlangen?«

Doch Zeus stand nicht der Sinn nach Widerspruch und donnerte:

»Ich bitte nicht, sondern befehle! Wenn du nicht augenblicklich das Beil schwingst, wirst du erfahren, was es heißt, sich mir zu widersetzen!«

So tat der Schmiedegott, wie ihm geheißen. Aus dem gespaltenen Schädel sprang die im Waffenglanz strahlende Athena.[29] Rasch heilte die Wunde. Der ungeborene Sohn nebst seiner weisen Mutter Metis aber verblieb auf ewig in Zeus' Leib.

Athena wurde Göttin der Handwerker, der Künste und des Krieges. Die Schutzgöttin von Athen wurde oft mit Lanze und Schild dargestellt.[30] Sie half vielen Helden wie Herakles und den Griechen im Krieg gegen Troia, schützte schließlich Odysseus während seiner Heimfahrt. Die Römer setzten *Minerva* mit ihr gleich.

Apollons langwierige Geburt

Die schmerzhafte Kopfgeburt verleidete Zeus keineswegs neue Abenteuer. Die Titanentochter Leto berauschte seine Sinne und bestieg sein Lager. Aus Angst vor der eifersüchtigen Hera wagte dann kein Land der Hochschwangeren einen Geburtsplatz zu gewähren, bis sie schließlich zu der unscheinbaren Insel Delos kam, die damals noch unbefestigt im Meer trieb.

»Ohne zu zögern böt' ich dir meinen kargen Rücken zur Niederkunft dar, denn bei allen anderen bin ich verrufen«, antwortete die Insel auf Letos Bitte, »doch Sorge befällt mich bei der Prophezeiung, deine Kinder würden übergewaltig und wild. So fürcht' ich, sobald sie das Licht der Welt erblicken, verachten sie mich für meine steinige Öde und stoßen mich kopfüber in die Tiefen des Meeres; dann wohnen in mir Kraken und Robben.«

»Ich schwör bei den Wassern der Styx, Apollon wird dich ehren«, beteuerte Leto.

Durch diesen gewaltigsten aller Schwüre beruhigt, gewährte Delos ihr die Bitte, was das karge Eiland niemals bereute, denn es wurde zu einem weit sichtbaren Stern auf der dunklen Erde. Vier Säulen wuchsen aus den Tiefen des Meeres und befestigten es unverrückbar. Delos wurde über alle Maßen geheiligt. Keine schwangeren Frauen oder Leichen durften fortan auf der Insel verbleiben. Auch die Staatskasse des delisch-attischen Seebundes wurde später hier verwahrt, bis Perikles die Schätze für athenische Prunkbauten verwendete.

Letos Irrfahrt endete, nicht aber ihr Leid. Sie brachte zwar die pfeilgewandte Jungfau Artemis schmerzfrei zur

Welt, doch dann quälten tagelang neue Wehen. Hera ballte goldene Wolken um den steilen Olymp, damit Eileithyia, der Geburtsgöttin, Letos Not verborgen bliebe.

Erst als die hurtige Iris sich von Hera unbemerkt zu Eileithyia schlich und ihr ein goldenes Halsband versprach, durchbrach diese die Wolken und setzte ihren Fuß auf das Eiland. Im selben Augenblick sprang Phoibos Apollon ans Licht. Leto klammerte sich bei der schweren Geburt an eine Palme. Der Beiname Phoibos wurde später als der Leuchtende gedeutet.[31] Die Erde lachte und blühte, die Götter jauchzten, als der silberbogige Herrscher erstrahlte. Themis, Göttin des Gesetzes und der Ordnung, fütterte das Kind mit Nektar und Ambrosia. Auch dadurch wurde Apollon mächtiger als seine Brüder und saß später zur Rechten von Zeus. Betrat er die Versammlung um Zeus, erhoben sich die anderen, nur seine Mutter Leto nicht.

Apollon erwählt Delphi

Nun begab sich Apollon auf die Suche nach einem Orakelplatz, der seinem Ruhm angemessen wäre. An den Hängen des Parnassgebirges schlängelte sich um den dampfenden Spalt, aus dem Gaia prophezeite[32], die Drachin Delphyne – ein wildes Ungeheuer. Phoibos' ferntreffende Pfeile verwundeten es tödlich, ihr Leib verweste. Der Name der orakelgebenden Priesterin Pythia und die Pythischen Spiele, die alle vier Jahre stattfanden, erinnern an Apollons Tat, denn »verwesen« heißt auf griechisch *»pythein«*. Der Ort wurde nach der Drachin Delphi genannt.

Die Griechen erzählen aber noch eine andere Geschichte. Angeblich sollen zwei Ungeheuer in Delphi gehaust haben, von denen eines, mit Namen Python, getötet, das andere aber am Leben gelassen wurde und sich friedlich um den Omphalos ringelt, jenen Stein, mit dem Rhea Kronos überlistete und der den Nabel der Welt darstellt.

Hier nun gedachte der Schütze seinen Tempel zu errichten. Doch ein Tempel benötigt Priester. Als Apollon noch über deren beste Wahl nachsann, gewahrte er ein kretisches Schiff. Da schnellte Apollon in Gestalt eines riesigen Delphins[33] auf das Schiff und trieb es auf wunderliche Weise nach Krisa, dem Hafen Delphis. Kaum gelandet, sprang der Gott an Land und eilte als funkelnder Stern zu seinem Tempel. Schnell wie der Wind kehrte er in seiner göttlichen Gestalt zurück und offenbarte den Kretern, dass sie niemals wieder nach Knossos heimkehren würden, sondern zu Priestern seiner Orakelstätte auserkoren seien.

So wurde Apollon Orakelgott und Delphi das anerkannteste Orakel der Antike. Bei jeder wichtigen Entscheidung – etwa über Krieg oder vor einer Kolonisation – befragte man Pythia, die von Apollon beseelte Orakel erteilte. Auch wenn die Priester diese Sprüche leichter verständlich formulierten, blieb ihr Sinn nur allzuoft nebulös und verlangte die richtige Deutung.[34] Apollon wurde nicht nur Gott der Weissagung, sondern auch der Musik und verstand Unheil abzuwenden. Berühmt wurde sein Sohn Askleipios, der große Arzt.

Artemis und Kallisto

Apollons Schwester Artemis, die Göttin der Jagd, wurde von den Römern mit *Diana* gleichgesetzt.[35] Ursprünglich war sie sicher eine vorgriechische Muttergottheit. Sie wurde in ihrem Tempel in Ephesos, der zu den ›sieben Weltwundern‹[36] gehörte, mit vielen Brüsten dargestellt. Als Jungfrau half sie den werdenden Müttern bei der Geburt.

Gemeinsam mit ihrem Bruder bestrafte sie den Riesen Tityos. Als die schwangere Leto noch nach einem Geburtsplatz suchte, kam sie nach Panopeus, wo der Unhold versuchte, die Göttin zu vergewaltigen. Die Geschwister töteten später den Frevler; und Zeus bestimmte, er müsse für alle Zeiten in der Unterwelt leiden. Hier lag Tityos an den Boden gefesselt, sein gewaltiger Körper bedeckte neun Morgen Land, zwei Geier saßen ihm links und rechts zur Seite und zerhackten seine Leber, die mit jedem Neumond nachwuchs.

Meist sah man Artemis und ihre Gefährtinnen, von denen sie ebenfalls Jungfräulichkeit verlangte, auf der Jagd, aber keine war ihr so ans Herz gewachsen wie die Nymphe Kallisto.[37] Einst ruhte die während der Mittagshitze auf einer duftenden Wiese, als Zeus die Ermüdete gewahrte und zu sich sprach:

»Diesen Raub hier erfährt Hera gewiss nicht. Hört sie doch davon, lohnt er schon einen Streit.«

Sogleich nahm der Göttervater Artemis' Gestalt an, begab sich zu dem Hain und begrüßte die Schöne:

»O Jungfrau, Teil meines Gefolges, sage mir an, wo du gejagt und was du erbeutet hast.«

»Sei gegrüßt, herrliche Gottheit«, antwortete die Keusche und erhob sich ehrfürchtig vom Rasen, »die du größer als Zeus selbst bist.«

Lächelnd sah der Kronide sich selbst vorgezogen und küsste sie – heftiger als eine Jungfrau es getan hätte. Kallisto wollte in den Wald ausweichen, doch Zeus ließ es nicht zu, sondern umschlang sie und gab sich schließlich zu erkennen. Kallisto wehrte sich verzweifelt – soviel einem Weibe nur möglich ist – doch welches Mädchen könnte schon Zeus widerstehen, ja wer überhaupt? Als er sie bezwungen hatte, stieg der Gott zum Olymp, doch der Gedemütigten blieben der Hain und die wissenden Bäume verhasst.

Da kehrte Artemis von der Jagd zurück und rief ihre Freundin zu sich. Doch Kallisto fürchtete, erneut getäuscht zu werden und flüchtete. Erst als sie andere Nymphen gewahrte, die Artemis begleiteten, fügte sie sich in die Schar ein. Es fiel ihr schwer, die Schuld nicht mit Blicken zu verraten, sie hob kaum ein Auge vom Boden und ging nicht wie bisher an der Seite der Göttin, sondern am Ende des Zuges. Die Nymphen, so sagt man, errieten alle, dass Kallisto ihre Unschuld verloren hatte, nur die keusche Artemis nicht.

Viele Monate später führte die Göttin ihr Gefolge zu einem kühlen Hain an einem Bach und rief:

»Kein Zeuge lauert hier. Kühlen wir unseren nackten Leib mit dem klaren Nass!«

Alle entledigten sich ihrer Kleidung. Nur Kallisto errötete und versuchte zu entkommen, doch man entwand ihr die Hüllen. Sie deckte ihre Hände vor den angeschwollenen Schoß, aber ihre Schande wurde offenbar.

»Verlasse uns«, entrüstete sich Artemis, »entweihe nicht den heiligen Quell!«

Von der Göttin verstoßen, irrte die Nymphe durch die Wälder und gebar schließlich Arkas. Doch jetzt traf sie Heras Rache. Sie raubte Kallisto die Gestalt, durch die sie ihrem Gatten gefallen hatte, und verwandelte sie in eine Bärin. Doch ihr früherer Charakter blieb in dem Tier erhalten. Sie hob oft flehend die Pranken zum Himmel, um mit Bitten das Gemüt des großen Zeus zu rühren, doch ihre Kehle brachte nur ein zorniges Brummen zustande.

Eines Tages traf Arkas, er mochte wohl fünfzehn Jahre zählen, während der Jagd auf seine Mutter. Der Jüngling fürchtete die Augen der Bärin, starr nur auf ihn gerichtet, ihren schreckenerregenden Ruf, mit dem Kallisto ihren lang vermissten Sohn begrüßte. Trotz seiner Jugend kannte Arkas keine Feigheit. Als das gewaltige Tier sich ihm näherte, hob er seinen Speer, um ihn in die Brust seiner Mutter zu bohren. Doch der Göttervater verhinderte das Unglück und versetzte seine ehemalige Geliebte als »Großer Bär« unter die Sterne.

Als Hera ihre Rivalin derart verherrlicht sah, begab sie sich zu Okeanos und Tethys und erwirkte das Versprechen, dass Kallisto nie, wie die anderen Gestirne, wenn sie untergehen, das bläuliche Reich der Meeresgötter betreten dürfe. Seitdem ist der »Große Bär« dazu verdammt, unablässig um den Polarstern zu kreisen. Arkas wurde König in dem nach ihm benannten Arkadien und später ebenfalls als »Wächter des Großen Bären« an den Himmel versetzt.

Hermes wird geboren

Nun soll von Hermes, dem Götterboten und Seelenführer, erzählt werden. Zeus entflammte im Kylene-Gebirge für die Nymphe Maia[38], verführte sie und zeugte so Hermes, den Gott der Beredsamkeit, der Künste und des Handels. Die Griechen glaubten ihn mit dem ägyptischen Totengott *Anubis* verwandt. Den Römern ist er *Merkur* vergleichbar und bei den Germanen deren Hauptgott *Odin/Wodan*.

Hermes, der morgens zur Welt kam, schlug am Mittag bereits die Leier und stahl abends dem großen Schützen Apollon die Rinder.

Schon am ersten Morgen langweilte er sich in der behüteten Wiege seiner schattigen Höhle, strampelte die Windeln von sich, hob eine Schildkröte als willkommenes Spielzeug auf und sprach zu ihr:

»Komm nur herein, denn draußen nähmest du noch Schaden! Lebend schützt dein Schild vor Schädlichem, doch sterbend tönt er von bezaubernder Ewigkeit.«

Flugs höhlte er dem Panzerinneren das Fleisch aus, fügte in die gebohrten Löcher Stäbe und bespannte sie mit sieben wohlklingenden Saiten. So entstand unter seiner kindlichen Hand die Leier, und er sang bezaubernde Lieder von seiner glorreichen Göttlichkeit.

Als Säugling stiehlt Hermes Apollons Rinder

Nicht lange genügte Hermes das Leierspiel. Da er auf andere Streiche sann, floh er im Schutze der Dämmerung aus der mütterlichen Grotte zu den Rinderherden der Götter in Thessalien. Fünfzig brüllende Rinder Apollons wählte er aus und trieb sie kreuz und quer bis an das nächtliche Ufer des Flusses Alpheios. Damit niemand die Spuren entdecke, flocht er aus Tamarisken, Myrten und Blätterwerk buschige Sandalen und verwischte damit rasch die Stapfen. Er schlachtete zwei Horntiere und opferte sie den Göttern über dem Feuer, verbrannte alles sorgsam, damit kein Beweis ihn verrate. Zwar erfand er das Feuer nicht, wohl aber die Technik, es aus Holz zu reiben. Die anderen Tiere wurden gefüttert und wohl verwahrt. Dann eilte er in der Morgendämmerung zurück in die heimatliche Höhle. Seiner Mutter entgingen diese Unverschämtheiten nicht, und sie hielt ihm vor, Apollon könne ihn binden und in die Unterwelt verdammen.

»Ha, davor ist mir nicht bange«, prahlte Hermes, »Letos Sohn mag mich nur aufspüren. Sollte er es tatsächlich wagen, sich mit mir zu messen, brech ich in Delphi seinen prächtigen Tempel auf und plündere Dreifüße, Becken, Gold und Gewänder, wie es mich gelüstet. Denn ich werde noch weit Größeres vollbringen!«

Nicht lange blieben Apollon der Diebstahl und der Täter verborgen. Zornig, die stattlichen Schultern in dunklen Wolken, stapfte er in die schattige Felsenkluft. Bei seinem Anblick stellte sich Hermes schlafend, zog Hände und Füße an sich und kroch unter die duftenden Linnen. Doch Phoibos ließ sich nicht täuschen und drohte mit furchtbaren Strafen, worauf Hermes blinzelnd erwiderte:

»Vortrefflicher Herrscher, sieh mich doch an! Erst gestern geboren, hab ich zarte Füße, und der Boden unten ist rauh. Mir liegt Schlaf am Herzen und die Milch meiner Mutter, habe Windeln um die Schultern und zittre nach wärmenden Bädern. Bedenke, wie spotteten die ewigen Götter über deine Anschuldigung, ein eben erst geborener Säugling hätte Kühe gestohlen!«

Zwar lächelte Apollon über so viel Dreistigkeit, aber er wollte die Rinder zurück. So packte er das Kind und trug es zum Olymp vor Zeus' Richterstuhl, wo beide ihre Ansicht verteidigten. Hermes blinzelte unschuldig und zog die Windeln bis zu den Ohren. Laut lachte Zeus über den listigen Knaben und befahl Aussöhnung.

Hermes schenkte seinem Bruder die Leier; erst dadurch

wurde Apollon zum Gott der Musik und der Musen. Der war darüber so entzückt, dass er nicht nur Hermes die Rinder überließ, sondern ihm auch als Zeichen der Heroldswürde einen Zauberstab schenkte, mit dem er alles in Schlaf zu versetzen und die toten Seelen in die Unterwelt zu führen vermochte.

Apollon, Hermes' älterer Bruder, weiß als einziger Gott vom höchsten Ratschluss des Zeus durch Orakel; Wahrsagekunst ist Hermes verwehrt. Während der lediglich als Mittler und Bote tätig zu sein scheint, wirkt Apollon selbst für die Ordnung der Welt.

Hermes – sein Name kommt von ›Steinhaufen‹ – war ursprünglich wohl der Gott der Wege, der Wanderer und des Grenzgängers – auch zum Totenreich. Später gewann er mit Gewandtheit, List und Dreistigkeit Eigenschaften eines Tricksters, allerdings kaum boshaft wie beim germanischen *Loki*. Hermes gilt als der menschenfreundlichste der Götter, auch als Gott der Kaufleute und Betrüger. Er ist eng mit dem Gefolge des Dionysos verbunden: den Silenen und Satyrn – menschenähnlichen Wesen mit borstigem Fell, stets erigiertem Phallos und mit Pferde- oder Ziegenhinterbeinen. Die bekanntesten dieser Wesen waren Pan, Silenos und Marsyas.

Der ziegenfüßige Pan

Obwohl ein Gott, weidete Hermes einst die Schafe des sterblichen Dryops; denn er sehnte sich nach dessen schöngelockter Tochter. Nach der Hochzeit gebar diese einen seltsamen Sohn: bocksfüßig, doppelgehörnt, stets lachend und lärmend. Als die Mutter das wilde, bärtige Antlitz gewahrte, sprang sie schreiend auf und verließ ihr Knäblein. Doch Hermes war glücklich, wiegte seinen Sohn im Arm und brachte ihn zum Sitz der Himmlischen. Alle Götter fanden Gefallen an ihm, aber keiner mehr als Dionysos, und sie nannten ihn Pan, da ›alle‹, was *pan* heißt, sich seiner freuten.

Pan liebte es, in seiner arkadischen Heimat die weiten Gebirge zu durchstreifen und sich mit Nymphen zu tummeln. Auf weichen Wiesen, wo Hyazinthen und Krokus dufteten, spielte er schönere Lieder, als je ein Vogel im Frühling sang. Die Bergnymphen umtanzten ihn im innigen Reigen, und der struppig behaarte Gott mit dem rötlichen Luchsfell tollte und jauchzte in ihrer Mitte.

Ursprünglich war Pan ein Hirtengott. Wie ein geiler Bock besprang er die Ziegen und gewährte den Herden Fruchtbarkeit. Doch war er nicht nur der Freudvolle, sondern brachte auch Schrecken, wenn er in der Mittagshitze plötzlich die ruhenden Tiere aufscheuchte oder gar jemanden mit seinem fürchterlichen Schrei in kopflosen Schrecken, also in Panik, versetzte. Die Zahl seiner Liebschaften war groß und seine Begierde unersättlich. Weder Nymphen noch schöne Hirtenknaben waren vor seinen Nachstellungen sicher.

Wie so viele andere verliebte sich Pan in die Dryade Syrinx. Die Baumnymphe war bereits häufig lüsternen Satyrn entschlüpft, sie täuschte selbst Götter, so sehr glich sie Artemis, die sie in allem nachahmte. So weigerte sich Syrinx auch, ihre Keuschheit an den borstigen Pan zu verlieren und floh vor dessen Liebesschwüren. Doch Pan setzte ihr nach und erreichte die Fliehende am sandigen Strand des friedlichen Ladon, dessen Wasser ihre Flucht stoppten.

In höchster Not bat sie ihre Schwestern, die Schändung abzuwenden; und die Wassernymphen erbarmten sich ihrer. Als Pan bereits meinte, Syrinx gefasst zu haben, hielt er anstatt ihres biegsamen Leibes nur Schilf in den Händen. Lange beklagte der Gott, dass sich die Geliebte ihm durch Verwandlung für immer entzogen habe; doch als ein Windhauch über das Schilfrohr strich, hörte er ein sanftes Klagen. Berührt von ihrer zarten Stimme rief Pan:

»Was du mir flüsterst, wird mir bleiben!«

Er schnitt das Röhricht in verschiedener Länge, fügte es mit Wachs zusammen und nannte seine Flöte – also die Panflöte – Syrinx. Doch Pan galt nicht als Patron der Flötenmusik, sondern Marsyas, mit dem Pan oft verwechselt wird. Der Silen Marsyas hatte die Doppelflöte entweder selbst er- oder sie wenigstens gefunden. Denn Athena hatte sie zuvor voller Abscheu von sich geschleudert.

Athena erfindet die Flöte

Was hatte eine so kunstsinnige Göttin dazu bewogen, die liebliche Musik zu verwerfen, zumal viele Griechen den Kosmos als Harmonie der Sphärenklänge begriffen? Berichtet wird, Athena habe nach Erschaffung der Doppelflöte voller Stolz den Göttern bei einem Gelage mit diesem ungewöhnlichen Instrument aufgespielt. Zwar schien die Musik zu gefallen, aber Hera und Aphrodite unterdrückten nur mühevoll ihr Lachen, bis sie schließlich nach einem scheelen Seitenblick unverhohlen losprusteten.

Erbost ging die gekränkte Athena zu einem Fluss, um in ihrem Spiegelbild zu erfahren, was so lächerlich am Flötenspiel sein könne. Als die Göttin ihre aufgeplusterten Wangen und ihr blaurot angelaufenes Antlitz erblickte, warf sie die Flöte angewidert fort. Eben diese Grimasse diente später dem jungen Alkibiades, einem der skurrilsten und dämonischsten Machtmenschen des alten Griechenlands, als Vorwand, um das Erlernen des Flötenspiels abzulehnen.

Marsyas und Apollon im Musenwettstreit

Über die verwaiste Flöte, oder Aulos, wie die Griechen sie nannten, stolperte nun Marsyas und tanzte fortan in seiner phrygischen Heimat flötespielend durch die Wälder. Nicht wenige bewunderten seine Musik mehr als das Leierspiel Apollons, was diesen wiederum erbitterte; und er forderte Marsyas zu einem Wettbewerb. Beide vereinbarten, der Sieger dürfe dem Unterlegenen jedwede Strafe auferlegen.

Da Apollon sich seines Sieges nicht ganz gewiss war, berief er vorsorglich die ihm dienenden Musen zu Schiedsrichtern. Die erwiesen sich jedoch als unbestechliche Liebhaberinnen der Künste, priesen beide Musikrichtungen, ohne einer den Vorzug zu geben. Ergrimmt schrie Apollon:

»Nun denn, wenn du mir gleichkommen willst, tue es wie ich, wende ebenfalls dein Instrument und spiele und singe zugleich!«

Die umgedrehte Lyra klang, von Phoibos mit seiner lieblichen Stimme begleitet, gewohnt bezaubernd.[39] Aber Marsyas vermochte Ähnliches auf der Flöte nicht zu leisten. Da hängte Apollon den Besiegten kopfüber an einer Platane auf und zog ihm bei lebendigem Leibe im wahrsten Sinne des Wortes das Fell über die Ohren. Doch Apollon war nicht nur grausam, sondern wirkte auch für die Heilkunst.

Apollon liebt den Hyakinthos

Die vernichtende Wirkung des Gottes gefährdete selbst seine Geliebten. Apollon war auch seinem eigenen Geschlecht zugetan. So liebte er den zarten Knaben Hyakinthos. Als Phoibos Apollon sich eines Tages in Amyklai mit ihm beim Diskuswerfen die Zeit vertrieb, traf er ihn unbeabsichtigt mit der steinernen Scheibe tödlich. Aus Hyakinthos' Blut wuchs die duftende Hyazinthe.

Ursprünglich war Hyakinthos wohl ein uralter Vegetationsgott, den der später nach Griechenland kommende Apollon verdrängte. Vorgriechische Götter wurden oft von jüngeren »Berufskollegen« abgelöst; so wich auch Helios – noch bei Homer die personifizierte Sonne – mehr und mehr hinter Apollon zurück, bis dessen rätselhafter Beiname Phoibos zu einem Sonnensynonym aufstieg. Verschiedene Gottesvorstellungen verschmolzen und führten zum hellenischen Synkretismus, der auf religiöser Toleranz beruhte. Die Griechen bedrohten die Anbeter fremder Götter nicht mit Tod oder Taufe, sondern fügten vieles Andersartige in ihren Götterhimmel ein.

Daphne, die Lorbeerjungfer

Apollon erlebte zahlreiche unglückliche Liebesgeschichten; am berühmtesten wurde wohl seine Leidenschaft für die Nymphe Daphne. Anfangs verhöhnte Apollon den bogenbewährten Eros[40]:

»Geiler Knabe, verlier bloß nicht den großen Bogen! Meine männlichen Schultern warfen den abscheulichen

Drachen nieder, ihnen ziemt die stattliche Waffe, aber nicht deinen Kinderhändchen.«

»Großer Schütze«, erwiderte Eros, »so empfange meinen Pfeil und erfahre meine Macht.«

Flugs schoss er einen seiner goldenen Pfeile in Apollons Brust und entzündete unsterbliche Liebe zu Daphne; aber die Nymphe bedachte er mit einem stumpfen, bleiernen Pfeil und erregte so ihren Abscheu.

Was der Musengott auch versuchte, Daphne floh vor seinen lieblichen Liedern, Liebesschwüren, Nachstellungen, selbst vor seiner verführerischen Gestalt. Seine Leidenschaft kochte so heftig, dass er die Spröde mit Gewalt zu nehmen versuchte.

In höchster Bedrängnis flehte die Nymphe die Götter an, ihre Schändung abzuwehren, und verfluchte ihre Schönheit, die ihr zum Verhängnis geworden war. Sie bat nicht umsonst. Apollon glaubte sich bereits am Ziel seiner Wünsche, da wurde die Liebreiche in einen knorrigen Baum verwandelt, den aber noch immer ihr himmlischer Glanz umstrahlt – in dem silbrig umflorten Lorbeerbaum, der im Griechischen Daphne heißt.

Dass die Macht des Liebesgottes alles überdauert, erfuhr auch der silberbogige Schütze Apollon. Denn niemals verwand er seine Liebe zu Daphne, ihr Baum bleibt ihm für ewige Zeiten heilig, und er selbst schmückt sein lockiges Haupt mit dem gewundenen Kranz des Lorbeers.

Asklepios' untreue Mutter

Nicht viel besser erging es Apollon mit Koronis, der Tochter des Ixion. Zwar gab sich die Schöne dem Gott bereitwillig hin, aber wandte sich ebenso schnell, als Apollon kurzzeitig in Delphi weilte, einem anderen Liebhaber zu. Ein Rabe überbrachte Apollon die Nachricht; und er selbst oder seine Schwester tötete das Liebespaar.

Doch als der Gott Koronis' leblosen Körper sah, reute ihn die vorschnelle Tat. Er versuchte ihr Leben einzuhauchen, wärmte mit seinen Umarmungen ihre erkaltenden Glieder, wandte seine ganze medizinische Kunst an, doch vergebens. Er warf seinen Bogen von sich, schalt seine Hände, die der Geliebten den Tod gebracht hatten, und verwandelte das schneeweiße Gefieder des Vogels, dessen Unglücksbotschaft ihn übereilt handeln ließ, in das sprichwörtliche rabenschwarze, was seitdem alle Raben tragen.

Der Scheiterhaufen züngelte bereits, als Apollon sich seines ungeborenen Sprösslings besann. Er rettete den Knaben aus den Flammen und brachte ihn zum weisen Kentaur Cheiron, der ihn aufzog und in der Heilkunst unterwies. Asklepios wurde zum größten aller Ärzte. Wo immer er erschien, bewirkte er wahre Wunder, doch nirgends mehr als in Epidauros, wo später eines seiner bedeutendsten Heiligtümer errichtet wurde. Doch als er so vermessen wurde, den verstorbenen Hippolytos wieder zum Leben zu erwecken und damit neben einem Naturgesetz sogar Götterrecht brach, zürnte Zeus und erschlug den Zauberdoktor mit einem Blitz.

Apollon sann auf Rache; aber da er gegen Zeus nichts auszurichten vermochte, tötete er die Kyklopen, die dem

Göttervater die Blitze schmiedeten. Als Zeus wütend Apollon in den Tartaros werfen wollte, beruhigte Leto den Alten und erreichte, dass Apollon zur Strafe nur ein Jahr bei den Sterblichen Laomedon oder Admet dienen musste. Durch diese Erfahrungen geläutert, wurde Apollon zum Sühnegott. Über heilende Fähigkeiten verfügte er bereits seit jeher als Pestgott; er vermochte wie den Griechen vor Troia mit seinen Pfeilen die Seuche zu senden oder sie dann wieder zu nehmen. Sein Leitspruch lautet: »Nichts im Übermaß!« oder »Erkenne dich selbst!«

Später erweckte Zeus Asklepios nicht nur wieder zum Leben, sondern schenkte ihm Göttlichkeit. Asklepios wurde zum Heilgott, den die Römer unter dem Namen *Aesculap* übernahmen. Das Bild des göttlichen Arztes mit der heilenden Schlange setzte Zeus unter die Sterne. Noch heute dient es in der Medizin als Symbol.

Die Giganten greifen an

Durch ständige Zeugung bevölkerten mehr und mehr Götter und Sterbliche die Erde, was die Weltordnung festigte und die wilden ungebärdigen Mächte weiter zurückdrängte. Gaia, selbst noch in diesem Urgrund wurzelnd, geriet bald in Zorn, dass ihre Kinder, die Titanen, im Tartaros gefangen saßen, und gebar die Giganten aus den Blutstropfen des kastrierten Himmelsvaters.

Die Giganten waren ungeheuere Riesen mit grässlichen Gesichtern; von ihren Köpfen wallte dichtes langes Haar; statt mit Füßen liefen sie auf geschuppten Drachenschwänzen. Am gefährlichsten waren ihr Anführer Porphyrion und der gewaltige Alkyones. Sie schleuderten Felsen und brennende Baumstämme gegen den Olymp. Nun kannten die herrschenden Götter das Orakel: nicht ihnen allein, sondern nur mit Hilfe Sterblicher gelänge es ihnen, die Giganten zu töten. Deshalb suchte Gaia nach einem Kraut als Mittel, um die Giganten auch gegen diese Sterblichen unverletzlich zu machen. Da verbot Zeus der Eos, der Selene und dem Helios zu scheinen, fand selbst das Heilkraut, schnitt es ab und sandte Athena, um Herakles aufzufordern mitzukämpfen.

Herakles brachte dann durch einen Pfeilschuss Alkyones zu Fall. Doch kaum war der zusammengebrochen, sprang er wieder kampfeswütig aus dem Staub, der ihn geboren. Nun riet Athena, den Riesen von seinem Heimatboden, dem brennenden Phlegra[41], wegzuschleppen. Der Held prügelte Alkyones nach Bathos und erschlug ihn. Noch heute werden dort Erdbrände beobachtet, die Einheimische ebenso auf den Giganten zurückführen, wie jene riesigen Knochen, die von Zeit zu Zeit aufgepflügt werden.[42]

Nun griff Porphyrion Herakles und Hera an. Zeus weckte rasch bei Porphyrion Verlangen nach Hera; und als der Gigant Heras Schleier zerriss und über sie herfallen wollte, trafen ihn Zeus' Blitz und Herakles' Pfeil tödlich.

Apollon schoss dem Ephialtes das linke Auge aus, Herakles das rechte. Dionysos tötete den Eurytos mit dem Thyrsosstab. Hephaistos warf nach dem Klytios glühende Eisenklumpen. Auf den fliehenden Eukelados schleuderte Athena die Insel Sizilien, dem Pallas (II) schnitt sie die Haut ab, um damit in der Schlacht ihren Körper zu decken. Polybotes floh nach Kos, wo Poseidon einen Teil der Insel – heute als Nisyros bekannt – abriss und ihn über den Giganten warf. Hermes, geschützt durch Hades' Helm, vernichtete den Hippolytos. Sogar die Moiren kämpften mit ehernen Keulen gegen den Agrios und Thoon. Die übrigen fielen durch Zeus' Blitze und Herakles' Pfeile. Der Sieg über die Giganten galt als Überwindung der chaotischen Urzeit und ist auf dem berühmten Pergamonaltar dargestellt.

Der Kampf mit dem Weltfeind Typhon

Diese Niederlage der Giganten erzürnte Gaia noch heftiger. So ließ sie sich von Tartaros umarmen und gebar in Kilikien den Typhon. Dieser Riese, bis zu den Lenden in menschlicher Gestalt, übertraf alle bisherigen Kinder der Gaia an Stärke. Er war so groß, dass er die Berge überragte und sein Kopf die Sterne berührte. Seine Hände sollen ausgestreckt vom Aufgang der Sonne bis zu deren Untergange gereicht haben. Aus ihnen wimmelten hundert Drachenköpfe. Von den Lenden abwärts schlängelten sich Knäuel von Vipern. Sein struppiges Haar flatterte im Winde, sein Körper war gefiedert. Mit funkensprühenden Augen schleuderte er Felsen gegen die Götter.

Als die Unsterblichen ihn feuerschnaubend gegen den Himmel heranstürmen sahen, flüchteten sie in Tiergestalt nach Ägypten. Hera verwandelte sich in einen Pfau, Aphrodite in eine Taube, in eine Hirschkuh Artemis, und Apollon floh in Rabengestalt. Nur Zeus schleuderte Typhon Blitze entgegen, wurde aber in dem folgenden Handgemenge überwältigt. Das Ungeheuer schnitt ihm mit der erbeuteten Kronossichel die Sehnen heraus, so dass Zeus bewegungslos in der korykischen Höhle in Kilikien verharrte, wo auch seine sezierten Sehnen verwahrt wurden.

Hermes' Diebeskunst gelang es, die Wächterin, einen jungen weiblichen Drachen, zu überlisten und die Sehnen zu stehlen. Zeus, wieder im Vollbesitz seiner Kräfte, besiegte in einer gewaltigen Schlacht das Untier auf Sizilien und warf über ihn den Ätna. Unter dem Berg tobt Typhon weiter. Rüttelt er an der steinernen Last, erbebt die Erde; und wenn das begrabene Monster Feuer speit, bricht der Vulkan aus.

In dieser Art ist Typhon dem germanischen *Loki* verwandt. Nach dessen Untaten fesselten die Götter ihn in den Tiefen der Erde an Steinplatten. Bricht er in Wut aus, rüttelt er an den Wurzeln der Berge, und Lava kann hervorbrechen. Ähnlich Typhon kämpft Loki als Vater der Weltfeinde auf deren Seite beim Götteruntergang, dem *Ragnarök*.

Nach hurritischer Überlieferung[43] bediente sich der von seinem Sohn unterworfene Gott *Kumarbi* des aus Felsen erzeugten Monsters *Ullikummi*, um seine Herrschaft wiederzuerobern. Dem herrschenden Wettergott *Tešup* gelingt es schließlich, den in den Himmel ragenden Steinriesen mit der Blitzwaffe zu besiegen. Bei einer anderen Schlacht gegen die Schlange *Illujankas* wurden *Tešup* ebenfalls die Sehnen herausgeschnitten.

Dieser Kampf der Olympier war der letzte gegen Weltfeinde. Aufstände der eigenen Götterfamilie gegen Zeus werden allerdings noch zu erwähnen sein.

HEROENSAGEN

Prometheus und die Entstehung der Menschheit

Die vier Weltzeitalter

Die Menschen und die Götter sind gleichen Ursprungs, die Menschen also nicht viel jünger; sie trennt keine Kluft von den Göttern, sondern beide sind eng verwandt. Sterbliche Frauen vermögen Götter wie Dionysos und später zu Göttern erhobene Heroen wie Herakles zur Welt zu bringen. Und die Göttin Aphrodite gebar den sterblichen Aineias oder die Thetis den Achilleus.

Das Schicksal der Menschen ist eng mit dem Geschlecht des Titanen Iapetos, besonders seines Sohnes Prometheus verbunden. Die schönfüßige Okeanide Klymene gebar dem Iapetos außer Prometheus, als sein Gegenbild, den weniger klugen Bruder Epimetheus, den Atlas und Menoitios. Beide letztere hatten als Abkömmlinge der Titanen auf deren Seite gegen Zeus' Machtergreifung gekämpft. Atlas wurde bekanntlich nicht in den Tartaros verbannt, sondern hatte die Säulen des Himmels zu tragen.

Prometheus war klüger und mit seinem Bruder Epimetheus auf die Seite der überlegenen Olympischen Götter übergegangen, hatte wohl gar Zeus geraten, die besiegten Titanen in den Tartaros einzusperren, und war von ihm besonders geschätzt worden. Nicht Zeus oder seine Olympischen Götter förderten zunächst das Menschengeschlecht, sondern einer der feindlichen, ungestümen Titanen, wovon in Kürze erzählt wird. Aber fragen wir vorerst: Wann entstanden die ersten Menschen?

Bereits unter Kronos lebte eine Menschengeneration in

einem »Goldenen Zeitalter«. Weder Übel noch Arbeit bedrückte ihr Gemüt. Von selbst trug die Erde Frucht in Hülle und Fülle, waren die Menschen reich an Gütern. Sie lebten frei vom Altern, heiter im Glück wegen ihrer Gerechtigkeit und glichen fast den Göttern. Wenn sie friedlich entschlummerten, wurden sie freundliche Geister, die Recht wahren und Frevel ahnden.

Weit geringer an Wuchs und Gesinnung war das nachfolgende Geschlecht des »Silbernen Zeitalters«. Nach hundertjähriger Kindheit lebten die Menschen als Sterbliche nur kurz. In ihrem Unverstand gerieten sie in Zwietracht und wurden gewalttätig. Da sie weder die Unsterblichen ehrten noch auf deren heiligen Altären opferten, tilgte Zeus sie von der Erde und machte sie zu unterirdischen Seligen, von minderem Rang als das »goldene Geschlecht«, aber noch geachtet.

An ihre Stelle trat das eherne Geschlecht des »Bronzenen Zeitalters«. Aus Eschen wild und ungebärdig entstanden, verachteten diese Menschen Feldfrüchte und hatten einen metallharten Sinn. Sie kämpften unablässig und frevelten. Riesig wuchsen ihre Hände und Arme aus ihren klobigen Körpern. Erzen waren nicht nur ihr Wesen und ihre Waffen, auch ihre Häuser und selbst das Ackergerät, denn Eisen gab es noch nicht.[44] Sie mordeten sich im schrecklichen Werk des Ares. Der schwarze Tod raffte sie hinab in den modrigen Hades, für immer geschieden vom Licht der Sonne.

Die große Flut

Zeus, ohnehin kein besonderer Freund der Menschen, ergrimmte über diese Menschheit und schickte nach anderen Berichten Dauerregen für eine Sintflut[45], in der alle, die sich noch nicht gegenseitig umgebracht hatten, ertranken, bis auf die einzigen Gottesfürchtigen, Deukalion und seine Frau Pyrrha. Die bauten – nach Prometheus' Rat – eine Arche und landeten dann auf dem abtrocknenden Gipfel des Parnass. Beide hatten außer ihren leiblichen Kindern das neue Menschengeschlecht zu schaffen. Dazu hätten sie – wie Themis prophezeite – die Gebeine der Mutter hinter sich zu werfen.

»Niemals entweihe ich die Knochen meiner Mutter!«, weigerte sich Pyrrha, ganz die Tochter ihres beschränkten Vaters Epimetheus.

»Täuscht mich nicht alles, verlangt die Prophezeiung keine Schändung«, erwiderte ihr Mann, der Sohn des verständigen Prometheus, »denn unsere eigentliche Mutter ist die Allmutter Erde, und dann wären Steine ihre Gebeine.«

Ein Versuch schadete nichts, und so nahm auch Pyrrha Brocken und warf sie über ihre Schulter. Nach dem Willen der Götter verloren die Steine allmählich an Härte und Starrheit, wurden weich und begannen menschliche Formen anzunehmen. Alles Feuchte oder Erdige, das an ihnen klebte, wurde zu Fleisch; was jedoch fest war, wurde zu Knochen, aber Adern, die die Steine durchzogen, pumpten nun Blut. Die von Pyrrha geworfenen Steine formten sich in kürzester Zeit zu Frauen, die Deukalions wohl zu Männern unseres Zeitalters, wovon unsere steinernen Herzen herrühren.

Der Menschenfreund Prometheus

Eine andere Erzählung unseres Ursprungs handelt von Prometheus, das bedeutet der Voraus-Denkende, und seinem Bruder Epimetheus, der im Nachhinein Denkende. Prometheus soll im Auftrage von Zeus die Menschen nach dem Bilde der Götter geschaffen haben.

Um die durch die große Flut entvölkerte Erde wieder zu beleben, formte Prometheus alle sterblichen Wesen aus Lehm und Feuer. Danach überließ er es seinem Bruder, allen Arten besondere Kräfte zuzuteilen. Einigen verlieh Epimetheus Stärke, anderen Schnelligkeit, auch Flügel, Waffen, Größe, schützende Haut oder vielzeugende Kraft, auf dass sie sich gegenseitig im Gleichgewicht hielten und keine Art aussterbe.

Nachdem alle Fähigkeiten verteilt waren, blieb dem einfallslosen Epimetheus ein einziges hilfloses Geschöpf übrig. Doch Prometheus wusste Rat. Er verschaffte dem Menschen die Kunst des Hephaistos, um sich Werkzeuge und Waffen für seine schwachen Hände zu schmieden, Athenas Fertigkeiten, um sich durch Bekleidung vor Kälte zu schützen und seinen Verstand zu gebrauchen, und letztlich Zeus' Sinn für Recht und Ordnung, damit die Menschen in der Gemeinsamkeit erstarkten.

Sah Zeus das neue Menschengeschlecht zwar mit Wohlwollen, hielt aber die verliehenen Fertigkeiten für zu reichlich, witterte gar eine Gefahr für die Götter? Oder aber strafte er es, weil Prometheus diese Gaben gestohlen hatte? Jedenfalls schlug Zeus die Menschheit mit gebrechlichem Alter und verbarg die Früchte der Erde tief in Gaias Schoß, so dass wir uns quälen müssen, um unser täglich Brot im Schweiße des Angesichts der Scholle abzugewinnen.

Dennoch kannten die Menschen ihren Platz und erbauten den Göttern Tempel; und um die Gottheiten milde zu stimmen, begannen sie, auf den Altären zu opfern. Der anscheinend hinterlistige Prometheus lud daraufhin die Götter bei Mekone zum Opferschmaus ein. Er teilte einen mächtigen Stier und bedeckte den kleineren Haufen aus gutem Fleisch und leckeren Innereien mit dem unansehnlichen Magen, den großen Haufen aus Knochen und Fett überzog er hingegen mit dem glänzenden Fell.

Prometheus hatte mit Zeus' Gier gerechnet. Denn als der Göttervater wählen sollte, entschied er sich für den stattlicheren Teil. Seither verbrannten die Griechen Knochen und Fett auf den Götteraltären, aber verspeisten Fleisch und die schmackhaften Innereien selbst.

Derart getäuscht brüllte Zeus:[46]

»Lasst sie ihr Fleisch doch roh essen!«, und nahm den Menschen das Feuer.

Erneut stand der Menschenfreund seinen Schützlingen bei, stahl das himmlische Feuer[47] und brachte es zur Erde im gehöhlten Nartex-Rohr, dessen Mark langsam weiterglüht und so Feuer aufzubewahren und zu transportieren vermag. Doch Zeus' Rache war fürchterlich.

Prometheus wird angeschmiedet

Zeus sandte Hephaistos mit zwei Knechten, Ohnmacht und Zwang, Prometheus in der öden Berglandschaft des Kaukasos an einer Felsenwand anzuschmieden. Hephaistos stand im Schurzfell mit Handwerkszeug, legte Prometheus Ketten und Fußschellen an und trieb ihm einen stählernen Keil durch die Brust.

»Hart ist, wer die Macht erst kürzlich errang«, meinte Prometheus über Zeus, »er herrscht und duldet nicht den geringsten Widerspruch.« Aber Prometheus verzweifelte nicht. Trotz unermesslicher Schmerzen verlor er weder Hoffnung noch Gewissheit. »Ich weiß, wenn der Tyrann – obwohl hart wie Eisen – zu stürzen droht, wird er einst willig in den Bund mit mir zurückkehren.«

Als die in eine Kuh verwandelte Io den Prometheus aufsuchte, prophezeite ihr der Titan nicht nur, dass sie nach endlosen Wanderungen endlich in Ägypten eine neue Heimat finden, sondern dass Zeus' Herrschaft enden werde. Eine Geliebte werde dem Zeus einen Sohn gebären, dessen Waffe wäre mächtiger als dessen Blitze und Poseidons Dreizack. So werde sich Kronos' Vaterfluch erfüllen, den er ausstieß, als Zeus ihn stürzte.

Von dieser Prophezeiung erfuhr Zeus und sandte Hermes zur Erkundung aus.

»Dieb des Feuers, der Vater verlangt von dir zu wissen, um welche Liebschaft es sich handelt, die ihm die Macht kosten solle?«, fragte der Götterbote.

»Ich sah bereits zwei Herrscher stürzen, den Uranos und den Kronos, bald ist Zeus dran«, erwiderte Prometheus. »Mein Leben voller Qualen tauschte ich nicht gegen deine schmierige Dienstbarkeit.«

»Du genießt deine Lage?«

»Meine Feinde möchte ich solche Lust genießen sehen. Zu meinen Feinden zähl ich dich. Ich hasse die Götter, die mir wider Recht Böses antun. Aber keine Misshandlung, keine List bringen mich dazu, etwas zu offenbaren, ehe diese Ketten nicht gelöst sind. Und nie werde ich nach Weiberart die Hände heben und flehen, mir die Fesseln zu lösen.«

»So wird ein blutig-brauner Adler dir Tag für Tag die Leber abnagen, die nachts dir nachwächst«, eröffnete ihm Hermes.

Der Freund der Menschen widerstand den Drohungen und Qualen. Davon würde ihn erst Herakles befreien. Dies war die Strafe für Prometheus. Aber an den Menschen rächte sich Zeus mit einem Übel, das sie lieben, dessen Schaden aber den Nutzen des Feuers noch übertreffen sollte.

Pandora bringt das Übel auf die Welt

Nach Zeus' Ratschlägen mengte Hephaistos Erde und Wasser, gab eine menschliche Stimme, Lebens- und Liebeskraft hinein und machte ein hübsches, verlockendes Mädchen, so schön wie Göttinnen. Athena lehrte sie Handarbeit und kunstvollen Stoff zu weben. Sie schmückte das schöne Übel mit einem silberweißen Gewand, einem kunstvollen Schleier, einem Kranz aus frischen Wiesenblumen und legte ihr ein goldenes Stirnband um. Zeus befahl Aphrodite, die künstliche Jungfrau mit Liebreiz auszustatten, ihr quälende Sehnsucht, die Gabe zur Betörung und Sinnlichkeit einzupflanzen und sie mit Goldketten zu behängen. Ihr hündischen und verschlagenen Sinn, Wortgewandtheit sowie Schmeichelreden zu geben, war Hermes' Aufgabe. Als der Göttervater das Kunstwerk vorführen ließ, staunten die Götter und die Sterblichen. Von dieser »Urfrau« stammt nach Hesiod das unheilvolle Geschlecht der irdischen Frauen ab, die sich wie Drohnen gebärden, zum Verhängnis der Männer werden, weil sie nicht an deren Not, wohl aber am Überfluss teilhaben wollen.

Pandora hieß das wunderbare Mädchen, »die alles Gebende«. Zeus hatte ihr eine Büchse mitgegeben, voll von Unglück für die Menschen. Der Göttervater sandte nun Hermes, Pandora den Menschen als Geschenk und dem Epimetheus als Frau anzubieten. Der ließ sich von ihrer Schönheit, ihren Reizen und ihrem reichen Schmuck blenden und bedachte nicht Prometheus' Rat, von den Göttern nie ein Geschenk anzunehmen, sondern es umgehend zurückzusenden, denn sonst geschehe Schlimmes. Epimetheus glaubte sich wohl geehrt und beglückt und nahm Pandora zur Frau. Sie öffnete daraufhin ihre Büchse, und heraus kamen alle Leiden, Mühen und Krankheiten dieser Welt. Da Zeus ihnen die Stimme genommen hatte, kamen die Übel nun lautlos über die Leidgeprüften. Pandora schlug den Deckel schnell wieder zu, damit die Menschen mit der Hoffnung nicht noch das einzig Gute erhielten.

Doch nach ihrer Ansicht, es sei das Beste, gar nicht erst geboren zu werden und wenn schon geboren, möglichst bald zu sterben, begriffen einige Griechen wohl die Hoffnung ebenfalls als etwas Schlechtes, das ihnen vorgaukele, im irdischen Jammertal bessere sich etwas.

In der germanischen Überlieferung ist der Pandora die *Gullveig* verwandt, ein zauberkundiges Mädchen, das Gold an die bisher schuldlosen Menschen verteilt und so Übel und Feindschaft über sie bringt.[48]

Die Abstammung der Heroengeschlechter

Wir sind wohl dieses vierte und letzte Menschengeschlecht, das nicht nur durch die Übel aus Pandoras Büchse verdorben wurde, sondern von Eisen ist. Die Menschen finden selbst nachts keine Ruhe von Leiden und Sorgen. Nicht nur der Gast ist dem Sesshaften, der Freund dem Freunde feind, sondern selbst der Bruder bekämpft den Bruder, der Sohn den Vater. Der Stärkere zerstört nach Faustrecht die Stadt des Schwächeren. Redliche unterliegen Frevlern und Gewaltmenschen. Neid und Meineid herrschen.

Doch angesichts der großen Helden wie Herakles, Perseus, Theseus und Achilleus muss es zwischen dem »Bronzenen« und unserem »Eisernen« oder »Steinernen Zeitalter« der Menschen noch ein gerechteres und tüchtigeres Geschlecht gegeben haben, das vor den Toren Troias und Thebens sein Leben ließ. Ledig aller Sorgen weilen die Heroen nun auf der Insel der Seligen, der Kronos als König vorsteht. Im Folgenden wollen wir die Taten dieser Heroen erzählen.

Jede große Familie, die etwas auf sich hielt, betrachtete sich als Nachfahre dieser Helden. Die Heroengeschlechter führten ihren Ursprung entweder auf Athens erdgeborene Ahnen zurück oder auf die Titanen Iapetos bzw. Okeanos. Von Iapetos' drei Söhnen wollte niemand von dem einfältigen Epimetheus abstammen, wohl aber von dem weisen Prometheus, zu dessen Sippe Sisyphos, Bellerophon und Iason gehören. Auch der Iapetossohn Atlas wird als Ahnherr für die schöne Helena, die Troer oder Römer hoch geachtet.

Der zweite Heroenstammbaum hat seinen Ursprung bei Okeanos und teilt sich wiederum in die beiden Stränge um die Flussgötter Inachos wie Asopos. Doch bevor wir uns Peleus und Achilleus, den Nachkommen des Asopos, zuwenden, beginnen wir bei denen des Inachos und erzählen von Io, der schönen Kuh, die den gefesselten Prometheus aufgesucht hatte.

Das Geschlecht des Agenor

Zeus liebt Io und verwandelt sie in eine schöne Kuh

Zeus, wieder von einem Liebespfeil getroffen, verkündete den verdutzten Olympiern, jeder Gott dürfe neben seiner himmlischen Gemahlin auch eine Sterbliche beglücken. Da Hera abwesend war, ging der Göttervater sofort mit gutem Beispiel voran und buhlte um Io, die Tochter des Flussgottes Inachos. Kurz bevor Hera beide ertappte, verwandelte Zeus rasch die reizende Io in eine schneeweiße Kuh und beteuerte, das Hornvieh nicht begehrt zu haben.

Bereits vielfältig getäuscht, misstraute Hera ihrem Gatten, ließ sich die Kuh ausliefern und unter der Obhut des hundertäugigen Riesen Argos nach Mykene bringen. Am Tage ließ Argos sie weiden, doch nachts band er sie am Hals fest. Sie fraß das Laub von den Bäumen und bittere Kräuter, trank von schlammigen Flüssen und bettete sich statt auf ein Polster auf die Erde. Io hob flehend die Hufe empor, klagte ihr Leid, doch sie vermochte nur zu muhen und erschrak dabei vor der eigenen Stimme.

Immer wieder lief Io zum väterlichen Ufer des Inachos, wo sie früher mit ihren Schwestern spielte. Doch weder Vater noch Geschwister erkannten sie, streichelten und bewunderten lediglich das herrliche Tier. Als Inachos der Kuh ein Büschel saftiger Kräuter vorhielt, leckte sie die Hand des Vaters, küsste deren Innenfläche und ließ ihre Tränen fließen. Da sie nicht mit Worten ihren Namen zu nennen vermochte, schrieb sie ihn in den Sand.

»Wehe mir«, klagte der Vater, umschlang den schneeweißen Nacken, küsste die Hörner, »bist du die Tochter, nach der ich alle Lande durchforsche? In welchem Elend finde ich dich! Ahnungslos rüstete ich bereits für die Hochzeit, hoffte auf prächtige Enkel, aber nicht auf blökende Kälber. Keine Worte kannst du mit mir, deinem Vater, wechseln, zu meinen lediglich muhen.«

Argos riss das Kind vom weinenden Vater, trieb die Kuh auf den Gipfel eines Berges, um von dort nach allen Seiten zu spähen. Während je ein Paar seiner hundert Augen ruhte, lauerten die anderen. Selbst wenn er Io den Rücken kehrte, wachten die Augen seines Hinterkopfes über das verwandelte Mädchen. Doch der Göttervater ertrug das nicht länger und beauftragte den Schelm Hermes, Argos zu überlisten. Mit dem Heroldsstab versenkte der Maiasohn den Riesen in einen nie gekannten Tiefschlaf und tötete ihn.

Hera schmückte später mit dessen Augen die Schwanzfedern ihres Lieblingstieres, des Pfaus. Der Io aber schickte sie unverzüglich eine Bremse. Io floh vor deren peinigenden Bissen zuerst zum nach ihr benannten Ionischen Meer, suchte Prometheus auf und wurde dann bis nach Ägypten getrieben, wo Zeus sie sowohl von der Bremse wie von der Kuhgestalt erlöste.

Das Fell wie die Hörner schwanden. Ihre Augen verengten sich, das Maul schrumpfte, die Hufe teilten sich fünffach zu Fingern und Nägeln. Von dem Rinde blieb nur der Glanz seiner Schönheit. Darum besorgt, wie eine Kuh zu muhen, scheute Io sich anfangs zu reden.

Doch damit fanden ihre Leiden ein Ende. Dem Zeus gebar sie den Epaphos, der später König von Ägypten wurde.

Phaëthon begegnet seinem Vater Helios

Epaphos wuchs zusammen mit Phaëthon auf, und beide glichen sich an Gesinnung wie Gestalt. Doch was hieß das schon? Prahlte Epaphos mit seinem Vater, dem Kroniden, wusste Phaëthon von seinem nichts zu berichten. Nächtelang flehte er seine Mutter Rhode an, das Geheimnis preiszugeben.[49]

Rhode brach es das Herz, ihren Sohn so bedrückt zu sehen, und eröffnete ihm:

»Dein Vater ist kein Verworfener; er lebt ewig in seinem Glanze.«

»Oh Gott! Ist er etwa ein Gott?«, Phaëthon verschlug es die Sprache, aber als er erfuhr, dass kein geringerer als Helios sein Vater sei, stürmte er zu seinem Freund Epaphos. Schon Unglauben hätte Phaëthon gequält, doch Epaphos' Gelächter ertrug er nicht.

»Dir werde ich es zeigen. Ich eile zu meinem Vater, dann wirst du schon sehen, welch himmlischer Abkunft ich bin.« Mit diesen Worten machte sich der Jüngling gen Osten auf und erreichte Helios' glänzenden Palast. Allein der Prunk blendete Phaëthon, doch Helios' gleißendem Anblick hielten seine Augen nicht stand. Mit abgewandtem Blick stand er befangen vor dem Thron, unfähig, auch nur ein Wort herauszubringen. Lange musste der Sonnengott dem Jüngling zureden, bis dieser zaghaft den Mund öffnete:

»Großer Helios, Vater, wenn du mir diese Anrede gestattest, befreie mich von meinem Zweifel und gib mir ein Pfand, das mich unleugbar als deinen Sohn ausweist!«

»Fasse nur Zutrauen«, entgegnete der Herrscher, »du bist mein Kind. Endlich bist du hier, nach all den Jahren, die ich dich nur von ferne zu sehen vermochte. Mein Sohn, äußere einen beliebigen Wunsch, was es auch sei, bei den Wassern, die mein Auge nie gesehen, schwöre ich dir, ihn zu erfüllen!«

»Dann will ich deinen Sonnenwagen fahren«, platzte Phaëthon heraus, »alle sollen sehen, ich bin dein Sohn.«

»Du weißt nicht, was du begehrst«, erschrak Helios, »erbitte etwas anderes, irgendeine Kostbarkeit des Himmels, des Meeres oder der Erde, und fürchte nicht, dass ich es verweigere.«

»Ich will aber den Sonnenwagen fahren!«, beharrte der Halsstarrige.

»Phaëthon, mein Sohn, du erbittest dein Verderben von mir, von deinem eigenen Vater! Niemals lasse ich das zu. Du, ein Sterblicher, wünschst, woran Himmlische scheitern. Selbst Zeus verstünde den Himmelswagen nicht zu lenken!«

»Aber du hast es geschworen!«

»Oh, wie unheilvoll!«, klang Helios bedrückt, »es war töricht von mir, bei der Styx zu schwören. Doch noch törichter ist es, auf diesem übereilten Schwur zu bestehen. Zweifle nicht, du erlangst alles, was du willst. Wünsche verständiger, du bist alt genug!« Dreimal, viermal noch schüttelte der Gott sein loderndes Haupt und versuchte eindringlich, den Jungen zur Vernunft zu bringen. Doch dieser beharrte, schmollend wie ein Kleinkind, auf seinem Willen.

So führte Helios zögernd seinen Sprössling zu dem goldenen Wagen, hieß den Horen die Rosse anzuspannen und gab letzte Ratschläge:

»Steil führt am Anfang der Weg in schwindelerregende Höhen. Schau nicht hinab, denn auch ich zittere in banger

Besorgnis! Halt die Zügel straff und spar den Stachel! Wähle die Mitte der Bahn, zwischen dem grollenden Bären und der zischenden Schlange, verbrenne weder die himmlischen Paläste noch die Erde!«

Phaëthon fährt den Sonnenwagen

Phaëthon war nicht stark genug, um die kraftstrotzenden Hengste zu bändigen. Sie sprangen an den ungewohnt lockeren Zügeln hoch hinauf in den Äther. Was für ein schrecklicher Abgrund riss vor Phaëthon auf, als er zur kaum noch sichtbaren Erde blickte! Und als er sich in panischer Angst nach oben wandte, krachten neben ihm die Scheren des Skorpions so ohrenbetäubend zusammen, dass das Gespann weggeschleudert wurde und dem Ohnmächtigen die Zügel entglitten.

Als die feuerschnaubenden Rosse diese nie gekannte Freiheit spürten, gingen sie durch und rasten kreuz und quer durch die Luft. Bald verdampften die Wolken, bald jagten die Hengste auf so abschüssigen Pfaden, dass die Erde in Flammen aufging. Der Nil wich erschrocken ans Ende der Welt zurück und barg das Haupt in seinen sieben Mündungen, selbst die schneebedeckten Gipfel des Olymps und der Alpen fingen Feuer. Sprühende Funken und Ascheflocken schwärzten Afrikas einst hellhäutige Völker; und wo früher Quellen sprudelten und Wälder grünten, dörrt heute Saharas trockener Sand. Da die ganze Welt in einem lodernden Flammenmeer unterzugehen drohte, blieb Zeus nichts anderes übrig, als den Unbesonnenen mit einem Blitz zu erschlagen; Phaëthon stürzte darauf kopfüber in den Eridanos.

Phaëthons Schwestern Prote und Klymene (II) fanden den verbrannten Leichnam und brachen in endlose Klage aus, bis sie sich in Pappeln verwandelten, denen noch heute Tränen entrinnen, die wir unter dem Namen Bernstein kennen.

Nachdem Helios die Pferde eingefangen und einen ganzen Tag der Welt sein Licht versagt hatte, kehrte er auf Drängen der Götter zu seinem angestammten Platz zurück.

Die Kalydonische Jagd

Epaphos' Tochter Libye, Namensgeberin des bekannten Landes, gebar dem Poseidon zwei Söhne: Belos, der in Ägypten herrschte und aus dessen Stamm Perseus hervorgehen sollte, und Agenor, der nach Phönikien auswanderte und Stammvater der Königsgeschlechter von Kalydon, Kreta und Theben wurde.

Agenor, Epaphos' Enkel, hatte fünf Kinder: Phoinix, nach dem der phönizische Herrschaftsbereich benannt ist; Demonike, die durch die Liebschaft mit Ares Großmutter von Leda und Althaia wurde; die von Zeus entführte Europa; Kadmos, der auf der Suche nach seiner Schwester Theben gründete; und Portheus, König von Kalydon.

Portheus' Sohn Oineus erwies sich als überaus freigebiger Herrscher. Als eines Tages Dionysos nach Kalydon kam und ein Auge auf dessen Frau Althaia warf, zog sich der rechtmäßige Ehemann zurück, und Althaia empfing dann Deïaneira, die spätere Heraklesgattin. Dionysos erwies sich als dankbar und lehrte seinen verständnisvollen Gastgeber die Kunst des Weinanbaus.

Zwar ist nicht überliefert, dass Ares jemals den Palast des gastfreundlichen Oineus besuchte, doch hält sich das Gerücht, Meleagros sei nicht Oineus' Sohn, sondern Althaia habe ihn vom Kriegsgott empfangen. Selbst die Moiren erschienen bei Meleagros' Geburt. Klotho prophezeite, er werde ein edelmütiger Mensch, Lachesis besang seine Stärke, Kühnheit und Aufrichtigkeit, die Todesmoira Atropos aber starrte ins Feuer und murmelte, Meleagros werde so lange leben, bis dieser Stock, der bereits angekohlt in den Flammen lag, verbrannt sei. Augenblicklich sprang Althaia vom Wochenbett auf, achtete weder Schmerzen noch verbrannte Hände, riss den züngelnden Scheit aus den Flammen, löschte und verbarg ihn.

So wuchs Meleagros zu einem großen Helden heran – unbesiegbar durch die Fürsorge seiner Mutter, die niemandem verriet, wo der schicksalhafte Stock ruhte. Doch Meleagros' Untergang kam von keinem Feind, sondern von seinen eigenen Eltern. Der gottesfürchtige Oineus vergaß, Artemis zu opfern; und die gekränkte Göttin sandte einen Eber, der Kalydons blühende Landschaften verwüstete. Das Untier wütete derart, dass nicht einmal der tapfere Meleagros es erlegen konnte. Deshalb rief er alle Helden auf, den Eber zu töten.

Um ihren Ruhm zu mehren, kamen zur Kalydonischen Jagd außer Herakles, der seinen Arbeiten nachgehen musste, alle Helden Griechenlands: die Dioskuren Kastor und Polydeukes, ihre messenischen Vettern Idas und Lynkeus, Theseus erschien, mit ihm Iason, Admet und Peleus; weder Telamon noch Amphiaraos fehlten – Männer, von denen noch viel zu erzählen sein wird. Aber auch Atalante, die schöne Jägerin, nahm teil.[50]

Neun Tage lang bewirtete Oineus die Helden, die sich weigerten, gemeinsam mit einer Frau zu jagen, bis es Meleagros, der sich in Atalante verliebt hatte, endlich gelang, die Jäger zum Aufbruch zu bewegen. Lange stellten sie dem Untier nach, viele Männer verloren ihr Leben, wie Eurytion, der versehentlich von seinem Schwiegersohn Peleus getötet wurde. Taten, würdig der großen Helden, wurden vollbracht, doch erst Atalante gelang es, mit einem Pfeil den Eber zu verwunden; und Meleagros, der sich stets in ihrer Nähe aufhielt, gab dem Tier den Todesstoß. Die Beute wurde zerlegt, das Fell und die Hauer Meleagros überreicht, doch der wandte sich an Atalante:

»Oh, Ebenbild der Artemis, nimm du, was nach Jagdrecht mein ist, und teile mit mir den Ruhm, den ich heute gewann.«

Es war nicht das erste Mal, dass Meleagros die schöne Jägerin entzückte. Schon vorher war sie seinem Liebreiz erlegen; und ihrer Vereinigung entsprang später Parthenopaios, ein Held im Kampf jener »Sieben gegen Theben«.

Unter den Helden machte sich Unmut breit. Vor allem Meleagros' Onkel wollten nicht dulden, dass eine Frau die Ehrenstücke bekäme, und pochten auf das Recht der Familie, wenn ihr Neffe darauf verzichtete, diese zu erhalten. Streit entbrannte, Waffen wüteten, und bald stand Meleagros im Blut seiner Verwandten. Als Althaia erfuhr, dass der Sohn ihre Brüder tötete und das fremde Mädchen die Trophäen besaß, holte sie das lang verborgene Scheit aus der Truhe und warf es ins Feuer.

Erst spürte Meleagros nur ein kleines Stechen, dann plagten ihn Hitzewellen und Magenkrämpfe. Standhaft versuchte er, den Schmerz zu unterdrücken, doch die Qualen wuchsen. Er verließ unauffällig die Jagdgesellschaft, schleppte sich, der Ohnmacht nahe, durch den Wald bis zum Fluss. Die Hitze verzehrte seinen Körper, die Kehle war ausgetrocknet. Begierig schlürfte er das kühle Wasser. Er trank, trank, trank. Sein Bauch schwoll an, doch die Kehle schien kaum benetzt; und ihm war, als verbrenne er bei lebendigem Leibe. Der Schmerz steigerte sich ins Unermessliche, und mit einem markerschütternden Schrei ging er in den Hades ein.

Daraufhin nahm sich Althaia das Leben, und Oineus heiratete nach angemessener Frist Periboia. Nach außen hin gilt sein Sohn Tydeus als Spross seiner zweiten Gattin, doch Eingeweihte berichten, Oineus habe ihn mit seiner eigenen Tochter Gorge gezeugt. Tydeus erwies sich als nicht weniger tapfer als Meleagros. Doch Oineus musste ihn, als Tydeus einen Mord beging, aus Kalydon verbannen. Hier übten bereits die überlebenden Brüder von Althaia ihren Einfluss aus. Nachdem der alte König schutzlos zurückgeblieben war, ergriffen sie selbst die Macht. Tydeus, der im Zug der »Sieben gegen Theben« fiel, vermochte seinen Vater nicht zu rächen; die Thronräuber abzusetzen gelang erst seinem Sohn Diomedes.

Das minoische Kreta

Zeus verführt Europa

Zeus verliebte sich in Europa und befahl Hermes, das Vieh ihres Vaters Agenor zur Küste nahe Tyros zu treiben. Dort pflückte die Schöne mit ihren Gespielinnen Blumen. Zeus selbst mischte sich als prächtiger Stier, weiß wie Schnee, unter die Herde, trabte mit dreifarbig glänzendem Fell und moschusduftend heran. Voller Bewunderung näherte sich Europa. Der Stiernacken strotzte von Muskeln, seine Hörner waren zwar klein, aber leuchteten wie Edelsteine. Er blickte friedlich, wirkte stolz, aber zutraulich. Europa, von seiner Kraft und Würde beeindruckt, streichelte ihn – war es etwa eine überirdische Erscheinung? Dann bot sie ihm Blumen. Der Verliebte küsste die Hände des Mädchens, tänzelte spielerisch und legte sich auf den Sandstrand. Europa klopfte ihm die Brust und band Girlanden um seine Hörner. Nun überwand sie alle Scheu und wagte sich sogar auf seinen Rücken. Doch auf diesen Augenblick hatte der verwandelte Göttervater nur gewartet. Der Stier stand gemächlich auf, schritt zum Ufer und galoppierte übers Wasser. Europa blickte angstvoll zur Heimat zurück, umklammerte mit der rechten Hand ein Horn des Stieres und suchte mit ihrer linken auf dessen Rücken Halt. Ihr Kleid bauschte sich im Winde. Zeus überquerte das Meer, ohne dass auch nur ein Wasserspritzer Europas wehendes Gewand benetzte.

In Gortyn auf Kreta ging Zeus an Land und soll Europa unter der immergrünen Platane mit Gewalt genommen haben. Oder gab sie – von seiner Stärke gebannt – sich ihm gar willig hin? Was wissen wir wirklich? Ob der Kronide Scham empfand, ist nicht überliefert, wohl aber sein Bemühen, das vermeintliche Unglück der Entführten in Glück zu verwandeln. Zeus machte sie mit Minos, Rhadamanthys und Sarpedon zur Stammutter eines blühenden Geschlechts. Und der Name Europa schmückt für alle Zeiten einen Kontinent.

Minos und das Monster Minotauros

Europas Sohn Sarpedon wanderte nach Lykien aus, wo die Götter seine Lebenszeit verdreifachten. Rhadamanthys erwies sich als so gerechter Gesetzgeber, dass er nach dem Tode zusammen mit Aiakos und seinem Bruder Minos als Richter der Verstorbenen im Hades wirken durfte.

Minos war aber zu Lebzeiten ein mächtiger König und beherrschte von seiner Residenz Knossos nicht nur Kreta, sondern weite Teile Griechenlands.

Noch bevor die Griechen hellenischen Boden betraten, blühte auf Kreta tatsächlich die sogenannte »Minoische Kultur«, die, gestützt auf Seeherrschaft, weite Teile des ägäischen Raumes kontrollierte. Auf diese Vergangenheit besinnt sich der Mythos.

So war auch Athen verpflichtet, alle neun Jahre einen Tribut von sieben Jungfern und Jünglingen als Blutopfer für den Minotauros nach Knossos zu liefern, bis Theseus dem ein Ende setzte. Doch wie war es zu dem blutrünstigen Ungeheuer gekommen?

Da Minos ein gottgefälliger Mann war, hatte er einst die Herrschaft auf Kreta gewonnen. Eines Tages versprach der König, seinen schönsten Stier dem Poseidon zu opfern. Der Erderschütterer prüfte die Wesensart des Herrschers und ließ einen strahlend weißen Stier aus dem Meer steigen. Minos' Besitzgier siegte über seine Gläubigkeit; er versteckte den Stier in seiner Herde und opferte statt dessen eine Kuh. Doch solchen Frevel pflegten die Götter hart zu bestrafen. Jener Stier sollte erst seine Ehe und später sein Land zerstören; denn er verwüstete ganz Kreta, bis schließlich Herakles ihn einfing.

Minos war mit der Heliostochter Pasiphaë glücklich verheiratet und erfreute sich an seinen Kindern Katreus, Phaidra und Ariadne. Aber als Rache für seine Hybris weckte Aphrodite bei Minos' Angetrauter Begierde nach diesem Stier. Pasiphaë kümmerte sich nun weder um ihre Familie noch um ihren Ruf, sondern allein darum, den Stier zu verführen; doch was immer sie anstellte, der Hornochse ignorierte sie. Was konnte sie tun? Schließlich vertraute die Königin ihre Gelüste dem erfindungsreichen Daidalos an, der für Minos arbeitete.

Der Kunsthandwerker hatte Erbarmen mit der Frau – oder wollte er Minos nur eins auswischen? – und fertigte eine hölzerne Kuh von solcher Natürlichkeit, dass der Stier sie besprang und die in ihm hockende Pasiphaë begattete.

Ungeheuerlicher als die Geilheit erwies sich die Frucht derselben, die Missgeburt Minotauros, ein Mensch mit Stierkopf. Sein »Stiefvater« Minos entsetzte sich bei dessen Anblick derart, dass er Daidalos beauftragte, die Schande zu verbergen. Der Meisterschmied baute das unentrinnbare Labyrinth[51], in dem Minotauros[52] gefangengehalten wurde und wo man ihm die Menschenopfer aus Athen darbrachte.

Ikaros fliegt sonnenwärts

Minos hatte zwar Daidalos nach dessen Flucht aus seiner Heimatstadt Athen[53] freundlich Asyl gewährt, aber lehnte hartnäckig dessen Bitten um Weiterreise ab. Minos wollte weder den besten Erfinder verlieren, noch seine Schmach bekannt werden lassen.

Nachdem der Kunstsinnige seine vermeintliche Freiheit als goldenen Käfig erkannt hatte, schuf er für sich und Ikaros zwei Flügelpaare und verklebte deren Federn mit Wachs. Bevor sie flüchteten, belehrte der Vater seinen Sohn:

»Mein Ikaros, halte die Mitte der Bahn! Denn fliegst du zu tief, beschwert Wellengischt deine Federn, gerätst du zu hoch, wird die Glut dich versengen!«

Daidalos' Rat folgt den griechischen Denkern. Die sieben Weisen verkündeten: »Erkenne dich selbst!« Dieser Spruch ziert den Eingangsgiebel des Apollontempels in Delphi. »Nichts zu viel!«, lautet eine andere Weisheit.

Dann erhoben sich beide in die Lüfte – der Vater flog maßvoll voran, der Sohn zunächst unsicher hinterher. Doch bald vergaß Ikaros nicht nur seine Scheu, sondern auch seine Vorsicht. Berauscht von dem Hochgefühl, wie ein Adler durch den Äther zu schießen, schwang er sich jauchzend immer höher, der Sonne entgegen. Aber zehrende Glut schmolz das duftende Wachs, die Federn verloren ihren Halt und fielen von den nackten Armen. Sosehr Ikaros auch ruderte, die Flügel fassten keine Luft mehr, und so schlug er kurz vor der später nach ihm benannten Insel Ikaria aufs Meer und ertrank. Daher heißt auch heute noch die See um die Sporaden das Ikarische Meer.[54]

Byblis und Kaunos

Bevor wir Kreta verlassen, ist noch von der Minostochter Akakallis zu berichten, die von Apollon verführt, einem Knaben das Leben schenkte, aber ihn aus Angst vor ihrem Vater aussetzte. Wölfe nährten Miletos, und Hirten zogen ihn auf. Der Herangewachsene war von solcher Schönheit, dass Sarpedon und Minos dem Jüngling nachstellten. Miletos entschied sich für Sarpedon, und beide entflohen Kreta. Wir berichteten bereits, dass Sarpedon sich nach Lykien wandte, Miletos aber zog nach Karien, wo er Kyanee, eine Tochter des Flussgottes Maiander, heiratete und die nach ihm benannte Stadt gründete. In historischer Zeit kamen aus der berühmten Stadt Milet nicht nur die Philosophen Anaximander und Anaximenes, sondern auch Thales, dessen Satz über rechtwinklige Dreiecke noch heute als Satz des Thales gilt.

In Milet wuchsen Byblis und Kaunos, Kinder des Miletos und der Kyanee, auf. Byblis liebte ihren Bruder nicht, wie es einer Schwester geziemen sollte. Anfangs erkannte sie nicht, welches Feuer in ihr brannte, hielt es für geschwisterliche Zuneigung, wenn sie öfter Küsse tauschte oder Kaunos mehr und mehr umhalste. Noch war sie sich dessen nicht bewusst, doch im Inneren glühte sie, ließ sich schon lieber »Byblis« statt »Schwester« nennen. Aber im Traume sah sie, was sie sich wach nicht eingestand, wie sich ihr Leib mit dem des Bruders vereinigte.

»Weh mir«, dachte sie, »warum sah ich nur diesen Traum? Wenn ich derlei zu begehen nur nicht im Wachen versuche, so darf mir der Schlaf noch oft solche Bilder gönnen. Welche Wollust wurde mir zuteil! Dürfte den Namen ich wechseln und mich so mit dir verbinden. Schönster, du darfst mir nur Bruder bleiben. Aber haben die Götter nicht selbst ihre Schwestern besessen? Wenn mir auch Scham den Mund verschließt, ein geheimer Brief wird ihm meine verborgene Glut enthüllen.«

So fasste Byblis mit der Rechten den Griffel, mit der Linken die leere Fläche des Wachses. Und sie begann, hielt ein;

sie schrieb, verwarf ihre Zeilen, zeichnete und tilgte, veränderte, schalt, lobte, legte die Tafel ab und nahm sie von neuem wieder auf. Endlich beendete sie den Brief, rief einen Diener herbei und befahl:

»Bringe dies meinem –«, sagte erst nach einiger Zeit »– Bruder«.

Als sie die Tafel übergeben wollte, fiel diese zu Boden. Obwohl das Siegel gebrochen war, sandte Byblis dennoch den Bediensteten, der den Brief Kaunos aushändigte. Nachdem der die Nachricht halb gelesen hatte, schrie er den Diener an:

»Scher dich fort, verruchter Bote, solange noch Zeit bleibt! Du hättest schon längst mit deinem Leben gebüßt, wenn dein Tod nicht unsere Schande offenbarte.«

Als der Diener die Worte des Kaunos überbracht hatte, erbleichte und erbebte Byblis. Doch mit ihrer Besinnung kehrte auch ihr Wahn zurück, und sie sprach zu sich selbst:

»Warum habe ich nur übereilt der Tafel diese Worte anvertraut? Ich hätte zuvor erforschen sollen, wie er gesonnen ist. Warnte nicht eine Gottheit mich, als die Tafel zu Boden fiel? Doch was ich getan, kann ich nun nicht mehr widerrufen. Jetzt gilt es durchzuhalten, denn wenn ich nun ablasse, wird es nur als brünstiges Verlangen abgetan.«

Byblis kannte kein Maß und ließ sich noch oft zurückweisen. Da kein Ende abzusehen war, floh Kaunos vor dem blutschänderischen Verlangen und gründete die nach ihm benannte Stadt Kaunos in Karien. Die Hoffnungslose verließ ebenfalls Milet und begab sich auf die Spur des geflüchteten Bruders. Ihr Ende ist umstritten. Entweder erhängte sie sich selbst, oder sie wurde infolge ihrer unstillbaren Tränen zu einer Quelle. Manche halten sie auch für die Namensgeberin der phönizischen Stadt Byblis.

Theben – die leidgeprüfte Stadt

Kadmos gründet Theben

Nachdem Europa, Agenors Tochter, von Zeus nach Kreta entführt worden war, machte sich ihr Bruder Kadmos von Phönikien auf, seine Schwester zu suchen. Bei seinen Wanderungen, die ihn bis nach Griechenland führten, begegnete er am Aresquell einer gewaltigen, männermordenden Schlange. Nach zähem Kampf gelang es Kadmos, das Untier zu töten. Auf Athenas Geheiß brach er dessen furchtbarem Kiefer die Zähne aus und säte sie in den Acker. Doch wie staunte er über die Frucht. Dem Boden entwanden sich über und über gepanzerte Krieger; die mähten mit ihren dröhnenden Waffen sich gegenseitig nieder, bis nur noch fünf blutige Schnitter, Spartiaten oder »die Gesäten« genannt, auf dem bitteren Felde standen.[55]

Kadmos erbaute hier mit der Hilfe der erdgeborenen Krieger die vielgepriesene Stadt Theben und lehrte die Griechen den Gebrauch der Schrift. Heute wissen wir, dass die Hellenen die Schrift tatsächlich von den Phönikern übernahmen.

Nur zwei Menschen, heißt es, wurden jemals mit einem vollen Glückshorn[56] überschüttet. Neben Peleus war es Kadmos, der mit Harmonia, der Tochter von Ares und Aphrodite, eine Göttin freite. Die Verbindung des Kriegsgottes mit der Göttin der Liebe soll wohl zeigen, dass Liebe und Hass zwei Seiten einer Medaille gleichen, die zusammengehören, nach Harmonie drängen.

Aphrodite und Ares im Liebesakt gefesselt

Aphrodite war bekanntlich mit Hephaistos verheiratet. Doch der lahme Schmiedegott, ständig rußverschmiert und mit schwieligen Händen auf den Amboss hämmernd, genügte kaum der Liebesgöttin. Als Helios, der alles Irdische bescheint, Hephaistos hinterbrachte, dass seine Gattin ihn mit Ares betrüge, eilte der in seine Werkstatt: Er schmiedete einen Plan und ein unentrinnbares Netz, das er im Schlafgemach um die Pfosten befestigte. Die Fesseln waren fein wie Spinnengewebe und so täuschend gefertigt, dass nicht einmal Götter sie zu sehen vermochten. Dann gab der Schmied vor, nach Lemnos zu gehen.

Ares lag bereits auf der Lauer, eilte, von Liebeslust getrieben, zu der schönbekränzten Aphrodite und bedrängte sie: »Geliebte, komm zu Bett. Hephaistos ist schon auf und davon zu den Barbaren von Lemnos.« Aphrodite war keineswegs abgeneigt, und beide bestiegen das Lager und liebten sich so heftig, dass die Pfosten erbebten und das feine Netz freigaben. Also fielen die kunstvollen Fesseln; die Liebenden konnten sich weder erheben, noch ein Glied regen, blieben so in sich verstrickt auf peinliche Weise gefangen. Der Meister war in der Nähe geblieben, kehrte nun zurück und brüllte im Vorraum zu den Göttern:

»Vater Zeus und ihr anderen Götter! Kommt her und lacht. Soll ich ertragen, wie Aphrodite mich mit dem abscheulichen Kriegsgott betrügt? Seht nur, wie beide in Liebe verfangen sind, ha! Können sich nicht rühren und bleiben so lange gefesselt, bis du, Vater, mir alle Brautgeschenke zurückgibst, die ich dir für die Hundsäugige reichte. Deine Tochter ist schön, aber unstet.«[57]

Die Götter kamen ins Haus, traten vor das Bett, lachten dröhnend, wohl auch schadenfroh, und bewunderten Hephaistos' Kunstwerk. Da sagte einer zum anderen:

»Der Krüppel Hephaistos, der Langsame, hat Ares, den schnellsten der Götter, gefesselt; dafür ist Ehebruchbuße fällig.« Und Apollon fragte verschmitzt den Hermes:

»Lägst du nicht gern selber hier mit der Schönen in Fesseln?«

»Hielten mich noch dreimal, hundertmal so viele Bande, und ihr alle glotztet mich an, wie sich Aphrodites Lenden um meine schlängen. Was, großer Schütze, gäbe es Reizvolleres?«

Wieder lachten die Götter schallend, was als »Homerisches Gelächter« sprichwörtlich wurde. Nur Poseidon beteiligte sich nicht, sondern bat: »Binde ihn los, ich bürge für ihn.« Als Hephaistos das nicht ausreichte, bot Poseidon an, selbst die Buße zu zahlen. Dann löste Hephaistos die Fesseln. Ares eilte sofort nach Thrakien, Aphrodite schlich nach Zypern zu ihrem Heiligtum, wo sie von den Chariten gewaschen und gesalbt wurde.

Allerdings wurde trotz der Fesseln in dieser Liebesstunde Harmonia gezeugt.

Hermaphroditos' Verweiblichung

Später erhörte Aphrodite Hermes, den Argosbezwinger. Sie zeugten den Hermaphroditos, in dessen Gesicht sich Mutter und Vater spiegelten. Er wurde von den Nymphen des Ida erzogen, durchstreifte als Jüngling Kleinasien und konnte sich nicht satt sehen an all den Flüssen, Quellen und Seen. So kam er nach Karien zur Quelle Salmakis.[58]

Dass er die gleichnamige Nymphe antraf, war kein Zufall. Im Gegensatz zu ihren Geschwistern verabscheute sie Artemis' Jagdleidenschaft; und anstatt Wild zu erlegen, pflegte, salbte und kämmte sie sich, den ganzen Tag ihr Spiegelbild im Wasser betrachtend. Ein Geräusch schreckte sie auf. Sie hob den Blick, und was sie sah, verschlug ihr den Atem: Aphrodites Zartheit und Sanftheit vereint mit verführerisch männlichen Zügen. Begehren rötete ihr Antlitz, sie ordnete schnell die Falten ihres Umhangs, die Locken ihres Haares und tänzelte zu dem Jüngling:

»O göttliche Erscheinung«, rief sie, »selig die Mutter, die dich geboren, beglückt die Amme, die dir ihre Brüste gereicht. Sie können sich mehr preisen als deine Braut, wenn du eine dir würdig erachtest. Gibt es eine, so schenke ihr Recht in dieser Nacht mir.«

Verlegen wandte der Knabe den Kopf, denn von Liebe wusste er noch nichts. Salmakis drängte sich dicht heran, schlang die Arme um seinen herrlichen Hals und suchte ihm Küsse, unschuldige Schwesternküsse, wie sie versicherte, zu rauben.

»Genug. Wenn du nicht aufhörst, gehe ich«, wehrte er ab.

»Nein, Teuerster, verlass mich nicht. Ich belästige dich nicht weiter, aber bleib! Schau, wie herrlich das klare Wasser sprudelt. Als sei es nur geschaffen, um deinen Körper zu erquicken. Ja, spring hinein, und damit du dich nicht weiter zierst, ziehe ich mich zurück.« Mit diesen Worten ging die Nymphe und blickte sich oftmals um.

Der Knabe prustete unbeschwert im Wasser. Doch plötzlich fühlte er sich umklammert. Salmakis hatte sich hinter dem nächsten Strauch verborgen und mit gierigen Blicken Hermaphroditos' makellosen nackten Körper verschlungen, sich die Kleider vom Leib gerissen und war mit den Worten »Jetzt bist du mein!« ins Wasser gesprungen.

Schamhaft wehrte sich der Göttersohn, aber Salmakis schlang sich um seinen anmutigen Leib und flehte: »Nichts soll uns jemals trennen.«

Die Götter erhörten ihre Bitte und ließen beide zu einer Gestalt verschmelzen; so wurde Hermaphroditos zu einem Hermaphroditen. Seither verweiblicht diese Quelle jeden Mann, der ihre Wasser berührt.

Die Hochzeit von Kadmos und Harmonia

Doch kehren wir zurück zu Harmonia, von Ares im Seitensprung mit Aphrodite gezeugt. Kadmos heiratete die Göttin auf der Insel Samothrake. Hier befanden sich die nach Eleusis wohl berühmtesten Mysterien der Antike, in deren Kabirenkult[59] sich besonders Seefahrer einweihen ließen. Denn es hieß, kein Initiierter erlitte jemals Schiffbruch. Es war aber nicht leicht, an dem zerklüfteten und sturmumtosten Eilande anzulegen. Auch heute noch, heißt es, walten dort göttliche Kräfte, denn es kommt vor, dass auf der bescheidenen Insel Unwetter toben, während in ganz Griechenland strahlender Sonnenschein herrscht.

Doch die Hochzeit beider, zu der sich auch die Unsterblichen die Ehre gaben, wurde ein Freudenfest. Göttliche Geschenke wurden überreicht, von denen Aphrodites Halsband und das Gewand der Athena sich als die prunkvollsten, aber auch schicksalshaftesten erwiesen. Das Brautpaar begründete mit ihren Kindern Polydoros, Autonoë, Ino, Agaue und Semele das thebanische Königsgeschlecht. Deren fluchbeladene Geschichten sollen nun erzählt werden.

Die Flammengeburt des Dionysos

In Gestalt eines unbekannten Sterblichen umarmte Zeus schon seit sieben Monaten die schöne Semele, Tochter des Königs Kadmos und Harmonias. Doch die rachsüchtige Hera flößte Semele den Traum ein, der geheimnisvolle Fremdling möge sich in seiner ganzen Macht zeigen. Als Semele in der nächsten Liebesstunde um die Erfüllung eines Wunsches bat, gewährte es Zeus, vor Verlangen blind. Sobald er jedoch die Bitte vernahm, bereute der Göttervater seinen Schwur und versuchte sie durch inständiges Flehen umzustimmen. Da Semele hartnäckig blieb, musste der an seinen Eid gebundene Kronide sich in Blitz und Donner offenbaren, und Semele verbrannte zu Asche.

Das Kind blieb unversehrt. Kühlender Efeu rankte sich schützend um den Embryo, den der Göttervater barg, sich in seinen Schenkel nähte und den ›zweiten‹ Dionysos humpelnd bis zur vollen Reife austrug.

Zagreus, der erste Dionysos

Zuvor hatte Zeus nach einem Bericht der Orphiker Schlangengestalt angenommen und so mit Persephone den Zagreus, den Gott aller Götter, gezeugt, der unangefochten Thron und Blitze des Vaters übernehmen sollte. Doch Heras Eifersucht wurde sein Verhängnis. Sie schickte die Titanen, die ihre Gesichter weiß einkalkten, um Zagreus zu täuschen, ihn in Stücke fetzten, kochten und verschlangen.[60] Zeus' Blitz strafte die Mörder und verkohlte sie. Die Überreste seines Sohnes wurden Semele zur Wiederbelebung übergeben, aus denen der ›erste‹ Dionysos erwuchs. Andererseits bildete sich aus den verdampften Ausdünstungen mit den Elementen der Titanen und denen von Zagreus allmählich Ruß, der dann zu dem Stoff wurde, aus dem die Menschen gemacht sein sollen.

Aus dieser Geschichte leiteten die Orphiker nicht nur ihren Vegetarismus her, sondern auch ihre Forderung, die irdenen Teile des Menschen zu überwinden und die himmlischen Anteile unserer Seele zu festigen und zu läutern.

Es soll noch einen dritten Dionysos, den Bakchos, gegeben haben. Diesen puren Weingott übernahmen die Römer als *Bacchus* und sahen in ihm einen rotnasigen Säufer. Für die Griechen war Dionysos weit mehr. Sie priesen ihn nicht nur als zweiten Kulturbringer, der nach dem von Demeter geschenkten Brot den Menschen den Wein gab, sondern als mächtigen Erlöser.

Das Zerstückeln und Wiederauferstehen als Opfer des Gottes Dionysos – ein uralter Fruchtbarkeitskult – kennen wir auch vom Selbstopfer des indischen *Prajapati* und vom Opfertod in den Maya-Mythen.[61]

Der zweite, von Semele geborene Dionysos wurde nach Zeus' Schenkelgeburt seiner Tante Ino zur Pflege übergeben. Um Hera zu täuschen, wurde Ino angewiesen, den Knaben wie ein Mädchen zu kleiden und zu erziehen. Daher stammt das Zwitterhafte in Dionysos' Wesen.

Dionysos bei Ino und Melikertes

Ino, eine weitere Tochter von Kadmos und Harmonia, hatte Athamas geheiratet und ihm die Söhne Learchos und Melikertes geboren. Dass Dionysos wohlbehütet in dieser glücklichen Familie aufwuchs, deren Vater schon fluchbeladen war – wovon wir noch erzählen –, brachte Hera auf. Sie schlug also Athamas mit Wahnsinn, so dass er seine Söhne für weiße Hirsche hielt und sich aufmachte, sie zu erlegen. Schon hatte seine Pfeilspitze Learchos' zarte Brust durchbohrt und ihn röchelnd niederbrechen lassen, als der geblendete Vater einen zweiten Pfeil zückte, um das Jagdglück zu vollenden.

Entsetzt riss Ino ihren Jüngsten an sich, flüchtete zur Küste und stürzte sich, von ihrem Verfolger in die Enge getrieben, mit Melikertes vom Molurischen Felsen in die See. Doch Zeus vergalt ihr die Liebe, die sie seinem Sohn angedeihen ließ, und verwandelte beide in die hilfreichen Meergötter Palaimon und Leukothea, die später Odysseus vor dem Ertrinken bewahren sollte.

Palaimon jedoch ritt auf dem Rücken eines Delphins zum Isthmos von Korinth, wo ihm und Poseidon zu Ehren alle vier Jahre die Isthmischen Spiele[62] gefeiert wurden. Dahin war einmal auch Ibykos, ein begnadeter Poet, unterwegs, später von Schiller in einer berühmten Ballade gepriesen.[63]

Dionysos bewährt sich

Dionysos war zwar von Hermes gerettet worden,[64] aber für ihn begann eine wahre »Odyssee« zu Pflegerinnen und Ammen. Erwähnt seien nur die Nymphen von Nysa[65], die

Töchter des Atlas[66]. Sie verwöhnten Dionysos und fütterten ihn mit Honig. Um ihn zu schützen, verwandelte Zeus seinen Sohn in ein Zicklein, doch auch das half nicht. Hera gewahrte seine wahre Gestalt und schlug den Knaben mit Wahnsinn, was ihn zu blutrünstigen Taten trieb.

Erst als Rhea ihn sowohl vom Wahn wie von Blutschuld reinigte, zog Dionysos mit seinem Gefolge, Mainaden, Silenen, Satyrn, Kentauren nebst Pan, durch die Welt, der er die Kunst des Weinanbaus vermittelte. Seine Anhänger trugen efeuumwundene Stäbe mit einer Pinienspitze – den Thyrsosstab –, musizierten lärmend, feierten ekstatische Feste und verlangten von den Ansässigen göttliche Verehrung für Dionysos. Die Mainaden rasten vom Gott besessen mit aufgelöstem Haar, in Reh- und Pantherfellen durch die Wälder, zerrissen wilde Tiere und aßen sie roh. Bis nach Indien führte der Gott seinen wilden Schwarm in einem einzigartigen Triumphzug. Später wird Alexander der Große auf seinem Siegeszug der Reiseroute des Dionysos folgen. Seine nysäischen Ammen versetzte Dionysos als Sternbild der Hyaden an den Himmel.

Doch noch immer sah sich der Weingott Verhöhnungen ausgesetzt. So stellte sich der thrakische König Lykurgos dem mainadischen Schwarm entgegen, richtete unter den Bacchantinnen ein Blutbad an und verfolgte den jungen Gott. Dieser sprang vor Angst zitternd ins Meer, wo ihn die Meergöttin Thetis auf ihren Schoß nahm, tröstete und ihm Mut zusprach. Der ketzerische Herrscher wurde geblendet und verstarb alsbald.

Dionysos kehrt nach Theben zurück

Als Dionysos nach Theben heimkehrte, regierte Pentheus. Dessen Mutter Agaue war von Kadmos mit Echion, einem der Spartiaten, verheiratet worden; und der Stadtgründer, nunmehr ein Greis, hegte soviel Zutrauen zu seinem Enkel, dass er die Leitung des Staates in Pentheus' Hände legte. Der junge Mann wurde dieser hohen Verantwortung gerecht, denn er regierte Theben sowohl mit Sachverstand als auch mit Umsicht und achtete die bewährten Götter.

In diese wohlgeordnete Stadt brach Dionysos mit seinem lärmenden Anhang ein, riss die Frauen in Raserei und verlangte göttliche Ehren. Der jugendliche Regent lehnte einsichtsvoll ab, den Sohn seiner Tante Semele als Gott zu verehren, und versuchte die Ausschweifungen der Frauen auf dem Berg Kithairon zu verhindern. Doch ohne Erfolg. Der greise Kadmos, der alte Seher Teiresias, sogar seine eigene Mutter Agaue gingen dionysisch aufgeputzt. Manche meinten, sie machten sich lächerlich. Um die Ordnung wieder herzustellen und zur Abschreckung, ließ der junge Herrscher die schwärmenden Frauen fangen und einsperren. Klug begründete er dem verwandelten Gott gegenüber lange Zeit sein Handeln. Aber Dionysos vertritt nicht die Logik, sondern das Wilde und Abgründige der Seele. Zuerst öffneten sich die Tore des Gefängnisses auf wunderbare Weise, dann traf der Gott mit seiner Frage Pentheus' schwächste Stelle:

»Willst du sehen, wie es die Frauen im Gebirge treiben?«

Pentheus begehrte das Verbotene so sehr, dass er alle Vorsicht vergaß und sich in Frauenkleidern auf den Hochsitz einer Fichte schlich und die Ausschweifungen bestaunte. Aber seine Mutter und ihre Schwestern erspähten den Horcher. Trunken vom mainadischen Wahn und mit übermenschlichen Kräften begabt – zierliche Frauen waren imstande ausgewachsene Stiere zu zerreißen –, hielten die Thebanerinnen Pentheus für einen Löwen und zerfetzten ihn. Agaue trug dann voll Stolz den Löwenkopf nach Theben und prahlte mit der Trophäe, bis die dionysische Verblendung von ihr abfiel und sie in ihren Händen das Haupt ihres Sohnes gewahrte.

Dionysos und die Minyaden

Die größten Widerstände musste Dionysos in Griechenland überwinden, wie in Orchomenos beim König Minyas. Der hatte drei fleißige Töchter, Alkithoë, Leukippe und Arsippe, nach ihrem Vater die Minyaden genannt. Als die böotischen Frauen den Thyrsosstab[67] nahmen und sich mit Efeu und Wein bekränzten, schalten die Minyaden:

»Schande unserem Geschlecht! Sittsamen Frauen geziemt es nicht, durch die Wälder zu streifen. Ihr Verworfenen! Kehrt ins Haus zurück und ehrt Athena mit eurem Tagwerk!«

Ihre Mahnungen blieben wirkungslos. Die drei Schwestern begaben sich betrübt an ihren Webstuhl. Da trat, in ein Mädchen verwandelt, der junge Gott zu ihnen mit den Worten:

»Das ganze Jahr über seid ihr Pallas' Freude, so folgt nun auch den Pflichten des neuen Gottes, nichts Unanständiges wird geschehen.«

»Hör auf, du Scheinheilige!«, antwortete Alkithoë. »Dir ist doch jeder Vorwand recht, deiner Arbeit zu entkommen und dich dem Trunk und der Liebeslust hinzugeben. Wir wissen von den Orgien deines angeblichen Gottes. Dieser lüsterne Bengel soll Zeus' Sohn sein? Ha! Der ist die frivole Leibesfrucht einer nymphomanischen Sterblichen, die für ihre Schändlichkeit noch den Namen des Göttervaters missbraucht!«

Erzürnt verwandelte sich Dionysos in einen Stier, sodann in einen Löwen, zuletzt in einen Leoparden. Dem Webstuhl der Schwestern entgrünte plötzlich Wein, prall mit Trauben behangen, das halbfertige Tuch trieb Efeublätter, in den Wollbehältern zischten Nattern, das ganze Haus erbebte und glühte in rötlichem Feuer. Vom Wahn besessen zerrissen die Minyaden Alkithoës Kind, schwärmten in die Nacht hinaus, was sie heute noch in ihrer verwandelten Gestalt tun, als Fledermäuse.

Auch in Tiryns verweigerten drei Schwestern dem Dionysos göttliche Ehren. Von ihrem Schicksal berichten wir aber erst, wenn wir die Taten von Bias und Melampus erzählen.[68] Allerdings fand Dionysos auch gastliche Aufnahme wie in Athen und Kalydon, wo er, wie bereits erwähnt, Deïaneira zeugte.

Seeräuber entführen Dionysos

Einmal stand Dionysos auf einer Klippe in der schäumenden Brandung. Seine schwarzen Locken und sein Purpurgewand wehten im Winde. Etruskische Seeräuber sahen ihn, hielten den prächtig Gekleideten für einen Königssohn, ergriffen ihn und schleppten ihn auf ihr

Schiff. Obwohl sie ihn schwer fesselten, fielen die Weidengeflechte zu Boden. Und der Junge im Purpurgewand lächelte die Räuber mit seinen dunklen Augen an. Da ahnte der Steuermann ein Unglück und rief zu seinen Gefährten:

»Welchen Gott wollt ihr Unglücklichen da fesseln? Selbst das größte Schiff vermag ihn nicht zu tragen. Ist es Zeus oder der silberbogige Apollon oder gar der Meergott selber? Dieser hier jedenfalls ist kein Sterblicher, sondern gleicht den Olympiern. Legt nicht Hand an ihn, setzt ihn sofort wieder ans Ufer, sonst zürnt er uns mit Wirbelstürmen.«

»Du Tor, hilf mir lieber das Segel zu spannen!«, fuhr der Schiffsführer ihn an. »Packt alle zu. Für den bekommen wir ein hohes Lösegeld. Ein Dämon hat ihn uns zugeführt.«

Der Mast wurde gehoben und das Segel gespannt. Der Wind straffte auch die Seile. Und als das Schiff in volle Fahrt kam, geschah Wunderbares. Wein rieselte über das Schiff. Die Seeräuber erschauderten. Plötzlich rankte sich bis oben ans Segel ein Weinstock, Trauben hingen üppig herab. Efeu umklammerte den Mastbaum, blühte und trug Beeren. Kränze umschlangen die Ruderpflöcke. Die erschreckten Seeräuber flehten den Steuermann an, sofort das Ufer anzulaufen. Da verwandelte sich Dionysos in einen wilden Löwen und brüllte entsetzlich vom vorderen Schiffsdeck. In der Mitte erschien eine zottige Bärin und bedrohte die Mannschaft. Die entsetzten Räuber flohen nach hinten an die Seite des weisen Steuermannes. Doch der Löwe packte den Kapitän, und die anderen sprangen, um dem Unheil zu entrinnen, ins Salzmeer und wurden Delphine. Diese Tiere blieben den Menschen freundlich gesonnen, da sie ehemals selbst Menschen waren. Dionysos hielt den Steuermann zurück und offenbarte sich ihm:[69]

»Kluger Steuermann, dir bin ich gewogen. Ich bin Dionysos, ein Sohn des Zeus.«

So erschienen zuweilen Götter und gaben sich Sterblichen zu erkennen.

Dionysos wird im Olymp aufgenommen

Nachdem Dionysos seinen Kult in einem Triumphzug[70] auf der Erde eingeführt und Ariadne geheiratet hatte – doch davon erst, wenn wir Theseus nach Kreta begleiten –, begab er sich nach Lerna, um seine Mutter aus der Unterwelt zu holen. Da er keinen Eingang fand, bot sich Prosymnos an, ihm den Weg zu weisen, wenn Dionysos ihm eine Liebesnacht gewähre.

Der Gott versprach es, tauchte in den Alkyonischen See und führte Semele aus dem Totenreich. Obwohl bei seiner Rückkehr Prosymnos bereits verstorben war, machte Dionysos sein Versprechen wahr. Er schnitzte aus Feigenholz einen Phallos, steckte ihn in Prosymnos' Grab und hockte sich selbst darauf. Jedes Jahr wurden Dionysos zu Ehren geheime Riten in Lerna aufgeführt, wobei niemals Phalloi gefehlt haben dürften.

Dionysos brachte seine Mutter unter dem neuen Namen Thyone[71] in den Himmel, was Hera zähneknirschend hinnahm. Hier wurde er einer der zwölf Olympischen Götter. Denn Hestia, der Göttin des Herdfeuers, waren das Gezänk und die Intrigen in Zeus' Umgebung schon lange zuwider, und sie machte Dionysos bereitwillig Platz. Außerdem wusste sie, man würde ihr in jeder Stadt, in jedem Haus stets einen freundlichen Empfang bereiten. Statt göttliche Herrschsucht zu pflegen, wandte sie sich lieber den Menschen zu.

Wegen seiner geschlechtlichen Freizügigkeit und seiner ekstatischen Feste galt Dionysos vielen, auch in der Nachfolge Nietzsches, als Widerpart zu Apollon. Aus den kultischen Festspielen zu Ehren des rauschhaftigen Gottes entstand das griechische Theater.

Wir verlassen nun Dionysos – begegnen ihm jedoch noch einige Male – und wenden uns wieder dem thebanischen Geschlecht zu.

Oidipus und Sieben gegen Theben

Aktaions unerlaubter Blick

Ein ähnlich tragisches Schicksal wie Pentheus erlitt auch der Sohn der dritten Kadmostochter Autonoë. Sie und ihr Mann Aristaios waren stolz auf ihren Sohn Aktaion, der, von Cheiron zu einem großen Jäger ausgebildet, ständig mit seinen Hunden die Wälder auf der Suche nach Wild durchstreifte. Dabei stieß er zufällig bei Gargaphie tief im Kithairongebirge auf jene Grotte, in deren Quell die Jagdgöttin Artemis mit ihren Gefährtinnen badete. Mit wut- und schamgerötetem Antlitz rief die Jungfräuliche aus dem Gebüsch, hinter das sie vor den männlichen Blicken geflohen war:

»Prahle nur, du habest mich nackt gesehen, wenn du noch erzählen kannst!«

Kaum waren die Worte verklungen, verwandelte Artemis den Unglücklichen in einen Hirsch. Aktaion wollte die Erzürnte besänftigen, doch seinen Lippen entrang sich nur ein Röhren – er floh schaudernd diesen göttlichen Ort. Doch nicht umsonst hatte er seine Rotte Jagdhunde ausgebildet. Sie spürten das kapitale Wild auf, setzten ihm nach, bis Aktaion am Ende seiner Kräfte zusammenbrach und von seinen eigenen Hunden zerfleischt wurde.[72]

Das Schicksal des Oidipus

Das letzte Kind von Harmonia und Kadmos hieß Polydoros. Nach dessen Sohn Labdakos, der ebenso wie Pentheus als Dionysosverächter starb, wurde das tragische Schicksal seines Sohnes Laios und seines Enkels Oidipus benannt, das als Labdakidenfluch in die Geschichte einging. Wie kam es dazu?

Bevor Laios Thebens König werden konnte, war er bei Pelops, dem Herrscher von Pisa, gastfreundlich aufgenommen worden. Während Laios dessen Sohn Chrysippos das Wagenrennen lehrte, entführte und vergewaltigte er ihn. Derart geschändet nahm dieser sich das Leben.[73] Das lässt darauf schließen, dass der Knabe zum Analverkehr missbraucht wurde,[74] was die Griechen als tiefste Demütigung empfanden. Es wurden wohl auch die Gepflogenheiten der Knabenentführung verletzt. Sobald ein Verehrer einen Jüngling auserkoren hatte, begab er sich zu dessen Familie und kündigte an, wann und wo er ihr Kind rauben werde. Bis dahin erkundigte sich die Verwandtschaft über den Bewerber; erwies der sich als untadelig, vertraute man ihm gern seinen Sprössling zur Erziehung an, täuschte jedoch einen Kampf vor. Ergaben sich bei der Überprüfung aber Bedenken gegen dessen sittliche Reife, wurde der Raub mit Waffengewalt verhindert.

Da Laios diesen Brauch missachtete, verfluchte Pelops ihn: Laios solle kinderlos bleiben oder durch seinen Sohn getötet werden. Nachdem Laios nach Theben zurückkehren konnte, dort König wurde und Iokaste geheiratet hatte, verzichtete er auf Nachkommen. Iokaste war die Tochter des Menoikeus, der von dem erdgeborenen Spartiaten Echion abstammte. Das Orakel von Delphi warnte Laios mehrmals: nur wenn er kinderlos bleibe, werde Theben gerettet. Haben Kinderwunsch oder Gier und Wein den Unglücklichen dazu verleitet, doch ein Kind zu zeugen? Als der Knabe zur Welt gekommen war, versuchte Laios, entsetzt über die schreckliche Weissagung, seinem Schicksal zu entfliehen. Er durchstach dem Säugling die Füße – der erhielt dadurch den Namen ›Oidipus‹, also Schwellfuß – und gab ihn einem Knecht mit dem Befehl, das Kind im Kithairongebirge auszusetzen, damit es dort umkäme. Das wird keineswegs nur im Mythos – man denke an Mose oder Romulus und Remus – beschrieben. Das taten auch die Spartaner in historischer Zeit mit missgebildeten Kindern, die dem Militärstaat niemals gewachsen gewesen wären. Da ein Säugling unter besonderem Schutz der Götter hätte stehen können, wagte man meist nicht, ihn direkt zu töten.

Der brave Knecht brachte es nicht übers Herz, den hilflosen Kleinen seinem Verderben zu überlassen, und übergab ihn stillschweigend einem Hirten, der Oidipus die Fesseln von den durchbohrten Füßen löste und ihn nach Korinth zum dortigen König Polybos und seiner Gemahlin Periboia (II) brachte. Da beide kinderlos waren, erzogen sie den Jungen wie ihren eigenen Sohn. So wuchs Oidipus unbeschadet auf, aber als ein korinthischer Jüngling ihm vorhielt, er sähe seinen Eltern keineswegs ähnlich, begab er sich nach Delphi, um die Pythia zu befragen.

»Weg von meinem Schrein, du Elender!«, schrie die Seherin. »Du wirst deinen Vater töten und deine Mutter ehelichen!« Erschreckt kehrte der Jüngling nie wieder zu seinen vermeintlichen Eltern nach Korinth zurück. Lieber wollte er sein Glück im fremden Theben versuchen.

Zur selben Zeit war Laios nach Delphi unterwegs, um zu erfragen, wie Theben von der Sphinx zu befreien sei. Er saß in einem Wagen, begleitet von einem Herold und drei Männern. An einem Dreiweg – die galten ohnehin als unheimlich – kam ihnen zufällig Oidipus entgegen, seinerseits nach Theben unterwegs. Da der nach Aufforderung nicht auswich und erwiderte, er füge sich nur den Göttern und den eigenen Eltern, stieß der Kutscher ihn weg, wofür Oidipus ihm einen Hieb versetzte. Dafür schlug Laios dem Fremden beim Vorüberfahren zweimal mit dem Pferdestachel auf den Kopf. Oidipus traf den Alten mit einem Stock, so dass er vom Wagen stürzte. Und Oidipus tötete alle; nur einer entkam nach Theben. – Dass sich Sohn und Vater unerkannt begegnen und einer den anderen erschlägt, wird in vielen Mythen erzählt, auch im althochdeutschen Hildebrandslied von *Hildebrand* und *Hadubrand*.

Inzwischen litt in Theben das Volk unter der Macht der Sphinx, einer Tochter des Weltfeindes Typhon und der schrecklichen Echidna. Auf einem Felsen vor der Stadt lauerte sie auf Beute – über ihren wohlgeformten Brüsten der liebliche Kopf der verführerischen Maid, darunter strotzte ihr Löwenkörper. Es hieß, Hera habe die Sphinx nach Theben entsandt, um Laios für Chrysippos' Selbstmord zu strafen. Die Sphinx gab allen heiratsfähigen Männern ein Rätsel auf und erwürgte und verschlang die Unwissenden. Bisher hatte noch keiner die Lösung gefunden.

»Sage mir, Fremder!«, sprach die Sphinx Oidipus an, »was geht morgens auf vier, mittags auf zwei und abends auf drei Beinen?« Oidipus überlegte nicht lange und antwortete:

»Der Mensch. Als Säugling krabbelt er auf allen vieren, später geht er aufrecht, und als Greis stützt ihn der Krückstock.«

Damit brach die Macht des Ungeheuers, es sprang vom Felsen und starb. Und da ihr König Laios, der die Pythia um die Lösung des Rätsels befragen wollte, umgekommen war, setzten die Thebaner den Fremden von Korinth, ihren Retter, als König ein. Was einschloss, dass Oidipus die verwitwete Iokaste heiratete, ohne zu ahnen, dass es sich um seine Mutter handelte. Er zeugte mit ihr die Söhne Polyneikes und Eteokles und die Töchter Ismene und Antigone.

Viele Jahre später wütete eine schreckliche Pest in Theben. Oidipus ließ Apollons Orakel befragen, das verkündete, die Pest sei eine Strafe der Götter und dauere so lange, wie Laios' Mörder ungestraft in Theben lebe. Oidipus verfluchte den Täter, verhängte gegen ihn die Verbannung und forschte unerbittlich nach dem Urheber des Verbrechens.

Teiresias, der bedeutendste Seher Griechenlands, wurde darauf von Oidipus befragt. Der wissende Alte versuchte, die Wahrheit zu verschweigen, verkündete jedoch, als er selbst des Verbrechens verdächtigt wurde, dass der Täter seinen Vater ermordet und seine Mutter geheiratet habe. Oidipus ging dem Verdacht unerbittlich nach.

Als Iokaste sah, in welche Verzweiflung Teiresias' Weissagungen ihren Gatten gestürzt hatten, machte sie sich über die Seherkunst lustig. Keine einzige Prophezeiung habe sich erfüllt. Ein fremder Räuber erschlug Laios und nicht sein Sohn, der mit durchstochenen Füßen im Kithairongebirge umgekommen war. Obwohl von düsteren Vorahnungen bedrängt, forschte Oidipus weiter. Ein genauer Bericht über den vierfachen Totschlag am Dreiweg ließ ihn ahnen, dass er seinen Vater umgebracht habe, und ausrufen:

»Ist dieser Gott nicht grausam, der Derartiges über mich verhängte!«

Iokaste wollte Oidipus daran hindern, weiter nach dessen Vergangenheit zu forschen:

»Wozu fürchten sich die Menschen? Der Zufall regiert, nicht Vorsehung. Man lebe ruhig in den Tag hinein. Heirat mit der Mutter – wie viele Menschen träumten schon davon, sie zu verführen. Wer sich aus dem nichts macht, der lebt am leichtesten.«

Da meldete ein Bote aus Korinth den Tod des Polybos und enthüllte, dass Oidipus gar nicht sein Sohn sei, sondern als Säugling übergeben worden war. Wieder sträubte sich Iokaste, das Unglück ahnend, tiefer nachzufragen. Doch Oidipus fürchtete, vielleicht ein Sklave oder anderer niederer Abstammung zu sein, ließ den Knecht von damals rufen und drohte, ihn foltern zu lassen, wenn er nicht die Herkunft jenes Säuglings preisgäbe. Als die Wahrheit offenbar war, stürzte Iokaste ins Haus, raufte sich die Haare und schloss sich in ihrem Zimmer ein. Oidipus folgte ihr schreiend, sprang gegen die Doppeltür, welche nachgab, und fand seine Frau mit einer Schlinge, die sie sich selbst geflochten, aufgehängt. Er löste den

Strick, Iokaste fiel zu Boden. Da riss er ihr die goldenen Spangen aus dem Gewand, durchbohrte sich beide Augen und schrie:

»Die sollen nie mehr sehen, was mir geschah und was ich selber tat!« Und auf die Frage, woher er den Mut zu dieser Schreckenstat nahm, antwortete er:

»Apollon war es, der mir das Schlimme zugefügt. Doch keine fremde Hand griff zu, es war die eigene. Verstoßt mich Unheilsmenschen! Schlagt mich tot, werft mich ins Meer!«

Weil Oidipus' Söhne Eteokles und Polyneikes ihn ohne Schmerz und Tränen aus der Stadt ziehen ließen, verfluchte er sie und irrte, von seiner Tochter Antigone begleitet, als Bettler durch Griechenland.

Der erste Angriff auf Theben wird vorbereitet

Die Söhne der blutschänderischen Verbindung übernahmen die verwaiste Herrschaft über Theben und kamen überein, abwechselnd zu regieren. Der ältere Eteokles, der »mit dem wahren Ruhm«, begann zuerst zu herrschen, während Polyneikes, der »mit viel Streit«, ins freiwillige Exil ging. Nach Ablauf des verabredeten Jahres weigerte sich Eteokles, den Thron zu verlassen und verbannte den zurückgekehrten Bruder.[75] Der begab sich nach Argos, um den dortigen König Adrastos um Hilfe zu bitten und sich den Freiern seiner Töchter anzuschließen.

Dieser Adrastos zögerte, seine Töchter zu verheiraten, weil er sie nach einem Orakel mit einem Löwen und einem Eber zu vermählen habe. Es ergab sich, dass am selben Tag auch der aus Kalydon geflüchtete Tydeus eintraf. Er geriet mit Polyneikes in Streit, und der Hausherr Adrastos eilte aus dem Palast, um die Kämpfenden zu trennen, und er begriff nun das Orakel. Denn Tydeus' Schild schmückte ein Löwe und den des Polyneikes ein Eber. So wurde außer einer Doppelhochzeit auch der Feldzug gegen Theben vorbereitet. Beide Bräutigame verbrachten nur wenige Nächte mit ihren Angetrauten; dennoch zeugte Tydeus den Diomedes, den wir im Troianischen Krieg wieder treffen werden, und Polyneikes den Thersandros.

Ein Heer wurde ausgehoben und unter die Führung von sechs Helden gestellt. Adrastos selbst nebst seinem Neffen Kapaneus, seinem Vetter Hippomedon und dem arkadischen Bundesgenossen Parthenopaios stellten sich gemeinsam mit Polyneikes und Tydeus an die Spitze der Streitmacht. Doch Amphiaraos, der das siebente thebanische Tor angreifen sollte, weigerte sich, dem Ruf zu folgen. Als Seher wusste er, dass der Kriegszug scheitern und er nicht lebend zurückkehren würde. Außerdem bestand eine alte Feindschaft zwischen Adrastos und Amphiaraos, die einst zur Vertreibung des Adrastos geführt hatte. Später heiratete Amphiaraos Adrastos' Schwester Eriphyle; und beide streitsüchtigen Männer einigten sich, um Blutvergießen zu vermeiden, fortan ihrem Urteilsspruch zu folgen.

Adrastos wusste um die Eitelkeit seiner Schwester; und er weihte den Thebaner Polyneikes ein, dem es gelang, Eriphyle mit dem Halsband zu bestechen, das Aphrodite einst Harmonia geschenkt hatte. Das Weitere war schnell vorbereitet. Adrastos erregte einen Streit, Eriphyle wurde aufgefordert zu schlichten, und deren Schiedsspruch verdammte ihren Mann zum Krieg. Noch bevor Amphiaraos in den sicheren Tod zog, zwang er seine Söhne Alkmaion und Amphilochos zum Schwur, seinen Tod nicht nur an den Thebanern, sondern auch an ihrer Mutter zu rächen.

Amphiaraos' Prophezeiung, dass außer Adrastos niemand zu den Seinen zurückkehren würde, beunruhigte die Kämpfer. Eingedenk eines anderen Orakels suchten die Thebaner Kreon und Polyneikes den Oidipus in Athens Vorort Kolonos auf, um ihn für ihre Ziele zu gewinnen.

Oidipus' Ende

Seit Oidipus Theben verlassen hatte, führte seine älteste Tochter Antigone den ausgemergelten Blinden in seinen zerschlissenen Kleidern durch das Land. Nach einem weiteren Orakel sollte er auf Kolonos[76], einem flachen Hügel mit den Heiligtümern des Poseidon und der Athena, sein Ende finden. Dort erschien Kreon, Iokastes Bruder, und wollte Oidipus nach Theben holen; denn er wusste, mit Oidipus' Grab wäre die Stadt uneinnehmbar geworden. Da der Blinde sich weigerte, raubte Kreon dessen Töchter Ismene und Antigone. Als er aber Oidipus gewaltsam wegschleppen wollte, kam Athens Herrscher Theseus mit Gefolge, verhinderte das und befreite die Töchter.

»Nicht ahnt' ich, was ich tat!«, rief Oidipus. »Wurde zum Vatermörder, heiratete sie, die mich gebar, zeugte mit meiner Mutter Söhne, Töchter, so wie die Götter es gefügt. Nicht ich hab' das gewollt. Die Unsterblichen teilten mir das grausame Schicksal zu.«

Schließlich kam Oidipus' Sohn Polyneikes, den sein Bruder Eteokles entmachtet und aus Theben vertrieben hatte, und bat den Vater, sich seinem Heer anzuschließen und nach Theben zurückzukehren. Dann wäre er stark genug, die Herrschaft wiederzugewinnen. Doch Oidipus verfluchte seine missratenen Söhne erneut und prophezeite, sie würden sich gegenseitig in den Hades bringen. Polyneikes kehrte bedrückt zum argivischen Heer zurück, dem er weder von seinem sicheren Tod noch von ihrer unabwendbaren Niederlage berichtete.

Bald war ein Donnerschlag zu hören, es folgten weitere. Plötzlich rief eine göttliche Stimme, dass sich allen vor Furcht die Haare sträubten: »O du da, Oidipus, was zögerst du? Zauderst schon zu lange.«

Oidipus rief Theseus und bat ihn, seinen Kindern die Hand zu reichen und unter Eid zu geloben, sie stets zu schützen; dann strich der Vater ihnen über das Haar und sagte:

»Kinder, ertragt es tapfer, allein Theseus darf das Verbotene schauen.«

Es donnerte nun so stark, als brächen die Eichen nieder. Oidipus ging dann weder durch einen göttlichen Blitz noch durch Wirbelstürme ins Jenseits ein, sondern der dunkle Grund der Erde tat sich auf; ohne Klage, ohne Schmerz und Krankheit wurde der vom Schicksal Gezeichnete entrückt. So kam Oidipus friedlich nach all dem Leiden entsühnt mit der Welt ins reine.

Sieben gegen Theben

Als dann das argivische Heer vor die Mauern Thebens gezogen war, forderte Tydeus die Bedrängten zum Zweikampf heraus. Aber wer sich ihm auch stellte, unterlag. Schon bald wagte niemand mehr, sich mit diesem furchtbaren Helden zu messen. Da sandte Eteokles fünfzig Männer aus, die Tydeus einen Hinterhalt legten, aber kein einziger überlebte.

Die Stadt wurde eingeschlossen, und vor jedem der sieben Tore stand einer der sieben Helden mit seinen Kämpfern. Innerhalb der Mauern bewachte Eteokles selbst ein Tor, die übrigen sechs wurden von anderen Kriegern verteidigt. Dann begannen die Belagerer die Stadt zu stürmen. Der gewaltige Kapaneus erstieg eine Leiter und mordete auf den Zinnen der Stadt wie ein blutgieriger Löwe unter einer Herde Schafe. Fürchterlich wütete sein Schwert unter den Verängstigten, die Zeus um Hilfe anflehten.

»Ha«, brüllte Kapaneus, »nichts und niemand wird euch retten! Keiner widersteht mir. Nicht einmal ein Gott vermag mich noch aufzuhalten. Selbst wenn Zeus seine Donnerkeile zündete – euch kämen sie wie schwaches Kerzenflackern vor, verglichen mit dem Brand, mit dem ich Theben in Schutt und Asche lege.«

Der Göttervater machte den Prahlereien mit einem Blitz ein Ende, und das thebanische Heer wagte einen Ausfall. Melanippos gelang es, Tydeus tödlich zu verwunden, doch selbst im Sterben hieb der seinem Gegner noch das Haupt ab. Athena hatte seit jeher Tydeus bevorzugt und eilte mit einer Medizin zur Erde, um ihn unsterblich zu machen. Doch Amphiaraos durchschaute ihre Absicht, reichte dem sterbenden Tydeus Melanippos' Kopf, worauf der Schreckliche mit letzter Kraft den Schädel spaltete und das warme Hirn schlürfte. Angewidert verschüttete die Göttin den Balsam, und Tydeus kam in die Unterwelt.

Nachdem die beiden mächtigsten Kämpfer gefallen waren, vermochten die anderen Heerführer den Thebanern nichts mehr entgegenzusetzen. Einer nach dem anderen fiel auf dem Schlachtfeld. Als Amphiaraos sah, dass seine Vorhersagen eintrafen, wandte er seinen Streitwagen zur Flucht. Zeus hatte Mitleid mit dem Seher und ersparte ihm die Schmach, mit einer Wunde im Rücken zu sterben. Noch bevor ein Speer ihn tötete, spaltete der Donnerer die Erde: Amphiaraos fuhr in die Unterwelt und ward nie wieder gesehen. Einzig Adrastos entging dem Gemetzel.

So errang Theben einen überwältigenden Sieg. Melanippos war zu betrauern. Und König Eteokles, dem Polyneikes am siebenten Tor entgegengetreten war, wo sie sich, gemäß dem Fluch ihres Vaters Oidipus, gegenseitig töteten.

Antigone

Nun trat Kreon die Königsnachfolge an und richtete für Eteokles, der für Theben gefallen war, eine Bestattung, verbot sie jedoch für Polyneikes, da er gegen die Heimatstadt gekämpft hatte. Dessen Schwester Antigone setzte sich über diesen Befehl hinweg und begrub Polyneikes dennoch. Jemandem das Grab zu verweigern und ihn zum Fraß für Vögel und Hunde auszusetzen galt für das griechische Verständnis als unerhörter Frevel.

Als Kreon von der Täterin erfuhr, bemühte er sich, seine Verwandte vor dem angedrohten Todesurteil zu bewahren. Doch Antigone wies alle Vermittlung zurück:

»Nicht so mächtig ist dein Befehl, als dass sich das Gesetz der Götter dir, einem Sterblichen, beugen müsste. Wenn dir das töricht scheint, beschuldigt ein Tor mich der Torheit.«

»Wie kannst du nur an dem Bruder, der die Heimat verteidigte, derart freveln, indem du jenem, der sie niederbrennen wollte, die gleiche Gunst erweist?«, warf Kreon ihr vor.

»Hades' Recht gilt für beide gleichermaßen«, antwortete Antigone unbeirrt.

»Niemals, auch im Tode nicht, wird mir der Feind zum Freunde«, beharrte der Herrscher.

»Nicht mitzuhassen, sondern mitzulieben bin ich hier«, erwiderte die Jungfrau.

»Wenn du lieben musst«, entschied der König, »so liebe in der Unterwelt.«

Antigone wurde abgeführt, und Haimon, Antigones Bräutigam, versuchte seinen Vater mit vernunftvollen Worten zur Einsicht zu bringen, denn in der ganzen Stadt verurteile man dessen Entschluss. Doch Kreon hielt ihm vor:

»Wenn ich bei meiner eigenen Familie Ungehorsam dulde, wie könnte ich dann Fremde bezähmen? Nur wenn die Gesetze des Herrschers treu befolgt werden, blüht das Land. Aber Zügellosigkeit rottet ganze Städte aus, verwandelt Wohnungen in Wüsteneien. Lieber töte ich das ungehorsame Weib, als vor dem Volk als Lügner dazustehen.«

»Ein Baum, der sich im Gewittersturm beugt, rettet seine Äste. Wer starr sich widersetzt, der wird entwurzelt«, gab Haimon zu bedenken.

»Knecht eines Weibes, erspare mir dein glattes Geschwätz«, brauste der König auf.

»Noch einen reißt sie in den Tod!«, warnte Haimon. Kreon sah das als Drohung und sich verhöhnt:

»Bringt sie her, sie soll sterben, hier vor den Augen des Bräutigams.«

Doch dazu kam es nicht, denn Haimon eilte wutentbrannt fort. Und Kreon ordnete an, Antigone lebend in eine Felsenhöhle zu sperren, mit kleinem Mundvorrat, um die Göttergunst nicht zu verscherzen.

Da wurde Teiresias von einem Knaben vor den Herrscher geführt; dessen düstere Prophezeiungen stimmten Kreon schließlich um. Um das bedrückende Schicksal, den Fluch des Oidipus, abzuwenden, eilte der König selbst zum Felsenkerker und ließ den Stein von der Öffnung schieben. Doch drinnen hatte sich Antigone bereits erhängt, und Haimon, der ebenfalls zu spät gekommen war, umschlang weinend ihre Hüften und richtete dann das Schwert gegen den Vater. Als der floh und Haimon ihn verfehlte, stürzte er sich selber in seine doppelscheidige Waffe. Nach dem Tod ihres Sohnes bohrte sich auch Kreons Frau Eurydike (II) ein Schwert in den Leib, so Teiresias' Seherspruch erfüllend. Kein Verbrechen entging je der Sühne, aber nicht immer straften die Götter sofort, wie bei Kreon, manchmal büßten erst die Kinder oder Enkel die Schuld ihrer Vorväter, wie Oidipus und seine ganze Sippschaft die des Labdakos.

Die Epigonen

Die Söhne der sieben Feldherren, die vor Theben ihr Leben gelassen hatten, die Epigonen, also die »später Geborenen«, drängten nun darauf, ihre Väter zu rächen. Nur Alkmaion, der Sohn des Amphiaraos, war genausowenig bereit wie sein Vater, in den Krieg zu ziehen, wie er bisher auch davor zurückschreckte, seinen Schwur zu erfüllen und seine Mutter zu töten. Thersandros wandte die gleiche List an wie vor dem ersten Feldzug Polyneikes und bestach Eriphyle mit dem Gewand der Athena, da ein Orakel prophezeit hatte, dass die Epigonen nur unter dem Oberbefehl Alkmaions Theben erobern würden. Wieder entschied Eriphyle für den Krieg. Also musste auch ihr Sohn gegen Theben ziehen.

Die verbündeten Nachkommen der »Sieben gegen Theben« erschlugen bereits im ersten Kampf fast alle Söhne der Verteidiger, während die Epigonen nur Aigialeus, Adrastos' Sohn, verloren. Doch das brachte der Stadt den Untergang. Denn Teiresias hatte vorhergesagt, Theben existiere nur so lange, wie der letzte der »Sieben gegen Theben« lebe, aber die Nachricht vom Tode seines Sohnes werde Adrastos töten.

So geschah es, und die Thebaner verließen im Schutze der Nacht ihre Heimat. Am nächsten Morgen machten die Argiver Thebens Mauern dem Erdboden gleich. Da Thersandros Eriphyle mit Geschenken überredet hatte, rühmte er sich, am meisten für den Sieg getan zu haben. Erst da erfuhr Alkmaion, dass seine Mutter ihn genauso wie seinen Vater getäuscht hatte, und tötete sie.

Ihr Fluch jagte die Erinyen auf seine Fährte, und er und seine Nachkommen häuften Unglück und Frevel aufeinander. So gehört Alkmaion zu den wenigen Helden, die wir nicht wieder im Troianischen Krieg an der Seite Diomedes' treffen werden.

Teiresias starb auf seiner Flucht aus Theben. Seine Seherkunst lebte in seiner Tochter Manto und seinem Enkel Mopsos weiter. Doch bevor wir Teiresias verlassen, erzählen wir von ihm noch zwei Geschichten.

Wie Teiresias zum größten Seher wurde

Einst stritten Hera und Zeus, wer die Begattung mehr genieße. Zeus behauptete, Frauen empfänden größere Lust, während Hera darauf bestand, dass die Männer weit mehr von der Liebe hätten. Da nicht einmal Götter über andersgeschlechtliche Erfahrung verfügen, bestellte man Teiresias zum Schiedsrichter.

Denn einst hatte Teiresias Schlangen bei der Paarung überrascht, auf das Knäuel eingeschlagen und dabei das Weibchen getötet. Daraufhin verwandelte er sich in eine Frau und erfuhr sieben Jahre lang die Liebe der Männer. Nach Ablauf der Frist traf er erneut Schlangen im Liebesspiel, sein Hieb tötete diesmal das Männchen, und im selben Augenblick wurde er wieder zum Mann.

Teiresias entschied so: »Von den zehn Teilen des Vergnügens beim Beischlaf erfährt die Frau dreimal drei, während der Mann nur einen genießt.«

Zeus triumphierte, und die erboste Hera blendete Teiresias. Der Göttervater konnte ihre Tat zwar nicht rückgängig machen, aber er verlieh Teiresias die Sehergabe und ein Leben von sieben Menschenaltern. Es heißt, Teiresias war mit diesen »Geschenken« alles andere als glücklich; er ehrte aber Persephones Gabe, selbst im Totenreich sein Bewusstsein zu wahren. Nur deshalb werden wir ihm noch einmal begegnen, wenn wir mit Odysseus in die Unterwelt hinabsteigen.

Narkissos und Echo

Berühmt wurde Teiresias auch durch seine Prophezeiung: »Narkissos wird lange leben, wenn er sich nicht selbst erkennt.« Narkissos wuchs zu einem begehrenswerten Jüngling heran, um dessen Liebe Männer wie Frauen buhlten, doch der Stolze wies alle brüsk ab.

Auch die Nymphe Echo gehörte zu den Unglücklichen. Einst hatte sie Hera mit schwatzhaften Reden abgelenkt, damit Zeus sich ungestört mit anderen Nymphen vergnügen konnte. Als die Göttin die List entdeckte, strafte sie Echo: ihre geschwätzige Zunge vermochte fortan nur noch das Ende von Reden anderer wiederzugeben.

Echo konnte zwar Narkissos nicht ansprechen, aber folgte ihm heimlich auf Schritt und Tritt. Einmal verlor der Jüngling seine Jagdgenossen inmitten des Waldes und rief:

»Ist jemand hier?«

»Hier!«, antwortete Echo.

»So komme!«, rief Narkissos.

»Komme!«, echote die Nymphe.

»Was ist los mit dir, warum meidest du mich?«, fragte er, da er niemanden erblickte.

»Meidest du mich?«, schluchzte Echo.

»Tritt heraus, wir wollen uns hier vereinen«, schlug Narkissos vor.

Wie geheißen trat die Nymphe vor, jubelte: »Vereinen!«, und umarmte den Begehrten leidenschaftlich.

Doch er schüttelte sie schroff ab und flüchtete mit den Worten:

»Eher stürbe ich, als mit dir zu liegen.«

»Mit dir zu liegen!«, flehte die Verschmähte. Sie verwand ihre Liebe niemals, nahm fortan nichts mehr zu sich. Kummer zehrte an ihr, Echo magerte ab zu einem Schatten, bis zuletzt nur noch ihre Stimme übrig blieb. Sie haust nun in den Bergen, von keinem gesehen, doch von allen gehört.

So wie Narkissos die Nymphe kränkte, ging er mit allen seinen Verehrern um. Bis ein Verschmähter die Himmlischen anrief: Narkissos solle einmal selbst lieben, ohne den Geliebten zu erreichen. Die Götter erhörten ihn und fügten es, dass der Jüngling zu einem unberührten, strahlend klaren Waldsee kam. Als Narkissos sich über das Wasser beugte, um seinen Durst zu stillen, erblickte er im See einen Jüngling, dessen Körper aus Marmor gehauen schien. Hell leuchteten dessen Augen, die Haare – eines Apollon würdig – lockten sich um die stattliche Brust, wie Elfenbein schimmerten der Hals und das Gesicht von göttlicher Anmut. Narkissos bewunderte alles, worum er selbst zu bewundern war. Er gab unzählige Küsse, tauchte seine Arme ins Nass, um den ersehnten Hals zu umschlingen, doch das Spiegelbild zerging.

Selbst als Narkissos sich erkannt hatte, vermochte er sich nicht von seiner bezaubernden Schönheit zu trennen. Ganz in seinen Anblick versunken, schmachtete er, gab sich seufzend hin, war nicht mehr fähig zu essen oder sich nur für einen Augenblick von seinem Bilde zu trennen. Die Götter verwandelten ihn sterbend in eine Blume, die nun seinen Namen trägt, die Narzisse.

Die Nachkommen des Belos

Perseus

Die blutige Hochzeit der Danaïden

Nach dem von Libye und Poseidon gezeugten Stamm des Agenor berichten wir jetzt von dessen Bruder Belos, der in Ägypten blieb und mit Anchinoë, einer Tochter des Nils, die Zwillinge Danaos und Aigyptos zeugte. Letzterem, der Ägypten seinen Namen gab, wurden genau fünfzig Söhne geboren, seinem mit gleicher Manneskraft ausgestatteten Bruder ebenso viele Töchter. Nun lag ja nichts näher, als eine Massenhochzeit anzuberaumen, doch Danaos durchschaute, dass der Bruder die Töchter in der Hochzeitsnacht zu ermorden gedachte und floh per Schiff nach Argos, wo er sich zum König erhob.

Doch Aigyptos gab nicht auf. Er sandte seine Söhne, sie belagerten Argos, um die Werbung zu erzwingen und dann die Töchter umzubringen. Als den Eingeschlossenen das Wasser ausging, musste Danaos, derart in die Enge getrieben, der verhassten Heirat zustimmen. Aber er drehte den Spieß um und hieß seine Töchter, eine Nadel im Haar zu verstecken. So geriet die Hochzeitsnacht zum Massaker, denn sämtliche Danaïden durchbohrten das Herz ihres Gatten mit der dolchartigen Waffe.

Lediglich die Jüngste, Hypermnestra, brachte es nicht fertig, ihren Freier Lynkeus (II) zu erstechen und verhalf ihm zur Flucht. Deshalb blieb sie von der Strafe verschont, die die Totenrichter über die Danaïden verhängten: Bis ans Ende aller Tage haben sie im Hades Wasser in durchlöcherten Krügen herbeizuschleppen. Zu Lebzeiten gelang es Danaos' Töchtern dennoch Ehemänner zu finden, die sich auf die mörderischen Aussichten einer Brautnacht mit ihnen einließen – ihre glücklicheren Nachkommen nannten sich Danaër.

Danaë und der Goldregen

Für Hypermnestra und Lynkeus (II) führte das, was unter düstersten Vorzeichen begann, doch noch zu einem glücklichen Ende. Ihre Enkel Akrisios und Proitos teilten sich nach langem Streit die Macht, wobei der letztere mit seiner Gemahlin Stheneboia[77] Tiryns erhielt, das die Kyklopen mit gewaltigem Mauerwerk befestigten.

Akrisios aber herrschte über Argos. Zwar erblühte das Land, dennoch wollte sich ein Thronfolger nicht einstellen.

»Darf ich trotz meines reifen Alters noch auf einen Sohn hoffen?«, befragte Akrisios das Delphische Orakel.

»Einen Sohn«, prophezeite Pythia, »bekommst du zwar nicht, dafür aber einen Enkel, dessen Hand dir den Tod bringen wird.«

Nächtelang grübelte Akrisios, wie er eine Schwangerschaft seiner Tochter für immer verhindern könne. Dann ließ er tief unter der Erde ein ehernes Gemach bauen, in das er Danaë und eine Wärterin einsperrte.

Doch Zeus hatte bereits ein Auge auf Danaë geworfen; und was für Sterbliche als unüberwindbar gilt, war dem Göttervater nur eine Verwandlung wert. In Gestalt eines Goldregens vereinigte er sich mit der Eingesperrten. Die Königstochter, wohl für jede Abwechslung dankbar, empfing dann Perseus.

Wie verblüfft war Akrisios, als Danaë in ihrem unerreichbaren Kerker ein Kind gebar. Wohl hielt den König trotz der unheilkündenden Weissagung die Liebe zu seiner Tochter davon ab, Mutter und Sohn zu töten. Oder ahnte er, ein Gott könne im Spiele sein? Er verschloss beide in einer Truhe und stürzte diese ins Meer. Wellen trieben den Kasten sanft bis Seriphos, wo beide nicht nur wieder Sonnenlicht erblickten, sondern im Palast des Polydektes vorerst gastliche Aufnahme fanden.

Perseus enthauptet Medusa

Hier wuchs Perseus zu einem stattlichen, aber auch ein wenig unbesonnenen Jüngling heran. Als nämlich der König Polydektes sich anschickte, um eine Prinzessin zu freien, bat er seine Bekannten um ein Pferd als Brautgeschenk mit den Worten:

»Seriphos ist zwar eine unscheinbare Insel, aber ich will im Kreise der wohlhabenden Werber nicht ärmlich dastehen.«

»Zwar habe ich kein Pferd«, prahlte da Perseus, »aber ich werde alles herbeischaffen, wonach es dich gelüstet, selbst das Haupt der Medusa.«

»Das wäre in der Tat eine Morgengabe, meiner würdig«, ging Polydektes verschlagen darauf ein, »doch leider kennen wir deinen Hang zu großen Worten.«

Das traf Perseus' Ehrsucht. Ungestüm verlangte es ihn, die Gorgone einen Kopf kürzer zu machen. Doch wie sollte er das anstellen? Die Medusa war ein Ungeheuer von Frau mit Schlangenhaaren, Eberhauern, heraushängender Zunge und so abgrundtief hässlich, dass jeder, der sie erblickte, vor Entsetzen versteinerte.[78] Aber etwas Hoffnung blieb, denn im Gegensatz zu ihren Schwestern, den anderen beiden Gorgonen, war sie sterblich.

Als hilfreich erwies sich die gekränkte Pallas[79] Athena, die sich nun rächen konnte. Denn es war ihr Tempel, in dem Medusa mit Poseidon Liebe genossen und den sie damit besudelt hatte: ein unerhörtes Sakrileg, denn die Tempelprostitution war nahezu unbekannt und vor allem für eine jungfräuliche Göttin wie Athena eine tiefe Demütigung. Athena veranlasste Hermes, Perseus eine diamantene Sichel auszuhändigen, gab ihm einen glanzpolierten Schild und geleitete ihn selbst zu den Graien, da nur sie den verborgenen Unterschlupf der stygischen Nymphen kannten, die das Paar geflügelter Sandalen, den Zaubersack und Hades' Tarnhelm aufbewahrten.

Die Graien, drei uralte hässliche Weiber, verfügten zusammen nur noch über einen Zahn und ein Auge, das sie abwechselnd gebrauchten.[80] Da sie seit ewigen Zeiten das Geschehen in der Welt kannten, wäre jeder Versuch gescheitert, ihnen Geheimnisse zu entlocken, die ihren schwesterlichen Gorgonen geschadet hätten.

Deshalb passte der Held in seinem Versteck jenen Moment ab, als das Auge einer anderen übergeben wurde, eilte vor und raubte ihnen das glibbrige Sehorgan. Die Alten kreischten und schrien:

»Wo ist das Auge? Warum hast du Tattergreisin es fallen lassen?«

»Nein, du Schlampe hast es mir aus der Hand gerissen!«

Sie zwangen ihre gebeugten Körper auf den Boden und durchwühlten den Unrat. Aus sicherer Entfernung verfolgte Perseus das Gezänk belustigt und rief:

»Hier ist das Auge! Und wenn ihr mir sagt, wo ich die stygischen Nymphen finde, gebe ich es zurück.«

Lange drohten und schmeichelten die Graien, doch als ihnen keine andere Wahl blieb, verrieten sie den Weg.

Auf Athenas Fürsprache bekam Perseus von den stygischen Nymphen die Sandalen, den Zaubersack und den Tarnhelm. Perseus flog damit zum Okeanos, wo die Gorgonen inmitten eines Statuenparks schliefen. Die Augen von ihr abgewandt, blickte Perseus auf Medusas Bild, das sich auf seinem glänzenden Schild spiegelte – denn dem Spiegelbild fehlte die erstarrende Macht – und hieb mit der diamantenen Sichel Gorgos Kopf ab. Aus dem enthaupteten Leib sprangen Poseidons Kinder Pegasos, der Flügelhengst, und Chrysaor, ein voll ausgewachsener Krieger mit goldenem Schwert.

Doch Perseus fand für diese Wunder keine Muße, er griff rückwärts tastend das um den Medusenschädel züngelnde Schlangenknäuel, steckte die Trophäe in den mitgebrachten Zaubersack und vermied dabei das Medusenhaupt anzusehen. Dann setzte er sich den Tarnhelm auf und erhob sich mit den geflügelten Sandalen in die Luft. Und wahrlich keinen Augenblick zu früh. Denn schon verfolgten im Fluge die vom Röcheln Medusas erwachten unsterblichen Schwestern den Mörder. Der entkam jedoch dank des Tarnhelms.

Perseus rettet Andromeda

Während seines Rückfluges erblickte Perseus eine junge, nackt an einen Felsen gefesselte Frau und eine erregte Menschenmenge, die abwechselnd zum Felsen und aufs Meer starrte. Der Held war in Ioppe angelangt, wo Kepheus – ein Bruder von Aigyptos und Danaos – mit Kassiopeia regierte, die ihre Tochter gerühmt hatte, schöner als die Nereïden zu sein. Derart beleidigt trugen diese die Schmach ihrem Vater vor, und der Meergott sandte der Stadt Sturmfluten und ein Seeungeheuer. Nur wenn der König seine Tochter Andromeda dem Seeungeheuer opfere, so prophezeite das Orakel, werde Ioppe von Poseidons Zorn erlöst.

In eben diesem Augenblick, als Andromeda der Ankunft des Untieres entgegenbebte, erschien Perseus, verliebte sich in die anmutige Tochter wie in ihre Opferbereitschaft und bot den verstörten Eltern Rettung an, wenn sie ihm Andromedas Hand versprächen. Schon türmten sich Flutberge im Meer auf, und gischtschäumend stieg ein fürchterliches Monster aus den brausenden Wogen, fast die Zusage des Herrscherpaares übertönend.

Entschlossen stürzte sich der Held auf das Ungeheuer, doch so unbedacht, dass ein Schlag von dessen Schwanzflosse ihm Medusas Kopf entriss. Das geschah ihm kein zweites Mal. Flink flog er um das Scheusal herum, die See brodelte von dessen Drehen, Wenden und gewaltigen Prankenhieben, bis es Perseus in einem Moment gelang, mit der einzig verbleibenden Waffe, der bewährten Sichel, das Monster zu köpfen. Zwar war der Gorgonenschädel aus dem Sack gerollt, doch zum Glück für die Menschen mit dem Antlitz nach unten auf Blumen zum Liegen gekommen, die augenblicklich zu Korallen versteinerten.

Eingedenk einer früheren Heiratsabsprache mit Agenor richtete das Königspaar die Hochzeit mit Perseus widerwillig aus, aber teilte dies auch ihrem Wunschschwiegersohn mit, der daraufhin an der Spitze einer bewaffneten

Schar in die Festlichkeiten einbrach, Andromeda für sich beanspruchte und Kassiopeias Aufforderung »Tötet Perseus!« in die Tat umzusetzen versuchte.

Tapfer setzte sich Perseus zur Wehr. Viele Gegner sanken tödlich getroffen zu Boden, doch einer so gewaltigen Übermacht war er nicht gewachsen. In höchster Not riss er von Medusas Haupt die schützenden Leinen herunter und versteinerte so seine Gegner, die schon zum Todesstoß angesetzt hatten.

Der Erderschütterer Poseidon versetzte Kepheus und Kassiopeia als abschreckendes Beispiel unter die Sterne – später auch das Bild ihrer Tochter Andromeda, doch diesmal als Lohn – für ihre Redlichkeit, da sie sich für Perseus und gegen den Verrat ihrer Eltern entschieden hatte.

Perseus gründet Mykene

Andromeda begleitete ihren Gatten zurück nach Seriphos, wo in Abwesenheit des Helden Polydektes' ganze Verworfenheit offenbar geworden war. Denn nachdem er sich des Zeussprösslings entledigt hatte, belästigte er lüstern Danaë, die vor den immer bedrohlicheren Nachstellungen in den Schutz eines Tempels flüchtete.

Augenblicklich lenkte Perseus seine Schritte in den Palast, wo der König mit seinem Gefolge zechte, und sprach zu dem Verdutzten, dessen Lärmen wie das seiner Saufkumpane in Stille erstarb:

»Polydektes, hier bringe ich die versprochene Liebesgabe!« Einen Moment lang hätte man eine Stecknadel in dem Raum fallen hören können, dann brach ein brüllendes Gelächter aus, und beißender Hohn schlug Perseus entgegen.

Jeder der Lakaien versuchte den anderen zu übertreffen. Angewidert wandte Perseus seinen Kopf ab und hielt der Tafelrunde Medusas Haupt vor Augen. Vom Palast Polydektes' überdauerte nichts die Zeiten, wohl aber die versteinerten Zecher von Seriphos.

Die göttlichen Leihgaben brachte Hermes zu den stygischen Nymphen zurück, aber den Kopf der Medusa heftete Athena an ihre Aigis, als unüberwindliche Waffe.

Sorglos und unbeschwert machte sich Perseus auf nach Argos, wo sein Großvater durch dessen Ankunft in äußerste Unruhe geriet. Akrisios erinnerte sich sehr wohl an das Orakel und floh vor seinem künftigen Mörder nach Larisa.

Unglücklicherweise war auch Perseus nach Larisa eingeladen, um an den Leichenspielen zu Ehren des dort verstorbenen Königs teilzunehmen. Hier traf er seinen Großvater, beruhigte und bewog ihn, gemeinsam zurück nach Argos zu ziehen. Aber am letzten Tag schleuderte Perseus beim Diskoswerfen die Scheibe nach dem Willen der Götter so unerhört weit, dass sie Akrisios traf und tötete.

So erfuhr auch unser Held schon in frühen Jahren: Keiner entflieht dem von den Moiren verhängten Schicksal.

Perseus begrub seinen Großvater tief bekümmert in Larisas Athenatempel. Schamvoll mied er Argos und begab sich nach Tiryns, wo er mit Proitos' Sohn die Königreiche tauschte. Hier gründete er das weitberühmte Mykene und ließ es von den Kyklopen befestigen, deren nach ihnen benannten Mauern noch immer einen gewaltigen Anblick bieten.

Geruhsam und glücklich genossen Perseus und Andromeda den Rest ihres Lebens und wurden Ahnherren der berühmtesten Geschlechter. Ihr Sohn Perses sollte Stammvater der Perser werden, ihre Tochter Gorgophone Großmutter Helenas und der Dioskuren, Sthenelos aber wurde Vater des Eurystheus. Ihre anderen beiden Söhne, Alkaios (König von Troizen) und Elektryon (König von Mykene), zeugten Amphitryon und Alkmene, die sich nach dem Willen ihrer Eltern heirateten.

Herakles

Zeus zeugt mit Alkmene Herakles

Elektryon hatte von Amphitryon verlangt,[81] die Ehe mit Alkmene solange nicht zu vollziehen, bis die Taphier[82] geschlagen waren; denn die hatten bei einem Überfall alle Söhne Elektryons getötet. Vor dem Feldzug begab sich Amphitryon nach Elis und löste die Rinder aus, die die Taphier dort zurückgelassen hatten. Erfreut nahm Elektryon sein Eigentum von seinem frischverheirateten Schwiegersohn entgegen. In diesem Moment brach eine Kuh aus der Herde. Um sie an der Flucht zu hindern, warf Amphitryon eine Keule, traf aber versehentlich Elektryon, der an den Verletzungen starb. Sthenelos verbannte Amphitryon, und später übernahmen die Pelopssöhne Atreus und Thyestes die freigewordene Herrschaft Mykenes und Mideas.[83]

Alkmene war wohl von der Unschuld ihres Ehemannes überzeugt gewesen, denn sie vergab ihm nicht nur die Tötung ihres Vaters, sondern folgte ihm auch zu Thebens König Kreon, der ihn von Blutschuld reinwusch. Allerdings weigerte sich Alkmene weiterhin, mit Amphitryon zu schlafen, bis er sein Versprechen, die Taphier zu bekriegen, einlöse und damit den Tod ihrer Brüder räche. Mit Eifer versuchte Amphitryon Kreon vom Krieg zu überzeugen. So sehr verlangte es ihn, neben seiner Gattin zu liegen, dass er selbst nachts den König bedrängte. Da schließlich Amphitryon den einzigen Mann gewann, der Theben von der Teumessischen Füchsin zu befreien vermochte – davon berichten wir erst bei Kephalos' Schicksal – kam es zum gemeinsamen Waffengang.

Während Amphitryon und Kreon gegen die Taphier kämpften, schlich sich Zeus in Gestalt ihres Gatten zu Alkmene, brüstete sich mit einem heroischen Sieg und teilte mit der Ahnungslosen drei Nächte lang das Liebeslager.

Vorsorglich hatte der Kronide Helios befohlen, das Sonnenfeuer zu löschen und die Pferde des Sonnenwagens auszuspannen, und die Mondgöttin Selene hatte ihre Bahn so langsam zu ziehen, dass diese eine Nacht der Nächte sich so lang dehnte wie drei. Denn ein richtiger Held war ja kaum in Eile zu zeugen.

Nach einer anderen Überlieferung soll dies der letzte Seitensprung des Göttervaters gewesen sein, was zwar erklärte, warum derartige Helden heute fehlen. Aber entspräche das dem Wesen des Zeus?

Wie dem auch sei, auch die längste aller Nächte ging schließlich vorüber, und am nächsten Morgen stürmte der liebestolle Amphitryon freudig zu seiner völlig ermatteten Frau, um ihr von seiner triumphalen Eroberung zu berichten.

»Kein Auge«, winkte Alkmene schlaff ab, »haben wir letzte Nacht zugetan, und nun erwartest du, dass ich mir deine Geschichten ein zweites Mal anhöre?«

Verdutzt holte der Heimgekehrte beim Seher Teiresias Rat und erfuhr die ganze Wahrheit. Aus Angst vor göttlicher Eifersucht wagte es Amphitryon nicht, seine Frau auch nur zu berühren, und ist wohl der einzige griechische Held, der niemals mit seiner Gattin schlief.

Herakles' Geburt[84]

Neun Monate später verkündete Zeus, an diesem Tage würde dem Stamm des Perseus ein unvergleichlicher Held geboren, der Tiryns beherrschen werde.

»Schwörst du bei Styx«, erwiderte Hera listig, »dass der vor Anbruch der Nacht geborene Persidensohn König wird?«

Treuherzig leistete der Göttervater den unwiderrufbaren Eid.

Hera eilte flugs nach Tiryns und beschleunigte die Geburtswehen Nikippes und befahl Eileithya, der Geburtsgöttin, Eurystheus als Siebenmonatskind noch vor Einbruch der Nacht auf die Welt zu bringen.

Als Hera sah, dass hier alles nach Wunsch geschah, machte sie sich nach Theben auf, hockte sich mit gekreuzten Beinen vor Alkmenes Tür, ihre Kleider in Knoten gebunden und die Finger ineinander verkrampft, auf dass sich die schon beginnende Geburt Herakles' verzögere.

Galanthis, die treue Magd Alkmenes, stand ihrer Herrin in den Stunden andauernder Wehen zur Seite. Es dunkelte bereits, und noch immer kämpfte die werdende Mutter mit den Schmerzen.

Um Licht zu holen, verließ Galanthis das Gemach und erkannte in der vor der Tür sitzenden Göttin den wahren Grund für die Verzögerung und endlose Quälerei.

»Alkmene hat einen Knaben geboren!«, rief sie geistesgegenwärtig.

»Das ist doch nicht möglich.« Verblüfft sprang Hera auf, öffnete ihre Finger und Knie, und im gleichen Augenblick glitt Herakles aus Alkmenes Schoß.

Zwar verwandelte die strafende Hera nun Galanthis in das im Griechischen gleichnamige Wiesel, aber deren List kam dennoch zu spät. Denn im fernen Tiryns war bereits Eurystheus geboren; und Zeus, von seiner Gattin erneut überlistet, musste sich an seinen Schwur halten und Eurystheus die Königswürde zuerkennen.

Doch Heras Zorn war noch immer nicht gestillt. Um den Säugling Herakles zu töten, schickte sie zwei Schlangen. Aber das Kleinkind packte mit jedem Fäustchen eine und erwürgte sie.

Nun wurde auch dem letzten gewahr, Herakles würde ein gewaltiger Held werden – ja, der größte aller Helden überhaupt. Einige führen das auch darauf zurück, dass Hermes der Hera den Kleinen untergeschmuggelt habe, damit er von ihrer Milch trinken solle. Herakles sog so schmerzvoll, dass die Göttin den ungestümen Säugling von ihrer Brust riss. Die dabei verspritzte Milch ist heute noch als Milchstraße zu sehen.

In Theben wuchs Herakles hochgeachtet heran und heiratete Kreons Tochter Megara, mit der er etliche Kinder zeugte. Doch Hera schlug ihn mit Wahnsinn, in dem Herakles alle seine Sprösslinge eigenhändig umbrachte. Als Sühne befahl ihm das Delphische Orakel, sich nach Tiryns zu begeben und im Dienst des Eurystheus, der an seiner Stelle König geworden war, zehn Arbeiten zu verrichten.

1. Der Nemëische Löwe

Als der stattliche Zeussohn vor Eurystheus erschien,[85] erfasste ihn Schrecken, und er fürchtete um seinen Thron. So wählte er solche Aufgaben, die kein Mensch zu erfüllen vermochte und den Nebenbuhler mit Sicherheit umbringen würden. Schnell war der erste Auftrag gefunden – den Löwen, der um Nemea wütete, zu töten.

Dort fand Herakles das Biest mit blutverschmiertem Maul schlafend vor. Lautlos nahm er seinen Bogen und schoss mit aller Kraft. Doch der Pfeil prallte vom glänzenden Fell ab, und das Raubtier schlummerte ungerührt weiter. Als der Held mit seinem riesigen Schwert auf das Tier einschlug, erwachte es zwar, aber die Waffe zerbrach wie Spielzeug. Ebenso barst Herakles' Keule auf dem Haupt des Brüllenden. Waffenlos stürzte Herakles sich nun auf den Löwen, rang ihn mit bloßen Fäusten nieder und würgte das mächtige Tier, bis es leblos zu Boden sackte.

Dessen Haut schnitt er mit den Löwenkrallen auf, zog das Fell ab und trug dies künftig als seine unverwechselbare Kleidung, wobei ihm der Löwenkopf als Helm diente.[86]

2. Die Lernäische Hydra

Herakles' unerwarteter Erfolg verblüffte Eurystheus nur für einen Augenblick, dann sprach er so gewinnend wie möglich:

»Einen so starken Helfer wie dich für mein Reich gefunden zu haben, erfreut mein Herz. Als Zweites bitte ich dich, töte die Lernäische Hydra, denn mein hohes Amt lässt mir nicht genügend Zeit, derart geringe Aufgaben selbst zu erledigen.«

Daraufhin begab sich Herakles mit seinem Freund Iolaos zum sumpfigen Lerna, wo das furchtbare Ungeheuer in einer Höhle hauste.[87] Aus deren schwülem, stickigem Dunkel drangen Röcheln, Pfeifen und Heulen; Laute, die sie noch nie gehört hatten.

Als Iolaos sah, wie Herakles schnurstracks in die Grotte eindringen wollte, fürchtete er um Leib und Leben seines Freundes und rief besorgt:

»Halt, Herakles! Erinnerst du dich nicht, dass der Hydra anstelle von Blut Gift im Körper brodelt? Das tötet sofort jedes Wesen! Gelänge es dir wirklich, das Ungeheuer zu erlegen, bespritzt dich in der engen Höhle ihr Gift und und bringt dich um.«

Herakles folgte dem Rat. Die Hydra musste also geweckt und herausgelockt werden. Er nahm nun den Bogen von der Schulter und schoss Pfeile in das Dämmerlicht der Höhle. Ein ohrenbetäubendes Brüllen zeigte, dass sie getroffen hatten, und die Hydra wälzte sich heraus.

Welch entsetzlicher Anblick! Auf ihrem unförmigen, geschuppten Körper schlängelten sich sieben zähnefletschende Köpfe. Wie jeder andere Sterbliche erbebte Iolaos vor dem Scheusal – nicht aber Herakles. Er packte sein Schwert, stürmte gegen das Untier und hieb ihm in Windeseile zwei Köpfe ab.

Doch was war das? Noch ehe die abgetrennten Hälse auf den Boden fielen, wuchsen aus jedem Halsstummel gleich zwei neue Köpfe nach. Nun ringelten sich neun greuliche Häupter auf Hydras Schultern. Herakles stürzte mit unbändiger Wut auf das Ungeheuer und mähte blindwütig Hälse ab, wie sie ihm vor die Klinge kamen.

»Herakles! Herakles! Du Wahnsinniger, siehst du nicht, was du anrichtest?«, brüllte Iolaos.

Erst jetzt kam der Held zur Besinnung und sah sich einem Gegner gegenüber, der nicht mehr nur mit sieben, mit neun oder zwölf, sondern mit schier unzähligen Köpfen angriff. Niemand hat je in dem sich ringelnden Köpfeknäuel deren genaue Anzahl ausmachen können. Vielleicht entstanden daraus die sich widersprechenden Berichte über die Anzahl von Hydras Häuptern.

Nun aber befahl Herakles seinem Freund:

»Nimm eine brennende Fackel und halte sie an jeden frischen Stumpf!«

Bis zur Abenddämmerung schlug der Zeussohn die fletschenden Rachen ab, und Iolaos brannte sofort mit Feuer die Halsstummel aus, so dass keine neuen Köpfe mehr nachwachsen konnten, bis auch das letzte Haupt[88] gefallen und die Hydra getötet war. Mit ihrem giftigen Blut benetzte Herakles dann seine Pfeile.

3. *Die Kerynëische Hirschkuh*

»Das ist unmöglich«, überlegte Eurystheus, »jeder andere wäre unweigerlich umgekommen. Aber ich bin selbst schuld. Töten ist viel zu einfach. Hätte ich befohlen, mir den Löwen oder die Hydra lebend zu bringen, wäre auch ein Herakles gescheitert. Aber dieser Fehler unterläuft mir kein zweites Mal. Und überhaupt erkenne ich diese Aufgabe nicht an, denn er vollbrachte sie nicht allein.«

So wie er es beschloss, wurde es Herakles verkündet. Der machte sich unverdrossen an die Erfüllung der dritten

Aufgabe, die Kerynëische Hirschkuh[89] lebendig an den Königshof zu bringen.

Das galt fürwahr als ein unlösbarer Auftrag, denn die Hirschkuh war mit ihrem goldenen Geweih ebenso scheu wie behend. Herakles erblickte sie nur von Ferne. Ein ganzes Jahr jagte der Held das Tier von dessen Heimat, den Kerynëischen Hügeln, bis zum Land der Hyperboreer, von denen er auch den Olivenbaum nach Griechenland brachte. Schließlich wollte das erschöpfte Wild einen Fluss überqueren. Herakles kam endlich nahe genug heran, verwundete blitzartig mit zwei Pfeilen dessen Läufe und trug es nach Tiryns.

4. Der Erymanthische Eber

»Wir hofften, du wärest tot«, entfuhr es dem König vor Enttäuschung, als Herakles nach einem Jahr wieder erschien, um sich schnell zu korrigieren: »... fürchteten, wir fürchteten um dein Leben. Aber wie konntest du dieses edle Tier nur so verunstalten? Hatte ich dir nicht befohlen, es unverletzt zu bringen?«

»Nein, o weiser Herrscher«, antwortete Herakles, »du verlangtest nach der lebendigen Hirschkuh, und hier ist sie und meine Aufgabe somit erfüllt. Wünschst du jedoch einen Park mit unversehrten Tieren anzulegen, dann wähle deine Worte genauer.«

»Vergiss nicht, dass du mit deinem Herrn sprichst, dem du Respekt schuldest«, nahm Eurystheus das Wort, »und auch, wenn es über deinen Verstand geht, befasst sich ein König nicht mit derartigen Kleinigkeiten. Mein ganzes Tun ist auf das Wohl meines Volkes gerichtet, das in Arkadien vom Erymanthischen Eber bedrängt wird. Bringe mir dieses Untier lebend! Aber merke: Sollte der Keiler die kleinste Wunde, Quetschung, Schwellung oder derartiges aufweisen, dann hat meine Großzügigkeit ein Ende und die Arbeit wird aberkannt.«

Unterwegs kehrte Herakles beim Kentauren Pholos ein, der ihn gastfreundlich aufnahm. Aber als die übrigen Kentauren rochen, dass ihren Weinvorräten beim Gelage das Ende drohte, stürmten sie heran, warfen Felsbrocken, Bäume und Feuerbrände. Voller Angst verkroch sich Pholos, aber Herakles trat ihnen tapfer entgegen und tötete viele.

Doch ein Pfeil verirrte sich und verwundete den weisen Cheiron. Entsetzt sprang Herakles seinem alten Freund zu Hilfe, aber all dessen Heilkünste blieben wirkungslos. Das Gift verbrannte Cheirons Eingeweide, der nun als Unsterblicher endlose Qualen erlitt. Erst als später Prometheus dessen Unsterblichkeit auf sich nahm, endete Cheirons Marter.

Die anderen Kentauren flohen nach Eleusis, Sizilien, Melea oder zum Fluss Euenos, wo der feindliche Kentaur Nessos sich später furchtbar an Herakles rächte. Nachdem der Kampflärm verstummt war, kroch der verängstigte Pholos aus seinem Unterschlupf, überblickte das grausige Schlachtfeld und wog zweifelnd einen Pfeil in der Hand. Wie vermochte eine so kleine Waffe nur derartigen Schaden anzurichten? Da entglitt ihm der Pfeil, ritzte seinen Fuß, und Hydras Gift tötete ihn in Sekundenschnelle. Herakles begrub seinen Gastfreund am Fuße des Berges, der ebenso wie das umliegende Gebiet seinen Namen trägt: Pholoë. Pholos oder Cheiron wurde als das Sternbild des Kentauren an den Himmel versetzt.

Betrübt machte sich Herakles auf, seine Pflicht zu erfüllen. Doch schon beim ersten Anblick sah der Held, dieser stolze Eber ließe sich niemals lebendig einfangen. Aber Herakles war es gewohnt, Unmögliches zu vollbringen.

So trieb er das Tier immer höher hinauf zum Gipfel des schneebedeckten Erymanthos-Gebirges. Der Schnee, durch den sich das Tier unermüdlich kämpfte, wurde tiefer und tiefer, bis es steifgefroren und am Ende seiner Kräfte rüsseltief steckenblieb.

Der tiefgekühlte, aber unversehrte Eber wurde kurzerhand geschultert und zum König geschleppt. Der entsetzte sich über das gewaltige Biest derart, dass er sich in einem mannshohen Krug versteckte. In dem würde er künftig die Ankunft unseres Helden abwarten und ihm neue Aufgaben stellen.

5. *Die Ställe des Augias*

Eurystheus erkannte, dass er mit Herakles nicht allein fertig würde und besprach sich mit Beratern und seiner Familie. Lange sannen sie nach und verwarfen Plan um Plan. Herakles nutzte indessen die Zeit und schloss sich dem Zug der Argonauten an, zu dem Iason alle griechischen Helden gerufen hatte. Doch davon erzählen wir später.

Noch immer schüttelten die weisen Männer im Palast des Eurystheus grübelnd ihre Köpfe, bis dessen Frau vorschlug:

»Mit jeder Heldentat steigt Herakles' Ruhm, während deiner verblasst. Stelle ihm nicht nur eine unlösbare Aufgabe, sondern auch eine, die ihn lächerlich macht! Lass ihn an einem Tage die Ställe des Augias reinigen!«

Eurystheus lobte den Rat. Denn Augias, der König von Elis, war nicht nur wegen seines Reichtums, der im alten Griechenland vor allem im Besitz von Kühen bestand, ein beliebtes Tratschthema, sondern vor allem seiner gigantischen Ställe halber, in denen er seine zahllosen Rinder hielt und die schon Jahre nicht mehr ausgemistet wurden. Mittlerweile stank es derart, dass es selbst Augias in seinem Palast nicht mehr aushielt. Als er Leute zum Reinigen aussandte, lehnten die es ab, sich den Ställen auch nur zu nähern. Wegen der beißenden Dunstglocke über Elis blieb den Anwohnern nichts anderes übrig, als in angenehmere Gegenden zu flüchten.

Herakles begab sich zu Augias und versprach für den zehnten Teil des Viehes den Mist an einem Tage herauszuschaffen. Und der König, der dies für unmöglich hielt, stimmte zu. Leider berichtet niemand, wie es Herakles gelang, dem Gestank zu widerstehen. Hielt er sich die Nase zu, oder plagte ihn gerade der Schnupfen? In einem sind sich unsere Quellen aber einig: Unser Held erkannte, selbst tausend Männer wären nicht in der Lage, die endlosen Stallreihen an einem Tag zu reinigen. Und er fand den Ausweg.

Zunächst verbrachte er den halben Tag damit, Erdmassen zu wuchten. Er grub einen Kanal, leitete darin den nahen Fluss um und spülte so die besudelten Ställe blank. Somit entsprach Herakles dem griechischen Idealbild. In seinem Körper wohnten nicht nur heroische Kräfte, sondern auch ein wacher Verstand. Von nun an kannte jeder Herakles' Namen. Dass er im nahen Olympia die Olympischen Spiele[90] gründete, vergrößerte seinen Ruhm.

Doch als Augias erfuhr, dass Herakles die Ställe im Auftrage des Eurystheus gereinigt hatte, verweigerte er den versprochenen Lohn und bestritt gar, einen derartigen Vertrag eingegangen zu sein. Vor den Richtern, die diesen Streitfall zu schlichten hatten, zeugte Phyleus, Augias' eigener Sohn, für den Helden. Daraufhin verwies der ergrimmte Vater ihn und Herakles des Landes. Aber Eurystheus erkannte auch diese Arbeit nicht an, weil sie für Lohn verrichtet wurde.

6. Die Stymphalischen Vögel

Als sechste Arbeit sollte Herakles jene Vögel mit den eisernen Schwingen vertreiben, die die Gegend um Stymphalos in Angst und Schrecken hielten. Die Pfeile der ganzen Welt hätten nicht ausgereicht, um diese Tiere zu erlegen, so dicht schwärmten sie; und der Himmel war dunkel und angefüllt von ihrem Kreischen. Überall surrten ihre tödlichen Federn, die sie auf jede Kreatur abschossen. Die erlegten Kadaver verpesteten die Luft.

Erneut zeigte sich die Klugheit des Helden; er erzeugte, wohl von Athena unterwiesen, mit ehernen Klappern einen so ohrenbetäubenden Lärm, dass die gefiederte Meute aufstob, sich nie wieder in Griechenland blicken ließ und zu ihren Artgenossen auf die Aresinsel im Schwarzen Meer floh. Auch die Argonauten begegneten diesen gefährlichen Vogelschwärmen, aber sie widerstanden den Vögeln statt mit Zimbeln mit Panzern und Schilden.

7. Der Kretische Stier

Langsam gingen Eurystheus die Arbeiten für Herakles aus. Inzwischen war die ganze Peloponnes von Untieren befreit. Da riet dem grübelnden König ein Weiser:

»Was wie ein Nachteil aussieht, wende in einen Vorteil. Sende den Sohn des Donnerers in die entlegensten Winkel der Welt! Erfüllt er diese Aufgaben wirklich, unterliegt er unweigerlich den Gefahren der Reise.«

So wurde Herakles mit der Aufgabe betraut, den Stier von Kreta lebend in die Argolis zu bringen; ebenjenen Stier, den Minos Poseidon vorenthalten, der Pasiphaë geschwängert hatte und weiterhin das Land verheerte. Doch so kraftstrotzend der Bulle auch einherstürmte, schon bald rang Herakles ihn nieder und ritt auf dessen mächtigem Rücken über das Meer.

»O tapferer König, wie geheißen bringe ich den Kretischen Stier unversehrt vor deinen erlauchten Thron«, begrüßte der Held den Eurystheus, der sich ängstlich in seinen Krug duckte.

»Was für ein Ungeheuer!«, hallte es aus dessen Innerem, »Töte es, oder es verdirbt uns alle!«

»Seid stolz auf euren Herrscher«, wandte sich Herakles an Eurystheus' Untergebene, »aber ich falle auf die List nicht herein. Wenn ich den Stier töten würde, hätte ich die Aufgabe nicht erfüllt. Lasst uns Eurystheus ehren, dessen Schläue uns lehrt, wie sich ein mutiger König von einem Hornvieh unterscheidet.«

Vorsichtig lugte Eurystheus über den Rand des Troges und sprach:

»Bester Freund, verzeih das unlautere Spiel, aber ich wollte meinen Untertanen zeigen, dass du mir nicht nur körperlich, sondern auch geistig nahekommst. Da ich natürlich wusste, dass der Ochse nicht für den Palast taugt, bestimmte ich längst, ihn der Hera zu weihen. Dir überlasse ich die heilige Handlung, damit du ihren alten Groll besänftigen mögest. Schaff das Vieh fort, danken kannst du mir später!«

Wie zu erwarten, verabscheute Hera die Gabe und trieb den Stier bis ins attische Land, wo er viel Unheil anrichtete und sogar einen Krieg auslöste, der Athen zwang, seine Jugend dem Minotauros zu opfern, bis dieser – wie noch zu berichten sein wird – endlich von Theseus getötet wurde.

8. Die menschenfressenden Pferde
Auch die nächste Aufgabe wurde für Eurystheus ein Reinfall. Der Thrakerkönig Diomedes II. nährte seine Rosse mit Menschenfleisch, damit sie auf Rennbahn und Schlachtfeld unbesiegbar blieben. Diomedes sah den Helden schon als willkommenes Futter, wurde es aber im Nu selber. Denn als er mit seiner Wache Herakles nach dessen Ankunft überwältigen wollte, unterlag er in dem Handgemenge. Und als die Gäule den Kadaver ihres eigenen Herrn gefressen hatten, wurden sie handzahm und folgten willig dem Zeussohn in die Argolis.

»Glaubst du, mich auf derart plumpe Weise zu betrügen«, empfing ihn Eurystheus, »und mir ein paar beliebige Klepper herzuschleppen, nur weil du nicht den Mut hast, dich den menschenfressenden Rossen zu stellen?« Der König versuchte alles, um auch diese Aufgabe nicht anzuerkennen, musste sich aber letztlich fügen und Herakles eine weitere stellen.

Diesmal verzichtete der König auf seine Ratgeber, denn er hatte längst seiner Tochter, die den Gürtel der Amazonenkönigin Hippolyte begehrte, versprochen, Herakles dieses Schmuckstück holen zu lassen. Schließlich lebte die Königin des kriegerischen Frauenvolks der Amazonen am Ende der Welt.

9. Der Gürtel der Hippolyte

Mit einer Schar der tapfersten Jünglinge segelte Herakles den schier endlosen Weg nach Maiotis. Entgegen Eurystheus' Erwartungen wurden sie dort nicht sofort von den wilden Frauen angegriffen und niedergemacht, sondern bewundert empfangen und zur Amazonenkönigin geführt.

Hippolyte kannte Männer nur als das schwache, verweichlichte Geschlecht und war beeindruckt. Denn bei den Amazonen kümmerten die Männer sich um Haushalt und Kindeserziehung, doch die Frauen stählten ihre Körper auf der Jagd und im Kampf. Die Amazonenkönigin sah plötzlich in dem Kraftvollen das männliche Idealbild.

So wie Hippolyte erging es den meisten Amazonenfrauen. Sie konnten kaum vom Anblick der Griechen lassen. Für ihre eigenen Gatten brach eine schwere Zeit an, denn sie wirkten vergleichsweise kläglich. Wir dürfen also mit einigen Griechenmischlingen bei den Amazonen rechnen.

Eros' Pfeil bohrte sich tief in Hippolytes Herz. Lag es nur an ihrer Verwirrung, oder war Herakles gar selbst verliebt, dass die Königin den Helden derart zuvorkommend behandelte?

Herakles gewann jedenfalls ihr Vertrauen, und mit jedem Tag mochte er seinen Auftrag weniger. Konnte er eine Frau bestehlen, die ihn so bedingungslos liebte? Der einst so Redselige wurde schweigsam und in sich gekehrt.

»Seit Tagen meidest du mich. Ist dir mein Anblick so widerwärtig, denkst du nur noch an deine Liebste in Hellas? Dann segle mit deiner Besatzung zurück und fürchte keine Behinderung. Fahrt mit Geschenken überhäuft, wie es sich für Gäste der Amazonen geziemt«, gab sich Hippolyte würdevoll.

»O nein, große Königin. Mich zieht nichts zurück. Und niemals erreichte ein anderes Weib deine Schönheit.«

»Aber was betrübt dich dann?«, forschte die Königin erleichtert weiter.

»Frage nicht. Du müsstest mich hassen. Mit allem kann ich leben, nur nicht, wenn du mich verabscheutest.«

Doch so leicht ließ sich eine Amazonenkönigin, die zu herrschen gewohnt war, nicht abweisen. Unablässig drängte sie den unschlüssigen Helden, bis er ihr schuldbewusst die Wahrheit gestand.

Herakles hatte sich auf Gedeih und Verderben in ihre Hände begeben und erwartete einen Zornesausbruch. Aber sie blickte ihn sprachlos an und überreichte ihm Geschenke.

Monate später gelangte Herakles – nach einem kurzen Aufenthalt in Troia – nach Griechenland, mit seiner unversehrten Besatzung und – Hippolytes Gürtel.[91]

10. Die Rinder des Geryoneus

Da Herakles nicht am Nordostende der Welt gescheitert war, wurde er nun an das Westende geschickt. Dort, jenseits des Okeanosstromes, weideten auf der Erytheia, der rötlichen Insel des Sonnenunterganges, die Rinderherden des Geryoneus[92]; die sollte unser Held dem König verschaffen.

»Wäre Herakles wirklich imstande«, grübelte Eurystheus, »auch dieses Ungetüm zu bezwingen, tröstete ich mich diesmal mit den unzähligen Rindern über den Spott, der mich ohnehin trifft.«

Als der Zeussohn endlich auf Erytheia anlangte, drang Geryoneus ungestüm auf Herakles ein; jeder der drei Köpfe des Ungeheuers brüllte schrecklicher als der andere. Sechs Arme, die mit drei Leibern verwachsen waren, hieben auf den Helden ein. Dieser Unhold verdiente statt Rücksicht nur die Keule, mit der unser Held so lange auf Geryoneus einschlug, bis der leblos am Boden lag.

Herakles stellte die nach ihm benannten Säulen auf, zum Zeichen des Endes der beschiffbaren Welt,[93] und bestand alle anderen Gefahren, denen er auf der Heimreise mit der Herde ausgesetzt war.

11. Die Äpfel der Hesperiden

Damit wären eigentlich alle zehn Aufgaben, die der Held innerhalb von acht Jahren und einem Monat vollbracht hatte, erfüllt gewesen. Aber da seinerzeit Herakles die Lernäische Hydra nur mit Iolaos' Hilfe getötet hatte, musste er eine elfte Aufgabe annehmen.

»Ich bin sehr zufrieden mit dir«, dröhnte die Stimme des Königs aus seinem Krug, »und mir tut es leid, dass du dich so plagen musst. Aus Zuneigung übertrage ich dir eine ganz einfache Aufgabe: Pflücke mir die Äpfel der Hesperiden[94]!«

»Meinst du etwa die goldenen Äpfel, Gaias Hochzeitsgeschenk für Hera, als sie meinen Vater heiratete? Du weißt, wie Hera die goldenen Äpfel liebt und es demjenigen heimzahlen würde, der es wagt, sie zu stehlen! Selbst ein König darf keinen solchen Frevel fordern!«

»Mache dir keine Sorgen«, besänftigte Eurystheus den Aufgebrachten, »gerade du solltest doch wissen, wie wohl mir die Göttin gesonnen ist.«

»Wie könnte ich das vergessen! Aber wenn ich die Äpfel in deinem Auftrag hole, wird Heras Zorn nicht mich treffen, sondern dich. Es wird mir also eine Freude sein. Da du mir aber schon liebenswürdig eine derart einfache Aufgabe überträgst, nenne, o unvergleichlicher König, mir den geheimen Ort, wo die Hesperiden die Äpfel bewachen!«

Eurystheus bereute schon die verhängnisvolle Aufgabe, er glaubte sich verhöhnt und schrie:

»Ich bin hier der König und du mein Bediensteter! Wenn ich befehle, hast du zu gehorchen. Wie du das machst, ist deine Sache!«

Prometheus

Herakles war bereits viel herumgekommen und hatte schier Unmögliches vollbracht. Aber diesmal war er ratlos. Wo er auch nachforschte, wen er auch nach den Äpfeln fragte, nirgends fand er eine Spur. »Und wenn ich bis zum Ende meiner Tage suche, diesem Schwächling gestehe ich keine Niederlage ein«, dachte er und suchte die Nymphen des Eridanos auf. Als Töchter des Zeus und der Themis konnten sie ihm zwar nicht den Weg zu den Hesperiden weisen, wohl aber zur Bucht des Nereus, dem einzigen Wesen, das den geheimen Ort kannte.

Herakles fand den Meergreis schlafend, packte ihn und ließ den Gott selbst dann nicht los, als er sich in eine gewaltige Schlange, in wogendes Wasser und loderndes Feuer verwandelte. So besiegte er ihn, und Nereus wies ihm den Weg zum Garten der Hesperiden.

Herakles' Reise führte ihn nun durch den Kaukasos, wo er plötzlich einen riesigen Adler bemerkte und kurz darauf einen Schrei. Unser Held hatte viele Schreie gehört, aber noch nie einen derart markerschütternden. Unbändige Kraft klang in ihm, tausendfach von den Gletschern zurückgeworfen.

Wie vom Donner gerührt stand der Sohn des Donnerers, erklomm dann atemlos den Gipfel. Doch der Anblick war noch grausiger als befürchtet: An den eisigen Fels war ein Mann gekettet, mit klaffender Wunde; und eben jener Adler, den Herakles zuvor gesehen hatte, zerfleischte und zerfetzte die blutüberströmten Innereien. Ohne zu zögern, erlegte Herakles mit einem Pfeil das Tier und zerbrach die Fesseln.

Handelte er aus Menschlichkeit oder durch Eingebung eines Gottes? Wir Heutigen nähmen das erste an, für die alten Griechen war es zweifelsfrei das letztere.

Zur Strafe für den Diebstahl des Feuers hatte der Göttervater Prometheus an den Kaukasos schmieden lassen, und täglich fraß der Adler dessen Leber. Aber Zeus hatte auch ein Ende festgesetzt, und sein Sohn erlöste den unsterblichen Prometheus von seinen Qualen.

Was der Gott nach diesem Martyrium gefühlt haben mag, wagen wir nicht in menschliche Worte zu fassen. Herakles jedenfalls setzte seine Reise fort. Der Menschenfreund Prometheus verriet ihm auch, dass die Hesperiden ihm niemals die Äpfel ausliefern würden, höchstens ihrem Vater Atlas.

Antaios

Wieder wanderte Herakles in Richtung Westen an das Ende der Welt, diesmal aber durch Afrika und die schlangenverseuchte Libysche Wüste[95]. In Lixos versperrte ihm der Riese Antaios den Weg und nötigte ihn zu einem Ringkampf.

»Ich habe anderes zu tun, als mich mit dir im Sand zu wälzen«, brummte Herakles und stapfte weiter.

»Nicht so hastig«, stoppte ihn Antaios. »Jeder, der hier vorbeikommt, hat sich mit mir zu messen, andernfalls wird er getötet. Du hast also die Wahl zu kämpfen oder zu sterben. Allerdings kommt beides auf das Gleiche hinaus, denn niemand verließ je lebend den Kampfplatz.«

Mit diesen Worten stürzte er sich auf den Helden und schnürte ihm mit unbändiger Kraft den Brustkorb zu. Herakles blieb die Luft weg. Nach einer Serie von harten Haken lockerte sich Antaios' Griff so weit, dass Herakles sich aus der Umklammerung befreien konnte. Seine Fäuste hämmerten wutentbrannt auf Antaios ein; und so stark der auch sein mochte, er unterlag dem Kronidensohn und brach mit einem letzten Röcheln blutverschmiert zusammen. Herakles griff sein Bündel und wollte sich durch die schaulustige Menge seinen Weg bahnen.

Doch warum grinsten die Zuschauer so hämisch? Noch ehe der Held das zu begreifen vermochte, schmetterte ihn ein furchtbarer Nackenschlag nieder. Herakles erhob sich. Und Antaios, obwohl gerade halbtot niedergesunken, griff unverletzt erneut an.

Ein ums andere Mal rang Herakles seinem Gegner den Lebenswillen aus dem Körper; und stets stand Antaios wie Phoinix[96] aus der Asche unbeschadet wieder auf und kämpfte weiter. Schon begann Helios seine Bahn zu beenden und Herakles seine Kraft zu verlassen.

»Ist es etwa mein Schicksal, ruhmlos und fern der Heimat mein Leben zu beenden?«, fragte sich Herakles. Und mit einer letzten Kraftanstrengung umklammerte er seinen Gegner, hob ihn hoch und presste so dessen Brustkorb zusammen. Antaios wurde immer kraftloser, bis er leblos zu Boden sackte und – diesmal nicht wieder aufstand.

Antaios war nur zu bezwingen, indem man ihn von seiner Mutter trennte. Denn bei jeder Erdberührung verlieh Gaia ihrem Sohn aufs neue Kraft.

Atlas

Nach diesen Abenteuern erreichte Herakles endlich den Titanen Atlas und brachte seine Bitte vor.

»Deine Töchter gäben mir die goldenen Äpfel niemals freiwillig, und ich brächte es nicht übers Herz, den Lieblichen Gewalt anzutun, deshalb bitte ich dich: Hole mir diese Früchte. Ihrem Vater[97] werden die Hesperiden nichts abschlagen.«

»Die sengende Hitze verwirrte wohl deinen Verstand«, antwortete der Titan. »Lasse ich den Himmel los, wird er dich Erdling zermalmen, wie alles andere hier unten.«

»Dann trage ich so lange den Himmel für dich.«

»Du? Ein Mensch?«, erwiderte Atlas verwundert. »Ich bezweifle sogar, ob der große Zeus das fertigbrächte. Und nun kommt so ein Winzling daher und will den Himmel schultern!«

Als Atlas sich vor Lachen schüttelte, begann der Himmel bedrohlich zu schwanken. Schnell packte Herakles mit an. Als Atlas, der vorsichtig immer mehr Last auf dessen Schultern verlagerte, bemerkte, dass der Zeussohn tatsächlich das ungeheure Gewicht stemmen konnte, schüttelte er ungläubig den Kopf und sagte:

»Gut, so sei es. Unser Handel gilt!« Dann machte er sich zum Garten der Hesperiden auf.

Herakles trug zwar den Himmel, aber der wankte und kippte bedrohlich nahe der Erde zu. Alle Kreaturen äugten angstvoll hinauf. Der Held keuchte unter der Last. Aber Atlas ließ sich Zeit, denn er hatte seit Ewigkeit seine Töchter nicht mehr gesehen. Obwohl Herakles über gigantische Kräfte verfügte, wäre er an dieser Aufgabe gescheitert, hätte Athena nicht mit Hand angelegt.[98] Endlich schlenderte Atlas mit den Äpfeln jonglierend zu ihm heran.

»Mein lieber Freund«, begrüßte er ihn, »ich erfüllte zwar deine Wünsche, doch kann ich es nicht übers Herz bringen, den Sohn des Kroniden so gering zu ehren. Ich bringe selbst die Äpfel zu deinem König Eurystheus.«

»Tausend Dank«, entgegnete Herakles erschöpft. »Doch ich bitte dich noch um einen letzten Gefallen: In meiner Sandale drückt mich ein Steinchen. Halte also kurz den Himmel, damit ich den Kiesel entferne.«

Treuherzig übernahm Atlas wieder die Last, denn niemand wusste besser als er um die Qualen einer schmerzenden Sandale. Herakles ergriff die Früchte, kehrte dem verdutzten Titanen den Rücken und ging nach Hellas zurück, ohne sich um dessen Flüche weiter zu kümmern, die allerdings verstummten, als Atlas zu einem Gebirge versteinerte.

12. Der Höllenhund Kerberos

Den Tod wünsche ich ihm an den Hals, dachte der König, also schicke ich ihn in das Totenreich, von dem kehrt nie ein Mensch zurück. Doch zu Herakles gewandt sprach er:

»Meine Berufung ist es, deinen Ruhm zu vermehren. Mit der letzten Aufgabe wünsche ich, deinen Namen unsterblich zu machen: Hole Kerberos aus dem Schattenreich!«

Bei Tainaron stieg Herakles in die Unterwelt. Sonst begnügte sich der Fährmann Charon mit einem Obolos für die Überfahrt; doch das galt nur für die Seelen Verstorbener. Nun weigerte sich der Alte halsstarrig, unabhängig vom Preis, einen Lebenden über den Totenfluss zu bringen. Doch als Herakles mit der Keule nur drohte, setzte Charon ihn angstschlotternd über die Styx.

Hades war verwundert, als schon wieder ein Mensch aus Fleisch und Blut vor seinen Thron trat.[99] Obwohl seiner Natur nach grimmig, hielt sich der Herr der Unterwelt im Zaum. Schließlich erbat der Sohn seines Bruders den Höllenhund. Und es sich mit Zeus zu verderben, war nicht ratsam; aber andererseits duldete Hades keinen derartigen Eingriff in seinen Machtbereich. So beschied er:

»Kerberos heraufzuführen, sei dir gestattet. Falls du das vermagst. Aber unter einer Bedingung: ohne Waffen!«

Herakles rang also mit bloßen Händen das Untier nieder, würgte dessen drei geifernde Rachen, dabei rettete sein undurchdringliches Löwenfell ihm das Leben. Denn wenn er auch die drei bleckenden Häupter bezwang, gegen Kerberos' stachelbewehrten Drachenschwanz wäre er wehrlos gewesen. So trieb, zerrte und stieß er das widerborstige Vieh zur Oberwelt. Dort wurde es, geblendet von den ungewohnten Sonnenstrahlen, zahm wie ein Schoßhündchen.

Mühelos führte Herakles den Kerberos in den Palast des Eurystheus, der schreckensbleich aus seinem Krug kreischte: »Um der Götter willen. Schaffe mir dieses Scheusal fort! Du hast alle Aufgaben erfüllt. Nur bringe dieses Monster zurück!«

Herakles am Scheideweg

Herakles führte den Kerberos wieder in die Unterwelt. Aber der Zeussohn ließ seine neu gewonnene Freiheit nicht in Müßiggang verrinnen. Schon in seiner Jugend, heißt es, hatte er an einem Scheideweg zwei Frauen getroffen. Einfach und bescheiden war die eine, die andere aber prunkvoll geschmückt. Sie richtete das Wort an ihn:

»Wähle mich, Herakles, und niemals werden Sorgen deine Stirn in Falten legen oder deine Hände sich abschinden müssen! Glücklich und unbehelligt wirst du allen Luxus genießen. Was gibt es da noch zu überlegen? Folge mir, und ich verheiße dir ein beneidenswertes Los im Müßiggang!«

»Wenn ich wählen soll, muss ich auch die andere Seite hören. Was erwartet mich, wenn ich dir folge?«, fragte Herakles die Schlichte.

»Arbeit, Mühe und Drangsal«, antwortete die Tugend, »aber auch unsterblicher Ruhm.«

Wir kennen Herakles' Entscheidung, die ihm die zwölf Aufgaben und bis zum Lebensende noch unzählige Abenteuer bescherte. Als seine größte Tat gilt aber zweifellos sein Kampf gegen die Giganten, die die Götter nur mit seiner Hilfe zu besiegen vermochten. Aber darüber haben wir bereits berichtet.[100]

Als Sklave bei Omphale

Doch man weiß nicht nur Rühmliches von Herakles zu erzählen. Im Jähzorn stürzte er einen Gastfreund[101] grundlos in den Tod. Zeus, Schützer des Gastrechts, befahl ihm bei

Omphale Dienst zu tun, um sich von der Blutschuld reinzuwaschen.[102]

Drei Jahre lang stand er nun unter der Fuchtel der lydischen Königin, die es genoss, sich mit dem Löwenfell zu kleiden und wild die Keule zu schwingen, während Herakles, mit weiblichem Peplos und allerhand Tand geschmückt, eifrig im Palast seiner Herrin Wolle spann.

Ob es Herakles wenigstens nachts gelang, mit Omphale die Rollen zu tauschen, wissen wir nicht. Unstrittig ist aber, dass ihre Kinder Ahnherren des lydischen Königshauses wurden. Nachdem Herakles zum zweiten Mal und nun endgültig seine Freiheit gewonnen hatte, rächte er sich an dem troischen König.

Herakles erobert Troia

Nicht nur Odysseus, Agamemnon, Menelaos und die anderen Helden eroberten Troia, denn der Mythos erzählt von zwei Eroberungen.[103] Bevor wir die erste betrachten, kehren wir noch weiter in die Vergangenheit zurück:

Einst hatten Poseidon und Apollon begangene Schuld in den Diensten des troianischen Königs Laomedon zu sühnen,[104] mit Arbeiten als Hirten und dem Bau der heiligen Mauern. Nach getaner Arbeit verweigerte der geizige König den Göttern sogar den Tagelöhnerlohn. Apollon sandte daraufhin die Pest über die Stadt und Poseidon ein Meerungeheuer. Nur wenn Laomedon seine Tochter dem Untier darböte, hieß es, könne er die Götter besänftigen.

Lange sträubte sich der König und forderte von seinen Untertanen, ihre Töchter zu opfern; doch schließlich nützten alle Ausflüchte nichts, und er ließ schweren Herzens seine Tochter Hesione nur mit ihren Juwelen geschmückt an den Felsen binden. Nun sah Herakles auf dem Rückweg von den Amazonen die nackte Jungfrau, löste sie aus deren Fesseln und brachte sie in die Stadt zurück.

»Verworfener!«, schalt Laomedon ihn. »Welcher Wahn trieb dich, uns in noch größeres Unglück zu stürzen? Poseidon wird uns ein weit furchtbareres Ungeheuer schicken. O Gott, sieh! Dieser Fremdling missachtet dich, nicht ich!«

»Empfangt ihr so euren Retter?«, entgegnete Herakles verwundert. »Doch was ich beginne, beende ich und werde, falls du mich gebührend entlohnst, das Biest töten.«

»Verzeih einem liebenden Vater die Schroffheit. Niemals wieder will ich dich beschämen und dir reichlich Gold oder gar meinen Thron anbieten. Ich schenke dir das Wertvollste, was diese Stadt bietet: zwei schneeweiße Pferde.«

»Ich soll für zwei Klepper mein Leben aufs Spiel setzen?«, höhnte Herakles. »Bist du noch bei Sinnen?«

»Höre!«, nahm Laomedon den Grollenden vertraulich beiseite. »Keine gewöhnlichen Hengste biete ich dir. Ohne auch nur ein Kräuseln zu erregen, jagen sie wie der Wind über das Wasser. Es sind jene, die Zeus meinem Großvater schenkte, nachdem er Ganymed[105] geraubt hatte, der jetzt dem Göttervater den Trunk serviert.«

Herakles eilte an die Gestade des Meeres, erwartete das Ungeheuer, sprang in dessen gigantischen Rachen und wütete in seinem Inneren, bis er drei Tage später wieder aus dem Kadaver kroch. Nach der Sage verlor er nicht nur seine Haare, sondern auch die versprochene Belohnung. Denn Laomedon verriegelte die Tore, und so musste Herakles kahlköpfig und mit leeren Händen wieder zu Eurystheus zurückkehren.

Als Herakles endlich die zwölf Arbeiten erledigt hatte, sann er auf Rache und sammelte Krieger um sich, zu denen auch Peleus und Telamon[106] gehörten. Vor Troia angekommen, bestürmten sie sofort die Stadt,[107] eroberten sie und machten sie dem Erdboden gleich.

Herakles tötete Laomedon und dessen ganze Sippe mit Ausnahme der Hesione, die er dem Telamon zur Frau gab, und ihres Bruders Podarkes, den er in die Sklaverei verkaufen wollte. Doch Hesione, die als Brautgeschenk einen Wunsch frei hatte, wählte ihren Bruder Podarkes und löste ihn mit ihrem goldenen Schleier aus. So kam der nicht nur auf den Thron Troias, sondern auch zu seinem neuen Namen Priamos, was der Erlöste heißt oder: von vorzüglichem Mute.

Herakles und Deïaneira

Herakles rettete darauf die aetolische Prinzessin Deïaneira vor ihrem verhassten Freier, dem Flussgott Acheloos. Der wollte, bald in Gestalt eines Stieres, dann einer Schlange oder gar eines Stiermenschen, die Vermählung erzwingen. Unser Held hatte schon als Kleinkind Schlangen zerquetscht, und als sich Acheloos nun in einen Stier verwandelte, packte Herakles dessen Hörner und schleuderte ihn mit solcher Kraft zu Boden, dass eines der Hörner abbrach. Jammernd verschwand der Flussgott, und Deïaneira war froh, mit Herakles einen weit ansehnlicheren Gemahl gefunden zu haben.

Auf der Heimreise nach Trachis, dem von Herakles gewählten Hauptwohnsitz, mussten sie den Fluss Euenos überqueren. Seit Herakles die Kentauren von Pholoë vertrieben hatte, lebte hier der Kentaur Nessos und bot als Fährmann Deïaneira an, sie auf seinem Rücken überzusetzen. Ihre lieblichen Schenkel, die sich um seinen Leib schlangen, weckten Nessos' Lust. Doch mit einem Herakles konnte er sich nicht messen, so änderte er plötzlich die Richtung und schwamm mit aller Kraft stromabwärts dem jenseitigen Ufer zu.

Erst nach einer Weile begriff Herakles, dass seine Braut entführt wurde. Nessos erreichte das Ufer und war im Begriff mit ihr davonzugaloppieren, da zückte der Held einen Pfeil und durchbohrte die Brust des Kentauren.

Es dauerte geraume Zeit, bis Herakles durch den Fluss geschwommen und bei der Leiche angekommen war, neben der seine Frau kauerte. Ahnungslos setzte Herakles dann mit Deïaneira seinen Weg fort. Wie hätte er ahnen können, dass wenige Minuten zuvor sein Schicksal beschlossen worden war.

Was war geschehen?

»Höre die letzten Worte eines Mannes«, hatte Nessos geröchelt, »der dein Bestes und zuletzt nur dein Glück will. Sollte einst der Tag kommen, an dem dich dein Gemahl nicht mehr liebt, bestreiche sein Hemd mit meinem Blut, und er wird kein Auge mehr für eine andere Frau haben.« Danach starb er.

Welche Frau hätte solch einer Möglichkeit widerstanden? Deïaneira fing Nessos' Blutstropfen in einem Fläschchen auf, verwahrte es unter ihrem Gewand und empfing ihren Mann mit unschuldiger Miene.

Herakles' Ende

Deïaneira lebte hochgeehrt in Trachis als Frau des berühmtesten Helden und war glücklich. Längst hatte sie die kleine Phiole im hintersten Winkel ihrer Truhe vergessen, als ein Bote sie mit Herakles' Nachricht aufschreckte, alles für die Ankunft Ioles[108] vorzubereiten. Jung solle sie sein, berichtete der Bote, und zu allem Übel noch wunderschön.

»Ist der prophezeite Tag doch gekommen? Aber ich werde nicht warten, bis sich diese Kebse hier als Herrin aufspielt und die Dienerschaft mich frech angrinst«, sinnierte Deïaneira und kramte das Fläschchen hervor. Sie tränkte ein selbst gewirktes Hemd mit Nessos' Blut und sandte es dem heimkehrenden Herakles als Willkommensgabe.

Über die Aufmerksamkeit seiner Gattin erfreut, streifte Herakles das Gewand über. Zuerst juckte es, dann kratzte es. Als er das Hemd abstreifen wollte, klebte es auf der Haut und begann nun furchtbar zu brennen. Von Schmerzen gepeinigt sprang er, auf Linderung hoffend, in den nächsten Strom. Doch die Qualen wurden nur noch unerträglicher. Das Gift fraß sich in seine Haut, bildete Blasen, die wild sprudelnd aufbrachen. Seither sind diese Gewässer sengend heiß und werden Thermopylen genannt.[109]

Brüllend sprang Herakles aus dem Wasser. Das Gift fraß sich tiefer und tiefer. Sein Blut zischte und kochte. Dem Wahnsinn nahe, riss Herakles das Hemd herunter. Aber der Stoff war so tief eingebrannt, dass er sich ganze Fleischstücke vom Leibe schälte. Doch unter den Qualen spürte Herakles keinen Schmerz. Wieder und wieder fetzte er Haut mitsamt Fleisch von seinen Knochen, die bald blank lagen. Doch selbst jetzt war sein Körper stärker als der Tod.

»Tötet mich!«, befahl Herakles seinen Gefährten. »Habt Mitleid! Erlöst mich!«, bat er seine Freunde. Doch niemand wagte es, den Sohn des Zeus, den größten Helden, den je die Welt gesehen hatte, umzubringen.

Endlich führte sein Sohn Hyllos den Gepeinigten auf den Berg Oite und bettete ihn auf einen Scheiterhaufen. Doch auch Hyllos brachte es nicht fertig, die Holzscheite anzuzünden. Erst Philoktetes, der vorbeikam, legte das Feuer und erhielt für diesen Freundschaftsdienst Herakles' Pfeil und Bogen.

Kaum loderten die Flammen, als Zeus mit einem Blitzstrahl den Haufen zu Asche verbrannte und seinen Sohn als Gott auf den Olymp entrückte. Endlich vergab Hera ihm und verheiratete Herakles mit ihrer Tochter Hebe.

Seitdem hütet der Gott Herakles die Himmelstore, wartet auch nach Einbruch der Nacht geduldig auf Artemis' Rückkehr und hänselt sie, wenn sie nur Hasen und Rehe gejagt hat. Trotzdem verschlingt er gierig die besten Stücke ihres Wildes und macht sich auch auf dem Olymp als großer Fresser und Säufer einen Namen.

Die Rückkehr der Herakliden

Iolaos nahm sich der Kinder seines Freundes an und führte sie, um sie vor der Verfolgung des Eurystheus zu bewahren, aus der Peloponnes. Doch wohin sie auch gingen, keine Stadt, kein Land wagte es, den Zorn des mächtigen Königs von Mykene auf sich zu ziehen. Nur Athen unter Theseus erbarmte sich.

Nachdem die Herakliden herangewachsen waren, zog Eurystheus mit einer großen Streitmacht gegen Athen. In der Nähe von Marathon nahmen die Heere Aufstellung. Ein Orakel hatte verkündet: die mit den Herakliden verbündeten Athener könnten nur siegen, wenn jemand von hoher Abstammung Persephone geopfert würde. Daraufhin wählte Makaria, Herakles' einzige Tochter, den Freitod und gab der dortigen Quelle ihren Namen. Nun siegten die Verbündeten, und Hyllos verfolgte den fliehenden Eurystheus bis zum Felsen des Skiron, wo er ihn erschlug und begrub.[110]

Mykenes Thron, der eigentlich Herakles zustand und nur durch Heras List Eurystheus in die Hände gefallen war, schien nun für Herakles' Kinder greifbar nah. Sie unterwarfen viele Städte der Peloponnes, aber eine Seuche zwang zur Umkehr.

Enttäuscht befragten die Herakliden das Delphische Orakel nach der Ursache. »Wartet auf die dritte Ernte«, antwortete Pythia.

Nach drei Jahren zogen die siegesgewissen Herakliden erneut auf die Peloponnes und trafen auf die versammelte Streitmacht unter Führung des Atreus, der inzwischen König von Mykene geworden war. Hyllos, im Vertrauen auf das gottgewollte Schicksal und um unnützes Blutvergießen zu vermeiden, forderte einen Anführer der Gegner zum Zweikampf. Sollte er verlieren, dürften die Herakliden fünfzig Jahre lang die Halbinsel nicht mehr betreten, im Falle seines Sieges würde ihnen die Herrschaft übertragen. Hyllos unterlag Echemos, dem König von Arkadien, und die Herakliden befragten wieder das Orakel, das erneut prophezeite: »wartet auf die dritte Ernte«.

Als Hyllos' Urenkel sich ein halbes Jahrhundert später erneut zum Apollontempel begaben, hegten sie wenig

Hoffnung auf klugen Rat. Aber als sie erneut hörten: »Nach der dritten Ernte habt ihr Erfolg«, schrien sie erbost:

»Dieser Spruch tötete schon unseren Urgroßvater.«

»Er verstand ihn falsch«, versicherte die Prophetin, »weil er nichts anderes hören wollte. Mit Ernte sind nicht Jahre gemeint, sondern Generationen.«

Nach einem weiteren missglückten Heereszug, in dem die Nachkommen des Herakles für den Mord an einem Wahrsager bestraft wurden, gelang ihnen endlich in der vierten Generation die sogenannte Rückkehr, die historisch der dorischen Eroberung um 1100 v. Chr. entsprechen könnte. Sehr bald erhob der Volksstamm der Dorer Herakles zu seinem persönlichen Helden, und sie sahen sich als seine unmittelbaren Nachfolger.

Die Nachkommen des Prometheus

Sisyphos und andere Gottesfrevler

Hellen und seine Kinder

Nach unserem Bericht über Herakles, die Herakliden und den Volksstamm der Dorer soll über die Herkunft der anderen Griechenstämme erzählt werden. Wir beginnen mit dem Geschlecht des Prometheus.

Deukalion gilt als Sohn des Prometheus und nahm Pyrrha, die Tochter seines Onkels Epimetheus, zur Frau. Nach überstandener Sintflut und der Erschaffung des »steinernen Geschlechts«[111] zeugten sie auch leibliche Kinder wie den Sohn Hellen.

Hellen wurde Vater von Aiolos, Xuthos und Doros[112]. Doros, auf den die Dorer ihre Ahnenreihe zurückführen, adoptierte Herakles' Sohn Hyllos.

Xuthos musste nach Athen fliehen und heiratete Krëusa, die Tochter des Königs Erechtheus. Sie gebar ihm Achaios und auch Ion, von dem Xuthos annahm, es sei sein Sohn.[113] Doch auch hier fand Xuthos kein Glück. Später wurde er aus Athen verjagt und sollte nie erfahren, dass Ion nicht sein, sondern Apollons Sohn war, den dieser mit Krëusa in einer Höhle unter Athens Akropolis gezeugt hatte.

Ion wurde Stammvater der Ionier und damit auch der Athener. Auf Achaios führen die Achäer ihren Ursprung zurück, jene erste griechische Volksgruppe, die um 1900 v. Chr. einwanderte und die blühende mykenische Kultur schuf. Die anderen hellenischen Stämme stießen rund 800 Jahre später in das hellenische Kernland vor.

Hellens letzter Sohn Aiolos lieh den Aiolern ihren Namen, die Nordgriechenland besiedelten. Von seinen Kindern Sisyphos, Salmoneus, Kretheus, Athamas und Kalyke, die Endymion gebar, werden wir nun erzählen.

Selene verliebt sich in Endymion

Zunächst soll berichtet werden, welches Schicksal Kalykes Sohn Endymion erfuhr. Der war es überdrüssig, jederzeit angehimmelt zu werden. Er suchte die Einsamkeit der Wälder. Eines Tages jagte er Wild so tief im Latmosgebirge, dass er, von der Dämmerung überrascht, die Nacht im Freien verbringen musste.

Bald umstrahlte Selenes Silberlicht seinen schneeweißen Leib. Die Mondgöttin vermochte ihre milden Augen nicht von dem wunderschönen Schläfer zu wenden und umgab ihn die ganze Nacht mit ihrer Liebe.

Zeus, den Selene darum gebeten hatte, trat am nächsten Morgen vor den Verwirrten und gewährte ihm die Erfüllung eines Wunsches. Im Halbschlaf antwortete Endymion:

»Der Traum war so liebeverheißend. Nichts, selbst nicht der Tod, soll mich jemals wecken.«

Der Jüngling schlummert noch heute in seinem unvergänglichen Traum, allnächtlich von Selenes sanften Strahlen liebkost.

Einige glauben, Endymion hätte vergessen, sich ewige Jugend zu wünschen. Und hängt die silberne Mondscheibe über dem schwarzen Latmosgebirge, besucht Selene eingedenk früherer Zeiten ihren armen Träumer, dessen einstige Perlmuttschönheit inzwischen zu einem verhutzelten Uraltgrau verblich.

Der goldene Widder

Athamas' Leben begann verheißungsvoll und endete unglücklich. Noch jung an Jahren bestieg er den bötischen Thron. Keine Geringere als die Göttin Nephele, die Wolke, erkor den Glücklichen zu ihrem Gemahl und schenkte Helle und Phrixos das Leben. Doch selbst Göttlichkeit schützt nicht davor, betrogen und verlassen zu werden.

Denn Athamas verliebte sich in die Kadmostochter Ino – von deren tragischem Schicksal wir schon berichtet haben[114] –, heiratete sie und zeugte zwei Söhne. Phrixos und Helle, die Kinder aus erster Ehe, erlitten von ihrer hinterhältigen Stiefmutter viel Böses. Nephele rächte sich durch eine lebensbedrohliche Dürre. Athamas schickte Boten an das Delphische Orakel, und sie verkündeten, bestochen von Ino, den Rat:

»Nur das Blut der Nephelekinder vermag den Zorn der Götter zu besänftigen!«

Der Vater konnte und wollte das nicht hinnehmen, raufte sich die ganze Nacht die Haare. Aber was er auch erwog, er fand keinen Ausweg und fragte in seiner Ratlosigkeit seine Gattin:

»Du weißt, wie sehr ich meine Kinder liebe und dass ich sie niemals opfern könnte. Aber wie soll ich sie retten? Rate mir, und ich werde dem folgen!«

»Mich schmerzt das Unvermeidliche, als wären es meine eigenen Kinder. Um die Unschuldigen zu retten, gäbe ich mein Leben hin. Doch einem Menschen geziemt es nicht, sich gegen die Götter aufzulehnen«, antwortete Ino und frohlockte im stillen.

Schon war das Schlächtermesser gezückt, als die himmlische Mutter Nephele ihren Kindern einen Widder zu Hilfe schickte. Phrixos und Helle klammerten sich in dessen goldenes Fell, und der Widder flog mit ihnen hoch in die Lüfte, der Freiheit entgegen. Doch die kleine Helle wurde immer schwächer, und die Wolle entglitt ihren Fäustchen. Phrixos, selber ja noch ein Kind, gelang es nicht, seine Schwester zu halten. Helle stürzte von schwindelerregender Höhe in die See, die noch heute das Meer der Helle, Hellespont, genannt wird. Der Zauberwidder beruhigte den verstörten Knaben und brachte ihn wohlbehalten nach Kolchis, wo Aiëtes ihn freundlich aufnahm und später mit seiner Tochter verheiratete. Phrixos opferte den Widder dem Zeus, dem Retter der Flüchtlinge, und schenkte das goldene Vlies dem König, der es auf der Insel Aretia im Hain des Ares aufhängte, wo es so lange sicher von einem Drachen bewacht wurde, bis Iason es gewann.

Doch bevor wir Iason und die Argonauten auf ihrer Fahrt zum Goldenen Vlies begleiten, wenden wir uns dem Geschlecht des zweiten Aiolossohns zu, dem felsrollenden Sisyphos.

Sisyphos überführt den Meister der Diebe

Selbst in seiner eigenen Stadt Korinth galt König Sisyphos als der fintenreichste Schurke der Welt. Aussichtsreicher für diesen Titel war eigentlich Autolykos, der Sisyphos' Herden schröpfte und die gestohlenen Tiere seinen Ställen einverleibte. Auch wenn bekannt war, dass Autolykos' Vater Hermes ihm die Verwandlungskunst vererbt hatte, musste Sisyphos ihn überführen und griff deshalb zu einer List: Er gravierte den Hufen seiner Rinder »Gestohlen von Autolykos« ein und ertappte so den Schuldigen.

Sisyphos rächte sich augenblicklich. Er überließ es seinen Zeugen, den Dieb zur Verantwortung zu ziehen, schlich sich im Schutze des Lärms in die Frauengemächer und vergewaltigte Antiklea, die Tochter des Hausherren.

Odysseus, Antikleas Sohn, wäre dann nicht der Abkömmling des Laërtes, mit dem die Schwangere verheiratet wurde, sondern das Kind des Sisyphos. So unglaublich das anmutet, entspricht eine solche Abstammung dem Listenreichen weit mehr als Homers Meinung, der biedere Laërtes wäre Odysseus' Vater.

Sisyphos überlistet den Tod

Aber greifen wir nicht vor, sondern bleiben noch bei den Streichen des Sisyphos. Als der Flussgott Asopos nach seiner verschwundenen Tochter Aigina forschte, befragte er auch den König von Korinth, doch Sisyphos ließ sich keine Silbe entlocken. Erst als Asopos versprach, die ewige Quelle Peirene hinter Aphrodites Tempel sprudeln zu lassen, gab Sisyphos sein Wissen preis.

Und Zeus, *in flagranti* mit Aigina ertappt, strafte den erbosten Vater und befahl dem Tod Thanatos, dem Verräter das Leben zu nehmen. Als der grimmige Thanatos den Palast betrat, empfing Sisyphos ihn leutselig:

»Willkommen! Sei mein Gast! Trink Wein und raste von deiner Mühsal!«

»Ich bin nicht hier, um zu zechen, sondern hole dich zur Unterwelt«, grollte Thanatos.

»Ich weiß, du bist sehr beschäftigt«, plauderte Sisyphos unbeirrt weiter, »aber nur du kannst unseren Streit schlichten: Mein Nachbar behauptet, du seist ungeschickt und nicht imstande, anspruchsvolle Knoten zu binden. Fesselte nicht dein Zauberseil die sterbenden Seelen unentrinnbar an dich, gelänge es dir nicht einmal, einen Esel zu binden. ›Nein‹, beteuerte ich dem Nachbarn, ›erst durch sein kunstfertiges Knotengeflecht gelangt Thanatos zu seiner Macht.‹ Bitte, großer Thanatos, strafe am Ende meiner Tage den abscheulichen Lästerer Lügen!«

Derart geschmeichelt überreichte Thanatos – der bisher allen Versuchungen widerstand – dem Todgeweihten die Bande und unterwies ihn, wie die Fesseln zu schlingen sind. Sisyphos zog die Stricke fest und warf den Überlisteten in den Kerker.

Wenn dem Tod die Hände gebunden sind, stirbt niemand. Nach einiger Zeit verwunderte Zeus die Überbevölkerung. Als er Thanatos in Sisyphos' finsteren Kerkern gewahrte, befreite er den Tod, der Sisyphos unverzüglich zum Hades schickte.

Doch der Herr der Unterwelt hatte keine rechte Freude an dem Neuling. Erst wartete er Tage, dann Wochen, doch niemand brachte die fälligen Totenopfer dar. Vielmehr lag Sisyphos' Leiche noch unbestattet an der Stelle, wo Thanatos ihn getroffen hatte. Nun neigte Hades sein Ohr Sisyphos' Einflüsterungen:

»Mächtigster aller Götter, sende mich zur Oberwelt, damit ich mein Begräbnis ordnen und die Frevler für die Missachtung deiner ehernen Gesetze strafen kann! Um dich zu preisen, werden Hekatomben von Opfern deine Altäre zieren.«

Ein zweites Mal gelang es Sisyphos, den Tod zu überlisten. Als sein lebloser Körper sich plötzlich wieder zu regen begann, fiel er seiner Frau und seinem Sohn Glaukos (II) mit den Worten in die Arme:

»Ich fasse es nicht. Wie beschränkt sind doch die Götter! Ich lebe wieder! Habt tausend Dank, dass ihr meine Anweisungen so treu befolgt und anstatt euch um meinen toten Leib zu scheren, getanzt und gefeiert habt.«

Sisyphos soll ein hohes Alter erreicht haben. Erst als Zeus wieder einmal auf Korinth blickte und ihm der übermütig feiernde König auffiel, dem er schon zweimal den Tod geschickt hatte, machte er dem Treiben ein Ende und verhängte Schlimmes.

Im Schweiße seines Angesichts rollt Sisyphos nun im Tartaros einen riesigen Stein den Berg hoch, dort angelangt, poltert der Fels ohne Halt mit Getöse hinab. Bis in alle Ewigkeiten trottet der Gestrafte wieder herunter und beginnt seine sprichwörtlich gewordene sinnlose Aufgabe von neuem.

Tod eines Wagenlenkers

Zu seinen Lebzeiten hatte Sisyphos seinen Sohn Glaukos (II) in der hochgeachteten Kunst des Wagenlenkens unterwiesen. Nach dem endgültigen Tode seines Vaters widmete Glaukos seine gesamte Zeit der Pferdezucht und tat alles, damit die Stuten schneller liefen. Er fütterte sie nicht nur mit Menschenfleisch, was wohl noch angegangen wäre – man denke nur an Diomedes (II) – sondern er hielt sie auch von den Hengsten fern.

Aphrodite duldete keinen derartigen Eingriff in ihr Reich. Als Glaukos bei den Leichenspielen für Pelias beim Wagenrennen in Iolkos erneut zu siegen schien, gingen plötzlich die Stuten durch, warfen den Wagen um und schleiften Glaukos mit, der sich in den Zügeln verfing, bis seine Pferde ihn schließlich bei lebendigem Leibe fraßen.

Seither gespenstert Glaukos' Geist durch die Stadien, erschreckt die Pferde und verursacht zahlreiche Unfälle, denen die Wagenlenker durch Opfergaben zu entrinnen suchen.

Bellerophon erlegt Chimaira

Auch Glaukos' (II) Sohn Bellerophon stand unter Sisyphos' verhängnisvollem Schicksal. Kaum herangewachsen, musste er, da er ungewollt seinen Bruder getötet hatte, aus seiner Vaterstadt flüchten. Zwar fand er in Tiryns bei dem Herrscherpaar Proitos und Stheneboia Asyl, doch dort kam er »vom Regen in die Traufe«. Stheneboia verliebte sich in den fremden Königssohn, versuchte ihn zu verführen, was der keusche Jüngling – ähnlich dem biblischen Joseph – tapfer abwehrte.

Die hellenischen Männer fanden weibliche Lüsternheit abstoßend. Da sich allzu reicher Kindersegen bald als Fluch erwies, lobte man bei griechischen Ehefrauen geschlechtliche Genügsamkeit. Diese Unterwürfigkeit weckte bei vielen Griechinnen wiederum weibliche Rachsucht, was der standhafte Jüngling erfuhr.

Im Thronsaal erhob Proitos feierlich das Wort:

»Bellerophon, du wurdest mir lieb wie mein eigenes Kind, dir vertraue ich mehr als irgend jemandem, nur auf dich kann ich mich in dieser Sache verlassen. Begebe dich bitte zu meinem Schwiegervater und überbringe ihm diese versiegelte Botschaft.«

Bellerophon, froh Stheneboias Nachstellungen zu entkommen, reiste zu König Iobates nach Lykien und war so ehrbar, die Siegel nicht zu erbrechen.

Der lykische König musterte nach Lösen der Siegel ungläubig den Jüngling, der soeben sein Todesurteil übergeben hatte. Noch einmal überflog Iobates den Text:

»Deine Tochter, geschätzter Schwiegervater, berichtete mir tränenüberströmt, Bellerophon verfolge sie seit Wochen. Doch letzte Nacht schritt er zum Äußersten, zerrte die Widerstrebende unter eine Platane, riss ihr die Kleider vom Leibe und versuchte sie zu vergewaltigen. Den Göttern sei Dank – sie vermochte zu entkommen. Töte ihn, der deine und unsere Ehre besudelte!«

Voller Zorn, aber berührt von Bellerophons offenem Blick, sann Iobates: »Wenn sogar Proitos die Erinyen derart scheut, dass er es nicht wagt, den Wüstling umzubringen, warum sollte ich mir ihre furchtbare Rache zuziehen? Diesen jungen Mann umgibt etwas Göttliches. Aber dennoch lasse ich diese Schande nicht auf mir sitzen.«

Und zu Bellerophon gewandt, richtete der König an ihn die Worte:

»Nachdem wir erfolglos ganz Lykien durchstreift haben, schreibt mir endlich mein Schwiegersohn, ihm habe ein Traum prophezeit, du seist der Richtige, sich Chimaira zu stellen. Willkommen, lang ersehnter Retter!«

Der verdutzte Held wurde festlich empfangen und genoss es, von den Lykiern so gefeiert zu werden, als hätte er die heroische Tat schon vollbracht. Doch als er dann allein in der Nähe von Olympos zum ersten Mal auf das Scheusal traf, prallte er vom Feuerstoß des Löwenhauptes so weit zurück, dass seine Pfeile es nicht mehr erreichten. Von welcher Seite er sich auch heranschlich, stets loderte ihm ein Inferno entgegen. Hätte er sich weiter genähert, wäre er verkohlt.

Hilflos wirkten Menschen damals meist nur kurz. Wozu hatte man die Propheten und Orakel? Leider saßen Seher bei ihren Weissagungen oft über dampfenden Erdspalten, deshalb waren ihre Weissagungen nebulös und bedurften der Deutung. Denn was sollte Bellerophon mit dem Spruch »Hebe dich in die Lüfte!« anfangen? Aber er ließ sich nicht entmutigen und bemühte sich um das Undurchführbare. Derartigen stehen die Götter bei. Athena schenkte ihm goldene Zügel, damit fing Bellerophon das Flügelross Pegasos ein, das einst der enthaupteten Medusa entsprungen war und heute die dichterische Inspiration verkörpert.

Pegasos war sehr behende. Wo Chimaira auch ihre Glut hinspie, immer verfehlte sie Pferd und Reiter. Bellerophons Pfeile spickten den Leib des Untiers, das zwar aus zahllosen Wunden blutete, dessen Kraft aber mit der Wut zu wachsen schien. Doch der Held hatte einen Speer mit zahlreichen Bleikugeln bestückt. Und als Chimaira für einen winzigen Augenblick nach Luft schnappte, stieß Bellerophon den Speer in ihren Rachen. Gleich einem Vulkan schnaubte Chimaira ihren sengenden Hass gegen den Helden, doch ihr glühender Atem schmolz das Blei, das nun wie ein kleiner Lavastrom in ihre Kehle floss und ihre Eingeweide verdampfte.

Der Ort des Sieges trägt den Namen Chimaera, doch auch seine außergewöhnliche Beschaffenheit erinnert noch heute an die Heldentat. Wer sich in der Dämmerung zu dem mythischen Bergrücken aufmacht, erlebt ein unvergessliches Naturschauspiel. Auf der Anhöhe schießen Stichflammen in den Himmel. Wer die physikalische Erklärung vorzieht, meint, er habe entweichendes Erdgas gesehen, das sich entzündete. Die alten Griechen sahen hier Chimairas gleißenden Atem.

Bellerophons Ruhm und Untergang

Bellerophons Sieg milderte nicht den Groll des Iobates, der sandte ihn nun gegen Amazonen, Piraten und selbst gegen seine eigene Leibwache, doch alle unterlagen Bellerophons Stärke. Allmählich gelangte Iobates zu der Einsicht, dass Proitos sich geirrt haben müsse. Nachdem der Lykier die Hintergründe für den tückischen Brief erfahren hatte, verheiratete er Bellerophon mit seiner Tochter Philonoë und vererbte ihm sein Königreich.

Ihnen wurden drei Kinder geschenkt. Laodameia, die einzige Tochter, hatte später eine Liebelei mit Zeus und empfing Sarpedon (II). Sie musste dann mit ansehen, wie ihre beiden Brüder Isander und Hippolochos sich um den Thron stritten. Da man keine Wahl zu treffen vermochte, entschied man, derjenige sei König, der einen Pfeil durch einen Ring schösse, welcher auf der Brust des leiblichen Kindes befestigt ist. Nun forderte jeder das jeweils andere leibliche Kind gewissermaßen als antiken »Wilhelm-Tell-Sohn«. Der Streit entflammte, die Waffen lagen blank, als Laodomeia ihren eigenen Sohn zum Ringtragen anbot. Beschämt über die Selbstlosigkeit der Schwester und sicherlich aus Furcht vor Zeus' Zorn, gaben beide ihren Erbanspruch zugunsten Sarpedons auf, der zusammen mit Glaukos (III), dem Sohn von Hippolochos, die Lykier regieren und sie auf seiten der Troer gegen die Griechen führen würde.

Bellerophon aber stieg auf der Höhe seines Ruhms sein Glück zu Kopfe. Mit den Worten:

»Was gibt es hier unten für mich noch zu vollbringen? Ich gleiche keinem anderen Erdling. Nein, ich bin auserkoren unter den Göttern zu weilen!«, schwang er sich auf den Rücken seines treuen Pegasos und dieser sich in die Lüfte.

Zeus traute seinen Augen nicht:

»Will dieser mit fremden Federn Geschmückte zum Olymp?«

Der Göttervater sandte dem Himmelsstürmer eine winzige Stechfliege. Pegasos bäumte sich unter deren schmerzhaftem Stich auf und warf Bellerophon ab, der zur Erde stürzte und als Krüppel vereinsamt und verflucht den Rest seiner Tage dahinsiechte. Keiner wagte es, einem von den Göttern Gestraften beizustehen. Ort und Zeit seines Todes sind vergessen.

Die Überhebung des Salmoneus

Erzählen wir nun von den beiden letzten Aiolossöhnen Salmoneus und Kretheus, den Brüdern des Sisyphos und Urenkeln des Prometheus.

Nach dem Tode seines Vaters bemächtigte sich Salmoneus des thessalischen Thrones. Sisyphos, rechtmäßiger Erbe, befragte das Delphische Orakel, das ihn mit dem Spruch entließ: »Zeuge mit deiner Nichte Rächer!« Daraufhin verführte er Tyro, Salmoneus' Tochter. Als die erkannte, dass Sisyphos ihr nicht aus Liebe, sondern aus Rachsucht beigelegen hatte, tötete sie ihre gemeinsamen Kinder. Nicht einmal dies konnte Sisyphos erschüttern. Kaltblütig trat er mit den leblosen Körpern auf die Agora und beschuldigte Salmoneus sowohl der Inzucht wie des Mordes.

Nachdem der so gestürzte König aus Thessalien fliehen musste, begab er sich mit Frau und Tochter nach Elis, wo er Salmone gründete und auf höchst eigenwillige Weise regierte. Er führte sich als Zeus auf und verlangte von seinen Untertanen, die Opfer für den Kroniden auf seinem Altar darzubringen. Gefürchtet waren seine täglichen Wagenausfahrten. Bronzene, mit Häuten bespannte Kessel ließ er, so den Donner imitierend, hinter sich herschleifen. In Ermangelung echter Blitze warf er brennende Fackeln in die Luft, die nicht selten umliegende Häuser in Brand setzten.

Die Bevölkerung war erleichtert, als Zeus diesem Trug mit einem wirklichen Blitz ein Ende setzte. Vielleicht hat der Göttervater aber nicht nur den Frevler getötet, sondern die ganze Stadt in Schutt und Asche gelegt. Das erklärte zumindest, warum diese Stadt unauffindbar ist.

Salmoneus' tragikomisches Schicksal wurde auch historisch nachgeahmt. Wie Herodot berichtet, bediente Peisistratos sich bei seiner Rückkehr aus der Verbannung einer List; er plazierte nämlich bei seinem Einzug eine große, wohlgestaltete Frau in voller Rüstung auf seinen Wagen und fuhr mit ihr in hoheitlicher Pose nach Athen, wobei er Herolde verkünden ließ: »Athener, nehmt Peisistratos freudig auf, denn Athena selbst führt ihn in ihre Burg zurück!« Auf diese Weise gelang es Peisistratos, ein weiteres Mal als Tyrann zu regieren.

Tyros unglückliche Liebe

Doch kommen wir zu Tyro, der Kindsmörderin, und zu den Tagen vor der Zerstörung der Stadt Salmone zurück. Tyros Schicksal war unglücklich. Ihre Mutter war bereits bei der Geburt verstorben, und von ihrer Stiefmutter Sidero, die Salmoneus in zweiter Ehe geheiratet hatte, erfuhr sie nur Grausames. Nach der Vertreibung wurde es noch schlimmer, denn in den Augen Sideros trug einzig Tyro die Schuld für die schmähliche Verbannung nach Salmone.

Die junge Frau floh so oft wie möglich aus dem Palast, wandelte sehnsüchtig Tag und Nacht an den Ufern des Enipeus, dem schönsten aller Flüsse, und beweinte ihre Einsamkeit. Wohl schmeichelte dem ehrwürdigen Flussgott ihre Leidenschaft, doch überschritt seine Zuneigung kaum väterliche Gefühle. Hätten alle hellenischen Götter derart empfunden, wäre die griechische Mythologie weit weniger vielgestaltig.

Aber bald vereinbarte Poseidon in Gestalt Enipeus' mit ihr ein Stelldichein. Kaum war die Königstochter, wie verabredet, am Strand angelangt, fiel sie in einen magischen Schlaf, und Poseidon schändete sie im Schutze hoher Wellen.

Entsetzt sah sich Tyro bei ihrem Erwachen vergewaltigt. Poseidon hatte nur Hohn für die Missbrauchte: »Nicht ein dürrer Flussgott, nein, ein viel gewaltigerer Gott beglückte dich. Doch sei gewarnt! Schweig über diesen Vorfall, und prächtige Zwillinge sollen dein Los sein!«

Tyro hütete das Geheimnis und ertrug alle Bösartigkeiten ihrer Stiefmutter Sidero. Nach der Geburt der beiden Knaben wusste sie keinen anderen Ausweg, als die Kinder in einer Kiste auszusetzen, die dann den Enipeus hinunterschaukelte. Hirten fanden sie, und während Neleus unter den Zitzen einer Hündin lag, sog Pelias die Milch einer Stute. Später, als die herangewachsenen Zwillinge ihre Herkunft erfuhren, zogen sie aus, ihre Mutter zu rächen. Sidero flüchtete in Heras Tempel und klammerte sich am Altar fest, dennoch wurde sie von Pelias rücklings erdolcht. Für Griechen war das zutiefst verabscheuenswert, denn Schutzflehende galten im Gotteshaus als unantastbar.

Tyro hatte unterdessen Kretheus geheiratet und sich in der von ihm gegründeten Stadt Iolkos niedergelassen. Kretheus adoptierte da die beiden Zwillinge und zeugte mit Tyro Aison, der Polymede freite, die ihm den berühmten Iason gebar, außerdem Amythaon, den späteren Vater von Melampus und Bias, sowie Pheres.

Admets Freundschaft zu Apollon

Dieser Pheres beherrschte später die mächtige Stadt Pherai. Unter der Ägide seines Sohnes Admet blühte die Metropole durch den Beistand der Götter.

Apollon musste Admet als Hirte dienen. Wie wir schon sahen, hatte Apollon dieselbe Aufgabe bereits beim troischen König Laomedon zu leisten gehabt. Hatte er in Troia wegen der Tötung der Kyklopen gearbeitet, musste er sich in Pherai wohl von der des delphischen Drachens reinwaschen. An den schattigen Hängen des Pelion tränkte und hütete Phoibos also Admets Herden, die unter der göttlichen Fürsorge aufs prächtigste gediehen. Admets Rosse galten selbst eine Generation später noch als die besten, als sein Sohn Eumelos sie gegen Troia führte.

Ob jene zarten Bande, die sich zwischen dem Gott und dem König entspannen, auch geschlechtlicher Natur waren, ist nur zu vermuten, sicher überliefert ist nur Apollons vielfältiger Beistand für seinen Freund.

Admet verliebte sich in Alkestis, einmalig an Liebreiz und Tugend. Doch ihr Vater, der schon erwähnte Pelias, war hartherzig; und dessen dämonischer Sinn forderte von Admet, einen Eber und einen Löwen vor den Brautwagen zu spannen. Was für Sterbliche undurchführbar, ist für Götter ein Leichtes. Apollon half Admet, seine Geliebte heimzuführen.

Doch im Überschwange seines Glücks übersah Admet die gebührenden Hochzeitsopfer für Artemis. Als er begierig das Brautgemach betrat, wimmelte darin Natterngezücht. Wieder half Apollon und besänftigte seine Schwester Artemis, so dass mit der nunmehr ungestörten Hochzeit eine wahrhaft glückliche Liebe begann.

Doch dies alles reichte Phoibos nicht. Er machte die Moiren trunken und ließ sie versprechen, Admets Tod aufzuschieben. Was für eine menschliche Gesinnung für einen Gott, der wie die anderen Götter nur allzuoft Verwerfliches plante.

Herakles rettet Alkestis

Eines Tages wirkte König Admet völlig verstört, da fragten seine Eltern besorgt:

»Warum, lieber Sohn, bist du so zerstreut?«

»Ach, fragt nicht. Ich müsste mich für meine Gedanken schämen«, bedauerte Admet.

»Wem, wenn nicht deiner eigenen Mutter könntest du sie anvertrauen? Nichts schmälert meine Liebe zu dir.«

»Noch immer zögere ich, ob ich nicht lieber die Last mit ins Grab nehme. Ihr müsst es aber wenigstens erfahren. Heute nacht klopfte Thanatos an meine Tür und klagte: ›Die Welt geriet aus den Fugen. Du, Admet, bist schon der zweite, zu dem ich mich mehr als einmal bemühe. Deine Zeit ist abgelaufen, aber solltest du jemanden finden, der freiwillig für dich stirbt, gewähren die Moiren dir Aufschub!‹ So sprach Thanatos zu mir, und nun bitte ich euch, liebste Eltern, löst mich aus. Ihr seid alt, habt euer Leben gelebt; und geht ihr jetzt für mich ins Schattenreich, verliert ihr nur wenige altersschwere Tage. Aber ich büßte meine ganze Zukunft ein.«

Nach langem, drückendem Schweigen erwiderte der Vater:

»Sohn, halte uns nicht für herzlos, aber dir hat die Gottheit zu sterben beschieden, doch vergönnt uns noch einige Tage. So alt wir auch sind, so scheint die Sonne uns noch hell. Und schaue nicht auf deine Mutter, sie meint dasselbe!«

Als Alkestis sah, dass dies der Wahrheit entsprach, stand sie mit fester Stimme auf:

»Bin ich nicht die glücklichste aller Frauen? Nicht nur als Mutter des Eumelos, nicht einmal, dass mir Admet, der liebevollste Ehemann, geschenkt wurde, sondern dass ich ihm den letzten Liebesdienst erweisen kann, der sonst Sterblichen verwehrt ist ...«

»Nein«, unterbrach sie Admet, »wie kannst du auch nur denken, ich würde meine Frau sterben lassen!«

»Mein Geliebter, bedenke, was du sagst! Achtest du mich für zu gering, dich zu vertreten? Oder willst du mich gar beschämen und das einzige, was ich dir noch geben kann, zurückweisen?«

Die ganze Nacht redete Admet auf seine Frau ein, doch nichts vermochte sie umzustimmen. So wurden in aller Stille für sie die Trauerfeierlichkeiten gerichtet.

An jenem Tage führte Herakles' Weg zu den menschenfressenden Pferden an Pherai vorbei. Da Admet gottesfürchtig war, achtete er auch in seiner Trauer die Gastfreundschaft und lud Herakles ein. Damit der Held vom Unglück des Hauses verschont bliebe, ließ Admet kräftig auftafeln, nur er selbst vermochte nicht, Herakles lange Gesellschaft zu leisten.

Herakles ließ sich nicht verdrießen, prasste nach Leibeskräften, bis sein Lärmen den ganzen Palast erfüllte. Erst ein Bediensteter verriet ihm das Bevorstehende. Daraufhin packte Herakles seine Keule und prügelte den Tod, um ihm Alkestis zu entreißen und ihrem Gatten zurückzubringen.

Wie im Märchen lebten Admet und Alkestis glücklich bis an ihr Lebensende. Umstritten blieb, ob Herakles etwa Alkestis wiedererweckte oder gar Persephone sie als Sinnbild ehelicher Aufopferung begnadigte.

Der einsandalige Aioler

Mittlerweile war Kretheus verstorben, und sein hinterhältiger Adoptivsohn Pelias bemächtigte sich des Thrones von Iolkos. Er verbannte seinen Bruder Neleus – der in Pylos zu Königswürden kam und dessen Sohn Nestor vor Troia focht – und warf den rechtmäßigen Thronfolger Aison ins Verließ.

Bald darauf kam Aisons Frau Polymede mit einem Sohn nieder, den Pelias ebenso ermordet hätte, wie alle anderen Familienmitglieder, deren er habhaft werden konnte. Der Tyrann wurde durch die Prophezeiung angestachelt, er stürbe durch die Hand eines einsandaligen Aiolers.

So gab Polymede das Kind als Totgeburt aus und schmuggelte den Säugling Iason zur Höhle des Cheiron im Peliongebirge, wo er unter der Obhut des Kentauren aufwuchs. Cheiron war, im Gegensatz zur wollüstigen Wildheit seiner Artgenossen – aus ihrem Pferdeleib wuchs ein menschlicher Oberkörper – weise und gerecht. Hier gedieh Iason im Kreise der vornehmsten Herrschersöhne; denn es gab kaum eine bessere Ausbildung, als sich Cheirons Mentorschaft zu rühmen. Zu dessen bedeutendsten Schülern gehörten neben Asklepios auch Achilleus und Aineias.

Eines Tages stieg Iason von den Bergen seiner Heimat herab und begegnete einem alten Mütterchen.

»Was verschlug dich hierher«, sprach er sie an, »hier fehlen Brücken, und auch kein Flößer wagt sich in die schlammige Strömung. Deinem hohen Alter geziemt es, daheim

Wolle zu spinnen und solche Wildnis zu meiden. Aber ich bin jung und werde dich über den Fluss tragen.«

»Du geizt nicht mit großen Worten. Doch bist du auch stark genug?«, erwiderte die Greisin.

»Ha, du scherzt«, lachte er. »Wie sollte mein breiter Rücken deine verkümmerte Gestalt nicht tragen?« Er schulterte die Alte und stapfte in den Fluss. Doch sie wurde schwerer und schwerer. Knietief sank er in den Schlamm, die Fluten reichten ihm bis zum Kinn, und ihm war, als lastete die ganze Welt auf seinen Schultern.[115]

»Ein stattlicher Jüngling wie du wird wohl eine kümmerliche Alte wie mich tragen können«, spottete die Greisin.

Iason riss alle Kraft zusammen, taumelte ächzend an das jenseitige Ufer und verlor dabei eine Sandale. Dort zeigte Hera ihre wahre Gestalt. Als Dank für die bestandene Probe begünstigte sie fortan den künftigen Helden.

Zweifellos bewirkte sie, dass seine Sandale im Schlamm steckenblieb, denn als Iason nur mit einem Schuh vor Pelias trat und sein Recht forderte, erinnerte der sich an das alte Orakel, und er sprach:

»Kann ich nun doch noch hoffen, dass der wahre König unser Land vom Phrixos-Fluch reinigt, der so schwer auf unserem Volk lastet? Denn Phrixos fand zwar in Kolchis Zuflucht, aber nach seinem Tode verweigerten ihm die Barbaren[116] das Begräbnis. Jede Nacht mahnt mich sein schreckliches Vermächtnis, mit dem Goldenen Vlies[117] seinen Geist zurück in die Heimat zu holen, ansonsten darben wir immerfort. Du siehst ja selbst, mein Alter verwehrt mir ein solches Wagnis. Einzig in der Hoffnung, dass du uns erlösen wirst, verwaltete ich, obwohl schon längst eine Bürde, für dich den Thron.«

Vorbereitung der Argonautenfahrt

Diese Schmeichelei wirkte. Iason schickte Herolde an alle Herrscherhöfe Griechenlands, um für das Abenteuer zu werben. Die größten Heroen trafen ein, allen voran Herakles, aber auch Peleus, die Dioskuren Kastor und Polydeukes, Boreas' Söhne, sowie Orpheus und Argos, um nur die berühmtesten zu erwähnen.

Argos baute das erste hochseetüchtige Schiff, die nach ihm benannte fünfzigrudrige Argo. Athena förderte die Fahrt und setzte am Bug der Argo einen Orakelbalken ein, den sie aus dem Holz der heiligen Eiche Dodonas[118] schnitzte, jenes ältesten Prophetenkults in Griechenland, wo Zeuspriester aus dem Rauschen der Eichenblätter weissagten.

Mit Jubel wurde Herakles' Ankunft gefeiert. Er hatte die längere Bedenkpause Eurystheus' für eine neue Arbeit genutzt, um sich dem Zug anzuschließen. Selbstverständlich trug man ihm den Oberbefehl an.

»Euer Vertrauen ehrt mich«, erwiderte Herakles, »doch freveln wir nicht gegen göttlichen Willen, denn uns zu führen wurde Iason auserkoren. Und wenn ihr irgend zweifelt, schaut auf den Helden, und ihr seid überzeugt, es gibt keine bessere Wahl!«

Da auch die Opfer günstig ausfielen, stach Iason mit seinen Leuten frohgestimmt Richtung Lemnos in See.

Bei den stinkenden Lemnierinnen

Seit Hephaistos vom Olymp auf die Insel gestürzt war, galt Lemnos als Eiland des Schmiedegottes. Dessen Streit mit seiner Frau Aphrodite prägte auch die Bewohner.

Da die lemnischen Weiber stanken, wandten sich ihre Männer, die nach altgriechischer Sitte auch Sklavinnen von Kriegszügen mitbrachten, bald vom übelriechenden Ehebett ab und ihren duftenden Beutefrauen zu. Das sollten die Herren teuer bezahlen. Die Vernachlässigten beschlossen auf einer Frauenversammlung, ihre sinnenfrohen Gatten in den Hades zu senden. Gesagt, getan. In einer einzigen Nacht wurde alles Männliche auf Lemnos getötet.[119] Nur Thoas, der König, entging dem Massaker, da Hypsipyle, den Vatermord fürchtend, ihm zur Flucht nach Tauris verhalf, wo wir ihn als König treffen werden, wenn wir Iphigenies Spuren folgen.

Doch als die Argonauten den Boden der Insel betraten und die Betten der lemnischen Frauen bestiegen, war das alles längst vergangen. Aber wie verhielt es sich mit dem Gestank? Man kann wohl kaum fünfzig Griechennasen einen gemeinsamen Schnupfen andichten. Ebenso abwegig erscheint die Vermutung, Aphrodite verhängte das Geruchsmenetekel, weil die Frauen die Liebe ablehnten.

Vermuten wir lieber das Naheliegendste. Die langen, einsamen Nächte dürften die Lemnierinnen von den Vorzügen der Reinlichkeit überzeugt haben, und sie begrüßten die Ankunft der Jünglinge mit einem Freudenbad. Dieses neue, gereinigte Geschlecht sicherte das Fortbestehen der lemnischen Bevölkerung; vor allem die Kinder Hypsipyles und Iasons sollten großen Ruhm erlangen.

Liebevoll umarmt vergaßen die Helden ihren Auftrag und verschoben die Weiterfahrt von Mal zu Mal, bis es Herakles, ganz wider seine Natur die leiblichen Genüsse ablehnend, als Wächter der Argo zu arg wurde, er die Jünglinge zum Schiff trieb und sich entschlossen in die Riemen legte.

Die Abenteuer in der Propontis[120]

Als erste Hochseeschiffer und heroische Vorbilder künftiger Seeleute versäumten es die Argonauten nicht, sich in den Mysterienkult Samothrakes einweihen zu lassen, bevor sie den Hellespont auf troiaabgewandter Seite durchstießen, da Laomedon allen griechischen Schiffen die Durchfahrt verweigerte.

Hero und Leander

Doch fahren wir mit den Argonauten nicht achtlos an dem Ort vorüber, an dem sich viel später ein großes Liebespaar in tragisches Schicksal verstrickte.

Leander lebte im asiatischen Abydos und verliebte sich in Hero, die im europäischen Sestos als Priesterin im Aphroditeheiligtum ihren Dienst versah. Niemals hätten ihre Eltern einer Hochzeit zugestimmt, und so warf sich Leander allnächtlich in die Fluten und überquerte die Meeresenge bis zur Fackel, die Hero auf ihrem Turm entzündete. In dessen Gewölbe genoss das Paar die verbotene Liebe, und noch bevor die rosenwangige Eos emporstieg, riss sich Leander von seiner Geliebten los und schwamm über den Hellespont zum heimatlichen Abydos.

Ihr Glück währte nur kurz. Schon bald tosten Winterstürme. Aber Hero vermisste ihren heimlichen Geliebten zu sehr, um nur sehnsuchtsvoll zum fernen Abydos hinüberzuschauen, und sie entfachte mit zitternden Händen die Fackel – allerdings wurde aus einer der Liebe die des Todes.

Der tapfere Leander fürchtete die brausenden Fluten, aber er machte sich Mut:

»Was zauderst du noch? Deine Herrin ruft! Und erlitte ich tausendmal den Tod, so sei er mir willkommen, stürbe ich doch auf dem Weg zu dir, unvergleichliche Hero! Toset nur, ihr Wogen, ihr schreckt mich nicht, denn Aphrodite selbst entstieg euch!«

Doch selbst eine solch große Liebe unterlag dem Schicksal. In der aufgepeitschten See verließen Leander die Kräfte, und sein Stern, die jenseitige Fackel, erlosch.

Hero bebte wie von Sinnen vor Angst. Sosehr sie auch die Flamme abzuschirmen suchte, der Sturm verwehte das Liebeslicht. Welch qualvolle, endlose Stunden, bis sie in der Morgendämmerung den zerschlagenen Leichnam zu Füßen ihres Turmes erblickte. Da stürzte sie sich von den hohen Mauern in den Tod.

Doch nun eilen wir, um die Argonauten einzuholen, die bereits in Kyzikos gelandet sind.

Gastfreundschaft wird mit Tod vergolten

Freundlich empfing Kyzikos die Argonauten in seiner gleichnamigen Stadt[121], was um so größere Anerkennung verdient, da er am selben Tage mit Kleite Hochzeit feierte. Obwohl er sich nach seiner lieblichen Braut sehnte, bewirtete er die Helden, die auch den Angriff von erdgeborenen Riesen abwehrten und dann weiterfuhren.

Endlich begab sich der König zum Brautlager. Als er in der Nacht mit Kleite aphroditische Wonnen genoss, riefen plötzlich die Wachen: »Alarm! Feinde sind gelandet und greifen an!« Fluchend griff Kyzikos zu den Waffen und stellte sich mit seinen Leuten den Eindringlingen.

Als Kleite in der Morgendämmerung endlich über das Schlachtfeld blickte, war sie entsetzt. Alle Männer lagen ermordet, auch ihr geliebter Bräutigam vom Schwert der Argonauten durchbohrt; von eben jenen Fremden, die ihr Gemahl noch am Vortag gastfreundlich bewirtet hatte. Die Argonauten standen nun verstört um die Leichen und weinten. Kleite erhängte sich in ihrem unstillbaren Kummer.

Als die anderen Frauen der Stadt erfuhren, dass die Fremden nachts durch Stürme vom Kurs abgekommen und ohne es zu wissen an ihren Ausgangspunkt zurückgetrieben waren, wo sie sich des Angriffs erwehrten, klagten sie endlos über die einstigen Gastfreunde und um die Braut. Aus den Tränen entsprang die nach Kleite benannte Quelle.

Zwölf Tage hinderten widrige Winde die Weiterfahrt der Gefährten. Erst der Flug eines Eisvogels belehrte den seherischen Argonauten Mopsos, dass die Helden nur Rheas Rache an Kyzikos vollzogen hatten, die ihm für die Erlegung ihres heiligen Löwen zugedacht war. Die Göttin zürnte auch über die Helden, weil sie ein Gemetzel unter den sechsarmigen Riesen angerichtet hatten. Nachdem Argos eine Statue geschnitzt und Rhea zu Ehren gestiftet hatte, versiegte ihr Groll, und die Fahrt wurde fortgesetzt.

Die Wettfahrt der Helden

Um seine Gefährten aufzumuntern, forderte Herakles sie zu einem Ruderwettbewerb auf. Da die Griechen alles Agonische begeisterte, legten sich die neunundvierzig mit Feuereifer in die Riemen, während Orpheus himmlische Melodien sang. Der Wettbewerb dauerte bereits Stunden. Längst hatten die meisten Kämpfer aufgegeben, nur Herakles, Iason und die Dioskuren ruderten hartnäckig um den Sieg. Doch Kastor, der menschliche Teil der Dioskuren, wankte auf seiner Ruderbank.

»Hör auf«, riet ihm sein unsterblicher Bruder, »ruiniere dich nicht für eine solch lächerliche Trophäe!«

»Niemals«, presste Kastor verbissen heraus.

»Ich kann dich nicht derart leiden sehen. Mit Herakles vermag sich sowieso keiner von uns zu messen. Sei nicht töricht und begnüge dich mit dem Ruhm, mich besiegt zu haben!«

Mit diesen Worten zog Polydeukes sein Ruder ein; und völlig erschöpft, aber dankbar über den besten Bruder der Welt, hielt Kastor inne. Später werden die Dioskuren uns lehren, wie weit wahre Brüderlichkeit reicht.

Doch auch Iason war am Ende seiner Kräfte. Ihm war längst schwarz vor Augen, und er tauchte nur noch mechanisch das Ruder ein. Doch als Iason ohnmächtig auf die Ruderbank sank, brach Herakles' Ruder, und der sichere Gewinner musste sich mit einem Unentschieden begnügen.

Eine Wassernymphe raubt Hylas

Verstimmt legte Herakles bei Kios[122] an und suchte nach einem geeigneten Baum für ein neues Ruder, während Hylas Wasser aus der Quelle Pegai schöpfte. Hylas' Jugendreize betörten nicht nur Herakles. Auch die schönlockige Wassernymphe Dryope starrte gebannt auf seine über den Wassern kniende, anmutige Gestalt, fuhr liebesverwirrt aus der Tiefe, umschloss mit ihren Lippen Hylas' Mund; und halb gezogen, halb hingesunken tauchte Hylas in ihr blauschimmerndes Reich.

Herakles suchte so verzweifelt wie erfolglos nach seinem Geliebten; und als auch die Argo davongerudert war, deren Orakelbalken verkündet hatte, dass man ohne Herakles das Goldene Vlies gewinnen sollte, erfüllte der Held wieder seine Aufgaben und säuberte die Ställe des Augias. Hylas jedoch blieb auf ewig im Reich der Nymphen.

Polydeukes boxt gegen Amykos

Um frisches Wasser nachzufüllen, landeten die Argonauten bei Bebrykos[123]. Doch dessen König Amykos, Poseidons Sohn, verwehrte ihnen den Zutritt, denn – so teilte er ihnen siegessicher mit – es sei hier Brauch, dass sich ihm alle Fremden im Ring zu stellen hätten, ansonsten würden sie über die Klippe geschleudert. Amykos' Zuversicht war begründet. Noch keiner hatte ihn je in Bedrängnis gebracht. Und der unüberwindbare Herakles gehörte nicht mehr zu den Argonauten. Aber sie hatten noch mit Polydeukes, dem gottentstammten Dioskuren, einen Faustkämpfer in ihren Reihen, der schon mehrfach den olympischen Olivenkranz errang.

Wie ein Stier stürzte sich Amykos auf Polydeukes, der den tödlichen Hieben geschickt entkam. Amykos' Handschuhe spickten schwere bronzene Dornen, während Polydeukes die regelgerechten Lederriemen trug.[124] Der Herausforderer war zudem nicht nur weit größer und schwerer, sondern auch viel jünger und drang mit unbändiger Kraft auf den Dioskuren ein.

Polydeukes aber wich behend aus und schlug, tänzelte zurück und schlug, duckte sich ab und schlug. Amykos spuckte Blut, und seine Wut steigerte sich fast bis zum Wahn, da er den sich Windenden wieder und wieder verfehlte. Der Kampf wogte unerbittlich. Polydeukes spürte, dass der Gegner Schwächen zeigte und legte nun alle Kraft in seine Schläge, die Amykos' Verteidigung durchbrachen und dessen Nase platt hieben. Schmerzverzerrt umklammerte der König die Linke des Dioskuren und setzte einen gigantischen rechten Haken an, doch Polydeukes wich auch diesmal aus und beantwortete den ins Leere gehenden Angriff mit einer Serie von Hieben, die den Herausforderer zu Boden schmetterten.

Als die Bebryker ihren König zusammenbrechen sahen, liefen sie zu den Waffen und griffen die Argonauten an, doch die hatten keinerlei Mühe, mit ihnen fertig zu werden. Nachdem sie den Palast geplündert und Wasser nebst Proviant aufgenommen hatten, fuhren sie dem nächsten Abenteuer entgegen.

Die Harpyien quälen Phineus

Doch noch bevor sie den Bosporos verlassen konnten, vernahmen sie an der stürmischen europäischen Küste[125] ein schrilles Gekreisch. Erstaunt ruderten sie näher. Ein bis auf die Knochen abgemagertes Männlein lagerte dort regungslos und sah zu, wie die Harpyien[126] alles Essbare raubten. Nachdem sie ihren Wanst vollgeschlagen hatten, stoben die gefiederten Wesen krächzend davon. Neugierig näherten sich die Argonauten; doch der Dunst der Exkremente, mit denen die Harpyien die Speisereste besudelt hatten, roch unerträglich.

Aber schon sprach der Ausgehungerte die Helden an: »Seid mir gegrüßt, ihr Schiffer der Argo. Du, o einsandaliger Aioler, du Polydeukes, großer Bezwinger des Amykos! Und ein besonderes Willkommen euch, Söhne Boreas'!«

Verblüfft antworteten die Argonauten:

»Woher weißt du das? Deine Jammergestalt ist uns nie zuvor begegnet. Doch, komm näher! Wir halten den Gestank nicht aus.«

Der Ausgemergelte erhob sich mühsam und schlurfte auf seinen Stock gestützt näher heran. Allein die Schmutzkruste über seiner eingefallenen Haut schien seine Knochen noch zusammenzuhalten. Schon nach wenigen Schritten brach er ohnmächtig zusammen. Die Argonauten sprangen hinzu und trugen das Leichtgewicht beiseite. Langsam kam der Greis zu sich, und erst jetzt erkannten die Helden, dass er blind war.

»Verwundert euch nicht, edle Jünglinge. Ich wählte selbst die Blindheit. Apollon verlieh mir volle Einsicht in den Ratschluss des Zeus. Doch ich überhob mich und offenbarte den Menschen die Zukunft ganz. Der erzürnte Göttervater stellte mich vor die Wahl zu sterben oder zu erblinden.«

»So bist du Phineus, der berühmte Seher und unser Schwager«, unterbrach ihn Boreas' Sohn Zetes. »Doch verrate uns auch, warum tyrannisieren die Harpyien dich derart?«

»Wer wählt, muss die Folgen hinnehmen. Eines zieht das andere nach sich. Dass ich auf den Anblick des Sonnenlichtes verzichtete, erboste Helios, und so sandte er mir das scheußliche Geflügel. Ist mir auch alles Augenscheinliche verborgen, so kenne ich den tiefen Ratschluss des Zeus und vermag zu künden – wenn Zetes und sein Bruder Kalais mich von den Harpyien befreien –, wie das Goldene Vlies zu gewinnen ist, denn ihr seid auserwählt.«

»Gerne erlösen wir dich von deiner Pein, doch fordere keinen Frevel gegen die Götter«, antworteten die Boreassöhne.

»So jung und doch so verständig«, schmunzelte Phineus, »als Söhne des Nordwindes habt ihr nichts zu fürchten, zudem bestimmte Zeus selbst euch zu Rettern.«

Die Argonauten reinigten den leichengleichen Alten und den ganzen Platz, dann bereiteten sie dem Seher ein herrlich duftendes Mahl. Als die Harpyien dies rochen, schossen sie schrill kreischend nieder, aber flohen entsetzt vor den ebenfalls geflügelten Boreassöhnen, die ihnen mit gezücktem Schwert nachsetzten. Schnell wie der Wind jagten sie über das Meer und erreichten mit ihren Schwerthieben schon die ersten Flaumfedern der Raubvögel; doch Iris, die Götterbotin, hielt Zetes und Kalais auf. Die beiden kleinen Inseln, an denen die Brüder umkehrten, heißen fortan Strophaden, die Inseln der Wende.

Als sich der Seher gesättigt hatte, unterwies er die Argonauten, wie sie die Symplegaden zu durchschiffen vermochten und entließ Iason vieldeutig: »Vertraue in Kolchis auf Aphrodite!«

Die bedrohlichen Symplegaden[127]

Noch bevor die Argonauten die Symplegaden erblickten, hörten sie, wie Stürme die gewaltigen Felsen gegeneinanderkrachen ließen. Erst im letzten Moment erspähten sie in der dichten Nebelbank die zackigen Klippen und vermieden nur mit Mühe, zerschmettert zu werden.

Alle Augenpaare hefteten sich gebannt auf die Taube, die man durch die Symplegaden schickte; denn Phineus hatte prophezeit, nur wenn es einem Vogel gelänge, die Enge zu durchfliegen, dürften sie selbst einen Versuch wagen, andernfalls bliebe ihnen nur die Umkehr.

Fast war die Taube dem unheilvollen Ort entkommen, als die Felsen mit gewaltigem Getöse aneinanderprallten. Drei weiße Schwanzfedern klebten an den sich wieder öffnenden Klippen, die Taube aber schwang sich hoch in die Lüfte.

Mit Jubel packten die Helden die Ruder und trieben die Argo so flink durch die schlagenden Felsen, dass lediglich ihr Heckschmuck geschrammt wurde. Nach der Überlieferung verdankten die Argonauten jedoch Athena ihr Leben. Denn sie soll mit der Linken einen der Felsen zurückgestoßen und mit der Rechten das Schiff rasch vorwärtsgeschoben haben.

Seitdem verharren die mörderischen Felsen unbeweglich und öffnen den Schwarzmeerseeweg für den lebenswichtigen Getreideimport.

Die Argonauten in Kolchis

Empfang bei Aiëtes

Ohne größere Hindernisse[128] gelangten die Argonauten entlang der Südküste des Schwarzen Meeres in das östliche Kolchis, wo sie den Phasis nach Aia,[129] der Königsstadt des Aiëtes, hinaufruderten.

Freimütig eröffnete Iason dem Herrscher Anlass und Zweck ihrer Fahrt und bat ihn, das Goldene Vlies nach Iolkos zu senden, damit seine Heimatstadt vom Fluch befreit werde.

»Packt euch, Gesindel«, donnerte Aiëtes, »oder ich schneide euch für die Lästerei die Zungen raus und hacke euch Dieben die Hände ab!«

»Großer König«, entgegnete Iason freundlich, »habe ich Euch erzürnt, seht es meiner Fremdheit nach, denn ich bin in kolchischen Sitten unkundig. Auch weiß ich um die Vermessenheit meines Wunsches, und nur weil man Euch als großherzigen Herrscher rühmt, wagte ich die Bitte. Doch der Freundschaftsdienst soll nicht umsonst sein. Stellt uns eine Aufgabe, dem Goldenen Vlies würdig!«

Die in Griechenland hochgeschätzte Redekunst[130] wirkte auch in Kolchis. Man staunte über die Höflichkeit und den Respekt des Gastes, was allerdings Verschiedenes bewirkte. Während sich seine Tochter Medeia Hals über Kopf in den Jüngling verliebte, grübelte Aiëtes: Wie betört er alle! Töte ich den Blender, lehnen sich meine Untergebenen auf. Aber was ein Grieche kann, vermag Aiëtes allemal.

»Indem du mich entwaffnest, tötest du dich«, erwiderte der König. »Warum sollte ich mich länger verstellen?

Wie gern schenkte ich dir das Fell des Widders, mit dem der geliebte Phrixos durch die Lüfte ritt. Doch selbst ein König hat sich Gesetzen zu beugen, wie hart sie auch sein mögen. Wer das Vlies begehrt, muss bei Tagesanbruch die feuerschnaubenden Stiere ins Joch spannen und vor Sonnenuntergang das gesamte Brachfeld gepflügt und Drachenzähne gesät haben. Dies vermag kein Mensch. Darum bitte ich dich, nein, ich flehe dich an, rette dein Leben und erspare mir die Schuld, dich in den Tod getrieben zu haben.«

»Sorge dich nicht«, antwortete Iason, »mit ein paar Stieren werde ich schon fertig. Was jeder Bauer vermag, gelingt auch mir!« So unbekümmert er sich auch im Palast gab, so bedrückt grübelte er in der Nacht.

Eros' Pfeil hatte Medeias Herz entflammt. Sie wälzte sich schlaflos in ihrem Gemach, erhob sich dann, trat mehrfach vor Iasons Tür, immer wieder errötend und sich zurückziehend. Wieder trieb sie die Sehnsucht, den geliebten Schritten zu lauschen, bis sie sich schließlich ein Herz fasste, die Tür öffnete, Iason ihre Liebe gestand und ihm Hilfe zusicherte, wenn sie als Ehepaar nach Iolkos führen.

Eros' Auftrag

Zuvor hatten Hera und Athena beratschlagt, wie sie ihren Liebling schützen könnten. Da sie Aiëtes' Verworfenheit kannten, baten sie Aphrodite um Hilfe. Die begab sich daraufhin zu ihrem Sohn, der beim Würfelspiel mit Ganymed saß. Auch die letzten beiden goldenen Würfel verlor Ganymed und schlich mit leeren Händen fort.

»Du nichtsnutziger Schlingel«, schimpfte Aphrodite mit Eros, »warum betrügst du das törichte Kind? Erweise dich einmal als nützlich und senke deinen Pfeil in Medeias Brust, damit sie Iason liebt!«

»Habe keine Lust«, murrte der Knabe.

»Folgst du dem Wunsch deiner Mutter, schenke ich dir diesen goldenen Ball. Einst war er Spielzeug des kindlichen Zeus. Sieh, wie er glitzert! Und wirfst du ihn hoch, sprüht er Funken gleich einer Sternschnuppe.«

»Au, ja«, frohlockte Eros, »wirf ihn mir zu!«

»Erst der Pfeil, dann der Ball.«

Sosehr Eros auch bettelte, Aphrodite ließ sich das Spielzeug nicht abschmeicheln. Also machte sich Eros auf, das folgenschwere Geschoss zu senden.

Die feuerschnaubenden Stiere

Am nächsten Morgen hatten sich Iasons Sorgenfalten geglättet. Er trieb vor dem königlichen Tribunal beide Stiere zusammen und versuchte die Feuerschnaubenden vor den Pflug zu spannen. Den Platz umbrannte eine riesige Feuerlohe, in der die Umrisse der Tiere im gleißenden Licht verschwammen. Als Aiëtes meinte, der Jüngling sei verkohlt, trat der unversehrt aus dem Flammenmeer. Medeias Salbe[131] schützte Iasons Haut vor Hitze. Nun pflügte der Jüngling das riesige Feld und säte bis Sonnenuntergang die Drachenzähne.

Doch damit war die Aufgabe nicht beendet. Denn der König hatte verschwiegen, dass es sich bei den von Athena geschenkten Zähnen um jene handelte, die einst Kadmos dem schrecklichen Schlangenkiefer ausgebrochen hatte.

Wieder entspross den Keimlingen eine Schar gepanzerter Krieger. Doch gleich seinem Vorbild schleuderte Iason in ihre Mitte einen Felsen, die Erdgeborenen glaubten sich angegriffen und fielen über ihre Artgenossen her. Unser Held schritt wie ein blutiger Schnitter durch die Reihen und mähte die schreckliche Frucht; ob sie bereits ausgewachsen vor ihm stand, erst bis zum Bauch aus der Erde reichte oder gar nur der Kopf hervorlugte – allen wurde die Wiege zum Grab.

Ermüdet trat der Held vor den König: »Ich erfüllte meinen Teil der Abmachung, gewähre nun deinen!«

»Herzlich gern, mein lieber Freund«, empfing ihn Aiëtes, »gleich morgen überreiche ich dir das Vlies. Doch genieße nach all deinen Mühen meine Gastfreundschaft.«

Dankbar ließen sich die arglosen Argonauten zum Festmahl laden.

Das Goldene Vlies wird geraubt

Als der letzte Becher geleert und das letzte Lachen verstummt war, schlich Medeia zu Iason: »Wie kannst du jetzt schlafen wollen?«

»Verzeih«, antwortete er, »ich bin vom Tagwerk erschöpft. Aber dass alles zu einem guten Ende kam, verdanke ich nur dir, betörende Zauberin.«

»Gutes Ende? In wenigen Stunden bist du erstochen und die Argo verbrannt. Komm, ich verschaffe dir das Vlies!«

»Warte, dein Vater wird mir morgen den Preis überreichen.«

»Einfältiger! Träumst du noch immer?«, unterbrach ihn Medeia. »Glaubst du tatsächlich, Aiëtes überlässt dir das Goldene Vlies? Er befahl, euch zu töten!«

Endlich war Iason hellwach: »Oh, Verruchter! Ich wecke

meine Mannen, wir holen zuerst das Fell – mit dem Drachen werden wir schon fertig –, dann aber legen wir dein Königreich in Schutt und Asche.«

Als Iason zur Waffe griff, hielt Medeia ihn zurück: »Komme endlich zur Vernunft! Was richten deine fünfzig Leute gegen die Armee meines Vaters aus? Rüste dich! Ich wecke die Argonauten und sende sie zum Schiff, um die Argo zu retten und unsere Flucht vorzubereiten. Den Drachen lass nur meine Sorge sein!«

Hekates[132] Priesterin führte Iason zum Hain des Ares, wo das Goldene Vlies hing und einen niemals schlafenden Drachen[133] beschien. Das greulich geschuppte Monster schlang sich in zahlreichen Windungen um den Baum; es brüllte, dass die Wälder erzitterten. Iason folgte der Jungfrau, die mit lieblichem Gesang das Untier einzuschläfern suchte; langsam sank dessen Rückgrat bodenwärts, doch es fletschte noch immer die Zähne. Nun tränkte Medeia einen frisch geschnittenen Wacholderstrauch mit ihren Zaubermitteln und strich singend über die Lider des Ungeheuers. Endlich wagte sich auch Iason an den schlafenden Drachen, löste das Vlies von der Eiche, und beide flohen mit dem schimmernden Fell.

Rückkehr nach Iolkos

Medeia und Iason erreichten mit ihrem Raub unbeschadet das Schiff und stachen in See. Doch die Kolcher verfolgten sie. Es begann eine Wettfahrt auf Leben und Tod. Aber sosehr sich auch die Argonauten in die Riemen legten, Aiëtes' Schiffe waren schneller. Schon fuhr der König auf Wurfweite heran, und die Helden stellten sich zum Kampf. Plötzlich hielten die Verfolger ein, wendeten, und der Herrscher fischte etwas aus dem Wasser. Wieder ruderte sein Boot heran, und wieder bremste es kurz vor der Argo ab.

Bald geriet die kolchische Flotte außer Sicht, und die Argonauten verwunderten sich. Da erhob sich Medeia blutbesudelt vom Heck, in der Hand das schreckliche Beil, mit dem sie ihren eigenen Bruder Apsyrtos zerstückelt und dessen Teile einzeln ins Meer geworfen hatte. Aiëtes hatte angehalten, um die Glieder seines zerhackten Sohnes für das Begräbnis aufzufischen.

Entsetzt wie die Helden verkündete auch der Orakelbalken, die Argo trage das Paar so lange nicht mehr, bis es sich von der Blutschuld gereinigt habe. Daraufhin lief das Schiff die Insel[134] der Kirke[135] an. Die Argonauten zeigten sich geschickter als später Odysseus' Gefährten und widerstanden Kirkes Lockungen. So betraten lediglich Medeia und Iason deren Behausung. Obwohl Kirke die Tat ihrer Nichte tadelte, nahm sie ein Ferkel, das noch an den Zitzen seiner Mutter saugte, schnitt dessen Kehle durch und reinigte Medeia mit seinem Blut.

Auf ihrer abenteuerlichen Weiterfahrt passierten die Argonauten dann die Hesperiden sowie Skylla und Charybdis, sie erreichten die Libysche Wüste und den Tritonsee, bezwangen den ehernen Talos[136], um Wasser von Kreta zu laden, und näherten sich der unheilvollen Insel der Sirenen.

Als die verführerisch zu singen begannen, dachte keiner mehr an die Rückreise. Alle lauschten gebannt, beseelt von dem einzigen Wunsch, für immer diese himmlische Musik zu genießen. Schon trieb die Argo bedrohlich nahe gegen die Klippen, an denen bereits so viele Schiffe zerschellt waren. Überall lagen die Gebeine der Seeleute, welche die Sirenen von ihrem Mahl übrigließen. Doch keiner der Hel-

[illegible] sah die Gefahr, alle dünkten sich im Paradies. Nur Orpheus, der wahre Meister der Musik, griff in die Saiten seiner Leier. Und seine Stimme zauberte den Argonauten das Bild ihrer lieblichen Heimat vor Augen. Welch ein Gegensatz zu diesem schrecklichen Ort!

So schön die Sirenen auch sangen, gegen Orpheus' Musik klang es wie schäbiges Krächzen. Allein dem begnadetsten aller Musiker war es zu verdanken, dass die Argo nach all den Abenteuern unbeschadet wieder in Iolkos einlief. Nur der Argonaut Butes soll, betört vom Gesang der Sirenen, zu ihrer Insel geschwommen sein.

Doch bevor wir berichten, was in Iolkos geschah, erzählen wir vom großen Sänger Orpheus und seiner Liebe zu Eurydike.

Orpheus und Eurydike in der Unterwelt

Orpheus[137] siedelte sich später im Tempetal an und verliebte sich unsterblich in Eurydike. Wenn Orpheus spielte, flogen Vögel in dichten Scharen über sein Haupt, und wilde Tiere näherten sich. Friedlich lagerten Hirsche neben Löwen und Hasen ruhten neben Füchsen. Um seiner Musik zu lauschen, wanderten selbst die Bäume auf ihrem Wurzelwerk zu dem göttlichen Sänger. So verwundert es nicht, dass er auch Eurydike zu betören vermochte.

Aber ihre Schönheit lockte auch andere Freier. Aristaios[138] begehrte sie, doch sie hatte keine Augen für ihn. Enttäuscht und bis zum Wahn getrieben, verfolgte er Eurydike, wollte sie nehmen. Auf der Flucht trat Eurydike versehentlich eine Schlange, deren Biss sie tötete. Orpheus vermochte den Tod seiner Geliebten nicht zu verwinden. Wie schon Herakles stieg er bei Tainaron in die Unterwelt.

»Werden wir ein Ausflugsziel?«, knurrte Charon mürrisch auf Orpheus' Bitte, ihn über die Styx zu setzen. »Kein weiteres Mal fahre ich einen Lebenden.«

Doch Orpheus begann zu singen, und seine Leier klang so wundervoll, dass der Fährmann ihn bezaubert zur anderen Seite ruderte, wo der grimmige Kerberos ihm die Füße leckte und wie ein verspielter Welpe mit dem Schwanz wedelte.

Der Sänger schritt weiter, und seine Tritte hallten im lautlosen Reich des Hades. Die fahlen Schatten der Toten huschten beiseite und folgten Orpheus zum Thron der Unterweltsherrscher.

»Leiht Eurydike ein weiteres Leben oder gewährt mir die Gnade des Todes, denn ohne sie vermag ich nicht zu atmen«, bat Orpheus und sang von seiner unsterblichen Liebe. Tantalos vergaß seinen Durst, Danaos' Töchter ließen ihre durchlöcherten Schalen sinken, Ixions Rad blieb stehen, Tityos' Leber wurde nicht zerfleischt, und Sisyphos setzte sich auf seinen Stein, um der himmlischen Musik zu lauschen.

Persephone, die noch von keinem Schicksal gerührt wurde, fühlte Mitleid; und die unnahbar Schöne erlaubte Orpheus, seine Geliebte zur Oberwelt zu führen, allerdings dürfe er, laut ehernem Gesetz, nicht zurückschauen.

Je näher Orpheus dann mit ihr dem Ausgang kam, desto mehr zweifelte er. Liebt sie mich wirklich? Nahm sie Anteil an meinen Sorgen? Und was fühlt sie für Aristaios?

Orpheus hörte hinter seinem Rücken weder ihre Schritte, noch spürte er den Hauch ihres Atems. »Bin ich Tor viel zu schnell gelaufen? Wie sollte sie mit ihrer Wunde mir so rasch folgen?«, dachte Orpheus und drehte sich erschreckt um. Da verschwand Eurydike unwiderruflich.

Gebrochen zog Orpheus sich in die Berge zurück, wo seine Trauerlieder erklangen. Niemals ließ er sich wieder mit einer Frau ein und umgab sich fortan mit Jünglingen, die er in die höheren Weihen seiner Lehre einführte.

Die Orphische Gemeinde glaubte sich im Besitz seiner Offenbarungen. In deren geheimen Büchern stand Orpheus' Wissen vom Wesen der Welt und der Unterwelt. Wer in diese Mysterien eingeweiht werden wollte, musste auf den Genuss von Fleisch verzichten.

Als höchsten aller Götter verehrte Orpheus wohl die Sonne, die er Apollon nannte,[139] was ihm den Zorn der anderen Götter eingebracht haben soll. Doch weil Orpheus Frauen mied – wird auch berichtet –, zerriss ihn ein Schwarm mainadischer Weiber und streute seine Glieder einzeln in den Fluss. Orpheus' Kopf mitsamt der Leier trieb ins Meer und landete schließlich auf Lesbos. Hier wurde sein Haupt im Dionysosheiligtum bestattet und die Leier in Apollons Tempel aufgehangen.[140] Seither gilt diese Insel als die reichste an Liedern, und von ihr stammt Sappho, die größte Lyrikerin der Griechen.

Pelias' Töchter kochen ihren Vater

Doch kehren wir zu den Argonauten zurück. Die Helden wurden mit dem heimgeführten Goldenen Vlies so begeistert empfangen, dass Pelias es nicht wagte, die Umjubelten zu ermorden. Er wollte jedoch keineswegs die Krone abtreten und ersann neue Winkelzüge, um den gutgläubigen Iason hinzuhalten, aber Medeia vermochte er nicht zu täuschen.

Zuerst begründete Iasons Gattin durch zahlreiche Wunder, für die die Naturgesetze nicht zu gelten schienen, ihren Ruf als gottbegnadete Zauberin; dann offenbarte sie Pelias und seinen Töchtern, dass sie auch über die Macht der Verjüngung verfüge. Die Skepsis ihr gegenüber war eingeplant.

Vor den Augen der königlichen Familie zerstückelte Medeia einen alten, triefäugigen Bock in dreizehn Teile, warf die Brocken in einen riesigen Kessel und köchelte, unerlässlich dunkle Formeln murmelnd, mit allerlei Kräutern gewürzt, die Fleischstückchen. Neblige Schwaden zogen durch den Palast, bis endlich ein Lamm blökend aus dem Trog sprang.

»Welche Möglichkeit!«, dachte der Herrscher. »Durch diesen Jungbrunnen gewinne ich meine Kraft zurück, und dann wage es dieser Iason nur, mir den Thron streitig zu machen.«

Die Töchter zückten ihre Messer und schlachteten ihren Vater – einzig Alkestis scheute die greuliche Tat. Sie warfen den Zerstückelten in den siedenden Kessel, und Medeia verließ zufrieden den Raum. Den unglücklichen Töchtern blieb dann nichts anderes übrig, als die gesottenen Überreste ihres Vaters zu bestatten und ihm zu Ehren Leichenspiele auszurichten.

Die Leichenspiele des Pelias[141] galten als die berühmtesten ihrer Art und als eine wahre Heldenschau, selbst Herakles stieß wieder zu den Argonauten. Da der Favorit Glaukos (II), wie wir schon berichteten, von seinen eigenen Pferden gefressen wurde, gewann überraschend Herakles' Liebling Iolaos das Wagenrennen.

Iason überließ die iolkische Herrschaft Pelias' Sohn Akastos, der sich während der Argonautenfahrt als treuer Gefährte erwiesen hatte, und begab sich nach Korinth, wo er die Argo dem Poseidon weihte und sich mit Medeia niederließ.

Medeia ermordet ihre Kinder

Im männlichen Weltbild antiker Hellenen galt Liebe meist als eine Art des Wahns. Wie fremdartig wirkte Medeias wilde Leidenschaft zu Iason; dafür hatte sie alles aufgegeben, war vor keiner Tat zurückgeschreckt. Aber war Iason einem derartigen Weib gewachsen? Er freite die korinthische Königstochter Glauke (II) und rechnete nicht mit der Rache einer derartigen Frau.

»Dass ich einem Griechen glaubte, werfe ich mir selbst vor«, empfing Medeia Iason. »Wofür verriet ich mein Vaterland, tötete meinen Bruder, ja hätte die ganze Menschheit im Blute ersäuft?«

»Nicht wegen einer anderen Frau, nur für uns willigte ich in diese Heirat. Ein launisches Schicksal warf uns an diese Gestade, und jede noch so kleine Woge kann uns wieder wegspülen.[142] Eine solche Hochzeit lässt uns endlich Wurzeln schlagen. Du lebst hochgeehrt im Reichtum, und unsere Kinder werden mit den zukünftigen Söhnen gleichgestellt. Deshalb vergiss deine lächerliche Eifersucht, denn du weißt, ich liebe niemanden mehr als dich.«

»Mehr Macht und eine Jüngere willst du!«, rief Medeia aus, »und wünschst gar noch meinen Segen! Ich werde dir eine Brautnacht bescheren, an die denkst du bis ans Ende deiner Tage.«

»Lenkst du nicht ein«, brüllte Iason, »wirst du, wie vom Herrscher beschlossen, außer Landes gejagt. Kommst du aber endlich zur Vernunft, so fürchte ich die Götter soweit, dass ich für dich und unsere Kinder sorge.«

Dies schien Medeia umzustimmen, und sie kam Iasons Wünschen weiter entgegen als erhofft. Erleichtert begab er sich, von seinen Söhnen begleitet, zur neuen Braut. Diese überreichten ihrer künftigen Stiefmutter ein kostbares Brautkleid nebst funkelndem Diadem. Glauke war über Medeias Geschenke so erfreut, dass sie beides anlegte und daran jämmerlich verbrannte. Auch ihren Vater, der versuchte, ihr Kleid vom Leibe zu reißen, tötete das Gift.

Doch das war noch nicht genug. Medeia wusste, ihr Ehemann würde dies bald verwinden. So sann sie darüber nach, was ihn am meisten träfe.

Sie tat das Undenkbare und tötete ihre beiden Kinder. Euripides beschrieb das in dem Stück »Medeia«, auch wie Iason aufgebracht vom Palast zum wahren Ort des Grauens zurückkehrte. Medeia entschwebte auf einem Schlangenwagen, die leblosen Körper der beiden Knaben[143] haltend. Nicht einmal das Begräbnis gönnte sie Iason. Nach älterer Überlieferung töteten aufgebrachte Korinther beide Kinder, wie von Christa Wolf in »Medea« gestaltet.

Gebrochen irrte Iason den Rest seiner Tage unstet in der Welt umher, um schließlich in Korinth von der Argo, unter die er sich zur Rast legte, erschlagen zu werden. Wichtiges gibt es weiter nichts von dem großen griechischen Helden zu berichten, wohl aber von Medeia, die wir an Aigeus Seite in Athen wiedertreffen werden, wohin sie den Schlangenwagen lenkt.

Bias und Melampus

Bevor wir das glücklose Geschlecht des Prometheus verlassen, wenden wir uns den letzten Tyros-Enkeln zu, Melampus und Bias. Ihr Vater Amythaon war zusammen mit Neleus von Pelias aus Iolkos nach Messenien vertrieben worden. Dort wuchsen beide Brüder gemeinsam mit Nestor und Pero, den Kindern des Neleus, auf. Bias verliebte sich in Pero, konnte sie aber nur heiraten, wenn er Neleus die Herden des Phylakos verschaffen würde. So jedenfalls beschied der Vater die Schar der Freier, die sich um Peros Hand bewarben.

Als Bias dem Bruder seinen Entschluss mitteilte, entgegnete Melampus:

»Ich lasse dich nicht ins Verderben rennen. Denn ein Hund, der niemals schläft, beschützt Phylakos' Herden. Keinem gelingt es, die Rinder zu rauben. Nur derjenige, der sie geschenkt bekäme, könnte unbehelligt fortziehen. Du aber, geliebter Bruder, wirst das nicht sein.«

Bias wusste, dass Melampus die Wahrheit sprach. Seit dessen Diener ein Schlangenpaar getötet und Melampus es gottesfürchtig begraben und dessen Kinder gerettet hatte, verfügte er über prophetische Gaben. Aus Dankbarkeit hatten die jungen Reptilien Melampus' Ohren ausgeleckt, und so verstand er die Sprache der Tiere.

Doch Bias wollte lieber beim Versuch, die Geliebte zu erringen, sterben, als ohne Pero zu vereinsamen. Zwar gelang es Melampus nicht, den Bruder von seinem Plan abzubringen, aber ihn zu einem Aufschub zu überreden. Kehrte er nicht binnen Jahresfrist zurück, sollte Bias sein Glück allein versuchen.

Melampus begab sich nun zu Phylakos, wurde beim Diebstahl der Rinder ertappt und eingekerkert. Bereits ein Jahr schmachtete er im Verlies, als er das Gespräch zweier Holzwürmer im Gebälk belauschte, das die Decke des Gefängnisses stützte:

»Nach all den Jahren, in denen wir uns ein so geräumiges Heim errichteten, ist es nun Zeit umzuziehen.«

»Auch mir wird unsere Wohnung fehlen«, antwortete der andere Wurm, »aber komme zu einem letzten Mahl, denn wenn morgen dieser Balken bricht, richten wir uns im Buchenholz nebenan ein, denn tagein, tagaus Eiche ist mir sowieso über.«

»Phylakos, verlege mich in eine andere Zelle!«, verlangte Melampus. Zwar lachte Phylakos über Melampus' Gründe, dennoch stimmte er zu. Als der Balken tatsächlich zusammenbrach, meinte Phylakos nachdenklich:

»Melampus, dich muss ein Mächtiger beschützen, und ich möchte keinen Gott erzürnen. Mein Sohn Iphiklos verlor seine Mannbarkeit. Wenn du ihn heilst, schenke ich dir nicht nur die Freiheit, sondern auch das Vieh.«

Der Seher opferte Stiere und befragte Vögel nach den Gründen für Iphiklos' Leiden. Doch kein Gefiederter wusste etwas. Melampus fürchtete bereits, wieder in den Kerker geworfen zu werden, als er einen Kranich fragen hörte:

»Ja, wo ist eigentlich der alte Geier, sonst fehlt er nie bei einem Opferschmaus?«

Der Gerufene schleppte sich herbei, pickte an einigen Innereien und krächzte:

»Ich erinnere mich noch gut. Vor vielen Jahren, als die Menschen uns noch stattliche Tiere opferten und nicht nur diese Skelette, an denen man sich den Schnabel stumpf stößt, da kastrierte Phylakos einst Widder. Das Söhnchen sah es, und als der Vater mit dem blutigen Messer auf ihn zukam, lief er schreiend in die Arme seiner Amme. Iphiklos fürchtete wohl, selbst entmannt zu werden. Phylakos stieß dann das Messer in einen Baum, aber Iphiklos verwand den Schreck niemals.«

Nun wusste Melampus, was zu tun war. Er suchte den

Baum, zog das Messer heraus, das bereits von Rinde überwuchert war, rieb den Rost, den das Widderblut hinterlassen hatte, ab, vermischte es mit Wasser und flösste Iphiklos dieses Gebräu zehn Tage lang ein. Der Sohn genas und zeugte bald Protesilaos. Der dankbare Vater hielt sein Versprechen. Melampus bekam die Rinder, mit denen sein Bruder Bias dann die geliebte Pero freite.

Proitos' Töchter widersetzen sich Dionysos

Doch Bias lebte nur einige Jahre glücklich, dann starb Pero. Nicht viel später gab es in Tiryns ein weiteres Unglück. Dort hatten sich die Töchter des Herrscherpaares Proitos und Stheneboia, denen wir schon mehrfach begegneten, aus Keuschheit geweigert, den ausschweifenden Bräuchen der Dionysos-Anhänger zu folgen,[144] daraufhin versetzte der erzürnte Gott sie in Wahn und wilde Raserei.

Lysippe, Iphinoë und Iphianassa, so hießen die drei sittlichen Töchter, kopulierten daraufhin am Wegesrand, belästigten Reisende, jagten lüstern Tieren nach oder zerrissen sie mit ihren zarten Händen. Der hilflose Vater rief Melampus. Doch der Preis für die Heilung – ein Drittel des Königreiches – war ihm zu hoch. Der Seher zog sich zurück, und die Töchter trieben weiter ihr Unwesen. Wie eine Seuche lockten die Zügellosen auch andere Frauen aus Tiryns in die Bergschluchten.

Erneut rief Proitos den Wunderheiler und sprach:

»Du verlangst viel, viel zu viel. Doch ich habe keine Wahl. Gelingt es dir, unsere Frauen und meine Töchter zu reinigen, sollst du ein Drittel meines Königreiches beherrschen.«

»Das war mein Lohn, als nur drei dem Wahn verfallen waren. Nun hat die Krankheit viele erfasst, und mein Lohn erhöht sich auf zwei Drittel.«

»Wie unverschämt!«, schrie Proitos, aber beherrschte sich bald:

»Nein, das nächste Mal forderst du meine gesamte Herrschaft. So sei es: Erlöse uns, und zwei Drittel gehören dir!«

Melampus trieb mit seinem Bruder Bias und einer Handvoll stattlicher Jünglinge die unzüchtigen Weiber zusammen und reinigte sie. Bei der Verfolgung auf den Bergen kam Iphinoë um, aber Lysippe heiratete Melampus, und Bias vermählte sich mit Iphianassa und gebot über das zweite Drittel des Landes, das Melampus ihm überließ.

Und wie im Märchen lebten sie einträchtig mit ihrem Schwiegervater Proitos. Welch glückliche Ausnahme im fluchbeladenen Geschlecht des Prometheus!

Nun wenden wir uns den Nachkommen seines Bruders Atlas zu.

Die Nachkommen des Atlas

Der Titan Atlas zeugte zunächst mit Hesperis[145] die drei Hesperiden. Wie bereits erwähnt, bestand eine Aufgabe des Herakles darin, deren Goldene Äpfel zu holen. Erzählt wurde ebenfalls schon von den Hyaden, den anderen Atlastöchtern, die das Dionysoskind aufzogen. Nun folgen die Geschichten der Pleiaden, die Pleione dem Atlas gebar.

Diese sieben göttlichen Mädchen wurden jahrelang von Orion gejagt, bis die Götter sie an den Himmel versetzten. Noch heute wird das Siebengestirn von dem unbarmherzigen Jäger verfolgt. Merope, heißt es, habe sich schamhaft von ihren Schwestern entfernt, da sie als einzige den Sisyphos, einen Sterblichen, geheiratet hatte.

Die frühe Geschichte Troias

Maia, die berühmteste Pleiade, kennen wir bereits als Mutter von Hermes, ebenfalls ihren Enkel Hermaphroditos. Auf Sterope treffen wir bei den Nachkommen des Asopos, denn ihre Tochter Hippodameia heiratete Pelops. So wenden wir uns zuerst Elektra (II) und damit dem troianischen Stammbaum zu.

Iasion zeugt mit Demeter den Reichtum

Von Elektras Leben gibt es wenig Erfreuliches zu berichten. Als Zeus die Pleiade vergewaltigen wollte, wehrte die sich tapfer, aber erfolglos und berührte dabei die hölzerne Statue der Pallas Athena, worauf die aufgebrachte Göttin die entweihte Figur zur Erde schleuderte. Schließlich war die Statue zu Ehren ihrer alten Spielkameradin Pallas angefertigt worden.

Dereinst hatte sich Athena mit Pallas[146] in Kampfspielen geübt, wobei Pallas die Göttin zu übertreffen und ihr Speer sie zu verwunden drohte, wenn nicht Zeus die Aigis vor seine Tochter gehalten hätte. Vor deren schrecklichem Anblick senkte Pallas die Augen und wurde von Athenas Speer getötet. Aus Trauer über den Verlust ihrer Freundin nahm die Göttin den Beinamen Pallas an, fertigte ihr zu Ehren die berühmte Statue mit Speer und Aigis, Palladion genannt, das neben dem Bildnis des Zeus stand, bis es auf die beschriebene Weise entweiht wurde.

Neun Monate später brachte Elektra Iasion und Dardanos zur Welt.

Iasion verliebte sich in Demeter, und die Göttin gab sich ihm in den Furchen eines dreimal gepflügten Ackers hin. Obwohl Demeter mit Plutos ein begehrtes Kind gebar, denn Plutos heißt »Reichtum«, erschlug Zeus den Vater mit einem Blitz.

Die Vorgeschichte Troias

Als Dardanos vom Tode seines Bruders Iasion erfuhr, lebte er in Samothrake. Voller Kummer verließ er seine Heimat und begab sich in die Troas, das gegenüberliegende Festland, wo er vom König Teukros freundlich aufgenommen wurde.

Teukros' Vater Skamander sei aus Kreta vor einer Hungersnot geflohen, heißt es, und habe im Schatten des Berges gelagert, den er zu Ehren des kretischen Zeus »Ida« nannte. Als seine Gefährten am nächsten Morgen aufwachten, sahen sie ihr Lager verwüstet: Heerscharen von Feldmäusen hatten alles Essbare, auch Zelte, lederne Schildriemen und sogar die Sehnen der Bogen zernagt.

»Hier werden wir uns niederlassen und Apollon Smintheus[147] einen Tempel bauen«, entschied Skamander, der sich an Apollons Orakel erinnerte, sich dort anzusiedeln, wo sie nachts von erdgeborenen Feinden angegriffen würden.

Bald wuchs die Macht und Bedeutung dieser kretischen Siedlung. Skamander zeugte den erwähnten Teukros, und es gelang ihm, seine Herrschaft auch gegen die Bebryker zu festigen. Allerdings sprang er während eines Kampfes in den später nach ihm benannten Fluss Skamander, von den Göttern Xanthos genannt, und ertrank.

Sein Sohn Teukros übernahm nun die Herrschaft und empfing später Dardanos nicht nur überaus freundlich, sondern verheiratete ihn[148] mit seiner Tochter Bateia und trat ihm einen Teil des Landes ab. Nach Teukros' Tod übernahm Dardanos die gesamte Herrschaft. Er plante eine Stadt auf dem Hügel Ate, auf dem später Troia gebaut werden sollte. Als ihn jedoch das Orakel warnte, die Bewohner dieser Erhebung würden stets von Unheil heimgesucht, baute er am Fuße des Ida seine Stadt Dardania. In alten Zeiten hieß die gesamte Gegend nach dieser Stadt, heute finden wir den Namen nur noch in den Dardanellen.

Sein Spross Erichthonios (II) folgte ihm auf den Thron, und der wiederum hinterließ seinem Sohn Tros[149] eine gewaltige Erbschaft. Er galt als reichster Mann und besaß herrliche Stuten, in die sich sogar Boreas, der Nordwind, verliebte; dieser pflegte sich nur mit den edelsten Stuten zu paaren.

Tros wurde mit seinen Kindern[150] Ilos, Assarakos und Ganymed zum Ahnherrn der Troer.

Ganymed wird Mundschenk des Zeus

Ganymed war der begehrteste aller Jünglinge und von so blendender Schönheit, dass sogar Eos um seine Liebe buhlte. Doch die Morgenröte musste einem Mächtigeren weichen. Der Göttervater verliebte sich in Ganymed, sandte seinen Adler, der ihn behutsam mit seinen Krallen aufhob und auf den Olymp flog. Es heißt auch, Zeus selbst hätte sich in diesen Adler verwandelt. Verstört sah sich der Junge dem Götterkönig ausgeliefert, der hinter ihnen die Tür verschloss, ihn auf seinen Schoß setzte und tagelang nicht mehr das Gemach verließ.

Da empörten sich die Göttinnen. Vor allem Hera geriet außer sich:

»Was ertrug ich nicht bereits vom treulosesten aller Ehemänner. Gibt es eine, die er noch nicht schwängerte? Mittlerweile muss jede Schöne hinter jedem Stier, jedem Schwan, jedem Goldregen diesen Lüstling fürchten. Das nehme ich nicht mehr hin!«

»Warum beehrt der Göttervater einen Jüngling mit seiner Gegenwart?«, versuchte Apollon sie zu beruhigen. »Es ist reine Freundschaft! Der Jüngling reift an Zeus' Kraft und Weisheit zum Manne. Was gibt es daran zu tadeln? Es ist uns Vorbild.«

»Und warum stöhnt dieser Jüngling derart? Du Scheinheiliger! Und wie gierig blickst du immer nach dem reizvollen Hyakinthos? Folgt mir, Götter, beenden wir dieses schamlose Treiben nun für immer!«

Doch der göttliche Schütze trat ihr in den Weg: »Was braust du wieder auf, Hera? Kein Gott wird dir folgen. Wir schworen, niemals wieder die Hand gegen den Göttervater zu erheben.«

Die große Göttin schwieg. Am nächsten Tag erschien Zeus bestgelaunt zum Mahl. Hebe – bisher Mundschenk der Götter – servierte den anderen Göttern Nektar und Ambrosia, doch durfte sie sich jetzt Zeus nicht mehr nähern. Der ließ sich nur von Ganymed bedienen und wachte eifersüchtig darüber, dass kein anderer Gott den Trunk von seinem Liebling gereicht bekam. Zeus führte den Becher an derselben Stelle zum Mund, die der Jüngling mit seinen Lippen berührt hatte.

Als Trost für den Verlust seines Sohnes schenkte der Kronide dann dem Tros einen goldenen Weinstock und eben jene zwei göttlichen Pferde, die Laomedon später Herakles für die Befreiung seiner Tochter anbot. Darüber hinaus versicherte Zeus dem Vater, Ganymed bleibe ewig sein persönlicher Mundschenk und ihm Tod sowie Alter erspart.

Aphrodite vereint sich mit Anchises

Mit Tros' Söhnen Ilos und Assarakos verzweigt sich der troische Stamm in zwei Geschlechter, die einerseits zu Priamos und Paris und andererseits zu Anchises und Aineias führen; aber zwischen beiden bestand ein alter Zwiespalt. Assarakos wurde durch seinen Enkel Anchises Ahnherr der

Römer, denn die lateinische Überlieferung führt ihren Ursprung außer auf Ares vor allem auf Aphrodite[151] zurück. Also beginnen wir im Olymp:

Aphrodite verfügte über nahezu unbegrenzte Macht. Nur Hestia, Athena und Artemis widerstanden ihr. Alle anderen Götter hatten sich gleich den Menschen Aphrodites Launen zu beugen. Fast bei jedem Gelage brüstete sich die Liebesgöttin mit ihren Erfolgen, wobei es ihr Vergnügen bereitete, die anderen zu verspotten, weil sie ihr Lager mit Sterblichen geteilt hatten.

Besonders Zeus hatte viele Sticheleien zu ertragen. Eines Tages riss ihm die Geduld, und er weckte Aphrodites Verlangen nach Anchises.

Die Liebesgöttin bemühte sich, ihren göttlichen Glanz zu verbergen, und schmückte sich wie eine schöne, aber sterbliche Frau. So verkleidet betrat sie die Hütte des Hirten Anchises, der fiel auf die Knie und sprach:

»Wer von den Unsterblichen heiligt mein Haus? Bist du die augenglänzende Athena, die edle Themis oder gar die strahlende Aphrodite? Einen Altar baue ich dir, opfere jedes Jahr meine prächtigsten Tiere und preise täglich deine Göttlichkeit, o Unvergleichliche.«

Aphrodite mochte keine – wie es später hieß – platonische Verehrung und erwiderte dem Knienden:

»Vergleiche nicht mich einfaches Mädchen mit einer Göttin! Sterblich bin ich, von einer irdischen Mutter geboren. Mein Vater ist Otreus, der König von Phrygien. Hermes raubte mich aus dem Kreise meiner Gespielinnen und brachte mich nach dem Willen des Zeus zu dir, um deine Frau zu werden, wenn du meine blasse Schönheit deiner wert erachtest.«

Aphrodite weckte Zutrauen und Liebe bei Anchises. Ahnungslos erlag der Sterbliche der Unsterblichen, beide stillten ihre Lust. Am nächsten Morgen erkannte Anchises seine Geliebte in ihrer ganzen Göttlichkeit und stotterte:

»Was habe ich Unglücklicher getan? Ein Mann, der sich erdreistet, eine Göttin zu berühren, endet erbärmlich. Ich wusste es vom ersten Augenblick an! Warum hast du mich nur getäuscht?«

»Diese Nacht lagst du allein! Hörst du? Deinen Sohn, den ich unterm Herzen trage, gibst du als Kind einer Nymphe aus. Prahlst du jemals, Aphrodite beigelegen zu haben, trifft dich der Blitz.« Und mit den Worten »Was für eine Schande!« verhüllte die Göttin ihr Haupt und entschwebte.

Was Aphrodite gefordert hatte, geschah. Anchises hielt die wahre Abkunft seines Sohnes Aineias geheim, und der wurde nicht nur einer der größten troischen Helden, sondern auch Stammvater der Römer.

Die Gründung Troias

Ilos, der Bruder des Assarakos, nahm an Kampfspielen in Phrygien teil, siegte im Ringkampf und gewann als Preis fünfzig Jünglinge und ebenso viele Mädchen nebst einer Kuh. Wie der phrygische König es ihm geraten hatte, folgte Ilos der Kuh bis zu jener Stelle, an der sie sich niederlegte, und baute hier, auf dem Hügel Ate, eine Stadt, die er Ilion nannte und die auch unter dem Namen Troia bekannt wurde.

Als Ilos vernahm, dass bereits sein Urgroßvater Dardanos hier eine Stadt errichten wollte, aber vor dem unheilverkündenden Orakel zurückschreckte, bat er Zeus um ein Zeichen.

Am nächsten Morgen bemerkte Ilos einen hölzernen Gegenstand, der aus dem Boden ragte. Vorsichtig grub er ihn aus. Er erwies sich als eine drei Ellen hohe Statue mit geschlossenen Füßen, über der Brust die Aigis, mit der rechten einen Speer, mit der linken eine Spindel haltend – das Palladion; ebenjenes Kultbild, das Athena zu Ehren von Pallas angefertigt und zur Erde geschleudert hatte, als es von Elektra (II) entweiht worden war.

Nun riet Apollon:

»Behüte die vom Himmel gefallene Göttin, und du wirst deine Stadt schützen. Wo immer sie hingeht, trägt sie ein Reich!«

So baute Ilos der Statue einen Tempel, und auch seine Nachkommen ehrten sie, bis sie von Aineias aus dem brennenden Troia gerettet und nach Rom gebracht wurde, wo die Vestalinnen sie später bewachten. Doch kehren wir zu Laomedon, dem Sohn des Ilos, zurück.

Wie Poseidon Troias Mauern errichten und Apollon Laomedons Herden behüten musste, haben wir bereits erzählt. Damals hatte der kleinliche König die beiden Götter um den versprochenen Lohn ebenso geprellt wie Herakles um die beiden Pferde, die er ihm für die Rettung seiner Tochter Hesione zugesichert hatte. Der Held eroberte daraufhin Troia, tötete alle Angehörigen Laomedons bis auf Podarkes[152], den er, wie schon erwähnt, unter seinem neuen Namen Priamos als Herrscher Troias einsetzte.

Das Troia des Priamos

Priamos baute Troia wieder auf und heiratete Arisbe, mit der er Aisakos zeugte. Danach ehelichte Priamos Hekabe, die zuerst mit Hektor niederkam. Als Hekabe das zweite Kind erwartete, träumte sie, ein brennendes Holzscheit zu gebären, das die gesamte Stadt in Flammen aufgehen lasse. Aisakos[153], den Merops, sein Großvater mütterlicherseits, in die Traumdeutung eingeführt hatte, verkündete, dieses Kind werde das Vaterland verderben.

Priamos befahl seinem Oberhirten, das Kind zu töten. Doch der war zu weichherzig, setzte den Säugling in den Bergen aus und brachte dem König die Zunge eines Hundes als angeblichen Beweis für den toten Sohn. Als der Hirte nach fünf Tagen zurückkam, sah er, dass eine Bärin das Kind angenommen hatte, und er trug es mit nach Hause, wo Paris, so wurde der Knabe genannt, mit seinen leiblichen Söhnen aufwuchs.

Paris' edle Abkunft wurde mit jedem Tag offensichtlicher. Die Nymphe Oinone verliebte sich in seine schöne Gestalt. Alle bewunderten ihn, als es ihm gelang, einer Bande von Viehdieben die gestohlenen Kühe wieder abzujagen. Fortan rief man ihn mit dem Ehrennamen Alexandros, »Beschützer der Männer«. Selbst die Götter betrachteten ihn mit Wohlwollen. Zeus wird ihn später zum Richter im berühmten Streit der Göttinnen bestellen, der so viel Unheil über Griechen und Troer bringen sollte.

Außer Hektor und Paris gebar Hekabe noch Kassandra, Deiphobos und andere der fünfzig Kinder, die Priamos mit ihr und Nebenfrauen zeugte. Nicht nur das Herrscherhaus war mit Kindern gesegnet, die ganze Ansiedlung blühte und gedieh zu einer mächtigen und reichen Stadt, bis sie von den Griechen zerstört wurde.

Geschichten aus Kleinasien

Kybele und Attis

Wir befinden uns mit Troia bereits in Kleinasien und erzählen nun Geschichten aus diesem Gebiet, auch wenn sie erst später in Hellas bekannt wurden und deshalb meist nicht aus der griechischen Genealogie ableitbar sind.

Wir beginnen mit Kybele, der phrygischen Göttin. Die Griechen setzten sie oft mit Rhea gleich und priesen sie als Mutter aller Götter und Menschen. Ursprünglich war Kybele eine Gestalt der Großen Mutter, von der sich auch in Çatal Hüyük Spuren gefunden haben.

Als einst Zeus auf dem Berge Dindymon schlief, floss sein Same zu Boden. Aus ihm wuchs ein Wesen weiblichen und männlichen Geschlechts. Unbezwingbar, doppelt leidenschaftlich mordete und zerstörte es alles mit grausamer Lust. Die Götter sorgten sich, was dieses Geschöpf noch anrichten könnte, wäre es herangewachsen. So wurde Dionysos ausgesandt, der das Quellwasser, mit dem das Wesen seinen Durst stillte, in Wein verwandelte. Gierig soff der Zwitter und fiel, vom ungewohnten Getränk betäubt, in tiefen Schlaf. Da band Dionysos dessen Männlichkeit an einem Baum fest. Aus der Trunkenheit erwacht, sprang der Zwitter ungestüm auf und entmannte sich selbst. So wurde Kybele eine Göttin, die sich an Pauken und Klappern erfreut, am Klange der Flöte, und wenn sie durch Wälder und Berge streift, am Geheul der Wölfe und den funkelnden Augen zorniger Löwen.

Aus dem abgetrennten Geschlecht aber wuchs ein Mandelbaum, unter dem eines Tages Nana, die Tochter des Flussgottes Sangarios, rastete. Sie pflückte eine Mandel, legte sie auf ihren Schoß, wo die Frucht verschwand und Nana schwängerte. Sangarios sperrte seine Tochter ein, damit sie und ihr ungeborenes Kind umkämen, aber Kybele umsorgte sie, und so erblickte Attis dennoch das Licht der Welt. Als der Großvater den Knaben aussetzte, schickte die Göttin einen Ziegenbock, der ihn mit Bocksmilch nährte.

Attis wuchs zu einem so herrlichen Jüngling heran, dass Kybele sich in ihn verliebte. Die wilde Göttin lockte Attis in unzugängliche Wildnis und beschenkte ihn mit der Jagdbeute; und ihr Liebling gelobte ihr ewige Keuschheit. Doch als Attis später die blühende Tochter des Midas, des Königs von Pessinus, erblickte, vergaß er seinen Schwur und freite um sie. Die eifersüchtige Kybele platzte in die Hochzeit und trieb die Gäste in den Wahnsinn. Attis lief in Raserei unter eine Pinie, entmannte sich selbst, rief: »Für dich, Kybele!«, und starb.

Es heißt, die Göttin bereute später ihre Tat und ließ Attis entweder am Felsvorsprung des Dindymon mit dem Namen Agdys[154] beisetzen oder gar in ein Veilchen verwandeln. Auf jeden Fall stiftete Kybele ein Trauerfest, auf dem die Galli, ihre Priester, Attis suchten und nach Auffinden seines Bildes in orgiastischen Feiern sich selbst kastrierten.

Der eselsohrige Midas

Midas soll ein Sohn der Kybele und des Gordios gewesen sein. Gordios hieß ein armer Bauer, auf dessen Ochsenkarren sich eines Tages ein Adler niederließ. Da der gewaltige Vogel sich offensichtlich nicht vom Platz bewegen wollte, trieb Gordios seinen Karren in die Stadt und erreichte den Marktplatz zur selben Zeit, als die Einwohner vom Orakel zurückkamen. Der Adler auf der Deichsel erregte sofort große Aufmerksamkeit. Die Leute umringten Gordios und wählten ihn gemäß der Prophezeiung des Orakels zum König. Da der phrygische König jüngst verstorben war, hatte man es wegen dessen Nachfolge befragt. Gordios weihte dankbar Wagen nebst Deichsel, die mit einem kunstvollen Knoten verbunden waren, im Tempel der nun nach ihm benannten Stadt. Ein weiteres Orakel verhieß, dass derjenige, der den Knoten zu lösen vermöge, Herr über ganz Asien würde. Dieser Gordische Knoten erwies sich als unlösbar, bis Alexander der Große ihn mit dem Schwert zerhieb und dann das persische Weltreich eroberte.

Andere behaupten, der kinderlose Gordios habe Midas adoptiert, nachdem der aus seiner makedonischen Heimat ausgewandert sei. So ist auch umstritten, ob sich die folgende Geschichte in Makedonien oder Phrygien zutrug.

Gärtner fanden einst Silenos volltrunken in Midas' Rosengarten, banden ihn und brachten ihn zum König, der ihn gastfreundlich aufnahm und nach seiner Ausnüchterung zu Dionysos führte. Der war erleichtert, seinen alten Freund unbeschadet wiederzusehen, denn niemand hatte bemerkt, dass Silenos zurückgeblieben war, als der mainadische Schwarm auf seinem Weg nach Indien weiterzog.

Erfreut gewährte der Gott dem Midas eine Bitte, und der wünschte sich sofort:

»Mache, dass sich alles, was meinen Leib berührt, in Gold verwandelt.«

Dionysos gewährte die verhängnisvolle Fähigkeit und bedauerte nur, dass Midas nichts Besseres eingefallen war. Vorsichtig brach der phrygische König einen Eichenzweig, und der wurde golden. Hier hob er einen Stein vom Boden und hielt einen Goldklumpen in der Hand, dort rührte er eine Scholle an, die zum Barren wurde. Pflückte er eine Getreideähre, wurde die Ernte golden. Legte er die Finger an die Pfosten, Tische, Becher seines Hauses, erstrahlte alles in purem Gold. Kaum wusste er, was er noch anfassen könnte, alles blinkte bereits von edelstem Metall. Wer vermag sich glücklicher zu schätzen, dachte Midas und befahl den Dienern, ein Mahl zu bereiten. Müde von den Proben und heißhungrig ergriff er einen Apfel, der sich in seiner Hand verhärtete. Gierig wollte er ins saftige Fleisch beißen, doch rötliches Erz überzog rasch die Speisen, sobald seine Zähne sie berührten. Selbst das Wasser, das seine Bediensteten ihm einflößten, verwandelte sich, wenn es mit der Zunge in Berührung kam, augenblicklich in Gold.

Bestürzt erkannte Midas das Unheil, das er sich herbeigewünscht hatte. Reich und elend, verachtete er nun die Schätze, die weder seinen Hunger stillen noch seinen Durst löschen konnten. Derart gemartert flehte er zu Dionysos:

»Freudenspender, verzeih, ich habe gefrevelt. Doch erbarme dich und nimm das gleißende Unheil von mir.«

»Auf dass du nicht am Golde erstickst, das du so gierig raffen wolltest«, riet der Gott, »reinige Haupt und Leib vom Fehl im Paktolos.«

So tauchte der König in die Wasser des Paktolos. Die vergoldende Kraft wich aus dem menschlichen Körper und tränkte die Wogen. Seitdem schimmerten die Ufer von Gold, das der Fluss anspülte. Midas hasste fortan alle Schätze, führte ein einfacheres Leben und pflegte Umgang mit Marsyas, aber sein Geist blieb stumpf und träge.

Als Marsyas – wie wir schon berichteten – zum Musenwettstreit mit Apollon antrat, pries Midas das Flötenspiel dem Leierspiel des Apollon als weit überlegen. Aber Phoibos duldete nicht, dass dessen törichtes Ohr seine menschliche Form behielt, sondern zog es lang, ließ es beweglich werden und ihm borstige Haare entsprießen. Alles andere an Midas blieb Mensch, er wurde nur mit den Ohren des einfältigen Esels bestraft.

Midas verbarg seine Schmach unter der Tiara[155], die er über die Ohren zog und nur abnahm, um sein Haar schneiden zu lassen. Der Friseur erwies sich als schweigsam. Auch wenn der am liebsten das Geheimnis laut verkündet hätte, wagte er es nicht aus Furcht vor den angedrohten fürchterlichen Strafen. Doch mit der Zeit wurde die Anspannung zu groß, es für sich zu behalten. Er hob auf einer Wiese ein Loch aus, flüsterte die Neuigkeit hinein, bedeckte, was seine Stimme verraten, wieder mit Erde und ging in Frieden. An der Stelle begann dichtes Röhricht zu sprießen, und die schwankenden Halme säuselten ununterbrochen:

»Midas hat Eselsohren! Midas hat Eselsohren!«

Philemon und Baukis

Einst wanderten Zeus und Hermes in Gestalt Sterblicher durch Phrygien. Sie baten in tausend Häusern um Obdach, aber wurden erst im letzten empfangen. Zwar war es klein und nur mit Stroh bedeckt, doch in ihm lebte das gute Mütterchen Baukis mit ihrem Philemon. Hier waren beide gealtert, bekannten frei ihre Armut und trugen leicht ihre Bürde.

Um durch die niedrige Tür zu treten, mussten die Himmlischen ihre Häupter senken. Doch drinnen hieß der Greis sie auf der Bank Platz zu nehmen, die er zurechtgerückt und die emsige Baukis mit derbem Gewebe bedeckt hatte. Dann beeilten sich die Alten, den Fremden ein Mahl zu bereiten, schafften Kohl herbei, warfen sogar das seit langem aufgesparte geräucherte Fleischstück in den siedenden Kessel. Sie erwärmten Wasser zum Bad, bereiteten Betten und bezogen sie mit den alten, aber reinlichen Tüchern, die sie nur zu Festtagen benutzten. Trotz aller Geschäftigkeit plauderten die beiden mit ihren Gästen und verkürzten ihnen die Zeit des Wartens.

Nun trug das Paar die kärglichen Speisen in irdenen Gefäßen mit freundlichem Gesicht auf – frei von Scham über ihre Armut. Inzwischen bemerkten sie, dass der Krug, sooft sie aus ihm schöpften, sich wieder füllte, als quelle der Wein aus dem Boden des Gefäßes. Vom Wunder erschreckt, erbleichten Philemon und Baukis, hoben ihre Arme und bedauerten angstvoll, dass sie den Göttern kein besseres Mahl geboten hätten. Beide eilten in den Garten, um die einzige Gans, die das winzige Gut bewachte, den Unsterblichen zu schlachten. Doch die Flügelflinke ließ sich von den Altersschwachen nicht fangen. Laut schnatternd entkam sie wieder und wieder und floh schließlich zu den Göttern.

»Eure Gans begab sich unter unseren Schutz«, lachte Zeus, »und Menschen ziemt es nicht, Unsterbliche zu missachten. Die gottlosen Nachbarn treffe die wohlverdiente Strafe. Ihr allein habt Anrecht, frei vom Unheil zu sein. Folgt uns!«

Die Alten gehorchten und gingen mit den Göttern den Hügel hinan. Gestützt auf ihre Krückstöcke, kamen Philemon und Baukis nur langsam voran, da nahmen die Götter sich Zeit. Kurz vor dem Gipfel wandten die beiden Alten den Blick und sahen, wie die ungastliche Stadt unten im Tal in einem See versank. Nur ihre kleine, ein wenig abseits und höher gelegene Hütte war ein prächtiger Tempel geworden. Da fragte Zeus freundlich:

»Sagt, redlicher Greis und du, würdiges Weib, was wünscht ihr?«

»Priester zu sein und das heilige Haus zu pflegen, das möchten wir«, antwortete Philemon, »und wie wir unsere Jahre gemeinsam durchlebt, möge dieselbe Stunde uns löschen, damit ich nie die Urne meiner Gemahlin sehen oder sie mich im Hügel bestatten muss.«

So erfüllte es sich. Solange sie lebten, hütete das gastliche Paar den Tempel, doch als ihnen der Tod nahte, verwandelten sich beide in eine Eiche und eine Linde, die dicht beieinander vor den Stufen des Tempels grünten.

Die Spinnerin Arachne

Obwohl Arachne nur niedriger Abkunft war, rühmte man sie überall wegen ihrer Webkunst. Selbst die Nymphen kamen zum lydischen Kolophon, nicht nur um die fertigen Stoffe, sondern auch um ihr Handwerk zu betrachten. Welch ein Vergnügen war es, Arachne weben zu sehen! Sie sei von Athena unterwiesen worden, hieß es. Doch Arachne verneinte beleidigt:

»Nicht einmal der Zeustochter gelänge es, mich in der Webkunst zu bezwingen.«

Als Pallas davon hörte, suchte sie das kunstfertige Mädchen in Gestalt eines alten Weibes auf und riet:

»Nicht vor all dem, was uns höheres Alter bringt, sollten wir fliehen; auch Gutes kommt mit den Jahren. Darum missachte nicht meinen Rat, suche Ruhm unter den Menschen und weiche der Unsterblichen.«

»Sinnlos schwatzt du, vom langen Altern verkalkt«, erwiderte Arachne erzürnt. »Belästige mit deiner Torheit die Enkel! Und damit du nicht glaubst, dein Mahnen hätte Erfolg: Ich bleibe dabei. Sag, warum meidet die Göttin den Wettkampf?«

»Sie kam!«, offenbarte sich Athena in ihrer wahren Gestalt.

Im Vertrauen auf ihre Kunst begannen beide den Wettstreit. Pallas wob die himmlischen Zwölf auf ihrem hohen Sitz, inmitten Zeus mit königlicher Würde, zeichnete jedem deutlich sein Antlitz, wie sie den Streit um die athenische Erde beobachteten. Hier ließ sie Poseidon erstehen, als er mit dem Dreizack in den attischen Boden stieß, bis ein Salzquell aufbrach. Sich aber webte sie den Schild, den

Helm, die Lanze und die Aigis und stellte dar, wie sie den Ölbaum entsprießen ließ und so ihre Stadt gewann. Aber an den vier Ecken des Tuches gestaltete sie das schreckliche Schicksal von Gottesfrevlern in winzigen Figuren als Warnung für Arachne.

Arachne dagegen wirkte die von Zeus getäuschte Europa. Man glaubte, der Stier schnaube wirklich und das Wasser plätschere. Man sah, wie die Jungfer sich verängstigt zu ihren Gespielinnen zurückbeugte, die klagend die Arme ausstreckten. Dann ließ sie Leda unter den Schwingen des Schwanes liegen, zeigte auch, wie der Göttervater in Gestalt Amphitryons die Alkmene betrog, wie er golden die Danaë gewann.

Pallas vermochte dieses wundervolle Werk nicht zu tadeln. Obwohl die Göttin das Tuch aufs Genaueste untersuchte, fand sie keinen einzigen Makel. Darüber ergrimmte die an Macht Gewohnte, zerriss Arachnes buntes Gewebe, schlug sie mit dem Weberschiffchen und wandte sich zum Gehen. Doch als sie auf der Schwelle noch einmal zurückblickte und vielleicht bereute, gewahrte sie, dass die Gedemütigte sich inzwischen eine Schnur um die Kehle geschlungen und aufgeknüpft hatte.

Athena beschied die Zappelnde:

»So lebe du zwar, aber hänge!«

Arachne verwandelte sich in die im Griechischen gleichnamige Spinne. Die Begabung zum Weben blieb ihr erhalten. Auf ewig hängen sie und ihre Nachkommen am Spinnenfaden.

Pyramos und Thisbe

Auch wenn uns die Geschichte von Pyramos und Thisbe weit über Kleinasien hinaus, bis nach Babylon führt, sei sie hier erzählt.

Die Häuser zweier Familien standen so dicht beieinander, dass nur eine Wand sie trennte. Ihre Nachbarschaft machte Pyramos und Thisbe bekannt. Beide verliebten sich und wollten heiraten, aber die Väter verboten es. Doch dass die Sehnsucht des Jungen und des Mädchens wuchs und wuchs, konnten sie nicht verbieten. Durch ein winziges Loch in der Wand flüsterten sich beide Liebesschwüre zu und küssten jeweils ihre Mauerseite. Endlich beschlossen sie ein nächtliches Stelldichein an der Quelle neben dem Maulbeerbaum am Grabe des Ninos.

An diesem Abend schien es nicht dunkeln zu wollen. Als aber alle schliefen, stahl sich Thisbe aus dem väterlichen Haus. Die Liebe machte ihr Mut, sie verließ die Stadt und wartete sehnsüchtig unter dem vereinbarten Maulbeerbaum auf ihren Angebeteten. Da schlich sich eine Löwin heran, ihr Maul noch blutig von frischgeschlagenen Rindern, um den Durst an der nahen Quelle zu stillen. Im Mondlicht gewahrte Thisbe das Raubtier und floh, wobei sie ihren Mantel verlor. Nachdem die Löwin genug gesoffen hatte, lief sie zurück zum Wald, fand zufällig Thisbes Umhang und zerriss mit blutigem Maul das zarte Gewebe.

Als Pyramos endlich unbemerkt sein Haus verlassen konnte, eilte er verspätet zur Verabredung. Doch das einzige, was er fand, waren die Spuren des Raubtieres und Thisbes blutbeschmierter Mantel.

»Da ich nicht zur rechten Zeit kam, trieb ich dich in den Tod«, klagte Pyramos. »Ihr wilden Löwen, zerfleischt auch mich unter dem Maulbeerbaum!«

Tränenüberströmt legte er Thisbes Umhang unter dessen Äste, küsste immerzu die blutigen Fetzen und stieß sich das Schwert in die Brust mit den Worten:

»So tränke ich dich nun auch mit meinem Blut.«

Er sank rücklings zu Boden. Rotes spritzte aus der Wunde und besprengte die weißen Früchte des Maulbeerbaumes.

Da kehrte Thisbe, noch immer voll Furcht, zurück, denn sie wollte den Liebenden nicht enttäuschen und ihm von der Gefahr erzählen, der sie entging. Sie erkannte den Platz unter dem Baum wieder, doch die Farbe der Frucht verwirrte sie. Dann sah sie Pyramos in seinem Blute am Boden und in Krämpfen.

»Pyramos«, schrie sie entsetzt, »sieh mich doch an! Deine Thisbe. Durch welch Unheil verlor ich dich?«

Als Pyramos den Namen ›Thisbe‹ hörte, öffnete er sterbend noch einmal die Augen, sah seine Geliebte zum letzten Mal und schloss sie wieder. Thisbe schlug sich die Brüste, raufte sich die Haare, küsste Pyramos' erkaltende Wangen, umklammerte seinen Leib und mischte ihre Tränen mit seinem Blut.

»Deine eigene Hand und deine Liebe gaben dir den Tod«, rief Thisbe, nachdem sie den Mantel gefunden hatte. »Auch ich habe Hände und Liebe, die mir Kraft geben wird. Nicht einmal der Tod vermag dich mir zu entreißen.«

Sie setzte sich die Spitze des Schwertes, das noch warm vom Blut war, unter die Brust und stürzte sich in das Eisen. Die Götter und die Väter ergriff nun Mitleid und

Schmerz. Pyramos und Thisbe ruhen in einer Urne. Zum Gedenken an ihre große Liebe gibt es seitdem zwei Arten von Maulbeerbäumen, eine mit weißen und eine mit roten Früchten.

Die Geschichte Spartas

Lakonien

Einst begehrte Zeus die Pleiade Taygete und verfolgte sie. Da verwandelte Artemis sie in eine Hirschkuh, und Taygete entkam fürs erste Zeus' Nachstellungen. Aus Dankbarkeit weihte die Pleiade der Jagdgöttin eine goldbeweihte Hirschkuh, eben jene Kerynëische Hindin, die Herakles als dritte Aufgabe seinem König verschaffte. Doch Zeus ließ sich nicht lange täuschen, überwältigte Taygete und zeugte mit ihr Lakedaimon.

Später erbaute Lakedaimon die nach ihm benannte Stadt, die uns heute unter dem Namen Sparta bekannt ist. Im Altertum hieß nicht nur die Stadt, sondern auch der spartanische Staat und das gesamte Herrschaftsgebiet Lakedaimon – das heutige Lakonien. Die Spartaner nannten sich Lakedaimonen; auch Homer folgt dem.

Lakedaimon wurde zum Stammvater der Spartaner. Er heiratete Sparte, die Tochter des herrschenden Königs Eurotas, zeugte den Amyklas und übernahm die Herrschaft seines Schwiegervaters, nachdem der im gleichnamigen Fluss ertrunken war.

Amyklas lieh Amyklai seinen Namen; jene Stadt wurde nicht nur durch den Hyakinthos-Kult bekannt, sondern sie ist auch die einzige achäische Siedlung, die lange der dorischen Einwanderung widerstand und erst nach jahrelangen Kämpfen von den Lakedaimonern eingenommen werden konnte.

Amyklas zeugte mit Diomede den erwähnten Hyakinthos, der von seinem Liebhaber Apollon versehentlich beim Diskosspiel erschlagen wurde, und den Kynortas. Dessen Sohn Perieres[156] heiratete Perseus' Tochter Gorgophone, die mit Aphareus und Leukippos niederkam. Gorgophone war die erste Witwe, die nach dem Tode ihres Mannes erneut heiratete und Tyndareos sowie Ikarios gebar.

Die Feindschaft der Zwillingspaare

Idas und Lynkeus, die messenischen Zwillinge

Tyndareos übernahm die Herrschaft Spartas nach dem Tode seines Vaters Oibalos. Doch dessen Kinder aus erster Ehe vertrieben Gorgophones Nachkommen, und Hippokoon gewann die Krone. Tyndareos und Ikarios flohen nach Aitolien zum König Thestios, während ihre Halbbrüder mütterlicherseits, Aphareus und Leukippos, sich nach Messene absetzten, wo Aphareus die Herrschaft erringen konnte und Leukippos als Mitregenten einsetzte.

Aphareus und Leukippos erkoren sich wunderschöne Bräute. Während ihrer prunkvollen Doppelhochzeit hätte jeder geschworen, sie seien die glücklichsten Menschen auf Erden. Doch als die Väter neun Monate später ihre Sprösslinge sahen, erstarrten sie voll Ehrfurcht. Leukippos' Töchter waren so überirdisch schön, dass keiner an ihrer himmlischen Abkunft zweifelte. Niemals erfuhr Leukippos, wer seine Frau schwängerte; doch wenn man den Gerüchten trauen darf, setzte Apollon ihm Hörner auf.

Aphareus erging es nicht besser. Nach außen hin galt er als Vater des Idas und des Lynkeus, doch in Wirklichkeit zeugte Poseidon sie. Nur ein Gott hatte Lynkeus, was der Luchsäugige heißt, einen alles durchdringenden Blick vererben können; mühelos spürte er selbst in der Erde verborgene Schätze auf. Idas jedoch wuchs zu einem riesenhaften Kämpfer heran. Kein irdisches Wesen vermochte sich mit seiner Stärke zu messen; und sein Bogen sandte unentrinnbare Geschosse.

Idas verliebte sich in Marpessa, die Tochter des aitolischen Königs Euenos. Im Laufe der Jahre hatten mehr und mehr Freier um seine wunderschöne Tochter geworben. Euenos pflegte die Bewerber zum Wagenrennen zu fordern. Nur wer siegte, bekäme Marpessas Hand, aber der Unterlegene verlor seinen Kopf. Mittlerweile zierten die abgeschlagenen Häupter der Unglücklichen den Palast.

Um zu verhindern, dass Idas dieses Schicksal teilt, schenkte Poseidon seinem Sohn die schnellsten Rosse; denn der Herrscher der Meere galt auch als Gott der Pferde. Idas raubte nun Marpessa im Vertrauen auf seine Kraft. Der erboste Vater jagte dem Flüchtenden nach, aber Euenos' Hengste holten Idas nicht ein. Es heißt, der König habe seine besiegten Pferde geschlachtet und sich anschließend in den Fluss geworfen, der nun seinen Namen trägt.

Idas näherte sich mit seinem Raub schon Messenien, als Apollon ihm plötzlich Marpessa entriss. Zornig jagte Idas dem Phoibos hinterher, kam ihm bedrohlich nahe und spannte seinen Bogen, der selbst für einen Gott verhängnisvoll geworden wäre. Da griff Zeus ein, trennte die beiden und bestimmte den Freier zum Gatten, den Marpessa selbst wählen würde. Das Mädchen entschied sich für Idas.

Viele behaupten, sie fürchtete, Apollon verlasse sie, wenn ihre jugendliche Schönheit verblasse. Wahrscheinlicher aber erinnerte sie sich an das Schicksal von Daphne oder Koronis, denen Apollons Liebe zum Verhängnis wurde. Indessen war eheliche Treue keine Stärke des Idas, der sich bald weniger um Mutter und Kind – Kleopatra, später von Meleagros gefreit –, wohl aber um andere Schönere kümmerte.

Idas und Lynkeus, sonst eher von roher Natur, wurden beim Anblick ihrer Basen Phoibe und Hilaeira sanft und zahm. Frühzeitig wurde ein Ehevertrag abgeschlossen, denn Leukippos war froh, diese himmlischen Mädchen verheiraten zu können. Alles wäre wohl glücklich ausgegangen, wenn nicht Kastor und Polydeukes die beiden geraubt und damit den Konflikt der beiden großen Zwillingspaare verursacht hätten. Doch bevor wir von dem Kampf berichten, kommen wir noch einmal auf Tyndareos zurück.

Leda und der Schwan

Wir haben bereits erzählt, dass Tyndareos[157] nach seiner Flucht aus Sparta beim König Thestios Asyl fand. Thestios besaß zwei liebliche Töchter, Althaia und Leda. Tyndareos freite nun Leda und hatte, wie seine Halbbrüder in Messenien, sein Beilager mit einem Gott zu teilen. Doch war Leda wirklich die untreue Ehefrau, die sich willenlos göttlicher Wollust hingab? Man urteile selbst:

Ein riesiger Adler attackierte einen Schwan, dem kein Ausweichen gelang. Das blendend weiße Tier wurde mehr und mehr bedrängt, bis es sich in die Arme der Jungvermählten rettete. Der Raubvogel kreiste unablässig um Leda, während sie das zitternde Geschöpf mit ihrem Körper schützte.

Ledas Herz raste. Der Adler war so groß, dass sie fürchtete, selbst zerfleischt zu werden. Auch das Herz des Schwanes pochte wild, wie sie unter dessen samtig weichem Gefieder spürte. Sein Duft betörte sie; der Schwan schmiegte sich eng an sie, sein Hals wand sich und umschlang ihren Körper, seine glänzenden Flügel umfassten, liebkosten, erregten und entrückten sie – ihre Sinne schwanden. Dass der Adler längst auf und davon war, nahm sie nicht mehr wahr. Sie glaubte an einen einmaligen sinnlichen Traum, in dem sie kein geringerer als Zeus in Schwanengestalt beglückte.

Noch lange lag sie benommen, die Bilder ihres Traumes vor Augen, auf der Wiese. Doch sie konnte nicht die ganze Zeit mit Tagträumereien verbringen, schließlich hatte sie als junge Ehefrau auch diese Nacht ihre ehelichen Pflichten zu erfüllen. Neun Monate später gebar sie Tyndareos' leibliche Kinder Klytaimnestra und Kastor und ein Ei, dem die göttlichen Kinder Polydeukes und Helena entsprangen.[158] Von Helena und Klytaimnestra werden wir im Umfeld des Troianischen Krieges berichten, zunächst aber von den Dioskuren, Söhnen des Zeus, nach ihrem menschlichen Vater auch Tyndariden genannt.

Die Dioskuren

Die Dioskuren waren sich innig zugetan, unternahmen alles gemeinsam und beschützten ihre Schwester Helena. Deren Schönheit betörte die Sinne derart, dass Theseus sie bereits im Alter von zwölf Jahren raubte. Die Dioskuren zogen nach Athen und befreiten sie.[159]

Anfangs pflegten die Dioskuren Freundschaft mit ihren messenischen Vettern. Als die in Arkadien einfielen, um Rinder zu stehlen, nahmen auch Kastor und Polydeukes am Raubzug teil. Danach überredete Idas die Dioskuren, eine Kuh zu vierteilen und demjenigen die eine Hälfte der gesamten Beute zu überlassen, der zuerst sein Fleisch verspeiste, und das Übrige dem Zweitplazierten.

Der Riese Idas verschlang in Windeseile sein Viertel und machte sich über den Teil seines Bruders her, den er auch noch vor den Dioskuren hinunterwürgte. Idas und Lynkeus zogen nun mit der ganzen Beute von dannen, aber im Herzen der Geprellten wuchs Hass.

Vielleicht trieb der die Dioskuren zu Phoibe und Hilaeira, deren irdischer Vater Leukippos sie seinerzeit den messenischen Zwillingen versprochen hatte. Kastor und Polydeukes bestachen Leukippos mit überreichen Geschenken, der setzte sich dann über sein ursprüngliches Versprechen hinweg und willigte in die Heirat mit den Dioskuren ein. Nach lakonischer Sitte raubten diese die Leukippiden und erwarben neben himmlischen Gemahlinnen furchtbare Feinde.

Die Zwillingspaare im tödlichen Kampf

Bei dem Festmahl, das Menelaos und Helena zu Ehren ihres Gastes Paris gaben und bei dem die Dioskuren mit am Tische saßen, äußerten die messenischen Zwillinge ihren Zorn:

»Paris, sieh dich vor, und lade nicht einige Gäste von hier nach Troia ein. Denn in Lakonien ist es Sitte, rücksichtslos Töchter, Bräute oder Ehefrauen zu rauben, auch dann, wenn es Hungerleider tun, die nicht einmal über die armseligsten Brautgeschenke verfügen.«

»Hungerleider? Armseligste Brautgeschenke?«, brauste Kastor auf. »Leukippos erhielt Gaben, von denen ihr nur träumen könnt. Noch heute treiben wir dem Vater ganze Rinderherden zu, auf dass ihr seht, wen ihr hier verspottet.«

Polydeukes folgte seinem Bruder, der, um sein Versprechen zu erfüllen, bereits wutentbrannt auf Rinderraub ausgezogen war. Das sollte nicht nur zum Verhängnis beider Zwillingspaare, sondern der Griechen und Troer werden, denn Paris hätte Helena nie unter den wachsamen Augen der Dioskuren zu entführen gewagt. Als bald auch Idas und Lynkeus den Palast verließen, hinderte den Troer nichts mehr.

Obwohl die Dioskuren weit vorausgeeilt waren, erspähte der Luchsäugige sie mühelos und nahm mit Idas die Verfolgung auf. Endlich konnten sie sich für die erlittene Schmach rächen. Um die Zwillinge aus dem Hinterhalt zu überfallen, verkrochen die Dioskuren sich in einem hohlen Baum. Aber Lynkeus' Auge durchdrang nicht nur die Tiefen der Erde, sondern gewahrte auch die Feinde in ihrem Versteck. Und so trieb Idas seinen Speer durch den Baum und Kastors Brust. Blutüberspritzt sprang Polydeukes heraus und erschlug Lynkeus. Da riss Idas einen riesigen Stein aus dem Grab des Aphareus, dem seines eigenen Vaters, bei dem der Kampf stattfand, und traf damit seinen Gegner. Der taumelte zu Boden, und als er sich dank seiner göttlichen Herkunft wieder erhob, verkohlte Zeus' Blitzstrahl den Idas.

Die Vergöttlichung wahrer Bruderliebe
Klagend barg Polydeukes seinen Bruder aus dem Baum, der sein Sarg geworden war:

»Vater Zeus, alles vermagst du. Ich bitte dich, schenke meinem Bruder das Leben. Wie soll ich ohne ihn sein? O großer Zeus, dein eigener Sohn kniet vor dir, fleht dich an.«

»Mein Sohn, was du verlangst, ist ausgeschlossen«, ließ sich die Stimme des Donnerers vernehmen. »Auch ich bin an das Schicksal gebunden, und die Moiren haben Kastor dieses Ende gesetzt, denn er war sterblich.«

»So laß mich ihm in die Unterwelt folgen!«

»Rede nicht töricht, Polydeukes, du bist göttlich und damit unsterblich. Du erfährst das höchste Glück auf Erden, nach dem sich alle Menschen sehnen und das sonst niemand erreicht. Du wirst auf dem Olymp wohnen, an meiner Seite Nektar und Ambrosia genießen und keinen Tod erleiden«, erwiderte der Kronide.

»Unsterblichkeit?«, brach es aus Polydeukes heraus. »Willst du mich ewig quälen? Soll ich mich bis ans Ende aller Tage grämen und dem unersetzlichen Verlust nachtrauern? Hast du mir das als Glück auserkoren? Das leid' ich nicht! Nimm mir diese verfluchte Göttlichkeit, die mir meinen Bruder raubt! Tausendmal lieber bin ich tot, als diese trostlose Trennung.«

Polydeukes blieb taub gegen alle Einwände, die Zeus vorbrachte.

»Weder kann ich meinen Sohn unglücklich sehen, noch deine Bruderliebe tadeln«, versicherte der Göttervater. »Ich gebiete zwar nicht über die Macht, Kastor zu beleben, aber wenn du bereit bist, eurer beider Schicksal zu teilen, dann verbringt ihr fortan einen Tag in der Unterwelt als Verstorbene und einen Tag auf dem Olymp als Götter – und zwar niemals getrennt.«

Der Ratschluss des Zeus ging in Erfüllung. Einen Tag bewohnen sie ihr Grab bei Therapne[160], um den anderen Tag als Götter zu walten. Jedoch sind sie entgegen Zeus' Hoffnungen seltener auf dem Olymp, als auf hoher See, wo sie in Not geratene Schiffe retten.[161] Dann treten sie als geflügelte Reiter auf, bekleidet mit dem Pilos, einer runden besternten Kappe. Sie erscheinen auch als zwei Sterne im Sternbild der Zwillinge.

Geschichten aus Böotien

Der große Jäger Orion

Kommen wir zur letzten Pleiade Alkyone, die nicht mit der gleichnamigen Sterblichen verwechselt werden darf.[162] Die Göttin, Tochter des Atlas, zeugte mit Poseidon den Hyrieus.

Eines Tages erschienen drei Fremde in Tanagra. Hyrieus nahm sie gastfreundlich auf und bewirtete sie mit allem, was seine bescheidene Hütte bot. Hyrieus erzählte, dass er dereinst geschworen hatte, keine Kinder zu zeugen; und nun sei er zu alt und gebrechlich für seinen größten Wunsch, einen Sohn zu bekommen. Ohne große Worte standen die drei Männer auf, gaben ihren Samen in das Fell des eben verspeisten Stieres, wiesen den Alten an, es zu bestatten und verschwanden. Verdutzt vergrub Hyrieus die Überreste, aus denen bald der wunderschöne Riese Orion entstand.[163] So dankten die verwandelten Götter

Zeus, Poseidon und Hermes dem Alten dessen Gastfreundschaft.[164]

Später verliebte sich Orion in die Tochter des Oinopion. Doch der König war nur bereit, ihm ihre Hand zu geben, wenn er Chios von allen wilden Tieren befreit. So machte sich Orion auf und erlegte auf der ganzen Insel Löwen, Bären und Wölfe. Als Oinopion danach sein Versprechen nicht mehr wahrhaben wollte, betrank sich Orion und versuchte seine Geliebte mit Gewalt zu nehmen, wurde aber von ihrem Vater gefasst und geblendet. Andere glauben, dass Oinopion seinen Vater Dionysos bat, den Riesen betrunken zu machen, und dann in dessen Kammer schlich, um dem Wehrlosen die Augen auszustechen.

Zwar fehlte Orion die Sehkraft, er vernahm aber das Hämmern aus Hephaistos' Schmiede. Als Orion auf Lemnos anlangte,[165] griff er sich Kedalion, den Lehrmeister des Hephaistos und setzte ihn auf die Schulter; der Zwerg führte den Riesen Richtung Osten, wo er endlich den aufgehenden Helios traf, dessen Strahlen ihn schließlich heilten.

Eos und Artemis verlieben sich in Orion

Dem Riesen Orion gelang es häufig, Frauen zu betören. Auch Eos verliebte sich in Orion und teilte mit ihm das Lager – noch heute errötet die Morgendämmerung, gedenkt sie der Liebesnacht. Selbst wenn Artemis den Jäger erblickte, was immer häufiger geschah, schimmerten ihre Augen hingebungsvoll. Besorgt beobachtete Apollon ihre Verzückung. Als seine Schwester nicht einmal einschritt, als Orion die Pleiaden verfolgte, die eng mit ihr verbunden sind, wusste er, was zu tun war.

Apollon berichtete Gaia, wie Orion prahlte, die gesamte Erde von allen wilden Tieren und Ungeheuern zu säubern. Erbost sandte sie einen riesenhaften Skorpion, den Orion zuerst mit Pfeilen, dann mit dem Schwert bekämpfte. Da seine menschlichen Waffen an dem gepanzerten Ungetüm abprallten, sprang er kopfüber ins Meer und schwamm gen Delos. Dort vergnügten sich soeben Apollon und Artemis beim Bogenschießen.

»Siehst du den schwarzen Punkt dort, weit draußen im Meer? Wer ihn trifft, erhält den heutigen Preis!«, reizte Apollon, der auf diesen Moment nur gewartet hatte. Er wusste, die Pfeile seiner Schwester verfehlen niemals ihr Ziel, und so erschoss Artemis unwissentlich Orion. Anscheinend hatte sich Apollon nicht grundlos um die Keuschheit der Jagdgöttin gesorgt, denn voller Kummer versetzte sie Orion, den Skorpion und auch die Pleiaden an den Himmel.

Orions Ziehvater Hyrieus bekam trotz seines Alters mit Klonia noch zwei leibliche Söhne, Lykos und Nykteus.

Die verschollenen Kinder Antiopes

Nykteus und Lykos wanderten ins benachbarte Theben und verwalteten die Königswürde für den kindlichen Laios. Nykteus besaß mit Antiope[166] eine so wunderschöne Tochter, dass Zeus sie verführte.[167] Antiope fürchtete ihren Vater, der nicht umsonst der »Nächtliche« hieß, und floh vor der sicheren Bestrafung nach Sikyon. Nykteus versuchte mit einem thebanischen Heer die Auslieferung seiner Tochter zu erzwingen, wurde geschlagen und getötet. Sein Bruder Lykos hatte mit seinem Angriff mehr Glück, eroberte Sikyon und führte die Hochschwangere heim nach Theben.

Noch auf dem Weg setzten die Wehen ein. Bei Eleutherai gebar Antiope Zwillinge und ließ sie in der Geburtshöhle in Obhut eines Hirten zurück. Dann begannen jene Grausamkeiten, die Antiope durch den siegreichen Lykos zu erdulden hatte. In Ungewissheit über ihre hilflosen Sprösslinge hatte sie Dirke als Sklavin zu dienen, die, als Lykos' Gattin nun Königin, ihre neue Macht genoss und keine Gelegenheit ausließ, die junge Frau zu demütigen. Antiopes Schönheit, die einst Zeus berauscht hatte, verblasste; ihre Haare ergrauten, und ihre Gestalt krümmte sich. Erst nach vielen Jahren gelang ihr die Flucht.

Als Antiope später endlich die Grotte erreichte, stockte ihr der Atem. Zwei stattliche Jünglinge saßen vor der Höhle; der eine, mit mächtigen Schultern, schärfte seinen Speer, der andere, mit anmutigem Antlitz, sang zu seiner Leier so bezaubernd, dass es Antiope die Sprache verschlug.

»Warum stehst du abseits, Mütterchen?«, unterbrach Amphion sein Spiel. »Setz dich zu uns, iss von dem Wild, das mein Bruder erlegte, und erzähl uns dein Schicksal!«

»Großer Zeus, so erbarmtest du dich doch deiner Kinder und ihrer Mutter. Meine geliebten Kinder, lasst euch umarmen.« Antiope umschlang Amphions Hals, als Zethos beide trennte.

»Dein weibisches Leierspiel verweichlicht dich«, schalt er seinen Bruder. »Unser Vater ist Hirte, der seine Frau bei der Geburt verlor. So ist es.«

Dirke hatte inzwischen Antiope verfolgt, lärmte in diesem Moment mit ihrem dionysischen Schwarm heran und wollte Antiope mit den Worten fortschleppen:

»Da ist die entlaufene Sklavin, bindet sie vor die Hörner des Stieres.«

Vom Geschrei alarmiert, trat der Rinderhirte aus der Grotte und rief den Zwillingen zu:

»Fürchtet die Erinyen, die jeden strafen, der dem Mord an seiner leiblichen Mutter tatenlos zusieht. Ich bin nicht euer Vater, zog euch nur wie ein Vater auf, nachdem sie euch hier zurückließ.«

Augenblicklich stürmten Amphion und Zethos den Mainaden nach, retteten Antiope und banden Dirke selbst an den Stier, der sie zu Tode schleifte. Ihre Asche wurde in Thebens Aresquell gestreut, und fortan hießen sowohl Quelle als auch Bach Dirke[168]. Da Dirke während einer Feier für Dionysos getötet wurde, versetzte der Gott Antiope in Raserei. Erst Phokos (II), der Namensgeber des Landes Phokis, heilte sie und nahm sie zur Frau. Am Ende ihres Lebens fanden sie ein gemeinsames Grab in der Stadt Tithoreia.

Amphion und Zethos erbauen Thebens Mauern

Amphion und Zethos übernahmen die Herrschaft in Theben. Bisher hatte die Stadt weder Mauer noch diesen Namen besessen, sondern wurde nach Kadmos' Burg benannt. Die Brüder vereinbarten den Bau eines Walles. Zethos schleppte gewaltige Steinbrocken herbei, doch als sein Bruder zur Leier griff, rief er erbost:

»Schon wieder dein müßiges Geklimpere! Mache dich endlich einmal nützlich!«

»Diesmal gebe ich nicht nach«, entgegnete Amphion sanft. »Die Leier schenkte mir Hermes und prophezeite, sie vollbringe Großes.«

»So sieh«, zürnte Zethos, »was nutzloses Spiel bewegt, und was schweißvolle Mühe vermag.«

Zethos schuftete unermüdlich, fällte Bäume, wuchtete Stein auf Stein, doch wurde bald von Amphion übertroffen. Von seiner Musik verzaubert, kamen die Bäume von selbst und boten sich den Zimmerleuten dar. Noch viel gewaltigere Felsbrocken, als der mächtige Zethos stemmte, glitten in die passenden Lücken. Unter dem harmonischen Klang der siebensaitigen Leier fügte sich alles zu einem riesigen Festungswall mit sieben Toren – den berühmten sieben Toren, die später zweimal von sieben Helden bestürmt würden.

Niobes Hochmut

Obwohl Zethos und Amphion glücklich vom gemeinsamen Argonautenzug zurückkehrten, heirateten sie unglücklich.

Amphion freite Tantalos' Tochter Niobe. Sechs Söhne und ebenso viele Töchter[169] wurden der Stolz des Paares, der Niobe derart zu Kopfe stieg, dass sie Leto verspottete. Manto[170], als Tochter des Teiresias erbte sie dessen Seherkraft, erschrak über die Lästerungen und führte die thebanischen Frauen zu einem Opfer, um die Göttin zu versöhnen. Da trat Niobe in ihre Mitte und höhnte:

»Was zieht ihr mir die Titanin vor, die auf einem unsteten Eiland lediglich einen weibischen Sohn und eine männische Tochter gebar? Zwölf strahlende Kinder nenne ich mein eigen. Selbst ein Verlust würfe mich nicht auf Letos Zweizahl zurück, die damit ja fast kinderlos bleibt. Zieht den Lorbeer vom Haar und geht! Es ist genug geopfert.«

Die Frauen wichen erschrocken vor der hochmütigen Königin zurück und beteten leise, um Leto zu besänftigen. Inzwischen wandte sich die Göttin aufgebracht an ihre beiden Kinder:

»Niobe wagte es nicht nur, mich zu schmähen, sie zog ihre eigenen Kinder euch vor und schalt mich – was auf sie zurückfallen solle – als kinderlos.«

Artemis und Apollon eilten nach Theben, wo sie Niobes sechs Söhne bei Kampfspielen auf dem Brachfeld antrafen. Die Ältesten übten sich in der Reitkunst, als der Erstgeborene plötzlich »Weh mir!« rief und ein tödliches Geschoss in der Brust spürte. Sein Bruder hörte das Klirren des Köchers und jagte von dannen; doch so sehr er auch das Ross antrieb, Apollons Pfeil folgte ihm unausweichlich. Zwei andere Brüder ergaben sich so ihrem Ringkampf, dass sie vom Töten ringsum nichts bemerkten. Brust an Brust gepresst durchbohrte ein Geschoss beide. Ihr anderer Bruder sprang hinzu, versuchte sie zu stützen, als Apollon ihn niederstreckte. Der jüngste flehte: »Schone mich, furchtbarer Gott.« Doch Apollon senkte ihm einen Pfeil ins Herz.

Niobe stürmte mit ihren Töchtern auf den Platz, warf sich auf die erkaltenden Leiber, küsste die geliebten Gesichter und klagte:

»Weide dich an meinem Schmerz, siegreiche Feindin! Aber triumphiere nicht! Nein, mir blieb in meinem Unglück noch mehr, als dir in deinem Glück.«

Eben verklangen die letzten Worte, da lenkte Artemis bereits ihre tödlichen Pfeile in die Schar der Mädchen. Schon erlagen fünf dem grausamen Schicksal, da deckte Niobe die letzte mit ihrem Körper und schrie: »Nur die eine, die Kleinste, lass mir!« Doch während sie flehte, fiel auch die Jüngste.[171] Verlassen blieb Niobe zwischen den Leichen ihrer Kinder und erstarrte vor Schmerz. Das Blut wich aus ihren Wangen, sie vermochte die Arme nicht zu heben, den Körper nicht zu rühren. Ihre ganze Trauergestalt versteinerte, nur aus den starren Augen flossen Tränen. Ein Sturmwind erfasste den Stein und trug ihn auf den Gipfel des Sipylos, wo er noch heute weint.

Das Ende von Amphion und Zethos

Amphion, der unglückliche Vater, stürmte in seinem Zorn gegen Apollons Tempel. Doch der Gott tötete ihn und verbannte Amphion als Büßer in die Unterwelt.

Sein Bruder Zethos hatte zwar mit seiner ersten Ehe mehr Erfolg. Er heiratete Asopos' Tochter Thebe, die der Stadt ihren Namen lieh, und verband sich in zweiter Ehe mit Aëdon. Die bekam zwar einen Sohn, war aber eifersüchtig auf den Kinderreichtum ihrer Schwägerin Niobe. Als Aëdon den ältesten Sohn Niobes umzubringen versuchte, tötete sie versehentlich ihren eigenen. Man hört sie jede Nacht klagen. Denn die Götter verwandelten sie in den gleichnamigen Vogel Aëdon, was Nachtigall heißt.[172]

Aus Kummer starb auch Zethos, der gemeinsam mit seinem Bruder Amphion in einem Grab bei Theben ruht. Immer wenn die Sonne im Zeichen des Stieres steht, bewachen die Thebaner das Grab ihrer beiden Helden. Dann nämlich versuchen Bewohner aus Tithoreia, Erde vom Grabhügel zu stehlen und auf das mütterliche Grab Antiopes zu schütten. Sie glauben, dass in jenen Jahren, wo das gelingt, ihr Land fruchtbarer wird, als das der Thebaner.

Glaukos und Skylla

Bevor wir Böotien verlassen, wenden wir uns noch nach Anthedon, wo Glaukos seine Angel auswarf oder Netze einzog. Mit sicherer Hand legte der arme Fischer einst seinen Fang auf einer Wiese aus. Doch kaum berührten die toten Fische das Grün, bewegten sie sich, als ob sie noch im Nass wären, und flohen zurück ins Meer. Der erstaunte Glaukos biss prüfend in das Kraut, das hier wuchs, und wurde in den jüngsten Meeresgott verwandelt, den die anderen Meergötter freundlich aufnahmen. Mit grünschimmerndem Bart, gewaltiger Mähne, die Schultern und Rücken bedeckte, mit bläulichen Armen und einem flossentragenden Fischschwanz durchpflügte er die Meere und verliebte sich in die Jungfrau Skylla. Doch die Schöne entfloh dem Gott, der daraufhin zur Insel der Kirke schwamm und die Zauberin bat, für Skylla einen Liebestrank zu brauen.

»Suche besser eine, die von gleichem Verlangen erfasst ist«, lockte Kirke, »ich wünsche die deine zu sein. Verachtung verachte, und gib uns beiden Genugtuung.«

»Zuvor wüchsen Bäume im Meere und Algen auf den Gipfeln der Berge«, entgegnete Glaukos, »ehe sich meine Liebe von der lieblichen Skylla abwendet.«

Die Verschmähte zerrieb unheilbringende Kräuter und sang Hekates Lied. Nachdem alles für ihre Rache vorbereitet war, hüllte sie sich in den blauen Mantel, bahnte sich ihren Weg durch die Schar schmeichelnder Tiere und eilte zu dem Felsen, wo Skylla zu ruhen pflegte. Unbemerkt von der Schlafenden vergiftete Kirke den Ort, versprengte den Saft der schädlichsten Kräuter und murmelte dunkle Zaubersprüche.

Skylla erwachte. Alles schien friedlich, doch noch immer bedrängte sie ein schrecklicher Alptraum, und so glitt sie ins Wasser, um die Erinnerung wegzuwaschen. Sie war bereits bis zum Nabel ins Nass gestiegen, als sie gewahrte, dass unförmige Geschöpfe ihre Lenden entstellten. Da sie noch nicht wusste, dass diese nun Teil ihres Körpers waren, sprang sie entsetzt aus dem Wasser. Doch sie trug mit sich, vor dem sie floh. Statt ihrer Schenkel fand sie die Rachen wilder Hunde, die sie am Rücken zusammenhielt, damit sie ihren Leib nicht begeiferten oder gar zerfleischten.

Skylla hauste gegenüber der Charybdis und rächte sich an Kirke, indem sie später sechs Gefährten des Odysseus fraß. Doch Glaukos floh tränenüberströmt vor seiner schrecklichen Braut, die sich danach in einen Felsen verwandelte. Manche behaupten, dass Skylla keinen menschlichen Kopf mehr besaß, sondern auf sechs langen Hälsen Hundeköpfe bellten.

Die Nachkommen des Asopos

Pelops und Tantalos

Die Töchter des Asopos

Der Flussgott Asopos heiratete Metope, die Tochter des Flussgottes Ladon, und zeugte mit ihr zwanzig Töchter.

Er vermählte seine Tochter Thebe, die Namensgeberin Thebens, mit Zethos.

Seine Tochter Salamis wurde von Poseidon geschwängert, und sie kam mit Kychreus auf der nach ihr benannten Insel nieder. Kychreus tötete eine schreckliche Schlange und wurde König auf Salamis. Als Telamon dorthin flüchtete, gab Kychreus ihm die Hand seiner Tochter Glauke[173] und die Königswürde. Auch nach seinem Tode wurde Kychreus als Heros verehrt. In Schlangengestalt tauchte er – so heißt es – beim entscheidenden Seesieg der Griechen über die Perser auf.

Ares verführte Harpina, eine andere Tochter des Asopos. Sie gebar Oinomaos, der die Herrschaft über Pisa gewann, Sterope heiratete und mit Hippodameia eine so wunderschöne Tochter zeugte, dass Scharen von Freiern um ihre Hand anhielten.

Oinomaos gestattete jedem Bewerber, mit Hippodameia auf einem Pferdegespann davonzupreschen. Erreichten sie den Poseidonaltar am Isthmos, ohne vom Vater eingeholt zu werden, bekämen sie die Braut, andernfalls verlören sie ihr Leben.

Hals über Kopf pflegten die Freier durch die Peloponnes[174] zu jagen, um die ferne Meerenge zu erreichen. Oinomaos opferte unterdessen in aller Ruhe einen Widder, denn er hatte von seinem Vater Ares zwei Stuten erhalten, die schneller als der Wind liefen und den entstandenen Vorsprung mühelos wettmachten. Jedesmal holte der König die Unglücklichen ein, schlug ihnen die Köpfe ab und drapierte mit den Trophäen seinen Palast. Nachts aber begab er sich in das Gemach seiner Tochter und frönte seiner unnatürlichen Liebe.[175]

Als Pelops um Hippodameias Hand warb, sollte sich dies ändern. Doch bevor wir Pelops' Wettfahrt auf der Peloponnes folgen, wenden wir uns dem Schicksal seines Vaters Tantalos zu.

Die Qualen des Tantalos

Tantalos war ein Sohn des Zeus und der Pluto[176], der »Reichen«. Lydien, das Land, über welches Tantalos gebot, rühmte sich für seinen Goldreichtum. Der letzte lydische König, der sprichwörtliche Kroisos, galt noch in historischer Zeit als reichster Mann:

Kroisos nahm Solon, den berühmten athenischen Gesetzgeber, gastfreundlich auf, zeigte ihm seine vollen Schatzkammern und fragte, wer wohl der glücklichste Mensch sei. Erstaunt erfuhr der König, dass Solon ihn so lange nicht zu den Glücklichen rechnen könne, bis er ein annehmliches Ende gefunden habe. Kroisos entließ den Närrischen, denn was sollte ihm, der halb Kleinasien unterworfen hatte, schon zustoßen? Später missdeutete der König den Orakelspruch: »Wenn du über den Halys schreitest, wirst du ein großes Reich zerstören«, griff die Perser an, und diese vernichteten das gesamte lydische Reich. Als Kroisos auf dem Scheiterhaufen stand, seufzte er: »Solon, wie recht du hattest!« Und der persische König Kyros schenkte ihm sein Leben.

Tantalos war nicht nur unermesslich reich und mächtig, sondern auch Günstling der Götter. Zeus lud seinen Sohn regelmäßig zum Gelage ein, wo der Sterbliche mit den Göttern tafelte und Götterspeise zu sich nahm. Doch Tantalos würdigte diese Ehren nicht. Als er eines Tages vom Olymp zurückkehrte, prahlte er vor seiner Dienerschaft:

»Was sind die Götter beschränkt! Selbst wenn ich ihnen den ganzen Palast vor ihren Augen ausraubte, bemerkten sie nichts. Hier bringe ich euch Nektar und Ambrosia, damit ihr seht, wie glücklich ihr euch preisen könnt, mir dienen zu dürfen.«

»Vater«, entsetzte sich Pelops, »du darfst doch nicht die Götter bestehlen!«

»Erweise deinem Vater Respekt und widersprich nicht! Werde nicht störrisch wie deine Schwester Niobe!«

»Als dein Sohn habe ich dich zu achten, wie du deinen Vater ehren solltest«, erwiderte Pelops dem Wütenden, »er ist der allwissende Göttervater!«

»Du sollst am eigenen Leibe erfahren«, brüllte Tantalos, »dass ich den angeblich Allwissenden dazu bringe, seinen Enkel zu verspeisen.«

Am nächsten Tag lud Tantalos die Götter zum Mahl in seinem Palast ein. Als alle versammelt waren, ließ der König mächtig auftafeln und ermunterte die Götter:

»Das Auserlesenste, was dieses Land bietet, ist angerichtet. Sicher werdet ihr künftig preisen: ›Tantalos bewirtete uns mit dem unvergesslichsten irdischen Mahl‹.«

Nur Demeter, über den Verlust ihrer Tochter Persephone in Gram versunken, knabberte bekümmert am Fleisch. Alle anderen blickten entsetzt zum Kroniden, der die Göttin warnte:

»Demeter, du isst meinen Enkel Pelops!«

Voller Ekel schleuderte sie den Rest von Pelops' Schulter fort, und die Unsterblichen entrüsteten sich:

»Zeus, nur dir zuliebe übersahen wir, dass dein Sohn die Götterspeisen stahl. Doch nun ging der Frevler zu weit und verdient härteste Strafen.«

Für alle Zeiten steht Tantalos nun in der Unterwelt in einem See; das Wasser reicht dem Durstigen zwar bis zum Kinn; doch immer wenn er sich zum Trinken niederbeugt, versiegt die Flut. Greift der Frevler nach den köstlichen Früchten, die am Baum vor seiner Nase reifen, bläst ein Windstoß die Äste hoch in die Luft. Ewig hungert Tantalos, leidet an Durst und wird von Angst gepeinigt, denn über seinem Kopf hängt ein riesiger Felsblock, der den Gestraften jeden Augenblick zu erschlagen droht.

Pelops' mörderisches Wagenrennen

Die Götter hatten Mitleid mit Pelops. Hermes sammelte dessen Glieder; und die Moira Klotho, die seinen Tod noch nicht beschlossen hatte, kochte diese in einem Kessel, aus dem Pelops strahlender als zuvor auferstand. Das fehlende linke Schulterblatt, welches Demeter verspeist hatte, ersetzte die Göttin durch eine Elfenbeinschulter – das erste Implantat. Deshalb haben alle Nachkommen des Pelops ein weißes Muttermal an der linken Schulter.

Poseidon verliebte sich in Pelops, hob ihn in seinen Wagen und brachte ihn auf den Olymp, wo der Jüngling geraume Zeit in den Armen des Erderschütterers ruhte und mit den Unsterblichen tafelte.

Nach Pelops' Rückkehr vom Olymp übernahm er die verwaiste Herrschaft seines Vaters Tantalos. Doch das einst riesige Reich zerfiel. Paphlagonien, Phrygien und die Troas waren bereits verloren, und selbst in seiner lydischen Heimat wurde die Lage immer bedrängter.[177] Pelops beschloss deshalb, sein Glück in Übersee zu versuchen, und wandte sich an seinen einstigen Liebhaber:

»Wenn Liebe Dank verdient, o Gott der Rosse, dann überlasse mir dein schnellstes Gespann, damit ich Hippodameia gewinne.«

Poseidon erhörte seinen Liebling und schenkte ihm einen goldenen Wagen mit zwei unsterblichen, geflügelten Pferden. Begeistert sprang der Jüngling in den Wagen, den die göttlichen Hengste in die Lüfte und zu Oinomaos' Palast zogen. Inzwischen hatten die Götter dem schändlichen Treiben des Königs ein Ende bestimmt. Aphrodite, der Pelops eine Statue aus Myrtenholz[178] versprochen hatte, weckte Liebe in Hippodameias Herz.

Um den widerlichen Umarmungen ihres Vaters zu entkommen und den wunderschönen Fremdling zu heiraten, war Hippodameia zu allem bereit. Sie schlich in der Nacht vor dem angesetzten Rennen zu Myrtilos[179], Oinomaos' Wagenlenker, und versprach ihm die Hochzeitsnacht, wenn er Pelops siegen ließe.

Es schien, als würde diese Fahrt ebenso enden wie die zwölf vorherigen. Wieder stieg Hippodameia im Brautgewand in den Wagen des Freiers, der die Pferde in die Richtung des Poseidonaltars am anderen Ende der Peloponnes lenkte. Inzwischen opferte Oinomaos wie bisher einen

Widder und begann anschließend die Verfolgung. So geschwind Poseidons Pferde auch liefen, das Aresgespann holte sie ein. Hippodameias Brust bebte; aber die Wachspflöcke, mit denen Myrtilos anstelle der hölzernen die Räder befestigt hatte, schmolzen. Als Oinomaos seine Lanze gegen Pelops' Rücken hob, lösten sich die Räder seines Wagens; Myrtilos sprang ab, und Oinomaos, der sich in den Zügeln verfangen hatte, wurde zu Tode geschleift.[180] Zeus' Blitze zerstörten dann den Königspalast samt seines schrecklichen Schmuckes.

Pelops erobert seine Insel

Das junge Brautpaar lud Myrtilos zu einem Flug rund um die Peloponnes ein. Als der Wagenlenker jedoch die versprochene Belohnung forderte, stieß Pelops ihn erbost aus dem Wagen. Ehe Myrtilos im Meer, das seither das Myrtoische Meer genannt wird,[181] umkam, verfluchte er im Fallen Pelops samt dessen Nachkommen. Hermes versetzte seinen Sohn als Bild des Wagenlenkers unter die Sterne.

Um sich von seiner Blutschuld zu reinigen – wird berichtet –, sei Pelops erst zum Okeanos geflogen, dann kehrte er nach Pisa zurück und übernahm die Herrschaft. Ihm gelang es, die ganze Halbinsel zu unterwerfen, die wir nun als »Pelops-Insel« kennen. Einzig das bergige Arkadien war nicht durch Waffengewalt zu bezwingen. Pelops lud daraufhin dessen König Stymphalos ein, brachte ihn um, zerstreute dessen Glieder und verleibte seinem Reich so den letzten Landstrich der Peloponnes ein. Als Zeichen seiner Macht führte er das Zepter, das einst Hephaistos geschmiedet und Zeus ihm gesandt hatte.

Pelops ordnete die Olympischen Spiele und feierte sie so prunkvoll, dass Dichter von der »Rennbahn des Pelops« und »seinen Wettkämpfen« schwärmen. Obwohl sein Grab tatsächlich in der versunkenen Stadt Pisa lag, wurde er auch hier als Heros verehrt.

Pelops zeugte mit Hippodameia achtzehn Söhne und sechs Töchter. Zu ihnen gehörte Lysidike, die Amphitryon gebar, und Nikippe, die Mutter des Eurystheus. Die berühmtesten Söhne wurden freilich Atreus und Thyestes. Zu nennen sind auch Pittheus, der König von Troizen, und Skiron, der Bandit, dessen Tochter Endeïs ihn zum Großvater des Peleus machte, sowie Chrysippos, der allerdings von der Nymphe Astyoche geboren wurde.

Pelops liebte vor allem Chrysippos, dessen Anmut auch Laios bezauberte, der später den Jüngling entführte. Pelops verfluchte Laios – der schreckliche Labdakidenfluch – und ruhte nicht eher, bis er seinen Sohn mit Waffengewalt befreit hatte. Doch damit begann Chrysippos' Untergang. Seine Stiefmutter Hippodameia fürchtete, Pelops ziehe den unehelichen Sohn ihrem erstgeborenen Atreus vor und stiftete ihn und Thyestes zum Mord an. Ob die Brüder oder die Stiefmutter den tödlichen Streich führten, ist nicht sicher. Fest steht aber, dass sie nach Midea flüchteten, wo wir ihnen wiederbegegnen, wenn wir die attischen Geschichten erzählt haben.

Der Schlangenmensch Kekrops gründet Athen

Neben den fünf großen Geschlechtern des Prometheus, Atlas, Belos, Agenor und Asopos gab es noch den eigenständigen attischen Stammbaum, dessen Geschichten erzählt werden, bevor wir mit den Nachkommen des Asopos fortfahren können.

Die Königsliste Athens begann mit Kekrops, den die attische Erde gebar. Zweifach an Gestalt – sein menschlicher Körper lief in einem Schlangenschwanz aus – erkannte er zuerst, dass der Mensch nicht nur von der Mutter, sondern auch vom Vater abstammt. Er stiftete die Ehe, die in Athen sowohl unter dem Schutze Heras als auch der Athena stand. Bisher war die Monogamie unbekannt, doch Kekrops ging mit gutem Beispiel voran, heiratete Aglauros[182], die ihm mit Herse, Aglauros (II) und Pandrosos drei Töchter gebar.[183]

Kekrops gelang, alle in der Nähe von Athens Akropolis – damals Kekropia genannt – verstreuten Siedlungen zu vereinigen. Zur ersten Volksversammlung hatten die Einwohner einen Stein mitzubringen und in die Mitte zu werfen. Auf diese Weise ließ Kekrops die zwanzigtausend Urbewohner zählen.

Athena gewinnt ihre Stadt

Athena und Poseidon stritten sich um die attische Erde. Poseidon rammte seinen Dreizack in den Felsen, wo heute das Erechtheion steht, da entsprudelte dem Stein ein

Salzwasserquell. Aber Athena ließ daneben einen Ölbaum wachsen. Die Götterversammlung sprach Athena den Sieg zu – wie auf dem Westgiebel des Parthenons dargestellt. Kekrops besaß zwar kein Stimmrecht, zog aber den Olivenbaum vor, der dort bisher fehlte, während, wohin man auch blickte, ganz Attika von Salzfluten umgeben war.

Nach anderen Berichten wurde eine Volksversammlung einberufen, auf der nach alter Sitte auch die Frauen stimmberechtigt waren. Die votierten für die Göttin, während ihre Männer zu Poseidon hielten. Mit einer Stimme Mehrheit entschieden sich die Bewohner für die jungfräuliche Göttin, und die neue Stadt hieß künftig Athen. Erbost überflutete Poseidon die attischen Küsten und war nur dadurch zu besänftigen, dass die Frauen auf ihre früheren Rechte verzichteten. Seitdem durften sie weder abstimmen noch sonst am öffentlichen Leben teilnehmen. Die Kinder erhielten nun den Namen des Vaters.

Athena schützte nicht nur ihre Stadt; sie hatte auch eine innige Beziehung zum König. Es hieß, sie habe Kekrops eigenhändig aufgezogen. Später scheint ihre Verbindung noch vertrauter geworden zu sein. Doch dies umgibt ein Geheimnis, und niemand wagte das Schweigen zu brechen. Unterstellen also auch wir der ehrenwerten Göttin nichts Unzüchtiges und halten lediglich fest, dass Kekrops zweifach mit dem Namen Aglauros verbunden war, als Gattin und als Tochter. Ebenjenen Beinamen trägt die Göttin in dunklen Mysterien.

Hephaistos versucht Athena zu vergewaltigen

Welcher Art die Beziehung zwischen Pallas Athena und dem Schlangenmenschen Kekrops auch gewesen sei, an der Jungfräulichkeit der Göttin besteht selbstverständlich kein Zweifel. Um Athenas Reinheit zu zeigen, erzählen wir, warum Pallas – wie die unbefleckt empfangende Maria – als »Jungfrau« und als »Mutter« angerufen wurde.

Hephaistos begehrte schon lange die Spröde und lockte:

»Wie ging ich fehl, die treulose Aphrodite zu heiraten! Warum heißt sie nur Göttin der Liebe, wo doch, wie der Mond vor den Strahlen der Sonne, ihre Schönheit vor deiner verblasst. Schenke, o Herrliche, mir die Gunst dieser Nacht, mit Wonnen, die mein Weib mir nicht zu bieten vermag.«

»Dir nicht mehr geben will«, lachte Athena, »ich sehe, warum Aphrodite, anstatt von deinem Ruß geschwärzt zu werden, lieber Ares empfängt.«

»Obwohl ich kein Schönling bin«, überhörte Hephaistos das, »begehre ich dich. Als ich Zeus' Schädel für deine Geburt spaltete, versprach er mir diese Liebesnacht.«

»Hephaistos«, erwiderte sie ernst, »du bekommst mich nie! Ob es meinem Vater passt oder nicht: Ich bleibe Jungfrau!«

»Du wirst mein Lager teilen«, stieß Hephaistos hervor und ergriff die Göttin. Doch sie entschlüpfte seinen rauhen Händen und eilte davon. Vor Verlangen hinkte er überraschend schnell und holte die Fliehende ein. Doch als er sie zu vergewaltigen versuchte, riss sie sich erneut los, aber Hephaistos' Samen bespritzte ihren Schenkel. Angeekelt wischte sie ihn mit Wolle ab und warf das Knäuel auf den Boden.

Da göttlicher Samen niemals umsonst fließt, brachte die attische Erde erneut ein Kind zur Welt. Athena nahm sich des Kleinen an, verwahrte ihn in einem runden Korb und übergab diesen Kekrops' Töchtern mit dem Befehl, unter keinen Umständen den Deckel zu lüften.

Kekrops' Töchter behüten Erichthonios

Aber kaum hatte sich die Göttin aufgemacht, um Athens Mauern weiter zu befestigen, da trieb Neugier die Töchter Pandrosos und Aglauros (II), das Verborgene zu sehen.

»Fürchtet den Zorn der Göttin! Sie verbot uns hineinzusehen«, widersetzte sich Herse und verwahrte den Korb in ihrem Zimmer.

Hermes verliebte sich in die anmutige Herse und wollte zu ihr. Aber Aglauros ließ ihn nicht in das Gemach ihrer Schwester. Hermes versprach ihr Gold und raffte die versprochene Belohnung zusammen. Doch inzwischen hatte Aglauros eifersüchtig ihr Spiegelbild gemustert und sich gefragt: Warum wird Herse mir vorgezogen? Sie bereute bereits ihre Zusage. Schließlich hatte ihre Schönheit einst den Ares verführt, von dem sie Alkippe, später Mutter des Daidalos, empfing.

Als Hermes mit reichen Gaben zurückkehrte, nahm Aglauros zwar das Geschmeide, aber verweigerte die versprochene Hilfe. Erbost verwandelte Hermes sie mit seinem Zauberstab zu Stein. Dann entführte er Herse. Ihrer Vereinigung entsprang neun Monate später Keryx, der Stammvater des Eleusinischen Priestergeschlechts, und Kephalos, der Geliebter der Eos wurde.

In der Zwischenzeit war das Körbchen schutzlos der

Neugier Pandrosos' und ihrer Mutter Aglauros ausgeliefert. Sie öffneten es, und der Anblick entsetzte sie derart, dass sie im Wahn von der Akropolis sprangen und umkamen.

Eine Krähe, bisher Athenas Lieblingsvogel, hatte das beobachtet und unterrichtete die Göttin. Ihr erster Zorn traf das unschuldige Tier. Seither durften sich nie wieder Krähen der Akropolis nähern, und Athena wählte sich mit der Eule einen neuen Vogel als ihr Sinnbild. Den gewaltigen Felsbrocken, mit dem sie die Akropolis uneinnehmbar zu machen gedachte, ließ sie fallen. Heute ist der als Berg Lykabettos bekannt.

Welcher Anblick trieb die beiden neugierigen Frauen in den Tod? Gewiss war der kleine Erichthonios nicht hässlich, und mit einem anderen Schlangenmann pflegten sie täglich Umgang. Auch Erichthonios' menschlicher Körper endete in einem Schlangenfuß. Und wir folgen Athena und allen Geschichtenschreibern und leiten dieses Schlangenhafte von der Erdgeburt des Hephaistossohnes ab. Denn wer erwartete schon, dass sich die Gestalt des Vaters im Kinde spiegele? Aber woher kommen nur all die Heimlichkeiten um die Verbindung zwischen dem Schlangenmenschen Kekrops und Pallas Athena? Und warum reagierte die Göttin derart heftig, als die wahre Gestalt ihres »Sohnes« ans Licht kam? Aber wer zweifelt schon an Athenas unbefleckter Reinheit? Schließlich erhebt sich ihr zu Ehren auf der Akropolis das Parthenon, der Tempel für die jungfräuliche Götttin.

Athens verworrene Königsfolge

Erichthonios erwies sich als ein zweiter Kekrops und teilte mit ihm nicht nur die erwähnte Schlangengestalt. Athena zog auch ihn auf und schenkte ihm ihre besondere Gunst. Erichthonios wurde später Athens König und tat der Stadt viel Gutes. So gründete er die Panathenäen und andere große attische Feste, baute das Erechtheion um die Salzwasserquelle und den Olivenbaum und soll dort ebenso wie sein Vorgänger Kekrops ein Grab haben.

Hätte Kekrops mit Athena den Erichthonios gezeugt – Respekt vor der jungfräulichen Göttin verbietet diese Annahme –, käme es nicht zu einer derartigen Verdoppelung, nach der Erichthonios und ein Erechtheus ursprünglich eins gewesen und erst später unterschieden worden sein sollen. Was über Erichthonios' Geburt erzählt wird, beziehen manche auch auf Erechtheus, der anscheinend als die menschliche Seite des dunklen Erichthonios gilt.

Andere wissen von Erichthonios' Sohn Pandion, der neben Erechtheus, dessen Thronerben, Philomela und Prokne gezeugt hat.

Tereus verspeist seinen Sohn

Als während Pandions Regierungszeit eine Flotte Athen angriff, half der Verbündete Tereus mit seiner thrakischen Streitmacht. Nach ihrem Sieg vermählte Pandion seine Tochter Prokne mit dem thrakischen König, und sie zeugten Itys.

Seit fünf Jahren lebte Prokne nun in Thrakien, hatte seitdem ihre Heimatstadt nicht gesehen und bat ihren Gatten,

Athen zu besuchen oder wenigstens ihre Schwester einzuladen. Widerwillig machte sich Tereus auf den Weg.

Pandion empfing seinen Schwiegersohn mit einem üppigen Gastmahl, zu dem auch Philomela kam, um vom Geschick ihrer Schwester zu erfahren. Als Tereus sie sah, packte ihn heftiges Verlangen. Um sie zu besitzen, versuchte er den Vater wortreich zu bereden, wie sehr Prokne ihre Schwester Philomela vermisse, vergoss sogar Tränen. Da auch Philomela sich nach ihrer Schwester sehnte, bat sie ihren Vater inständig und umarmte ihn immer wieder liebkosend, bis er nachgab:

»Schon eine Tochter ging in die Ferne, und Philomela ist die einzige Freude meines Alters. Doch so eindringliche Bitten vermag ich schwer abzuschlagen. So überantworte ich meine letzte Tochter deinem Schutz, unter der Bedingung, dass du sie wohl behütest und bald zurückgeleitest.«

Tereus versprach das, und am nächsten Tag befanden sie sich auf hoher See.[184] Mit Mühe hielt der Wüstling seine Wollust zurück. Aber als sie Thrakien erreichten, kerkerte er sie ein und nahm die Jungfrau mit Gewalt.

»Verfluchter Barbar!«, weinte Philomela. »Dies wirst du büßen! Meine Schändung wird ruchbar werden. Ich rufe die Götter an und flehe um Rache, dass es in den Wäldern von deiner Untat widerhallt.«

Tereus schnitt der Geschändeten die Zunge heraus, stellte Wachen auf, um Kunde nach außen zu verhindern. Er soll an der Verstümmelten wieder und wieder seine Lust gestillt haben.[185] Für seine Gemahlin erlog der Schurke eine Geschichte vom Tod der Königin.

In ihrer Not webte Philomela ihr Schicksal in ein Tuch und ließ es durch eine Magd als Geschenk ihrer Schwester bringen. Prokne war entsetzt, aber verbot sich jedes Wort. Tereus ahnte nicht, dass sie Philomelas Schicksal kannte.

Zur Zeit der bacchantischen Reigen schmückte Prokne sich mit Efeu, brach, dionysischen Wahn vorspiegelnd, in das Verlies ein und zerrte ihre weinende Schwester in den Palast.

»Nicht Tränen bringen Vergeltung«, verkündete Prokne, »sondern Eisen! Ich werde Tereus die Zunge, die Arme und sein verfluchtes Glied abschlagen. Die Rache wird fürchterlich sein.«

In diesem Augenblick kam ihr sechsjähriger Itys herein.

»Ha, wie ähnlich bist du dem Vater und das einzige Mittel, den Verworfenen zu vernichten!«, grollte die Mutter und durchbohrte ihren Sohn mit dem Schwert. Gemeinsam hieben die Schwestern den Körper des Kindes in Stücke, kochten einen Teil im bluttriefenden Kessel und schmorten anderes am Bratspieß.

Am Abend setzte sich Tereus nichtsahnend zum Mahl, und Prokne selbst bediente ihn. Er füllte gierig seinen Leib mit dem eigenen Fleisch und Blut. Nachdem er sich gesättigt hatte, rief er nach seinem Sohn:

»Wo ist Itys? Hole ihn herbei!«

»Drinnen ist er«, antwortete Prokne.

Verwundert schaute sich der König im Saal um, aber sah niemanden.

»Itys, wo bist du? Hast du dich versteckt?«, fragte er noch einmal.

Da sprang Philomela blutbespritzt aus ihrem Versteck und rollte ihm Itys' Kopf vor die Füße. Tereus stieß den Tisch um, versuchte das schreckliche Mahl herauszuwürgen, schrie und klagte, er sei das Grab seines Sohnes, und packte endlich sein Schwert, um die Kindsmörderinnen zu töten. Die stoben jedoch davon, und die Götter verliehen ihnen Flügel. Prokne wurde zur Nachtigall, die nach ihrem Sohn »Itu! Itu!« ruft. Philomela verwandelte sich in die stumme Schwalbe. Aber Tereus bleibt ihnen auf den Fersen. Als geharnischter Wiedehopf mit langem Schnabel anstelle des Schwertes sucht er überall nach ihnen mit seinem »Pou? Pou?«, was im Griechischen »Wo? Wo?« bedeutet.

Eos raubt Kephalos

Aus Gram über den Verlust beider Töchter starb Pandion. An seiner Statt regierte dessen Sohn Erechtheus Athen, während Bruder Butes das Priesteramt Athenas und Poseidons übernahm.

Manche behaupten, Butes hätte am Argonautenzug teilgenommen und sei als einziger den Lockungen der Sirenen erlegen. Und Aphrodite habe den Betörten gerettet und zum sizilianischen Lilybaion gebracht, wo sie ihm Eryx gebar, der den berühmten Aphroditetempel auf dem nach ihm benannten Berg errichtete und große Teile Siziliens beherrschte, bis er von Herakles erschlagen wurde. Die Athener verehrten den Todgeglaubten mit Opfern im Erechtheion. Zu seinen Lebzeiten hatte Butes Chthonia, die Tochter seines Bruders, geheiratet und mit ihr Hippodameia (II) gezeugt, der wir bei ihrer denkwürdigen Hochzeitsnacht mit Peirithoos erneut begegnen werden.

Erechtheus hatte nicht nur Chthonia, sondern auch Otonia, Oreithyia, Krëusa und Prokris als Töchter. Seine Söhne hießen Orneus, Pandoros, Metion und Kekrops, den wir im Folgenden, um Verwechslungen zu vermeiden, Kekrops (II) nennen.

Doch wenden wir uns zuerst Erechtheus' Tochter Prokris zu, die Kephalos, den Sohn Hermes' und Herses, heiratete. Ganz Athen bewunderte dieses Paar wegen seiner Schönheit und der Innigkeit, mit der die Geliebten einander zugetan waren. Doch dann raubte die Eos den Kephalos, der sich standhaft ihren Liebkosungen entzog.[186]

»Glaubst du wirklich«, zürnte die Abgewiesene, »Prokris hält dir die Treue? So gehe und erfahre die Rache einer Göttin.«

Auf dem Heimweg nagten Zweifel an Kephalos. Prokris war zwar eine treue Gattin, aber ihre Schönheit ständigen Verlockungen ausgesetzt. Kephalos beschloss, seine Gattin zu prüfen; und augenblicklich verwandelte Eos seine Gestalt. So bedrängte Kephalos nun als schöner Fremdling wochenlang seine Frau, versuchte sie mit allen Mitteln zu verführen. Obwohl Prokris ihre Treue genügend bewies, fand er kein Ende. Eines Abends, als er ihr für die Liebesnacht unermessliche Reichtümer versprach, wurde sie schwach. Vielleicht gab sie wegen der langen Abwesenheit ihres Mannes nach. Doch in diesem Moment nahm Kephalos seine ursprüngliche Gestalt an und jagte Prokris aus dem Haus.

Kephalos tötet seine Geliebte

Nun sann Prokris darüber nach, wie sie ihren Geliebten zurückgewinnen könnte. In ihrer Verzweiflung begab sie sich zum kretischen König. Minos' Lüsternheit war allbekannt und ließ dessen Ehefrau zu drastischen Mitteln greifen. Pasiphaë verzauberte ihn, dass er bei jeder Liebschaft statt Samen einen Schwarm giftiger Schlangen und Skorpione vergoss, die die Eingeweide der Geschwängerten zerfraßen.

Ohne Rücksicht auf seinen tödlichen Erguss buhlte Minos nun um Prokris. Nachdem er ihr den göttlichen Speer und den Jagdhund, der niemals seine Beute verfehlt, versprochen hatte, gab Prokris dem König einen magischen Trunk, der sie vor den Reptilien schützte, und gewährte die versprochene Vereinigung. Bereits am nächsten Morgen stach sie mit beiden Liebesgaben nach Athen in See. Als sie, als Jüngling verkleidet, dann durch den heimischen Wald streifte, begegnete ihr Kephalos.

Als begeisterter Jäger wollte Kephalos den Speer und den Hund, doch der Jüngling schlug jedes großzügige Angebot aus und forderte einen Liebesdienst. Kephalos nahm ihn in sein Bett, wo der vermeintliche Junge sich voller Tränen zu erkennen gab. Längst hatte Kephalos seine krankhafte Eifersucht bereut; und kein Tag war vergangen, an dem er Prokris nicht zurückgewünscht hatte. Gerührt nahm er nun seine Frau in die Arme. Versöhnt genossen sie jetzt die glücklichsten Jahre ihres Lebens. Eos' Fluch schien nicht einzutreffen.

Nachts lag Kephalos bei seiner Geliebten, und am Tage durchstreifte er die Wälder nach Wild. Da Minos' Wurfspieß niemals sein Ziel verfehlte, kehrte Kephalos stets mit vollen Händen heim. In der Mittagshitze suchte er gewöhnlich im schattigen Wald nach einer kühlen Brise und sang übermütig:

»Brise, komm rasch an meine Brust, und lindere die Glut, die in mir brennt.«

Diese Worte wurden Prokris hinterbracht. In dem Glauben, Kephalos betrüge sie mit einer Nymphe, schlich sie ihrem Mann nach. Als sich die Sonne dem Zenit näherte, hatte Kephalos schon viele Tiere erlegt. So suchte er wie gewöhnlich Kühlung:

»Brise, o komm! Ich verlange nach dir. Nur für dich streife ich durch den Wald, suche Einsamkeit.«

Zwar war ihm, als ob er etwas wie Seufzen gehört hätte, doch als alles wieder ruhig war, sang er weiter:

»Komm doch, o Beste, und heile mein Leiden …«

Da es im Gebüsch raschelte, schleuderte Kephalos seinen Speer nach der Beute. Die Waffe verfehlte ihr Ziel auch diesmal nicht; doch anstatt des erwarteten Röhrens, Grunzens oder Brüllens schrie seine Frau auf. Kephalos stürzte zur Getroffenen, versuchte die Blutung zu stillen – doch vergebens. Mit den letzten Atemzügen bat Prokris:

»Bei meiner Liebe, die mir den Tod brachte, schwöre mir, nicht irgendeine Brise betrete statt meiner unser Haus.«

»Prokris, du bist mir die einzige«, schrie Kephalos, »es gibt keine Frau, Nymphe, oder Göttin, die Brise heißt, es ist nur der kühlende Lufthauch, den ich rief. Um der Götter willen, verlass mich nicht!«

Doch Prokris vernahm nichts mehr. Hades hatte sie zur Unterwelt geholt. Kephalos ertrug es nicht, weiter in Athen zu leben, wo alles ihn an seine Geliebte erinnerte. So folgte er Amphitryons Ruf nach Theben.

Kephalos hilft Amphitryon

Amphitryon befand sich in einer verzweifelten Lage.[187] Obwohl mit der lieblichen Alkmene verheiratet, versagte sie ihm das Beilager. Aber Kreon war nur bereit, ihm für die der Alkmene versprochene Rache an den Taphiern[188] beizustehen, wenn er die Füchsin erlege, die vom benachbarten Teumessos aus Thebens Umgebung verwüstete. Wochenlang verfolgte Amphitryon das Tier vergebens und wollte bereits aufgeben, da erinnerte er sich an Kephalos' Jagdhund.

So kam es zur aberwitzigen Jagd eines Hundes, der laut Ratschluss der Götter stets seine Beute reißt, nach dieser Teumessischen Füchsin, die ebenfalls nach göttlichem Willen nie zu fassen ist. Dieser widernatürliche Wettlauf widersprach Zeus' Weltordnung. Wie stets fand der Hüter des Rechts einen Ausweg und versteinerte beide.

Weil Amphitryon dazu beitrug, die Gefahr durch die Bestie abzuwenden, unterstützte Kreon mit seinem Heer dessen Kampf gegen die Taphier, an dem auch Kephalos teilnahm.

Da Poseidon seinem Enkel Pterelaos die goldene Locke der Unsterblichkeit verliehen hatte, erwies sich die Belagerung der Hauptstadt der Taphier als schwierig, und der ganze Heerzug drohte zu scheitern. Doch Koimatho, Pterelaos' Tochter, verliebte sich in Amphitryon und riss ihrem Vater das goldene Haar aus. Nun wurden die Taphier vernichtend geschlagen. Allerdings gewann Koimatho mit ihrer Tat nicht Amphitryons Liebe, der ließ sie vielmehr für den Vatermord hinrichten.

Sonst zeigte sich Amphitryon großzügig und hielt sich an den gemeinsamen Schwur der Verbündeten, einander von der Beute nichts vorzuenthalten. Nur Panopeus brach ihn, und die Götter bestraften ihn mit dem feigen Sohn Epeios, der später das hölzerne Pferd für die Eroberung Troias baute. Kephalos erhielt als Lohn jene große Insel, die auch heute noch unter seinem Namen Kephallenia bekannt ist. Doch er fand für Prokris' Verlust keinen Trost, und er beendete sein Leben, indem er sich von einer Klippe stürzte.

Der fromme Sünder Eumolpos

Oreithyia war schön wie ihre Schwester Prokris; und Boreas, der Nordwind, begehrte sie zum Weibe. Der Vater wollte Oreithyia keinem launischen Gott anvertrauen, doch als Sterblicher keine Gottheit erzürnen, und so hielt er den Freier hin.

Täglich stürmte Boreas in den Königspalast und warb um Oreithyia, bis er gewahrte, dass der Herrscher ihn mit leeren Versprechungen abspeiste. Da raubte er die Geliebte und trug sie unter seinen braunen Fittichen nach Thrakien, wo er sie ehelichte und mit ihr ein glückliches Leben führte. Dies schien den Windgott mit Athen versöhnt zu haben. Die Athener rühmten ihn als ihren Verwandten und schrieben ihm die Verluste der persischen Flotte vor den Seeschlachten bei Artemisia und beim Pelion zu. Und selbstverständlich verdankte man den völligen Untergang der persischen Flotte am Athos nur ihm.

Von ihren beiden Söhnen Zetes und Kalais berichteten wir bereits bei den Argonauten. Nur dank ihrer vom Vater ererbten Flügel befreiten sie den Seher Phineus vor den Angriffen der schrecklichen Harpyien. Der heiratete Kleopatra (II), eine von Boreas' beiden Töchtern; ihre Schwester Chione indessen wurde von Poseidon verführt.

Chione fürchtete den Zorn ihres Vaters und warf Eumolpos, die Frucht dieser Vereinigung, ins Meer. Der Gott des Meeres nahm sich seines Sohnes an und brachte ihn nach Äthiopien zu Benthesikyme. Herangewachsen heiratete Eumolpos eine Tochter seiner Ziehmutter. Bald trieb ihn sein wildes thrakisches Blut, die Schwester seiner Gattin zur Liebe zu zwingen. Danach vermochte sich Poseidons Sohn nur durch Flucht aus dem äthiopischen Königspalast zu retten – Benthesikymes Verwandte hatten geschworen, diese Schandtat zu rächen.

Eumolpos fand Zuflucht beim thrakischen König Tegyrios, wo er erneut Freundlichkeit mit Undank vergalt und unverzüglich gegen seinen Gastgeber ein Komplott schmiedete, das fehlschlug. Abermals kam der Missetäter – durch Flucht nach Eleusis – mit dem Leben davon und fand wiederum gastliche Aufnahme, doch diesmal bei Mächtigeren. Eumolpos wirkte als Priester Demeters und Persephones und wurde geläutert. Der frühere Unheilstifter wandelte sich zu einem in ganz Hellas gepriesenen Diener der Götter, dessen Ruf als Musiker nur von dem seiner Rechtschaffenheit übertroffen wurde.

Er führte Herakles nicht nur in die Eleusinischen Mysterien ein, sondern lehrte ihn auch das Singen und Leierspiel, in dem Eumolpos kaum jemand gleichkam. Selbst die Flöte spielte er so meisterhaft, dass er bei den Leichenspielen des Pelias den ersten Preis errang. Diese einmalige Musikalität vererbte er seinen Nachkommen, den Eumolpiden, die nicht nur als höchste Priester amtierten, sondern mit ihren bezaubernden Stimmen die Feiern bei den Eleusinischen Mysterien leiteten.

Inzwischen war Tegyrios' Zorn erloschen, und der Herrscher fand eine tiefe Zuneigung zu Eumolpos, freute sich über dessen verändertes Leben und vermachte ihm auf dem Sterbebett sein thrakisches Reich.

Athenerinnen opfern sich fürs Vaterland

Als ein Krieg zwischen Athen und Eleusis ausbrach, eilte Eumolpos den Eleusinern zu Hilfe. Erechtheus fürchtete nicht nur die erdrückende Übermacht der Eleusier, sondern mit Poseidons Sohn einen entschlossenen Kämpfer, der den Anspruch des Erderschütterers auf Attika erneuerte, während Erechtheus auf Athenas Rechten bestand. Athen wurde von den vereinigten Heeren belagert. Für die Stadt bestand wenig Hoffnung, als ein Orakelspruch kündete, Athen widerstehe nur, wenn der König seine jüngste Tochter opfere.

Immer wieder bedrängten die Athener den Vater, der Weissagung zu folgen. Als das sogar seine Frau von ihm verlangte, schrie Erechtheus:

»Was bist du für eine Mutter? Forderst den Tod deiner eigenen Tochter!«

»Du weißt, wie sehr ich unsere Kinder liebe«, beteuerte seine Gattin, »doch du weißt auch, wie sehr ich dieses Land liebe. Hätte Delphi meinen Tod gefordert, das Opfer wäre längst vollzogen. Es macht mich stolz, unser Kind ebenso erzogen zu haben ...«

»Niemals! Lieber gehe ich vor die Hunde, als Otonia zu ermorden«, grollte der König.

»Vater«, griff die Jüngste ein, »beschäme mich nicht! Bin ich es nicht wert, mein Blut für unser Land zu geben? Oder soll ich glauben, du hättest gelogen? Ist unser Attika, um das sich sogar die Götter stritten, mit seinem wein- und oliventragenden Boden so erbärmlich, dass es sich selbst dann nicht lohnt, ein einzelnes Leben hinzugeben, wenn man damit tausende zu retten vermag?«

Ihr inniges Bitten und die drohende Erstürmung der Stadt entschieden. Der Vater vermochte den Tod seiner Tochter weder abzuwenden noch zu ertragen, griff unterdessen zu den Waffen, führte mit Ion die Athener in den Kampf und durchbrach die Belagerung. Das Orakel sollte recht behalten. Durch das Opfer Otonias warfen die Athener die Feinde zurück. Erechtheus tötete im Zweikampf Eumolpos. Der erzürnte Poseidon erschlug daraufhin den Sieger mit dem Dreizack.[189]

Vielleicht war es Erechtheus' Glück, trotz des Triumphes nicht aus dieser Schlacht heimzukehren, denn er hätte das Ende seiner beiden anderen Töchter, Protogonia und Pandora, wohl kaum ertragen. Da alle drei Schwestern geschworen hatten, gemeinsam in die Unterwelt einzugehen, wählten beide den Freitod. Die Athener verehrten alle drei in einem Kult als Heldinnen. Athen weitete nun seinen Machtbereich über Eleusis hinaus aus, die Eumolpiden wirkten jedoch weiterhin bei den Eleusinischen Mysterien.

Der verschollene Sohn Ion

In der Schlacht gegen die Eleusiner begegnete uns bereits auf Seiten Athens der Held Ion. Allgemein stimmt man darin überein, dass Ion von Krëusa, der letzten Erechtheus-Tochter, geboren wurde. Xuthos hielt sich zwar für seinen Vater, und viele glaubten ihm. Doch tatsächlich zeugte kein Sterblicher Ion, sondern Apollon hatte sich an der Jungfräulichen vergangen.

Voller Angst vor ihrem Vater trug Krëusa das Kind heimlich aus. Nach der Geburt windelte sie das Knäblein mit einem Tuch, in das sie das Gorgonenhaupt und Schlangen gestickt hatte, legte ein goldenes Schlangenamulett um seinen zarten Hals und umflocht den Kopf mit einem Olivenkranz. Sie legte den Säugling in ein Körbchen und setzte es in derselben Höhle am nördlichen Ende der Akropolis aus, in der Krëusa ihre Unschuld verloren hatte.

Doch der Götterbote brachte das Bündel nach Delphi, wo Pythia den Knaben fand und ihn aufzog. Ion wurde Tempeldiener und hütete Apollons Schätze. In der Zwischenzeit hatte Xuthos, Hellens Sohn, den Athenern bei einem Kampf beigestanden und war mit Krëusa vermählt worden. Doch ihre Ehe blieb kinderlos, und so machte sich das Paar auf und holte beim Orakelgott Rat. Krëusa nutzte das Opferfest ihres Mannes, eilte voraus, um Apollon nach ihrem gemeinsamen Kind zu befragen. Als sie Ion sah, der die Schwelle des Tempels reinigte, seufzte sie unwillkürlich.

»Warum bist du so bekümmert, o Herrin«, sprach Ion sie freundlich an, »deine Erscheinung ist doch von edler Abkunft, und du lebst sorgenfrei?«

»Ach, schöner Jüngling«, bedauerte Krëusa, »dein Anblick erinnert mich an das Schicksal meiner Freundin, die ihr Kind aussetzen musste. Weilte es noch auf Erden, dann wäre es in deinem Alter.«

»Wie trifft ihr Leid das meinige!«, meinte Ion, der sich augenblicklich zu ihr hingezogen fühlte. »Auch ich bin ausgesetzt und kenne weder Vater noch Mutter. Doch verrate mir, wer ist der Gatte der bedauernswerten Frau?«

»Ihren Bund schmückte kein Hochzeitsbett. Phoibos bezwang sie mit roher Gewalt.«

Ion erschrak, dass man seinem Gott eine derartige Niederträchtigkeit unterstellte. Doch er wusste auch von ähnlichen Schändungen und riet:

»War wirklich Apollon der Übeltäter, was ich bezweifle, dann bitte nicht den Gott, seine eigene Schandtat zu offenbaren. Ich würde dir gern helfen, aber rate lieber davon ab!«

Krëusa unterbrach ihn: »Willst du mir helfen, dann schweige davon. Wir sind hier, um Kindersegen zu erbitten.«

Während Ion das versicherte, bestellte der eingetroffene Xuthos seine Frau zu den Altären und begab sich selbst in das Heiligtum. Nach einer Weile kam Xuthos freudig aus der Halle, fiel Ion, der noch immer die Tempelstufen fegte, um den Hals und eröffnete ihm: Getreu dem Orakelspruch sei er sein Sohn, denn Ion sei ihm zuerst begegnet. Allmählich überwand Ion seine Skepsis, denn wahrscheinlich hatte Xuthos ihn während des Bakchosfestes mit einer Delphierin gezeugt. Vater und Sohn lagen sich in den Armen, dann bereiteten sie ein großes Freudenfest vor.

Verflucht seist du, dachte Krëusa, nachdem sie vom Geschehenen erfuhr. Du raubtest mir meine Unschuld, ließest unseren Sohn umkommen und verhöhnst mich, indem du Xuthos Vaterfreuden gönnst und mich, da ich keine Kinder mehr bekomme, jetzt mit einem Stiefsohn bestrafst. Aber ich dulde nicht, dass sich ein Bastard, ein Auswärtiger, in unser erdentsprossenes Geschlecht einschleicht.

Ein ergebener Diener folgte ihrem Befehl und mischte Ion beim Gastmahl Gift in den Trunk. Als der wiedergefundene Sohn gerade den Becher ansetzte, entfuhr einem Gast eine Lästerung. Ion drängte nun gottesfürchtig alle Anwesenden, es ihm gleichzutun und den Wein auszuschütten. Tauben stürzten sich gierig auf das Nass. Aber jener Vogel, der von Ions Wein kostete, flatterte wild, gurrte kläglich und verschied. Bald waren die Schuldigen ermittelt, und Krëusa flüchtete zum Altar.

»Du Natter«, schrie Ion außer sich vor Zorn, »tust erst freundlich und trachtest mir dann nach dem Leben. Aber warte, auch der Altar schützt dich nicht vor der gerechten Strafe!«

»Versündige dich nicht!«, hielt die Pythia ihn auf, »du führtest bisher ein gottgefälliges Leben. Apollon befahl mir, dir zum Lohn dieses Körbchen zu reichen, in dem ich dich einst gefunden habe.«

Verwundert nahm Ion das Flechtwerk entgegen, doch Krëusa stürzte sich mit einem Aufschei vom Altar und packte den Korb. Es dauerte eine Weile, bis Ion Worte fand:

»Gott schlug sie mit Wahn – sie verließ den Altar! Ergreift sie und knebelt ihre Hände!«

»Schlagt mich nur tot!«, rief Krëusa unbeirrt, »ich lasse nicht von diesem Körbchen und dem, was für dich drin verborgen ist.«

»Bist du von Sinnen?«

»Ja«, stieß Krëusa aufgelöst hervor, »weil ich in dir mein Liebstes fand.«

»Dein Liebstes – ich? Wo du mich eben ermorden wolltest?«

»Mein Sohn! Endlich ist mir dies Wort vergönnt.«

»Besinne dich! Mit dem, was im Korb ist, überführe ich dich deiner Lügen!«

Ion fragte nun nach dessen Inhalt.

»Deine Windeln, die ich als Mädchen gewebt …«, begann Krëusa.

»Wie sehen sie aus? Ein Mädchen webt so mancherlei«, unterbrach Ion.

»Noch fehlerhaft, die Arbeit einer Schülerin ...«

»Versuch' mich nicht zu täuschen! Was stellt es dar?«

»Ein Gorgonenhaupt umsäumt von Schlangen.«

Ion überzeugte die Beschreibung noch nicht, und er polterte:

»Gut geraten! Doch beim zweiten Stück verlässt dich dein Glück!«

»Ein goldenes Schlangenpaar, ein Geschenk Athenas für die Nachkommen des Erichthonios ...«

»Schweife nicht ab! Zu welchem Zweck sind die Schlangen verfertigt?«

»Du trugst den Schmuck um den Hals.«

»Erstaunlich!«, zögerte Ion. »Aber nein, dies ist athenische Sitte. Beim letzten versagen deine Schlangengespinste.«

»Wie recht du hast, mein Sohn. Es ist der Olivenkranz, den ich von jenem unvergänglichen Baume flocht, den Athena einst auf unserer Akropolis wachsen ließ.«

Ion nahm den unverwelkten Kranz heraus und seine Mutter in die Arme. Auf Athenas Rat verheimlichten beide jedoch Ions wahre Abkunft. Xuthos hielt ihn zeitlebens für seinen leiblichen Sohn, so führte er ihn dann auch in Athen ein.

Athen versinkt in Intrigen, Kämpfen und Unruhen

Ion wurde Stammvater der Ionier, und seine Enkel besiedelten die Kykladeninseln und die Küste Kleinasiens. Xuthos bekam schließlich doch noch eigene Kinder. Krëusa gebar ihm Achaios, von dem die Achäer abstammen, und angeblich auch Doros, den Stammvater der Dorer. Allerdings erzählten nur die Ionier diese Geschichte, allen anderen galt Doros als Hellens Sohn.

Nach dem Tode des Erechtheus kam es zwischen dessen Söhnen zu Thronstreitigkeiten, und der als Vermittler eingesetzte Xuthos entschied zugunsten des ältesten Sohnes Kekrops (II). Der musste tatenlos mitansehen, wie Metion und Pandoros, die benachteiligten Brüder, Xuthos aus Athen verbannten.[190] Metion gab sich aber mit diesem Erfolg nicht zufrieden. Vor keinem Anschlag, keiner Intrige, keinem Krieg schreckte er zurück, um Athens Macht an sich zu reißen. Zwar verfehlte er sein Ziel, aber es gelang ihm, Kekrops aus der Stadt zu vertreiben, der sich in Euboia niederließ.

Die freigewordene Herrschaft übernahm Kekrops' Sohn Pandion (II). Obwohl mittlerweile der verschlagene Metion das Zeitliche gesegnet hatte, erfreute sich Pandion nicht lange seiner Macht. Metions Söhne, Daidalos[191] und Sikyon, hatten die Streitsucht des Vaters geerbt und ruhten nicht eher, bis sie selbst die Macht eroberten.

Sikyon wiederum wurde von Pandions Kindern abgesetzt. Pandion war seinerzeit nach Megara geflohen, wo ihn Pylos aufnahm und ihm, als er in die Verbannung gehen musste, die Herrschaft übergab. Pandion heiratete Pylia[192], die ihm Aigeus, Pallas (III) und Lykos (II) gebar, die nach Athen zurückkehrten und Metions Söhne vertrieben. Nisos, ihr vierter Sohn, übernahm die Regierung in Megara, musste sich aber mit Skiron[193] auseinandersetzen, der als Pylos-Sohn den Thron beanspruchte. Beide waren weise genug, den gottgefälligen Aiakos zu rufen und sich seinem Schiedsspruch zu unterwerfen, wie wir noch berichten werden.

Aigeus' gefährdete Herrschaft

Die Brüder teilten Attikas Land unter sich auf. Aigeus, der älteste, erhielt Athen; Nisos bekam das Land von Megara bis nach Korinth; Pallas (III) nahm das südliche Attika in Besitz, während Lykos (II) sich nach Euboia wandte. Doch die Hoffnung auf Frieden erfüllte sich nicht. Neid und Missgunst trieb die Brüder immer wieder zu Kämpfen, in derem Verlauf Lykos aus Euboia vertrieben wurde und sich Sarpedon (II) im lykischen Lande anschloss.

Pallas (III) war nicht so leicht zu vertreiben. Fünfzig leibliche Söhne sicherten seine Macht in Athen, die er beständig gegen Aigeus zu erweitern suchte. Aber dies war nur eine Sorge des Königs.

Ihn beunruhigte auch der ständig wachsende Einfluss der Kreter. Aigeus hatte Minos' Sohn Androgeos freundlich willkommen geheißen und immer wieder den Schaden bedauert, den der Kretische Stier verursachte. Nur die Kraft des Herakles könne das schreckliche Tier überwinden. Der athenische Herrscher hatte mit Androgeos' Ungestüm gerechnet: Der stellte sich dem Bullen entgegen, aber dessen Hörner durchbohrten ihn.

Als Minos vom Tod seines Sohnes hörte, sammelte er sein Heer, besiegte Nisos[194] und unterwarf Megara nebst Korinth. Nun bedrohte er unmittelbar Athen. Aigeus wusste, er würde dem übermächtigen Gegner unterliegen, und beugte sich notgedrungen dem harten Tribut, den Minos forderte. Alle neun Jahre hatte Athen sieben Jungfrauen und Jünglinge auszuliefern, die dem Minotauros zum Fraße vorgeworfen wurden.

Doch am meisten beunruhigte Aigeus, dass er keinen Erben hatte, der Athen befreien könnte. Als auch seine zweite Ehe kinderlos blieb, wandte er sich an das Delphische Orakel und fragte, wie er Kinder zeugen könne. Die Pythia verkündete nebulös: »Öffne nicht des Weinschlauchs vorderes Ende, bis du zur Burg Athens gekommen.«

Aigeus vermochte das nicht zu deuten und beschloss, Pittheus, den befreundeten König von Troizen, der für seine Weisheit berühmt war, um Rat zu bitten. Auf seinem Wege begegnete er Medeia und versprach, ihr Asyl zu gewähren.

Pittheus erfasste den Sinn des Spruches, machte Athens Herrscher trunken und führte ihm seine Tochter Aithra zu. Dereinst hatte er Bellerophon Aithras Hand versprochen, doch nachdem dieser Griechenland verlassen musste, rechnete niemand mehr mit dessen Rückkehr; und Pittheus schmerzte die Unberührtheit seiner Tochter. Allerdings ahnte er nicht, dass Aithra in dieser Nacht nicht nur Aigeus', sondern auch Poseidons Liebe genoss.

Ahnungslos erwachte Aigeus am nächsten Morgen, wälzte einen gewaltigen Stein über sein Schwert und seine Sandalen und verließ die Stadt mit der Bitte, den Knaben aufzuziehen, herangewachsen nach Athen zu schicken, aber Stillschweigen über seine Abkunft zu wahren. Aigeus' Vorsicht war wohlbegründet, denn Pallas' fünfzig Söhne hätten alles unternommen, um den Thronerben zu beseitigen.

Als Aigeus nach Athen zurückgekehrt war, schwebte Medeia – sie sollte eigenhändig ihre und Iasons Kinder getötet haben – mit ihrem Drachenwagen in die Stadt und forderte das Asylversprechen ein. Aigeus gewährte ihr nicht nur Schutz, sondern heiratete die Zauberin trotz ihres Rufs, da sie ihm einen Sohn versprach und mit Medos auch schenkte.

Die Taten des Theseus

Theseus' Kindheit

Doch blicken wir zurück nach Troizen, wo Aithra mittlerweile einem Knaben das Leben geschenkt hatte, dessen Vater sie nicht sicher kannte. Theseus wuchs unbehelligt heran – von seiner Mutter aufs beste umsorgt und vom weisen Großvater umfassend unterrichtet.

Eines Tages kehrte Herakles bei seinem Gastfreund Pittheus ein. Neugierig stürmten die Kinder in den Saal, wo der Hausherr mit dem Helden tafelte, der achtlos sein Löwenfell von der Schulter geworfen hatte. Die Kinder glaubten, ein echtes Raubtier sei in den Palast eingedrungen, so lebendig wirkte noch immer der Nemëische Löwe. Die Kinder kreischten, alle stoben davon, in ihrer Mitte der siebenjährige Theseus, der aber nicht wie seine Spielkameraden das Weite suchte, sondern bewaffnet mit einer Axt in den Saal zurückkehrte, um das Tier zu erlegen.

»Mein Kleiner, dir prophezeie ich eine große Zukunft«, lachte Herakles und nahm Theseus auf den Schoß. »Wenn alle Welt dich dereinst rühmen wird, sage ich, Herakles erkannte zuerst seinen Heldenmut.«

Diese Begegnung mit Herakles prägte Theseus. Zeit seines Lebens folgte er diesem Vorbild. So begab er sich zum Leidwesen seiner Mutter nicht auf dem sicheren Seeweg nach Athen, sondern über Land, eben weil es dort von Ungeheuern und Schurken wimmelte, die Theseus nun wie der große Herakles besiegen wollte.

Seine Mutter hatte dem Sechzehnjährigen zuvor jenen Felsbrocken gezeigt, den Theseus mühelos wegwälzte und Schwert nebst Sandalen an sich nahm. Jetzt erfuhr er von seinem Vater Aigeus und machte sich nach Athen auf, ohne auf seine Mutter zu achten, die ihn anflehte, doch lieber mit einem Schiff zu reisen.

Der Keulenmann Periphetes

Periphetes, der verkrüppelte Sohn des Hephaistos, war zwar schwach auf den Beinen, aber seine mächtigen Arme schwangen eine gigantische Bronzekeule, mit der er jeden Fremdling zerschmetterte. Als Theseus sich Epidauros näherte, verstellte ihm der Keulenmann den Weg. Theseus wich den gewaltigen Schlägen aus, sprang hinter den Unhold, der ihm zwar an Kräften über-, an Behendigkeit aber unterlegen war, entwand Periphetes die Keule und erschlug ihn.

Der Fichtenmann Sinis

Mit der erbeuteten Keule, die in seinen Händen zur unüberwindlichen Waffe wurde, wanderte Theseus entlang dem saronischen Golf, bis er am Strand des Isthmos auf den Räuber Sinis stieß. Wollte man die Peloponnes verlassen, musste man hier vorbei. Sinis überwältigte die Reisenden, fesselte sie, bog zwei Fichten zu Boden und band daran die Unglücklichen, die zerrissen wurden, wenn die Bäume hochschnellten. Diesmal wurde der Übeltäter selber zerfetzt, da Theseus ihn überwand, an den Ästen festknüpfte und ihm das nämliche Schicksal bereitete.

Die Krommyonische Bache

Theseus hatte die Halbinsel unbeschadet verlassen, als Krommyons Anwohner ihn mit den Worten empfingen:

»Gepriesen seiest du, glorreicher Held! Deine großen Taten geben uns Zuversicht, dass du die schreckliche Bache erlegst, die unser Land verwüstet.«

»Ich unterbreche meine Reise wegen keiner so unmännlichen Aufgabe. Mit einer gemeinen Sau werdet ihr wohl alleine fertig!«, meinte Theseus.

»Dies ist kein gewöhnliches Schwein«, beteuerten die Krommyonier, »sondern ein von Echidna und Typhon gezeugtes Ungeheuer. Phaia, eine geile geifernde Greisin, zog es auf und erpresst uns mit dem gewaltigen Tier.«

»Ich habe geschworen, meine Stärke für Gerechtigkeit und Frieden einzusetzen«, erwiderte der Jüngling, »nur wenn man mich bedroht, ergreife ich die Waffe. Niemals soll Zorn mich hinreißen, über das Maß zu strafen, welches die Gegner mir selbst zudachten. Solange das Biest nicht angreift, kann ich nichts für euch tun.«

»Weilte doch Herakles nicht im fernen Lydien!«, wehklagte die Menge. »Er hätte uns augenblicklich geholfen. So wie er die Nemëier vom Löwen befreite, die Lernäier von der Hydra, Erymanthos von dem Keiler, Stymphalos von den Vögeln …«

»Haltet ein!«, beruhigte der Held die Leute, »ihr lehrtet mich, dass tätige Hilfe wertvoller ist als ein reines Ideal, aber Tatenlosigkeit. Zeigt mir das Untier!«

Theseus erschlug die Sau, und auch die Zauberin Phaia ward nie wieder in Krommyon gesehen.

Der Klippenmann Skiron

An den steilen Wänden des Geraneia-Gebirges entlang schlängelte sich ein halsbrecherischer Weg, oft nur fußbreit entfernt vom jähen Absturz in die Flut. In der wartete eine riesige Meeresschildkröte auf einen Fehltritt des Wanderers und verschlang ihn. Aber auch diejenigen, die dem Sturz entgingen, fraß das Seeungeheuer. Denn niemand kam weiter als bis zur engsten und gefährlichsten Stelle, dem Felsen des Räubers Skiron, der alle Wanderer zwang, seine Füße zu waschen, und sie dabei in die Fluten stieß.

Als der Held herankletterte, schwamm die Kröte zu ihrem Futterplatz und freute sich auf ihr Mahl. Sie sollte nicht enttäuscht werden, aber diesmal fraß sie nicht den Wanderer, sondern ihren langjährigen Ernährer, den Räuber Skiron. Danach verschwand das Untier. Einige behaupten, Theseus habe es eigenhändig vertrieben, andere glauben, das Reptil habe, nachdem keine Reisenden mehr in die See gestoßen wurden, nährreichere Gewässer aufgesucht. Wer weiß? Vielleicht bekamen ihr Skirons Stinkfüße nicht, denn dessen Waschzwang wird wohl einen Grund gehabt haben.

Der Ringer Kerkyon

Nachdem Theseus den Skironischen Felsen begehbar gemacht und am benachbarten Molurischen Felsen Leukothea und Melikertes geehrt hatte, wanderte er unbehelligt bis nach Eleusis. König Kerkyon, auch ein Sohn Poseidons, ließ niemanden in die Stadt, bevor er sich nicht zum Ringkampf stellte. Vor den Toren der Stadt häuften sich die Gräber der Unterlegenen, denn Kerkyon verfügte nicht nur über enorme Leibeskräfte, mit denen er allen Gegnern den Brustkorb zerquetschte, sondern er galt auch als grausam und gewalttätig.

Als einst der Fehltritt seiner Tochter Alope ruchbar wurde, zögerte er keinen Augenblick, sie hinzurichten. Sie hatte von Poseidon Hippothoon empfangen, ihn aber aus Angst vor ihrem Vater ausgesetzt. Eine Stute säugte das Knäblein, bis es von Hirten gefunden und im Königspalast an seinem Kleidchen erkannt wurde. Dass mit dem Gott zugleich der eigene Vater seinen Enkel gezeugt hatte, kümmerte Kerkyon nicht. Das unschuldige Kind wurde erneut in feindlicher Wildnis zurückgelassen.

Kerkyons Grausamkeit wurde nur noch von seiner Stärke übertroffen. Es hätte mindestens der Kräfte eines Herakles bedurft, um ihn zu überwinden. Und so schritt der Siegesgewisse herablassend auf Theseus zu. Doch der nutzte wohl Kerkyons Selbstgefälligkeit, fasste blitzschnell die königlichen Knie und riss, so massig dessen Körper auch war, die Beine schwungvoll hoch, so dass der Schädel auf den Felsen krachte, zerbarst und Kerkyon augenblicklich starb.

Damit begann eine neue Ära im Ringkampf. Wenn zuvor einzig Größe und Stärke den Sieg bedeuteten, soll Theseus als erster das Ringen zu einer Kunst veredelt haben. Und Theseus setzte in Eleusis einen neuen König ein, eben jenen Hippothoon, der von Kerkyon ein zweites Mal ausgesetzt worden war, aber von derselben Stute gerettet wurde, die ihn bereits vorher auf Geheiß des Meeres- und Pferdegottes gesäugt hatte.

Das Bett des Prokrustes

Das Bett des Prokrustes wurde zu Recht sprichwörtlich. Den Ältesten erschien jener »Ausstrecker« – was der Name bedeutet – als unterweltliche, zerstörerische Gewalt, mit der Menschen in das riesige Bett gezwungen und so lange gestreckt wurden, bis sie die Liegestatt ausfüllten, auf der sie sich zur Ruhe begeben hatten.

Später sah man Prokrustes menschlicher, also verworfener: Er habe ahnungslose Reisende aufs freundlichste bewirtet und zum Nachtlager die Kleineren in die Kammer mit dem riesigen Bett geführt, wo sie gestreckt wurden, während Größere auf einer winzigen Liege übernachteten, in deren Zimmer sich der hinterhältige Gastgeber schlich, um den überhängenden Kopf wie die freibaumelnden Gliedmaßen abzuschlagen.

Doch musste mit dieser wachsenden »Vermenschlichung« auch die Hinterhältigkeit zunehmen? Oder wollte Prokrustes, wie man viel später vermutete, den Menschen Gutes tun?

Ungeachtet dessen beschränkter Aufnahmefähigkeit habe sich der Lehrer mit Prokrustes' Erziehung große Mühe gegeben, munkelte man; und in dessen dumpfem Schädel reiften menschliche Werte wie Gastfreundschaft und Verantwortungsgefühl. Insbesondere die Gleichheit aller Menschen wusste der Lehrer so mitreißend zu vermitteln, dass Prokrustes beschloss, diesem edlen Ziel sein Leben zu widmen und die Menschheit auf seinem Bett gleich zu machen – die Kleinen zu strecken, die Großen zu kürzen.[195]

Auch Theseus kehrte bei Prokrustes ein, überwältigte und tötete ihn in dessen berüchtigtem Bett.[196] Denn er hatte in Krommyon gelernt, dass es auf die gute Tat ankommt, selbst wenn Prokrustes mit den besten Absichten gehandelt haben sollte.

Der vergiftete Willkommenstrunk

Theseus' Ruhm war ihm vorausgeeilt, und nachdem er von den Morden gereinigt war, erreichte der Umjubelte Athen. Aigeus hatte keine Wahl. Einen Mann, der so viele Abenteuer bestanden, den Weg zur Peloponnes von Unholden gesäubert hatte und von den Athenern derart begeistert begrüßt wurde, musste er festlich empfangen.

»Medeia, bist du wirklich sicher«, erkundigte sich Aigeus vor dem Empfang, »dass dieser Jüngling mich umzubringen trachtet? Bei seiner aufrechten Gestalt, seinem offenen Blick, kann man das kaum glauben.«

»Lass dich vom Äußeren nicht täuschen!«, warnte Medeia. »Dieser Wolf im Schafspelz wartet nur auf eine Gelegenheit, dich von einer Klippe zu stürzen. Um in Athen König zu werden, wird er mich und unseren Sohn Medos, deinen rechtmäßigen Thronfolger, mit Schimpf und Schande davonjagen.«

»Seit Wochen quälst du mich mit düsteren Vorhersagen. Wenn du die Absichten dieses Schuftes so genau kennst, sage mir auch, wie ich sie vereiteln kann«, erwiderte der alternde Herrscher.

»Tropfe dieses Gift in seinen Becher«, drängte die Zauberin, »bevor er noch beliebter wird oder sich gar mit Pallas verbindet, dann wäre es zu spät, und du verlierst Herrschaft wie Leben.«

»So soll es sein!«, entschied Aigeus. »Aber gib mir eine gehörige Portion deines Todestrunkes! Er scheint die Kraft von fünf Ochsen zu haben.«

»Sorge dich nicht«, lachte seine Gattin, »ein Tropfen hiervon würde genügen, alle Gäste ins Jenseits zu befördern. Ich gewann es aus jenem tödlichen Eisenhut, der dem Geifer des Kerberos entwuchs, als Herakles den Höllenhund aus der Unterwelt holte.«

Aigeus achtete auf seinem Fest das Gastrecht und befragte den Fremdling nicht eher über seine Herkunft, bis er sich beim Mahl gestärkt habe. So erregt Theseus auch war, endlich seinen leiblichen Vater zu sehen, wahrte auch er die althergebrachte Sitte und zögerte mit der frohen Botschaft. Außerdem suchte er es so einzurichten, dass Aigeus ihn zuerst erkenne und hielt sein Schwert stets in Blickrichtung seines früheren Besitzers.

Als die Becher gefüllt waren, sprach Theseus mit leicht zitternder Stimme:

»Nachdem ich auf meiner Reise nur Gemeinheit und Mordsucht erfuhr, empfangt ihr mich herzlich. Habt Dank, Athener! Besonders trinke ich auf euren gepriesenen Herrscher, dessen Augen zu sehen, mir eine größere Freude ist, als ihr zu ermessen vermögt.«

»Dass sich mit deinem Heldensinn auch die Anmut paart, darüber staunten wir gestern, dass du auch höflich bist, hören wir heute. So leere den Becher in einem Zug, darin liegt all unsere Hochachtung! Dies ist Athens Weise, einen Mann wie dich zu würdigen«,[197] prostete Aigeus seinem Sohn zu.

Der König beobachtete misstrauisch, wie Theseus den Wein an die Lippen führte und erkannte plötzlich das Schwert. Er sprang mit einem Satz zu Theseus, schlug ihm den Becher vom Munde und bedrängte den Verdutzten mit Fragen: »Woher hast du das Schwert, woher die Sandalen? Hobst du den Stein? Wie heißt dein Heimatort? Wer ist deine Mutter, dein Großvater?«

Noch bevor Theseus recht wusste, wie ihm geschah, umarmte und liebkoste Aigeus seinen Sohn. Als der Held vom Mordplan erfuhr, ergriff er das Schwert, um Medeia zu strafen. Doch die verbarg sich und ihren Sohn Medos in einer magischen Wolke und floh ins Land der Meder, deren Stammvater Medos wurde.

Theseus festigt Athens Herrschaft

Die Athener jubelten. Man hatte endlich einen Thronfolger, der stark genug schien, den endlosen Bürgerkrieg in ihrer Stadt zu beenden. Aber der Rivale Pallas (III) wütete und zog mit fünfundzwanzig seiner Söhne von Sphettos aus gegen Athen, während die andere Hälfte seiner Streitmacht bei Gargettos im Hinterhalt lag. Doch ein Mann namens Leos[198] verriet den Plan, und Theseus eilte nach Gargettos, wo er die Krieger überraschte und alle fünfundzwanzig niederhieb. Dieser Verlust brach Pallas. Er gab sich geschlagen und bat um Frieden. Allerdings verziehen er und seine Nachkommen niemals Leos' Verrat, und den Herolden war der landesübliche Anruf *›Akouete leos!‹* (*Höret Volk!*), untersagt. Denn Leos' Namen stimmte mit dem griechischen Wort für Volk überein.[199]

Vielleicht treffen auch jene Überlieferungen zu, nach denen Theseus alle Pallantiden töten ließ. Denn man ist sich sicher, dass Theseus den Kretischen Stier, den einst Herakles aufs Festland gebracht und der mittlerweile viele Anwohner getötet hatte, nur deshalb fing und opferte, um wieder größeren Ruhm zu erlangen. Den vermochte er weiter zu mehren, als zum dritten Mal die sieben Jünglinge und ebenso viele Mädchen als Tribut nach Kreta zu senden waren.[200] Aigeus hatte es so eingerichtet, dass das Los jeweils vierzehn andere athenische Familien traf. Da trat Theseus vor und verkündete:

»Auch wenn Tyche mir den Ehrenplatz verwehrte, werde ich die Betroffenen begleiten und alles versuchen, eure Sprösslinge zurückzuführen und unsere Stadt vom schmählichen Joch des Minos zu befreien.«

»Nein! Nachdem ich dich eben erst gewann«, schrie Aigeus, »lasse ich dich nicht ins sichere Verderben ziehen. Ich verbiete dir, nach Kreta zu fahren!«

»Vater«, widersetzte sich Theseus, »ich weiß, dass Liebe dich hinriss. Aber wie soll ich, wenn Athen derart leidet, später dein Zepter übernehmen? Wie soll ich den Athenern ins Auge blicken, wenn ich heute feige mein Leben bewahre?«

Zwar sträubte sich Aigeus, aber beugte sich dem Willen des versammelten Volkes. Außerdem lag es nicht in seiner Macht, Theseus von seinem Vorhaben abzubringen.

Unter schwarzen Segeln nach Kreta

Theseus ließ sich wohl als einziger nicht von Trauer und Verzweiflung anstecken. Als ihm das Delphische Orakel riet, auf Aphrodite zu vertrauen, opferte er der Göttin eine Ziege, die sich im Todeskampf in einen Bock verwandelte.

Jetzt hoffte auch Aigeus und gab dem Steuermann Phaiax, der aus dem Lande der Phäaken gerufen wurde und als deren Stammvater gilt, weiße Segel mit, um sie bei einer glücklichen Rückkehr zu setzen.

Schon zum dritten Mal zog die traurige Prozession zum Hafen. Zwar versuchten die Eltern der Ausgelosten ihre Kinder mit Geschichten und Heldensagen aufzumuntern, aber tief im Herzen fehlte die Hoffnung, ihre Lieben je wiederzusehen. Und als die schwarzen Trauersegel gehisst wurden, brachen die Unglücklichen zusammen. Mütter und Väter weinten lautlos; andere schrien »Unsere Kinder werden an Minotauros verfüttert« oder »Zeus! Warum duldest du das?« Dann stach das Schiff in See.

Als es dann in Kreta eingelaufen war, schritt Minos gebieterisch auf dem Deck umher. Er erblickte die strahlende Eriboia[201] und kniff ihr lüstern in ihre hellen Wangen, dass das Mädchen aufschrie. Da trat Theseus zwischen beide und warnte:

»Kriegsherr der Knossier, beherrsche dich! Denn ich möchte kein Sonnenlicht mehr sehen, tätest du wider meinem Willen dem jungen Volk Gewalt an.«

»Mut hast du«, staunte Minos, »aber bedenke, mit wem du sprichst! Großmächtiger Zeus, höre mich: So wahr mich die weißarmige Europa dir gebar, sende ein Zeichen, damit man deinen Sohn nicht entehrt.«

Ein gewaltiger Blitz zuckte am Himmel, und der König triumphierte:

»Du sahst, Zeus gab uns einen Wink. Bist du aber tatsächlich Poseidons Sohn, wie man hört, dann hole diesen goldenen Schmuck aus seinem Reich.«

Mit diesen Worten warf er seinen prächtigen Ring ins Meer. Theseus kannte keine Angst. Er hatte viele Abenteuer bestanden und sprang ohne Zaudern hinterher.

Zwar nahm ihn der Hain des Meeres willig auf, und Delphine geleiteten ihn zum Palast seines leiblichen Vaters. Aber als er in der blinkenden Halle die Töchter des Nereus erblickte, verließ ihn sein Mut. Sie tanzten nicht, nein, sie schwebten in einem Reigen mit geschmeidigen Füßen; von ihren Gliedern schimmerte ein Glanz wie von Feuer, und in ihrem samtenen Haar wanden sich goldgeflochtene Bänder. Doch als sich die unbeschreibliche Amphitrite von ihrem Thron erhob und auf Theseus zuschritt, schien die Schönheit der Nereïden zu verblassen. Der unerschrockene Held wäre am liebsten im Boden versunken und wusste nicht, wohin er schauen sollte, denn dieses Strahlen blendete seine Augen. Lange sprach Amphitrite ihm Mut zu, doch Theseus blieb der steife, stammelnde Klotz. Schließlich hing ihm die großäugige Göttin einen purpurnen Mantel um, setzte ein herrliches Diadem[202] auf sein dichtes Haar, drückte ihm den Ring in die Hand und sandte ihn zur Meeresoberfläche.

Die Mädchen und Jungen, die sich bereits schutzlos der Willkür des Tyrannen ausgeliefert sahen, jubelten, als Theseus unbenetzt neben dem schlanken Heck auftauchte. Staunend nahm Minos seinen Siegelring aus Theseus' Hand. Und ganz Knossos starrte sprachlos auf dessen verklärtes Antlitz und seine blendenden Göttergeschenke.

Im Labyrinth des Minotauros

Phaiax hatte lange warten müssen, bis sich die Kreter endlich von Theseus' Anblick trennten und er ungestört mit ihm sprechen konnte.

»Bist du von allen Göttern verlassen?«, wies er den Entrückten zurecht. »Apollon riet uns, auf die Göttin der Liebe zu setzen, aber deine Ehrsucht schlägt das in den Wind. Eriboia hätte Minos umgarnen und uns befreien können.«

Doch der Held antwortete nicht, er war noch immer von der Wunderwelt des Meeres verzaubert, und Phaiax zog sich unverrichteter Dinge in seine Kammer zurück.

Auf diesen Moment hatte Minos' Tochter Ariadne nur gewartet. Seitdem sie Theseus erblickt hatte, brannte sie vor Liebe und Ungeduld und irrte ruhelos in den Gängen umher. Als er endlich allein war, schlüpfte sie hastig in sein Gemach, gestand ihre Liebe und sicherte Hilfe zu, wenn er sie als Braut nach Athen führe. Liebe macht blind. Je länger Ariadne auf sein verklärtes Gesicht schaute, je mehr sie sich in seinen verzückten Augen verlor, desto rasender begehrte sie den Verstummten.

»Keine Minute möchte ich mehr von dir getrennt sein«, beschloss Ariadne, »auf, mein Geliebter, töte noch heute Nacht meinen Halbbruder, die Schmach unserer Familie, und freie mich. Ich weiß, wie du aus dem Labyrinth herausfindest.«

Da der Held zwar lächelte, aber sich nicht rührte, nahm Ariadne ihn bei der Hand und führte ihn zum Eingang des Labyrinthes. Hier drückte sie ihm ein Wollknäuel in die Hand und band dessen Ende am Eingang fest. Dann schickte sie den Jüngling in das Innere des Baus, aus dem noch niemand herausgefunden hatte.

Als Theseus im äußersten Winkel den Minotauros schlafend antraf, erschlug er das Ungeheuer. Verwundert schaute er sich um und fragte sich: »Wo bin ich? Und warum halte ich dieses Wollknäuel?« Die erste Frage war leicht zu beantworten. Denn auf dem menschlichen Körper des eben getöteten Scheusales saß ein Stierkopf, also befand er sich im Labyrinth, und die Antwort auf die zweite Frage ergab sich, als er dem abgerollten Faden folgte und an dessen Ende nicht nur den Ausgang, sondern Minos' Tochter fand, die ihn leidenschaftlich umarmte.

Der Held war zwar ziemlich verwirrt, aber das Mädchen ungewöhnlich hübsch, und so nahm er sie mit aufs Schiff, denn sie mussten augenblicklich fliehen. Phaiax versammelte die Mannschaft nebst den vierzehn Ausgelosten. Inzwischen schlug Theseus den minoischen Schiffen die Böden ein und versenkte die feindliche Flotte.[203]

Ariadne auf Naxos

So entkamen sie unbeschadet kretischen Gewässern und liefen Naxos an, das damals Dia[204] hieß, und übernachteten dort. Als Ariadne am nächsten Morgen erwachte, lag Theseus nicht mehr bei ihr, auch keiner der Schiffsgenossen war mehr zu sehen. Ariadne irrte über die Hügel, rief ständig den Namen ihres Geliebten und blieb wie angewurzelt stehen, als sie sah, wie das Schiff bereits den Horizont des Meeres erreichte. Ihr erster Unglauben wich bitterer Gewissheit, da schrie sie:

»Welch giftige Natter steckt hinter der schönen Schale!

Jetzt begreife ich deine Blicke mit Eriboia. Erst raubst du meine Jungfräulichkeit, dann nimmst du diese Hure, die schon mein Vater beschlief. O Götter, straft dieses Unrecht! Verschafft mir Genugtuung!«

Ihre Wünsche wurden befriedigt. Dionysos erschien mit seinem bacchantischen Schwarm[205] und ehelichte sie. Thoas, beider Sohn und dann König von Lemnos, begegneten wir bereits mit den Argonauten. Aber Ariadne verlieren wir nun aus unserem Blick. Nach dieser Heirat mit Dionysos soll er sie entweder als himmlische Gemahlin zum Olymp geführt haben, oder sie wurde auf sein Geheiß von Artemis getötet. Ob dies wegen Untreue oder zur Vergöttlichung geschah, ist unbekannt. Sicher ist jedoch, dass Ariadnes Diadem[206] vom Gott an den Himmel versetzt wurde und noch heute als Sternbild Corona Borealis leuchtet.

Nach anderen Berichten soll Dionysos den Helden gezwungen haben, Ariadne auf Naxos zurückzulassen. Das sei zu Theseus' Ehrenrettung erwähnt.

Theseus schafft Recht und Ordnung

Theseus besuchte die Insel Delos, um Apollon zu ehren, dann näherte er sich der attischen Küste. Von dort hielt der besorgte König Aigeus wie jeden Tag Ausschau nach dem Schiff von Kreta. Als er die schwarzen Trauersegel sah, stürzte er sich in die See, die man fortan das Aigäische Meer nennt. An Bord hatte Theseus aus Freude über die Heimkehr oder aus Trauer über den Verlust Ariadnes vergessen, die weißen Jubelsegel setzen zu lassen.

Nach der Beerdigung seines menschlichen Vaters nutzte Theseus sein Ansehen und brachte durch Redegewandtheit und Versprechungen alle zwölf attischen Gemeinden dazu, sich zu einem Staate zusammenzuschließen. Er schuf das öffentliche Prytaneion[207] und andere verfassungsmäßige Einrichtungen, denen er Teile seiner königlichen Befugnis übertrug, wobei er allerdings weiter höchster Richter und Heerführer blieb. Er veranlasste also die ersten demokratischen Reformen. Außerdem gewann er Eleusis und Megara für den neuen Bund und schob so Attikas Grenze bis zum Isthmos vor.

Am Tage der Vereinigung, dem 28. Hekatombaion (Juli–August), feierte er das Panathenaia-Fest.[208] Die Isthmischen Spiele, die bisher Melikertes galten, ordnete er neu und widmete sie Poseidon. Er öffnete die Stadt Fremden, die in Scharen nach Athen strömten. Ferner teilte er die Bevölkerung in drei Klassen: Patrizier, Bauern und Handwerker.

Der Amazonenkrieg

Theseus suchte jedoch weitere Abenteuer und nahm an der Argonautenfahrt teil, allerdings ohne dass von seinen Taten berichtet wird. Er tat sich jedoch bei der Kalydonischen Jagd derart hervor, dass der Spruch »Nicht ohne Theseus« geprägt wurde. Manche behaupten, er habe auch an Herakles' Amazonenzug teilgenommen, doch wahrscheinlich fuhr er auf eigene Faust zu den Amazonen.

Die kriegerischen Frauen hatten eine Schwäche für stattliche Männer. Wie schon zuvor Herakles, hießen sie auch Theseus freundlich willkommen. Antiope (II), die Herrscherin über jenen Landstrich der Amazonen, begab sich auf Theseus' Schiff und überreichte ihm Gastgeschenke.

Doch Theseus lichtete den Anker und floh mit seiner schönen Beute.

Als Hippolyte, die berühmte Amazonenkönigin, vom Raub ihrer Schwester erfuhr, führte sie ihre bewaffneten Frauen gegen Athen. Erst nach monatelangem Kampf gelang es Theseus, die Streitmacht der Kriegerinnen – unter ihnen wohl schon die jugendliche Penthesilea – vernichtend zu schlagen.

Allerdings täuschten sich die Amazonen in Antiope. Nachdem Theseus sie zu seiner Gemahlin gemacht hatte, blieb sie dem Athener unerschütterlich treu. Sie schlief nie mit einem anderen Mann und zögerte keinen Moment, die Waffen gegen ihre Amazonen zu ergreifen.

Theseus war auf dem Gipfel seines Glücks. Seit sechzehn Jahren erfreute er sich nicht nur Antiopes' Liebe, sondern auch ihres Sohnes Hippolytos. Theseus galt inzwischen als zweiter Herakles. Unter seiner Herrschaft hatte Athen das minoische Joch abgeschüttelt, waren Ordnung, Freiheit und Ruhm eingekehrt und die Landesgrenzen erheblich hinausgeschoben worden.

Vielleicht strebte er nach mehr Macht und Einfluss in Kreta, so dass er Deukalions (II) Plan zustimmte, sich mit dessen Schwester zu vermählen. Oder hoffte er, mit Phaidra die Lieblichkeit ihrer Schwester Ariadne, die er für immer verlor, doch noch zu gewinnen? In aller Verschwiegenheit sandte Theseus seinen Sohn Hippolytos, um mit Kretas Herrscher die Bedingungen auszuhandeln.

Deukalion hatte von seinem verstorbenen Vater Minos außer dem Zepter auch dessen Zielstrebigkeit geerbt. Nach dem Abkommen, das Hippolytos redlich überbrachte, war nun Phaidra als rechtmäßige Königin ausersehen, und ihre

Kinder sollten Thronerben werden; dagegen wäre die Ehe mit seiner leiblichen Mutter zu anullieren und Hippolytos fortan als Bastard zu betrachten.

Theseus war beeindruckt von der Unbescholtenheit seines Sohnes. Er sandte ihn heimlich nach Troizen zu seinem Großvater Pittheus, der Hippolytos adoptierte und zu seinem Nachfolger machte.

So schien auch dieses glücklich für Theseus gelöst. Doch Antiope stürmte voll gerüstet in den Hochzeitssaal, um ihre Nebenbuhlerin wie ihren treulosen Gemahl zu töten. Theseus versuchte sie zu bändigen, doch sie griff mit ihrem Schwert derart wild an, dass er, um sein eigenes Leben zu retten, sie niederstrecken musste.

Hippolytos wird verflucht

Bald nachdem Phaidra ihrem Mann Theseus mit Akamas und Demophoon zwei Kinder geschenkt hatte, unternahmen die letzten Söhne des Pallas (III), die sich für immer von der Erbfolge ausgeschlossen sahen, einen verzweifelten Versuch, die Macht in Athen an sich zu reißen. Aber Theseus schlug sie. Nun klebte Blutschuld an seiner Hand, und er musste die Stadt für ein Jahr verlassen. Theseus wandte sich nach Troizen, um seine Mutter und Pittheus wiederzusehen. Zudem mochte Phaidra ihren Stiefsohn.

Seit sie Hippolytos in ihrem kretischen Palast gesehen hatte, verfolgte Phaidra wie ein Spuk seine schöne Gestalt. Wenn Theseus sie nachts umarmte, liebkoste sie in Gedanken nicht ihren Gatten, sondern dessen betörenden Sohn. Leider beachtete der weder die liebeskranke Stiefmutter noch alle anderen Jungfrauen, die um seine Gunst buhlten.

Schon vor Sonnenaufgang zog er in den Wald und frönte Artemis' Waidwerk; und bettete er sich zur Ruhe, hatte nichts Unkeusches ihn befleckt.

Um so entrüsteter war er, als er von den Gelüsten seiner Stiefmutter erfuhr. Nur sein im Voraus abgegebener Schwur, nichts zu verraten, hinderte ihn, Phaidras Laster anzuklagen. Doch diese richtete sich selbst und erhängte sich vor Scham. Aber zuvor schrieb sie einen Abschiedsbrief an ihren Mann, in dem sie Hippolytos beschuldigte, er habe sie unsittlich belästigt.

So schmerzte Theseus nicht nur seine tote Gattin, sondern auch noch sein verworfener Sohn.

»O Menschengeist!«, jammerte Theseus. »Wohin versteigst du dich noch? Da! Der ist mein Sohn und schändete meine Ehe!«

»Du zürnst furchtbar, Vater«, versuchte Hippolytos ihn zu beschwichtigen, »doch es ist nicht klug, vor dem Volke Rechenschaft zu geben, besser im vertrauten Kreis, wo meine Antwort nicht Phaidras Andenken schadet. Aber du findest keinen unter der Sonne, der reiner ist als ich. Wenn ich ein Schurke bin, will ich ruhmlos als Flüchtling zugrunde gehen!«

»Vater Poseidon, vernimmst du solche Frechheit? Dereinst stelltest du mir drei Wünsche frei. Erfülle den einen! Vernichte diesen Schandfleck. Und dich«, wandte sich der König gegen seinen Sohn, »jage ich wie einen Hund aus dem Lande. Falls Poseidon meinen Wunsch nicht erhört, sollst du durch die Fremde irren und erbärmlich enden.«

»Du prüfst nicht einmal meinen Eid? Treibst mich ohne Seherspruch, ohne Urteil aus der Heimat?«, fragte ungläubig Hippolytos.

»Dies Schreiben hier beweist deine Schuld. Treffe ich dich noch einmal in meinem Lande an, durchbohrt dich mein Speer.«

»Selbst wenn ich die Wahrheit enthüllte, überzeugte ich den Grausamen nicht, bräche also nutzlos meinen Eid.« Mit diesen Worten entfernte sich der Unschuldige und ging in die Verbannung.

Doch er kam nicht weit. Bereits auf dem Weg nach Epidauros entstieg dem Meer ein gewaltiger Stier, und Hippolytos' Pferde scheuten. Als erfahrener Wagenlenker packte er die Zügel und zwang die Rosse wieder in die Bahn, doch der weiße Stier drängte das Gefährt ab, bis ein Wagenrad an einem Baum zerschellte und Hippolytos, in den Zügeln verfangen, halb zu Tode geschleift wurde. Schwer verletzt trug man ihn vor seinen Vater, der soeben von Artemis die Wahrheit erfuhr und ihn mit Tränen begrüßte:

»Ich bin verloren! Götter umnebelten meinen Sinn. Oh, stürbe ich doch statt deiner.«

»Ach, bitter sind Poseidons Gaben. Schon sehe ich das Tor zum Hades«, hauchte Hippolytos.

»Kind, was tust du mir an?«, weinte Theseus. »Willst du mich schuldbesudelt zurücklassen?«

»Ich spreche dich vom Morde frei!«

»Du vergibst mir, nach allem was ich dir antat?«, zweifelte der überwältigte Vater.

»Artemis sei meine Zeugin. Lebt wohl, auch du, mein Vater, leb tausendfach mir wohl.«

»Sohn, Kind, verlass mich nicht, nein, steh es durch!«, schrie Theseus, schüttelte den leblosen Körper, doch Hippolytos war bereits in die Unterwelt eingegangen.

Artemis aber duldete nicht, dass Hipplytos durch Aphrodites Zorn so elend umkam. Nach einem ehernen Gesetz stellte sie der rächenden Liebesgöttin – die war erbost über die Keuschheit des Jünglings – nichts in den Weg, aber veranlasste Asklepios, ihren unschuldigen Verehrer wieder zum Leben zu erwecken. Als Sternbild des Wagenlenkers ist Hippolytos am Himmel zu beobachten. Er selbst aber ging nach Italien, wo er als Viribus, eine niedere Gottheit, verehrt wurde. Dass Asklepios einen Sterblichen wiedererweckte, wurde bekanntlich dem Arzt zum Verhängnis. Zeus tötete ihn dafür mit einem Blitz.

Ixion begehrt Hera

Seine letzten und verwegensten Abenteuer bestand Theseus gemeinsam mit Peirithoos. Doch blenden wir zunächst eine Erzählung über dessen Vater Ixion ein.

Ixion, König von Nord-Thessalien, warb um Dia und gelobte deren Vater reiche Brautgeschenke. Um diese abzuholen, begab sich der Ahnunglose in Ixions Palast, stürzte in eine eigens dafür ausgehobene Fallgrube und verbrannte in deren glühenden Kohlen. Selbst die Götter scheuten sich, den Blutbesudelten von diesem ersten Verwandtenmord zu reinigen. Nur Zeus erbarmte sich seiner und lud Ixion sogar ein, mit den Unsterblichen zu tafeln. Doch als Ixion Hera erblickte, begehrte er sie heftig. Ungläubig vernahm der Kronide die Beschwerden seiner Frau und machte aus einer Wolke ihr Ebenbild, an der Ixion sich zu befriedigen suchte.

Daraufhin zerschmetterte Zeus im Zorn den Ixion. An ein flammendes Rad gekettet, wirbelt er nun unter ewigen

Qualen in der Unterwelt und stöhnt: »Du sollst deinem Wohltäter danken!«

Zu seinen Sprösslingen zählen Kentauros, den ihm die Wolke Nephele gebar und der die Stuten des Berges Pelion begattete, welche die zweigestaltigen Kentauren zeugten, außerdem Koronis sowie Peirithoos, dem Dia das Leben schenkte. Allerdings behaupten andere Quellen, Zeus habe ihr beigelegen und den lapithischen König gezeugt.

Die Kentaurenschlacht

Als Peirithoos das schier Unglaubliche über Theseus' Heldentaten hörte, beschloss er, sich mit ihm zu messen. So raubte er Theseus' Herden und stellte sich dem Verfolger. Allerdings kam es zu keinem Kampf. Denn jeder war von der Erscheinung des anderen derart beeindruckt, dass beide die Rinder vergaßen und sich ewige Freundschaft schworen.

Peirithoos heiratete wenig später Hippodameia (II) und lud neben Theseus und anderen Helden auch die benachbarten Kentauren zur Hochzeit ein. Alle kamen. Selbst Götter sollen sich bei dem rauschenden Fest die Ehre gegeben haben. Der Wein floss in Strömen. Welcher Genuss für die Kentauren, die als Pferdemenschen sonst nur gegorene Milch zu sich nahmen. Nun schlürften sie gierig den unvermischten Saft[209] und wurden volltrunken.

Eurytion, dem wildesten der Kentauren, brannte die Brust mehr noch vom Anblick der Braut als vom Wein. Er kippte die Hochzeitstafel um und stürzte sich auf Hippodameia. Noch ehe jemand eingreifen konnte, verwandelte sich das ausgelassene Mahl in ein Chaos.[210] Lüsterne Kentauren folgten Eurytions Beispiel und vergriffen sich an den lapithischen Frauen, die ihnen am nächsten saßen. Die Gäste packte Entsetzen und Wehklagen, wie sonst nur bei der Eroberung von Städten.[211]

Theseus fasste sich zuerst, setzte Eurytion nach und entriss ihm seine Beute. An dem blutigen Kampf nahmen außer Cheiron alle Kentauren teil, zudem viele griechische Helden wie Kaineus[212], Nestor, Peleus und sogar Herakles[213]. Beide Seiten klagten über zahlreiche Opfer. Schließlich wurden die Kentauren besiegt und aus Thessalien vertrieben.

Theseus in der Unterwelt

Allerdings vermochte sich Peirithoos nicht lange an Hippodameia zu erfreuen, denn sie verstarb bald. Da beide Freunde, Theseus und Peirithoos, nun frauenlos waren, beschlossen sie, die schönste aller Frauen zu erobern. Sie zogen nach Sparta und raubten Helena. Obwohl die damals erst zwölf Jahre alt war, übertrafen ihre Reize bereits die aller anderen. Nachdem beide die Verfolger abgeschüttelt hatten, losten sie um ihre Beute. Theseus gewann Helena und brachte sie nach Aphidna, wo er sie der Obhut seiner Mutter Aithra übergab.

Schon nach wenigen Tagen wurde Peirithoos ungeduldig: »Ich habe dir zu deiner Braut verholfen, nun ist es an dir, deinen Schwur zu halten und mich bei meiner Suche zu unterstützen.«

»Wie unnötig«, lachte Theseus, »mich an den Eid zu erinnern. Dir folgte ich gar in den Hades. Nenne nur ihren Namen, und in einer Stunde bin ich reisefertig. Auf welche Schönheit, lieber Freund, richtet sich dein Sinn?«

»Da ich mich nicht mit Geringerem zufriedengebe als du, muss sie mindestens eine Zeustochter sein. Da keine andere irdische Frau Helenas Schönheit erreicht, freie ich um die göttliche Herrscherin der Schatten«, verkündete Peirithoos.

»Persephone? Die unnahbare Frau des grimmigen Hades?«, erschrak Theseus. »Welcher Sterbliche wäre so töricht, sich vor Ablauf seiner Frist dem Tode zu überantworten?«

»In nichts stehe ich dir nach«, unterbrach Peirithoos, »nur die Göttin der Unterwelt ist würdig, meine Gemahlin zu werden.«

»Peirithoos«, versuchte Theseus den Freund zu beschwichtigen, »lass ab von dem Vorhaben, das uns beide ins Unglück stürzt. Wir sind Menschen und können keinen Göttern trotzen. Erinnere dich an das Schicksal Ixions. Wiederhole nicht den Fehler deines Vaters.«

»Bemäntele nicht Furcht mit Moral. O Griechen, wie preist ihr nur solch einen Weichling? Peirithoos wird euch wahres Heldentum lehren. Ich werde vollbringen, was noch keiner wagte. Allein breche ich den Hades auf und dulde keinen Feigling neben mir. Ich entbinde dich deines Eides, o großer Theseus.«

»Das vermag niemand«, widersetzte sich Theseus, »ich habe geschworen und halte Wort, selbst wenn das, wozu ich dir folge, Unheil bringt.«

So stiegen beide bei Tainaron in die Unterwelt und trugen dem verblüfften Herrscher ihr Anliegen vor. Hades tat so, als hieße er sie freundlich willkommen und nötigte sie auf den Felsenthron. Doch sobald sie saßen, verschmolzen ihr Fleisch und der Stein miteinander, und es war ihnen unmöglich, sich zu regen. So saßen sie auf dem Sessel des

Vergessens, der Lethe, und erstarrten mit glasigem Auge vier Jahre lang in Selbstvergessenheit.

So lange dauerte es, bis Herakles seine letzte Aufgabe von Eurystheus erhielt[214] und in den Hades herabstieg, um Kerberos zu holen. Als er seinen alten Freund Theseus apathisch, wie versteinert, sah, packte ihn Mitleid und er riss ihn mit seinen gewaltigen Kräften vom Thron. Theseus büßte dabei große Teile seines Sitzfleisches ein, wird berichtet; daher haben seine Nachfahren so lächerlich kleine Gesäße. Aber als Herakles Peirithoos packte, bebte die Erde; und der Held ließ von seinem Vorhaben ab. Theseus folgte seinem Retter in die Welt der Lebenden, und es war das dritte und letzte Mal, dass er seinem Vorbild begegnete. Ihm zeigte er sich auf ganz besondere Weise erkenntlich. Er war nämlich der Einzige, der es wagte, wie wir schon erzählt haben, Herakles' Nachkommen gegen Eurystheus in Schutz zu nehmen.

Theseus' Ende

Nach Athen zurückgekehrt, fand Theseus seine Stadt widerspenstig. Menestheus, einem direkten Erechtheus-Nachkommen, war es gelungen, die Einwohner gegen ihren einstigen Regenten aufzuwiegeln. Menestheus wurde der Erste seiner Art, die unter dem Begriff »Demagogen« traurige Berühmtheit erlangen und Athen so viel Unheil bringen sollten – einschließlich des Peloponnesischen Krieges gegen Sparta. Doch Menestheus wendete einen Krieg gegen Sparta – es wäre der Erste gewesen – ab. Das sei zu seiner Ehrenrettung erwähnt.

Als die Dioskuren mit ihrer spartanischen Armee gegen Athen zogen, um ihre Schwester Helena zu befreien, empfing Athen die Helden mit höchsten Ehren, und Menestheus geleitete sie zu Aphidna, wo Theseus die Geraubte festhielt. Die göttlichen Zwillinge machten die Festung dem Erdboden gleich, befreiten ihre Schwester und versklavten Theseus' Mutter Aithra, die Helena später zehn lange Jahre in Troia dienen musste, bis sie von ihren Enkeln befreit wurde. Für manche Erzähler war Helena noch unberührt, als sie nach Sparta zurückkehrte, andere wiederum behaupten, sie hätte dem Theseus Iphigenie geboren und Klytaimnestra zur Erziehung übergeben, ebenjene Iphigenie, die zu Aulis geopfert und auf wunderbare Weise gerettet wurde.

Von all dem erfuhr Theseus erst, als er aus seiner Totenstarre erwachte. Gebrochen vom Schattenreich, gebeugt vom Alter, verzweifelte der Heros, sandte seine Söhne Demophoon und Akamas nach Euboia und verfluchte Athens Volk. Theseus begab sich zu seinem Erbgut auf Skyros, wo er an einer Klippe stolperte und unglücklich zu Tode stürzte. Doch man mutmaßte, Lykomedes, Skyros' König, habe ihn eigenhändig von der Klippe gestoßen, um sich das Land anzueignen und sich seinem Freund Menestheus erkenntlich zu zeigen.

Menestheus führte Athens Heer nach Troia, wo er als Stratege Ruhm erntete und fiel. Nach der Eroberung der Stadt bestiegen Theseus' Söhne Demophoon und Akamas Athens Thron. Allerdings sollten die Athener erst nach den persischen Kriegen den Helden Theseus ehren. Bei der Schlacht von Marathon stürmte Theseus' Geist voll gerüstet gegen die Perser. Auf Geheiß des Delphischen Orakels wurden seine Gebeine 473 v. Chr. heimgeholt und im Theseion beim Aufgang zur Akropolis beigesetzt.

Atreus wird Mykenes König

Wir haben nun Athens Geschichte erzählt und kehren zurück zu Pelops' Söhnen Atreus und Thyestes, die nach der Ermordung ihres Halbbruders bei König Sthenelos Zuflucht gefunden hatten. Ein furchtbarer Fluch lastete auf den Pelopiden. Niemand weiß genau, welche der vielen Verfehlungen den Brüdern ein derartig schreckliches Schicksal bereitete. War es das ruchlose Mahl des Tantalos, war es Hermes' Rache für den Todessturz seines Sohnes Myrtilos oder gar Pelops' Fluch nach der Ermordung des Chrysippos?

Diejenigen, die Hermes für den Untergang des Pelopsgeschlechtes verantwortlich machen, meinen, dass der Gott sich an Pan wandte, um in Atreus' Herden einen goldenen Widder entstehen zu lassen. Der Ziegengott gestand das zu, und Hermes rechnete mit dem Zorn der Artemis und mit Atreus' Habgier, der das Goldene Vlies in einer Truhe verbarg, anstatt es, wie einst gelobt, der Göttin zu opfern.

Atreus brüstete sich mit seinem Besitz, war aber vorsichtig genug, ihn zu verbergen und nur seiner jungen Frau zu zeigen. Doch Aërope verabscheute ihren Angetrauten, schwärmte vielmehr für dessen Bruder Thyestes. Wann immer sie sich vom Hause wegstehlen konnte, lag sie in den Armen ihres Schwagers und erfüllte ihm sogar den Wunsch, das goldene Fell zu stehlen.

Thyestes' Bitte verfolgte einen Zweck. Sthenelos, der greise König, war mittlerweile verstorben, und auch sein Sohn Eurystheus, der letzte unmittelbare Erbe von Perseus' Königshaus, fiel in der Schlacht gegen die Herakliden. Nun hätte die Macht an Herakles' Nachkommen fallen müssen. Aber die Anwohner von Mykene, die noch nichts von dem Orakel wussten, dass die Herakliden drei Ernten abzuwarten hätten, fürchteten, dass sie für all das büßen müssten, was Eurystheus Herakles angetan hatte. So schickte Mykene auf Geheiß des Delphischen Orakels nach Atreus und Thyestes, um die Macht, die bisher dem Hause des Perseus zukam, Pelops' Haus zu übertragen.[215]

Aber wer von beiden sollte herrschen? Atreus war erstaunt über die Zweifel an seinem Anspruch, denn nur ihm als Erstgeborenen und Besitzer des Felles stand die Krone zu. Aber sein Bruder Thyestes wandte tückisch ein:

»Bekennst du öffentlich: Wer das goldene Vlies besitzt, der sei König?«

Unbekümmert stimmte Atreus zu und erfuhr dann von dem Diebstahl. Außerdem beschimpfte ihn nun sein Bruder, der das Fell vorwies, als Lügner, Betrüger und Hochstapler und wurde König von Mykene. Zeus erzürnte. Offensichtlich besaß Atreus schon jetzt das göttliche Zepter, was der Göttervater Pelops übergeben hatte, um ihn und seine Nachkommen über alle anderen Griechenfürsten zu erheben. Von Zeus beraten, wandte sich Atreus erneut an die Versammlung:

»Steht die Welt auf dem Kopf? Niedrigstes sitzt auf dem höchsten Thron. Unrecht ersetzt Recht. Thyestes, glaubst du wirklich, die Götter sähen deiner Schändlichkeit tatenlos zu? Wenn ja, setze ich nie wieder den Fuß auf griechischen Boden. Wenn nicht, büße du den schnöden Diebstahl mit Verbannung. Oh, großer Zeus, ich flehe dich um ein Zeichen an! Schaffe Gerechtigkeit!«

Augenblicklich riss Helios die Sonnenpferde herum und trieb sie in die entgegengesetzte Richtung. Dies war der einzige Tag, an dem die Sonne im Osten nicht nur auf, sondern auch unterging. Und noch vor Einbruch der Dunkelheit war Thyestes verbannt.

Atreus' Versöhnungsfest

Als Atreus von Aëropes Untreue erfuhr, tötete er sie und bereute, Thyestes so voreilig vertrieben zu haben. Er sandte unablässig Botschaften an ihn, in denen er die ganze Schuld auf Aëropes Heimtücke schob. Nie wieder möge ein Weib sie trennen, er vergebe ihm alles und wünsche nichts sehnlicher, als seinen geliebten Bruder in die Arme zu schließen und mit ihm das Königreich zu teilen.

Als endlich Thyestes in Mykene erschien, begrüßte Atreus seinen Bruder überschwenglich, erwies ihm alle erdenkbaren Ehren und bewirtete ihn zuvorkommend. Thyestes hatte in der Zwischenzeit viel Elend ertragen müssen. Das herzliche Willkommen und der liebliche Wein ließen ihn seinen Kummer vergessen und endlich an das Gute im Menschen glauben. Nach seinen Entbehrungen griff er heißhungrig nach dem Gebratenen und Gesottenen, das der Gastgeber selber vorlegte.

»Ich muss Abbitte leisten«, dankte Thyestes, nachdem er reichlich gespeist hatte. »Du bist nicht nur der Ältere, sondern auch der Weisere. Heute lehrst du mich wirkliche Menschlichkeit. Sei von nun an in allem mein Vorbild.«

»Nicht der Rede wert«, wehrte Atreus ab, »für dich bereitete ich eine große Überraschung vor. Siehst du die drei silbernen Tabletts, jedes mit golddurchwirkten Stoffen bedeckt? Nimm sie ab, und du findest Geschenke aus dem tiefsten Grunde meines Herzens.«

Neugierig schritt Thyestes zum Tisch, hob das erste Tuch und war zu keiner Äußerung fähig. Rasch entfernte Thyestes den zweiten Stoff, und ohne jeden Laut glitten beide Tücher zu Boden. Langsam, ganz langsam lüftete er die letzte Abdeckung, beugte sich ein wenig, um herunterzusehen und bedeckte rasch wieder den Inhalt. Thyestes taumelte, kämpfte mit den Tränen. Dann versagten seine Sinne, er stürzte zu Boden und erbrach sich.

»Liebliche Kinder hattest du. Selbst ihre blutverschmierten Häupter sind noch wie zum Anbeißen. Magst du noch einen Happen? Aber du hättest sie sehen sollen, als sie sich schutzflehend an den Zeusaltar klammerten. Mein Herz brach mir fast, als ich sie alle drei fortriss und mit dem kalten Erz zerstückelte«, höhnte der König.

»Fluch«, stammelte Thyestes, »Fluch über dich und alle deine Nachkommen. Ich verfluche dich und deinen Samen!«

Die Rache des Thyestes

Thyestes' einziger Lebenszweck bestand fortan darin, den Tod seiner drei Söhne zu rächen. Die Pythia prophezeite ihm, er werde mit seiner eigenen Tochter einen Rächer zeugen. So begab sich Thyestes nach Sikyon, wo Pelopia unerkannt lebte. Thyestes wagte nicht, seiner Tochter diese ungeheuerliche Bitte vorzutragen. So folgte er Pelopia nachts im Schutze einer Maske, als sie die Jungfrauen zu einem Reigen für Athena anführte. Während des Tanzes glitt Pelopia aus, beschmutzte ihre Tunika und lief zum Wasser, um das Tuch auszuwaschen. Auf diesen Moment hatte Thyestes gewartet, er stürzte aus dem Hinterhalt und vergewaltigte seine Tochter. Pelopia erfuhr nicht, wer sie geschändet hatte, aber brachte das Schwert des Vergewaltigers an sich.

Wenige Tage später weilte Atreus in Sikyon und verliebte sich in Pelopia, von der er annahm, sie sei die Tochter des dortigen Königs. Dieser zeigte Erbarmen mit Pelopia, verheimlichte ihre wahre Herkunft und vermählte das Paar. Als Pelopia neun Monate später niederkam, wusste sie, dass es sich um die Frucht des Verbrechens handelte und setzte das Knäblein aus. Hirten fanden das Kind, legten es zum Säugen einer Ziege unter und nannten es deshalb Aigisthos. Allerdings hatte Atreus die Schwangerschaft seiner Frau bemerkt und bedrängte sie, bis sie den Ort beschrieb, an dem sie das Kind verließ. Sofort holte Atreus seinen vermeintlichen Sohn und kümmerte sich, in der Vorstellung, dass Frauen während der Schwangerschaft zu Abwegigem neigen, nicht weiter um Pelopias Verwirrung. So wuchs Aigisthos im Palast des Atreus auf, zusammen mit Agamemnon und Menelaos, Atreus' Söhnen aus der Ehe mit der untreuen Aërope.

Jahr um Jahr fielen die Ernten karger aus, und Mykene hungerte. Da sandte Atreus Agamemnon und Menelaos nach Delphi, um zu erfragen, wie dem Zorn der Götter zu begegnen wäre. Die Prophezeiung raubte die letzten Hoffnungen. Nur wenn Thyestes Lydien, das Land seiner Vorfahren, wieder verlasse und nach Mykene zurückkehre, würde die Hungersnot enden. »Wie bewerkstelligen wir das?«, fragten sich die Jünglinge. Niemals wieder ließe Thyestes sich wohl an den Ort des Grauens locken.

Doch für die Götter ist nichts unmöglich. Als die beiden

Söhne Apollons Tempel verließen, trafen sie ihren Onkel Thyestes, der soeben die Stufen hinaufstieg. Atreus' Söhne ergriffen Thyestes und brachten ihn zu ihrem Vater, der ihn einkerkerte.

Alles schien sich zu Atreus' Gunsten zu wenden. Er lobte seine beiden verständigen Söhne, und auch sein Jüngster sollte nicht tatenlos bleiben. Atreus beauftragte ihn, sich des Nachts in den Kerker zu schleichen und Thyestes zu töten.

Aigisthos tat wie ihm geheißen. Doch irgend etwas schreckte Thyestes auf, er entriss dem Knaben das gezückte Schwert und setzte nun selbst zum Todesstoß an. Plötzlich bemerkte er, dass er seine eigene Waffe in der Hand hielt und brüllte den Jungen an:

»Wo stahlst du Meuchelmörder dieses Schwert?«

»Es ist mein eigenes, ein Geschenk meiner Mutter Pelopia«, stammelte Aigisthos in Todesangst.

Ungläubig blickte Thyestes vom Knaben zum Schwert und wieder zum Kinde. Konnte hier seine Rache beginnen? Thyestes war zu allem entschlossen und verlangte:

»Drei Befehle habe ich. Führst du sie aus, schone ich dein Leben. Verweigerst du sie, stirbst du.«

»Ich gehorche in allem«, versicherte Aigisthos, der keine Gnade erwartet hatte.

»Zuerst bringe deine Mutter her«, befahl der Eingekerkerte.

Pelopia erschien und fiel ihrem Vater in der schwarzen Zelle um den Hals. Thyestes schob sie beiseite und fuhr sie barsch an:

»Woher hast du das Schwert?«

»Frag' nicht, es reißt nur eine alte Wunde auf«, wich Pelopia aus.

»Dein Mann hat mir meine Söhne, also deine Brüder, zum Mahl vorgesetzt und wird büßen. Was ist dagegen dein kleiner Schmerz wegen einer Vergewaltigung in Sikyons Nächten?«, schrie ihr Vater sie an.

»Woher weißt du das?«, staunte die Königin. »Niemand erfuhr etwas vom Maskierten und dass ich ihm sein Schwert entwand.«

»Weil ich die Maske trug«, antwortete Thyestes kalt und schaute regungslos zu, wie seine Tochter sich das Schwert in die Brust stieß und verblutete.

»Nun mein zweiter Befehl: bringe das Schwert zu Atreus und berichte, du hättest seinen Auftrag ausgeführt. Dann komme sofort zurück.«

Aigisthos war so fassungslos, dass er alles ausführte und dann erneut vor diesem Manne stand, der ihm eröffnete, sein Vater zu sein. Ohne weitere Erklärungen ordnete Thyestes an:

»Mein dritter und letzter Befehl: töte Atreus und zögere diesmal nicht!«

Aigisthos fand den König an der Küste, wo er ein Dankopfer abhielt, nachdem er vom angeblichen Tode seines Widersachers erfuhr. Aigisthos erstach Atreus an Ort und Stelle. Nun ergriff Thyestes die Macht in Mykene. Agamemnon und Menelaos, von denen nun erzählt werden soll, gingen ins Exil, aber kehrten einige Zeit später zurück und vertrieben Thyestes. Obwohl Thyestes nie wieder nach Mykene kam, liegt sein Grab am Weg nach Argos, während Atreus in dem größten Kuppelgrab Mykenes beigesetzt sein soll, das man schon im Altertum das »Schatzhaus des Atreus« nannte.[216]

Der Ruhm der Atriden

Die Atriden teilten sich die Macht. Agamemnon, der Ältere, übernahm die Herrschaft in Mykene, während Menelaos in Sparta regierte. Im Gegensatz zu seinem milderen Bruder war Agamemnon Herrscher durch und durch, schön und majestätisch, das Haupt wie das des Zeus, die Brust wie die Poseidons, unnachgiebig und grenzenlos in seinem Machtanspruch.

Agamemnon hatte sich leidenschaftlich in Klytaimnestra verliebt. Ihn kümmerte dabei nicht, dass sie mit Tantalos (II), einem Sohn des Thyestes, verheiratet war. Agamemnon begab sich nach Pisa, eroberte die Stadt, tötete König Tantalos, riss ihr das Kind, das Klytaimnestra von ihm empfangen hatte, von der Brust und warf es zu Tode.

Wahrhaftig, Klytaimnestra hatte wenig Grund, ihren neuen Gatten zu lieben, und als Agamemnon später Iphigenie opferte und vom Troianischen Krieg mit Kassandra heimkehrte, würde sie ein tödliches Netz spinnen …

Die Ehe seines Bruders Menelaos verlief ebenfalls unglücklich. Er warb um Helena, Klytaimnestras Schwester, um die schönste aller Frauen, das Abbild Aphrodites, um deren Hand alle Könige und Helden Griechenlands anhielten. All die Großen, denen wir wieder begegnen werden, versammelten sich im Palast ihres Vaters Tyndareos: Odysseus, Diomedes, der große wie der kleine Aias und viele mehr. Nur Achilleus, noch im Kindesalter, fehlte. Menelaos freite nicht selbst. Das tat Agamemnon im Namen seines Bruders.

Tyndareos war verzweifelt. Welche Entscheidung er auch träfe, er könnte es nur einem recht machen, dafür aber alle anderen mächtigen Herrscher gegen sich aufbringen. So schob er die Wahl ein ums andere Mal auf.

Odysseus erriet die Sorgen des Königs und nötigte alle Freier zu dem Eid, die Entscheidung zu achten und dem Auserwählten, falls ihm Helena streitig gemacht würde, mit aller Macht beizustehen. Bereits am nächsten Tag reiste Helena mit großem Gefolge nach Sparta, um Menelaos zu heiraten. Ehe wir vom Raub der schönen Helena und dem großen Krieg gegen Troia berichten, sei noch von weiteren bedeutenden Helden erzählt, allen voran Achilleus.

Das Volk der Myrmidonen

Der mustergültige Herrscher Aiakos

Achilleus' Ahnin Aigina galt als die letzte Tochter des Flussgottes Asopos. Wir berichteten bereits, wie der verzweifelte Flussgott seine verschwundene Tochter suchte und von Sisyphos erfuhr, dass Zeus sie geraubt hatte. Der Göttervater brachte Aigina auf die heute nach ihr benannte Insel und zeugte mit ihr Aiakos, der die Herrschaft auf Aigina ergriff.

Als Hera von Zeus' erneutem Ehebruch erfuhr, sandte sie Dürre und Pest. Zahllose Schlangen fielen über die Insel her, krochen in alle Winkel und vergifteten mit ihrem Geifer alles Wasser. Heilkunst, Gebete und Opfer versagten, die Menschen starben wie die Fliegen. Aiakos, auf wundersame Weise nicht befallen, musste hilflos mitansehen, wie sich seine Insel entvölkerte. Er begab sich zur Zeus-Eiche, die aus dodonischem Samen gewachsen war, und staunte über die Ameisen, die in endlosem Zug Getreidekörner zu ihrem Nest in der Borke schleppten.

»Vater Zeus«, rief Aiakos, »gib mir ebenso viele Bürger, um die verödeten Mauern wiederzubeleben, oder birg auch mich im Grabe.«

Da erzitterte die uralte Eiche, und ihre Blätter rauschten ohne den leisesten Lufthauch. Aiakos fiel auf die Knie, umarmte den Baum, der ein so hoffnungsfrohes Zeichen gab, und küsste Stamm und Wurzeln.

Nachts träumte ihm, die Eiche bebe erneut, und all die Heerscharen der Ameisen fielen zu Boden, wüchsen, verlören ihre Insektengestalt und erhöben sich als Menschen. Noch ganz benommen wachte er am nächsten Morgen auf und vernahm im Haus so etwas wie Gemurmel menschlicher Stimmen, die er so lange entbehrt hatte. Doch als er aus dem Palast trat, grüßte ihn eine riesige Volksmenge.

Zeus hatte also sein Versprechen wahr gemacht. Und Aiakos nannte seine neuen Untertanen nach ihrem Ursprung Myrmidonen, Ameisenmänner. Sie verleugneten niemals ihre Herkunft. Das emsige und zähe Volk erwies sich auch im Krieg als tüchtig.

Durch seine Gottgefälligkeit erwarb sich Aiakos grenzenlosen Ruhm. Als Griechenland von einer schrecklichen Dürre heimgesucht wurde, da Pelops den König von Stymphalos getötet und dessen Glieder im ganzen Land zerstreut hatte, riet die Pythia, Aiakos um Hilfe zu bitten. Alle Griechenstädte sandten Boten nach Aigina, und Aiakos flehte seinen himmlischen Vater an; der öffnete daraufhin die Himmelsschleusen.

Selbst die Götter ehrten den untadligen Mann. Als Poseidon und Apollon Troias Mauern errichteten, luden sie

Aiakos ein, mit Hand anzulegen. Hätten sie die Unsterblichen allein gebaut, wären die Mauern niemals gefallen; in ihrem Schutz hätten die Menschen gar den Göttern zu trotzen vermocht. Nachdem die Mauern standen, versuchten drei Schlangen das Bollwerk zu überwinden. Zwei stürzten zu Tode, aber die dritte, die den von Aiakos errichteten Abschnitt wählte, bezwang die Befestigung. Apollon schloss aus dem Zeichen, dass Troia mehr als einmal zerstört und Aiakos' Nachkommen innerhalb von drei Generationen die Mauern stürmen würden. Telamon und Aias machten die Prophezeiung wahr.

Wir haben schon erzählt,[217] wie Nisos und Skiron um Megaras Thron stritten und Aiakos um einen Schiedsspruch baten. Aiakos erklärte Nisos zum König und Skiron zum Feldherrn. Auch Skiron empfand diese Entscheidung als gerecht und vermählte seine Tochter Endeïs mit Aiginas Herrscher.

Endeïs gebar ihrem Gemahl Peleus und Telamon. Allerdings hatte Aiakos noch einen Sohn Phokos (II), der seine beiden Halbbrüder an Kraft und Tapferkeit übertraf. Viele glauben nun, das sei der wahre Grund dafür, dass Telamon und Peleus ihn töteten. Aiakos verbannte seine Söhne und starb als berühmter, aber einsamer Herrscher. In der Unterwelt wurde er für seine Gerechtigkeit belohnt. Er teilte nicht das Schicksal der anderen Hingeschiedenen, sondern erhielt die Schlüssel des Hades und sitzt gemeinsam mit Minos und Rhadamanthys über die Toten zu Gericht.

Telamon in Salamis

Telamon segelte zur nahegelegenen Insel Salamis, wo König Kychreus ihn aufnahm und mit seiner Tochter Glauke vermählte. Wie sein Bruder gehörte er zu den Argonauten und holte mit ihnen das Goldene Vlies zurück nach Griechenland, nahm auch an der Kalydonischen Jagd teil. Nach Kychreus' Tode übernahm Telamon die Herrschaft und heiratete, nachdem seine erste Frau kinderlos gestorben war, Periboia, eine Enkelin des Pelops.

Kurz nachdem Periboia Telamon einen Sohn geschenkt hatte, kehrte Herakles in Salamis ein, um seinen Freund zum Zug gegen Troia abzuholen. Herakles hüllte den Knaben in sein mächtiges Löwenfell; das habe ihn, wie manche behaupten, bis auf eine kleine Stelle unter den Achseln unverwundbar gemacht. Herakles bat seinen Vater Zeus, das Kind möge ein tapferer Held werden. Als Zeichen der Zustimmung sandte Zeus einen Adler, und Telamon nannte seinen Sohn Adler, also Aias, der im Folgenden der große Aias genannt wird, einerseits seiner Stärke wegen, andererseits um ihn von seinem kleineren Namensvetter zu unterscheiden.

Wir berichteten bereits, wie Telamon mit Herakles die Mauern Troias bestürmte, wobei er fast sein Leben verlor.[218] Herakles schenkte ihm die troische Königstochter Hesione, der mit ihr den nicht weniger berühmten Teukros zeugte. Aias und Teukros, die beiden Halbbrüder, kämpften später gemeinsam vor Troia. Obwohl Teukros nicht dabei war, als Aias sich umbrachte, glaubte Telamon seinem zurückkehrenden Sohn nicht und verbannte ihn von Salamis. Teukros wandte sich nach Zypern, wo ein bedeutendes Königsgeschlecht von ihm abstammt.

Die Taten des Peleus

Peleus führte seine Herden und viele der Myrmidonen nach Phthia, wo Eurytion ihn vom Mord an Phokos reinigte, ihm seine Tochter zur Frau gab und als Mitgift ein Drittel des Landes. Auch Peleus beteiligte sich am Zug der Argonauten sowie an der Kalydonischen Jagd. Allerdings nahm diese für ihn ein unheilvolles Ende, denn unabsichtlich tötete er seinen Schwiegervater Eurytion. Vorsätzlich oder nicht, das Gesetz galt. Peleus hatte sich von der Blutschuld zu reinigen und durfte Phthia ein Jahr lang nicht betreten.

So wandte er sich nach Iolkos, wo die Leichenspiele des Pelias stattfanden, zu denen Akastos, dessen einziger Sohn und jetziger König, alle Helden lud.

Akastos entsühnte Peleus, dann trat der im Ringkampf gegen die schöne Jägerin Atalante an. Da auch Peleus ein betörender Mann war, wurde es fast ein Liebeskampf. Doch das brachte ihm Unglück, denn Astydameia, die Gattin des Königs, verliebte sich in ihn und lud ihn noch am selben Abend ein.

Aber Peleus blieb seiner Angetrauten treu, und die gekränkte Astydameia tat alles, um ihm zu schaden. Zuerst redete sie Peleus' Gattin ein, ihr Ehemann verlasse sie, und sie erfand den Treuebruch so überzeugend, dass die Betroffene sich erhängte. Danach klagte sie Peleus an, er habe sie vergewaltigen wollen. Natürlich glaubte Akastos ihr, aber scheute sich, einen Mann zu töten, den er selbst von Blutschuld reingewaschen hatte.

So lud er Peleus ein, auf dem Pelion zu jagen. Bald entbrannte ein heißer Wettkampf unter den Helden, wer das meiste Wild zu erlegen verstünde. Peleus besaß ein von Daidalos geschmiedetes Schwert, das machte ihn unverwundbar im Kampf, so sagt man, und erfolgreich bei der Jagd. Bald erlegte er zu viele Tiere, um sie alle zum Sammelplatz zu tragen, und schnitt ihnen nur noch die Zungen heraus. Als er zu Akastos zurückkehrte, lachten die Begleiter des Königs den Helden aus, da er offensichtlich zu ungeschickt jagte. Peleus schüttete die Zungen aus und bewies, dass er so viel wie kein anderer der Jagdgesellschaft erbeutet hatte.

Nach einem ausgiebigen Mahl legte man sich in den Schatten der Bäume und ruhte. Während Peleus schlief, stahl Akastos das Zauberschwert, verbarg es unter Kuhmist und schlich sich mit seinem Gefolge von dannen. Akastos hatte mit Angriffen umherziehender Kentauren gerechnet. Als Peleus vom Lärm erwachte, fand er sich unbewaffnet und von mordlustigen Pferdemenschen umzingelt. Doch der weise Cheiron nahm ihn in seine Obhut und fand auch das versteckte Schwert.

Von nun an ist Cheiron untrennbar mit dem Hause des Peleus verbunden, der nach Phthia zurückkehrte, später zusammen mit Iason und den Dioskuren Iolkos eroberte und die verruchte Astydameia tötete. Am Ende seines Lebens wurde Peleus allerdings von Akastos und seinen Söhnen aus Phthia vertrieben. Doch wir sind der Zeit schon wieder vorausgeeilt. Nicht der greise Peleus, sondern der jugendliche, von dem nun die Rede ist, sollte das größte Geschenk erhalten. Und wie so oft beginnt die Geschichte bei den Göttern:

Die bedrohliche Braut Thetis

Zeus begehrte Thetis so heftig, dass sie aus Respekt vor ihrer Ziehmutter Hera ins Meer floh. Der Kronide wäre nicht Vater der Götter und Menschen geworden, hätte er so schnell aufgegeben. Doch als er der Schönen nachsetzte, reckte Poseidon ihm seinen Dreizack entgegen. Auch den Herrscher des Meeres hatte Eros' Pfeil getroffen. Beide Brüder erhoben nun ihre furchtbaren Waffen gegeneinander, eher bereit, die Welt ins Verderben zu stürzen, als einen Schritt zu weichen.

In dieser bedrohlichen Situation trat Themis in ihre Mitte und verkündete:

»Der Sohn der Meeresgöttin Thetis wird mächtiger als dessen Vater. Wenn ein Kronide sie begattet, wird das Geschoss ihres Sohnes gewaltiger als Zeus' Blitz und Poseidons Dreizack. Wollt ihr euren Untergang? Vermählt sie lieber mit einem Sterblichen!«

Daraufhin senkten die Herrscher ihre furchtbaren Waffen. Hätten sie nicht nachgegeben, wäre anstatt des Krieges vor Troia eine viel gewaltigere Schlacht ausgebrochen, und eine neue Göttergeneration hätte die Macht ergreifen können. Deshalb stimmten sie Heras Hochzeitsplänen zu, Thetis mit einem Sterblichen zu verheiraten. Sie wählten den Helden Peleus als ehrbarsten Menschen zum Gatten.

Allerdings sorgte man sich darum, wie Peleus, so schön und tapfer er auch war, eine Göttin auffinden, sich ihr nähern und ihre Liebe erringen könne. Als nun Thetis, wie jede Vollmondnacht, ihre Schwestern zum Reigen an die

Ufer des östlichen Pelions führte, lauerte dort der wohlunterrichtete Held, sprang mitten in die davonstiebende Schar und ergriff die Göttin.

Thetis verwandelte sich in ihr Element. Doch obwohl Peleus fast in den Wogen ertrank, hielt er sie fest. Plötzlich loderten Flammen um seine Arme, aber trotz aller Schmerzen lockerte er den Griff nicht. Nun verwandelte sich Thetis erneut und erschien als gewaltiger Löwe. Peleus versuchte dessen schrecklichem Maul zu entgehen, das ihn erbarmungslos zerfleischt hätte, doch die Prankenhiebe des gewaltigen Tieres zerrissen seine Haut. Blutverschmiert schwang er sich auf dessen Rücken und klammerte sich an die Mähne, um bald zu spüren, dass er nicht mehr den Nacken einer Raubkatze, sondern den Kopf einer widerlichen Schlange umfing. Wieder und wieder entwand sich das Tier seinen Händen und versuchte, die rettende See zu erreichen. Immer von neuem packte der Held zu und ließ auch nicht locker, als das Reptil zum Angriff überging, ihn biss, traktierte und ihm die Luft abschnürte.

Mit einem Schlag wurde ihm schwarz vor Augen, und die zum Tintenfisch gewandelte Göttin entglitt seinen Armen. Mit einem verzweifelten Schrei stürzte sich der erblindete Held ins Meer, bekam ein Tentakel zu fassen und wand sich um dessen Leib. Eng umschlungen rangen beide, rollten keuchend über den Strand, pressten und saugten ihre Körper ineinander – in Liebe. Seitdem heißt das Ufer die »Klippe der Sepia«, da sich Thetis hier ihrem durchweichten, verbrannten, zerkratzten, zerbissenen und mit Sepia-Tinte bespritzten Geliebten hingab.

Der goldene Apfel

Am nächsten Morgen gaben sich die Götter die Ehre für die Hochzeit von Thetis und Peleus. Hera selbst trug für das jungvermählte Paar die Brautfackel, Zeus gab den Brautvater ab, während Poseidon – der sich wie sein Bruder in sein Schicksal fügte – dem Bräutigam die unsterblichen Rosse Balios und Xanthos schenkte. Cheiron überreichte Peleus eine Eschenlanze, deren Schaft Athena selbst geglättet und deren Spitze Hephaistos geschmiedet hatte. Mit der würde ihrer beider Sohn Achilleus gegen Troia ziehen, ebenso mit dem goldenen Panzer, den die Götter gemeinsam Peleus übergaben. Thetis erhielt eine herrliche Juwelenkrone.

Dionysos brachte Wein zum üppigen Mahl; Nektar und Ambrosia gab es reichlich. Die Moiren prophezeiten die Geburt eines berühmten Sohnes. Die Musen sangen. Die Nereïden tanzten, und die Chariten spendeten Freude. Das herrliche Fest war nach der Hochzeit von Kadmos und Harmonia das letzte Mal, dass die Götter an der Heirat eines Sterblichen teilnahmen. Alle Götter waren geladen, außer einer, Eris, der Göttin des Streites. Aber sie erschien dennoch und warf polternd einen goldenen Apfel mit der Aufschrift »Der Schönsten« in ihre Mitte.

Schön waren alle. Doch wie das selbst bei Göttinnen ist, hielten sich viele für die Allerschönste. Namentlich Hera, Athena und Aphrodite bedrängten Zeus, ihr den Apfel zu überreichen.

Doch der Göttervater hütete sich vor einer derartigen Entscheidung. Welcher er auch den Preis zuerkennen würde, zwei Feindinnen grollten ihm auf jeden Fall. Gekränkt in ihrer Eitelkeit, würde keine ruhen, bis sie sich gerächt hätte. So bestellte er den troianischen Königssohn Paris zum Richter; der galt nicht nur als der schönste Mann, sondern auch als unvoreingenommen.

Das Parisurteil

»Ich bin die erhabene Herrin des Himmels«, lockte Hera den verschüchterten Paris, »mir gehört der Apfel, und niemals zweifelte ich, dass du eine andere bevorzugen würdest. Ich werde deiner immer huldvoll gedenken. Du wirst fortan keine Rinder mehr hüten, sondern ein Reich regieren, so riesig und begütert, wie es die Welt noch nie sah. Statt auf einer Pritsche bettest du dein Haupt in einem Palast, dort häufen sich Gold und Juwelen. Könige werden vor deinem Thron knien. Man wird dich ehren und für den Glücklichsten halten, wenn du mir den Apfel überreichst, der mir ohnehin gebührt.«

So streckte die Himmlische die Hand nach der goldenen Frucht aus. Und Paris hob, gebannt von ihrer tiefen Stimme, dem Glanz ihrer Gestalt, der Pracht des Gewandes, wie bezaubert den Arm, um den Preis zu überreichen, denn was gab es Schöneres und Herrlicheres als die Gattin des Zeus.

»Übereile nichts«, hielt Athena den Jüngling an, »ein kluger Mann erwägt erst, bevor er entscheidet. Prüfe dein Herz, vielleicht bereust du einst, ein großer König zu sein, dem Reichtum und Macht in den Schoß fielen? Du wirst geehrt nur deiner Besitztümer wegen. Aber wer rühmt dich? Ruhm erwirbt nur, wer mit Stärke und Mut Gefahren meistert. Folgst du mir, preisen kommende Geschlechter deine unvergänglichen Taten, deine Siege.«

Pallas Athena hatte Helm und Waffen abgelegt und ihren Körper in den Quellen des Ida vom Staub und Blut des Kampfes gereinigt. Doch im Gegensatz zur glitzernd aufgeputzten Hera trug sie keinerlei Schmuck. Ihre Augen strahlten Wahrhaftigkeit, sie blickte rein und ruhmverheißend. Paris sah an Hera vorbei; in seinen Adern pochte Kampfeslust, es dürstete ihn nach Heldentaten.

Doch bevor er ihr den Preis übergeben konnte, ergriff Aphrodite sanft seinen Arm, dass Paris einen sinnlichen Schauer spürte, der seinen ganzen Körper erfasste. Von ihren Augen geblendet, war ihm, als habe er bisher nur tönende Worte vernommen, denen höchste Beglückung gefehlt hatte. Lächelnd sagte Aphrodite:

»Mein Paris, man bot dir lediglich Reichtum oder Macht. Aber selbst der stärkste Held vermag wahre Liebe weder zu erzwingen noch zu erkaufen. Und wählst du Ruhm oder Ehre, verrinnen deine Tage bitter und einsam. Keine Geliebte versüßt dein Leben, du verpasst die Wonnen der Liebe. Was für ein Verlust für uns Frauen! Deine stattlichen Schultern – die reizen sogar mich – verlangen nach Liebkosungen. Helena, die schönste aller Frauen, soll dir bedingungslos verfallen und höchste Lust bereiten – wenn du mir den Apfel gibst. Denn bin nicht schließlich ich die Schönste?«

»Paris, du hast uns gehört, nun entscheide!«, rief Hera und riss den Jüngling aus seiner Verwirrung und Begierde. Noch eben hätte er Aphrodite alles gegeben. Doch jetzt wog Paris zweifelnd den Preis in der Hand, und seine Augen wanderten von einer Göttin zur anderen. Blickte er auf Heras göttliche Hoheit, trieb es ihn, sich vor ihrer Erhabenheit in den Staub zu werfen. Trafen ihn Athenas blitzende

Augen, weckten sie in ihm das Gute, Wahre und Ehrliche. Paris' Verstand forderte unablässig, der Jungfrau und ihrem Edelmut zu folgen.

Als Aphrodite sah, dass ihr der sicher geglaubte Sieg aus den Händen glitt, reizte sie:

»Verzeih, lieblicher Paris, dass ich dir eine Frau versprach, die du nur vom Hörensagen kennst. Entscheide erst, wenn du sie gesehen hast. So wirf einen Blick auf mich, denn sie gleicht mir in Antlitz und Gestalt.« Mit diesen Worten entblößte Aphrodite ihren atemberaubenden Leib.

Troia nimmt sein Unheil an

»Sohn, es ist helllichter Tag, keine Zeit zum Müßiggang«, riss Agelaos den Verklärten aus seiner Verzückung.

»Verzeih, Vater«, erwiderte Paris, »ich hatte einen wunderbaren Traum. Mir erschien Aphrodite, die schönste aller Göttinnen.«

»Schluss mit der Tagträumerei«, wies Agelaos ihn zurecht, »die Boten des Königs fordern den schönsten Stier unserer Herde, den setzt Priamos als Preis aus für die Leichenspiele eines längst verlorenen Sohnes.«

»Meinen Stier, den ich selbst aufzog?«, widersetzte sich Paris. »Auch wenn ich nur ein einfacher Hirte bin, werde ich an den Wettkämpfen teilnehmen und meinen Bullen zurückgewinnen.«

»Paris, ich flehe dich an«, wandte der entsetzte Vater ein, »meide die Königsburg! Den Herrschenden unter die Augen zu treten ist nicht gut für uns, besonders nicht für dich.«

Doch der Ungestüme ließ sich nicht aufhalten, schlug dann Priamos' Söhne im Wettstreit und gewann tatsächlich den Stier. Als die Söhne wütend ihre Schwerter zogen, floh Paris zum Altar.

»Großer König«, kreischte Agelaos, »verhindere den Brudermord. Er ist dein Sohn.«

»Fasse dich, Hirte! Du brauchst dein Kind, um es zu retten, nicht als meines auszugeben«, antwortete Priamos und befahl seinen Söhnen, von dem Hirtenjungen abzulassen. Dann wandte er sich erneut an Agelaos:

»Spielst du aber noch einmal mit meinem Schmerz, lasse ich dich hinrichten. Kein Tag vergeht, wo ich nicht die Seher samt ihren Deutungen verdamme und bereue, meinen Sohn dem Wohle des Staates geopfert zu haben. Als meine Frau träumte, sie gebäre eine brennende Fackel, deren Feuer die ganze Stadt zerstöre, prophezeiten die verfluchten Seher, das Kind bringe unserer Stadt den Untergang. Dass ich nachgab und den hilflosen Säugling aussetzen ließ, peinigt mich seitdem ohne Ende. Müsste ich aber jetzt erkennen, den Knaben einem unwürdigen Lügner übergeben zu haben, wäre das zu viel. Verschwinde, du Lump, und wage nie mehr, das Andenken meines Kindes zu verunglimpfen.«

Unter diesen Anschuldigungen brach der redliche Mann zusammen und schluchzte auf den Knien:

»Ich gehorchte deinem Willen. Doch eine Bärin säugte das strahlende Kind. Als ich es am sechsten Tag gesund und munter vorfand, erbarmte ich mich seiner und zog es als meinen Sohn auf. Wenn das nichtswürdig ist, bin ich ein Schuft, aber ich habe niemals gelogen. Glaubst du wirklich, eine solch stattliche Erscheinung stammt aus einer armseligen Hütte? Da Paris eine große Diebesbande zerschlug, nennen ihn die Hirten Alexandros, den Männer Abwehrenden. Und große Königin, erkennst du nicht diese Klapper, die du deinem Säugling gabst? Mit ihr wuchs Paris auf.«

Mit zitternden Händen ergriff Hekabe das Spielzeug und befingerte es zunächst ungläubig, doch dann stürzte sie mit dem Schrei »mein Sohn!« auf ihn zu und umarmte den Totgeglaubten. Die ganze Nacht verging mit Fragen und Antworten, Geschichten und Umarmungen, bis Kassandra mit wehenden Haaren erschien und forderte, den Wiedergefundenen zu töten. Da gebot Priamos:

»Schweig, Tochter! Lieber sehe ich Troia in Schutt und Asche als meinen Sohn hingeschlachtet.«

Der Raub der schönen Helena

»Wenn du Prunk und Bewunderung wünschtest«, warf Aphrodite dem Königssohn vor, »hättest du Hera den Apfel reichen sollen. Doch du wähltest mich und vergeudest nun deine Zeit mit Festen. Achtest du den versprochenen Preis derart gering? Ist es Helena nicht mehr wert, deine Frau zu werden?«

»So war es doch kein Traum?«, staunte Paris.

»Nein«, ermutigte Aphrodite ihn, »und ich kam, dir den Lohn zu verschaffen. Lasse ein Schiff richten! Verheimliche deinem Vater besser deine Brautfahrt. Sage ihm, du segeltest nach Salamis, um Hesione von Telamon zurückzuholen. Da Priamos ohne seine Schwester versklavt worden wäre, wird er dies bewilligen. Gelänge dir Hesiones Befreiung nicht, brächtest du wenigstens eine griechische Königstochter mit.«

So geschah es. Und wie die Göttin vorhergesehen hatte, scherte Priamos sich nicht um Kassandras Warnungen. Deren Prophezeiungen glaubte ohnehin niemand. Weil Apollon zwar die schönste Tochter des Priamos in alle Geheimnisse der Prophetenkunst eingeführt, Kassandra ihn aber um die versprochene Liebesnacht betrogen hatte, war dies sein Fluch.

In Sparta gelandet, wurde Paris neun Tage lang gastfreundlich aufgenommen. Da Menelaos nach Kreta zu den Leichenspielen des Katreus reisen musste, trug er seiner Gattin auf, sich in der Zwischenzeit um den hohen Besuch zu kümmern. Von der verhängnisvollen Nacht, in der Idas und Lynkeus mit den Dioskuren in Streit gerieten und die göttlichen Zwillinge zu der schicksalhaften Schlacht aufbrachen, haben wir bereits berichtet.[215]

Helena, die Schwester der Dioskuren, blieb schutzlos im Palast. Paris nutzte nun die Gelegenheit zum sprichwörtlichen »Raub der schönen Helena«, wie die Griechen es nannten. Später wurde gar behauptet, während die wirkliche Helena in Ägypten keusch auf ihren Gatten wartete, habe Paris nur ein Trugbild nach Troia entführt. Doch in Wahrheit verliebte sich Helena wohl Hals über Kopf in den schönen Fremdling und floh mit Menelaos' Schätzen nach Troia. Da die Liebesgöttin ihre Hände im Spiel hatte, ist dies kaum verwunderlich.

HELDENSAGEN

Der Troianische Krieg

Die griechische Streitmacht wird aufgeboten

Die Griechen hatten seit eh und je Frauen geraubt, ohne dass jemand sie ernsthaft zur Verantwortung zog. So glaubte Paris sich mit seiner Beute sicher. Doch diesmal war vieles anders. Hera und Athena grollten dem troianischen Königssohn wegen seines beleidigenden Urteils und wünschten, seine Stadt zu vernichten. So wurde Iris nach Kreta gesandt, um Menelaos von der Entführung seiner Frau zu unterrichten.

Menelaos begab sich unverzüglich nach Mykene zu seinem Bruder Agamemnon, damit der den Bündnisfall erkläre. Nach einigem Zögern stimmte Agamemnon zu und rief zum Krieg alle Herrscher, die einst um Helenas Hand angehalten hatten, und das hatten sie alle getan, denn jeder begehrte Helena, die schönste der Frauen, Aphrodites Ebenbild.

Damals verzweifelte Helenas sterblicher Vater Tyndareos. Welche Entscheidung er auch träfe, er könnte es nur einem recht machen, würde dafür aber all die anderen Stolzen gegen sich aufbringen. So schob er die Wahl ein ums andere Mal auf. Odysseus erriet die Sorgen des Königs und nötigte alle Freier zum Eid, die Entscheidung zu achten und dem Auserwählten, falls ihm Helena streitig gemacht würde, mit aller Macht beizustehen.

Die Könige erinnerten sich nur ungern an ihren Eid. Agamemnon musste seine ganze Macht einsetzen und ihnen ins Gewissen reden: Bliebe diese Dreistigkeit ungerächt, könne niemand mehr sicher sein. So kamen alle Mächtigen, wie widerwillig auch immer; nur Achilleus und Odysseus fehlten.

Odysseus stellt sich wahnsinnig

Odysseus galt als Sohn des Laërtes und erbte von ihm das Königreich Ithaka. Doch weit wahrscheinlicher war er ein Sohn des listenreichen Sisyphos.[220] Einsichtig hatte er als Einziger um Helena ohne Geschenke geworben und die Ehe mit Penelope vorgezogen. Doch sein damaliger Vorschlag, die Freier durch Eid zum Beistand zu verpflichten, fiel nun auf ihn selbst zurück. Ein Orakel hatte verkündet: zöge er nach Troia, kehrte er erst nach zwanzig Jahren zurück. Ithakas Herrscher mochte weder für die Ehre eines Betrogenen kämpfen noch seine junge Gemahlin und sein Söhnchen Telemachos verlassen.

Nun machten sich Agamemnon, Menelaos, Nestor und Palamedes auf, den Säumigen abzuholen. Zu ihrem größten Erstaunen sahen sie den König beim Pflügen auf einem Acker. Den Pflug zogen ein bulliger Ochse und ein klappriger Esel, und dahinter schritt Odysseus in einem lächerlichen Gewand und warf über seine Schulter Salz in die Furche.

»Lasst mich nur noch das Feld zu Ende bestellen«, begrüßte er die Verdutzten fröhlich, »damit meine Angehörigen während meiner Abwesenheit genug Salz ernten. Hört ihr, wie sehnsüchtig meine stolzen Renner nach dem Streitwagen blöken? Sie werden ihn in rasender Fahrt ins feine Gemetzel führen!«

»Ich fürchte, solch ein Salzfeld bedarf gründlicher Pflege, und wir wollen dich nicht von solcher Verantwortung abziehen«, erwiderte Agamemnon und flüsterte im Gehen den anderen zu:

»Wir verschwenden unsere Zeit. Ein solcher Tor schadet mehr, als er nützt.«

Doch der junge Palamedes ließ sich nicht täuschen, riss Penelope, die in der Nähe stand, ihren Säugling aus dem Arm und legte ihn vor die stampfenden Tiere. Um seinen Sohn Telemachos zu retten, riss Odysseus die Zügel herum und musste, nachdem seine Geistesgegenwart bewiesen war, den Atriden in den Krieg folgen. Aber er vergab Palamedes niemals diese List und rächte sich später furchtbar.

Achilleus in Frauenkleidern

Der Seher Kalchas prophezeite den griechischen Heerführern, dass sie Troia nur mit Achilleus' Hilfe einnehmen könnten. Mit Achilleus kommen wir wieder auf eine Ursache des Troianischen Krieges zurück; denn es handelt sich um den Sohn von Peleus und Thetis, ebenjenes Paares, in dessen Hochzeitsnacht der verderbliche Streit um den goldenen Apfel entbrannte.

Die Göttin Thetis hatte gewünscht, ihren Sprössling unsterblich zu machen, ihn tags mit Ambrosia gesalbt und nachts über das Feuer gehalten, um alles Sterbliche auszubrennen. Als Peleus dies gewahrte, riss er seinen Sohn aus den Flammen. Die verärgerte Meeresgöttin verließ ihren Gatten und kehrte in ihr Element zurück. Die sprichwörtliche Achillesferse beruht auf einer anderen Überlieferung, wonach Thetis den Säugling in die Styx tauchte und seinen Körper unverwundbar machte, außer eben der Ferse, an der sie den Knaben festhielt. Als verwandt mit der Achillesferse erweist sich in der germanischen Nibelungensage die Stelle auf Siegfrieds Rücken, wo beim Baden im unverwundbar machenden Drachenblut das Lindenblatt klebte.

Peleus brachte den Jungen zu seinem alten Freund Cheiron, der Achilleus mit den Innereien von Löwen und Keilern fütterte, um ihm Mut einzuflößen, und das Knochenmark der Bären verabreichte, was ihn kräftigte. Seine Schnelligkeit, die sogar die eines Hirsches übertraf, kam vom Fleisch junger Rehe sowie vom Honig. Im Alter von sechs Jahren erlegte der Junge seinen ersten Eber, und seitdem schleppte er erbeutete Löwen, Bären und anderes Wild in Cheirons Höhle. Der Kentaur unterrichtete seinen Zögling in der Kunst des Jagens und Reitens, ebenfalls der des Heilens wie des Saitenspiels.

Auch in ihrem blauen Reich wachte Thetis über die Geschicke ihres Sohnes. Der würde zwar, schlösse er sich dem Kriege an, unsterblichen Ruhm erlangen, aber früh sterben; oder er führe ein ruhmloses, aber langes Leben auf der heimatlichen Scholle. Die Göttin schickte deshalb den neunjährigen Achilleus nach Skyros, wo Lykomedes ihn in Frauengewänder steckte, inmitten seiner Töchter als Mädchen aufzog und wegen seines rotblonden Haares Pyrrha nannte.

Als die griechischen Abgesandten, unter ihnen jetzt Odysseus, auf Skyros eintrafen, antwortete der König bereitwillig:

»Da ihr nun lächerlichen Gerüchten glaubt, so sucht euren Achilleus und nehmt ihn mit, falls ihr ihn findet.«

Achilleus schien sich in seiner Rolle wohl zu fühlen, war stets von schönen Jungfrauen umgeben, die ihn neckten und tätschelten. Deren Schönste, Deidameia, trug seinen Sohn unter dem Herzen, der später als Pyrrhos, der Rotblonde, oder Neoptolemos, der Erneuerer des Krieges, Troia das Ende bringen würde.

Aber Odysseus verschwendete keine Zeit, lange zu suchen. Er breitete herrliche Gewänder, gleißenden Schmuck und blinkende Juwelen vor Lykomedes' Töchtern aus. Entzückt schwirrten die Mädchen, begleitet von ihrem Stimmengewirr wie eine Schar Singvögel, zu den Geschenken. Alles musste befingert, bewertet und anprobiert werden. Nur eine griff zum abseits gelegenen Schwert und Schild. Die meisten Erzähler behaupten, Achilleus sei so verweiblicht gewesen, dass Odysseus erst einen Überfall mit Trompetenstoß und Kriegslärm vortäuschen musste, ehe der Held die Waffen packte.

Achilleus kannte sein Schicksal und entschied sich für ein kurzes Leben und ewigen Ruhm, auch wenn er der einzige war, den nichts zum Krieg gegen Troia verpflichtete. Als die anderen Helden um Helena freiten und den Beistand beeideten, war er noch ein Knabe in Cheirons Höhle.

Peleus schenkte seinem Sohn die beiden göttlichen Pferde, die Eschenlanze und den goldenen Panzer, die er als Hochzeitsgeschenke von den Unsterblichen erhalten hatte. So gerüstet, führte Achilleus mit seinem Freund Patroklos die Myrmidonen nach Aulis.

Iphigenie in Aulis

Die Flotte der Achäer versammelte sich bei Aulis, doch Windstille verhinderte das Auslaufen. Da prophezeite der Seher Kalchas, erst müsse Agamemnon seine Tochter der Jagdgöttin opfern, dann könne man in See stechen. Nach seiner Pirsch auf einen stattlichen Bock hatte Agamemnon geprahlt:

»Artemis hätte nicht besser getroffen!« Das habe die Göttin beleidigt. Doch Agamemnon widersetzte sich hartnäckig der Forderung, und die Achäer drohten, ihm den Oberbefehl zu entziehen. Nun schlug Menelaos vor, Iphigenie nach Aulis zu locken, um angeblich den Helden Achilleus zu heiraten. Zum Schein ging Agamemnon darauf ein, aber Menelaos fing seine geheime Botschaft ab, so dass Klytaimnestra nichtsahnend Iphigenie nach Aulis brachte.

Nachdem Klytaimnestra ihre Tochter für die bevorstehende Hochzeit geschmückt hatte, erfuhr sie von der Lüge und flehte Achilleus an, die Jungfrau vor dem Tode zu bewahren. Nach dessen Versprechen stellte die Königin ihren Mann zur Rede:

»Nur damit Menelaos seine Helena zurückgewinnt, mordest du unser Liebstes.«

»Ich liebe meine Kinder!«, schrie Agamemnon. »Wie schrecklich, dieses Opfer zu wagen, wie schrecklich, es zu unterlassen. Du siehst, die Flotte liegt fest, das Heer fordert gegen Troia auszulaufen. Nicht Menelaos, sondern Hellas, unser Land, zwingt mich zum Töten. Es geht auch um unser Recht, um unsere Ehre.«

Achilleus kam mit Waffengeklirr. Weil er Iphigenie inzwischen als seine Verlobte ausgegeben hatte und retten wollte, hätte das Heer ihn fast gesteinigt. Er war entschlossen, sie zu verteidigen, und stellte sich mit wenigen Gefährten dem gesamten Heer. Da besann sich Iphigenie:

»Soll mein einzig Leben die Heerfahrt verhindern und Achilleus sterben? Und sollte etwa ich Sterbliche wagen, mich gegen Götter zu wenden? Und sollst du, Achilleus, eines Weibes wegen sterben? Dein Leben wiegt ja tausend

Frauen auf. Ich opfere mich für Griechenland. Zerstört Troia! Das ist mein Kind, meine Hochzeit!«

Der Seher Kalchas kränzte Iphigenies Haupt. Dann hörte man die Klinge in der Hand des Opferpriesters surren. Aber das ganze Heer schrie auf, denn statt der Frau zappelte eine herrliche Hirschkuh am Boden. Ihr frisches Blut rötete den Altar. Artemis versetzte Iphigenie ins Land der Taurer, um dort als ihre Priesterin zu wirken; und die Göttin soll sich fortan mit Tieropfern begnügt haben.[221]

Neun lange Jahre Krieg

Wind kam auf, und die Schiffe segelten zunächst nach Chrysa bei Lemnos, um Apollon zu opfern. Doch die heilige Schlange, Hüterin des Tempels, griff den Träger des Heraklesbogens, Philoktetes, an und biss ihn in den Fuß. Die besten Kräuter heilten die eiternde Wunde nicht, die so ekelerregend stank, dass Odysseus den Verwundeten auf Lemnos aussetzte.

Dann fuhr man weiter nach Tenedos, wo Tenes, Apollons Sohn, herrschte. Einst war Achilleus gewarnt worden, niemals einen Sprössling dieses Gottes zu töten, sonst fiele er durch dessen Hand. Aber als Achilleus sah, wie Tenes riesige Felsblöcke auf die Schiffe schleuderte, schwamm er an Land und durchbohrte ihn mit dem Speer.

Ehe die Achäer vor Troia landeten, unternahmen sie noch einen Versuch, den Krieg abzuwenden, und sandten Odysseus und Menelaos in die Stadt, um Helena und die geraubten Schätze zurückzufordern. Diese Bitte wurde nicht nur abgelehnt; man hätte die Abgesandten sogar getötet, wenn der besonnene Antenor sich nicht für sie eingesetzt hätte.

Erbost legten die Achäer nun vor der Stadt an, aber zögerten; denn nach einer Prophezeiung war derjenige, der als erster Troias Boden betrat, des Todes. Davor hatte die Göttin Thetis auch ihren Sohn Achilleus gewarnt. Schließlich fasste sich Protesilaos, ein Sohn des ehemals impotenten Iphiklos, ein Herz, sprang an Land und tötete einige Troer, bis Hektor ihn durchbohrte.

Als zweiter sprang Achilleus ans troische Ufer und traf auf Kyknos, einen Sohn des Poseidon. Kyknos galt als unverwundbar, doch Achilleus brachte ihn mit einem Steinwurf zu Fall und erdrosselte den Gewaltigen mit einem Riemen. Dem Gewürgten entfuhr ein Schrei, wie ihn nur Schwäne in ihrer Sterbestunde von sich geben; und die Götter verwandelten Kyknos in den im Griechischen gleichnamigen Schwan. Entsetzt flohen die Troer in ihre Stadt. Nun zogen die Achäer ihre Schiffe an Land und begannen die Stadt zu belagern.

Die Troerinnen verließen anfangs ungehindert die Stadt, um Wasser aus dem Brunnen zu holen, der durch seinen Apollonaltar geheiligt war. Aber Achilleus lauerte hinter dem Brunnenhaus, nicht der Frauen, sondern des Jünglings Troilos wegen, der auf einem Pferd die Gruppe begleitete. Als die Frauen, unter ihnen Polyxene, ihn bemerkten, stoben sie davon. Der schnellfüßige Achilleus holte Troilos' Ross ein und schlachtete den Jüngling auf dem Altar Apollons. Eine Weissagung verlangte dieses Opfer als Voraussetzung für Troias Fall.

Achilleus verwüstete das Land rings um Troia, zog mit seinen Leuten zum Berg Ida, raubte Aineias das Vieh und zerstörte die Stadt Lyrnessos, wohin dieser geflohen war. Doch da dem Sohn der Aphrodite noch eine große Zukunft bestimmt war, verhalf Zeus ihm zur Flucht. Erst jetzt trat Aineias an die Seite Troias. Es hieß, Hektor sei die Hand der Troer und Aineias deren Seele.

Unter Achilleus' Führung eroberten die Achäer zahlreiche mit den Troern verbündete Städte wie Lesbos, Kolophon, Smyrna – wohl über hundert, und raubten Frauen wie die schöne Briseis und Chryseis, Schätze und Vieh. Allerdings misslang es, Troia ganz von Nachschub an Gütern und von Verbündeten abzuschneiden.

Als Odysseus von einer Plünderung ohne Beute zurückkehrte, warf Palamedes ihm Faulheit und Feigheit vor. »Dass wir kein Getreide fanden, war nicht meine Schuld«, verteidigte sich Odysseus, »hätte Agamemnon dich losgesandt, wärst auch du mit leeren Händen heimgekehrt.«

Daraufhin stach Palamedes in See und brachte innerhalb kurzer Zeit eine Schiffsladung Korn. Odysseus' alter Groll kochte erneut, schon einmal hatte Palamedes ihn ertappt, als er die Erde mit Salz gedüngt hatte. Der Listige fingierte einen troischen Brief, der Palamedes eine hohe Summe versprach, wenn er das Lager der Achäer preisgäbe, versteckte diesen Betrag in dessen Zelt und klagte Palamedes des Verrats an. Sosehr sich der Unschuldige auch verteidigte, das bei ihm aufgefundene Geld galt als unumstößlicher Beweis, und Palamedes wurde gesteinigt.

Als Nauplios vom Mord an seinem Sohn erfuhr, segelte er nach Troia und forderte Genugtuung, die ihm verweigert wurde. Verbittert kehrte der Vater nach Griechenland zurück und träufelte den Frauen der Anführer Lügen ins Ohr wie: »Dein Gemahl führt eine junge Troerin als neue

Königin heim.« Einige Gattinnen brachten sich daraufhin um, andere wie die des Agamemnon und Diomedes begingen Ehebruch.

Der Groll des Achilleus – Die Ilias

Neun Jahre lang erwiesen sich die Mauern Troias als unüberwindbar. Da beleidigte Agamemnon den gefürchteten Helden Achilleus derart unversöhnlich, dass sogar die Götter sich gezwungen sahen, in die Schlacht einzugreifen. Von diesen entscheidenden 51 Tagen im neunten Kriegsjahr erzählt Homers *Ilias*. Auch das *Mahabharata* aus Indien und der Bericht über die *Bravalla*-Schlacht aus Skandinavien handeln von mythischen Kriegen der Vorzeit, in die ebenfalls Götter eingriffen.

Achilleus verweigert den Kampf

Unvermittelt brach unter den Belagerern eine Seuche aus, denn Apollon sandte Pestpfeile. Gelänge es nicht bald, dem Unheil Einhalt zu gebieten, würde das Heer dahingerafft, und so befragte man den Seher Kalchas.

»Der Gott zürnt«, verkündete dieser, »weil sein Priester mit Schimpf und Schande verjagt wurde, als der seine Tochter Chryseis freikaufen wollte. Nur wenn die zurückgegeben und der Vater versöhnt wird, lenkt Apollon ein.«

Agamemnon hatte, wie auf Kriegszügen üblich, die wunderschöne Chryseis[222] geraubt und wollte sie, da schöner als seine Frau Klytaimnestra, auch gegen hohes Lösegeld nicht zurückgeben. Um die Seuche abzuwenden, beugte sich Agamemnon nur widerwillig und wurde von Achilleus gerügt.

»Niemand ist schrecklicher als du«, fuhr Agamemnon ihn an, »ich hasse keinen mehr als dich, labst dich nur an Zwietracht und Kriegen. Aber wie mir Apollon nun meine Chryseis entreißt, so hole ich mir deine Briseis. Damit du siehst, wieviel höher ich stehe als du.«

Achilleus erstarben die Worte im Hals, griff mit der Rechten nach dem Schwert, um den Heerführer niederzuhauen. Aber in diesem Moment fuhr Athena nieder, nur für Achilleus sichtbar, und veranlasste ihn, Agamemnon statt mit dem Schwert lediglich mit Worten anzugreifen. »Ich-Süchtiger«, »Tyrann« und andere Vorwürfe fielen, als sich zum Entsetzen der Achäer der Heerführer mit dem größten Helden entzweite.

Während Achilleus' Gefährte Patroklos die himmlische Briseis an Agamemnons Herolde übergab, weinte der gedemütigte Held am Meeresufer und bat seine Mutter um Hilfe. Wie Nebel tauchte Thetis, die Tochter des Meeresgottes Nereus, aus den Tiefen des Meeres und versprach, zu Zeus zu eilen; der würde sicher helfen. Denn als einst Olympier wie Hera, Poseidon und Athena planten, den großen Zeus zu fesseln, hatte Thetis den hundertarmigen Briareos aus dem Tartaros geholt und den Göttervater gerettet.

Inzwischen hatte Odysseus die geraubte Tochter des Apollonpriesters zurückgebracht, und man veranstaltete ein großes Sühneopfer. Da genasen sogar die Pestkranken. Die silberfüßige Thetis eilte zu Zeus, der auf dem Gipfel des Olymps thronte, umschlang mit ihrer Linken seine Knie, streichelte mit der Rechten sein Kinn und bat ihn:

»Stärke die Troer, auf dass die Achäer meinen Sohn wieder gebührend ehren.« Als Zeus schwieg, umklammerte Thetis seine Knie noch fester.

»Hera behauptet ohnehin, ich helfe den Troern«, wurde Zeus unwirsch, »aber Silberfüßige, gehe rasch, damit sie nichts merkt. Und achte auf mein unwiderrufbares Nicken.«

Seine dunklen Brauen senkten sich tatsächlich, und die ambrosischen Haare fielen ihm ins Gesicht. Trotzdem hatte die kuhäugige Hera das Gespräch bemerkt, warf Zeus erneut Heimlichkeiten vor und warnte ihn, nicht um Achilleus' Ehre willen Tausende Achäer in den Tod zu schicken.

»Hera, hoffe nicht, alle meine Pläne zu erfahren«, verwahrte sich Zeus, »setz dich, schweig und gehorche!« Und das tat sie. Und als Zeus wollüstig ihr Lager bestieg, gab sie sich willig hin.

Zeus täuscht Agamemnon

In der Nacht grübelte Zeus, wie Achilleus' Ehre wiederherzustellen wäre, huschte dann in Agamemnons Zelt, nahm Nestors Gestalt an und versuchte ihn so zu täuschen:

»Greife sofort Troia an! Jetzt wirst du es erobern, denn Hera stimmte die Götter um.«

Agamemnon gürtete sein mit silbernen Buckeln beschlagenes Schwert und ließ die Heeresversammlung ausrufen. Wie Bienen aus ihren Felsenhöhlen schwärmen, strömten die Kämpfer aus ihren Schiffen und Zelten. Unter dem Rennen und Hasten stöhnte die Erde. Agamemnon eröffnete, sein Zepter schwingend, dem Heer, der Göttervater habe ihn geblendet:

»Neun Jahre schon trotzt uns Troia, erwies sich als uneinnehmbar; die Balken unserer Schiffe faulen, die Taue modern. Unsere Frauen und Kinder warten. Lenken wir unsere Schiffe heim, die Festung erobern wir doch nimmer.«

Nun brach die Menge auf. Das Geschrei derer, die zu ihren Schiffen rannten, drang bis hinauf in den Himmel. Und hätte Hera nicht sofort Athena gesandt, wäre die Flotte wohl ausgelaufen. Athena machte Odysseus, sonst dem Zeus an Einsicht vergleichbar, Vorhaltungen: »Ihr flieht also ins warme Bett zu euren Frauen? Wollt den Troern Helena überlassen, für die so viele starben? Was für ein Ruhm für Priamos! Verhindere, dass man die Schiffe ins Meer zieht!«

Odysseus riss nun das heilige Zepter an sich, eilte zu den Schiffen und schalt die Fliehenden:

»Ihr Schwächlinge, Feiglinge, wie unkriegerisch!«, und veranlasste deren Rückkehr zur Heeresversammlung. Dort ermahnte Odysseus die Achäer an ihr Versprechen, erst zurückzukehren, wenn die Mauern Troias gefallen sind:

»Wer jammert da wie kleine Kinder!«, rief er. »Wie schimpflich, kämen wir nach so langem Kampf leer heim.« Und er erinnerte auch daran, wie sie vor der Ausfahrt geopfert hatten und die grässliche Schlange auf die Sperlingsbrut losgefahren war. Der Seher Kalchas deutete den Tod der neun Küken so: nach neun Jahren Kampf fiele die Stadt im zehnten Jahr.

Der Jubel der Achäer hallte bis zu den Schiffen und ließ die Taue erzittern. Bei den Zelten wurden Feuer angezündet, man opferte den Göttern und rief zur Schlacht. Athena hielt inmitten der Anführer die schreckliche Aigis, mit hundert Goldquasten besetzt, und stachelte die Achäer an, dass sie nun die Heimkehr vergaßen und wieder danach gierten, Troias Mauern zu brechen.

In der Ebene des Flusses Skamandros hatte sich vor Troia das Heer aus 29 Kontingenten mit über 1000 Schiffen gesammelt. Wir nennen nur Agamemnon, der mit 100 Schiffen aus Mykene kam, seinen Bruder Menelaos mit 60 aus Sparta, Nestor mit 90. Odysseus folgten lediglich 12 Schiffe. Aber der schnelle Achilleus mit den Besatzungen seiner über 50 Schiffe blieb grollend dem Kampfe fern. Seine Myrmidonen waren berühmte Kämpfer.

Der mächtige Agamemnon, nun wieder ganz Feldherr, glich dem donnernden Kroniden. Wie ein vernichtendes Feuer im dürren Wald aufflammt, so rüsteten die Achäer zum Angriff. Aber der furchtlose Hektor führte mit funkelndem Helme die Troer vor die Stadt.

Paris und Menelaos im Zweikampf

Wie ein unübersehbarer Schwarm Vögel lärmten die Troer heran und wirbelten so viel Staub auf, dass der Blick nur einen Steinwurf reichte. Paris brüstete sich und forderte den Tapfersten der Achäer zum Kampf. Wie ein Löwe sprang Menelaos von seinem Kampfwagen, um den Frevler zu strafen. Aber als Paris seinen Erzgegner gewahrte, schrak er zurück.

»Was nützen dem Frauenverführer«, spottete Hektor, »Saitenspiel und Aphrodites Gaben, wenn ihm Kraft und Kampfesmut fehlen!«

»Dein Herz ist hart wie die Schneide eines Beiles«, erwiderte Paris dem Menelaos und schlug notgedrungen einen Zweikampf mit ihm vor. Damit sich beide Seiten an die

Bedingungen hielten, sollten Agamemnon und Priamos das beeiden.

Davon berichtete die Botin Iris der weißarmigen Helena, die auf den Turm des Skäischen Tores eilte, wo die Anführer der Troer Rat hielten. Die wurden erneut von Helenas Anblick gebannt und versicherten sich wie schon so oft, dass keinem zu verdenken sei, wegen dieser Göttergleichen zu sterben. Priamos bat Helena zu sich, um ihr die Heerführer der Achäer draußen vor den Mauern zu zeigen, und fragte:

»Wer ist der? So schön und würdevoll sah ich noch keinen.«

»Agamemnon«, erklärte sie und gestand weinend beim Anblick der bevorstehenden Schlacht: »Hätte mich doch lieber der Tod getroffen, als deinem Sohne nach Troia zu folgen.«

»Wer ist jener, der zwar kleiner als Agamemnon, aber breiter an Brust und Schultern wie ein Widder durch die Reihen der Männer fährt?«

»Odysseus«, bedeutete Helena und lobte ihn als erfindungsreich und kundig in vielerlei Listen. Und Priamos erinnerte sich, der war bei dessen Besuch vor neun Jahren zunächst ungeschickt erschienen, aber als dann seine gewaltige Stimme anhob und seine Worte wie ein Schneegestöber dahinfegten, vermochte sich kein Sterblicher mit ihm zu messen.

Dann begab sich Priamos zu den Heeren. Lämmer wurden als Eidesopfer herbeigebracht, dazu goldene Becher und in einem Ziegenschlauch Wein. Die Hände der Könige wurden mit Wasser begossen. Agamemnon zog sein Kurzmesser, schnitt den Lämmern das Haar von den Köpfen, hob die Hände und bat Zeus und Helios, über die Eide zu wachen:

»Wenn Paris Menelaos niedermacht, behält Troia die Schätze und Helena; und wir kehren heim. Tötet aber Menelaos den Paris, sind für uns Helena, die Schätze und Buße fällig.« Nach diesen Worten durchschnitt Agamemnon die Kehlen der Lämmer und legte die zuckenden Körper nieder.

»Meinen eigenen Sohn fallen zu sehen, ertrüge ich nicht«, klagte Priamos nach dem Schwur. »Allerdings mögen Zeus und die anderen Unsterblichen wissen, wem der Tod bestimmt ist.« Dann bestieg der König seinen prächtigen Wagen und fuhr nach Troia zurück.

Paris und Menelaos schütteten Lose in Helme, um zu bestimmen, wer als erster die Lanze werfe. Der Troer gewann den ersten Wurf. Dann rüsteten sich beide, schritten in die Mitte zwischen Troern und Achäern und schwangen feindselig ihre Speere. Paris' Lanze traf zwar Menelaos' Schild, aber durchbohrte ihn nicht, sondern prallte mit verbogner Spitze ab. Menelaos' Lanze durchschlug Paris' Schild und sogar dessen Panzer, aber verletzte ihn ebenfalls nicht. Als er mit seinem silberbeschlagenen Schwert angriff, zerbrach das an Paris' Helmbügel in vier Teile. Verzweifelt stürzte der betrogene Ehemann sich nun auf den Verführer, packte ihn am Helm und schleifte ihn zu den Achäern. Damit Paris nicht erwürgt werde, zerriss Aphrodite den Helmriemen, so dass Menelaos mit dem leeren Harnisch davonstolperte. Als Menelaos erneut mit der Lanze auf Paris zustürmte, hüllte Aphrodite ihn in Nebel, entrückte und brachte ihn in Helenas wohlduftendes Gemach.

»Du kommst vom Kampf?«, empfing die Paris verwundert. »Wärst du nur gefallen, von dem Manne, der einst mein Gemahl war. Wie hast du geprahlt, Menelaos mühelos zu besiegen.«

»Schmähe mich nicht«, wehrte sich Paris, »die Athena half dem Menelaos, ein andermal werde ich stärker sein. Die Götter stehen ohnehin über uns. Aber noch nie verlangte ich so nach Liebe wie jetzt«, beteuerte er und eilte voraus zum Bett. Helena folgte ihm nachlässig.

Währenddessen raste Menelaos gleich einem Löwen umher und suchte Paris. Da der allen Troern nun gleich verhasst war, hätte ihn jetzt keiner verborgen.

»Sieger ist offenbar Menelaos«, wandte sich Agamemnon an die Troer. »Also gebt Helena samt des geraubten Schatzes zurück und zahlt die gebührende Buße!«

Eidbruch und Aufmarsch der Heere

Dem Eid gemäß musste Helena ausgeliefert werden. Die Götter blickten nun unschlüssig auf Troia und hielten Rat. Hebe schenkte mehr Nektar als üblich in ihre goldenen Becher. Über diesen Sieg der Achäer kam keine rechte Freude auf. Schließlich galt es, Achilleus' Ehre wiederherzustellen.

»Soll doch Menelaos seine Helena heimführen«, reizte Zeus seine Frau. »Wollen wir weiter Krieg schüren und das Feld mit Leichen bedecken? Frieden kehre ein, und Troia bleibe bewohnt.«

Hera vermochte ihren Zorn nicht zu bändigen: »Willst du, Schrecklicher, dass ich umsonst neun Jahre das Kriegsvolk angestachelt habe, dass unser Werk nun unvollendet bleibt?«

»Grausame, was haben dir Priamos und seine Söhne getan?«, entgegnete Zeus ungehalten. »Wie gern brächest du Troias Tore auf, verschlängest roh Priamos und seine Söhne; erst das würde wohl deinen Zorn stillen. Übrigens ist mir das heilige Troia mehr wert als jede andere Stadt.«

»Mir liegen drei Städte am Herzen«, erwiderte Hera, »Argos, Sparta und Mykene. Aber auch ich bin ein Kind des Kronos wie du, also eine Göttin und deine Gemahlin. Nicht nur du entscheidest über Sterbliche. Diesmal gib mir nach, denn wie oft beugte ich mich dir. Sende Athena nach Troia, damit sie die Eide vor dem Kampf zwischen Menelaos und Paris missachten.«

Zeus gab nur zu gerne nach, denn so konnte er sein Versprechen an Thetis erfüllen, und Athena stürmte in Gestalt des Lanzenkämpfers Laodokos hinab ins Heer der Troer und überredete Pandaros, einen Pfeil auf Menelaos zu schießen. Doch zugleich verhinderte Athena das Schlimmste und lenkte den Pfeil auf Menelaos' Leibgurt, der durchbohrt wurde und ihn leicht verletzte.

Noch während Menelaos vom Arzt Machaon versorgt wurde, rückten die Reihen der mit Schilden dicht gedeckten Troer heran. Agamemnon forderte von seinen Anführern, ihre Kämpfer anzustacheln mit Worten wie: »Vater Zeus steht nicht Eidbrechern bei!« So wandte er sich auch an Idomeneus, den Herren über die Kreter, den greisen Nestor, die beiden Aias, auch an Odysseus, der mit seinen Leuten abwartete: »Du, Meister von Ränken und Gewinnsucht, ich rufe dich und euch alle stets als erste zum Mahle, nun solltet ihr auch in der ersten Reihe kämpfen.« Und Diomedes, Sohn des berühmten Tydeus, feuerte er an: »Was spähst du nach Gassen in der Schlacht? Verkriechst du dich?«

Auch die Götter fachten das Kampfesfeuer an; der Kriegsgott Ares galt ohnehin als männermordend; die wehrhafte Athena griff ein; Deimos, der Schrecken im Gefolge des Ares, und Phobos, dessen Wagenlenker, auch Eris, die Göttin des Streites, schürten unversöhnlichen Hass.

Dann stießen die beiden Heere aufeinander, dass die Buckelschilde dröhnten, die Lanzen splitterten und die Männer in Kampfes- und Siegesgier aufschrien. Wie wenn zwei Flüsse im Winter aus den Bergen stürzen und im Talkessel die Wasser zusammenkrachen, so prallten nun Troer und Achäer aufeinander.

Diomedes verwundet Ares und Aphrodite

Athena verlieh Diomedes nun derartigen Kampfesmut, dass Feuer von seinem Helm und Schild loderte. Sein Angriff glich einem anschwellenden Strom, dessen Wucht im Winter alle Dämme bricht. Und Athena reizte ihn auf, zwar nicht die Götter anzugreifen; doch falls die junge Aphrodite für die Troer kämpfe, dürfe er sie verletzen. Nun fuhr dreifache Löwenkraft in ihn. Und Pandaros, dessen Bogen sonst nie das Ziel verfehlte, rief zu Aineias:

»Vermag einer ohne göttliche Hilfe derart zu wüten? Lenkte gar ein Unsterblicher meinen Pfeil an seiner Schulter vorbei?«

Sthenelos warnte Diomedes, sich besser vor den beiden anstürmenden Troern zurückzuziehen. Pandaros' Lanze durchbohrte zwar Diomedes' Schild, aber verletzte ihn nicht. Diomedes schleuderte seinen Speer und traf – von Athena gelenkt – Pandaros' Nase, drang durch die Zähne, zerschnitt die Zunge und kam am Kinn wieder heraus. Als Pandaros vom Wagen stürzte, rasselten die Waffen, dröhnte die Erde. Nun sprang Aineias ab, schrie furchtbar und schützte den Toten, damit kein Feind ihn entreiße und gar dessen Waffen raube. Da ergriff Diomedes mit leichter Hand einen Stein, den sonst nicht zwei Männer höben, traf Aineias an der Hüfte und zerschmetterte ihm die Knochen. Hätte seine Mutter Aphrodite nicht ihre weißen Arme um ihn geschlungen und ihn vom Kampfplatz getragen, wäre er getötet worden. Diomedes' Gefährte Sthenelos raubte Aineias' heilige Rosse. Die stammten von jenen Vorfahren ab, die einst Zeus dem Tros für dessen Sohn Ganymed geschenkt hatte.[223]

Nun verfolgte Diomedes Aphrodite, die nicht über den Krieg gebot wie Athena, traf mit seinem Speer ihre Hand, dass sie blutend aufschrie und ihren Sohn Aineias fallen ließ. Doch Apollon fing ihn mit einer Wolke auf.

»Zeustochter, verlasse die Schlacht!«, triumphierte der sterbliche Diomedes.

Iris führte die Verwundete weg und rief dem Kriegsgott zu:

»Will Diomedes nun gar mit Zeus selber kämpfen?«

Auf Aphrodites Bitte lieh Ares ihr die Pferde mit dem goldenen Stirnband, die sie zum Olymp brachten. Dort meinte sie entsetzt:

»Die Schlacht tobt nicht nur zwischen Troern und Achäern, die kämpfen sogar mit den Unsterblichen.«

»Wer Unsterbliche verletzt, lebt nicht mehr lange«, tröstete ihre Mutter Dione[224] sie.

Und Zeus wandte sich lächelnd an seine Tochter Aphrodite:

»Kümmere dich um Fröhliches wie Hochzeiten, nicht um Schlachtfelder, die gehören Ares und Athena.«

Inzwischen stürmte Diomedes wie ein Dämon dreimal gegen den verwundeten Aineias, um ihn zu töten und dessen Waffen zu rauben. Aber Apollon wehrte ihn dreimal mit seinem Schild ab und warnte ihn beim vierten Angriff:

»Tydeussohn, halte dich zurück, du gleichst nicht den Unsterblichen.« Da wich Diomedes. Und Apollon brachte Aineias in seinen Tempel ins heilige Pergamon, wo Artemis selbst und Leto ihn heilten.

Auf Bitten Apollons griff Ares nun in die Schlacht ein, um den Troern zu helfen. Und Sarpedon, ein Sohn des Zeus und Anführer der mit Troia verbündeten Lykier, warf Hektor vor, er dulde, dass seine Leute sich niederduckten wie Hunde. Daraufhin stürzte der größte Held der Troer in die Schlacht. Als schließlich Apollon den Aineias zurückbrachte, unverletzt und voll Kraft, spornte das die Troer weiter an. Aineias tötete zahlreiche Achäer. Und Ares selber stürmte dem Hektor voran gegen die Feinde. Vor diesem Angriff wich Diomedes zurück und warnte seine Gefährten:

»Wie staunen wir über Hektors Mut. Wie ein Sterblicher steht Ares ihm bei. Gegen Götter zu kämpfen kommt uns nicht zu!«

Als die Achäer Ares mit den Troern im Getümmel sahen, zogen sie sich erschreckt zurück und verloren mehr und mehr ihrer Helden. Die drohende Niederlage der Achäer konnten Hera und Athena nicht mit ansehen. Hera schirrte die Rosse, und Athena legte die Rüstung ihres Vaters an, warf die quastenbesetzte Aigis um die Schultern, setzte den vierschichtigen Helm auf, bestieg den flammenden Wagen, packte die Lanze und brauste los. Die Horen öffneten das Himmelstor. Hera trieb die Rosse an und rief mit dröhnender Stimme den Achäern zu:

»Wie schmachvoll flieht ihr! Als Achilleus noch mit seiner mächtigen Lanze voranstürmte, blieben die Troer ängstlich hinter ihren Stadttoren! Jetzt jagen sie euch!«

Als Diomedes die Göttin erkannte, rechtfertigte er sich: »Wir fürchten uns nicht.« Und er erinnerte an Athenas Aufforderung, nicht gegen die Götter anzutreten, lediglich Aphrodite dürfe verletzt werden. »Aber nun wütet der starke Ares.«

Athena stieß Diomedes' Wagenlenker heraus, stellte sich neben den Kampfesgierigen und ergriff die Geißel. Als sie an Ares, der einem Erschlagenen die Waffen abnahm, vorbeipreschten, warf der Kriegsgott seinen Speer gegen Diomedes. Doch Athena fing diesen ab. Dann lenkte sie Diomedes' Lanze und verwundete den Kriegsgott. Der brüllte so furchtbar auf wie neuntausend Krieger.

Alle Achäer und Troer hörten den Schrei und erzitterten. Dann fuhr Ares auf zum Olymp und ließ vor Zeus sein göttliches Blut mit den Worten aus der Wunde rinnen:

»Zürnst du nicht? Wir Götter ertragen das Schwerste, nur um den Menschen einen Gefallen zu tun. Und Athena, deine scheußliche Tochter, hat Diomedes gegen mich aufgestachelt.«

»Du bist mir der Verhassteste von allen Göttern«, erwiderte Zeus düster. »Du reizt immer zu Streit und Krieg. In dir steckt Heras Widersetzlichkeit. Aber warum solltest du länger leiden?«, besann er sich und veranlasste, dass Paiëon ihn durch schmerzlindernde Kräuter heilte. Schließlich war Ares kein Sterblicher.

Hektor tröstet seine Frau

Die Schlacht vor Troia tobte am Fluss Skamandros, der dem Idagebirge entspringt. Aber nicht alle Helden trieb bloße Mordlust. Als Menelaos den Adrastos ergriff und entwaffnete – wird berichtet –, bot der, statt getötet zu werden, hohes Bußgeld und Schätze seines Vaters. Da gab Menelaos, wohl auch aus Mitleid, den Gegner frei. Doch Agamemnon mischte sich ein:

»Was sorgst du dich um den Troer? Selbst bei einer schwangeren Feindin sollte deren Säugling unbestattet umkommen!«, und bohrte Adrastos den Speer in die Weichen.

Durch die Hilfe der Götter gelang es den Achäern, die Troer fast in ihre Stadt zurückzutreiben. Da bat Helenos seinen Bruder Hektor, in die Stadt zu eilen und für Athena ein großes Opfer auszurichten. Denn mehr als ehemals Achilleus fürchteten die Troer jetzt den unbesiegbaren Diomedes.

Selbst der erwies sich nicht als blutrünstiger Krieger, der sich nur um des Kampfes willen schlug. Als er auf einen Gegner traf, der ihm wie vom Himmel herabgestiegen schien, stieß er seinen Speer in die Erde und forschte so lange, bis er herausfand, dass es sich um Glaukos (III), einen Verwandten aus der Väterzeit handelte. Obwohl unersättlich im Kriege, sprangen beide von ihren Wagen, tauschten ihre Rüstungen, reichten sich die Hände und schworen Freundschaft.

Inzwischen gelobten Hektor und vornehme Troerinnen im Athenatempel kostbare Opfer, aber die Göttin versagte die Bitte. Da wandten sich die Frauen direkt an Zeus.

Obwohl Troia von den Achäern bedrängt und jeder Mann gebraucht wurde, traf Hektor bei Helena auch Paris an und fragte verwundert, warum er dem Kampfe fernbleibe. Helena klagte sich selbst an, dass sie den Krieg verursacht hatte:

»Hätte mich doch am Tage meiner Geburt ein Sturmwind ins Gebirge geschleudert oder eine Woge in die Tiefe des Meeres gerissen! Oder hätte ich wenigstens nicht so einen feigen Gemahl!«

Schließlich begegnete Hektor seiner Gemahlin Andromache beim Skäischen Turme, die Amme trug Hektors kleinen Sohn Skamandrios am Bauche.

»Dich tötet noch dein Mut«, warnte Andromache weinend Hektor. »Erbarme dich meiner und unseres kleinen Sohnes, bald bin ich Witwe. Meinen Vater erschlug Achilleus, der tötete auch meine sieben leiblichen Brüder, alle an einem einzigen Tag. Und meine Mutter traf der Pfeil der Artemis. Liebster Hektor«, flehte sie ihn umklammernd an, »du bist für mich nicht nur Gemahl, sondern auch Vater und Mutter zugleich, dazu noch mein Bruder. Bleibst du nicht hier auf dem Turm, ist unser Sohn bald Waise.«

Hektor schwieg betroffen, bis er erwiderte:

»Glaubst du, daran denk ich nicht? Aber wie schämte ich mich vor den Troern und den Troerinnen, sollte ich mich feige vom Schlachtfeld stehlen. Mein Schicksal ist, in der vordersten Reihe zu kämpfen. Bald wird das heilige Troia fallen. Auch Priamos' Tod wird mich weniger schmerzen, als wenn die Achäer dir die Freiheit rauben und du in Argos für die Feinde weben und Wasser schleppen musst. Lieber kühle mich der Totenhügel, bevor ich dich schreien höre, wenn du versklavt wirst.«

Zum Abschied streckte er die Arme zu Skamandrios aus. Doch das Knäblein schmiegte sich plärrend an die Amme.

So erschreckend wippte der Helmbusch des liebenden Vaters, so bedrohlich glänzte das Erz. Schnell nahm der strahlende Hektor den Helm vom Kopfe, lächelte, küsste sein liebliches Kind, wiegte es sanft im Arm und bat:

»Zeus und ihr anderen Götter, lasst meinen Sohn ebenso werden wie ich, oder ihn gar seinen Vater übertreffen!«

Hektor legte den kleinen Skamandrios zärtlich an den Busen seiner Gattin mit den Worten:

»Gegen das Schicksal treibt kein Mann mich zum Hades. Doch noch keiner entkam dem Verhängnis. Aber du, gehe ins Haus, kümmre dich um Webstuhl und Spinnrad. Der Krieg ist Sache der Männer.«

Andromache verschwamm der Blick auf Türme und Mauern in Tränen. Denn sie glaubte, Hektor kehre nie mehr vom Schlachtfeld zurück. Dann eilte Hektor mit seinem funkelnden Helme zum Stadttor. Das schwärzliche Fell, was seinen Buckelschild säumte, schlug gegen seine Knöchel. Seine Lanze maß elf Ellen, um ihre ehern blinkende Spitze lief ein goldener Ring. Auch Paris war nun in seiner verzierten, wie Strahlen der Sonne leuchtenden Rüstung unterwegs zum Tor, wo er Hektor traf.

Aias und Hektor im Zweikampf

Nun stürmten die Brüder Paris und Hektor durch das Tor auf das Schlachtfeld und begannen mit ihren Gefährten die Achäer niederzuhauen. Als die in Bedrängnis gerieten, begab sich Athena in Sorge nach Troia, traf Apollon, bekanntlich auf seiten der Troer; und beide beschlossen, das Gemetzel für heute zu beenden. Dafür sollte Hektor einen Achäer zum Zweikampf fordern.

So befahlen also die Anführer ihren Männern, sich zu setzen. In dichten Reihen standen die Schilde und blinkten die Lanzen. Und in Gestalt mächtiger Geier hockten Athena und Apollon auf der hohen Zeuseiche. Nach Hektors Herausforderung zum Zweikampf schwiegen die Achäer, bis endlich Menelaos aufstand und sich rüstete. Da warnte Agamemnon ihn, denn selbst Achilleus sei dem Hektor ausgewichen. Schließlich schalt der greise Nestor die Achäer wegen ihrer Ängstlichkeit, bis sich schließlich außer Agamemnon, Diomedes, Odysseus auch die zwei Aias meldeten. Das Los entschied für den großen Aias.

Als der dann mit seinem Schild aus sieben Häuten gedörrter Rindshaut wie ein Turm gegen Hektor losstürmte, bangte dieser einige Momente, aber konnte als Herausforderer dem Kampf nicht mehr ausweichen. Beide warfen ihre Lanzen gegeneinander, aber trafen nur die Schilde. Dann griffen sie einander an, blutgierig wie Rohes verschlingende Löwen. Als Aias Hektor am Halse verletzte, nahm der einen großen gezackten Stein, traf Aias' siebenhäutigen Stierschild und zerschlug dessen Buckel, dass es dröhnte. Daraufhin warf Aias einen noch größeren Feldstein, zerschmetterte Hektors Schild und traf dessen Knie, dass er zu Boden ging. Aber Apollon hob Hektor sofort auf. Jetzt wären sie mit den Schwertern aufeinander losgegangen, hätten nicht Herolde sie mit den Worten getrennt:

»Zeus liebt euch beide. Aber nun naht die Nacht, und der ist zu gehorchen.«

So beendeten sie für heute den Kampf. Und um sich in Freundschaft zu trennen, schenkte Hektor dem Aias sein mit silbernen Buckeln beschlagenes Schwert, und Aias reichte ihm einen Leibgurt, von Purpur schimmernd.

Auch aus Freude über Aias' Rettung opferte Agamemnon dem Zeus ein fünfjähriges Rind. Dann verkündete der weise Nestor auf der anschließenden Heeresversammlung, man lasse den Kampf ruhen, sammle die Gefallenen, verbrenne sie und schütte ihnen zu Ehren einen Hügel auf. Vor allem baue man eine Mauer und hohe Türme mit Toren, zum Schutz des Lagers wie der Schiffe, und ziehe zur Verteidigung davor einen Graben.

Auch die Troer versammelten sich auf ihrer Burg. Der kluge Antenor verlangte, Helena und die geraubten Güter herauszugeben; denn da die Troer die Eide gebrochen hätten, käme sonst Unheil für ihre Stadt.

»Nahmen die Götter dir den Verstand?«, widersetzte sich Paris. »Nie wieder geb ich die Schöne heraus, aber das geraubte Gut sollen die Achäer haben, und ich leg noch einiges hinzu.«

Die Achäer jubelten über Diomedes' Ausruf: »Die Troer trifft bald verderbliches Schicksal«, und lehnten Paris' Vorschlag ab, aber vereinbarten eine Waffenruhe, um die Toten zu bestatten. Am nächsten Tag sammelten Achäer und Troer Brennholz, luden die Toten auf Wagen und verbrannten sie auf Scheiterhaufen. Und als dann die Belagerer um ihr Lager den Wall aus Erde und Holz gebaut hatten, staunten, bei Zeus sitzend, die Götter. Aber die Achäer versäumten die nötigen Opfer; und als sie ausgelassen feierten, toste und donnerte es. Braute Zeus etwa Unheil?

Die Troer vertreiben die Achäer

Auf dem Götterrat des Olymp gebot Zeus, keiner helfe den Troern oder den Achäern:

»Wagt einer das dennoch, werf ich ihn in den Tartaros. Erkennt also, wie stark ich bin. Würdet ihr eine goldene Kette vom Himmel herablassen und alle daran zerren, so zögt ihr mich doch nicht herauf. Doch ich zerrte euch samt Himmel und Erde herunter. So überrage ich Götter und Menschen.«

Die Göttinnen und Götter verstummten. Dann bestieg Zeus seinen Wagen mit den goldmähnigen Rossen, brauste zu seinem Altar auf dem Berg Ida und beobachtete von da das Schlachtfeld.

Die Troer verließen nun ihre Burg und griffen die Achäer an. Bis zum Mittag gewann keine Seite einen Vorteil. Da legte der Göttervater zwei Lose in seine goldene Waage. Als er in der Mitte zog, senkte sich die Seite der Achäer, die der Troer stieg gen Himmel. Also sandte Zeus einen Blitz ins Heer der Achäer, dass sogar deren Helden erbleicht zurückwichen.

Da Nestors Pferd von Paris' Pfeil getroffen war, blieb nur der greise Held im Vorkampf zurück. Und der wäre Hektor erlegen, hätte Diomedes ihn nicht gerettet. Diomedes warf seinen Speer gegen Hektor, aber traf nur dessen Wagenlenker. Zeus zündete nun einen Blitzstrahl vor Diomedes' Rossen, so dass die scheuten und Nestor die purpurnen Zügel aus den Händen glitten.

Als Hektor den nun zurückweichenden Diomedes »weibisch« und »feige« schimpfte, versuchte der dreimal erneut anzugreifen, doch dreimal donnerte Zeus herab vom Idagebirge.

Also drangen die Troer weiter gegen die Achäer und deren Schiffe vor. Die wären wohl dem Ansturm der von Zeus begünstigten Männer um Hektor und Paris erlegen, hätte Hera nicht Agamemnons Kampfgeist angestachelt. So legte der Heerführer den Purpurmantel an, stieg auf Odysseus' großes Schiff, das inmitten der anderen lag, und reizte seine flüchtenden Leute auf:

»Ihr feigen Achäer, wie brüstetet ihr euch beim Weine, doch nun rennt ihr vor einem einzigen Troer davon! Großer Zeus, wie straftest du mich mit Verblendung! Niemals versäumte ich, für dich reichlich Fett und Rinderschenkel zu opfern, gewähre uns zu entkommen, lass uns nicht mitsamt unseren Schiffen verbrennen!«

Als Zeus den weinenden König sah, erbarmte er sich und sandte einen Adler als günstiges Zeichen. Die Achäer sahen den ›Götterwink‹, schöpften wieder Mut, wehrten die Troer ab und gingen zum Gegenangriff über. Der Bogenschütze Teukros tat sich hervor, streckte acht Troer nieder, sein neunter Pfeil verfehlte Hektor nur knapp, den nächsten lenkte Apollon von seinem Liebling ab. Dafür zerschmetterte Hektor mit einem kantigen Feldstein Teukros' Schlüsselbein, so dass dessen Sehne riss und er seinen Bogen fallen ließ.

Nun erregte Zeus wieder die Kampfeslust bei den Troern. Und Hektor, wie die Gorgonen oder der männermordende Ares blickend, griff an, wie ein Hund den wilden Eber verfolgt. So warfen die Troer die Achäer wieder über ihren Graben zurück und drängten sie erneut gegen ihre Schiffe.

Da wandte sich Hera in Sorge um die Achäer an Athena, die ihr erwiderte:

»Du, schirre die Rosse an, während ich mich rüste.«

Also schmückte Hera die Pferde mit goldenen Stirnbändern; Athena warf ihren Peplos ab, ihr wollenes Obergewand, und legte die Rüstung ihres Vaters an. Dann bestieg sie mit der Lanze den flammenden Wagen. Hera trieb mit der Geißel die Rosse, und die Horen öffneten dröhnend das Himmelstor.

Als das Zeus vom Berg Ida erspähte, erzürnte er und ließ beiden durch die goldgeflügelte Iris ausrichten:

»Ich lähme eure Pferde, werfe euch aus dem Wagen, zerschmettere das Gefährt. Und jene Wunden, die mein Blitz brennt, vergrinden in zehn Jahren nicht. Wie kann eine Tochter gegen ihren Vater kämpfen!«

Nach der Drohung lenkte Hera ein:

»Warum sollten wir unseren Göttervater um Sterblicher willen angreifen? Denn fällt einer von denen, lebt der andere weiter.« Und sie führte die Rosse zurück.

Nicht die Göttinnen retteten nun die Achäer, sondern die hereinbrechende Nacht. Sonst hätten die Troer den letzten Achäer niedergehauen und deren Schiffe verbrannt. Hektor befahl seinen Leuten, Rinder und Schafe für Opfer und Wein aus der Stadt heranzuschaffen, viele Wachfeuer anzuzünden und sich auf den letzten und entscheidenden Kampf am nächsten Tage vorzubereiten.

Agamemnon bietet Achilleus Buße

Während die Troer bei ihren Feuern wachten, hockten die Achäer verschreckt bei ihren Schiffen. Dann ließ Agamemnon Mann für Mann zur Ratsversammlung rufen und erklärte unter Tränen:

»Zeus versprach, wir würden Troia zerstören; doch jetzt verlangt er, ohne Sieg abzufahren. Aber wer darf sich Zeus widersetzen? Also gehorchen wir, steigen in unsere Schiffe, solange Hektor sie nicht verbrannt hat, und fliehen!«

Die Heeresversammlung verstummte, bis Diomedes sich an Agamemnon wandte:

»Neulich nanntest du mich unkriegerisch, feige. Und jetzt redest du mutlos und forderst Heimkehr? Wenn dich selber die Kraft verließ, so renne zu den Schiffen. Ich und einige werden bleiben, bis Troia gestürmt ist.«

Da jubelten ihm die Söhne Achaias zu, und der greise Nestor lobte Diomedes ob seiner Tapferkeit und schlug ein Nachtmahl vor, um sich weiter zu beraten. Nach Speise und Trank in Agamemnons Zelt meinte zu ihm der weise Nestor:

»Auch gegen meinen Rat bliebst du trotzig, nahmst dem Achilleus die schöne Briseis, entehrtest den Sohn der Göttin Thetis. Nun überlege, wie du ihn versöhnst.«

Nur wenn Achilleus in die Schlacht eingriffe, würden die Achäer gerettet. Das wusste keiner besser als der Heerführer Agamemnon, und er gab zu:

»Wie recht du hast, weiser Nestor, ich war verblendet und will es wiedergutmachen mit unendlicher Buße. Briseis nebst unermesslichen Schätzen aus meinem Zelt und aus Troias Mauern seien sein, lenkte er nur ein.«

Auf Nestors Rat wurden der große Aias und Odysseus ins Zelt von Achilleus gesandt. Als die Boten eintraten, spielte er die Leier, erhob sich und hieß die Gäste freundlich Platz zu nehmen. Patroklos, sein Geliebter und Gefährte, war bei ihm. Für das festliche Mahl zerteilte Achilleus selber das Fleisch und steckte es auf die Spieße. Nachdem die Gäste gesättigt waren, sprach Odysseus von der Bedrängnis der Achäer:

»Die Troer lagern schon in der Nähe der Schiffe. Hektor wütet schrecklich, will unsere Flotte in Brand setzen und uns niederhauen. Vielleicht bereust du später, uns nicht beigestanden zu haben. Denke an die Ermahnungen deines Vaters: Zügle dein hochfahrendes Wesen und reiche die Hand zum Ausgleich.«

Dann zählte Odysseus die reichen Gaben für Agamemnons Buße auf. Dazu gehörten neben zwölf Dreifußkesseln zehn Talente Gold, zwölf einhufige Rosse, sieben wohlgestaltete Frauen von Lesbos, vor allem aber die einmalige Briseis, die er ihm weggenommen und – unter Eid gegen die Götter – noch nie beschlafen hatte. Nach der Eroberung Troias könne er sein Schiff reichlich mit Gold und Erz beladen und zwanzig der schönsten troischen Frauen wählen. In Mykene bekäme er die Schönste von Agamemnons Töchtern, dazu noch sieben volkreiche Städte. All das schenkte er ihm, lenkte er nur ein. Unerbittlich hart sei nur Hades.

»Agamemnon bleibt mir verhasst wie die Tore der Unterwelt«, erwiderte Achilleus. »Dieser Betrüger, der in Kämpfen bei den Schiffen hocken blieb, behielt nicht nur das meiste von meiner Kriegsbeute, sondern raubte mir Briseis. Seine Geschenke verachte ich. Gäbe er mir selbst das hunderttorige ägyptische Theben oder wäre seine Tochter schön wie Aphrodite. Morgen opfere ich Zeus, belade meine Schiffe und bin in drei Tagen zu Hause. Meine Mutter, die Göttin Thetis, nannte mir zweierlei Schicksal. Bleibe ich hier und kämpfe um Troia, gewinne ich unvergänglichen Ruhm. Kehre ich heim, gewinne ich ein ruhmloses, aber langes Leben. Das letztere wähle ich.«

Aias, der Odysseus zur Rückkehr drängte, nannte Achilleus unbarmherzig:

»Schon mancher verzieh dem Mörder des eigenen Bruders oder gar Sohnes und nahm die Buße an, aber du bist böse und unversöhnlich wegen eines einzigen Mädchens.«

Achäer und Troer senden Späher

Achäer und Troer sollen nun Kundschafter ausgesandt haben. Da manche meinen, dies Grausame stamme nicht von Homer, sondern sei später eingefügt worden, wird es nur kurz erzählt.

Agamemnon fand keinen Schlaf, stand auf, warf sich sein Löwenfell um die Schultern, packte seine Lanze. Auch Menelaos legte sein geflecktes Pantherfell an und waffnete sich. So trafen beide bei den Schiffen aufeinander und berieten sich, einen Späher auszusenden, und begaben sich zu Nestor. Der legte seinen doppelten Purpurmantel an und meinte:

»Kaum erfüllt der Göttervater wohl dem Hektor jeden Wunsch.«

Dann weckten sie Odysseus und gingen zu Diomedes. Die Anführer fanden ihre Posten bei den Feuern wach und in Waffen. Als Kundschafter wurden Diomedes und Odysseus ausgewählt. Mit dem von Athena geliebten Odysseus, meinte Diomedes, gelänge es sogar, aus loderndem Feuer zurückzukehren. Wie zwei Löwen auf der Pirsch schlichen beide dann durch die Nacht über blutverkrustete Leichen und zerschlagene Waffen.

Doch auch Hektor berief seine Anführer zu sich und versprach jenem einen erzumschlossenen Wagen mit zwei Rossen, der sich als Kundschafter zum Lager der Achäer vorschleichen würde. Daraufhin zog sich Dolon das Fell eines grauen Wolfs um die Schultern, stülpte sich die Marderkappe auf, packte den Wurfspeer und schlich sich davon.

Aber er sollte nicht zu Hektor zurückkehren, denn Odysseus und Diomedes stellten ihn. Da flehte er um sein Leben und versprach reiche Geschenke seines Vaters als Buße, verriet außer dem Lager der Troer auch den Platz der neuangekommenen thrakischen Verbündeten. Trotzdem hieb Diomedes ihm den Kopf ab, und Odysseus streckte das blutende Haupt seiner Beutegöttin Athena entgegen. Und die soll ihn ermutigt haben, zwölf Thraker und ihren Anführer im Schlaf zu erstechen. Nach dem Überfall trieb Odysseus deren edle Rosse, weißer als Schnee, ins Lager der Achäer. Dann drängte Athena zum Aufbruch, denn Apollon weckte die Troer.

Agamemnon und Odysseus werden verwundet

Als Eos die Götter und Menschen in Morgenlicht tauchte, sandte Zeus die schreckliche Eris als Botin des Krieges zu den Schiffen der Achäer, reizte auch Agamemnon zum Angriff, mit der Absicht, an diesem Tage viele tapfere Kämpfer zum Hades zu schicken. So rüstete sich der Anführer der Griechen; und als er losstürmte, ließen Hera und Athena Himmel und Erde dröhnen.

Vor der Stadt hielt Hektor mit seinen Leuten einen Hügel besetzt, stachelte seine Kämpfer an. Und seine Rüstung leuchtete wie ein Blitz des Zeus. Nun stürmten die Feinde gegeneinander und fällten sich, wie Schnitter Getreide niedermähen. Von den Göttern war nur Eris zugegen, die anderen redeten auf Zeus ein, der den Troern Vorteil gewährte.

Agamemnon durchbrach mit seinen Kämpfern die Reihen der Troer und begann unter ihnen zu wüten. Einem Feind hieb Agamemnon erst die Arme ab, dann den Kopf. Wie vernichtendes Feuer, das in dichten Wald fällt, fuhr die Walze des Tötens bis vor die Mauern und das Skäische Tor. Zeus begab sich vom Olymp auf den Idaberg, hielt Hektor fern vom Hagel der Geschosse und ließ ihm ausrichten, er solle sich vom Vorkampf bis zur Verwundung Agamemnons zurückhalten.

Als Hektor den Achäer endlich zurückweichen sah, stachelte der seine Troer zur Schlacht an und drang wie der männermordende Ares gegen die Belagerer. Nun rief auf der Gegenseite Odysseus den Diomedes zum Kampf, sonst wären die Troer wohl bis zu den Schiffen vorgedrungen.

Zeus blickte vom Berg Ida herab und hielt die Heere im Gleichgewicht. Schließlich traf Diomedes mit seiner Lanze Hektor am Helm, der zwar hielt, doch der Priamossohn sank vom Aufprall zu Boden.

»Wieder entkamst du Hund dem Tod, weil Apollon dich schützte!«, rief Diomedes. »Aber wenn mir ein Gott beisteht, fälle ich dich für immer.«

Doch Paris schoss einen Pfeil gegen Diomedes und sprang höhnisch lachend über den Treffer aus dem Hinterhalt. »Mädchenbegrapscher«, spottete Diomedes, »ich bin getroffen wie von einem Kinde.«

Odysseus zog ihm den Pfeil aus dem Fuß und deckte seinen Rückzug. Allerdings flohen nun die Achäer, und Odysseus blieb, den Angriffen der Troer ausgesetzt, allein zurück. Er hieb fünf nieder, dann gelang es einem von ihnen, den Speer durch Odysseus' Schild und Panzer zu werfen. Blut floss, aber Athena verhinderte eine lebensgefährliche Verletzung. Als die Troer den verwundeten Odysseus sahen, drangen sie um so heftiger auf ihn ein. Sein dreimaliges Rufen hörte Menelaos, der mit dem großen Aias dem Bedrängten zu Hilfe eilte. Um Odysseus wimmelten die Troer inzwischen wie Schakale um ein getroffenes Tier. Doch als der große Aias mit seinem turmgleichen Schild auf Odysseus zustürmte, stoben die Troer davon.

Inzwischen kämpfte Hektor etwas abseits und streckte viele Achäer nieder. Dem Paris war gelungen, den Arzt Machaon, Sohn des Asklepios, mit einem dreischneidigen Pfeil zu verletzen. Um den Heilkundigen zu retten, zog Nestor ihn auf seinen Wagen und preschte mit ihm so über Leichen und Schilde, dass das Blut gegen den Wagen und dessen Räder spritzte. Nun schlug Hektor sich bis zu Aias durch, aber vermied nach Zeus' Rat den Zweikampf mit dem stärksten Achäer, bekam sogar weiche Knie und zog sich von der Kampflinie zurück.

Achilleus beobachtete vom Deck seines Schiffes den Kampf, sah auch, wie der verwundete Arzt vorbeigebracht wurde, und bat seinen Gefährten Patroklos, nach dem Verletzten zu fragen. Damit begann Patroklos' Verhängnis. Nestor empfing Patroklos in seinem Zelt mit dem Vorwurf:

»Was schert sich doch dein Achilleus um die Achäer! Die Tapfersten liegen schon verwundet, Diomedes ist vom Pfeile getroffen, Agamemnon und Odysseus sind von Speeren verletzt. Und hier liegt pfeilwund unser großer Arzt Machaon. Wartet der Held Achilleus so lange, bis die Troer die Achäer ins Meer gejagt haben?«

Weil Zeus die Troer unterstützte, grollte Hera ihm und fand eine List. Sie ging in ihr Gemach, wusch sich mit Ambrosia und salbte ihren Körper mit Öl. Dann flocht sie ihre schimmernden Zöpfe, zog das ambrosische Kleid über und steckte blitzende Gehänge ins Ohr. Danach rief sie Aphrodite und bat um den Zaubergürtel, der Liebe und Verlangen weckt; denn sie wolle ihre Pflegeeltern besuchen und deren Streit schlichten. Die Liebesgöttin ließ sich täuschen und lieh den Gürtel.

Nun begab sich Hera zum Idagebirge, wo ihr Gatte sogleich nach Liebe verlangte und fragte: »Wohin willst du, meine schöne Gemahlin?«

»Zu unseren streitenden Urgöttern Okeanos und Tethys, sie enthalten sich schon lange der Liebe.«

»Hera, dahin fahre später, komm jetzt zum Liebeslager. Noch nie verlangte mir nach dir so wie jetzt.«

Und um ihre Umarmung zu verbergen, hüllte Zeus sie in eine goldene Wolke. So sank er dahin von Verlangen und Schlaf. Der Schlaf, von Hera als Komplize eingeweiht, eilte nach erledigtem Auftrag zu Poseidon und richtete ihm aus, die Achäer in den Kampf zu treiben, solange Zeus schliefe. Poseidon rief also die Achäer zum Angriff auf:

»Wollt ihr Hektor Sieg und Ruhm überlassen? Auch wenn Achilleus grollt, schlagen wir ohne ihn die Troer. Tauscht eure Waffen, gebt den Starken schwerere, den Schwachen leichtere.«

Der Erderschütterer führte selbst mit seinem furchtbaren Schwert, dem Blitzstrahl gleich, die Achäer in die Schlacht. Davor wichen viele Troer zurück. Aber der von Zeus geliebte Hektor widerstand. Und so stießen beide Heere aufeinander; ihr Schlachtgebrüll war lauter als die

Brandung des Meeres, lauter als ein Feuersturm oder ein Orkan.

Auch Hektor und der große Aias kämpften erneut gegeneinander. Hektors Lanze prallte an dessen Riemen ab. Als Hektor nun lanzenlos zurückwich, warf der große Aias dem Fliehenden einen mächtigen Stein gegen die Schulter, und Hektor stürzte. Die Achäer jubelten und warfen Speere gegen den Röchelnden. Aber Aineias, Sarpedon und Agenor (III) deckten ihn mit ihren Schilden und trugen ihn zurück. Danach stürmten die Achäer noch energischer gegen die Troer und warfen sie über den Graben zurück.

Die Achäer werden hart bedrängt

Zeus erwachte auf dem Berg Ida, sah Poseidon schreiend den Achäern voranstürmen und Hektor bewusstlos am Boden.

»Du hast mit List Hektor zu Fall gebracht«, fuhr er Hera an, drohte ihr mit Schlägen und erinnerte sie an frühere Strafen.

»Nicht ich stiftete Poseidon an«, beschwor Hera ihren Gemahl, »die bedrängten Achäer veranlassten es selbst.«

Da lächelte Zeus, schien diesmal seiner Gemahlin zu glauben und rief nach Iris und Apollon. Die windschnelle Iris begab sich also zu Poseidon und nötigte den Widerstrebenden zum Rückzug. Um die Troer zum Kampf anzustacheln, wandte sich Apollon an den reglos sitzenden Hektor.

»Als mich Aias traf«, gestand der ein, »glaubte ich schon zum Hades zu fahren.«

»Der Kronide sandte mich zum Beistand und Schutz. Nun wirf die Achäer zu ihren Schiffen zurück«, sprach Phoibos und hauchte Hektor Kraft ein, so dass dessen Knie sich rasch regten. Als nun die Achäer plötzlich Hektor, wie vom Tode auferstanden, erneut die Troer in die Schlacht führen sahen, wandten sie sich zur Flucht. Das wäre ohne Zeus' Einwirken unmöglich gewesen.

Apollon, mit umwölkten Schultern, hielt vor sich die von Zeus geliehene Aigis und führte die Troer so gegen die Schiffe. Die Achäer wichen gegen ihren befestigten Graben zurück. Apollon stampfte eine Fahrbahn und schob den achäischen Wall ein wie eine Sandburg. Als die Troer nun durch die Bresche stürmten und viele Achäer überrannten, hoben die ihre Hände und riefen die Götter an. Zeus erhörte das Flehen des greisen Nestor und donnerte.

Die Troer glaubten allerdings nun, dies Zeichen sei für sie gesandt, und schlugen sich bis zu den Schiffen durch, wo sich die Achäer mit langen Stangen verteidigten. Zwar widerstanden sie den Troern, aber es misslang, sie von den Schiffen zurückzuwerfen; so wie die Troer nicht vermochten, Feuer in die Boote zu schleudern. Zeus griff noch einmal ein und lenkte Teukros' Pfeil gegen Hektor ab; der Kronide zerriss im letzten Moment die gespannte Sehne.

Das spornte Hektor um so mehr an. Seine Leute stürmten wie Rohes fressende Löwen gegen die Schiffe. Aber die Achäer wären eher zugrunde gegangen als nachzugeben.

Der Göttervater wollte zwar Thetis' Wunsch erfüllen und über Hektors Taten Achilleus zu Ruhm führen; aber nachdem die Troer das erste Schiff der Achäer in Brand gesetzt hatten, suchte Zeus sie wieder zu schwächen; die Achäer sollten sie im Gegenangriff auf ihre Stadt zurückwerfen.

Hektor, dem nur noch kurze Zeit zu leben bestimmt war, wütete mit Schaum vor den Lippen, versuchte dann das Schiff des Protesilaos anzuzünden. Kein Raum blieb für Pfeil- und Speerwurf. Im Nahkampf hieb man mit Äxten und Schwertern. Der große Aias stach zwölf Troer nieder, die Feuerbrände in das Schiff zu werfen versuchten.

Patroklos wird getötet

Während erbittert um das Schiff gekämpft wurde, trat Patroklos weinend in das Zelt von Achilleus. Der fragte ihn: »Warum heulst du wie ein kleines Mädchen, das zur Mutter rennt?«

»Die Tapfersten liegen verwundet, aber du bleibst unerbittlich. Hat dich etwa ein Fels geboren? Sende wenigstens mich, in deinen Waffen, in den Kampf, dann glauben die Troer, du selber zögest gegen sie.«

»Ich greife erst ein«, erwiderte Achilleus, »wenn der Feind meine Schiffe erreicht. Doch rüste du dich nun mit meinen Waffen, führe meine Männer und vertreibe die Troer von den Schiffen. Aber stoße nicht weiter gegen die Stadt vor, das schmälerte meinen Ruhm.«

Inzwischen krachten Geschosse gegen den Helm des großen Aias, der heldenhaft das Schiff verteidigte. Seine Wangenklappen splitterten; schweißüberströmt ging ihm der Atem aus. Und als Hektor ihm mit seinem Schwert die eschene Lanze in zwei Stücke hieb, sah er darin das Werk der Götter und wich zurück. Sogleich warfen die Troer loderndes Feuer auf das Deck, das im Nu in Flammen aufging.

Mit frischen Kräften griffen jetzt die tapferen Myrmidonen ein; gleich einem Schwarm Wespen, der am Wege nistet, fielen sie über die Troer her. Patroklos wütete an ihrer Spitze in Achilleus' Rüstung und Waffen; nur dessen schwere Lanze, die allein Achilleus zu schwingen vermochte, blieb zurück. Und der Wagenlenker schirrte ihm die unsterblichen Pferde Xanthos und Balios an. So glich er seinem Freund, und sie vertrieben die Troer von den Schiffen und löschten das Feuer.

Aber die sieggewohnten Troer widersetzten sich. Der Lykier Sarpedon stellte sich Patroklos' Angriffswut entgegen. Zeus beobachtete den Kampf, bekam Mitleid mit seinem Sohn Sarpedon und wollte ihn nicht sterben lassen. Doch Hera überzeugte den Göttervater. Viele Söhne Unsterblicher stünden hier vor Troia; und was wäre, entzögen alle Götter sie dem Kampfe? So bohrte sich Patroklos' Lanze schließlich in Sarpedons Zwerchfell. Als sich der Kampf um seine staubbedeckte Leiche entspann, beauftragte Zeus Apollon, den Toten vom Schlachtfeld zu tragen, zu waschen, mit Ambrosia zu salben und zur Bestattung in seine Heimat zu bringen. Dann sann der Kronide über das weitere Schicksal des Patroklos nach. Er solle nicht sofort sterben, sondern die Stadt noch härter bedrängen.

Patroklos raste mit seinen Mannen gegen die troischen Mauern, Haufen Gefallener zurücklassend, und hätte sie genommen, wäre Apollon ihm nicht entgegengetreten. Dreimal stieg Patroklos auf den Mauervorsprung, dreimal stieß Apollon ihn mit seinen unsterblichen Händen zurück. Als er ein viertes Mal blutdürstig anstürmte, drohte Phoibos ihm schrecklich:

»Nicht dir ist es bestimmt, die Festung zu nehmen, sogar Achilleus nicht!« Da wich Patroklos zurück.

Hektor stand unschlüssig inmitten seiner fliehenden Troer, als Apollon in verwandelter Gestalt mit den Worten zu ihm trat:

»Hektor, lenke deine Rosse gegen Patroklos, vielleicht schenkt dir Apollon den Sieg.«

Hektor tat, wie ihm geraten. Patroklos traf aber nun Hektors Wagenlenker mit einem Feldstein. Dann stritten beide wie Löwen um den Leichnam, bis sich andere Kämpfer beider Seiten anschlossen. Dabei tötete Patroklos dreimal neun Feinde. Doch als er schrecklich brüllend das vierte Mal wie ein Dämon gegen die Troer anrannte, trat der in Nebel gehüllte Apollon hinter ihn und schlug ihm auf den Rücken, dass ihm die Sinne schwanden. Phoibos warf ihm den Helm vom Kopf, zerbrach die Lanze und löste ihm Schild und Panzer. Als der vor Schreck erstarrte Patroklos nun ungedeckt war, warf ihm Euphorbos einen Speer in den Rücken. Der getroffene Patroklos taumelte in die Reihen seiner Kämpfer zurück. Da setzte ihm Hektor nach, trieb ihm den Speer vorn durch die Weichen bis zum Rücken und höhnte:

»Du wolltest unsere Stadt verheeren, unsere Weiber rauben. Nun fressen dich die Geier.«

»Nicht du«, erwiderte Patroklos mit schwindender Stimme, »sondern Zeus und Apollon bezwangen mich. Du trafst mich nur als dritter. In deiner Nähe lauert bereits der Tod durch Achilleus!«

»Oder ich töte ihn«, entgegnete Hektor, trat gegen Patroklos und riss den Speer aus der Wunde.

Die Griechen retten Patroklos' Leiche

Inzwischen verteidigte Menelaos Patroklos' Leichnam, den die Troer zu erbeuten suchten, trieb so auch dem angreifenden Euphorbos den Speer in die Kehle, dass die Spitze blutig aus dem Genick ragte und er dröhnend zu Boden stürzte. Nun wollte Menelaos dem Gefallenen die Waffen abnehmen, doch Apollon gönnte sie ihm nicht und stachelte in Mentes' (II) Gestalt Hektor an, dessen Leichnam zu rauben.

Nun zog Hektor dem Patroklos die blutige Rüstung aus; doch als er ihm eben den Kopf abhauen wollte, um die Leiche den troischen Hunden vorzuwerfen, stürmte der große Aias mit seinem turmgleichen Schild heran. Vor dem nach Achilleus stärksten Achäer flüchtete Hektor in die Reihen seiner Kämpfer zurück und legte Achilleus' Rüstung an.

Als Zeus nun sah, wie Hektor in den göttlichen Waffen des Achilleus glänzte, schüttelte er den Kopf und sprach zu sich: »Du wirst weder nach Troia zurückkehren noch deine Andromache je mehr wiedersehen. Dafür schenke ich dir noch einige große Siege.«

Unerbittlich griffen die Troer mit ihrem Vorkämpfer Hektor an. Aber die Achäer verteidigten Patroklos' Leiche. Als die Troer sie bereits am Beine wegzerren wollten, schlug Aias die Feinde zurück. Und so kämpften sie wie loderndes Feuer um den Toten. Ob sich Sonne oder Mond noch am Himmel befanden, sah keiner mehr, denn die Streiter umgab Nebel. Und so zerrten die Achäer die Leiche in Richtung ihrer Schiffe, die Troer aber sie zu ihrer Stadt.

Da der Kampfplatz weit von den Schiffen entfernt lag, ahnte Achilleus noch nichts vom Tod seines Geliebten und

Wagenlenkers. Sogar dessen unsterbliche Pferde Xanthos und Balios weinten über den Tod des Patroklos. Als Zeus das sah, schüttelte er sein Haupt und meinte:

»Keines der Wesen, das atmet und kriecht, ist mehr zu bejammern als der Mensch. Doch dass Hektor mit Achilleus' Wagen fährt, darf nicht sein. Er brüstet sich bereits zur Genüge mit dessen Waffen.«

Bald stieg Athena, gehüllt in Purpurgewölk, vom Himmel und hielt Menelaos vor:

»Was für eine Schande, zerrissen die troischen Hunde den Leichnam von Achilleus' Gefährten. Sporne dein Kriegsvolk an!«

Doch der Göttervater ließ es blitzen und donnern und gab den Troern den Sieg. Trotzdem gelang es den Achäern mit Mühe, den Leichnam aufzuheben und, gedeckt von den beiden Aias, schließlich in Richtung der Schiffe zu schleppen.

Hephaistos schmiedet neue Waffen

Als Achilleus erfuhr, dass Patroklos gefallen war, warf er sich Staub auf den Kopf, sank zu Boden, raufte sein Haar und klagte:

»Ich will nicht weiterleben, wenn ich Hektor nicht mit dem Speer durchbohre und er nicht für Patroklos büßt.«

»Auch du lebst kurz«, erwiderte Thetis, die aus den Wogen auftauchte, »fällst bald nach Hektor.«

»Was hocke ich hier noch unnütz bei den Schiffen? Warum zürne ich noch Agamemnon? Ich will auf Hektor treffen und nehme mein Los, wann immer Zeus es bestimmt. Selbst Herakles, der ihm am liebsten war, entging nicht dem Verhängnis.«

»Hektor brüstet sich mit deiner Rüstung«, sagte Thetis, »doch beim Frührot kehre ich mit neuen Waffen aus Hephaistos' Hand zurück.«

Da Achilleus keine Waffen besaß, riet ihm Iris im Auftrage Heras, sich ungerüstet in den Graben zu stellen und die Troer zu schrecken. Athena warf ihm die quastenbesetzte Aigis um die Schultern, tauchte sein Haupt in eine goldene Wolke und zog um ihn Feuerzeichen. So brüllte Achilleus dreimal fürchterlich über den Graben. Auch Athena schrie.

Als die Troer das hörten, erschraken sogar ihre Pferde und wandten die Wagen. Die Angreifer wichen zurück. Und die Achäer brachten Patroklos zu Achilleus.

Die Troer versammelten sich. Der kluge Polydamas riet von weiterem Kampf vor der Stadt ab:

»Solange Achilleus dem Agamemnon zürnte, fiel uns der Angriff leicht. Jetzt fürchten sich alle vor ihm. Viele von uns werden Opfer für Hunde und Geier. Ziehen wir uns lieber auf unsere Türme und Mauern zurück.«

»Rede nicht so, das dulde ich nicht!«, verbat sich Hektor solche Worte. »Zeus gab uns Mut, nicht vor Achilleus zu fliehen. Ich stelle mich ihm, ob nun ich siege oder er.«

Athena verwirrte Hektor den Verstand. Obwohl er zu Verderblichem riet, spendeten die Troer ihm Beifall.

Inzwischen klagte Achilleus um Patroklos, legte seine Hände auf dessen Brust:

»Zeus erfüllt nicht alle Wünsche der Menschen; uns beiden ist vorbestimmt, dass die gleiche Erde uns deckt.«

Die Silberfüßige begab sich zu Hephaistos und klagte über den Verlust von Patroklos. Hephaistos schritt zum mächtigen Tiegel, unter dem zwanzig Bälge bliesen, warf unzerstörbares Erz und Zinn, auch Gold und Silber ins Feuer, ließ sich dabei von goldenen Mägden helfen, die wie lebendige wirkten und über Verstand und Stimme verfügten. Dann ergriff er Hammer und Zange und machte einen großen Schild mit fünf Schichten und darauf kunstvolle Bilder von der Erde, dem Meer und dem Himmel, Geschehnissen bei den Menschen, Schlachtgetümmel, Feiern. Dann schmiedete er einen Panzer, der heller glänzte als Feuer, und einen Helm mit goldenem Helmbusch, schließlich zinnerne Beinschienen.

Achilleus versöhnt sich mit Agamemnon

Als Thetis am safranfarbenen Morgen die Waffen bei ihrem Sohne niederlegte, dröhnte es. Furcht packte die Myrmidonen; man wagte die kostbaren Stücke nicht einmal anzusehen.

Zur Ratsversammlung der Achäer erschien erstmals wieder Achilleus. Auch der verletzte Diomedes hinkte herbei, und Odysseus stützte sich auf seine Lanze. Als letzter kam der verwundete Agamemnon.

»Warum haben wir uns nur wegen des Mädchens entzweit?«, bedauerte Achilleus. »Hätte Artemis sie doch mit dem Pfeil durchbohrt, als ich sie raubte.«

Als der Held endlich dem Zorn entsagte, freuten sich die Achäer.

»Schon oft schalten mich die Achäer nach diesem Unglückstag«, versicherte Agamemnon. »Aber bin ich schuldig? Verblendeten mich nicht Zeus und die Moiren?« Nun befahl Agamemnon hocherfreut, die versprochenen Geschenke holen zu lassen, und schwor, niemals der wunderbaren Briseis beigelegen zu haben.

»Vater Zeus«, beklagte Achilleus, »wie verblendest du

uns Menschen. Niemals hätte man mir sonst gegen meinen Willen das Mädchen entführt. Aber du wolltest wohl, dass viele Achäer im Kampfe fallen.«

Nach dem Ende der Versammlung baten die Ältesten der Achäer Achilleus zum Mahle, doch der vertröstete sie auf den Abend, denn er wollte in den Rachen des blutigen Kampfes. Patroklos' Tod schmerzte ihn mehr, als wäre sein Sohn Neoptolemos oder sein Vater Peleus gestorben.

Da erbarmte sich Zeus des Weinenden und hielt seine Tochter Athena an, rasch wie ein Falke vom Himmel zu den Schiffen der Achäer hinabzustoßen und Achilleus Nektar und Ambrosia einzuträufeln, damit kein Hunger seine Knie lähme.

Wie dichtes Schneegestöber drangen nun die Myrmidonen mit ihren blitzenden Panzern und Buckelschilden aus den Schiffen, aus jedem der fünfzig Boote fünfzig Kämpfer. Glanz strahlte zum Himmel, der Boden erbebte. Achilleus stürmte in ihrer Mitte; seine Augen leuchteten wie Feuer. Silberne Knöchelspangen hielten seine Beinschienen. Sein mit silbernen Buckeln beschlagener Schild glänzte wie Widerschein von loderndem Feuer. Und von dem wuchtigen Helm flatterten goldene Haare. Nur seine Lanze, die Patroklos nicht hatte tragen können, war erhalten und ihm sofort vertraut. Zu seinen unsterblichen Pferden rief er:

»Xanthos und Balios, rettet diesmal den Wagenlenker, lasst ihn nicht tot zurück wie Patroklos.«

Da beugte Xanthos den Kopf, dass seine Mähne den Boden berührte, und antwortete mit menschlicher Stimme:

»Jetzt können wir dich noch retten. Aber der Tag des Endes, der naht; und den verschulden nicht wir, sondern der größte Gott und das mächtige Schicksal.«

Die Götter greifen ein

Während die Troer und die Achäer sich zum Kampf rüsteten, rief Zeus die Götter zum Rate. Sogar die Nymphen, die Haine, Quellen und Bäche bewohnen, nahmen in der Halle Platz.

»Mich kümmert das Schicksal beider Heere«, erklärte Zeus. »Helft ihr nur den Troern und Achäern, welcher Seite ihr wollt. Denn wenn Achilleus furchtbar wütet, fürchte ich, dass er Troia stürmt.«

So begaben sich also Hera, Athena, Poseidon, Hermes und Hephaistos zu den Achäern. Und Ares, Apollon, Artemis, Leto, Skamandros und Aphrodite schlugen sich auf die Seite der Troer. Bald bebte die Erde vom Kampf. Der Vater der Götter und Menschen donnerte von seiner Höhe. Poseidon erschütterte den Grund und die Häupter der Berge derart, dass Hades schreiend von seinem Thron aufsprang und fürchtete, der Erderschütterer risse die Tiefe der Erde auf. Apollon richtete seine Pfeile gegen Poseidon, Athena wandte sich gegen Ares, Hera begegnete Aphrodite, Leto trat gegen Hermes an und Hephaistos gegen den Skamandros.

Als Achilleus sich zu Hektor durchkämpfen wollte, trieb ihm Apollon den Aineias zu.

»Schon früher einmal«, höhnte Achilleus, »flohst du vor meinem Speer. Doch diesmal errettet dich kein Gott. Also weiche zurück.«

»Du willst mich wie ein kleines Kind mit Worten ängstigen?«, spottete Aineias. »Ich bin aus heiligem troianischen Geschlecht, meine Mutter ist Aphrodite.«

Dann schleuderte er seine gewaltige Lanze gegen Achilleus' Schild, aber an der dritten Schicht aus Gold, von

Hephaistos gemacht, prallte sie ab. Achilleus' Speer durchschlug den Schildrand – Aineias duckte sich entsetzt – und bohrte sich in den Boden. Zwar ergriff Aineias einen Feldstein, wäre aber von Achilleus' Schwert aufgeschlitzt worden, hätte nicht Poseidon ihm rasch die Augen in Dunkel gehüllt. Aber Aineias war vom Schicksal noch kein Tod bestimmt, denn das Geschlecht des Dardanos sollte einst Rom gründen.

Poseidon riss also den Speer aus Aineias' Schild, legte ihn Achilleus vor die Füße, hob Aineias vom Boden, warf ihn über die Köpfe der Kämpfer und Pferde an den Rand des Schlachtfeldes und rief ihm nach:

»Weiche dem Achilleus aus; erst wenn er gefallen ist, kämpfe wieder vorn!«

Achilleus spornte nun seine Kämpfer an und traf endlich auf Hektor. Doch Apollon hielt diesen davon ab, gegen den Achäer anzurennen. Da rammte Achilleus seine Lanze schließlich in den Rücken von Polydoros, Priamos' jüngstem Sohn, dass die Spitze aus dessen Nabel fuhr. Als Hektor sah, wie sein jüngster Bruder die Gedärme in seinen Händen hielt, vermochte er sich nicht mehr zurückzuhalten und stürzte sich auf Achilleus, der frohlockte:

»Du erschlugst mir meinen Patroklos. Komme heran, desto rascher fällst du!«

»Höhnen kann ich selber«, erwiderte Hektor, »aber ob ich dir ans Leben gehe, entscheiden allein die Götter«, und warf seinen Speer gegen ihn. Doch Athena blies diesen weg und Hektor wieder vor die Füße. Nun stürzte sich Achilleus dem Hektor schreiend entgegen. Aber Apollon entrückte ihn. Dreimal stürmte Achilleus mit dem Speer gegen Hektor, aber traf nur Nebel, beim vierten Mal rannte er wie ein Dämon und schrie furchtbar:

»Wieder entkamst du Hund mir, weil Apollon dich gerettet. Steht auch mir ein Gott bei, haue ich dich bald nieder.« Es war das letzte Mal, dass es Hektor gelang, dem Entscheidungskampf auszuweichen.

Achilleus metzelte wütend andere Troer nieder. Einem spaltete er die Leber. Einen anderen durchbohrte er von Ohr zu Ohr. Einem weiteren hieb er den Kopf samt Helm ab, dass aus den Wirbeln das Rückenmark quoll. Und er wütete wie loderndes Feuer, dass Blut vom Boden gegen seine Wagenachse spritzte und die Pferdehufe rote Tropfen an den Wagenkorb schlugen.

Achilleus kämpft gegen den Flussgott

Achilleus trieb die fliehenden Troer gegen den Fluss Skamandros. Wie Heuschrecken vor dem Feuer davonstieben, sprangen die Troer in die reißenden Strudel. Der Strom brodelte von Männern und Rossen. Achilleus lehnte seine Lanze an einen Tamariskenbaum, sprang mit bloßem Schwert in den Fluss und wütete unter den Feinden, bis das Wasser sich vom Blut rötete. Zwölf Jünglinge holte er aus den Fluten und band die Verschreckten als Sühneopfer für Patroklos.

Dann stürzte sich Achilleus erneut in den Strom und traf auf Lykaon. Als dieser Sohn des Priamos ihn dann am Ufer um Erbarmen bat, erwiderte Achilleus:

»Als Patroklos noch lebte, schonte ich die Troer; aber die töteten ihn, und der war viel besser als du«, durchschlug ihm dann mit dem Schwert das Schlüsselbein und warf ihn in die Flut mit den Worten:

»Nun schlecken dir die Fische das Blut von der Wunde. Nicht einmal der Fluss hilft nun euch Troern, die ihr ihm so viele Stiere und lebende Rosse geopfert habt!«

Der Flussgott Skamandros ergrimmte und erregte seine Wasser, wollte dem wütenden Einhalt gebieten. Indessen kämpfte Achilleus mit einem Enkel des Stromgottes, hieb ihm schließlich mit dem Schwert den Leib auf und triumphierte:

»Ich entstamme dem großen Zeus, und der ist mächtiger als dieser Strom.«

Da drohte Skamandros zornig aus der Tiefe:

»Du wütest schlimmer als andere Männer. Meine lieblichen Wasser sind gesättigt von Leichen.«

Skamandros warf die Toten aufs Trockene, verbarg die Lebenden in seinen Strudeln und schob große Wogen gegen den Schild des Achilleus. Die Strömung war so stark, dass der sich an eine Ulme klammerte und zu fliehen versuchte. Aber Skamandros' Wasser holten ihn ein, packten seine Schultern, spülten ihm den Sand unter den Füßen weg, dass er stürzte und rief:

»Betrog mich meine Mutter, als sie mir weissagte, ich stürbe von Apollons Pfeilen? Soll ich hier schmählich ersaufen wie ein Hütejunge im Sturzbach?«

Doch Athena gab ihm Kraft, den Strudeln zu entkommen. Daraufhin rief Skamandros seinen Bruder Simoeis zu Hilfe:

»Lass die Bäche zu einer großen Flut anschwellen, spüle Steine, treibe Baumstämme gegen den Rasenden, der sich einbildet, den Göttern zu gleichen.«

Bald schwappten Schaum, treibende Leichen und deren Blut über den großen Helden und rissen ihn zu Boden.

»Hinkefuß!«, rief nun Hera ihren Sohn Hephaistos zu Hilfe. »Setze die Bäume am Ufer des Skamandros in Brand, entfache einen Feuersturm über dem Fluss!«

Bald loderten Tamarisken, Ulmen und Weiden; Lotos und Binsen verbrannten, auch die an Land gespülten Leichen. Als selbst das Wasser zu kochen drohte, klagte Skamandros:

»Hephaistos, kein Gott ist dir vergleichbar, ich komme gegen dein Feuer nicht an, lassen wir unseren Streit.«

Und zu Hera rief der Fluss: »Was treibt deinen Sohn, meinen Strom derart zu peinigen? Ich halte ein, wenn er dasselbe tut.«

So gebot Hera dem Schmiedegott: »Lösche deine Feuer, uns geziemt es nicht, einen unsterblichen Gott um Sterblicher willen derart zu quälen.« Da ließ Hephaistos die Flammen ausgehen.

Nun gerieten die Götter mit großem Getöse aneinander, dass die feste Erde und der weite Himmel bebten. Zeus saß auf dem Olymp, vernahm die Schlacht und lachte vor Freude. Ares, der Schilddurchbohrer, richtete zuerst seine Lanze gegen Athena und schmähte:

»Hundsfliege, was reizt du zum Kampf? Dass du mich neulich verletztest, zahl ich dir jetzt heim.«

Doch sein Speer blieb gegen die quastenbesetzte Aigis machtlos, nicht einmal Zeus' Blitz hätte sie durchschlagen. Athena warf nun einen großen kantigen Stein gegen den Kriegsgott und traf ihn am Hals, dass er zu Boden ging. Als Aphrodite ihn beiseite führte, schlug Athena mit einem Hieb beide zu Boden.

»So ergehe es allen, die den Troern beistehen«, triumphierte Athena.

Apollon und Poseidon sahen unschlüssig zu. Dann wandte sich der Erderschütterer an Apollon:

»Hast du vergessen, wie wir ein ganzes Jahr Laomedon dienten, Troias Mauern erbauten, die Rinder hüteten und wie dieser Sterbliche uns Götter um den Lohn betrog? Und nun stärkst du dessen Volk, anstatt mit uns die frevelnden Troer ganz zu vertilgen.«

»Herrscher des Meeres«, wich Apollon zurück, »warum sollte ich der Menschen wegen mit dir kämpfen? Diese Elenden, die kaum Kraft schöpften, fliehen schon wieder – hinfällig wie welkende Blätter im Herbst. Sollen die sich gefälligst selber die Köpfe einschlagen.«

Artemis schalt ihren Bruder: »Fernschütze, du fliehst? Überlässt kampflos Poseidon den Sieg? Nie wieder prahle, du besiegest selbst den Meergott!«

»Statt einen Gott anzugreifen, jage lieber nach Hasen«, fuhr Hera sie an, riss ihr den Bogen von den Schultern und schlug ihn ihr um die Ohren, dass die Pfeile aus dem Köcher flogen. Weinend floh die Herrin der Tiere auf den Olymp, setzte sich zitternd auf die Knie ihres Vaters Zeus, der sie beruhigte.

Inzwischen trat Apollon vor Troias Tor, hielt Agenor von weiterer Flucht ab und machte ihm Mut, sich Achilleus entgegenzustellen. Agenors Lanze prallte dann an den göttlichen Beinschienen ab. Als Achilleus auf Agenor (III) losging, hüllte Apollon ihn in Nebel, entrückte ihn, nahm dessen Gestalt an und lockte den Verfolger zum Fluss. Durch diese Täuschung gelang es den überlebenden Troern, sich in die Stadt zu retten.

»Warum verfolgst du mich?«, hielt schließlich Apollon inne. »Erkennst du mich nicht? Bin ich etwa sterblich?«

»Wie viele hätte ich noch gefällt, verderblichster aller Götter«, brauste Achilleus auf, »besäße ich die Macht, zahlte ich es dir heim«, und wandte sich rasch wieder zur Stadt. Auch für diese Bosheit würde Apollon sich bald rächen.

Hektor wartete vor dem Skäischen Tore. Priamos sah Achilleus sich nähern wie einen leuchtenden Stern.

»Hektor«, warnte der König den Sohn, »wage keinen Kampf, er ist weit stärker. Komm hinter unsere Mauern, willst du den Ruhm des Peliden vermehren?« Der Greis raufte sich die Haare.

»Hektor, mein Kind«, flehte weinend Hekabe, »erbarme dich meiner. Wenn der Schreckliche dich tötet, kann ich dich nicht mal an der Bahre beweinen, denn die achäischen Hunde werden dich zerreißen.«

Doch Hektor floh nicht, er lehnte den schimmernden Schild an den Turmvorsprung und sann laut nach:

»Wie war ich verblendet, hätte ich doch nach Polydamas' Rat die Troer in die Stadt zurückgeführt. Aber legte ich jetzt meinen Schild nieder und böte ihm Helena und alle Schätze, so würde der mich doch erschlagen. Nun werden wir also sehen, wen von uns beiden der große Zeus höchsten Ruhm gewährt.«

Achilleus schwang die gewaltige Lanze. Seine Rüstung strahlte im Glanz, leuchtete wie loderndes Feuer. Hektor erstarrte geblendet, ertrug den Anblick nicht länger und floh. Wie ein Falke den Singvögeln folgt, so stürzte sich Achilleus auf den Flüchtenden. Dreimal umkreisten sie Priamos' Veste.

Die Götter beobachteten das. Zeus erwog: »Wollen wir dem tapferen Helden Aufschub gewähren oder ihn gleich umbringen lassen?«

»Vater«, bat Athena, »willst du einem Sterblichen, um den längst das Verhängnis gesponnen ist, den Faden wieder lösen?«

»Tue, wonach dir der Sinn steht«, ließ Zeus ihr freie Hand. Und sie eilte herab vom Olympos.

Als Achilleus und Hektor die Stadt das vierte Mal umrundeten, nahm Zeus seine goldene Waage, legte zwei Todeslose hinein, fasste die Mitte und wog. Das des Hektor sank. Da verließ ihn Apollon, und Athena begab sich zu Achilleus mit den Worten:

»Gemeinsam bringen wir jetzt Ruhm den Achäern, Hektor entkommt nicht. Ich werde ihn täuschen.«

Dann eilte Athena, dessen Bruder Deiphobos gleich an Gestalt, zu Hektor und riet ihm standzuhalten.

»Du warst mir stets der liebste der Brüder«, lobte Hektor, »wagst dich jetzt meinethalben vor die Mauern.«

»Liebster, kämpfen wir«, erwiderte der angebliche Bruder, »sehen wir, ob Achilleus uns beide erschlägt oder dein Speer ihn tötet.«

Hektor erlag der Blendung und wandte sich an den Gegner:

»Ich fliehe nicht weiter, entweder töte ich dich oder falle selbst. Lass die Götter unsere Übereinkunft bezeugen. Siege ich, gebe ich deine Leiche, nachdem ich die Rüstung abgezogen, den Achäern zurück; du handele ebenso.«

»Verhasster, schwätze nicht von Vereinbarungen«, grollte Achilleus, »das ist unmöglich zwischen Löwen und Menschen, zwischen Wölfen und Schafen; da herrscht nur Hass. Athena wird jetzt meine Lanze führen.«

Hektor duckte sich unter Achilleus' Wurf. Aber Athena riss die Lanze aus der Erde und gab sie unbemerkt Achilleus zurück.

»Hast mich verfehlt, du Göttergleicher«, frohlockte Hektor und schleuderte seinen Speer in die Mitte von Achilleus' Schild, wo er abprallte. Hektor rief bestürzt nach seinem Bruder Deiphobos und dessen Speer. Als der Bruder fehlte, begriff Hektor Athenas Betrug. Doch er wollte nicht ruhmlos untergehen, sondern zog sein Schwert und griff an wie ein Adler. Auch Achilleus stürmte auf seinen Gegner los; vom vierfach geschichteten Helme flatterte der goldene Helmbusch. Sein Speer blinkte und traf Hektor an der ungedeckten Stelle, wo das Schlüsselbein den Hals von den Schultern trennt, und fuhr am anderen Ende wieder hinaus.

»Glaubtest du in der Patroklos geraubten Rüstung sicher zu sein? Nun werden dich Hunde und Vögel fressen«, spottete Achilleus. Schon im Sterben flehte Hektor:

»Lass mich nicht von den Hunden zerreißen, nimm Gold genug von meinem Vater, damit die Meinen mich dem Feuer übergeben können.«

»Bettle nicht, du Hund«, höhnte Achilleus, »bei deinen Schandtaten könnte ich vor Wut noch dein rohes Fleisch verschlingen. Würde Priamos dich selbst mit Gold aufwiegen, niemand wird die Köter von deinem Kadaver verscheuchen.«

Hektor starb mit den Worten: »Dein eisernes Herz erzürnt selbst die Götter.«

Achilleus riss die eherne Lanze aus dem Toten und zog ihm die blutige Rüstung ab. Jeder, der von den Achäern herantrat, versetzte der Leiche einen Tritt.

»Wir bezwangen den«, triumphierte Achilleus, »der mehr Böses tat als alle anderen Feinde zusammen und den die Troer wie einen Gott verehrten.«

Dann durchbohrte er ihm die Füße zwischen Knöchel und Ferse, zog einen rindsledernen Riemen durch, band ihn am Wagen fest und schleifte ihn durch den Staub.

Hekabe schrie laut auf. Vater Priamos klagte erbärmlich und begab sich allein vor das Dardanische Tor, um den Leichnam des geliebten Sohnes zu erflehen. Andromache, Hektors Gattin, wob noch unbekümmert an ihrem Tuch. Sobald sie aber Wehgeschrei vom Turme vernahm, fiel ihr das Schiffchen zu Boden. Dann rannte sie auf die Mauer und sah, wie der geschundene Leichnam ihres Gatten die troische Erde mit Blut bedeckte. Von ihrem Kopf glitten schimmernde Bänder, Stirnreif, Haarnetz und Schleier, als sie in Ohnmacht fiel.

Die Leichenfeier für Patroklos

Achilleus lud seine Myrmidonen bei den Schiffen zum Leichenschmaus. Es wurden Rinder, Schafe und Ziegen geschlachtet. In der folgenden Nacht trat Patroklos' Seele zu Achilleus und sprach:

»Bestatte mich schnell. Auch du wirst unter Troias Mauern fallen. Aber lasse deine Gebeine zu meinen legen, man begrabe uns gemeinsam in einem Hügel.«

Der Freund versprach das und wollte ihn umarmen, doch da löste sich dessen Seele wie Rauch auf.

Am nächsten Morgen fällte man am Idaberge hochwipfelige Eichen, schaffte die Hölzer zum Strande, wo der Scheiterhaufen errichtet wurde, hundert mal hundert Fuß. Achilleus schor sich seine blonde Mähne und drückte sie in

Patroklos' Hände. Oben neben die Leiche wurden die gehäuteten Opfertiere gelegt, dazwischen Amphoren mit Honig und Salböl gestellt. Dann warf man vier Rosse und zwei Hunde auf den Scheiterhaufen.

»Wie versprochen«, rief Achilleus, »wird das Feuer zwölf edle junge Troer verzehren. Aber den Hektor gebe ich nicht dem Feuer, sondern den Hunden!«

Doch Aphrodite wehrte die Bestien ab, salbte dessen Leib mit ambrosischem Öle. Und Apollon hielt eine schwarzblaue Wolke über dem Platz des Toten, auch zum Schutz vor der dörrenden Sonne.

Der Scheiterhaufen loderte bis zum Morgen, dann wurde er mit funkelndem Weine gelöscht. Die weißen Gebeine sammelte man ein und legte sie in ein goldenes Gefäß, danach wurde ein Kreis mit Steinen für das Grabmal errichtet und Erde darüber geschüttet.

Achilleus bat dann das Volk zu Wettspielen für Patroklos und stiftete Preise. Das Wagenrennen zu Beginn gewann Diomedes und bekam ein schönes Weib und einen gehenkelten Dreifuß. Im Ringkampf maßen sich Odysseus und der große Aias. Als sich beide als gleich stark erwiesen, sprach Achilleus jedem den Siegerpreis zu. Er bestand in einem großen Dreifuß, im Wert von einem Dutzend Rindern, und einer kunstsinnigen Frau, auf vier Rinder geschätzt. Den Wettlauf gewann der schnelle Odysseus und den dafür angesetzten silbernen Kratér. Für den besten Schützen wurden zehn Äxte und zehn Halbäxte bereitgelegt und als Ziel eine Taube an den Mast eines Schiffes gebunden. Teukros traf mit dem Pfeil die Schnur, so dass der Vogel aufflog und die Achäer aufschrien. Da riss Meriones ihm den Bogen aus der Hand und traf die kreisende Taube.

Priamos löst Hektors Leiche aus

Als nach anschließendem Prassen die Kämpfer schnarchten, wälzte sich Achilleus auf seinem Lager, sehnte sich nach Patroklos, irrte dann am Ufer umher und schleifte wütend Hektors Leiche mit seinem Wagen dreimal um den Grabhügel. Dass Achilleus ihn schändete, weckte bei den Göttern Mitleid. Der Absicht, die Leiche zu stehlen, widersetzten sich Hera und Poseidon.

»Wie seid ihr Götter zerstörerisch«, meinte Apollon, »wie viele fette Schenkel verbrannte Hektor für euch? Achilleus ist wild wie ein Löwe, verlor alle Achtung, misshandelt sogar die Erde.«

»Schon neun Tage streiten sich selbst die Götter um Achilleus und die Leiche Hektors«, trug Zeus der Thetis auf. »Aber ich will Achilleus die Ehre gewähren, sie auslösen zu lassen, vielleicht besinnt er sich aus Scheu vor mir.«

Dann begab sich Thetis zu ihrem Sohn und sprach zu ihm:

»Wie lange zürnst du noch, verweigerst Speise und Schlaf? Lege dich lieber zu einer Frau, dein Tod ist so nah. Weil du wie ein Rasender den Hektor festhältst, zürnen dir die Götter. Gib ihn frei.«

Achilleus versprach dem Gebot der Olympier zu folgen. Zeus sandte Iris mit einer Botschaft zu König Priamos. Und in Begleitung von Hermes fuhr Priamos mit unermesslichen Schätzen zum Lager der Achäer, um seinen Sohn auszulösen. Hermes versetzte die Wächter in Schlaf und öffnete Tore und Riegel. Als sie zum Zelt des Achilleus vordrangen, schob Hermes den schweren Riegel, sonst nur von drei Achäern oder Achilleus selbst zu bewegen, auf, riet Priamos, Achilleus' Knie zu umfassen, und verschwand.

Priamos trat in das Zelt von Achilleus, näherte sich wie geheißen und küsste dessen Hände. Achilleus und seine Gefährten staunten über den gottähnlichen König. Dann flehte Priamos Achilleus an:

»Denk an deinen Vater, der ist so alt wie ich und wird vielleicht eben von Feinden bedroht. Ich zeugte fünfzig Söhne, wenige blieben, du erschlugst mir den besten. Den will ich loskaufen mit reichen Schätzen. Und ich erdulde, was kein Vater je ertrug, ich küsse dem Mörder meines Sohnes die Hand.«

Achilleus schob Priamos' Hand sacht von sich, weinte um seinen Vater, um seinen Freund. Und Priamos weinte um Hektor. Voll Mitleid sprang Achilleus von seinem Thron auf, zog den König hoch und tröstete ihn:

»Armer, welches Leid musstest du erdulden! Und welcher Mut, dem Mann vor Augen zu treten, der dir so viele tapfere Söhne erschlug! Komm, setz dich auf meinen Thron. Die Götter umspinnen die Menschen mit Fäden des Elends, aber bleiben selber sorglos. Lassen wir die Schmerzen. Auf Zeus' Schwelle stehen zwei große Gefäße, eins voll des Bösen, eins voll des Guten. Mancher erhält mehr Not, der andere mehr Heil. Soviel du auch jammerst, Hektor wird nicht auferstehen.«

»Lass mich nicht auf dem Throne sitzen«, wehrte sich Priamos, »sondern den Hektor auslösen.«

»Dich führte ein Gott zu mir, kein Sterblicher gelänge sonst hierher«, meinte Achilleus.

Priamos ließ die Schätze bereitlegen. Mägde wuschen und salbten den Leichnam, Achilleus bedeckte ihn mit einem Tuch und legte ihn auf den Wagen. Achilleus bat Priamos zum Nachtmahl und schlachtete selber ein weißes

Schaf, bereitete Stücke zum Braten und ließ Betten mit purpurnen Kissen und Decken richten. Darüber hinaus gewährte er Priamos zwölf Tage Kampfpause für Hektors festliche Bestattung.

Während Achilleus neben seiner schönen Briseis ruhte, weckte Hermes den König und drängte zum sofortigen Aufbruch:

»Du scheinst nichts Böses zu ahnen. Erführe Agamemnon von dir, müssten die Troer dich um ein Dreifaches auslösen.«

Dann schleuste Hermes sie wieder aus dem Lager bei den Schiffen.

Als Eos im Safrangewand auf Troias Mauern schien, war Priamos bereits vor der Stadt, wo sich das Klagegeschrei erneuerte. Kassandra, schön wie Aphrodite, sah Hektors Leichnam auf dem Maultiergespann zuerst und schrie auf. Man legte ihn auf ein prächtiges Bett und begann mit den Trauergesängen.

»Hektor, du warst mir der Liebste von allen meinen Söhnen«, weinte Hekabe. »Selbst im Tode sorgen sich die Götter um dich.«

»O wäre ich doch vorher gestorben!«, begann Helena. »Alle hier außer Priamos mieden mich voll Schauder. Nur du, Hektor, hieltest zu mir. Niemand war mir so milde und freundlich gesonnen.«

»Bringt Holz in die Stadt!«, rief Priamos die Troer auf. »Fürchtet keinen Hinterhalt der Achäer. Achilleus versprach mir, bis der zwölfte Morgen kommt, die Waffen ruhen zu lassen.«

Neun Tage schafften die Troer Holz herbei. Troische Späher erwiesen sich als unnötig; die Achäer hielten sich an ihre Zusicherung. Am zehnten Tag legten sie Hektor oben auf den Scheiterhaufen. Später löschten sie den Rest des Feuers mit Wein. Dann wurden die weißen Gebeine aufgesammelt, in eine goldene Truhe gelegt und beigesetzt. Damit enden die Erzählungen der *Ilias*.

Das zehnte Kriegsjahr – Troia wird fallen

Achilleus tötet Penthesilea

Kurz nach Hektors Bestattung kam Penthesilea, Tochter des Ares, mit ihren kriegerischen Amazonen als Bundesgenossen nach Troia. Doch sie wollte nicht nur der belagerten Stadt beistehen. Die Amazonenkönigin befand sich zudem auf der Flucht vor den Erinyen ihrer Schwester Hippolyte; Penthesilea hatte die versehentlich getötet. Als König des noch mächtigen Troia verfügte Priamos über die Kraft, Penthesilea zu entsühnen. Nach diesem Ritus führte sie ihre Kämpferinnen in die Schlacht.

Die Achäer hatten angenommen, nach Hektors Fall ließen sich die Troer nie wieder auf einen offenen Kampf ein. Doch als sich die Amazonenkönigin wie eine Löwin in die Reihen der Belagerer stürzte, dass die Erde dröhnte und voll war von Toten und deren Blut, wichen diese entsetzt zurück. Nicht an Kampf, sondern nur an Flucht dachten die Achäer. Unter den Gefallenen befand sich auch der berühmte Arzt Machaon. Doch als sich die Troer anschickten, die achäischen Schiffe zu stürmen und in Brand zu setzen, vernahmen Achilleus und der große Aias, die an Patroklos' Grab trauerten, endlich das Kriegsgeschrei. Da warf sich

Aias gegen die Troer und wütete in ihren Reihen. Und Achilleus stellte die Amazonenkönigin zum Kampf.

»Du bist der Stolz dieser Weichlinge. Und rühmst dich gar dessen?«, rief Penthesilea ihm zu und schleuderte ihren Speer. Doch der zersplitterte am Schild des Peliden, als träfe er auf Felsen.

»Weib, dich packte Wahnsinn, dass du es wagst, mir entgegenzutreten. Davor zitterte sogar Hektor«, erwiderte Achilleus, stürmte gegen sie und stieß die Lanze in ihre rechte Brust.

Penthesilea wurde es schwarz vor Augen, ihr entglitt die Streitaxt. Sie erwog ihre Brust zu entblößen und um Gnade zu flehen, womit sich die hartherzigsten Helden erweichen ließen. Doch sie biss die Zähne zusammen und zog das große Schwert, aber Achilleus' Lanze flog schneller und durchbohrte sie. Ihre Seele schwebte zum Hades, ihre Reize entblößend, sank ihr Körper zu Boden.

Noch als der Pelide seine Waffe abschoß, bedauerte er schon den tödlichen Wurf. Er zog der Schönen den Helm vom Kopf und empfing selber ein Geschoß – den Pfeil des Eros. Obwohl von Blut verschmiert, glich Penthesileas Antlitz dem der Artemis. Um Achilleus selbst im Triumph noch Schmerz zu bereiten, verlieh Aphrodite der Amazonenkönigin rasch ein Wunder an Reizen. »Warum gewann ich die Gottähnliche nicht als Gattin, anstatt sie zu töten?«, warf er sich nun vor.

Es wird sogar berichtet, der in Liebe Entbrannte habe die Tote liebkost. Der Lästerer Thersites, hässlichster Grieche vor Troia, spottete darüber und stach der Verstorbenen ein Auge aus. Da versetzte Achilleus ihm eine derartige Ohrfeige, dass alle seine Zähne brachen und er tot umfiel. Darüber empörten sich die Achäer. Und Diomedes, dessen

Verwandter, verlangte daraufhin, dass Achilleus – auf Druck des Heeres – nach Lesbos fuhr, Apollon, der Artemis und der Leto opferte und sich von Odysseus entsühnen ließ. Zuvor hatte Achilleus die Leiche Penthesileas den Troern übergeben, die sie würdig bestatteten.

Der Tod des Achilleus

Nach dem Tod der Penthesilea zerstreuten sich ihre Kämpferinnen in die Berge. Nun gewann Priamos einen weiteren Verbündeten, den Aithiopier Memnon, der mit einem gewaltigen Heer von Indern und Aithiopiern zur Verteidigung Troias anrückte. Wie Achilleus trug Memnon, Sohn der Göttin Eos, eine von Hephaistos gefertigte Rüstung. Er war schwarz wie Ebenholz. Nach hartem Widerstand vertrieb er mit seinen Kämpfern die Belagerer der Stadt und tötete viele ihrer Anführer, wie den Antilochos. Memnon gelang sogar, die Achäer erneut gegen deren Schiffe zurückzuwerfen, und hätte diese bald in Brand gesteckt.

Als Achilleus vom Tod des Antilochos, eines der tapfersten und schnellsten Gefährten, erfuhr, suchte er den Zweikampf mit Memnon. Da mischten sich die göttlichen Mütter beider Helden ein und baten Zeus um eine Seelenwaage. Bald senkte sich die Schale für Memnon. Und so fiel dieser durch den Speer des Thetissohnes. Für seine Taten verlieh Zeus dem Memnon Unsterblichkeit und ließ aus seiner Asche Vögel erstehen, verwandelte dann auch dessen trauernde Gefährten in Vogelwesen, die ihm zu Ehren seinen Grabhügel umschwirrten.

Nach dem Fall ihres Königs wichen die Aithiopier und Inder gegen Troia zurück. Achilleus belagerte mit seinen

Kampf um die Schiffe

Nachdem Zeus den Troern geholfen hatte, die Befestigung der Achäer zu durchbrechen, überließ er sie ihrem Schicksal. Da eilte Poseidon zu seinem Palast in der Meerestiefe, schirrte zwei Rosse mit goldenen Mähnen und ehernen Hufen an den Streitwagen und brauste zum Schlachtfeld. Dort stürmte Hektor wie ein Rasender mit seinen Leuten gegen die Achäer an. Doch in Gestalt des Sehers Kalchas rief Poseidon diese zum Kampf auf. Die Bedrängten fassten Mut und stellten sich den angreifenden Troern entgegen, wehrten sie, Schild an Schild, ab; ihre Lanzen bildeten einen Zaun, die Rossschweife der Helme berührten sich nickend.

Idomeneus, ein Enkel von König Minos, brüllte:

»Wer hier dem Kampfe fernbleibt, kehre nicht nach Hause zurück, sondern werde Fraß für die troischen Vögel. Vereint sind selbst die Schwächeren stark.«

Und so packte er zwei Speere und stürzte sich, Zeus' Blitzen gleich, in den Kampf gegen die Troer, tötete auch Othryoneus, den Freier der Kassandra.

Zeus wollte zwar Hektors und der Troer Sieg, um die Thetis und deren Sohn Achilleus zu ehren, aber keine völlige Niederlage der Achäer. Und Poseidon vermied es, offen für die Achäer einzugreifen, sondern stachelte nur heimlich ihre Kampfeswut an.

Es kam zu einem Zweikampf zwischen Menelaos und Peisandros, der mit seiner Streitaxt auf ihn losging; doch Menelaos' Schwert zerschlug dessen Nasenwurzel, dass die Augen blutend vor seinen Füßen in den Staub fielen. Der Sieger triumphierte mit dem Fuß auf der Brust des Gefallenen:

»Ihr troischen Hunde raubtet mir meine Frau und Schätze, wollt nun gar unsere Schiffe verbrennen. Eure Kampfesgier macht vor nichts halt.« Dann zog Menelaos ihm die blutige Rüstung vom Leibe.

Als Hektor erfuhr, dass zur Linken des Schlachtfeldes seine Männer fielen und die Achäer sich vorkämpften – so hartnäckig trieb Poseidon sie an –, sammelte er die größten Streiter und führte sie dorthin, wo das Schlachtgewimmel am dichtesten war. Laut schreiend stürzten sich beide Heere aufeinander.

Hera täuscht Zeus

»Die Troer kämpfen schon bei den Achterdecken«, sorgte sich Agamemnon. »Weder Mauer noch Graben hielt sie auf. Fliehen wir, ehe wir fallen.«

»Du, Elender, willst uns im Stich lassen?«, erwiderte Odysseus finster. »Obwohl schon so viele gefallen sind, willst du die Troer triumphieren lassen?«

»O hätte ein Jüngerer einen besseren Rat«, klagte Agamemnon, »als die Schiffe ins Meer zu ziehen.«

»Das beste ist wohl«, griff Diomedes ein, »wir kehren, statt zu schwätzen, in die Schlacht zurück und spornen unsere Kämpfer an.«

Poseidon hatte ihrem Gespräch gelauscht, begab sich in Gestalt eines alten Mannes zu ihnen und wandte sich an Agamemnon:

»Achilleus ist verblendet. Nicht alle Götter grollen euch, bald werden die Troer zu ihren Mauern flüchten.« Dann schrie er laut wie neuntausend Krieger in der Schlacht und spornte so die Achäer an.

Leuten das Skäische Tor. Nun meinte Apollon, Achilleus sei berühmt genug und die Zeit gekommen, seinen Lebensfaden abzureißen, und besprach das mit Poseidon, der stimmte ihm zu. Beide hatten zudem gelobt, den Tod des Kyknos und Troilos zu rächen. Und wie hatte Achilleus Hektors Leiche geschändet!

Apollon lauerte also hinter einer Wolke am Skäischen Tor, wendete Paris' Bogen und lenkte, als Achilleus angriff, den Pfeil auf dessen rechte Ferse, seine einzig verwundbare Stelle.[225] Es heißt auch, Apollon habe Paris' Gestalt angenommen und ihn selber tödlich verletzt. So jedenfalls erfüllte sich die alte Prophezeiung. Um die Leiche entbrannte ein wilder Kampf. Nach harter Abwehr schleppte der große Aias sie durch einen Hagel von Pfeilen zu den Schiffen, wobei Odysseus den Rückzug deckte.

Der Tod ihres größten Helden schwächte das Heer der Achäer, man ahnte Unglück. Achilleus' Leiche wurde auf einem Scheiterhaufen verbrannt, seine Asche mit der seines Gefährten Patroklos vermischt und in einer von Hephaistos geschmiedeten goldenen Urne bestattet. Homer berichtet, dass Odysseus den Schatten des Achilleus in der Unterwelt antraf. Andere meinen, der Held sei auf die Insel der Seligen versetzt worden und lebte dort entweder mit Medeia, Polyxene oder gar Helena. Mit letzterer habe Achilleus den geflügelten Euphorion gezeugt.[226]

Der große Aias bringt sich um

Achilleus zu Ehren wurden festliche Wettspiele ausgerichtet mit Pferderennen, Wettlauf, Diskuswerfen und Bogenschießen. Dann war über Achilleus' berühmte, bekanntlich von Hephaistos gefertigte, Waffen und Rüstung zu entscheiden. Thetis verlangte, der tapferste Achäer solle sie erhalten. Nur der große Aias und Odysseus, die den Leichnam retteten, hatten Anspruch. Es hieß, Zeus selber habe deren Streit veranlasst. Vor einem Schiedsgericht hatte also jeder seine Taten zu preisen. Athena bewirkte nun, dass ihrem Günstling Odysseus die göttliche Rüstung nebst Waffen zugesprochen wurden.

Da der große Aias glaubte, vor allem er habe Achilleus' Leiche gerettet, fühlte er seine Ehre unversöhnlich verletzt und wollte sich noch in der Nacht an Odysseus und den Gefährten rächen. Um ihren Odysseus zu schützen, schlug Athena den Aias mit Wahnsinn. So hielt er die Herden der Achäer für jene Gefährten, die ihn um Achilleus' Rüstung betrogen, richtete mit dem Schwert unter ihrem Vieh ein Blutbad an und tötete auch den Hirten. Einem weißfüßigen Widder, den er für Agamemnon hielt, schlug er den Kopf, einem anderen, der ihm als Odysseus galt, schnitt er die Zunge ab. Später wieder zu Verstande gekommen, stürzte er sich in seiner Verzweiflung ins Schwert, aber als sich das widersetzte und krümmte, bohrte er die Spitze seiner Waffe in seine verwundbare Achselhöhle; so gelang ihm, sich zu töten.

Agamemnon wollte nun Aias' Begräbnis verhindern und den Leichnam des Selbstmörders den gierigen Fledermäusen und den Geiern aussetzen. Schließlich gelang es Odysseus, auch auf Rat des Sehers Kalchas, den Toten, statt ihn zu verbrennen, in einem Sarg zu begraben.

Paris' Tod

Nach Achilleus' Tod im zehnten Jahr des Krieges verzweifelten die Belagerer. Troia schien kaum mehr zu erobern. Da prophezeite der Seher Kalchas, wenn Herakles' Bogen und Pfeile auf ihrer Seite eingesetzt würden, könne die Stadt noch eingenommen werden. Doch die Waffe besaß nach wie vor Philoktetes, den die Achäer auf Lemnos ausgesetzt hatten. Also segelten Odysseus und Diomedes zu dieser Insel. Da Philoktetes seit dem Schlangenbiss vor zehn Jahren noch immer an der eiternden Wunde litt, weigerte er sich mitzukommen. Odysseus schlug vor, dem Verletzten die Waffen zu rauben, was Diomedes ablehnte. Nun mischte sich der zum Gott erhobene Herakles ein und verlangte von dem berühmten Schützen, dennoch mit nach Troia zu segeln. Dort würde ein Arzt ihn heilen. Und ein zweites Mal müsse Troia durch Herakles' Pfeile fallen. Und töte er Paris, wachse sein Ruhm unermesslich. Philoktetes folgte dieser Aufforderung.

Im griechischen Lager vor Troia angekommen, wurde er im Tempel des Apollon schlafen gelegt; dabei schnitt ihm ein geschickter Arzt das faule Fleisch aus der Wunde, goss Wein darüber und legte Heilkräuter und den Schlangenstein auf. Bald nach der Genesung stellte er sich Paris zum Kampfe. Der Gatte Helenas galt zwar als bezaubernd schön, doch im Grunde als untüchtig und wenig tapfer. Vielleicht hielt man die Bogenfertigkeit des Fremden geheim, oder Paris glaubte sich wohl nach Achilleus' Tod inzwischen zu sicher? So schoss jedenfalls Philoktetes einen von Herakles' unfehlbaren Giftpfeilen in Paris' Fußgelenk und verwundete ihn tödlich. Menelaos soll dann Paris' Leiche geschändet haben.

Nach Paris' Tod stritten sich Priamos' Söhne Helenos und Deiphobos um die noch immer schöne Helena. Der König bevorzugte Deiphobos, nach Hektor einer der größten troischen Helden. Es wird auch erzählt, Helena habe sich inzwischen an ihre Zeit als Königin von Sparta erinnert und nach ihren Jahren mit Menelaos zurückgesehnt. Sie wollte keinen der beiden anderen Priamossöhne ehelichen, ahnte vielleicht schon den nahen Untergang Troias. Sie tötete also die Wachen. Doch als sie sich an einem Seil an der Stadtmauer hinunterließ und fliehen wollte, wurde sie gestellt und Deiphobos vorgeführt; der zwang sie zur Heirat.

Traue keinem Griechen, warnten bereits damals Chronisten. Erfanden etwa Spätere Helenas angebliche Sehnsucht und Treue?

Der unterlegene Helenos, zugleich auch Seher, verließ sofort Troia und lebte nun am Berg Ida. Agamemnon aber erfuhr von Kalchas, dass nur Helenos die geheimen Orakel kannte, die Troia Schutz boten; da sandte er Odysseus aus, den Eingeweihten zu überwältigen und ins Lager der Achäer zu bringen. Unter Zwang und dem Versprechen, ihm eine sichere Heimat zu bieten, gab Helenos die Bedingungen für den Fall Troias preis.

Die Orakel für Troias Fall

Da erstens die Gebeine des Pelops ins Lager der Achäer zu bringen wären, wurden sofort Gefährten danach ausgesandt. Schwieriger erwies sich die zweite Bedingung: Neoptolemos, Achilleus' Sohn, solle auf seiten der Achäer kämpfen. Odysseus und Diomedes segelten also nach Skyros. Ihnen gelang es nur mit großer Überredungskunst, Ly-

komedes zu überzeugen, seinen Enkel nach Troia ziehen zu lassen. Auch dass Achilleus dem Odysseus im Traum erschien, veranlasste Neoptolemos zur Abreise. Vor Troia erhielt Neoptolemos Rüstung und Waffen seines Vaters und kämpfte tapfer gegen die Troer und deren neue Verbündete, eine Armee der Myser. König Priamos hatte deren Anführer Eurypylos mit seiner Tochter Kassandra verlobt. Eurypylos, Enkel des Herakles und Sohn einer Schwester des Priamos, fiel schließlich durch Neoptolemos' Hand.

Die dritte Bedingung, das vom Himmel gefallene Palladion aus Troia zu rauben, erwies sich als kaum durchführbar. Um getarnt in die Stadt zu gelangen, ließ Odysseus sich – wie überliefert ist – von Diomedes auspeitschen. Blutbefleckt, schmutzig und in Lumpen schlich er sich als Bettler nach Troia. Nur Helena soll ihn erkannt haben. Mit ihrer Hilfe gelang ihm, das stark bewachte heilige Palladion der Athena zu rauben. Nach anderen, wohl wahrscheinlicheren Berichten drang Odysseus durch einen geheimen unterirdischen Gang in die belagerte Stadt ein und brachte so das kostbare Stück ins Lager der Achäer.[227] Die Römer behaupteten allerdings, Odysseus hätte lediglich eine Nachahmung gestohlen, das wahre Palladion hätte Aineias aus der brennenden Stadt nach Italien gebracht.

Das Troianische Pferd

Obwohl die Bedingungen der Orakel erfüllt waren, trotzte Troia dennoch allen weiteren Angriffen. Die Stadt erwies sich noch immer als uneinnehmbar. Deshalb wären die Belagerer beinahe abgezogen, hätte Odysseus nicht – wohl von Athena inspiriert – die List mit dem hölzernen

Pferd erdacht. Epeios, ein geschickter Handwerker, baute die Attrappe aus Fichtenplanken mit Falltür und der Aufschrift: »Von den Achäern für ihre Heimkehr der Athena als Dankopfer.«

Als Anführer von dreißig tapferen Kämpfern kletterte Odysseus in das Innere des Holzpferdes. Zu ihnen gehörten Diomedes, Menelaos und Neoptolemos. Auch der als feige geltende Erbauer wurde zum Einstieg gezwungen. Bei Einbruch der Nacht verbrannten die Griechen ihre Zelte, stachen in See und verbargen sich mit ihrer Flotte hinter der Insel Tenedos.

Als die Troer am Morgen das Lager der Griechen verlassen sahen, glaubten sie, die Belagerer hätten aufgegeben und wären heimwärts gesegelt. Man geriet bald in Streit darüber, was nun mit dem Pferd zu tun sei. »Das ist ein Geschenk an Athena, ziehen wir es in unsere Stadt«, verlangten viele. Dagegen forderten wenige: »Athena begünstigte stets die Griechen, brechen wir das Pferd auf oder verbrennen es!«

»Wollen wir etwa das Eigentum Athenas entheiligen? Rollen wir das Pferd also in die Stadt!«, entschied Priamos. Da es zu hoch war, musste eine Bresche in die Stadtmauer geschlagen werden. Fast alle Troer jubelten über das riesige Dankopfer. Doch Kassandra warnte:

»Im Inneren stecken Bewaffnete!« Aber wie bekannt, hatte Apollon über die Seherin verhängt, dass keiner ihren Prophezeiungen glaubte. Auch der Seher Laokoon rief:

»Traut nie einem Griechen, selbst nicht bei einem Geschenk!«, und bohrte seinen Speer in den Bauch des Tieres. Forderungen, das Ungetüm zu verbrennen oder über die Mauer zu werfen, wurden lauter. Da brachte man in

Ketten gefesselt den Griechen Sinon. Der gab sich, wie ihm von Odysseus eingeflüstert, als Verfolgter seiner Leute aus und täuschte Priamos. Die Griechen hätten, bisher von Athena unterstützt, mit dem Raub ihres Palladions deren Unterstützung verloren; das Pferd solle nun die Göttin versöhnen.

»Es klingt wie eine Lüge des Odysseus«, warnte Laokoon. Als er, vor kurzem durch das Los zum Priester des Poseidon bestimmt, ihm nun ein Opfer darbringen wollte, wälzten sich zwei große Seeschlangen an die Küste und erdrückten die beiden Zwillingssöhne Laokoons. Der Vater eilte ihnen zu Hilfe und wurde gleichfalls getötet.[228] Das schreckliche Ende Laokoons schien den sinnlosen Widerstand gegen die Fügung der Götter und Sinons Aussagen zu bestätigen. Priamos sah ihn bestraft, weil er den Speer gegen Athenas Pferd geworfen hatte. Um so mehr achteten die Troer jetzt das hölzerne Tier, wagten dem der Athena Geheiligten nichts anzutun, sahen vielmehr Anlass für Feier und Festlichkeit. Frauen schmückten die Mähne mit Blumengirlanden, streuten Rosen zu seinen Hufen.

Deiphobos, nach Paris' Tod Gatte der Helena, misstraute dem Pferd und beargwöhnte es von allen Seiten. Odysseus und seine Gefährten bangten in dessen dunklem Bauch. Epeios weinte vor Angst. Nur Neoptolemos blieb unerschrocken, drängte gar Odysseus zum Angriff; aber der hielt ihn zurück. Helena soll um das Pferd gegangen sein und die Namen der Helden gerufen haben, die sie im Bauch des Holztieres vermutete, die Stimme ihrer Gemahlinnen nachahmend. Als Diomedes nach zehnjähriger Trennung endlich den sehnsüchtigen Ruf seiner Gattin vernahm, wäre er aus dem Pferd gesprungen, hätte Odysseus ihn nicht gehindert. Dem Antilochos (II) musste er gar den Mund zupressen, als dieser sich anschickte, der Verlockung zu antworten. So wurden auch die troischen Skeptiker besänftigt.

Müde nach ausgiebigem Feiern und blind vor Vertrauen schliefen die Troer tief. Als es Nacht geworden war, näherte sich die Flotte der Griechen von Tenedos. Sinon kroch aus der Stadt und gab von Achilleus' Grabhügel Feuerzeichen. Als Antwort entzündete Agamemnon in einer Pfanne auf seinem Schiffsdeck Tannenholz. Antenor näherte sich vorsichtig dem Holzpferd und meldete das Gelingen der List. Daraufhin befahl Odysseus, die Falltür zu öffnen. Echion (II), der als erster sprang, brach sich das Genick; so hoch war die Attrappe. Die anderen ließen sich an Epeios' Strickleiter zu Boden. Einige huschten zur Stadtmauer, töteten die überraschten Wachen und öffneten die Tore für die inzwischen gelandeten Achäer.[229]

Troia wird zerstört

Die Achäer stürmten in die Stadt, brachen die Tore der Häuser auf und überfielen die Schlafenden. Odysseus soll Helena versprochen haben, jene, die keinen Widerstand leisteten, zu schonen. Aber das Plündern, Vergewaltigen, Kehledurchschneiden versetzte die Eroberer wie stets in einen Rausch, der nicht zu stillen war. Neoptolemos überwältigte die Wachen von Priamos' Palast; der greise König flüchtete mit seiner Frau Hekabe an ihren Zeusaltar. Als deren Sohn Polites hier von Neoptolemos tödlich getroffen wurde, warf Priamos seinen Speer gegen dessen Panzer, doch er prallte ab. Vor kurzem hatte Achilleus den alten

König geschont und ihm Hektors Leiche ausgeliefert. Doch jetzt schleifte Achilleus' Sohn den Priamos vom Altar und tötete ihn. Über das Zeusheiligtum rann Königsblut. Danach soll Neoptolemos die kopflose Leiche zum Grab seines Vaters geschleppt haben, als Fraß für Hunde und Geier.

Inzwischen stürmten Odysseus und Menelaos zum Hause des Deiphobos und kämpften sich mit Hilfe der Athena ins Innere vor. Es heißt, Helena selbst habe den ihr aufgezwungenen Mann erdolcht. Menelaos hatte geschworen, die Treulose zu töten. Doch ihr Mut und der Anblick ihrer Brüste, die sie für seinen tödlichen Schwerthieb entblößte, ließen ihn die Waffe senken. Menelaos verstümmelte Deiphobos grässlich, dann trug er Helena auf sein Schiff. Nach Irrfahrten sollte Menelaos schließlich Jahre später wieder mit Helena in Sparta landen.

Im Kampfgetümmel bemerkte Odysseus dann, wie Glaukos, ein Sohn des verbündeten Antenor, von einer Schar Bewaffneter über die Straße gejagt wurde. Er rettete ihn, geleitete ihn zum Haus seines Vaters und hängte ein Leopardenfell über dessen Tür, als Zeichen, es zu schonen. Antenor, seine Gemahlin und seine vier Söhne durften Troia frei verlassen. Nur noch die Familie des Aineias wurde nicht niedergemacht. Beide Troer hatten mehrfach die Herausgabe Helenas und einen ehrenhaften Frieden von Priamos und dessen Anhängern verlangt. Wie Aineias seinen Vater Anchises auf dem Rücken aus der brennenden Stadt trug, sollte noch nach Jahrhunderten erzählt werden. Die Götter hatten für Aineias bekanntlich noch eine große Zukunft bestimmt.

Kassandra floh zum Tempel der Athena und klammerte sich an deren hölzerne Statue. Der kleine Aias zerrte sie von dort weg und vergewaltigte Priamos' angeblich schönste Tochter. Odysseus behauptete dann listig, Aias habe die Athenapriesterin sogar an deren Altar geschändet. Für diese Beleidigung der Göttin forderte das Heer harte Bestrafung. Odysseus schlug Aias' Steinigung vor. Doch der Beschuldigte entkam. Schließlich wurde Kassandra dem Agamemnon als Beute zugesprochen.

Nach Gemetzel, Plünderung und Tod der meisten Troer wurde die restliche Beute verteilt. Man zerstörte viele Gebäude. Die Stadt wurde in Brand gesteckt. Allen Göttern wurde geopfert.

Nun entschied der Rat der Achäer auch über das Schicksal von Hektors Söhnchen Astyanax. Odysseus verlangte, kein Abkömmling des Priamos dürfe überleben. Geschähe das doch, prophezeite Kalchas, räche er einst seine Eltern und die Stadt. Diese Weissagung entschied. Obwohl die anderen Anführer vor Kindestötung zurückschreckten, vollzog Odysseus das Urteil und warf den Säugling über die Stadtmauer. Nach anderen Berichten soll Neoptolemos, später Pyrrhos genannt, ihn getötet haben. Laut jüngerer Überlieferung soll Astyanax doch überlebt und ein neues Troia gegründet haben. Astyanax' Mutter, Hektors Witwe Andromache, wurde als Beute dem Neoptolemos zugesprochen.

Auch über die Priamostochter Polyxene wurde im Rat verhandelt. Als Achilleus im Sterben lag, habe er verlangt – so wurde berichtet –, Polyxene auf seinem Grab zu opfern. Sogar von seiner geheimen Liebe zu ihr war die Rede. Und Achilleus habe Neoptolemos im Traum gewarnt: »Wollt ihr mein Grab ungeehrt lassen? Darf der beste Held bei Verteilung der Beute leer ausgehen?« Doch Agamemnon widersetzte sich: Wegen Achilleus' Rachsucht wäre bereits genug Blut vergossen worden; und tote Männer hätten über lebende junge Frauen kein Recht. Aber jene, die zu wenig Beute abbekamen, höhnten: Agamemnon schone Polyxene nur, um deren Schwester, die erbeutete Kassandra, um so williger in sein Bett zu bekommen. So zwang Odysseus schließlich Agamemnon nachzugeben. Polyxene trat dann würdig vor das ganze Heer und nahm den Schwerthieb mit erhobenem Haupte entgegen.

Die Helden kehren heim

Die Achäer büßen ihre Schuld

Noch als die Trümmer der zerstörten Stadt rauchten, gerieten Agamemnon und Menelaos – wohl von Athena angestiftet – darüber in Streit, wie lange man vor Troia bleiben solle. Menelaos verlangte sofort in See zu stechen, auch um die wiedergewonnene Helena in Sicherheit zu bringen. Aber Agamemnon warnte: »Opfern wir nach Aias' Frevel erst der Athena!« Das forderte auch der Seher Kalchas. Doch was sie nicht ahnten: Götter ließen sich nicht so rasch besänftigen.

Und so trennten sich die Brüder im Zwist.

Menelaos, Diomedes, Nestor, Idomeneus und andere segelten also unverzüglich in Richtung Heimat. Odysseus fuhr mit seiner erbeuteten Hekabe nach Thrakien. Nach dem Tod aller ihrer 19 Kinder und ihres Gatten Priamos verfluchte sie Odysseus und seine Gefährten derart, dass sie die Rachsüchtige töten mussten. Ihr Geist fuhr in eine schreckliche schwarze Hündin.

Nach den Opfern für Athena verließen Agamemnon, der kleine Aias und Neoptolemos die Ruinenstadt und ruderten nach der nahen Insel Tenedos. Dort bewog Thetis ihren Enkel Neoptolemos zu opfern. Die anderen segelten weiter und gerieten bei Tenos in einen Sturm; den hatte Athena, um die Achäer zu strafen, von Zeus erbeten. Viele Schiffe sanken. Als Aias' Boot standhielt, warf Athena einen Blitz und spaltete es. Doch dem Helden gelang, sich auf einen Felsen zu retten; trotz Athenas Hass hätte Aias überlebt. Doch in seiner Verblendung prahlte er, göttlicher

Macht überlegen zu sein. Da schlug Poseidon wütend mit seinem Dreizack auf die Klippe, dass Aias getroffen ins Meer stürzte und starb. Thetis begrub dann die an Land gespülte Leiche in Mykonos.

Die den Orkan überstanden hatten, gelangten bis Euboia und bemerkten auf dem Berg Kaphereus Feuersignale. Nun glaubten die Verirrten, einige Gerettete wiesen ihnen die Richtung, fuhren auf die Lichtzeichen zu und erlitten an den Kapheridischen Klippen Schiffbruch, wobei viele den Tod fanden. Nauplios hatte aus Rache für den Tod seines Sohnes Palamedes die täuschenden Feuer entzündet. Auch Diomedes bekam dessen Zorn, nachdem seine Boote an der lykischen Küste gekentert waren, bei seiner Heimkehr zu spüren. Nauplios hatte dessen Gemahlin, seine Tante Aigiale, in Argos angestiftet, ihn zu betrügen. Und Aphrodite, die Diomedes nie verziehen hatte, dass er sie im Kampf um Troia verletzte, bestand auf diesem Ehebruch. Daraufhin zog Diomedes sich nach Korinth zurück und ging später nach Italien.

Von Stürmen abgetrieben und nach Schiffbruch fanden zahlreiche Achäer nicht nach Hause, sondern siedelten an verschiedenen Küsten wie denen von Kleinasien, Zypern, Libyen, Sizilien, Italien. Allein der greise Nestor, berühmt durch seine Weisheit und Gerechtigkeit, kehrte sicher nach Pylos heim. So wie es Zeus bestimmt hatte, erreichte er ohne weitere Kriege und inmitten seiner Nachkommen ein hohes Alter.

Menelaos geriet mit Helena an der Südküste Kretas in einen Sturm, dort verlor er 55 seiner 60 Schiffe, wurde dann nach Libyen und Ägypten abgetrieben und kam schließlich auf die kleine Insel Pharos zum Meergreis Proteus. Von hier folgte er dessen Rat und fuhr zum Nil, um die versäumten Opfer für Zeus und die anderen Götter nachzuholen. Laut manchen Berichten soll er hier in Ägypten die echte Zeustochter Helena, die angeblich bei Proteus geblieben war, wiedergetroffen haben. Nach dem Parisurteil habe die beleidigte Hera, wie es hieß, ihm nur ein Traumbild der Helena in die Arme gelegt. Erst hier soll der Trug zerstoben sein. Aber belagerten die Achäer etwa zehn Jahre Troia umsonst? Floss das Blut Zehntausender für eine Täuschung?

Nach acht Jahren erreichte Menelaos jedenfalls mit der wirklichen Helena Sparta und nahm seine alten Rechte wieder wahr. Später verlieh Hera Menelaos Unsterblichkeit, und er gelangte mit Helena in die Elysischen Felder.

Wir berichteten bereits, wie Thetis ihren Enkel Neoptolemos überredete, auf Tenedos zu opfern, und er so dem Schiffbruch der griechischen Streitmacht entging. Die Göttin war es wohl auch, die ihm zum Landwege riet. Er kam nach Epeiros, wo er die Molosser[230] besiegte und dort einige Jahre als König lebte. Seine Nachkommen, die Pyrrhiaden, beherrschten Epeiros noch in historischer Zeit, als Olympias um 375 v. Chr. Philipp II., den König von Makedonien, heiratete und ihm Alexander den Großen gebar.[231] Später begab sich Neoptolemos nach Phthia und übernahm die Herrschaft seines Großvaters Peleus.

Die Überlieferungen, wie Neoptolemos umkam, sind widersprüchlich. Sicher ist nur, dass er auf Apollons Altar hingeschlachtet wurde. Manche berichten, er habe in Delphi Genugtuung für seinen Vater Achilleus verlangt, den Apollon tödlich getroffen hatte. Als die Priesterin Pythia das ablehnte, plünderte und verwüstete er das Heiligtum und wurde auf Apollons Ratschluss und Pythias Aufforderung getötet. Andere sahen den alten Streit zwischen Agamemnon und Achilleus in beider Söhne wieder aufflammen. Orest war mit Menelaos' Tochter Hermione verheiratet. Neoptolemos erschien in Sparta und forderte Hermione zur Braut, wie es ihm Menelaos vor Troia versprochen hatte. Menelaos entzog seine Tochter dem Orest und gab sie Neoptolemos. Entweder wollte der König sein Wort nicht brechen, oder er hielt den wahnsinnigen Orest – davon gleich mehr – nicht für einen angemessenen Schwiegersohn. Um Buße zu tun, erschien der unschuldige Neoptolemos in Delphi, wurde vom wieder genesenen Orest, der sich mit den Delphiern verbündet hatte, auf oben beschriebene Weise niedergemacht und unter der Schwelle des Heiligtums begraben. Der Geist des großen Helden sollte künftig das Orakel gegen alle Angriffe verteidigen.

Das Schicksal Agamemnons und seiner Familie

Klytaimnestra erschlägt ihren Gatten

Nicht von allen Heimfahrern kann hier erzählt werden. Aber Agamemnon traf wohl das verhängnisvollste Schicksal. Nach Jahren kehrte er endlich mit Kassandra nach Mykene zurück. Inzwischen lebte seine Gemahlin Klytaimnestra, ebenfalls von Nauplios angestiftet, ehebrecherisch mit Aigisthos. Der hatte Hermes' Warnung missachtet und den Sänger, der Klytaimnestra bewachen sollte, umgebracht und sich die Königsmacht angeeignet.

Als der Wächter Feuerzeichen meldete, ließ Klytaimnestra vor dem Palast auf den Altären allen Göttern opfern und verkündete, ihren Gemahl würdig zu empfangen; Vergnügungen und fremde Männer lägen ihr so fern wie die Schmiedekunst.

Mit Scheinfreude tarnte sie ihren Hass. Um die Schöne zu erobern, hatte Agamemnon einst deren ersten Mann und ihr Kind erschlagen und sie zur Ehe gezwungen. Später hatte Agamemnon Iphigenie, seine Tochter mit Klytaimnestra, in Aulis für den Krieg gegen Troia geschlachtet, nur wegen dieser verdammten Hure Helena. Wie eine Ziege war das Mädchen im safranfarbenen Gewand auf den Altar geschleppt und ihr Mund mit einem Knebel gestopft worden. Agamemnon hatte, wie es hieß, gnadenlos ihr Blut vergossen. Deshalb glaubte Klytaimnestra sich im Recht und hatte sich mit Aigisthos verbündet, um sich zu rächen. Glück über seine Rückkehr vorspiegelnd, empfing sie Agamemnon und ließ purpurne Teppiche ausrollen.

»Achte mich als Menschen, empfang mich nicht wie einen Gott!«, wehrte sich der Heimgekehrte und streifte seine Schuhe ab. Dann bat er seine Frau, die erbeutete Kassandra, ein Geschenk des Heeres, freundlich aufzunehmen, und schritt auf dem ausgebreiteten Götterrot ins Haus. Da Kassandra ihr Sklavenlos ablehnte und in dem Wagen vor der Tür blieb, hielt Klytaimnestra ihr vor:

»Selbst der große Herakles musste sich in Knechtschaft begeben.«

»O Jammer! Apollon, in welches Haus führst du mich?«, entsetzte sich Kassandra. »Atreus, Agamemnons Vater, schnitt hier den Kindern seines Bruders die Hälse ab. Es riecht noch nach Blut, nach Unglück.«

Als ihr bedeutet wurde, eine Seherin sei hier unerwünscht, legte sie den Stab und die Prophetenbinde ab und ging mutig dem Tod entgegen ins Haus mit den Worten:

»Es wird einer kommen und unseren Tod rächen. Agamemnon hat nun die Morde seiner Ahnen zu sühnen. Ich grüße das Tor zum Hades.«

Zum Empfang wurde Agamemnon ein köstliches Bad bereitet. Als Klytaimnestra in der silberbeschlagenen Wanne ein Gewand über den Gatten warf, tötete Aigisthos ihn mit einer Axt. Dann erstach Klytaimnestra die Kassandra und rief:

»Da liegt sein Liebling, seine Bettgefährtin, diese Hure und Prophetin. Welcher Nachtisch meiner Rache.«

Aigisthos stand inmitten einer Schar Bewaffneter und rechtfertigte sich: »Er büßt für die Verbrechen seines Vaters Atreus. Der schlachtete die Kinder meines Vaters, seines Bruders, zerhackte die kleinen Füße und die gespreizten Finger, kochte und setzte sie ihm zum Mahle vor. Mein Vater schrie auf, bog sich rückwärts und erbrach das Fleisch. Und er verfluchte dieses Geschlecht. Ist die Todesstrafe nicht gerecht?«

Orests Muttermord

Wäre Elektra (III) nicht zuvor mit ihrem kleinen Bruder Orest zum Phokerkönig Strophios entkommen, hätten die Mörder wohl auch ihn getötet.

Noch heute wird Agamemnons Grab bei den Ruinen der Burg von Mykene gezeigt.

Orest verbrachte seine Kindheit am Hofe des Strophios mit dessen Sohn Pylades. Als Orest erwachsen war, befragte er das Orakel von Delphi und damit Apollon, ob er sich an den Mördern seines Vaters rächen dürfe. Der Gott forderte ihn dazu auf. Dann begab Orest sich unerkannt mit Pylades nach Mykene.

Am Grabe seines Vaters Agamemnon gab Orest sich seiner Schwester Elektra zu erkennen, nannte als Beweis auch das Gewand, was sie ihm einst gewebt hatte. Sie umarmte ihn mit den Worten:

»Liebster, du bist mir vierfach verbunden. Ich nenn' dich Vater nun. Auch jene Liebe, die früher meiner Mutter galt, gehört jetzt dir. Und die Liebe meiner Schwester, die in Aulis geopfert wurde. Und ohnehin bist du mein Bruder.«

»Rauchten endlich die Leichen der Mörder auf dem Scheiterhaufen«, meinte Orest. »Vater, wärst du nur vom Speer eines Feindes vor Troia gefallen! Dann wärst du der Ruhm unseres Hauses. Wir wären stolz auf deinen hochgetürmten Grabhügel.«

Doch nun galt das eherne Gesetz: Jenes Blut, was auf die Erde tropfte, fordert wieder Blut. Mord ruft die Erinyen wach, und die Rachegeister führen erneute Blutschuld herauf.

»Empor denn, ihr dunklen Mächte der Unterwelt!«, entschied Orest. »Die Götter wollen's, und meine Hand will es auch! Wie unwürdig verscharrte man den großen Feldherrn über tausend Schiffe, einen siegreichen König ohne ein trauerndes Wort, ohne Geleit durch das Volk. Und hinterlistig im Bade erschlagen.«

Der geplante Anschlag wurde geheimgehalten. So wie der König im täuschenden Netz erschlagen wurde, sollten die Mörder durch List fallen. Orest und Pylades teilten, in fremder Reisekleidung, vor den Palast einem Diener mit, sie wollten Aigisthos die Nachricht vom Tode Orests überbringen. Als Aigisthos dann neugierig nachfragte, ob der Bote selber Orest sterben sah oder es nur aus trüber Quelle schöpfe, stach Orest ihn nieder. Vom Geschrei der Diener stürzte Klytaimnestra herbei und rief:

»Nun sollen wir selber fallen!«

»Der hier hat seinen Teil«, erwiderte Orest.

»Liebster, du bist tot«, klagte Klytaimnestra.

»Da du ihn liebst, so ruhe mit in seinem Grab.«

»Mein Sohn, halt ein! Empfindest du keine Scheu vor dieser Brust, an der du in Windeln einst die Milch geschleckt?«

Orest hielt inne und fragte: »Mein Pylades, soll ich die Mutter schonen?«

»Denk an das Delphische Orakel«, warnte Pylades ihn, »an deinen Eid für Apollon. Mach dir die Welt zum Feinde, aber nicht die Götter.«

Orest folgte dem Rat und wandte sich an seine Mutter:

»Komm, an seiner Leiche möcht' ich dich erschlagen. Da du ihn liebst, schlaf im Tode mit ihm.«

»Ich zog dich groß, will mit dir altern«, versuchte Klytaimnestra den Sohn umzustimmen.

»Du willst als Mörderin meines Vaters bei mir leben?«, wehrte er ab.

»Das verantwortet die Moira.«

»So wie sie jetzt deinen Tod verhängt.«

»Kind, so willst du wirklich deine Mutter erschlagen?«

»Du selber tötest dich.« Dann vollbrachte er die Tat und erschrak: »Was für schreckliche Weiber drohen dort – schwarzverhüllt, die Haare mit ringelnden Schlangen durchflochten! Wie das noch endet, weiß ich nicht. Ich muss dem Mutterblut entgehen, bleiben kann ich hier nicht länger.«

Orest fiel in geistige Verwirrung und eilte, von den Erinyen verfolgt, nach Delphi zum Nabel der Erde. Als am nächsten Morgen die Pythia das Heiligtum betrat, kam sie aufgelöst heraus und verkündete den Delphiern:

»Am Omphalos sitzt ein gottverfluchter Mann, dem triefen die Hände und das entblößte Schwert vom frischen Blute, weiße Wolle schutzflehend um einen Olivenzweig gewunden. Aber um ihn lagert eine schlafende Schar grässlicher Weiber. Ekelhaft anzuschaun wie Gorgonen und Harpyien schnarchen sie dort mit stinkendem Atem, und aus ihren Augen trieft klebriger Eiter. Nie schreckte mich ein scheußlicherer Anblick.«[232]

Doch dem Orest näherte sich Apollon im Inneren des Tempels mit den Worten:

»Ich lass dich nicht im Stich, denn ich befahl den Muttermord. So ist jetzt die gottverhasste Brut vom Schlaf überwältigt, der Nacht ergraute Kinder, die nur des Bösen wegen da sind und deshalb im Dunkel des Tartaros hausen. Du aber begib dich auf Athenas Burg und schling die Arme um ihr Bildnis. Dort werden wir kluge Richter finden.«

Nachdem Apollon den Orest von der Blutschuld gereinigt hatte, geleitete Hermes ihn nach Athen, doch der Schatten der Klytaimnestra weckte die Erinyen mit den Worten:

»Um mich, die hingeschlachtet von des eigenen Sohnes Hand, ergrimmt niemand im Götterkreis. Und ihr schlaft und lasst den Muttermörder entfliehen?«

»Fass ihn, jag ihn, hetz ihn, hetz, hetz«, heulten die erwachenden Rachegeister.

»Auf!«, stachelte Klytaimnestra die Weiber an. »Stürmt ihm nach, heftet euren Bluthauch an seine Sohlen, dörrt ihn, versengt seine Eingeweide, hetzt ihn zu Tode!«

»Blutgreul! Blutige Schuld! Schuldiges Blut! Nimmermehr lassen wir vom blutbesudelten Mörder, jagen ihn als blutdürstige Jägerinnen«, kreischten die Erinyen und flogen nach Athen, wo Orest Athenas Bildnis umschlang.

»Du bist uns anheimgefallen! Nur für uns gefüttert, saugen wir dir aus den Adern den roten Opfertrank, schlürfen uns satt am Blute. Lebendigen Leibes labst du uns und sinkst hinab zu den Schatten!«, verdammten ihn die Rachegeister und sangen ihr Bannlied:

Wer seine Hand schuldrein bewahrt,
den trifft niemals unsere Wut...
Wer aber wie der dort frevelbewusst
die blutigen Hände verheimlicht,
dem erweisen wir uns als Rächer der Blutschuld.
Drum um den Mordtriefenden dort
schlingt den Gesang, Verstörung, Wahnsinn –
den Geist zu verwirren, Lebenskraft auszudörren ...

Doch bevor sie enden und den Todgeweihten in den Hades raffen konnten, erschien Athena, forderte ein ordentliches Gericht, dessen Entscheidung sich auch die Erinyen im Vertrauen auf die Rechtmäßigkeit ihres Anspruches unterwarfen.

Athena veranlasste, Geschworene für das Blutgericht zu wählen und Beweise und Zeugen vorzubereiten. Als alles geordnet war, wurden Urnen zur Stimmabgabe aufgestellt. Das Volk drängte sich. Apollon stellte sich neben Orest und bat Athena, den Prozess zu beginnen. Sie ließ die Anführerin der Rachegeister den Orest befragen. Er habe der Mutter mit dem Schwert die Kehle durchschnitten und bereue nichts. Sein Vater habe ihm aus dem Grabe herauf geholfen. Und Apollon versicherte, das Blut sei zu Recht geflossen.

»Apollon, du bist mitschuldig am Mord und deckst den Täter noch«, klagte die Anführerin der Rachegeister den Gott an.

»Und die Frau, die ihren Mann erschlägt?«, spielte Apollon auf den Mord an Agamemnon an.

»Es ist ein Tod, den keine Blutsverwandten trifft.«

»Also verachtest du den Bund der Ehe, den Hera heiligte? Du willst die Mörderin am Gatten schonen? Ich sprach nie einen Seherspruch, den mir nicht Zeus befahl. Der Sieger von Troia, dem Zeus den Herrscherstab verlieh, fiel statt in der Schlacht durch listige Weiberhand. Einzig der Vater erzeugt das Kind, nicht die Mutter, sie nährt es nur. Auch ohne Mutter kann man Vater sein. Athena, du, Zeus' Tochter, bist der Beweis. Keine Göttin gleicht dir.«

»Du drängst dich unberufen ins Amt des Blutes«, empörten sich die Erinyen, »wird uns nicht Recht zuteil, suchen wir dieses Land furchtbar heim.«

»Ihr ganz verhassten gottverfluchten Ungeheuer!«, ereiferte sich Phoibos. »Ihr geltet unter alten wie jungen Göttern als ausgestoßen!«

»Da du Jüngling uns Greise frech zu Boden rennst, verlangen wir nach dem Urteil, noch unentschieden, ob wir der Stadt zürnen sollen.«

Dann bat Athena die Bürger die Stimmsteine in die Urnen zu werfen und gab ihre Stimme zuletzt ab.

»Ich werfe für Orest meinen Stein in die Urne. Denn keine Mutter brachte mich zur Welt, ich gehöre ausschließlich meinem Vater an. Darum wiegt der Mord an einer Frau, die ihren Mann getötet, mir leichter. Auch wenn die Stimmzahl gleich ist, wird Orest frei.«

Die Auszählung ergab tatsächlich Stimmengleichheit. »Damit ist der Angeklagte vom Morde freigesprochen«, verkündete Athena.

»Ihr jungen Götter zerstört das ewige Gesetz!«, heulten die Rachegeister. »Weh dieser Schmach! Wir verpesten euer Land mit Giftschaum!«

Aber Athena bot den Erinyen ein Heiligtum an und versprach, dass fortan kein Haushalt gedeihe, der sie nicht gebührend ehre. Dies versöhnte die Rachegeister mit Athena. Sie gaben ihre Rechte als Göttinnen der Vergeltung auf und wurden als gütige Eumeniden – »Wohlwollende« – verehrt. In Aischylos' gleichnamigem Drama[233] wird mit der endlosen Blutrache auch die Notwendigkeit einer zivilisierten Rechtsprechung deutlich, um den Teufelskreis zu durchbrechen.

Iphigenie bei den Taurern

Orests Freispruch besänftigte nicht alle Erinyen. Um der Qual der anderen zu entgehen, drohte er, sich zu Tode zu hungern. Da versprach Apollon ihm nur dann völlige Heilung vom Wahn, wenn er die hölzerne Statue seiner Schwester Artemis – das Bildnis war einst vom Himmel gefallen – von den Taurern für das Volk von Athen erbeute.

Orest und sein Freund Pylades, der vor kurzem Elektra geheiratet hatte, stachen also mit einem Fünfzigruderer in See, passierten die stürmischen Symplegaden und landeten im Land der Taurer, eines Stammes der Skythen am Schwarzen Meer. Ihr König Thoas[234] pflegte verirrte Griechen ins heilige Feuer der Artemis werfen zu lassen, das im göttlichen Hain durch eine Felsenkluft aus dem Hades heraufloderte. Nach ihrer Ankunft wurden beide Griechen entdeckt, überwältigt und gefesselt vor König Thoas geführt, der sie ins Heiligtum zum Schlachten bringen ließ. Als Opferpriesterin war hier Iphigenie, Orests älteste Schwester, tätig. Orest hielt sie bekanntlich, nachdem ihr Vater Agamemnon sie in Aulis geopfert hatte, für tot. Wie ihm verborgen geblieben war, hatte Artemis sie jedoch durch eine Hirschkuh ersetzt und hierhergebracht. Iphigenie glaubte wohl ebenfalls, von einem Traum bestärkt, an den Tod ihres Bruders; alle Fremden, die hierhergerieten, sollten nun ihren Hass spüren.

Iphigenie wurden die beiden Gefangenen zum Opfern vorgeführt. Als sie erfuhr, dass einer der Fremden – Orest – aus Argos stammt, fragte sie nach dem Schicksal Agamemnons und bat den Gefangenen, eine Botschaft nach Argos zu bringen. Dafür wolle sie sein Leben schonen, doch der andere Fremde, also Pylades, müsse sterben.

»Gib ihm den Brief und töte mich«, verlangte Orest.

»Von welch edlem Geschlecht bist du«, staunte die Priesterin. »O wäre auch mein Bruder, der hoffentlich noch in Argos lebt, so tapfer! Aber du musst sterben.«

»Wirst du mich selbst töten?«, fragte der unerkannte Bruder die Schwester.

»Ich netze zur Weihe nur dein Haar. Das Schwert führen die Männer im Heiligtum.«

»O könnte meine Schwester dann meinen Leichnam versorgen«, bedauerte Orest.

Pylades sah es als eine Schande an, allein zu überleben, wollte im Tode zu seinem Freund stehen. Doch Orest ließ es nicht zu, dass sein Unglück auch den Freund in den Tod risse, und verlangte von ihm, Elektra zu beschützen, damit Agamemnons Haus nicht untergehe. Pylades bat daraufhin Iphigenie, falls er Schiffbruch erlitte, ihm den Inhalt des versiegelten Briefes anzuvertrauen. Es war eine Botschaft an ihren Bruder Orest. Sie lebe, hieß es, hier als Priesterin und fordere ihren Bruder auf, sie aus diesem Barbarenlande zu befreien.

Da erkannten die Gefangenen Iphigenie. Fassungslos legte Pylades den Brief in Orests Hand. Der umarmte freudig seine Schwester. Die wich zurück, sah durch die Berührung ihr heiliges Gewand verletzt und misstraute dem angeblichen Bruder. Zum Beweise beteuerte Orest, sie hätte ehemals in ein prächtiges Gewand Atreus' und Thyestes' Streit gewebt, zudem das Bild, wie sich der Lauf der Sonne umgekehrt habe. Die Mutter hätte ihr Badewasser mit nach Aulis gegeben, und Pelops' alter Speer wäre in ihrer Mädchenkammer versteckt gewesen. Nichts hätte sie mehr überzeugt. Nun umarmte Iphigenie den Bruder. Dann sannen die drei darüber nach, gemeinsam dem Tod zu entkommen und die Statue zu rauben.

»Ich, der Muttermörder, will nicht noch meine Schwester gefährden«, beteuerte Orest. »Aber widerspräche unser Plan Artemis, hätte nie ihr Bruder Apollon mir befohlen, ihr Bild von hier zu rauben.«

Als sie ihre List ersonnen und die Rollen verteilt hatten, erschien Thoas am Tempel und stellte Iphigenie zur Rede, die gerade mit der Artemisstatue heraustrat.

»Das Bild der Göttin wandte sich rückwärts um und schloss die Augen«, verkündete Iphigenie.

»Bebte die Erde?«, forschte der Herrscher.

»Wegen der Unreinheit der Fremdlinge.«

»Sie erschlugen einen von uns?«

»Nein, sie brachten ihre eigene Mutter um.«

»Dazu wäre ein Barbar kaum fähig. Woher weißt du es?«

»Als sich die Göttin drehte, hab ich beide verhört. Und sie versuchten mich zu ködern, baten um Mitleid. Mein Vater Agamemnon feiere in Argos Feste, mein Bruder Orest sei dort wohlauf.«

»Wie klug du bist, schlugst den Köder aus, bleibst unserer Göttin treu.«

»Wie hasse ich Hellas«, täuschte Iphigenie weiter.

»Was wird mit den Fremden?«

»Die reinige ich von ihrer Blutschuld im Meer. Auch das Götterbild trag ich dahin, es zu entsühnen. – Und fesselt die Fremden!«

»Wohin sollten sie entkommen?«

»Traue niemals Griechen.«

König Thoas lobte Iphigenie und wies seine Bediensteten an, die Leute sollten zu Hause bleiben, denn der Anblick des Mörderpaares könne sie beflecken. Dann folgte er Iphigenies Rat und räucherte den Tempel aus, damit er wieder rein werde.

Iphigenie ging dann mit Orest und Pylades, begleitet von deren Wächtern, zum Meer. In der Nähe, wo Orests Schiff verborgen lag, schickte die Priesterin die Wächter fort, denn die Sühnung beim Flammenopfer sei geheim. Dann schrie sie laut und sang zur Beschwörung Einheimischen unbekannte Lieder. Da Thoas' Leute befürchteten, die Fremden könnten sich befreien und ihre Priesterin erschlagen, eilten sie trotz Verbot zu dieser Stelle am Ufer.

Da lag der Fünfzigruderer der Griechen zur Abfahrt bereit. Den Wächtern gelang noch, Iphigenie zu packen. Nach dem Handgemenge warfen die Wächter mit Steinen, aber wurden durch einen Hagel von Pfeilen der Schiffsleute vertrieben. Orest hob seine Schwester auf die Schulter und erklomm mit ihr die Leiter zum Schiff. Rasch legte das Boot ab. Doch Wind kam auf und warf es gegen das Ufer zurück. Thoas befahl, das gestrandete Schiff zu entern und die Tempelschänder von der Felsenwand zu stürzen oder auf Pfähle zu spießen.

Doch Athena trat Thoas entgegen und verlangte, die Jagd auf die Fremden abzubrechen. Poseidon habe, ihr zuliebe, schon das Meer beruhigt und freie Fahrt zugesichert. Thoas fügte sich und ließ die Griechen ziehen.

»Das Schicksal ist ohnehin stärker als du und wir«, meinte Athena. »Ich fahre mit und schütze das Bildnis meiner Schwester.«

So gelangten Orest und Pylades mit dem Artemis-Bild und Iphigenie sicher nach Athen, wo die Statue aufgestellt wurde. Nach der Rückkehr in die Heimat wurde Orest König von Mykene, später auch von Argos, großer Teile Arkadiens und schließlich, nach Menelaos' Tod, von Sparta.

Die Irrfahrten des Odysseus

Die Götter erbarmen sich

Außer Odysseus waren die letzten Helden der Achäer von Troia heimgekehrt. Ihm war prophezeit worden, seine Rückfahrt würde zehn Jahre dauern. Und so blieb er nach zahlreichen Abenteuern lange auf der Insel Ogygia in der prächtigen Grotte bei der Nymphe Kalypso; die liebte ihn, wollte ihn zum Gatten und versprach ihm dafür Unsterblichkeit. Sie soll ihm auch drei Kinder geboren haben. Als er sich aber im siebenten Jahr nicht länger festhalten ließ, erbarmten sich die Götter. Nur Poseidon verzieh ihm nicht, denn Odysseus hatte dessen Sohn, Polyphem, den stärksten Kyklopen, geblendet. Der Erderschütterer vermochte zwar nicht, dem Odysseus ans Leben zu gehen, jedoch seine Irrfahrt zu verlängern.

Als Poseidon sich in Aithiopien aufhielt, um ein großes Opfer zu empfangen, und die Götter wieder einmal beratschlagten, erinnerte Athena an ihren besonderen Schützling: »Denke ich an Odysseus' Heimweh auf der fernen Insel, krampft sich mir das Herz zusammen. Kalypso betörte ihn. Aber ehe er stirbt, möchte er vom heimischen Herd noch Rauch aufsteigen sehen. Ehrte Odysseus dich nicht mit großen Opfern? Zeus, warum zürnst du ihm noch?«

»Wie könnte ich je den Göttergleichen vergessen?«, lenkte der Blitzeschleuderer ein. »Obwohl Poseidon ihn nach wie vor verfolgt, wird er sich nicht dem Willen der anderen Götter zu widersetzen wagen.«

»O Vater!«, rief Athena. »Lass uns jetzt seine Heimkehr bestimmen und der Nymphe Kalypso den Ratschluss der Götter mitteilen. Ich eile unterdessen nach Ithaka und stehe dem Sohn gegen die Freier seiner Mutter Penelope bei.«

Athena band sich die goldenen Sandalen um und stürmte ganz einem Gastfreund des Hausherrn gleichend, mit ihrer schweren Lanze vom Olymp hinab zu Odysseus' Palast. Dort saßen vor dem Tore die übermütigen Freier wie

Schmeißfliegen auf Rinderhäuten beim Brettspiel und Wein, unter ihnen Telemachos, Odysseus' Sohn. Der sah – wieder in Gedanken an den Vater – den Fremden zuerst und geleitete ihn ins Haus, wo er dessen Lanze in den Speerhalter stellte und eine Dienerin Handwaschwasser in einer goldenen Kanne, allerlei Fleisch, Brot und Wein bringen ließ. Dann drängten die Freier herein, füllten lärmend den Saal, ließen sich bedienen und verlangten Reigentanz und Gesang.

»Die verprassen bei Saitenspiel das Gut unseres Herrn«, wandte sich Telemachos leise an den Gastfreund, »seine Gebeine bleichen vielleicht längst irgendwo in der Sonne. Aber wer bist du?«

»Mentes, der Sohn des Anchialos bin ich, herrsche über die Taphier«, verstellte Athena sich. »Mein Schiff legte hier an, ich handle mit Erz. Der alte Laërtes, Vater deines Vaters, kennt mich. Ich weiß, dein Vater ist noch am Leben, irgendwo auf einer Insel im weiten Meer. Und ich prophezeie dir, wie die Unsterblichen mir eingaben: Bald wird der Erfindungsreiche heimkehren. Du gleichst dem Odysseus an Gestalt und Blick. Oder bist du gar sein Sohn?«

»Ich habe ihn zwar noch nie gesehen, aber meine Mutter behauptet das«, erwiderte Telemachos.

»Die Männer schmausen derart maßlos, treiben es schändlich«, verwunderte sich die verwandelte Göttin. »Feiert ihr etwa Hochzeit?«

»Wäre mein Vater in Troia als Held gefallen, hätten die Achäer ihn mit einem Grabhügel geehrt; jetzt vermodert er irgendwo ruhmlos, ließ uns nur Leid zurück. Freier aus dem ganzen Land belagern hier meine Mutter, fressen mit unseren Vorräten auch bald mich selbst.«

»Wie sehr Odysseus hier fehlt!«, erwiderte Athena. »Aber führe dich nicht mehr auf wie ein Kind – bist längst gereift und erwachsen! Jetzt bereite dich vor, die Freier aus dem Hause zu jagen. Berufe morgen auf dem Markt eine Versammlung ein. Begib dich mit einem Schiff auf Erkundung nach deinem Vater, zuerst nach Pylos, dann zu Menelaos nach Sparta. Und ersinne, wie du die Freier am besten umbringst.«

Nach diesen Worten wollte die Göttin angeblich zu ihrem Schiff, flog aber wie ein Vogel durch die Dachluke. Der Sohn meinte, es müsse sich um einen Gott gehandelt haben, und spürte unermessliche Kraft.

Ein Sänger trug dann auf dem Gelage der Freier schwermütige Stücke über das Unglück der Troia-Heimkehrer vor. Penelope kam die Stiege herab, stellte sich würdevoll in die Saaltür und verbat sich unter Tränen derart traurige Lieder.

»Nicht die Sänger sind schuld am Leid«, rief mit einem Male Telemachos. »Auch ist Odysseus nicht der einzige, der fernblieb. Wie viele fielen vor Troias Mauern! Kümmere dich um Spindel und Webstuhl!«, rügte er seine Mutter. »Hier im Hause bestimme ich.«

Die Mutter staunte, wie erwachsen ihr Sohn plötzlich redete und wie er den lärmenden Freiern entgegentrat: »Sammelt euch morgen alle auf dem Markte, da fordere ich euch auf, mein Haus zu verlassen!«

Die Freier wunderten sich über Telemachos' Mut und bissen sich zornig auf die Lippen. Obwohl er die Göttin erahnt hatte, wahrte er das Geheimnis und misstraute jeder Nachricht über die Heimkehr seines Vaters, vor allem der Gutgläubigkeit seiner Mutter, die jeden Schwindler oder Bettler bewirtete, der von Odysseus erzählte.

Volksversammlung und Abfahrt

Am nächsten Morgen ließ Telemachos die Ithaker zur Volksversammlung rufen. Als er mit Schwert und Lanze dann auf den Markt schritt, staunten die Leute; Greise machten ihm Platz. Den Freiern missfiel, dass er den Sitz seines Vaters einnahm. Der vom Alter gebeugte Aigyptios wandte sich als Erster an die Menge:

»Seit Odysseus vor fast zwanzig Jahren gegen Troia zog, hatten wir weder eine Volksversammlung noch eine Ratssitzung. Wer berief sie jetzt ein?«

Nun ließ Telemachos sich vom Herold das Zepter reichen und klagte an:

»Ich wende mich als Odysseus' Sohn an die Versammlung. Nicht nur meinen Vater, euren König, verlor ich, sondern Schwärme von Freiern zehren bald mein gesamtes Besitztum auf. Obwohl meine Mutter keinen will, wird sie bedrängt. Ich weiß kein Mittel zur Abwehr, aber fleh' euch um Hilfe an, bei Zeus und der Themis.«

Er forderte von den Blutsaugern Erstattung des Schadens, warf das Zepter auf den Boden und brach in Tränen aus.

Die Versammelten schwiegen ergriffen. Nur Antinoos, der zügelloseste Freier, wagte nach einiger Zeit zu antworten: »Nicht wir sind schuld, sondern deine Mutter. Sie betrügt uns schon drei Jahre, weckte Hoffnung durch vertrauliche Botschaften und verkündete: ›Wartet, bis ich das Totengewand für meinen Großvater Laërtes gefertigt habe.‹ Doch eine Dienerin verriet: Was Penelope tags webte, trennte sie nachts wieder auf. Wir zwangen sie, das Tuch zu vollenden. Befiehl deiner Mutter, sie nehme einen von uns, den sie mag, zum Manne. Eher verlassen wir nicht dein Haus.«

»Meine Mutter verstoße ich nie! Sie gebar mich!«, schalt Telemachos. »Verlasst meine Hallen, fresst eure eigenen Vorräte. Sonst wird Zeus euch strafen!«

Da sandte der Blitzeschleuderer zwei Adler und ließ sie mit ausgebreiteten Schwingen über der Versammlung kreisen. Plötzlich schlugen sie mit den Flügeln und verletzten sich mit den Krallen Wangen und Hälse, dann schossen sie zu den Häusern über der Stadt. Viele erstarrten vor Schrecken und ahnten Verderben. Der alte Seher und Held Halitherses, Deuter des Vogelfluges, warnte:

»Odysseus ist nicht mehr fern und sinnt bereits auf Rache an den Freiern, beendet deshalb eure Prasserei! Auch was ich eben verkünde, wird eintreffen wie einst jene Prophezeiung: Odysseus kehrt im zwanzigsten Jahr unerkannt heim.«

»Alter, da lachen doch deine Kinder«, spottete der Freier Eurymachos. »Wie viele Vögel ziehen da oben, was wäre, jeder kündete das Schicksal?«

Und dem Telemachos riet er, nach der Mutter zu schicken, um die Hochzeit vorzubereiten. Bis dahin würden sie in seinem Hause weiterfeiern. Anstatt zu bitten, forderte Telemachos:

»Gebt mir ein tüchtiges Schiff und zwanzig Gefährten, damit ich nach Sparta gehen und nach meinem Vater forschen kann.« Die Versammlung schwieg, bis sich Mentor meldete, einst von Odysseus beauftragt, während seiner Abwesenheit das Haus zu hüten:

»Die Freier rüge ich nicht, denn über ihrem Haupt schwebt bereits das Verderben, aber das Volk hier, das schweigt und die wenigen Prasser nicht vertreibt.«

»Mentor, dein Geist ist gestört!«, fuhr ihn der Freier Leiokritos an. »Und käme Odysseus doch, fiele er im Kampf gegen uns. Aber du, Telemachos, wirst noch ewig in Ithaka hocken oder nie von deiner Reise zurückkehren.«

Die Freier schlenderten wieder in Odysseus' Haus, und Telemachos bat am Strande um Beistand. Athena antwortete in Mentors Gestalt und mit dessen Stimme:

»Packt dich erst ganz die Kraft deines Vaters, befreist du dich durch kühne Taten. Die dummen Freier ahnen nicht ihr nahes Ende. Ich rüste ein schnelles Schiff mit Mannschaft und steige selbst mit zu. Kümmere du dich um den Mundvorrat.«

Inzwischen häuteten die Freier Ziegen und sengten Schweine, tranken und spotteten über Telemachos, der wohl plane, sie zu ermorden, oder wie sein Vater von ewiger Irrfahrt nie zurückkehre.

Die Göttin beschaffte ein schnelles Schiff mit nötigem Gerät und sammelte Mannschaft. Am Abend versetzte Athena die lärmenden Freier in Weinrausch und Schlaf. Unbemerkt stieg Telemachos auf das Schiff. Mit einem Weinopfer für die Götter brachen sie auf in die Nacht.

Beim greisen Nestor

Als Helios aus dem Meer stieg und den Himmel erleuchtete, landete Athena in Mentors Gestalt mit Telemachos am Strande von Pylos. Eine große Menschenmenge opferte dort gerade dem Poseidon neun mal neun schwarze Stiere. Die Innereien aß man genüsslich selber und verbrannte die Schenkelknochen den Göttern.

Telemachos zögerte unerfahren, da schritt die verwandelte Athena ihm voran auf Nestor zu. Dessen Sohn Peisistratos nahm die Gäste bei der Hand, bat sie zum Mahle

Platz zu nehmen, gab ihnen von den Innereien, füllte einen goldenen Becher und hieß sie willkommen. Athena freute sich, dass der Sohn zuerst ihr den goldenen Becher reichte, und rief ihren Onkel Poseidon an:

»Verleihe Nestor und seinen Söhnen Ruhm und dem Telemachos Erfolg auf seiner Suche.«

Nach dem Mahle und reichlich Wein fragte Nestor die beiden Gäste:

»Wer seid ihr? Woher kommt ihr?«

Telemachos, nun von Athena ermutigt, gab sich als Sohn des Odysseus zu erkennen:

»Ich suche Spuren meines berühmten Vaters. Keiner weiß, wie er zugrunde ging. Oder kennst du sein tragisches Ende?«

Nestor, vor Troia Odysseus' Kampfgefährte, schilderte nun dessen Heldentaten und staunte:

»Bist du wirklich sein Nachkomme, ergreift Scheu mich bei deinem Anblick.«

»Verliehen die Götter mir doch ebensolche Stärke, die Freier zu strafen!«, rief Telemachos.

»Nie sah ich die Götter einem Sterblichen derart beistehen wie Athena dem Odysseus«, beteuerte Nestor. »Ich hoffe, sie hilft dir auch so gegen die Freier.«

»Dass dies erfüllt werde, wage ich kaum zu hoffen«, erwiderte Telemachos.

Nestor riet schließlich Telemachos, sich zu Menelaos nach Sparta zu begeben; da der erst vor kurzem heimgekehrt sei, wisse er wohl am meisten.

Ehe Peisistratos den Gast zur Nachtruhe in Nestors Palast begleitete, gab Athena vor, zu den Schiffen zu gehen. Tatsächlich schwebte sie gleich einem Seeadler davon. Der greise König staunte und meinte, das war wohl Zeus' Tochter; er versprach ihr ein breitstirniges Rind zu opfern.

Als Eos goldfingrig den Morgen erhellte, setzte Nestor sich auf die weißen Marmorquader vor den Toren seines Palastes und versammelte dann, das Zepter haltend, seine Söhne um sich. Einem Rind, das noch in kein Joch musste, wurden die Hörner mit Gold umhüllt, während die Mägde das Festmahl vorbereiteten. Zuerst wurde das Stirnhaar des Tieres ins Feuer geworfen, dann die Opfergerste. Als nach Anrufen der Göttin Peisistratos mit dem Beil den Nacken des Tieres zerhieb und dessen Kraft brach, schrien alle laut auf. Schwarzes Blut floss schier unermesslich. Das Beste wie die Schenkel wurden Athena zu Ehren verbrannt und mit Wein besprengt. Das andere schnitt man klein und steckte es auf Spieße fürs Mahl.

Inzwischen war Polykaste (II), Nestors jüngste und schönste Tochter, dabei, Telemachos zu baden und mit Salböl einzureiben. Dann legte sie ihm einen prächtigen Mantel um, geleitete ihn, einem Unsterblichen ähnlich, vor Nestor zum Festschmaus. Danach veranlasste der greise Herrscher, dass Peisistratos den Gast mit einem Wagen nach Sparta zu Menelaos begleite.

Bei Helena und Menelaos

Nach acht Jahren Irrfahrt herrschte König Menelaos wieder mit Helena in Sparta und vermählte in seinem Palast soeben, wie in Troia versprochen, ihr einziges Kind Hermione mit Neoptolemos, dem Sohn des Achilleus. Hermione glich an Schönheit der goldenen Aphrodite.

Als ein Sänger zur Leier Heldenlieder darbot und Akrobaten tanzten, wurde die Ankunft der Fremden gemeldet; es hieß, sie wirkten stattlich wie von Zeus' Geschlecht. Zunächst wurden sie von Mägden gebadet und mit Salböl eingerieben, danach in den Palast zum Thron von Menelaos geführt. Um ihn strahlte die Halle wie von Sonnenlicht. Die Gäste erhielten einen goldenen Becher mit Wein. Der König selber reichte ihnen gebratene Stücke Rinderrücken.

Die Gäste staunten über den reich mit Gold, Silber und Elfenbein geschmückten Palast.

»Wohl so prächtig wie die Halle des Zeus auf dem Olymp«, flüsterte Telemachos voll Ehrfurcht zum Nestorsohn. Menelaos vernahm es gleichwohl und erwiderte:

»Welcher Sterbliche vermag sich mit dem Göttervater zu messen? Doch von den Menschen besitzt wohl kaum einer Schätze wie ich, nach meinen Irrfahrten bis Ägypten und Libyen. Aber ich herrsche hier ohne Freude, denn mein Bruder Agamemnon fiel durch feigen Mord. Und mir genügte ein Drittel meines Reichtums, lebten all jene Männer noch, die vor Troia den Tod fanden. Um keinen klage ich mehr als um jenen, der mir am meisten bedeutet, den erfindungsreichen Odysseus. Wer weiß, ob er überhaupt noch lebt. Denke ich an seinen Sohn Telemachos, den er als Säugling zurückließ, ist mir der köstlichste Wein verdorben.«

Um seine Tränen zu verbergen, drückte Telemachos den Purpurmantel vor die Augen. Da trat Helena, noch immer göttlichschön und der Artemis gleich, mit einer goldenen Spindel aus ihrem duftenden Frauengemach, setzte sich in einen Lehnstuhl und fragte die Ankömmlinge:

»Noch nie sah ich jemanden, der dem Odysseus so aus dem Gesicht geschnitten ist.«

»Ja, seine Gestalt, sein Blick, wie er den Kopf hält«, bestätigte Menelaos, »genau wie Odysseus.«

»Er ist es, sein Sohn, aber viel zu bescheiden, sofort seine Herkunft zu offenbaren«, warf Peisistratos ein und gab sich zugleich als Sohn des Nestor zu erkennen.

»Wahrhaftig, der Sohn meines lieben Odysseus, der sich wie kein anderer für mich aufgeopfert hat!«, rief Menelaos tiefbewegt. Und Peisistratos klagte dann über Antilochos (II), seinen vor Troia gefallenen Bruder. Um das Weinen zu stillen, gab Helena ein Mittel gegen Kummer und die Erinnerung an Tod und Verderben in den Wein. Es wirkte so stark, dass nicht einmal der Mord an Vater oder Bruder zu Tränen gerührt hätte. Die Königin von Ägypten hatte ihr einst dieses Wunderkraut geschenkt. Später veranlasste Helena, dass die Mägde den Gästen Betten mit purpurnen Decken und Teppichen in die Hallen stellten.

Als Eos den Horizont rosenfingrig erhellte, erhob sich Menelaos und vertraute Telemachos an, was in Ägypten der Meergreis Proteus ihm vom Schicksal der troischen Helden prophezeit hatte. Auch Odysseus habe Schiffbrüche überstanden und werde bis jetzt von der Nymphe Kalypso auf einer abgelegenen Insel festgehalten. Dort habe er weder Schiff noch Gefährten, um ins Land seiner Väter zu gelangen. Nun lehnte Telemachos die Einladung Menelaos', länger in Sparta zu bleiben, mit Dank ab, denn Athena gab ihm Nachricht über Odysseus' Heimkehr.

Die Freier planen, Telemachos zu töten

Inzwischen vergnügten sich die Freier bei Speer- und Diskuswurf vor Odysseus' Palast. Nur die zwei hartnäckigsten, Antinoos und Eurymachos, sahen gelangweilt zu, bis sie erfuhren, dass Telemachos ein Schiff bekommen hatte. Die Freier waren sich sicher gewesen, Odysseus' Sohn sei nicht tatsächlich abgefahren, sondern verbringe seine Zeit bei dem Sauhirten im Felde. Und ihre Unruhe wuchs, als man ihnen mitteilte, neben vornehmen Ithakern gehöre Mentor oder sogar ein Gott zur Besatzung. Da wandte sich Antinoos aufgebracht an die versammelten Freier:

»Wehe uns! Gegen unseren Willen stach Telemachos mit den besten Ithakern in See. Das kann unser Ende sein. Lasse Zeus dessen Jünglingsknochen bleichen! Rüsten wir ein schnelles Schiff mit zwanzig Männern und lauern ihm im Sund vor Ithaka auf.«

Dafür lobten ihn die Freier. Der Herold Medon hatte das Gespräch belauscht und berichtete Penelope von dem Anschlag.

»Odysseus war stets wie ein Vater zu seinen Leuten, tat nie einem Manne etwas zuleide«, klagte sie wieder und warf Medon und anderen Dienern Untreue vor:

»Warum habt ihr mir Telemachos' Abfahrt verheimlicht? Soll ich nun noch den Sohn verlieren? Ruft dessen Großvater, den greisen Laërtes, er möge das Volk um Hilfe ersuchen.«

Ihre alte Amme Eurykleia, die heimlich für Telemachos Brot und Wein gepackt hatte, beteuerte Penelope:

»Telemachos nahm mir den heiligen Eid ab, dir vor Ablauf von zwölf Tagen nichts zu verraten. Und gerbe deine junge Haut nicht durch Weinen und Klagen. Wie oft stand

Athena dem Odysseus bei, rufe sie an, sie wird dir auch den Sohn vor dem Tode bewahren. Den Göttern liegt sicher daran, dass euer Geschlecht nicht ausstirbt.«

Odysseus' Gattin tat wie geheißen und begab sich ohne zu essen oder zu trinken zur Nachtruhe. Die Göttin erhörte sie und schickte das Traumbild von deren Schwester, die sie beruhigte:

»Dein Sohn, noch unerfahren, wird heimkehren. Eine Göttin, die große Athena, begleitet ihn. Dir das zu verkünden, trug sie mir auf.«

Inzwischen liefen die Freier mit einem schnellen Schiff aus, um Telemachos aufzulauern und ihn zu ermorden.

Odysseus verlässt Kalypso

Wieder klagte Athena auf dem Olymp über das Schicksal von Odysseus, den seit sieben Jahren Kalypso auf ihrer abgelegenen Insel festhielt und dessen Sohn neuerdings von Mord bedroht wurde. Zeus sandte nun endlich Hermes zur Nymphe mit der Botschaft, den Helden freizugeben.

Wie eine Möwe über den Wellen nach Fischen jagt, brauste Hermes zur lieblichen Insel Ogygia. Die Nymphe wohnte in einer prächtigen Grotte, umstanden von Erlen und dunklen Zypressen, aus deren Geäst breitflüglige Falken abhoben. Am Felseneingang kletterte ein von Trauben strotzender Weinstock. In der Nähe sprudelten vier Quellen und wässerten Veilchen-Wiesen. In ihren Duft mischte sich der von brennenden Zedernscheiten vom Feuer in der Höhle. Dort saß die Nymphe mit schöngeflochtenem Haar am Webstuhl und sang. Als sie den Gott sah, ließ sie verwundert das goldene Schiffchen ruhen:

»Was führt dich zu mir? Wann hast du mich je besucht!«

Nach diesen Worten bewirtete sie Hermes mit Nektar und Ambrosia. Er teilte ihr Zeus' Ratschluss mit.

»Wie eifersüchtig und furchtbar seid ihr Götter, neidet uns Göttinnen sterbliche Männer als Gatten«, widersetzte sich Kalypso. »Ich rettete ihn nach seinem Schiffbruch vor dem Ertrinken, habe ihn gepflegt und geliebt, versprach ihn alterlos und unsterblich zu machen.«

»Wage ja nicht, Zeus zu erzürnen, hilf lieber Odysseus, die Insel zu verlassen!«, warnte Hermes sie und machte sich davon.

Die Nymphe ging zu Odysseus, der am Strand saß und in Richtung Ithaka starrte. Längst lag er Kalypso nachts nur noch erzwungen bei. Und ihrem Vorschlag, für seine Heimfahrt ein Floß zu bauen, misstraute er und verlangte ihren heiligen Eid, ihm kein Übel zuzufügen. Den schwor Kalypso bei der Erde, dem Himmel und der Styx. Nachdem sie Odysseus reichlich bewirtet hatte, versuchte sie ihn liebevoll umzustimmen:

»Wüsstest du, welches Unglück dir noch auf der Heimfahrt bevorsteht, bliebst du gern bei mir und würdest unsterblich. Bin ich etwa hässlicher als deine Penelope? Es schickt sich nicht für sterbliche Frauen, sich an Schönheit mit Unsterblichen zu messen.«

»Ich weiß«, versicherte Odysseus, »wie Penelope dir an Wuchs und Schönheit nachsteht, du bist ja ohne Alter und unsterblich, aber trotzdem will ich zurück.«

So fällte Odysseus am nächsten Tage Erlen und Pappeln für ein Floß. Mit einem Bohrer brachte er Löcher für Pflöcke an. Das Deck wurde mit Balken belegt und mit Weidengeflechten gegen Wogen geschützt. Aus Kalypsos Tüchern

machte er Segel. Am fünften Tage badete die Nymphe den Geliebten noch einmal lange und gab ihm für die Fahrt einen Schlauch voll schwarzen Weines, dann Wasser und reichlich Speisen in einem Korb mit. Sie schickte ihm auch leichten Fahrtwind.

Nach siebzehn Tagen sah Odysseus die Berge des Phäakenlandes, näherte sich bereits dem rettenden Strand. Da gewahrte ihn Poseidon, von Aithiopien kommend, und geriet in Zorn; auch weil der Rat um Zeus in seiner Abwesenheit günstig für Odysseus entschieden hatte.

Der Erderschütterer trieb Wolken zusammen, schlug mit seinem Dreizack das Meer gegen das Floß, bis es brach und Odysseus im Sturm zu ertrinken drohte. Als seine nassen Kleider ihn in die Tiefe zogen, schoss wie ein Tauchvogel die Meeresgöttin Leukothea aus dem Wasser und riet:

»Streife deine nassen Kleider ab, hier, binde dir meinen Schleier unter die Brust.«

Der hielt ihn über Wasser, bis er rittlings auf einen treibenden Stamm kletterte. Doch Poseidon ließ ihn aufs Meer hinausspülen. Aber Athena wiederum lenkte die Winde so, dass er schließlich doch ans Ufer kam und dort – anstatt von der Brandung gegen ein Riff der Steilküste geschleudert zu werden – den flachen Strand einer Flussmündung erreichte. Salzwasser floss ihm aus Mund und Nase. Völlig erschöpft löste er den Schleier der Göttin, den die Fluten zu ihr zurückspülten, und kroch mit letzter Kraft zu den Ölbaum-Büschen, die Schutz vor wilden Tieren boten und wo ihn Schlaf übermannte.

Odysseus und die schöne Nausikaa

Wie ein Windhauch flog Athena dann zu Nausikaa, der Königstochter der Phäaken.[235] In Gestalt Nausikaas engster Freundin riet Athena ihr im Schlaf, am Morgen zum Wäschewaschen an jenen Strand zu fahren, an dem Odysseus schlummerte.

So ließ also König Alkinoos die Maultiere anspannen, dann wurden die schimmernden Kleider aufgeladen. Königin Arete reichte einen Ziegenschlauch Wein, einen Korb mit Speisen und Salböl. Schließlich bei der Flussmündung angekommen, spannten Nausikaas Mädchen die Maultiere los und ließen sie auf einer Wiese mit saftigen Kräutern weiden. Die Mädchen wuschen die Wäsche, breiteten sie zum Trocknen aus und badeten und salbten sich dann selber. Bevor sie zur Heimkehr anspannten, vergnügten sie sich mit Ballspiel. Da lenkte Athena den Ball ab. Und als der ins Wasser platschte, kreischten die Mädchen so laut auf, dass Odysseus erwachte und sich erstaunt umschaute:

»Bin ich in einem Land der Nymphen oder sterblicher Menschen?«, fragte er sich und erschrak, da er nackt war. Die Mädchen stoben davon, nur Nausikaa blieb stehen; denn Athena flösste ihr Mut ein. Von Nausikaas überirdischer Schönheit geblendet, sagte Odysseus nicht ohne Berechnung:

»Bist du eine Göttin oder sterblich? Wärst du eine Göttin, vergliche ich dich am ehesten mit Artemis. Einer solch Sterblichen sah ich noch nie in die Augen. Ich fürchte dich, ich verehre dich. Weise mir den Weg zu einer Siedlung, bitte, reiche mir zum Umhängen ein Laken.«

»Du gleichst keinem bösen Manne«, rief die weißarmige Alkonoos-Tochter erstaunt. »Du bist hier im Land der Phäaken auf der Insel Scherië. Wir sind friedfertig und den Göttern nah. Jener Mann, der in unser Land Feindschaft bringt, wurde noch nicht geboren. Wir wohnen fern von den anderen Menschen, niemand besucht uns. Du bist ein Gestrandeter. Pflegt und badet ihn im Fluss«, wandte sie sich nun an ihre Mädchen. Aber Odysseus schämte sich, wusch sich allein das Salz von Rücken und Schultern, rieb sich mit Salböl ein und zog die bereitgelegte Kleidung an. Und Athena gefiel es, Odsseus größer und schöner erscheinen zu lassen, um das Haupt Ringelhaar, das sich wie Hyazinthenblüten kräuselte. Da gestand die Jungfrau, geblendet von dem stattlichen strahlenden Helden:

»Ohne den Willen der Götter wäre dieser Mann nicht zu uns gelangt. Wie unansehnlich trat er vor uns. Aber jetzt scheint er den Unsterblichen gleich. Ein solcher Mann könnte wohl mein Gatte werden.«

Die Mägde bedienten ihn dann mit Speise und Trank. Nausikaa ließ den Wagen anschirren, die getrocknete Wäsche aufladen und fuhr mit Odysseus zur Stadt, die von hohen Mauern geschützt war. Beiderseits lag ein Hafen; die doppeltgeschweiften Schiffe waren an Land gezogen. Die Phäaken galten als die besten Seefahrer, ihre Schiffe, die von selber ihren Weg fanden, als beseelt und geisterhaft schnell. Die Bootsleute besaßen einmaliges Gerät, Taue und Segelwerk. Die Phäaken legten kaum Wert auf Pfeil und Bogen, sondern auf Masten und Ruder ihrer windschnellen Schiffe.

Wie Alkinoos' Tochter ihn geheißen, blieb er bei dem Athenatempel außerhalb zurück, bis sie mit ihrem Gefolge den Palast des Vaters erreicht hatte; damit sie wegen des fremden Mannes nicht ins Gerede käme, sollte er sich erst später auf den Weg machen. Odysseus wandte sich im heiligen Hain der Athena sofort an seine Göttin. Sie hörte zwar seine Worte, aber gab sich nicht zu erkennen, fürchtete wohl noch den Zorn ihres Onkels Poseidon, der Odysseus' Rettung bei den Phäaken hatte verhindern wollen.

Odysseus bei den Phäaken

Doch am Stadttor trat Odysseus die Göttin in Gestalt eines Mädchens entgegen. Nichtsahnend fragte er sie nach dem Palast des Alkinoos.

»Fremder Vater«, erwiderte sie, »komm, folge mir. Aber blicke keinem Phäaken in die Augen, sie bewirten Fremde ungern.« Und dass nur die Phäaken mit so schnellen Schiffen übers Meer brausen, als hätten sie Flügel oder wären Gedanken – erklärte sie –, verdankten sie dem Poseidon. Odysseus blickte gebannt auf ihre Schiffe, die über den Wellen zu schweben schienen. König Alkinoos' Großvater sei Poseidon selbst, hieß es, und die Phäaken verehrten ihre Königin wie eine Göttin. Auch das verriet Athena dem Odysseus.

Dann stand er wie geblendet vor dem Palast des Phäakenkönigs. Die erzverkleideten Wände, die Gesimse von Glasfluss glänzten wie von Sonnenlicht. Silberne Säulen standen auf ehernem Sockel. Beiderseits der Türen wachten goldene und silberne Hunde, von Hephaistos selber gefertigt. Auf dem Weg ins Innere der Halle standen rechts und links Sessel, flankiert von goldenen Knaben mit brennenden Fackeln auf prächtigen Sockeln. Fünfzig Frauen dienten in der Halle, einige zerkleinerten mit einer Mühle Getreide, andere saßen an Webstühlen. So geschickt die Männer mit ihren Schiffen umzugehen verstanden, so unübertroffen webten diese Frauen kostbares Tuch. An die Halle grenzten Gärten mit prangenden Granatäpfeln, Birnen; unter üppigen Trauben entsprangen zwei Quellen. Erst als Odysseus vor König Alkinoos und seiner Gattin Arete stand, blies die Göttin den Nebel von ihm, mit dem sie ihn unsichtbar gemacht hatte. Das Herrscherpaar staunte, als der Fremde sich plötzlich vor der Königin zu Boden beugte und deren Knie umfasste.

»O Arete«, flehte Odysseus, »mögen die Götter dir und deinem Gatten Heil verleihen, aber mir, der lange in der Ferne umherirrte, verschafft Geleit zur Heimfahrt.«

Dann setzte er sich in die Asche am lodernden Feuer. Zunächst verstummten alle. Dann meinte Echeneos, der älteste der phäakischen Helden, den Fremden am Boden hocken zu lassen wäre unangemessen.

Alkinoos nahm daraufhin Odysseus bei der Hand und bat seinen Lieblingssohn, den Ehrenplatz für ihn frei zu machen. Eine Dienerin brachte Handwaschwasser, Brot und Speisen für den Gast. Dann wurde im Kratér Wein zum Trankopfer für Zeus gemischt. Der König lud für den nächsten Tag alle zu einem Fest ein und versprach Odysseus Hilfe bei der Heimfahrt. Und da Athena ihn noch immer mit überirdischer Würde umgab, vermutete der König, ein Gott selber weile leibhaftig in ihrer Halle.

»Nein, den Unsterblichen gleiche ich nicht«, versicherte Odysseus, »wer kann schon mein Unglück ermessen, das mir einige Götter zugefügt haben. Was ist hündischer als der knurrende Bauch, der mich an euren Tisch zwingt.«

Alle lobten dann den Fremden und sicherten Geleit bei der Heimkehr zu. Und die weißellbogige Arete fragte Odysseus nach der Herkunft seiner kostbaren Gewänder; die hatte sie ja selbst mit ihren Dienerinnen gefertigt. Odysseus berichtete nun von seinen letzten Abenteuern.

Da machte der König ihm ein hohes Angebot:

»Wolltest du hier bei uns bleiben, gäbe ich einem solchen Manne gern meine Tochter zur Frau und machte dich zum Schwiegersohn, vermachte dir auch Besitzungen. Aber gegen deinen Willen hält dich keiner bei den Phäaken.«

Später wurde dem Gast ein Bett mit purpurnen Decken und Teppichen bereitet, und alle begaben sich zur Ruhe.

Am nächsten Morgen ließ der König das Volk zu einer Versammlung auf den Markt rufen. Athena nahm die Gestalt eines Herolds an und verlieh dem Erfindungsreichen solche göttliche Würde und Kraft, dass die versammelten Phäaken ihn mit Achtung und Respekt begegneten. Alkinoos stellte den gestrandeten Fremden vor und bat 52 der tapfersten Jünglinge, für dessen Heimfahrt ein schwarzes Schiff zu rüsten. Dann lud der König zu einem festlichen Opfermahl in seinen Palast ein. Dafür wurden zwölf Schafe, acht weißzahnige Eber und zwei schleppfüßige Rinder geschlachtet. Dann rühmte ein Sänger in seinem Lied den Streit des Achilleus mit dem großen Odysseus und wie Agamemnon sich darüber diebisch gefreut hatte.

Als der Gast plötzlich seinen Namen hörte, zog er den Purpurmantel über seinen Kopf und wischte sich die Tränen. Nur der König bemerkte sein Schluchzen. Dann wurden dem Gast zu Ehren und um die Überlegenheit der Phäaken vorzuführen, draußen Wettspiele veranstaltet, zuerst Wettlauf, dann Diskuswerfen und Faustkampf. Schließlich forderte der Königssohn Laodamas den Odysseus auf, am Wettkampf teilzunehmen; der aber war vom Schiffbruch geschwächt, sah sich verhöhnt und drängte auf baldige Heimkehr.

Nun beschimpfte ihn Euryalos, der Sieger im Ringen: der Fremde fürchte wohl den Wettkampf. Weil er zu schwächlich wäre, verstünde er sich lediglich auf Schiffe, zu handeln und Gewinne zu raffen.

Mit Mühe beherrschte Odysseus seinen Zorn, nannte Euryalos' Gestalt zwar ansehnlich, ihn dafür ohne Verstand. Aber er sah sich durch die Beleidigung doch herausgefordert, nahm also rasch einen Diskus, größer und schwerer als die im vorigen Wettkampf, und schleuderte ihn weiter als dessen Sieger Euryalos. Die Phäaken duckten sich unter der Wucht des Wurfes. In Gestalt eines Phäaken markierte Athena die Stelle und rief:

»Das wird keiner übertreffen!«

Der Erfindungsreiche forderte dann alle Phäaken zum Wettkampf gegen ihn auf, außer Laodamas, der ihn bewirtete:

»Im Bogenschießen übertraf mich allein Philoktetes«, schränkte Odysseus ein. »Nur mit Großen der Vorzeit wie Herakles möchte ich mich nicht messen. Auch den Speer werfe ich so weit, wie kaum einer den Pfeil schießt. Allerdings bin ich für den Wettlauf zu entkräftet.«

»Im Faustkampf und Ringen sind wir nicht die Besten«, gestand Alkinoos zu, »aber im Laufen; und wir verstehen das Gastmahl, den Tanz, das Kitharaspiel«, und er ließ den blinden Sänger Demodokos rufen. Nach dessen Lied von Ares' Ehebruch mit Aphrodite bat der König seine Söhne

Laodamas und Halios zu tanzen und Ball zu spielen. Die jungen Phäaken klatschten dazu, und Odysseus lobte die Tänzer.

Dann veranlasste Alkinoos als Oberkönig, dass alle seine zwölf Könige je einen Leibrock, einen Mantel und ein Talent reinen Goldes als Gastgeschenk zu bringen hatten. Zur Versöhnung schenkte Euryalos dem von ihm Geschmähten ein Schwert mit silbernem Buckel in elfenbeinerner Scheide. Alkinoos' Frau ließ eine Truhe hereintragen und die Geschenke darin verstauen. Der Erfindungsreiche verschloss sie dann mit einem kunstvollen Knoten, wie er ihn von Kalypso gelernt hatte. Nach dem Bade, das man ihm bereitete, erschien Tochter Nausikaa aus ihrem Frauengemach. Dafür, dass sie ihn am Strand gerettet hatte, versprach der Gast nach seiner Heimkehr sie wie eine Göttin zu verehren und bat beim anschließenden Mahle den Sänger, das Lied vom tückischen Holzpferd von Troia vorzutragen.

Als Odysseus erneut von seinen Taten hörte, vermochte er die Tränen nicht zurückzuhalten. Da unterbrach der König den Gesang und forderte betroffen den Gast auf, endlich Namen und Herkunft preiszugeben.

»Ich bin Odysseus, Laërtes' Sohn«, gestand er nach einigen Umschweifen, »durch meine List geschätzt bei den Menschen. Mein Ruhm klingt bis zu den Göttern, ich wohne in Ithaka.«

Auf Drängen des Gastgebers berichtete er dann von seinen Irrfahrten nach dem Sieg über Troia. Der König und seine Untergebenen lauschten diesen ersten Abenteuern nach Zerstörung der berühmten Stadt. Von diesen Ereignissen lassen wir jetzt Odysseus in der Rückschau erzählen:

Im Land der Kikonen und Lotophagen

Nachdem ich mit meinen Schiffen Troia verlassen hatte, segelten wir nach Ismaros zu den Kikonen, einem Hilfsvolk der Troer, und zerstörten und plünderten deren Hafenstadt. Wir töteten deren Männer und teilten die Frauen auf, raubten die Schätze und viele Schläuche Wein. Nur den Apollonpriester Maron und dessen Familie verschonte ich und erhielt dafür sieben Talente Gold, einen silbernen Kratér und zwölf Amphoren süßen ungemischten Wein. Ich ahnte die Rache der Kikonen und wollte sofort wieder in See stechen. Doch meine Gefährten schlachteten übermütig Schafe und krummgehörnte Rinder und feierten den Sieg mit einem großen Gelage. Inzwischen riefen die entkommenen Kikonen ihre Nachbarn in den Bergen zu Hilfe. Die griffen in einer so großen Zahl an, wie sich morgens im Frühling Blätter und Blüten entfalten. Von jedem meiner Schiffe fielen fünf Mann. Nur durch rasche Flucht entgingen wir Niederlage und Tod. Und ehe wir ins offene Meer segelten, riefen wir dreimal den Namen jedes unserer gefallenen Gefährten.

Nach diesem ersten Abenteuer erreichte meine Flotte beinahe unversehrt Ithaka, das Land meiner Väter. Morgen sähe ich meine Penelope. Und mein Sohn Telemachos, den ich als Säugling verließ, wäre nun schon groß. Aber bei Kythera packte ein Sturm unsere Schiffe und trieb sie neun Tage bis zum Land der Lotophagen. Dort wurde frisches Wasser an Bord genommen und am Ufer eine große Mahlzeit bereitet. Zur Erkundung schickte ich zwei Gefährten mit einem Herold aus. Als die nicht zurückkehrten, ließ ich Späher folgen.

Die Einheimischen aßen statt Fleisch nur die kirschenartigen Früchte des Lotosbaumes, wirkten wohl auch dadurch friedfertig und bewirteten unsere zur Erkundung ausgesandten Achäer mit diesen honigsüßen Früchten. Dadurch vergaßen sie alles, sogar ihre Gefährten. Sie hatten nur noch den Wunsch, im Land der Lotophagen zu bleiben und allein vom Lotosbaum zu leben. Ich sah mich gezwungen, die Verwirrten mit Gewalt auf unsere Schiffe zurückzuholen und an den Runderbänken festzubinden. Damit keiner meiner Gefährten noch Lotos kauen und die Heimkehr vergessen könnte, ließ ich unsere Schiffe sofort auslaufen.

Der Kyklop Polyphem wird geblendet

Dann gelangten wir im fernen Westen zum Land der Kyklopen, das sind grobe unzivilisierte Riesen. Diese Unholde kannten weder Getreideanbau noch Pflügen; ohne zu graben, wuchsen ihnen Weizen und Reben. Die Kyklopen hausten ohne Ratsversammlung und Gesetz, jede Familie getrennt von anderen in Berghöhlen. Keiner kümmerte sich um den anderen. Sie bauten und besaßen auch keine Schiffe. Die Länder der Menschen, selbst die vor ihrer Küste gelegene Insel, auf der zahllose Ziegen weideten, blieben ihnen deshalb unerreichbar. Ich landete auf dieser Insel und nahm frisches Wasser auf. Nymphen scheuchten so viele Bergziegen auf, dass wir nach reichlicher Mahlzeit für jedes der zwölf Schiffe neun Tiere erlegten. Auf einer Versammlung entschied ich, nur mit meinem Schiff das Festland und dessen Bewohner zu erkunden; die anderen Gefährten sollten hier auf der Insel ausharren.

Ich landete nahe am Ufer bei einer von Lorbeer überwachsenen Höhle, geschützt von einem Wall aus Findlingsblöcken und Eichenstämmen. Drinnen meckerten Ziegen, blökten Schafe. Hier hauste ein Kyklop namens Polyphem, riesig wie der Gipfel eines Berges, ein Sohn Poseidons, was wir nicht wussten.

Ich wählte, die anderen beim Schiff zurücklassend, die zwölf tapfersten meiner Gefährten und stieg mit einem Ziegenschlauch voll süßen Weins, ein Geschenk von Maron, und einem Sack voll Speisen in die leere Höhle, da der Unhold noch seine Herden über die Berghänge trieb. Meine Gefährten wollten sogleich die Zicklein und Lämmer rauben und samt den Körben hier gehorteter Käselaiber zum Schiff zurückkehren. Doch mich reizte es, dem Kyklopen in sein einziges Auge zu sehen, und gab vor, statt zu räubern lieber mit einem Gastgeschenk die Höhle zu verlassen. Wir zündeten also Feuer an, aßen von den Käsen und opferten Zeus.

Mit einer Last von Hölzern tappte der Kyklop in die Höhle und warf sie krachend auf den Boden, dass nicht nur die Zicklein, sondern auch wir Achäer in die Höhlenwinkel stoben. Er trieb die weiblichen Tiere in die Höhle und ließ die männlichen draußen im Pferch. Dann wuchtete er einen derart schweren Felsblock vor den Eingang, dass ihn nicht zweiundzwanzig vierrädrige Gespanne hätten von der Stelle schleifen können. Nach dem Melken der Tiere fachte er das Feuer an, bemerkte uns Fremde und fragte:

»Wer seid ihr, etwa Räuber?«

»Wir gehören zu Agamemnons Kriegsvolk, verwüsteten Troia, verirrten uns auf der Heimfahrt«, verkündete ich. »Nun fragen wir nach einem Gastgeschenk, erbitten bei dir

Unterschlupf. Zeus schützt bekanntlich das Gastrecht und rächt Verfehlungen bitter.«

»Wir und die Götter fürchten? Wir sind weit stärker als Zeus!«, prahlte der Kyklop und lachte dröhnend. Dann fragte er listig:

»Wo liegt euer Schiff?«

»Poseidon ließ es am Felsen zerschellen«, täuschte ich ihn. »Nur wir vermochten uns zu retten.«

Statt etwas zu erwidern, sprang der Kyklop auf, packte zwei Männer von uns und schlug sie zu Boden wie junge Hunde, bis ihr Gehirn herausquoll. Dann schnitt er sie klein und fraß sie mit Haut und Knochen, dass es in seinen Kiefern knackte. Wir verkrochen uns angewidert in die Winkel der Höhle und reckten die Hände flehend zu Zeus. Der Kyklop füllte seinen Wanst mit rohem Menschenfleisch und soff dazu reichlich Milch, bis er schnarchend einschlief. Da erwog ich, ihn mit meinem Schwert zu töten. Aber nie hätten wir vermocht, den Fels vor dem Eingang wegzuschieben.

Am Morgen machte der Riese Feuer, molk sein Vieh und verschlang zum Frühstück zwei weitere meiner Gefährten. Nachdem Polyphem seine Tiere aus der Höhle getrieben hatte, verschloss er sie erneut mit dem Quader. Wir saßen in der Falle.

Wie befreien wir uns? Darüber sann ich mit meinen Leuten nach. Schließlich ergriff ich einen derben Olivenstamm, stark wie der Mast eines zwanzigrudrigen Schiffes, schnitt ihn zurecht und härtete dessen Spitze im Feuer. Wer mit mir dann den Riesen angreifen sollte, wurde ausgelost.

Als der Kyklop abends zurückkehrte, trieb er alles Vieh in die Höhle, wälzte den Quader wieder vor deren Eingang und fraß erneut zwei meiner Männer zum Nachtmahl. Widerstand war ausgeschlossen. Nur eine List konnte uns retten. Zum Nachtisch reichte ich dem Riesen dann aus unserem Schlauch eine Schale des süßen Weins. »Der schmeckt wie Ambrosia und Nektar«, lobte der Kyklop, bat mich um meinen Namen und versprach ebenfalls ein Gastgeschenk. Dreimal schenkte ich nach, bis der Riese betrunken war.

»Mein berühmter Name ist Niemand«, schmeichelte ich dem Kyklopen, »so nennen mich der Vater und alle Gefährten.«

»Und mein Gastgeschenk ist«, dröhnte Polyphems Stimme, »Niemand hebe ich mir als Leckerbissen bis zuletzt auf.«

Dann fiel der Kyklop zur Seite, schnarchte und erbrach den Wein mit Brocken von Menschenfleisch.

Ich legte den hölzernen Pfahl ins Feuer und ermunterte meine Gefährten. Seid mutig! Verkriecht euch nicht feig in die hintersten Winkel! Als der Ölbaumstamm, so grün er auch war, zu verbrennen drohte, zogen wir ihn aus dem Feuer, stießen die glühende Spitze in das Auge des Riesen und drehten den massigen Keil wie einen Bohrer, dass Blut das brennende Holz rötete. Die Lohe versengte dessen Augenbrauen, seine Wimpern brannten prasselnd. Wie wenn ein Schmied das Eisen aus der Esse nimmt und es ins kühlende Wasser wirft, das sprudelnd aufbraust, so zischte das Auge um die feurige Spitze des Stammes.

Polyphem heulte so fürchterlich auf, dass die dumpfe Höhle erbebte und wir verschreckt in die innersten Winkel der Höhle krochen. Der Kyklop riss sich den blutbesudelten Knüttel aus dem ausgebrannten Auge, wütete mit unvorstellbarer Kraft und rief, da er, nun geblendet, keinen von uns zu fassen kriegte, um Hilfe.

»Wer, Polyphem, will dir gar ans Leben?«, antworteten die vom Geschrei angelockten Kyklopen.

»Niemand versucht mich zu ermorden.«

»Wenn dir niemand etwas antut, bist du also nicht in Gefahr. Ansonsten rufe deinen Vater Poseidon«, erwiderten die anderen Kyklopen und stolperten wieder nach Hause.

Wir freuten uns über meine List, auch mit dem Namen den Unhold geblendet zu haben. Der schob, nun blindwütig, den Stein von der Öffnung weg, setzte sich davor, um die entwischenden Feinde zu packen. Ich hieß meine verbliebenen Gefährten, je drei Böcke mit Weidenruten zusammenzubinden und sich am wolligen Bauch des mittleren festzukrallen.

Ich klammerte mich an die Brust des stärksten Widders. Der Kyklop befühlte nur den Rücken der Tiere und sprach zu dem Widder:

»Könntest du mir sagen, wo dieser Niemand steckt; ich schmetterte ihn zu Boden, dass sein Hirn umherspritzt.«

Als wir, nun gerettet, weit genug von der Höhle entfernt waren, lösten wir uns von den Tieren, trieben sie zum Schiff und luden sie ein. Dann beklagten wir die gefressenen Gefährten und legten rasch vom Ufer ab. Da packte mich Übermut, und ich verhöhnte den Kyklopen:

»Du brachst die Gastfreundschaft und verschlangst meine Gefährten, dafür strafte dich Zeus!«

Der Geblendete riss vor Wut einen Fels vom Gipfel und schleuderte ihn in unsere Richtung. Fast getroffen, wurde das Schiff von der Wucht des einschlagenden Quaders ans Ufer zurückgeworfen. Als wir dann doppelt so weit vom Strand weggerudert waren, verspottete ich erneut, gegen den Willen meiner Gefährten, den Kyklopen:

»Fragt dich einmal ein Sterblicher, Kyklop, wer hat dich geblendet, so sag ihm: es war Odysseus, der Zerstörer Troias.«

»So erfüllt sich doch die Prophezeiung«, klagte Polyphem, »einst würde Odysseus mir das Augenlicht rauben«,[236] und beschwor seinen Vater:

»Erderschütterer, verhindere, dass der Frevler heimkehrt! Aber wenn doch, dann spät und ohne einen einzigen Gefährten, und zu Hause strafe ihn Unheil.«

Erneut warf der Kyklop einen riesigen Quader in Richtung unseres Schiffes. Die davon aufgewühlte See trug es zur Insel, wo meine Flotte wartete. Ich opferte den großen Widder dem Zeus. Doch der missachtete es und bestimmte neues Verderben.

Von den Winden des Aiolos zu den Laistrigonen

Nach längerer Fahrt landete ich mit meinen Gefährten auf einer Insel, die im Meer schwamm und mit einer Mauer aus glattem Erz umgeben war. Hier lebte Aiolos mit seiner Frau und seinen sechs Söhnen und Töchtern, die miteinander verheiratet waren. Der Kronide hatte ihn zum Herrscher der Winde bestimmt. Ich genoss einen Monat dessen Gastfreundschaft. Als Abschiedsgeschenk erhielt ich einen prallgefüllten Lederschlauch, in dem, mit silberner Kordel eingeschnürt, die heulenden Winde steckten und an meinem Schiff befestigt wurden. Nur der freundliche Westwind fehlte in dem Sack, er blähte nämlich die Segel für zügige Fahrt nach Hause.

Um nicht vom Kurs abzukommen, steuerte ich das Schiff selbst. Als ich in der zehnten Nacht die Wachfeuer meiner heimatlichen Insel lodern sah, glaubte ich mich bereits am Ziel und fiel vor Erschöpfung in Tiefschlaf. Wieder beinahe bei meiner Penelope und bei Telemachos, freute ich mich zu früh. Denn endlich fanden meine Gefährten – sie kehrten ja mit leeren Händen heim – eine Gelegenheit, ihre Neugier zu befriedigen. Welches Geschenk brächte ihr Herr außer seiner reichen Beute von Troia nun noch in Aiolos' Sack mit? »Lasst uns nachsehen, wieviel Gold und Silber in dem Schlauch steckt«, meinten sie und lösten die silberne Kordel. Da fauchten die tollen Winde aus dem Rindsleder und trieben das Schiff zurück zur Aiolosinsel.

Vor Verzweiflung wäre ich fast aus dem Boot gesprungen. Aber nun blieb mir nichts weiter übrig, als hier wieder an Land zu steigen, mit meinen Leuten zu speisen und zu beraten. Dann wagte ich mich mit zwei Gefährten zu Aiolos' Haus und setzte mich kleinlaut auf dessen Schwelle.

»Welch böser Dämon trieb dich wieder zu mir?«, rief Aiolos entsetzt.

»Meine Gefährten trieb Neugier, und ich versäumte meine Aufsicht. Bitte, hilf mir erneut«, bat ich den Gastgeber.

»Scher dich fort!«, rief der Herr der Winde. »Einem Manne, den die Götter derart hassen, darf ich nicht beistehen!«

Wir fuhren weiter, am siebenten Tage gelangte meine Flotte zu den Laistrigonen, in deren felsigem Hafen wir unsere Schiffe festmachten. Um am steilen Ufer nach oben zu klettern und nach den Bewohnern Ausschau zu halten, legte nur ich draußen unter einem schützenden Felsen an.

Wir sahen weder Äcker noch weidendes Vieh. Da Rauch an einer Stelle aufstieg, sandte ich einige Gefährten zur Erkundung aus. Sie trafen bald auf ein riesiges Mädchen, das vom Kampfe zurückziehst oder gar andere zur Flucht aufwiegelst, bekommst du meine Lanze in den Leib.«

Nun sandte Zeus vom Idagebirge einen Sturmwind, der den Staub gegen die Schiffe der Achäer trieb und deren Mut sinken ließ. Die Troer aber setzten nach diesem Zeichen des Göttervaters den Angriff fort. Der Kampf tobte um den Graben und die Mauer. Steine, Pfeile und andere Geschosse flogen wie Hagelschlag von beiden Seiten auf den Gegner. Sarpedon, Sohn des Zeus, jagte wie ein Löwe auf die Achäer. Als jener nun Menestheus' Turm bedrohte, rief der die beiden im Kampf unersättlichen Aias. Der große Aias zerschmetterte dort Sarpedons Gefährten Helme und Schädel; er und seine Gefährten hielten Sarpedons Ansturm auf.

Doch die Troer klammerten sich an die Befestigung. Türme und Brüstung waren von Blut bespritzt. Geschosse und Helme und Köpfe flogen von beiden Seiten. Aber weder den Troern gelang, die Mauer aufzubrechen, noch vermochten die Achäer ihre Gegner von der Befestigung zurückzuwerfen.

Um dieses Gleichgewicht in der Schlacht zu beenden, gewährte Zeus dem Hektor größten Ruhm. Der schleuderte einen riesigen Steinblock, den nicht zwei der stärksten Männer zu heben vermochten, gegen ein Tor, was unter dieser Wucht aufbrach. Mit zwei Speeren stürmte er hinein, mit ihm seine Gefährten; andere kletterten über die Mauer. Daraufhin flohen die Achäer zu ihren Schiffen.

Das rüttelte Patroklos auf. Auf dem Rückweg traf er dann den verwundeten Eurypylos, wie der vom Pfeil getroffen hinkte und blutete, und fragte ihn:

»Halten die Achäer den Troern um den riesigen Hektor noch stand? Oder füttern die bald ihre hungrigen Hunde mit unseren Gefallenen?«

»Die Achäer fliehen in ihre Schiffe, nichts rettet sie mehr«, berichtete der Blutende. Patroklos stützte ihn und führte ihn ins Zelt, schnitt ihm dann den Pfeil aus dem Schenkel, zerrieb eine Heilwurzel und streute sie auf die Wunde, bis die zu schmerzen und zu bluten aufhörte.

Die Troer stürmen das Lager der Achäer

Nun führte Hektor, wie ein Eber wütend, seine Männer weiter zum Angriff gegen die Achäer. Doch die Pferde der troischen Wagen scheuten vor den mit spitzen Pfählen gesicherten Gräben. Da folgte Hektor Polydamas' Rat, und die Kämpfer stiegen mit ihren Waffen von den Wagen und griffen zu Fuß an. Fünf Gruppen begannen die Befestigung zu stürmen. Von den Türmen traf ein Hagel von Steinen die Angreifer, dass es auf ihren Helmen dröhnte.

Diese Wendung der Schlacht grämte die Götter. Da ging eine schillernde Schlange, von einem Adler gebissen, inmitten von Hektors voranstürmenden Leuten nieder, die das als Zeichen von Zeus deuteten. Und Polydamas folgerte, man solle mit den Achäern nicht um deren Schiffe kämpfen, denn die eigenen Verluste würden viel zu hoch.

»Du verlangst von mir, diesem Vogel mehr zu trauen als dem Rate des Zeus«, erwiderte Hektor, »aber falls du dich zur Quelle Artakia hinunterstieg, um Wasser zu holen, und sich als Tochter des Königs erwies. Die zeigte ihnen den Weg zum Haus ihres Vaters, wo sie von der Königin, groß wie ein Berggipfel, empfangen wurden. Erschreckt duckten sich die Gefährten dann auch vor dem rasch herbeigerufenen Gemahl Antiphates, der sogleich einen von ihnen auffraß.

Nur mit Mühe entkamen die anderen beiden Gefährten und berichteten mir. Inzwischen rief der König seine über tausend Laistrigonen zusammen, die groß wie Giganten, mit Quadern unsere Flotte im Hafen angriffen und die über Bord springenden Gefährten wie Fische für ihr Mahl aus dem Wasser spießten. Nur mir gelang es, mich in mein außerhalb festgemachtes Boot zu retten, unsere anderen Schiffe wurden von den menschenfressenden Riesen versenkt.

Kirke verwandelt Odysseus' Gefährten in Schweine

Mit meinem letzten Schiff, überladen von den Geretteten, erreichte ich die kleine Insel Aiaia, Wohnstätte der göttlichen Zauberin Kirke. Als Tochter des Helios sowie Schwester des kolchischen Königs Aiëtes verfügte sie auch über Verbindungen zur Unterwelt.

Ich verzehrte mit meinen Gefährten am Ufer unsere letzten Vorräte, dann stieg ich auf einen Berg und erkundete die Gegend. Als ich aus jenem Haus, in dem – wie wir später erfuhren – Kirke wohnte, Rauch aufsteigen sah, kehrte ich vorsichtshalber zu meinen Gefährten zurück. Unterwegs schickte mir wohl ein Gott einen Hirsch, den traf mein Speer ins Rückgrat.

Am Morgen nach dem Festschmaus setzte ich eine Versammlung an und teilte meine Leute in zwei Gruppen; eine übernahm Eurylochos, die zweite ich selber. Dann wurden in einen Helm Lose geschüttelt, das für Eurylochos sprang heraus. Also musste der, trotz bitterer Erfahrungen bei den Kyklopen und Laistrigonen, mit seinen zweiundzwanzig Leuten erkunden, woher der Rauch kam.

Sie gelangten bald in das Tal mit den Steinhäusern der Kirke, um die sich Löwen und Wölfe tummelten. Doch anstatt die Fremden mit ihren starken Pranken anzugreifen, umwedelten die Bestien sie mit ihren Schwänzen. Und aus Kirkes Tor klang ihr schöner Gesang am Webstuhl, bis sie heraustrat und die Achäer freundlich in ihr Gebäude einlud. Nur Eurylochos vermutete eine List und blieb draußen.

Drinnen ließ Kirke die Gäste auf dem Throne und den Sesseln sitzen, reichte ihnen Käse, Mehl, Honig und Wein, aber mischte verheerende Kräuter in die Speise, so dass sie alles, sogar ihr Vaterland, vergaßen. Dann streifte sie die Fremden mit der Zaubergerte, wodurch sie an Gestalt und Stimme zu Schweinen wurden, aber ihren Verstand behielten. Kirke sperrte sie in den Koben und warf ihnen Eckern und Eicheln vor. Eurylochos rannte entsetzt zu uns zurück.

Nun machte ich mich allein auf und begegnete Hermes. Um mir beizustehen, pflückte der Gott das Kraut Molny als Gegengift für Kirkes Verwandlungstrank und riet mir, wie ich mich bei der Zauberin zu verhalten habe.

Die empfing dann auch mich freundlich, ließ mich auf ihrem silberbeschlagenen Throne sitzen und bereitete mir in einem goldenen Becher einen Trank, in den sie ihr Verwandlungskraut mischte. Doch als sie mich mit der Gerte schlug und rief:

»Pack dich in den Koben, leg dich zu deinen Gefährten!« behielt ich meine menschliche Gestalt. Jetzt zog ich mein Schwert, stürmte auf die Entsetzte los, als wolle ich sie umbringen. Kirke umfasste meine Knie und schrie:

»Wer bist du? Mein Zauber versagte bei noch keinem Manne. Bist du etwa Odysseus, der Held von Troia, dessen Ankunft mir Hermes vorhersagte? Steck dein Schwert in die Scheide, komm, besteige mein Lager, vereinigen wir uns lieber auf diese Weise.«

»Kirke, was verlangst du, solange meine Gefährten als Schweine im Koben grunzen? Du bist hinterlistig. Bin ich entblößt, lähmst du mir meine Manneskraft. Ich komme erst in dein Bett, wenn du mir einen heiligen Eid schwörst, kein neues Übel gegen mich anzustiften.«

Als sie den Eid gesprochen hatte, bestieg ich das prächtige Lager der Kirke mit dem schöngeflochtenen Haar.

Vier Dienerinnen, aus den heiligen Wassern und Quellen entstanden, verrichteten inzwischen Hausarbeiten. Die erste legte purpurfarbene Decken über die Throne, die zweite rückte silberne Tische davor und stellte darauf goldene Körbe, die dritte mischte den Wein und verteilte die goldenen Becher, die vierte entfachte Feuer unter dem Dreifuß und bereitete Badewasser im Erzkessel. Nach dem Liebeslager wurde ich mit Kräuterwasser übergossen und mit Salböl eingerieben, dann wurde mir der Leibrock und ein prächtiger Mantel gereicht für das gemeinsame Mahl mit Kirke. Als ich jedoch verbissen schwieg und von den köstlichen Speisen nichts anrührte, fragte die Gastgeberin verwundert:

»Fürchtest du etwa eine weitere List? Mein Schwur ist mir heilig.«

»Welcher Anführer nimmt eine Speise an, bevor seine Gefährten befreit sind?«

Daraufhin ergriff Kirke ihre Zaubergerte, öffnete die Tür des Kobens, ließ die in neunjährige Mastschweine Verwandelten heraus und bestrich ein jedes mit einem anderen Kraut. Rasch fielen ihnen die Borsten ab; die Gefährten standen bald wieder vor mir, sogar jünger, schöner und größer. Sie erkannten mich und drückten mir dankend die Hände.

Die anderen Gefährten beim Schiff jubelten bei der Rückkehr ihres Herrn derart, als seien sie in ihrer Heimat Ithaka angekommen. Kirkes Einladung, das Schiff an Land zu ziehen, die Vorräte in Höhlen zu verstauen und sich von ihr bewirten zu lassen, wies nur Eurylochos zurück. Ich brauste wieder einmal auf und hätte ihm zur Strafe beinahe mit dem Schwert den Kopf abgehauen; doch die Gefährten besänftigten mich wie oft. So schlemmten wir ein Jahr lang. Ich soll – so heißt es – in Liebe mit Kirke sogar zwei Kinder gezeugt haben. Schließlich drängten meine Gefährten ihren Anführer zur Heimfahrt.

»Wider meinem Willen sollt ihr nicht bleiben«, beteuerte Kirke.

Aber anstatt sofort nach Hause zu gelangen, verkündete die Zauberin, sollten wir zunächst mit unserem Schiff, vorbei an des Okeanos Strudeln, den Weg zum Hades nehmen, dort Persephone aufsuchen und den Seher Teiresias nach unserem weiteren Schicksal befragen. In den finsteren Hades zu müssen verwirrte meine Gefährten. Und so stürzte Elpenor nach dem Weinrausch vom Dachgarten und brach sich das Genick. Schließlich brachte Kirke für den Weg von Okeanos zur Unterwelt Opfertiere zum Schiff.

Besuch in der Unterwelt

Da Kirke günstigen Wind sandte, erreichte unser Schiff nach einem Tag den Rand des Okeanosstromes, wo das Volk der Kimmerier in Nebel und schrecklicher Nacht lebte. Helios scheint hier nie. Ich ließ an dem von Kirke gewiesenen Platz landen, wo wir die Opfertiere ausluden. Ich grub mit dem Schwert ein Loch, öffnete somit zum Hades eine Kluft, goss als Totenspende Honigmilch, Wein und Wasser hinein und streute Gerste darüber. Dann gelobte ich feierlich, nach meiner Heimkehr in Ithaka ein noch ungedecktes Rind zu opfern, jetzt aber dem Seher Teiresias ein Schaf. Ich hielt die Opfertiere über die Grube, schnitt ihnen die Kehlen durch und ließ das Blut hineintropfen. Daraufhin stiegen die Seelen der Toten aus der Tiefe. Da packte mich und meine Gefährten Entsetzen, und ich hielt sie an, nun sofort die Opfertiere zu verbrennen und die Götter anzurufen. Bis ich Teiresias zu fragen vermochte, wehrte ich mit dem Schwert die Schatten der anderen Toten vom Blute ab.

Zuerst erschien die Seele des Elpenor, der noch unbestattet und unbeweint in der Halle der Kirke lag, und meinte: »Der Fluch eines Dämons und heftiger Weinrausch verursachten, dass ich, statt die Treppe herabzusteigen, vom Dach stürzte. Odysseus, ich bitte dich, kehre vom Hades auf die Insel der Kirke zurück, verbrenne mich samt meiner Waffen und schütte mir einen Grabhügel auf.«

Ich versprach ihm das. Dann erschien mir die Seele meiner verstorbenen Mutter Antikleia; doch bis ich Teiresias befragt hatte, hielt ich sie vom Blute ab. Die Seele des Sehers, ein goldenes Zepter haltend, tauchte nun auf und sprach:

»Erfindungsreicher Odysseus, warum kehrtest du dich vom Sonnenlicht ab, kamst zur Stätte der Toten? Erst wenn dein Schwert in der Scheide steckt und du mich vom Blute trinken lässt, kann ich dir weissagen.« Ich gab ihm vom Blute.

»Weil du den Kyklopen, einen Sohn des Poseidon, geblendet hast«, fuhr Teiresias fort, nachdem er sich gesättigt hatte, »behindert der Erderschütterer deine Heimkehr. Aber ich warne dich: Tut den Rindern und Schafen des Helios, auf die ihr noch treffen werdet, ja nichts an. Sonst verlierst du alle deine Gefährten und erfährst zu Hause Unheil. Und nachdem du die lästigen Freier getötet hast, ziehe übers Land und opfere Poseidon und den anderen Göttern, damit du im hohen Alter fern dem Meere einen sanften Tod findest.«

»Dort sitzt meine tote Mutter. Sage mir noch«, bat ich den Seher, »wie könnte sie mich erkennen?«

»Nur wem du von den Toten erlaubst, vom Opferblute zu trinken, der wird sich an dich wenden.«

Ich ließ also meine Mutter an das Blut, und da erkannte sie ihren Sohn und fragte besorgt:

»Wie kamst du herab in dieses Dunkel, über die mächtigen Ströme? Warum kehrtest du noch nicht heim nach Ithaka, in die Hallen deiner Frau?«

»Um Teiresias' Seele über die Zukunft zu befragen, kam ich in die Tiefe«, erwiderte ich. »Mutter, tötete dich eine Krankheit oder Artemis mit einem Pfeil? Wie geht es Vater und meiner Gattin?«

»Dein Sohn Telemachos verwaltet das Königsgut und wehrt die Freier ab. Aber dein Vater Laërtes meidet die Stadt. Weil du nicht heimkehrst, schläft er auf dem Landsitz ohne Bettstatt auf einem Lager aus Laub in der Nähe des Ofens, trägt zerschlissene Kleidung und brütet aus Kummer vor sich hin. Und mich raffte Sorge und Sehnsucht nach dir weg; meine Liebe zu dir nahm mir das Leben.«

Ich versuchte dreimal die Seele meiner Mutter zu umarmen. Doch sie entglitt mir wie ein Schatten oder ein Traum. Da rief ich:

»Mutter, warum weichst du mir aus? Gibt etwa Persephone nur dein Schattenbild frei?«

»Nicht Zeus' Tochter täuscht«, erklärte meine Mutter, »sondern allen Toten bleibt hier nur die Seele als Schatten. Mein Sohn, steige wieder hinauf zum Licht.«

Dann trieb Persephone die Schatten von Frauen heran, die Gattinnen und Töchter der größten Helden gewesen waren. Ich ließ mit dem Schwert nicht alle zugleich, sondern sie nur nacheinander an das dampfende Blut. Jede nannte ihr Geschlecht; und ich befragte sie alle. Alkmene war unter ihnen, die Herakles von Zeus gebar, dann Iokaste, die Mutter und Gattin von Oidipus, Leda, des Tyndareos Bettgenossin, auch die Mutter von Otos und Ephialtes. Da beide so anmaßend gewesen waren, den Unsterblichen auf dem Olymp mit Kampf zu drohen, lehnten sie nun im Hades zur Strafe mit Schlangen Rücken an Rücken an eine Säule gebunden.

Allerdings nenne ich hier nicht alle Frauen und Töchter, die ich erblickte, sondern nur noch jene Helden, die mit mir nach Troia gezogen waren. Agamemnons Seele erkannte ich sogleich. Der betrübte Tote versuchte unter Tränen mich, den Gefährten, zu umarmen, doch ihm fehlte die Kraft.

»Agamemnon«, wandte ich mich an ihn, »ertrankst du oder fielst du im Kampf um eine Stadt und deren Weiber?«

»Nicht Poseidon schickte mich zum Hades«, bedauerte der Held, »sondern Aigisthos, der Liebhaber meiner tückischen Gattin, erschlug mich beim Empfangsmahl wie ein Rind an der Krippe. Meine Gefährten wurden hingeschlachtet wie Schweine. Nicht mal die Zeit, meinen Sohn zu sehen, ließ man mir. Und die hündische Klytaimnestra ermordete meine Kassandra und schloss mir im Tode weder Mund noch Augen. Nichts ist scheußlicher und bösartiger als eine Frau.«

»Wie hat doch Zeus durch weibliche Tücke dein Geschlecht heimgesucht? Wie viele von uns starben wegen dieser Helena«, empörte ich mich.

»Nun begegne deiner Gattin mit Vorsicht«, riet Agamemnon mir, »zwar droht dir von deiner Penelope kein Mord. Aber lande trotzdem heimlich auf der Insel deiner Väter, denn Frauen sind alle treulos.«

Dann verschwand sein Schatten, und es kamen die des Achilleus, Patroklos, Antilochos (II). Der des Achilleus erkannte mich ebenfalls sofort und klagte:

»Was wagst du als größte Ruhmestat, hier zum Hades hinabzusteigen, wo die Toten ohne Bewusstsein sind, nur die Bilder Entschlafener?«

»Da ich stets glücklos umherirre, suche ich euren Rat«, erwiderte ich. »Aber du wurdest bereits früher verehrt und herrschst jetzt machtvoll über die Toten.«

»Verhöhne mich nicht noch im Hades«, gestand Achilleus bitter. »Lieber wollte ich auf Erden als Tagelöhner auf dem Felde eines armen Mannes schuften, als hier über die hingeschwundenen Toten zu herrschen.« Dann berichtete ich ihm von den Heldentaten seines Sohnes Neoptolemos.

Die Schatten der anderen Toten klagten anschließend über ihren Kummer, nur der des großen Aias stand traurig beiseite, noch verbittert wegen unseres Streites um Achilleus' Waffen. Da ich die erhalten hatte, schied Aias bekanntlich selbst aus dem Leben.

»Für diesen Preis hätte ich nicht siegen sollen«, bereute ich inzwischen und meinte zu Aias:

»Warum zürnst du mir noch im Tode? Kein anderer ist daran schuld als Zeus, der dir dieses Schicksal verhängt hat. Mäßige deine Wut, komm näher!«

Ohne zu antworten, sank Aias mit den anderen Toten hinab ins Dunkel. Von weiteren Seelen der Verstorbenen gewahrte ich noch Minos, Zeus' Sohn, der mit goldenem Zepter im Hades über die Toten Recht spricht. Dann erschienen der große Jäger Orion, der gequälte Tantalos und der steinwälzende Sisyphos.

Selbst den Herakles sah ich, allerdings nur seinen Schatten, denn er selber saß inzwischen beim Gelage mit den Unsterblichen. Die Geräusche der Toten glichen einem Schwirren von überall aufgescheuchten Vögeln. Herakles hielt den blanken Bogen in der Hand, blickte furchtbar um sich und fragte:

»Quält dich auch ein böses Verhängnis wie mich? Sogar als Lieblingssohn des Zeus musste ich für einen ehrlosen König zwölf gefährliche Arbeiten verrichten, wie den Hund des Kerberos hier aus dem Hades holen.«

Dann sank Herakles' Schatten wieder hinab ins Totenreich. Plötzlich surrten mit grässlichem Lärm Tausende weitere Schatten herauf. Da packte mich solcher Schrecken, dass ich sofort von der Kluft wegsprang und zum Schiff eilte, damit Persephone mir nicht noch das grausige Gorgohaupt zeige.

Wie dem Schatten des Elpenor versprochen, kehrte ich mit meinen Gefährten auf die Insel Aiaia zurück und bestattete den Toten. Dann ließ Kirke Brot, Fleisch und funkelnden Rotwein für ein Mahl bringen. Als meine Gefährten in den Schlaf sanken, nahm Kirke mich bei der Hand und führte mich zu ihrem Beilager, wo sie mich vor den künftigen Gefahren warnte: zuerst vor den Sirenen, deren hellem Zaubergesang bisher nur die Argonauten entkamen, dann vor der bellenden Skylla und der tückischen Charybdis, denen bisher auch nur die Argo trotzte. Raubten wir schließlich von den Rindern und Schafen des Helios auf der Insel Thrinakia nur ein einziges, verlöre ich mein Schiff mit allen meinen Gefährten. Da bereits Teiresias davor gewarnt hatte, wollte ich besonders achtgeben. Am nächsten Morgen ließ Kirke reichlich Vorräte an Speisen und Wein zu unserem Schiff tragen. Und ich unterrichtete meine Gefährten über die Gefahren.

Bald erreichten wir die Nähe jener Insel, auf der die Sirenen saßen und sangen, umgeben von Haufen vermodernder Männer und bleicher Knochen. Drei geflügelte Frauen mit Vogelfüßen, Töchter eines Flussgottes, pflegten die vorbeifahrenden Seefahrer zu betören, damit diese alles vergaßen und nur noch daran dachten, wie sie rasch auf die Insel gelangen konnten. Als sich der Wind legte und ein Dämon die Wogen glättete, schnitt ich eine Scheibe Wachs in Stücke und verklebte nach Kirkes Rat meinen Gefährten die Ohren. Dann ließ ich mich aufrecht stehend an Händen und Füßen am Mast festbinden. Als wir vorbeiruderten, erklangen die hellen Stimmen der Sirenen:

Komm, ruhmvoller Odysseus, leg dein Schiff hier an,
noch keiner fuhr vorüber, ohne unseren Honigstimmen zu lauschen,
kehrte dann glücklich und wissend zurück.
Wir sagen dir alles, was Achäer und Troer
nach Willen der Götter im größten der Kriege erlitten,
verraten alles, was noch auf der weiten Erde geschieht.

Ich wollte noch mehr hören, verlangte bei der Insel anzulegen und mir die Bande zu lösen. Wie ich für diesen Fall vorher angeordnet hatte, schnürten aber meine Gefährten die Taue noch fester. Sosehr ich auch an den Fesseln zerrte und mich ins Verderben stürzen wollte, die Besatzung ruderte schneller, und bald verklangen die lieblichen Stimmen, und mein Verstand kehrte zurück.

Nicht lange nachdem die Insel passiert war, hörten wir ein dumpfes Tosen. Vor Schreck entglitten meinen Gefährten die Ruder. Dann ließ ich langsam in der nur pfeilschussbreiten Meerenge auf den überhängenden Felsen zufahren; ein niedrigerer lag ihm gegenüber. Wogen peitschten gegen den glatten Felsen; Schiffsplanken und Leichen trieben um die Klippen im Wasser. Auf hohem Fels hauste in einer Höhle die schrecklich bellende Skylla[237] mit zwölf Füßen und sechs Hälsen mit je einem Kopf, darin bleckten drei Reihen von Zähnen. Ihre Köpfe schnellten vor und packten Seehunde und Delphine. Kein Schiffer kam ohne Verluste an der Mannschaft vorbei.

Auf der anderen Klippe der Meeresenge laubte ein Feigenbaum, und darunter saugte Charybdis dreimal täglich gurgelnd alles Wasser ein; nicht einmal dem Erderschütterer gelänge, hieß es, ihr jemanden wieder zu entreißen.

Dann spie sie es, brausend wie ein Kessel auf großem Feuer, wieder aus. Von dort hielt ich das Schiff fern, riskierte bei der Skylla lieber den Verlust einzelner Männer anstatt das Verderben aller. Unbedacht legte ich meine prächtige Rüstung an, nahm zwei Speere und stellte mich zum Kampf auf das Schiffsdeck. Doch plötzlich zuckten die sechs Rachen der Skylla aus der Höhle und rissen sechs meiner besten Gefährten vom Schiff. Mit Armen und Füßen zappelnd, hingen sie nun über den Ruderern, schrien, streckten die Hände nach mir aus und riefen meinen Namen. Nie erlebte ich auf meinen Irrfahrten je Schrecklicheres.

Die Rinder des Helios

Bald näherte sich mein Schiff der Insel Thrinakia, wo die Töchter des Helios dessen große Rinder- und Schafherden hüteten. Schon im Boot hörten wir Seefahrer das Muhen der breitgestirnten Kühe und das Blöken der Schafe. Da bereits Kirke und Teiresias mir geheißen hatten, keines der heiligen Tiere zu töten, verbot ich zu landen.

»Schrecklich bist du, Odysseus, wie aus Eisen«, warf Eurylochos mir vor, »wir sind nach Skylla und Charybdis ermattet und nachts in Stürmen ohne Schutz. Lasst uns nur die eine Nacht hier ein Mahl richten und am Morgen weitersegeln.«

Ich vermutete, ein Dämon plane Böses, und erwiderte:

»Gemeinsam könnt ihr mich einzelnen zwingen. Aber schwört mir alle bei den Göttern den Eid, kein einziges der heiligen Tiere etwa anzurühren oder gar zu schlachten. Wir haben von Kirke reichlich Vorräte. Also nur eine einzige Nacht.«

»Keine zweite Nacht«, versicherten meine Gefährten und schworen wie gefordert, den heiligen Tieren nichts anzutun. Dann, während des Festmahls, trauerten wir um unsere verlorenen Gefährten. Nachts ließ Zeus Sturm aufkommen. Das Schiff musste in eine Grotte an Land gezogen werden. Unwetter zwangen uns die Abfahrt von Tag zu Tag zu verschieben. Einen Monat lang hielt harter Südwind uns auf der Insel fest. Kirkes Vorrat war längst verbraucht. Aus Not durchstreiften meine Gefährten die Insel, fingen Fische und Vögel. Aber der Hunger nach gutem Fleisch blieb. Da begab ich mich an einen stillen Ort der Insel und rief die Götter erneut um Hilfe an, aber anstatt mir zu helfen, tauchten sie mich in Schlaf.

»Jeder Tod ist schrecklich«, verführte inzwischen Eurylochos meine Gefährten. Die hörten auf seine Einflüsterungen und ihre knurrenden Mägen. »Doch am erbärmlichsten wäre der Hungertod. Stiften wir deshalb nach der Heimkehr in Ithaka dem Menschenerfreuer Helios einen prächtigen Tempel. Aber wenn er uns vernichten will, dann ersaufen wir lieber auf See, anstatt auf der öden Insel zu verhungern.«

Meine Gefährten stimmten zu und trieben zum Schlachten die besten von Helios' hochgehörnten Rindern herbei. Dann weideten sie die heiligen Tiere aus, riefen vorsichtshalber die Götter an, aber warfen statt fehlender Opfergerste Eichenblätter, begossen die Schenkelknochen für das Opfer statt mit Wein lediglich mit Wasser. Als ich endlich zurückkehrte, roch ich bereits den Fettdampf und rief verzweifelt:

»Vater Zeus, ewige Götter, warum versenktet ihr mich in Schlaf? Meine Gefährten verbrachen die Untat!«

Helios erfuhr davon und drohte den Unsterblichen:

»Wenn ihr nicht Odysseus' Gefährten straft, so tauche ich zum Hades hinab und scheine nur noch den Toten.«

»Helios, nur zu, leuchte weiter uns Ewigen und den Menschen«, besänftigte Zeus ihn, »mein Blitz wird die Gottesfrevler strafen.«

Die Götter sandten schreckliche Zeichen: die Häute der geschlachteten Tiere krochen umher, sogar das bereits an den Spießen brutzelnde Fleisch muhte. Sechs Tage wurde geschlemmt. Am siebenten stiegen meine Gefährten mit vollen Bäuchen in das Schiff, und wir fuhren aufs Meer. Als ringsum kein Land mehr in Sicht war, ballte Zeus eine verhängnisvolle Wolke zusammen, ließ Sturm den Schiffsmast brechen und zertrümmerte mit einem Blitz das Schiff, wobei meine sämtlichen Gefährten umkamen.

Ich band Kiel und Mast zusammen und rettete mich darauf. Südwind trieb mich Schiffbrüchigen wieder in die Enge von Skylla und Charybdis. Als die soeben das Wasser in sich hineinschlürfte, schwang ich mich im letzten Augenblick hinauf zu dem Feigenbaum, klammerte mich daran wie eine Fledermaus; und als Mast und Kiel wieder ausgespien wurden, sprang ich auf sie hinab und rettete mich so. Vor der Skylla bewahrte mich der große Zeus.

Dann trieb ich neun Tage auf dem Meere. Am zehnten brachten die Götter mich zur Insel Ogygia, wo die Nymphe Kalypso mich aufnahm.

Damit endet Odysseus' Erzählung.

Odysseus landet in Ithaka

Nachdem die Phäaken aus Odysseus' Munde von seinen Irrfahrten erfahren hatten, schwiegen sie alle; auch König Alkinoos brauchte einige Zeit, bis er dann die Versammelten aufforderte, jeder möge dem Verirrten für die Heimfahrt noch einen Dreifuß und ein Becken schenken. Dann ließ er ein Abschiedsmahl richten und für Zeus ein Rind opfern. Und während der blinde Sänger Demodokos Lieder darbot, blickte Odysseus sehnsuchtsvoll aus dem Fenster in Richtung Heimat.

Der König selbst hatte ein Schiff ausrüsten lassen und sein Beladen beaufsichtigt. Zum Abschied tranken sie auf Odysseus' glückliche Heimkehr. Dann bestieg der Kummergewohnte das Schiff, das rasch Fahrt gewann, legte sich nieder und fiel in einen tiefen, totenähnlichen Schlaf. Inzwischen raste das Schiff, wie nur bei einem phäakischen möglich, als sei es von vier Hengsten gezogen, dahin; nicht einmal ein Falke, der schnellste Vogel, hätte es eingeholt.

Als der Morgenstern aufstieg, erreichte das Boot den Hafen Phorkys an der Küste von Ithaka. Auf einem Felsen der schützenden Einfahrt stand ein Ölbaum, darunter wohnten in einer heiligen Höhle Nymphen.

Da Odysseus nicht erwachte, trugen die Phäaken ihn samt seiner Schätze an Land und betteten ihn abseits des Weges am Fuße eines Ölbaums.

Als Poseidon von Odysseus' glücklicher Ankunft erfuhr, beschwerte der Wütende sich bei Zeus, der ihm daraufhin eine Strafe gegen die Seefahrer zugestand. Poseidon begab sich also rasch zur Phäakeninsel Scherië und verwandelte das heimkehrende Schiff, schon im Hafen von vielen erwartet, urplötzlich in Stein. Die erschreckten Phäaken sahen darin eine alte Prophezeiung erfüllt und opferten dem Erderschütterer demütig zwölf starke Stiere, damit der nicht ihre ganze Stadt mit hohen Bergen abschließe. Und die Phäaken gelobten, künftig Fremden keine Überfahrt mehr zu gewähren.

Inzwischen erwachte Odysseus; und da Athena ihn in Nebel hüllte, wusste er nicht, wo er sich befand, und fragte verwirrt:

»In welchem Lande bin ich? Wäre ich doch bei den Phäaken geblieben. Wohin haben die mich gebracht? Hat man mir von meinen Schätzen geraubt?«

Misstrauisch zählte er Dreifüße, Becken und Gold nach, doch nichts fehlte. Da näherte sich ihm Athena in Gestalt eines jungen Schafhirten. Odysseus, froh, jemanden zu treffen, fragte ihn nun nach dem Land und dem Volk hier. Es sei nicht namenlos, erwiderte die Göttin in Gestalt des stattlichen Mannes in doppeltgefaltetem Mantel, Sandalen und mit einem Wurfspeer. Der Name Ithaka sei sogar bis Troia gedrungen. Odysseus freute sich, in der Heimat angekommen zu sein, erzählte jedoch eine Lügengeschichte über seine angebliche Flucht von Kreta. Da streichelte Athena, plötzlich einem schönen großen Weibe gleichend, ihm mit den Worten die Hand:

»Keiner übertrifft dich im Spinnen von Listen. Du bist von allen Sterblichen der Klügste. Warum hast du mich, deine Göttin, nicht erkannt? Wo ich dir in allem Unglück beistehe. Jetzt wollen wir bedenken, wie du nach der Irrfahrt getarnt in deinen Palast zurückkehrst.«

»Da du in jede Gestalt fahren kannst, erkennt auch der geübteste Sterbliche dich schwer«, räumte Odysseus ein. »Seit wir Troia nahmen, hab ich dich nicht mehr gesehen. Jetzt, bei deinem Vater, bitte ich dich, sage mir, befinde ich mich tatsächlich im Land meiner Väter? Oder täuschst du meine Sinne?«

Athena riet ihm, nicht sofort Penelope aufzusuchen, sondern sie erst zu prüfen.

»Ich wusste, du kehrst heim, zwar ohne alle Gefährten. Aber ich vermochte mich mit meinem Onkel Poseidon nicht zu streiten, dessen Sohn Polyphem du blendetest. Aber glaube mir, dies ist tatsächlich dein alter Hafen Phorkys, und dort liegt die heilige Höhle der Nymphen.«

Damit löste die Göttin den Nebel um Odysseus auf. Und er erkannte Ithaka, küsste seine Erde und grüßte mit erhobenen Händen die Nymphen. Nach Athenas Rat verstauten sie Odysseus' Schätze in der Höhle und setzten sich unter den heiligen Ölbaum.

»Grüble nach«, drängte Athena, »wie wirst du die Hand gegen die gefräßigen Freier erheben? Deine Penelope wird mit Brautgeschenken umworben. Sie ersehnt deine Heimkehr und sendet zugleich Botschaften zu den Männern und weckt Hoffnungen.«

»Ich sollte wohl wie Agamemnon zu Hause erschlagen werden«, vermutete Odysseus. »Ersinne, wie wir uns der Freier entledigen. Athena, stehe mir bei.«

»Das werde ich«, versicherte sie, »aber damit dich keiner erkennt, lasse ich deine Haut schrumpfen, lösche dir die braunen Haare, trübe deine Augen, damit du vor den Freiern wie ein echter Bettler erscheinst. Gehe zuerst zu deinem Schweinehirten, bleibe bei ihm und frage ihn aus. Ich eile nach Sparta, deinen Sohn heimzurufen.«

Dann berührte die Göttin ihn mit dem Zauberstab. Und der Heimgekehrte wurde zum runzeligen Greis, in Lumpen gehüllt. Athena reichte ihm das abgewetzte Fell eines Hirsches, einen Stab und einen zerschlissenen Ranzen.

Odysseus beim Schweinehirten

Als Bettler verkleidet, stieg Odysseus den steinigen Pfad hinauf zum Anwesen seines treuesten Knechtes Eumaios. Der hatte Koben aus Findlingsblöcken für die Schweine gebaut. Als er sich eben Sandalen aus Rindsleder schnitt, griffen seine Hunde kläffend den sich nähernden Bettler an und hätten ihn beinahe zerfleischt, wenn Eumaios sie nicht im letzten Moment mit Steinwürfen zurückgejagt hätte.

»Mein Herr ist in der Fremde umgekommen«, klagte der Hirte. »Weil die Freier wohl von Odysseus' Tod erfuhren, fordern sie täglich einen fetten Eber für ihr Gelage.«

Deshalb blieben für den Gast nur zwei Ferkel. Odysseus fragte den Hirten nach seinem Herrn. Es gäbe keinen besseren und gütigeren, beschwor der Gastgeber. Sein Herr werde in Kürze heimkommen und die Freier strafen, versprach Odysseus.

Lachend wehrte Eumaios ab. Wie viele Fremde, die versichert hätten, den Herrn gesehen zu haben, und seine Heimkehr ankündigten, rührten Penelope bereits zu Tränen. Doch dessen Leiche hätten längst Hunde oder Vögel zerrissen, seine Knochen bleichten an einem fernen Strand. Er sorge sich vielmehr um dessen Sohn Telemachos, den die Freier bei dessen Heimkehr von Menelaos in einem Hinterhalt erschlagen wollten. Nach seiner Herkunft befragt, spann der Erfindungsreiche ein Lügenmärchen.

Dann veranlasste der oberste Schweinehirt Eumaios, doch den besten der Eber zu schlachten und für den zerlumpten Bettler zuzubereiten. Ob er wohl dessen Verkleidung ahnte? Nach einer weiteren Lügengeschichte von Odysseus bereitete der Hirt ihm ein Lager aus Schafspelzen und Ziegenfellen.

Athena begab sich zu Telemachos, der noch bei Menelaos und Helena in Sparta zu Gast war, und drängte auf baldige Heimkehr. Nach dem Abschiedsmahl erhielt er von beiden kostbare Geschenke. Vor der Abfahrt wurde bemerkt, wie ein Adler auf ihren Hof herabstieß und eine weiße Gans schlug. »So wird Odysseus nach Hause kommen und sich an den Freiern rächen«, prophezeite Helena.

Um bei der Überfahrt dem Hinterhalt der Freier zu umgehen, ließ sich Telemachos nach Athenas Rat in Ithaka zuerst allein an Land setzen, dann eilte er zum Hof des Schweinehirten, den er zu Penelope sandte, um ihr seine Rückkehr zu melden. Dort traf Telemachos auch seinen als Bettler verkleideten Vater. Inzwischen näherte sich Athena in Gestalt eines stattlichen Weibes ihrem Odysseus – wurde dabei nur ihm sichtbar – und veranlasste ihn, sich seinem Sohn zu erkennen zu geben. Die Göttin drängte es zu kämpfen. Sie berührte ihn also mit ihrem goldenen Stab, legte ihm vornehme Kleidung an, machte ihn größer und jünger, straffte seine Kinnhaut und schwärzte seinen Bart. Wegen der plötzlichen Verwandlung des Fremden hielt der Sohn ihn für einen Unsterblichen.

»Ich bin kein Gott, sondern dein Vater«, widersprach Odysseus und küsste seinen Sohn.

»Du bist nicht mein Vater, sondern ein Dämon«, wehrte Telemachos ab. »Eben noch ein unansehnlicher Greis, gleichst du jetzt einem Gott. Kein Sterblicher vermag sich derart zu verwandeln.«

»Ein anderer Odysseus kommt nicht«, versicherte der Vater. »Ich bin es selbst, geschickt von der Beutegöttin Athena.«

Nun erkannte Telemachos seinen Vater und umarmte ihn weinend. Der Erfindungsreiche ließ sich dann von ihm über Namen und Herkunft der über 100 Freier unterrichten. Odysseus' Rückkehr wurde sogar Penelope verheimlicht. Als die Freier erfuhren, dass Telemachos ihrem letzten Anschlag entwischt war, bereiteten sie einen neuen vor.

Odysseus als Bettler bei den Freiern

Als der Hirte abends in sein Anwesen und zu Odysseus heimkehrte, hatte Athena ihn erneut in einen Greis zurückverwandelt. Der Schweinehirte begleitete dann den als Bettler Verkleideten in die Stadt, damit er dort, wie es hieß, besser seinen Lebensunterhalt verdiene. Schließlich machte Telemachos sich selber zur Stadt auf und wurde von seiner Mutter Penelope mit Freudentränen begrüßt.

Auf dem Weg dahin wurde Odysseus von seinem Ziegenhirten Melanthios beschimpft: »Was für ein schmutziger, lästiger Bettler!«

Anstatt ihn mit dem Stock zu erschlagen, beherrschte sich der Verkleidete. Von niemandem erkannt, kam der Hausherr zu seinem stattlichen Hof mit zahlreichen ummauerten Gebäuden, Simsen und Doppelflügeltüren.

Ein Hund hob seinen Kopf und die Ohren, als er den Bettler gewahrte. Argos, einst von Odysseus erzogen, früher von den Jünglingen zur Jagd auf flüchtige Hasen und

Rehe geführt, lag nun, da sein Herr in der Ferne weilte, verachtet auf einem Misthaufen; sein einst glänzendes Fell war von Ungeziefer zerfressen. Trotz der zwanzigjährigen Abwesenheit erkannte der treue Hund seinen Herrn sofort, wedelte mit dem Schwanz und senkte die Ohren, aber vermochte vor Altersschwäche nicht mehr aufzustehen. Odysseus trocknete heimlich seine Tränen und fragte Eumaios:

»Siehst du den Hund dort auf dem Mist? Trotz seines Elends wirkt er noch schön, er vermochte wohl schnell zu laufen?«

»Freilich«, antwortete der Hirte, »denn er ist der Spürhund unseres in der Ferne verstorbenen Königs. Niemals entging ihm ein Wildbret. Aber seit der Hausherr die Bediensteten nicht mehr antreibt, vernachlässigen die faulen Mägde ihn ganz.«

Odysseus fiel es schwer, seinen alten Freund nicht sofort zu begrüßen und wieder zu streicheln. Um nicht erkannt zu werden, trat er schweren Herzens ins Haus. Aber Argos hatte zwanzig Jahre auf Odysseus gewartet und starb nun ruhig.

Im Saal, wo die Freier schmausten, setzte sich der Erfindungsreiche auf die Eichenholzschwelle. Da näherte sich ihm Athena und riet, um die Freier zu beobachten, diese um Brot zu bitten. Fast alle gaben ihm bereitwillig etwas. Nur Antinoos schalt den Schweinehirten: Gäbe es nicht schon genügend Bettler und Gesindel, warum habe er da noch diesen dreisten Strolch mitgebracht. Wütend warf der Freier einen Schemel gegen Odysseus' Schulter. Doch der stand unerschütterlich wie ein Felsen, setzte sich dann wieder auf die Türschwelle und prophezeite, der Grobian sterbe noch vor seiner Vermählung. Empört forderte Antinoos die anderen Freier auf, diesen frechen Kerl an Händen und Füßen zu packen und aus dem Saal zu werfen. Doch die mutmaßten, hinter dem Fremden könne sich ja vielleicht ein Unsterblicher verbergen.

Dann versuchte Iros, der Stadtbettler von Ithaka, Odysseus von seinem Stammplatz auf der Türschwelle zu vertreiben. Als Antinoos den Streit hörte, hetzte er die beiden Alten aufeinander und rief die anderen Freier als Zuschauer herbei. Den Verlierer wolle man einem grausamen König ausliefern, der ihm Nase und Ohren verstümmele und sein Geschlechtsteil als rohen Fraß den Hunden vorwerfe. Da stärkte Athena ihrem Schützling die Schenkel. Und anstatt den Übeltäter zu töten, schlug Odysseus ihn nur zu Boden und erhielt als Siegerpreis einen mit Fett und Blut gefüllten gebratenen Ziegenmagen.

Um sich allen zu zeigen, schmückte Penelope sich nach Athenas Rat und trat mit feiner Haut, weißer als frischgesägtes Elfenbein, zu den Freiern in den Saal. Um so mehr fiel nun der elende zerlumpte Bettler auf, so dass eine Hausmagd ihn anfuhr, er solle sich gefälligst in der Schmiede oder im Gesindehaus eine Schlafstelle suchen. Auch der Freier Eurymachos spottete, der Landstreicher könne bei ihm als Knecht Dornengestrüpp roden, und warf ebenfalls einen Schemel nach ihm, traf jedoch den Schenken, der die Kanne fallen ließ. Dann erreichte Telemachos, dass die Freier in ihre Gemächer schlafen gingen, und blieb mit seinem Vater allein.

Odysseus begegnet seiner Frau

Der Hausherr bat seinen Sohn, mit ihm die Waffen wie Helme, Schilde und Speere aus der Halle zu tragen und in eine obere Kammer einzuschließen; denn Eisen ziehe die Männer an, heißt es. Dabei ging Athena ihnen mit einem goldenen Leuchter auf der Treppe voran. Der Erfindungsreiche beriet dann mit der Göttin über die Tötung der Freier. Da erschien Penelope, glich an Schönheit der Aphrodite oder Artemis, nahm neben dem Feuer auf ihrem Sessel Platz, ließ von ihrer Wärterin Eurynome (III) für den Fremden einen mit Fellen bedeckten Sessel richten und fragte ihn dann nach Namen und Herkunft. Er gab vor, aus Kreta zu sein, Odysseus getroffen zu haben und versicherte, der Vermisste werde bald zurückkehren. Vor seiner Nachtruhe bat der Bettler, jemand möge ihm die Füße reinigen.

Aber als dann seine alte Amme Eurykleia zur Fußwaschung eintrat, setzte sich Odysseus schnell neben den Herd ins Dunkel, denn er fürchtete, sie möge ihn erkennen und ihn verraten. Eurykleia meinte erstaunt, keiner gliche je dem Odysseus derart an Gestalt, und berührte jene alte Narbe, die ihm auf der Jagd einst ein weißer Eber geschlagen hatte. Da erkannte sie ihn und ließ den Fuß aus den Händen gleiten. Das Bein schlug gegen die Wanne, die klingend umkippte und ihr Wasser auf den Boden ausgoss. Freude und Angst ergriffen die Alte, ihre Augen füllten sich mit Tränen, ihre Stimme versagte. Endlich fasste sie den Bettler ans Kinn und sagte:

»Wahrlich, du bist es, Odysseus, mein Kind!«

Glücklich wandte sie sich zur Königin, um ihr die Rückkehr ihres Gemahls zu verkünden. Denn da Athena sie ablenkte, hatte Penelope nichts bemerkt. Aber Odysseus fasste rasch mit der rechten Hand die Kehle der Alten, zog sie mit der linken an sich heran und flüsterte:

»Mütterchen, du hast mich an deiner Brust gesäugt! Halt es geheim! Wenn nicht, werde ich selbst dich mit den übrigen Weibern hier nach den Freiern töten müssen.«

»Weißt du nicht, wie unerschütterlich ich sein kann? Fest wie Eisen hüte ich das Geheimnis. Und ich nenne dir alle Weiber im Hause, die dich verrieten.«

Nachdem die Amme neues Wasser geholt und die Waschung beendet hatte, berichtete Penelope dem Bettler von ihrem Traum. Zwanzig Gänse fressen in ihrem Hof Weizen aus dem Trog, da stößt ein großer krummschnäbeliger Adler herab und tötet alle. Als die in den Hallen hingestreckt liegen und sie jammert, kommt der Adler zurück und gebietet mit menschlicher Stimme: ›Das ist kein Traum, die Gänse sind die Freier; ich, der Adler, komme tatsächlich als dein Mann zurück.‹

Und um endlich eine Entscheidung zu treffen, setzte die Hausherrin für die Freier einen Wettkampf im Bogenschießen an. »Verschiebe diesen Wettkampf nicht«, bestärkte Odysseus seine Frau, denn zuvor würde ihr Gemahl heimkehren. Dann stieg Penelope wieder in ihre oberen Gemächer und weinte über den Verlust ihres Gatten.

Odysseus siegt im Bogenkampf

Anstatt in einem weichen Bette zu schlafen, verbrachte der Herrscher von Ithaka die letzte Nacht vor der Abrechnung mit den Freiern lieber am Boden des Vorderhauses auf Rinder- und Schafsfellen. Als dann Eos golden erstrahlte, gab

Zeus günstige Zeichen durch Donner. Für das letzte Mahl der Freier wurden nun das Feuer entzündet und die Schlachttiere herangetrieben. Als Melanthios seine Ziegen brachte, konnte er es nicht unterlassen, seinen Herrn erneut zu beschimpfen:

»Statt endlich zu verschwinden, belästigst du noch immer die Männer mit deiner widerwärtigen Bettelei!«

Aber Odysseus' Rinderhirte Philoitios begrüßte ihn freundlich und wünschte ihm Glück. Dann ließ Telemachos seinen Vater im prächtigen Saal, wo die Freier tafelten, an einem winzigen Tisch auf einem harten Stuhl bei der Steinschwelle sitzen, goss ihm in einen goldenen Becher Wein und warnte die Freier, den fremden Bettler zu beschimpfen. Auch Antinoos, erstaunt über Telemachos' Mut, mahnte zu Bedächtigkeit:

»Der Kronide ließ es nicht zu, dass wir den Sohn bisher zum Schweigen brachten, sonst hätten wir es längst getan.«

Als draußen dem Apollon Festhekatomben geopfert wurden, erhielt auch Odysseus einen gebührenden Teil des Fleisches vom Spieß. Nun reizte Athena die Freier auf, so dass ein Dreister mit einem Rindsfuß nach dem Zerlumpten warf. Odysseus wich lächelnd mit dem Kopf aus.

»Hättest du ihn getroffen«, schrie Telemachos, »steckte meine Lanze bereits in deinem Wanst!«

Inzwischen hatte Penelope auf ihrem Sessel in der Halle Platz genommen, sich Odysseus' Bogen bringen lassen und verkündete den Freiern:

»Wer den großen Bogen unseres Herrschers am leichtesten zu spannen versteht und einen Pfeil durch das Ringende aller zwölf Äxte hindurchschießt, dessen Werbung würde ich folgen.«

Der Herrscher von Ithaka hatte diese Waffe nie auf Kriegszügen mitgeführt, sondern nur in der Heimat gebraucht. Als Kind hatte Antinoos selber Odysseus noch mit dem Bogen schießen sehen und glaubte, er könne ihn jetzt spannen.

Telemachos zog mit seinem Schwert eine Furche, stellte die Äxte in eine Reihe und richtete sie aus. Dann versuchte er zunächst selber den Bogen zu spannen und versagte dreimal, aber als er es beim vierten Mal geschafft hätte, gab Odysseus ihm ein Zeichen, es zu unterlassen. Antinoos forderte nun die Freier auf, sich mit dem Bogen zu versuchen. Doch keiner schaffte es. Dann verlangte Antinoos von Melanthios, Feuer zu machen, den Bogen zu wärmen und mit Fett zu bestreichen. Dennoch gelang keinem Freier, den Bogen bereitzumachen.

In der Zwischenzeit verließen der Rinderhirt, der Schweinehirt und Odysseus das Haus; letzterer fragte die beiden, ob sie, falls Odysseus plötzlich käme, diesem beistehen würden. Als sie sich sofort dazu bereitfanden, gab Odysseus sich durch seine ihm einst von dem Eber geschlagene Wunde zu erkennen. Da umarmten beide weinend ihren Herrn und küssten ihn, auch der küsste beiden Kopf und Hände. Odysseus versprach jedem eine Frau, Häuser und sie wie leibliche Brüder seines Sohnes zu achten. Der Hausherr machte mit beiden ab, was zu tun war.

Auch Eurymachos gelang währenddem nicht, den Bogen zu spannen. Daraufhin veranlasste Antinoos, als einziger noch ohne Versuch, den Wettstreit für heute zu beenden, dafür Wein zu reichen und die Probe morgen fortzusetzen. Alle begrüßten diesen Vorschlag. Doch da bat Odysseus um die Waffe.

»Elender Lump«, fuhr Antinoos ihn an, »mit uns Hochgestellten zu speisen reicht dir wohl nicht; nun maßt du dir noch an, dich mit uns Jüngeren zu messen!«

Doch Penelope bestand auf ihrem Gastrecht und meinte: »Fürchtet ihr etwa, der greise Bettler könne den Bogen meistern und mich als Gattin heimführen?«

»Welche Schande für uns Achäer«, wandte Eurymachos ein, »gelänge statt uns einem Niederen den Bogen zu spannen und um Penelope zu werben!«

Da beruhigte ihn die Hausherrin: »Ich belohnte ihn mit schönen Gewändern, gäbe ihm Schwert und Speer und entließe ihn, wohin er wollte.«

»Mutter, begib dich in deine Kammer zu Spindel und Webstuhl, denn nicht dein ist die Herrschaft im Hause. Nur ich habe Macht über den Bogen«, entschied Telemachos gegen das Geschrei der Freier, die zu verhindern suchten, dass der Schweinehirt, wie mit Odysseus vereinbart, ihm die Waffe brachte. Und wie abgemacht, verschloss der Rinderhirt mittlerweile die Türen der Halle, damit die Freier nicht entkommen konnten.

Odysseus prüfte den großen Bogen, ob ihn nicht Würmer zerfressen hatten, und spannte die Sehne sachkundig, dass es klang wie der Ton einer Schwalbe. Als die Freier sahen, wie vertraut der Bettler mit der Waffe umging, erblassten sie; und als Zeus es noch donnern ließ, schwiegen sie entsetzt. Im Sitzen schoss Odysseus dann, ohne den Bogen mit Mühe oder gar mehrfach spannen zu müssen, einen Pfeil durch sämtliche Äxte und meinte zu Telemachos: »Machte der Fremde dir also Schande? Bereiten wir den Freiern nun den Abendschmaus, mit Tanz und Gesang.« Und der Sohn zog das Schwert.

Die Freier werden getötet

Odysseus warf seine Lumpen ab, schüttete die Pfeile aus dem Köcher und zielte auf Antinoos. Der dreisteste Prasser hob gerade einen goldenen Humpen, da traf der Pfeil ihn in die Kehle, und seine Spitze bohrte sich durch den Nacken; ein Blutstrahl spritzte auf den Tisch, den Antinoos mitsamt allen Speisen umwarf. Die Freier schrien auf und wollten nach den Waffen greifen, doch an den Wänden hingen weder Schild noch Lanze, die hatten die Hausherren ja abgeräumt.

»Ihr Hunde, hofftet wohl, ich kehre nie zurück«, gab der Listenreiche sich nun zu erkennen. »Ihr verprasst mein Vermögen, beschlaft mit Gewalt meine Dienerinnen. Nun ist euer Schicksal besiegelt!«

»Wenn du Odysseus bist«, besann sich Eurymachos geschickt, »rügst du mit Recht den Frevel. Aber den Anstifter von allem hast du ja gerichtet. Deshalb verschone die anderen Leute. Wir vergüten dir allen Schaden, jeder zahle dir zwanzig Rinder, Erz und Gold.«

»Nein, Eurymachos, selbst euer väterliches Erbe wäre zu gering. Ihr selber müsst für den Frevel büßen. Ihr habt nur die Wahl, zu kämpfen oder zu fallen.«

»Der Mann wird nicht ruhen, bis er uns alle getötet hat!« schrie Eurymachos, »zieht die Schwerter, deckt euch mit Tischen gegen die Pfeile; greifen wir ihn alle an.«

Mit einem Schrei sprang er gegen Odysseus, doch schon traf ein Pfeil seine Brust, so dass ihm die Waffe aus der Hand rutschte. Einem zweiten Angreifer kam Telemachos zuvor und hieb ihm mit dem Schwert zwischen die Schultern.

Solange Odysseus die Pfeile reichten, eilte Telemachos auf dessen Rat in die Kammer hinauf und holte vier Schilde, acht Lanzen und weitere Rüstung. Da der Sohn die Tür zur Waffenkammer abzuschließen vergaß, gelang dem Ziegenhirten Melanthios, zwölf Schilde und Lanzen und andere Rüstung für die Freier herunterzuschaffen. Doch bei seinem zweiten Aufstieg wurde er vom Schweinehirten und Rinderhirten gepackt, gefesselt und an Seilen bis dicht unter die Balken gezogen. Dann kehrten beide in die Halle zurück und kämpften gemeinsam mit Odysseus und seinem Sohn gegen die Prasser.

Nun näherte sich Athena in Mentors Gestalt dem Hausherrn und stachelte ihn weiter zum Kampf an, flog dann unter die Balken der rußigen Halle und setzte sich dort in Schwalbengestalt nieder. Dass Mentor wieder verschwand, spornte die noch waffenfähigen Freier dazu an, sechs Speere gegen Odysseus zu werfen; denn wenn der fiele, wäre ihr Sieg sicher. Doch Athena lenkte die Speere ab. Dann schleuderten Odysseus und seine Getreuen ihre Speere; und die trafen. Jene Freier, die noch nicht gefallen waren, wichen zurück in eine Ecke der Halle. Dann stürmten die drei mit dem Hausherrn vor und rissen die Speere aus den Sterbenden. Auch beim neuen Angriff der Freier lenkte Athena deren Waffen ab, so dass es Odysseus und seinen Gefährten gelang, auch die letzten Feinde niederzumachen.

Dem Gemetzel entgingen nur der Sänger Phemios, den die Freier stets gezwungen hatten, mit seiner Leier aufzuspielen, und der Herold Medon, der Telemachos immer treu beigestanden und sich in einer Rinderhaut unter einem Sessel verkrochen hatte.

Wie Fische mit dem Netz aus dem Meer gezogen, lagen nun die Gefallenen in der Halle übereinander. Mit Blut besudelt, einem Löwen vergleichbar, der von einem Rind gefressen hat, stand Odysseus inmitten der Erschlagenen. Als die Amme über die gelungene Rache zu jauchzen begann, hielt Odysseus sie mit den Worten zurück:

»Über erschlagene Männer zu jubeln ist unrecht, sie erlagen dem Geschick der Götter.«

Von den fünfzig Dienerinnen musste die Amme jene zwölf, die nicht einmal Penelope geachtet und es nachts mit den Freiern getrieben hatten, in die Halle schicken. Hier hatten sie die Toten aus dem Saal zu räumen, draußen aufzuschichten und den Raum dann mit Wasser und Schwamm zu reinigen. Telemachos gönnte diesen Weibern keinen reinen Tod etwa mit dem Schwert, sondern ließ ihnen mit Schiffstauen wie Drosseln die Hälse zuziehen und sie so aufknüpfen. Auch der boshafte Ziegenhirte Melanthios wurde auf den Hof gebracht; man schnitt ihm Nase und Ohren ab, riss ihm die Scham heraus, warf sie als rohen Fraß den Hunden vor und hackte ihm Hände und Füße ab. Um die Halle von der Gier der Prasser zu reinigen, schwefelte Odysseus Boden und Wände.

Penelope erkennt Odysseus

Die Gattin, von Athena in Tiefschlaf versetzt, hatte nichts vom Kampfe gehört, wurde endlich von der Amme geweckt und glaubte nicht an Odysseus' Heimkehr. Schließlich verließ sie ihre oberen Räume und setzte sich im Schein des Feuers Odysseus gegenüber. Penelope hockte lange stumm vor Erstaunen. Der zerlumpte Bettler schien ihrem Odysseus ähnlich, aber zugleich fremd. Da sie ihn nicht sogleich umarmte, hielt der Sohn ihr vor, ihr Herz sei härter als Stein. Doch der Erfindungsreiche gestand ihr eine Prüfung durch geheime Zeichen zu.

Damit keiner in der Stadt vom Mord an den vornehmsten jungen Männern erfuhr, mussten die Bediensteten singen und tanzen, was laut nach draußen drang und an die Hochzeit Penelopes glauben ließ.

Inzwischen badete Eurykleia Odysseus, salbte ihn mit Öl und legte ihm prächtige Kleidung an. Athena machte ihn größer und schöner und ringelte sein Haar Hyazinthenblüten gleich. Den Unsterblichen ähnlich, setzte Odysseus sich seiner unschlüssigen Gemahlin gegenüber und sprach:

»Keine andere Frau wird sich so halsstarrig fernhalten, nachdem ihr Gemahl endlich im zwanzigsten Jahr zurückkehrt. Amme, bereite mein Bett, dass ich allein ruhe, denn diese hat wahrlich ein Herz aus Eisen.«

»Wunderlicher, weder Stolz noch Verachtung hält mich zurück. Ich weiß recht gut, wie du damals aussahst, als du Ithaka verließest«, antwortete die kluge Penelope, »aber es sei, wie du wünschst. Eurykleia, bereite ihm sein Lager außerhalb des Gemaches, was er einst selber baute! Schaffe wollige Felle, prächtige Decken und Mäntel herbei und setze das zierliche Bett hinaus!«

»Nicht einmal der erfahrenste Mann vermag das Bett zu bewegen«, ereiferte sich Odysseus, »ich selbst schnitzte es einst aus einem weitumschattenden Ölbaum, errichtete das Gemach darum und verzierte es mit Gold, Elfenbein und Silber. Oder wagte etwa jemand, das Ölbaumbett von seiner Wurzel zu schlagen?«

Der Herrin erzitterten Herz und Knie, denn von der Unverrückbarkeit wusste nur ihr Gatte. Weinend fiel sie ihrem Gemahl um den Hals, küsste sein lang vermisstes Antlitz und schluchzte:

»Mein Geliebter, zürne mir nicht, dass ich dich nicht beim ersten Anblick willkommen hieß, sondern dieser Prüfung unterzog. Siehe, mein Herz sorgte sich stets, irgendein Sterblicher käme und hintergehe mich mit täuschenden Worten. Es gibt so viele schlaue Betrüger! Doch jetzt besiegtest du mein Herz, und aller Zweifel schwand.«

Das rührte sein Herz mit Wehmut, und weinend hielt er sein treues, geliebtes Weib in den Armen, und Odysseus bestieg mit seiner Frau nach zwanzig Jahren das erste Mal wieder das Bett. Nachdem sie einander in Lust genossen hatten, redeten sie die ganze Nacht über das Erlebte.

Die Versöhnung

Ehe der Tod der Freier bekannt werden würde, eilte Odysseus bei den ersten Morgenstrahlen auf das Landgut seines Vaters Laërtes. Der setzte in einem geflickten Leibrock in seinem Garten Pflanzen. Anstatt sich ihm sofort zu offenbaren, gab sich der Erfindungsreiche zunächst als Fremder aus, der Odysseus getroffen habe. Den Vater befiel daraufhin so heftiges Herzstechen, dass Odysseus ihn umarmte und küsste. Laërtes bat jedoch um ein Erkennungszeichen. Außer der bekannten Narbe nannte Odysseus die zehn Apfelbäume, dreizehn Birnbäume, vierzig Feigenbäume und fünfzig Reben dieses Gartens. Da umarmte der Vater seinen Sohn und rief:

»Vater Zeus, noch wirken Götter auf dem Olymp!« Laërtes fürchtete den baldigen Angriff der Ithaker wegen der getöteten Prasser. Die sizilianische Magd badete und salbte Laërtes; und Athena verjüngte ihn.

Inzwischen verbreitete Ossa, das personifizierte Gerücht, überall in der Stadt den Freiermord. Die Väter und Verwandten der getöteten Söhne versammelten sich empört auf dem Marktplatz. Eupeithes, dessen Sohn Antinoos zuerst durch Odysseus' Pfeil gefallen war, entrüstete sich:

»Dieser Mann fuhr auf zwölf Schiffen mit Hunderten unserer besten Kämpfer nach Troia, verlor alle Schiffe und alle Männer; jetzt kehrt er heim und tötet unsere edelsten Söhne. Bestraften wir die Mörder nicht, bliebe uns ewige Schande!«

Seiner Forderung, bewaffnet gegen Odysseus zu ziehen, widersprach der Sänger Medon:

»Nicht Odysseus, sondern die Götter bestimmten dessen Taten. Ich sah selbst, wie ein Unsterblicher in Mentors Gestalt an seiner Seite gegen die Freier kämpfte.«

Entsetzt erbleichten die Versammelten. Auch der greise Held Halitherses mahnte zur Mäßigung. Über die Hälfte der Versammelten blieb auf dem Markt, die anderen griffen unter Führung Eupeithes zu den Waffen. Da wandte sich Athena an ihren Vater Zeus:

»Schürst du weiterhin Gemetzel und Krieg? Oder willst du lieber Versöhnung stiften?«

»Hast du nicht selbst beschlossen, die Freier zu bestrafen?«, erwiderte Zeus. »Handle nach deinem Sinne. Aber recht wäre, man halte Eidesopfer; wir löschen den Mord an Söhnen und Brüdern aus dem Gedächtnis der Ithaker; Odysseus bleibe ihr König; es herrsche nun Freundschaft, Friede und Reichtum.«

Athena begab sich rasch vom Olymp hinab wieder nach Ithaka.

Eupeithes näherte sich mit seinen Bewaffneten dem Landhaus von Laërtes. Ihm und Odysseus standen neben dessen Schweine- und Rinderhirten nur noch Penelopes alter Diener Dolios und seine Söhne bei. Als sie sich den Feinden entgegenstellten, trat Athena in Mentors Gestalt zu ihnen und forderte Laërtes auf, die Lanze zu werfen. Eupeithes fiel. Dann drangen Odysseus und Telemachos gegen die Angreifer vor und hätten wohl alle erschlagen, wenn Athena nicht mit gewaltiger Stimme verlangt hätte, den Kampf abzubrechen und auseinanderzugehen. Den Angreifern fielen entsetzt die Waffen aus den Händen. Als sie zur Stadt flüchteten, verfolgte Odysseus sie brüllend. Zeus sandte einen Blitz. Athena ermahnte Odysseus:

»Höre nun endlich auf zu streiten, sonst zürnt dir Zeus!«

Der Erfindungsreiche folgte ihrem Rat, und Athena vollzog das große Versöhnungsopfer.

So endete die Odyssee des letzten Helden nach dem Ur-Krieg vor Troia angeblich nur um die schönste Frau der Welt. Verursacht durch den »Zankapfel« auf der Hochzeit des Peleus mit der bedrohlichen Braut Thetis. Und durch ihr Eingreifen gelang es den Göttern, die Weltordnung zu wahren.

ANHANG

Nachwort

Mythos ist auch Dichtung, Verzauberung, Erschütterung – es geht um Angst und Liebe, Rache und Hoffnung, Tod und Unsterblichkeit. Werden Mythen heute unmodern? Im Gegenteil. Gerade bei der wachsenden Komplexität und Instabilität der heutigen Welt vermitteln sie grundlegende Gemeinsamkeiten der Geschichte der Menschheit. Und kaum eine andere Mythologie drückt das derart vielfältig und zeitlos, deshalb modern aus, wie die griechische. Etwas vom Glanz und Wunder dieser einmaligen Geschichten versuchen wir in dieser Neuerzählung zu vermitteln.

Dabei reihen wir griechische Götter- und Heldensagen nicht nur mosaikartig aneinander, sondern bemühen uns um eine gewisse Chronologie, suchen sie in ihrem inneren Zusammenhang darzustellen, von den Schöpfungsmythen, über Götter- und Heldensagen bis zum Troianischen Krieg und den Irrfahrten der Heimkehrer und verknüpfen dabei Götter-, Helden- und Menschengeschichten. Unsere Auswahl strebt an, alle für heute wichtigen mythischen Gestalten und Stoffe zu berücksichtigen.

Von anderen Mythenerzählungen unterscheiden sich unsere außerdem dadurch, dass wir Verknüpfungen innerhalb des »Gesamtgeflechtes« der griechischen Mythen andeuten und vergleichend auf verwandte Götter, Helden, mythische Gestalten und Geschichten anderer Kulturen verweisen. In diesem Kontext wird die Dimension und die Allgemeingültigkeit der griechischen Mythen um so deutlicher.

Es hieße wohl Eulen nach Athen tragen, hier längere Ausführungen über den griechischen Mythos nachzuschicken. Darüber liegen genügend Werke vor. Wir verweisen auf das Literaturverzeichnis. Am wichtigsten sind die Werke der Dichter selbst.

Um den Ursprungs-Mythen möglichst nahezukommen, gehen wir in unserer Darstellung von den frühesten erhaltenen Texten aus, wie denen Homers, Hesiods, den griechischen Tragikern; wählen von späteren solche, bei denen es sich nach Meinung der Forschung um weitgehend zuverlässige Überlieferung handelt wie bei Apollodor, Apollonios, Pausanias, Plutarch, Ovid. Diese Quellen wurden nur dann herangezogen, wenn sie nachweislich hellenische Geschichten wiedergeben und Ursprünglicheres entweder zu fragmentarisch erhalten oder vollständig verloren war.

Wie reich muss bereits um 750 v. Chr., als Homer und Hesiod lebten, also noch 250 Jahre vor der klassischen Zeit, die Ausdrucksform der Sprache und damit dieser Kultur entwickelt gewesen sein, um Werke von einmaligem Rang wie die *Ilias* und *Odyssee* zu schaffen, deren Wirkung der Troiaforscher M. Korfmann mit der Bibel und dem Koran vergleicht.[1] Dabei erscheint selbst die literarische Struktur der *Ilias* und *Odyssee* als »modern«. Statt die Ereignisse chronologisch zu schildern, erzählt die *Ilias* lediglich 51 Tage im zehnten und letzten Kriegsjahr, als Achilleus sich aus Zorn weigert, an der Seite der Griechen weiterzukämpfen, weil der Heerführer Agamemnon ihm die erbeutete Briseis entzieht und die Götter die Troer so lange gegen die Griechen vorrücken lassen, bis Achilleus aufgereizt wird, wieder in die Schlacht einzugreifen.

1 *Troia – Traum und Wirklichkeit.* Begleitband zur Ausstellung, Stuttgart 2001, S. 4.

Die in diesem Text beschriebene mythische Zeit bezieht sich auf die mykenische Kultur, deren Träger Kreta eroberten, die Minoer verdrängten und im ägäischen Raum ein großes Machtzentrum schufen. Es gibt Hinweise darauf, dass mykenische Herrscher für die Zerstörung Troias um 1310/1300 v. Chr. (oder 1250 bzw. um 1200) verantwortlich waren,[2] bis sie selbst Ende des 12. Jahrhunderts v. Chr. von den Seevölkern überrannt wurden. An damals entstandenen Liedern und Sprechtexten wurde, bei ständiger Ausgestaltung und Aufnahme neuer Geschichten, weitergedichtet. Schließlich mündete alles in den über 500 Jahre später aufgezeichneten und Homer zugeschriebenen Epen.

Ohne auf den Mythosbegriff[3] hier näher eingehen zu können, verweisen wir lediglich auf einige für die griechische Überlieferung wichtige Aspekte. Karl Kerényi nennt die Mythen »Urgründe der Menschenseele«, »Urnormen, Urformen des Lebens«, spricht vom Überindividuellen im Sinne der Archetypen von C. G. Jung.[4] Ranke-Graves schreibt vom echten Mythos als »erzählerischer Kurzschrift kultischer Spiele«.[5] Wie im Grunde jeder Mythos, wurzelt auch der griechische im Kult. Ursprünglich dienten Sprüche, Formeln, Zauber als Gestaltungsmittel des Ritus u. a. in Fruchtbarkeitskulten, damit dem Absterben der Vegetation die Auferstehung folgen solle, wie in den Mythen von

2 Siehe Anm. 103 und 229.

3 Unter Mythologie werden hier die überlieferten Geschichten und Gestalten, nicht (in deren zweiter Bedeutung) Lehren über die Mythen verstanden.

4 K. Kerényi, *Die Mythologie der Griechen*, Bd. 1, München 1992, S. 7 f.

5 R. v. Ranke-Graves, *Griechische Mythologie*, Hamburg 1997, S. 10.

Persephone oder Dionysos. In von Sprüchen begleiteten Kulten sollte die Natur, d.h. die höheren Mächte, durch Zauber, Beschwörung bestärkt oder gar gezwungen werden, die für das menschliche Leben nötige Ordnung aufrechtzuerhalten, wie die Sonne täglich wieder aufgehen zu lassen. Diese Kulttexte wurden Quellen späterer dichterischer Ausgestaltung.

Über seine Funktion im Kult hinaus diente der griechische Mythos dem Bestreben der Menschen, mit der Natur »eins« zu sein und ihr Gemeinschaftsgefühl als Voraussetzung für das eigene Überleben zu fördern. Auch die aus einfachen Riten, verbunden mit Tanz und Chor, erwachsenen kultischen Spiele wie die durch Peisistratos in Athen eingeführten Großen Dionysien hatten die Aufgabe, staatliche Macht auszuüben. In wenigen Jahrzehnten brachte die attische Erde mit Aischylos, Sophokles und Euripides drei Dramatiker hervor, deren Tragödien auch heute noch zu den Hauptwerken der Weltliteratur gehören. Man berichtete, ihre Aufführungen erschütterten derart, dass Frauen Fehlgeburten erlitten.

Die hohe Allgemeingültigkeit der griechischen Mythen und deren Wirkung bis heute beruht auch darauf, dass die griechische Tradition letztlich vom Streben nach Harmonie, Ausgleich, Toleranz und Offenheit für anderes bestimmt ist, vielleicht im Kontrast gerade zum Kampf und zum Kriegerischen vieler Mythen. Dieser polytheistische Synkretismus sucht dogmatische Verengung und Extreme zu vermeiden – gegenüber heute vorwiegend monotheistisch geprägter Gegenwart.

»Kein Übermaß« ist Apollons Leitspruch, Sokrates – als typischer griechischer Denker – spricht vom »rechten Maß«.

Die Auffassung vom Kosmos als Harmonie der Gestirne teilen die griechischen nicht nur mit weiteren indoeuropäischen wie den indisch-vedischen Mythen, sondern auch mit anderen großen Traditionen der Weltkultur wie der chinesischen Überlieferung. Konfuzius' Ausspruch: »Zuviel ist ebenso falsch wie zu wenig« zeigt das Streben nach Einklang und Harmonie.[6] So wie in chinesischen und Maya-Mythen der Kosmos die menschliche Ordnung vorgibt, drückt sich die anzustrebende Einheit von Mensch und Natur auch im griechischen Denken aus. Die Lehren Buddhas und des Hinduismus enthalten damit verwandte Grundsätze.

Nach dem hethitischen Sukzessionsmythos unterwerfen jüngere Göttergenerationen ältere. Auch wenn es dadurch in den – mit ihnen verwandten – griechischen Mythen zu Grausamkeiten wie Uranos' Entmannung kommt, streben herrschende Götter wie Zeus grundsätzlich danach, die Ordnung der Welt zu bewahren, Extreme zu vermeiden. So bemüht Zeus sich nach den Texten der *Ilias* um einen Ausgleich der Kriegsparteien in Troia, will für keine Seite eine völlige Niederlage. Die Götter bewirken auch, dass die Achäer als Bezwinger von Troia nicht unbeschadet in Siegesrausch verfallen, sondern viele von ihnen durch eigene Verfehlungen auf der Heimfahrt umkommen, bei der Rückkehr ermordet werden, wie ihr Anführer Agamemnon, oder unter langen Irrfahrten leiden wie Odysseus.

Der verderbliche Kriegsgott Ares und die Liebesgöttin Aphrodite kreuzen sich gar, und Harmonia wird geboren. Bereits der Name ist symbolisch. Als ein mischgeschlecht-

6 Konfuzius, *Gespräche*, hrsg. und übers. von R. Moritz, Stuttgart 1998 (Reclams Universal-Bibliothek, 9656), S. 188 (*Gespr.* XI,16).

liches Wesen gilt Hermaphroditos, der Sohn von Hermes und Aphrodite. Extreme verbinden sich miteinander.

Die geistige Toleranz in früher griechischer Zeit wurzelt wohl auch, bedingt durch Handel und Schiffahrt, in der geographischen Lage des Landes als Mittler- und Durchgangsgebiet. Statt nur das Eigene zu befestigen und sich dogmatisch von Fremdem abzuschotten, war man offen für Überlieferungen wie ägyptische, mesopotamische, hurritische, übernahm andere Mythen und Götter und fügte sie in das eigene Pantheon ein wie vermutlich Apollon und Dionysos. In vielem setzten die Römer diese Tradition fort. Nach dem Sieg über die Ägypter opferte Augustus deren damaliger Hauptgöttin Isis.

Wie Herodot hervorhebt, haben Hesiod und Homer den Griechen ihre Götterwelt geschaffen[7] und mit deren Mythen auch ihre Geisteswelt, die trotz mancher Mythenkritik späterer Philosophen wie Platon oder Aristoteles nicht nur die Klassik des 5. Jahrhunderts mit beseelte. Dazu gehört neben den einmaligen künstlerischen Leistungen besonders die Demokratie; sie ist Vorbild noch für uns heute. Der Rat der Götter tagte auf dem Olymp. Heerführer beriefen, wie in der *Ilias* geschildert, vor Entscheidungen die Heeresversammlung ein. Odysseus' Sohn rief zur Volksversammlung auf. Trotz aller autoritären Macht herrschender Götter oder Könige liegen also im Mythos die Wurzeln für die spätere attische Demokratie, wobei die Tyrannis als deren Gegensatz ebenfalls unsere heutige Begrifflichkeit bestimmt.[8]

7 *Herodots Historien* II,35, Erster Bd., Bücher I–V, Zürich 1995, S. 247.
8 Im siegreichen Kampf der griechischen Demokratie gegen die Perser und ihren Despotismus verzichteten die Griechen darauf, die Unterlegenen zu verfolgen und ganz zu vernichten und schufen so

Wie nahe sich Götter und Menschen sind, zeigt sich schon daran, dass das früheste Menschengeschlecht bereits im Goldenen Zeitalter lebte, noch bevor die Olympischen Götter unter Zeus regierten, also während der Herrschaft des Kronos. Später wurde den Unsterblichen das auch für sie geltende Schicksal prophezeit: Nicht ihnen allein, sondern nur mit Hilfe von Sterblichen wie Herakles gelänge es, ihre Weltfeinde, die Giganten, zu töten. Auch im Troianischen Krieg entschieden nicht nur die auf seiten der Achäer kämpfenden Götter wie Athena, Poseidon den Sieg über Troia, sondern für die Eroberung der Stadt waren bestimmte Menschen nötig, wie Achilleus' Sohn Neoptolemos. Zeus verpflichtete Apollon als Buße, ein Jahr lang unter den Menschen zu schuften.

Dass Götter die Gestalt von Menschen annehmen wie Athena die des Bruders von Hektor, um ihn zu täuschen, zeigt ihre enge Beziehung. Menschen wie König Tantalos werden auf den Olymp zum Mahle der Götter geladen, ein Heros wie Herakles oder gar ein Arzt wie Asklepios zum Gott erhoben. Auch die antiken griechischen Bildhauer gaben den Göttern Menschengestalt.

Auf die Verwandtschaft der griechischen mit ägyptischen, orientalischen und indischen Mythen wurde oft verwiesen. Wir beziehen die häufig zu wenig beachteten germanischen ein.[9] Auch mit denen im *Popol Vuh*, der wichtigs-

Voraussetzungen für eine spätere Machtteilung in kleinasiatischen Gebieten.

9 *Germanische Götter- und Heldensagen*, nach den Quellen neu erzählt von R. Tetzner, Stuttgart 1997 (auch Reclams Universal-Bibliothek, 8750, 8751).

ten erhaltenen Schrift jener Zeit auf dem amerikanischen Kontinent, überlieferten Mythen der Yucatan-Maya bestehen Gemeinsamkeiten.[10] Wenn der Religionswissenschaftler Helmuth von Glasenapp die enge Verwandtschaft von indischer und chinesischer Weltanschauung hervorhebt und betont, dass Hindus, Buddhisten, Konfuzianer und Taoisten gleicherweise ein natürliches und moralisches Weltgesetz annehmen,[11] so kann man wohl die griechischen und germanischen Mythen einschließen. Denn dem *rita* der alten Inder und dem *tao* der Chinesen sind das mit den Nornen verbundene germanische *wyrd* und das mit den Moiren verknüpfte heilige Schicksal der alten Griechen verwandt. In dem sogar das Handeln der Götter bestimmenden Weltgesetz kommt die grundsätzliche Einheit von Natur, Unsterblichen und Sterblichen zum Ausdruck. Die Religionsstifter Buddha, Konfuzius, Laotse, Zarathustra wirkten etwa in derselben Epoche wie Homer, Hesiod und die ionischen Naturphilosophen wie Thales und Anaximander oder Pythagoras, also zwischen 750 und 500 v. Chr.

Gemeinsamkeiten der großen Kulturen zeigen sich zum Beispiel im Paar der Urgötter, einem Himmelsgott und einer Erdgöttin; also *Uranos* und *Gaia* bei den Griechen,

10 Wolfgang Cordan, der über die Kulturen Vorderasiens gearbeitet hatte, dann Jahre unter den Indios lebte, gelang es erstmals, die Schriftsprache der Maya zu entschlüsseln und das *Popol Vuh* aus der Originalsprache zu übertragen. Auf seine Vergleiche von Maya-Mythen mit griechischen, die aus seiner unmittelbaren Erfahrung stammen, beziehen wir uns. – *Popol Vuh, das Buch des Rates. Mythos und Geschichte der Maya*, aus dem Quiché übertr. und erl. von W. Cordan, München [8]1993.

11 H. v. Glasenapp, *Die fünf Weltreligionen*, München 2001, S. 209.

Wodan-Odin und *Jörd* bei den Germanen, *Herz des Himmels* und *Gefiederte Schlange* bei den Yucatan-Maya, der *Himmel* als Urgrund und Vater, die *Erde* als Mutter (Konfuzius) bei den Chinesen.[12] Die im Text und den Anmerkungen berührten Vergleiche sind lediglich eine kleine Auswahl und können zu weiteren Verknüpfungen anregen.

Die Gemeinsamkeiten der griechischen Mythologie mit der anderer Kulturen wurden aus folgenden Gründen hervorgehoben. Viele griechische Mythen sind von solch allgemein menschlicher Art, dass bestimmte ihrer Grundmuster mit Mythen anderer Regionen übereinstimmen. Insofern repräsentieren viele griechische Mythen, ohne dass wir die anderer Kulturen zurücksetzen wollen, menschliche Urerfahrungen überhaupt. Da die griechische Mythologie reichhaltig und differenziert entwickelt und relativ gut überliefert und zugänglich ist, wirkt sie modellhaft für eine bestimmte Phase der Weltkultur. Auch ein zweiter Gesichtspunkt gewinnt zunehmend an Bedeutung. Für die heutige westliche Kultur mit der Weltsprache Englisch bilden die indoeuropäischen Mythen wie die griechischen und die damit verwandten germanisch-angelsächsischen die kulturelle und historische Grundlage.

Die griechische Plastik, Literatur, die Vasenmalerei, das Theater verarbeiten die Mythen nicht nur stofflich, sondern sie leben von mythischer Erfahrung. Wie sich das Theater aus den Kultspielen entwickelte – darauf wurde bereits hingewiesen. Die im 19. Jahrhundert wiederaufgenommenen Olympischen Spiele beruhen auf den zur Zeit Homers begonnenen Kultspielen, die zu Ehren des Zeus

12 Ebenda, S. 148.

776 v. Chr. in Olympia offiziell begannen, ca. 1000 Jahre fast regelmäßig alle 4 Jahre stattfanden und erst nach 393 n. Chr. vom christlichen römischen Kaiser Theodosius I. als heidnischer Kult verboten wurden.

Die griechische Kultur wurde, vor allem über die Vermittlung des Römischen Reiches, zur Grundlage der westlichen Gesellschaft und Zivilisation. Die Römer haben Götternamen und Mythen weitgehend aus dem Griechischen transkribiert. Im Anhang wird das bei einigen Namen gezeigt. Griechische Architektur, Plastik, Literatur, Philosophie, Mathematik, die politische Kultur gelangten über Rom in das moderne Europa. Die Renaissance begann in Italien und bemühte sich um die Wiederbelebung der Antike. Daran knüpfte der europäische Humanismus an. Man fasste dabei die griechische Tradition nicht als Affront, sondern als »Ergänzung« zum Christentum auf. Verwiesen sei auf die Malerei zur Zeit von Tizian, Leonardo, Albrecht Dürer. Nicht nur Dante oder Shakespeare, auch die deutsche Klassik mit Goethe und Schiller knüpften bei den Griechen an, von der modernen Literatur sei lediglich der *Ulysses* von James Joyce erwähnt. Zahlreiche Opern- und Operettenstoffe wie *Orpheus und Eurydike* leben von griechischen Mythen. Diese wirken allerdings nicht nur über die Rezeption von Kunst und Literatur bis heute. Markante Architektur wie die in Paris, Washington, die von Schinkel entworfenen Bauten in Berlin verwenden Elemente der Griechen. Vieles Mythische floss über die Allgemeinbildung in das Alltagsbewusstsein ein. Aus Freuds Beschäftigung mit der griechischen Tradition wissen wir vom bereits sprichwörtlichen »Ödipuskomplex«. Begriffe wie »Achillesferse«, »Sisyphosarbeit«, »Tantalosqualen«, »Herkuleskeule« gehören heute zum Alltag. Supermänner, die die Handlung bestimmter Filme beherrschen, haben Herakles als Vorbild. Erwähnt seien nur noch geografische Namen wie »Europa«, »Asia«, Sternbilder wie »Orion«, »Kassiopeia« und vor allem die zahlreichen wissenschaftlichen Grundbegriffe unserer modernen Welt wie »Physik«, »Biologie«, »Philosophie«. Weitere Ausführungen zur Rezeption würden diesen Rahmen sprengen.

Den griechischen Mythen fehlt, wie den germanischen, ein verbindlicher Text wie die Bibel für die Christen oder der Koran für die Muslime. Schon deshalb, weil die überkommenen griechischen Mythen schon bald nicht mehr als Textvorschriften dem Kultus dienten, sondern früh zur Dichtung wurden, was die weitverzweigten Genealogien belegen.

Die griechischen Mythen liegen in Texten aufeinanderfolgender Zeiten zahlreicher Autoren, mit jeweils mehreren Überlieferungsschichten verschiedener Orte vor, so dass für unsere Gliederung eine bestimmte Auswahl zu treffen war. Da die mythischen Geschichten miteinander verbunden sind, oft einer Chronologie widersprechen, was eine Systematik erschwert, waren wir gezwungen, zum Beispiel Herakles zuerst den Göttern in der Schlacht gegen die Giganten beistehen zu lassen, jedoch seine Geburt erst später zu beschreiben.

Die griechische Mythologie mag uns als ein kunterbuntes, für den systematischen Verstand oft widersprüchliches Geflecht von Geschichten erscheinen, als ein Konglomerat, was die Griechen wohl nicht als Verstoß gegen ihre Logik empfanden, sondern sie sahen in ihren unterschiedlichen Versionen lediglich die Vielfältigkeit des Göttlichen und dessen Erscheinungen.

Auf den ersten Blick mag es den Eindruck erwecken, wir hätten den Unsterblichen ungenügend Raum zugebilligt, doch da menschliches Handeln stets himmlischen Ursprungs ist, zeigt sich darin griechisches Weltverständnis am wahrhaftigsten.

Es ist also nahezu unmöglich, die Geschichten streng in ihrer zeitlichen Reihenfolge zu erzählen. So nahmen fast alle Helden sowohl am Argonautenzug wie an der Kalydonischen Jagd teil und versammelten sich zu den Leichenspielen des Pelias. Dass sich viele Überlieferungen nicht nur in ihrer Reihenfolge widersprechen, sondern oftmals geradezu ausschließen, macht eine Neuerzählung noch komplizierter. Die Griechen fanden das vielleicht sogar reizvoll, während wir heute dazu neigen, viel analytischer und rationaler zu urteilen. Deshalb entschieden wir uns für die Tradition, die sich am unproblematischsten in das gewählte Gesamtgerüst einfügt (oder harmonisieren widersprüchliche Stränge wie zum Beispiel bei der Menschheitsentstehung). Dennoch werden zeitliche Unstimmigkeiten auffallen, wie bei Theseus in der Unterwelt. Wir versuchen diesem Problem zu begegnen, indem wir in genealogischer Reihenfolge erzählen. Doch auch diese zweite Systematisierung erwies sich als unzureichend, und so nutzten wir mit dem örtlichen ein drittes Prinzip, um auch Geschichten etwa aus Böotien oder Kleinasien einbeziehen zu können.

In den meisten Fällen ist die Tradition, an die wir uns halten, die Haupttradition, und wir merken nur vereinzelt abweichende Überlieferungen an. In wenigen Fällen entschieden wir uns gegen die Haupttradition, wenn beispielsweise Herakles den Gürtel der Hippolyte gewinnt, indem er ein Blutbad unter den Amazonen anrichtet. Denn von Kämpfen gegen die Amazonen berichten wir bereits bei Theseus und während des Troianischen Krieges. Um derartige Überschneidungen oder Wiederholungen möglichst zu vermeiden, erzählen wir nur eine Geschichte ausführlich, wie zum Beispiel bei Philemon und Baukis, während der ähnliche Vorgang bei Orion nur kurz erwähnt wird. Freiheiten erlauben wir uns lediglich bei den zwölf Arbeiten des Herakles, wo das Hauptaugenmerk mehr auf dem psychologisch interessanten Konflikt zwischen einem schwächlichen König und seinem kraftvollen »Diener« liegt, was so in den Quellen kaum ausgeführt ist. Im Übrigen bleiben wir so nah wie möglich an den Ursprungstexten.

Die Mythen wurzeln in bestimmten geographischen Räumen der damaligen Zeit. Wir legen Wert auf Lokalisation, wo immer sie sich rechtfertigen lässt, nicht nur um dem Leser eine Art mythischen Reiseführer an die Hand zu geben, sondern dem frühen griechischen Weltbild zu folgen, das von mythischen Geschichten und mythischen Gestalten besonders bei Kolonisationserzählungen dominiert war. Wenn die Griechen nahezu jede Stadt, jeden Landstrich von ihren Helden gegründet oder zivilisiert sahen, beruht das nicht auf »mythischem Imperialismus«, sondern diente ihrem Verständnis der Welt.

Für bestimmte Gestalten werden oft eine Vielzahl von Eltern oder Kindern angegeben. Auch hier entschieden wir uns für die »logischste« und/oder die wichtigste Überlieferung. So verlangt zum Beispiel die prominente Heraklesgeschichte Atlas als Vater der Hesperiden und nicht den Erebos, Phorkys oder Zeus. Wo abweichende Traditionen dennoch wichtig sind, merken wir sie an.

So vielgestaltig die griechische Mythologie auch ist, neben den Göttergeschichten zeichnen sich doch einige Hauptstränge ab. Außer von dem großen Helden Herakles wird ausführlich über Theseus' und Perseus' Taten berichtet. Auch wenn die Griechen mit der Argonautenfahrt und der Odyssee von zwei Abenteuerfahrten wussten, geben wir Homers Schilderung weit mehr Raum, da Apollonios' dichterische Gestaltungskraft nicht an die Homerische heranreicht. Von den verschiedenen Sagenkreisen treten besonders die um Theben und Troia hervor. Um beide Städte wurden mythische Schlachten der Frühzeit geschlagen. Doch dem Troianischen Krieg mit seinen Wurzeln und seinen Folgen gilt unsere besondere Aufmerksamkeit. Der Respekt vor der *Ilias* und der *Odyssee* gebietet auch entsprechende Ausführlichkeit. Historische Lebensumstände und Alltag werden hier bildhaft.

Obwohl wir einen modernen Zugang zum Stoff wählen, vermeiden wir eine geglättete, oder umgangssprachliche Darstellung, sondern bemühen uns, etwas vom Archaischen, dem Glanz und dem Geheimnis des Mythischen zu bewahren, und suchen eine Mitte zwischen dem »Ungefügen« der alten Geschichten und zeitweiligem Sarkasmus. Dennoch versteht sich das Buch sowohl in Sprache wie Stoffauswahl als eine moderne Neuerzählung. In älteren Darstellungen wie der Gustav Schwabs wurden zuweilen einzelne Geschichten verändert oder ganz verschwiegen, wenn sie auf moralische Bedenken wie die über die Treue von Odysseus und seiner Ehefrau Penelope stießen. Man mag es uns nachsehen, wenn wir den »Bierernst« vermeiden, mit dem beispielsweise die Jungfräulichkeit Athenas verteidigt wurde.

Weiterhin machen wir aufmerksam auf die Verknüpfung der Mythen, weisen hin auf Begebenheiten der Geschichte, Kunst und religiöse Einflüsse, das Geschlechtsleben der Griechen sowie die Rezeption. Bei der Schreibung der Namen richteten wir uns weitgehend nach der heute gebräuchlichen Form.

Unsere Auswahl – Vollständigkeit ist ausgeschlossen – berücksichtigt die heute für die Allgemeinbildung und die Interessierten aller Fachgebiete wichtigen Stoffe und Gestalten, wobei wir durch Anmerkungen, Stammtafeln, Literaturhinweise usw. auch ein kleines Nachschlagewerk bieten.

Lateinische Entsprechungen wichtiger griechischer Götter

Apollon	Apollon
Aphrodite	Venus
Ares	Mars
Artemis	Diana
(Asklepios	Aesculap)
Athena	Minerva
Demeter	Ceres
Dionysos	Bacchus
Eos	Aurora
Eros	Amor
Hades	Pluto
Helios	Sol (später mit Apollon gleichgesetzt)
Hephaistos	Vulkan
Hera	Juno
(Herakles	Hercules)
Hestia	Vesta
Hermes	Merkur
Kronos	Saturn
Persephone	Proserpina
Poseidon	Neptun
Selene	Luna (später mit Diana gleichgesetzt)
Zeus	Jupiter

Stammtafeln

Fettdruck: zum väterlichen Stammbaum gehörig
Kursivdruck: nicht zum Stammbaum gehörig
Fettdruck GROSSBUCHSTABEN: die wichtigsten Personen innerhalb des Stammbaums
Unterstrichen: Götter, göttliche Wesen
GROSSBUCHSTABEN in Klammern: Verweise auf andere Stammtafeln

Tafel A: Entstehung der Welt

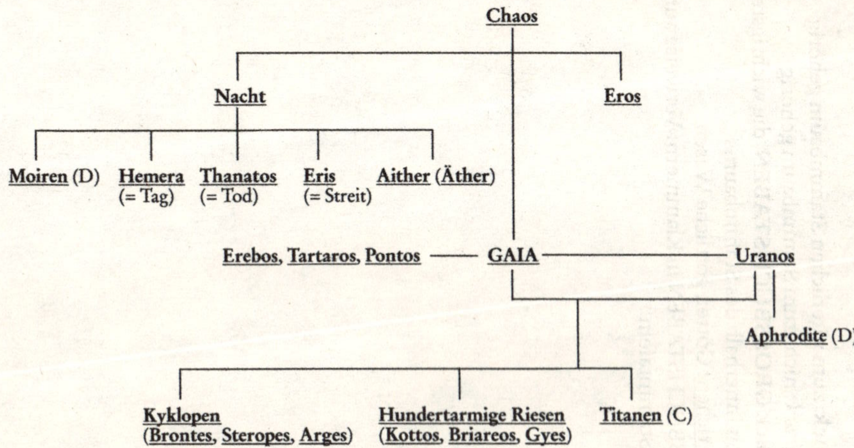

Tafel B: Kinder des Pontos

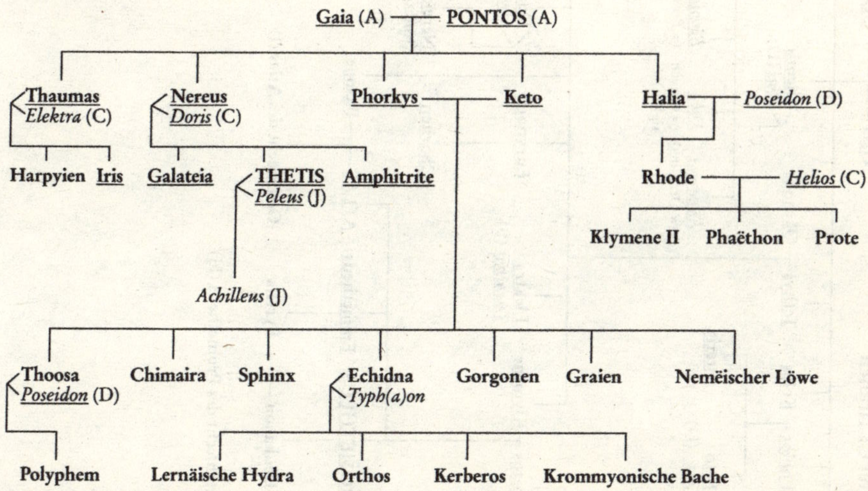

Tafel C: Titanen

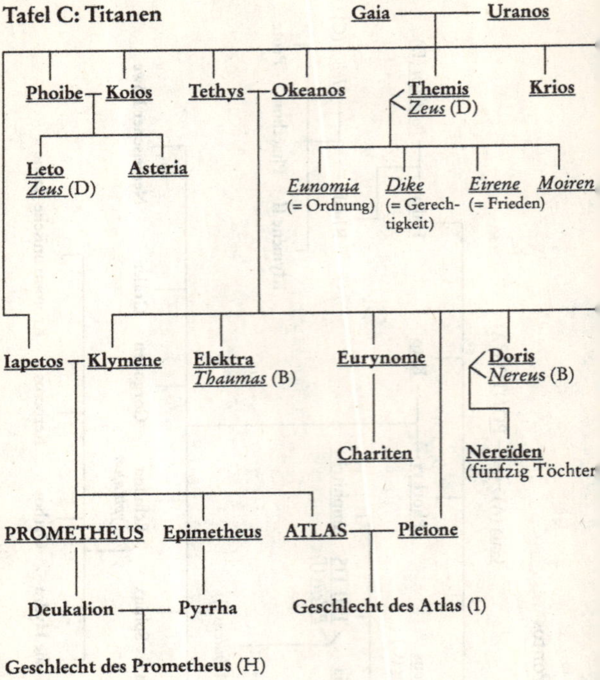

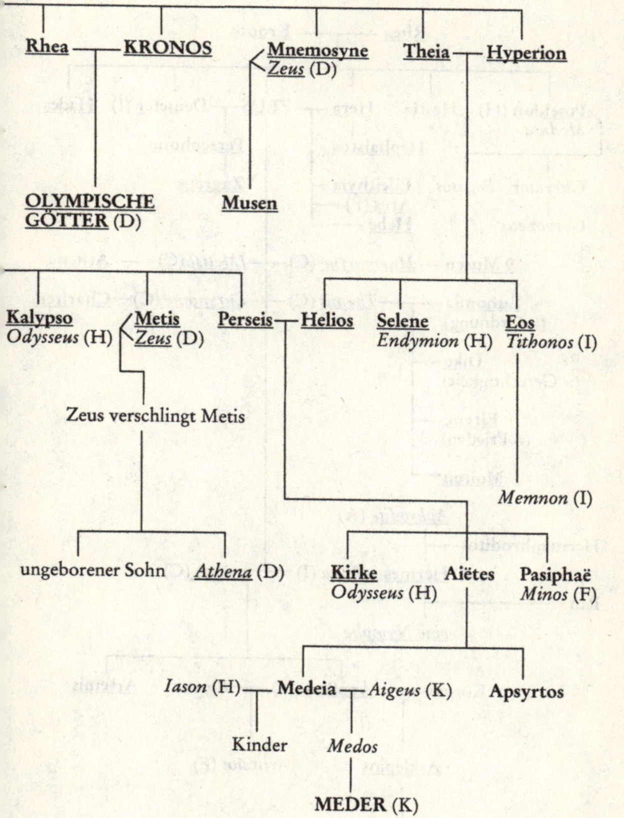
Rhea
KRONOS
Mnemosyne
Zeus (D)
Theia
Hyperion
OLYMPISCHE GÖTTER (D)
Musen
Kalypso
Odysseus (H)
Metis
Zeus (D)
Perseis
Helios
Selene
Endymion (H)
Eos
Tithonos (I)
Zeus verschlingt Metis
Memnon (I)
ungeborener Sohn
Athena (D)
Kirke
Odysseus (H)
Aiëtes
Pasiphaë
Minos (F)
Iason (H)
Medeia
Aigeus (K)
Apsyrtos
Kinder
Medos
MEDER (K)

Tafel D: Olympische Götter

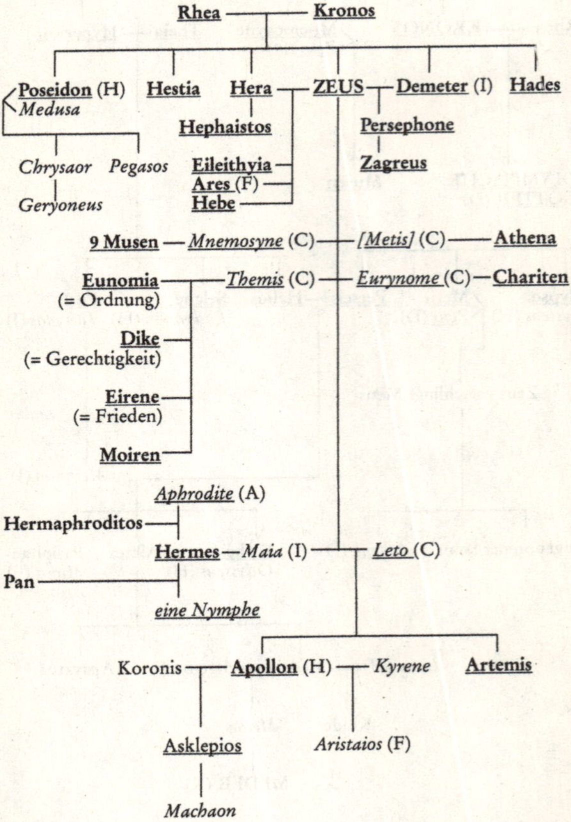

Tafel E: Abstammung der Heroengeschlechter

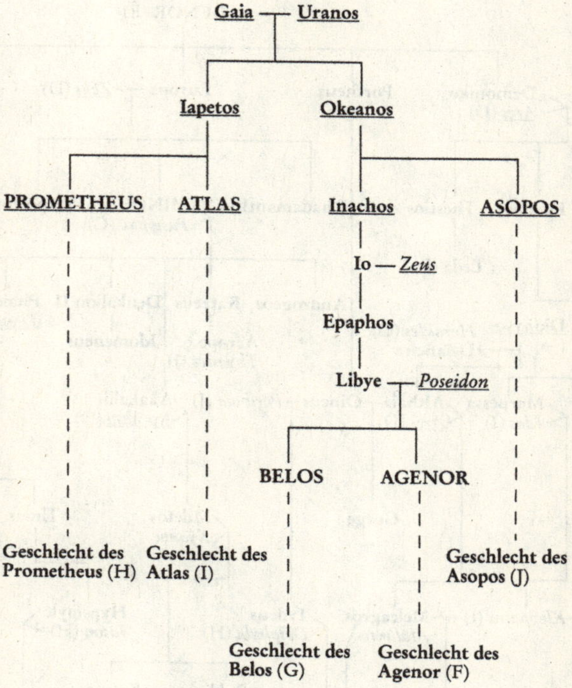

Tafel F: Das Geschlecht der Agenor

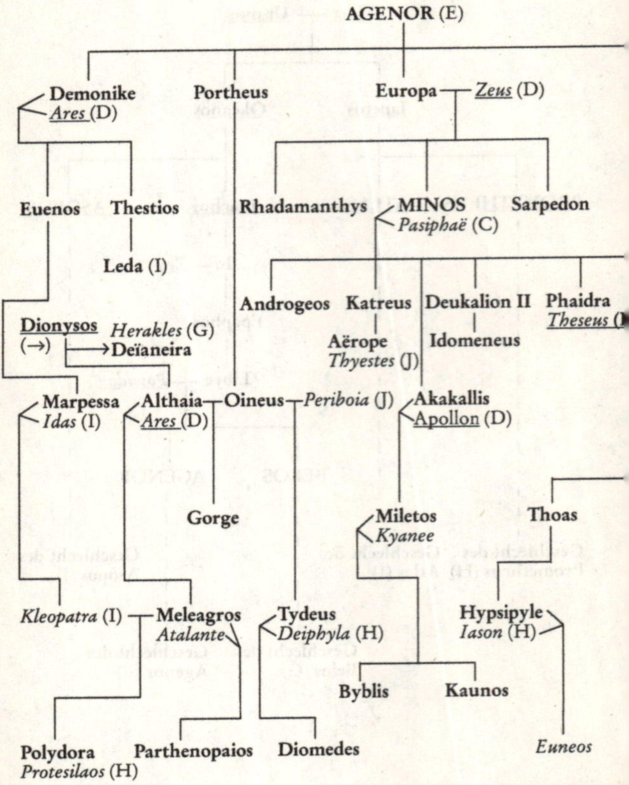

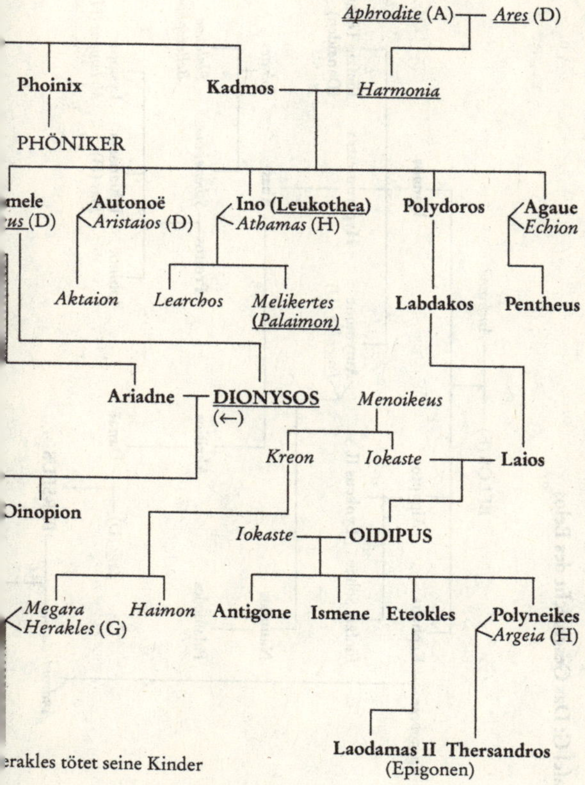
Aphrodite (A)
Ares (D)
Phoinix
Kadmos
Harmonia
PHÖNIKER
mele
us (D)
Autonoë
Aristaios (D)
Ino (Leukothea)
Athamas (H)
Polydoros
Agaue
Echion
Aktaion
Learchos
Melikertes
(Palaimon)
Labdakos
Pentheus
Ariadne
DIONYSOS
(←)
Menoikeus
Kreon
Iokaste
Laios
Oinopion
Iokaste
OIDIPUS
Megara
Herakles (G)
Haimon
Antigone
Ismene
Eteokles
Polyneikes
Argeia (H)
Laodamas II
Thersandros
(Epigonen)
erakles tötet seine Kinder

Tafel G: Das Geschlecht des Belos

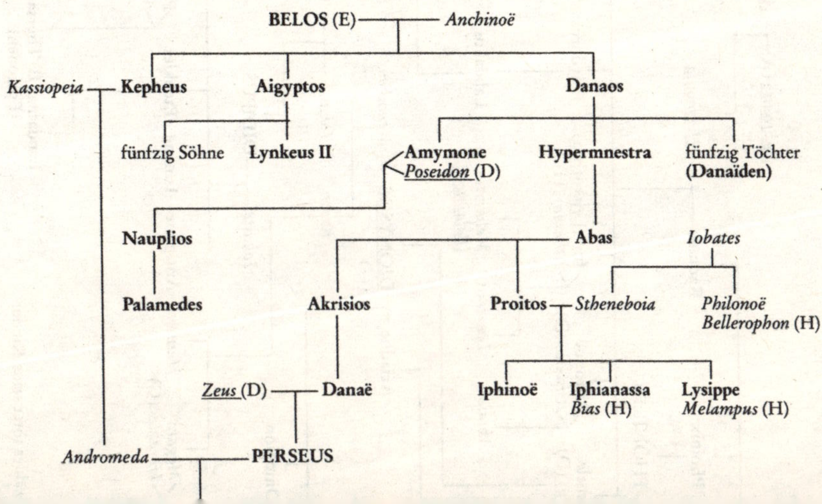

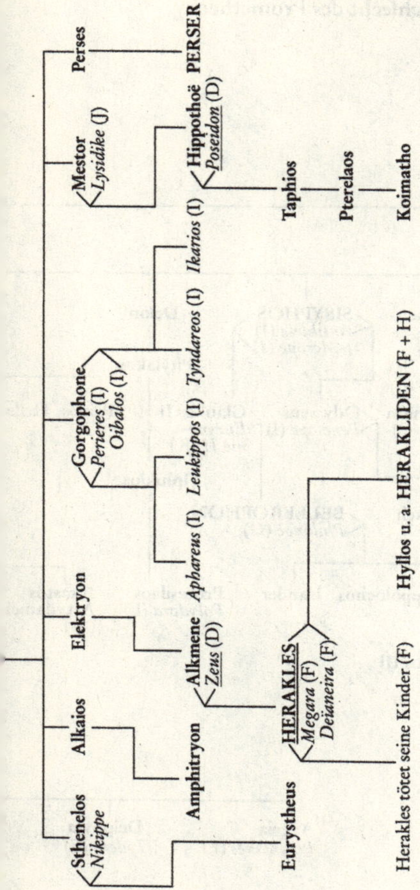
Sthenelos
Nikippe
Alkaios
Elektryon
Gorgophone
Perieres (I)
Oibalos (I)
Mestor
Lysidike (J)
Perses
Eurystheus
Amphitryon
Alkmene
Zeus (D)
Aphareus (I)
Leukippos (I)
Tyndareos (I)
Ikarios (I)
Hippothoë
Poseidon (D)
PERSER
HERAKLES
Megara (F)
Deïaneira (F)
Taphios
Pterelaos
Koimatho
Herakles tötet seine Kinder (F)
Hyllos u. a. HERAKLIDEN (F + H)

Tafel H: Das Geschlecht des Prometheus

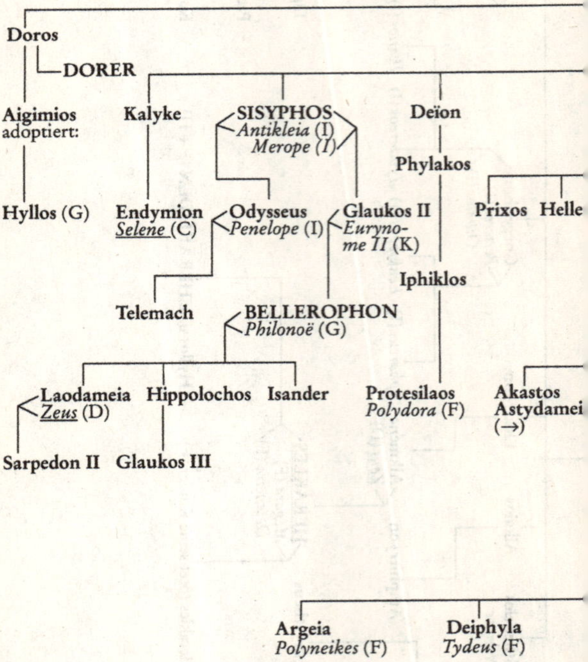

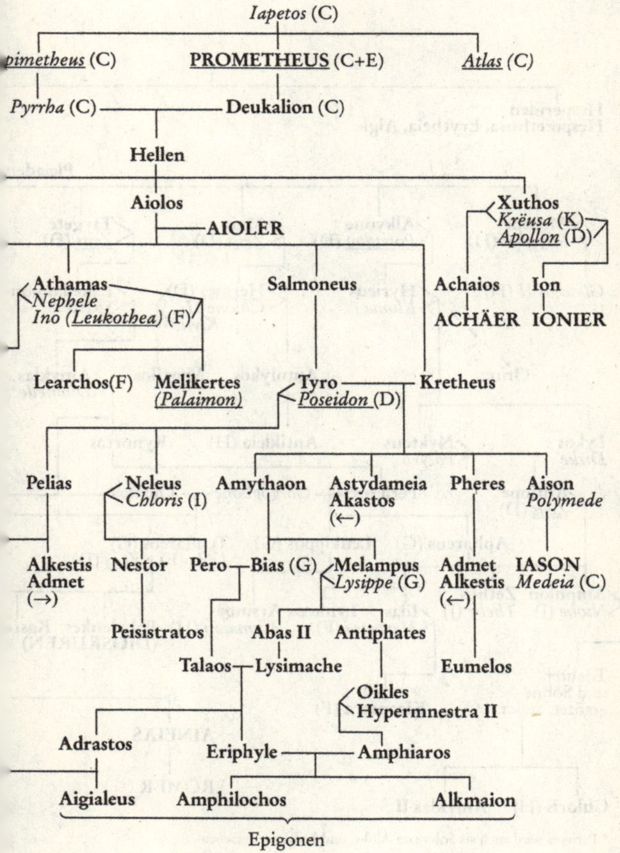
Iapetos (C)
pimetheus (C)
PROMETHEUS (C+E)
Atlas (C)
Pyrrha (C)
Deukalion (C)
Hellen
Aiolos
AIOLER
Xuthos
Krëusa (K)
Apollon (D)
Athamas
Nephele
Ino (Leukothea) (F)
Salmoneus
Achaios
Ion
ACHÄER
IONIER
Learchos(F)
Melikertes
(Palaimon)
Tyro
Poseidon (D)
Kretheus
Pelias
Neleus
Chloris (I)
Amythaon
Astydameia
Akastos
(←)
Pheres
Aison
Polymede
Alkestis
Admet
(→)
Nestor
Pero
Bias (G)
Melampus
Lysippe (G)
Admet
Alkestis
(←)
IASON
Medeia (C)
Peisistratos
Abas II
Antiphates
Talaos
Lysimache
Eumelos
Oikles
Hypermnestra II
Adrastos
Eriphyle
Amphiaros
Aigialeus
Amphilochos
Alkmaion
Epigonen

Tafel I: Das Geschlecht des Atlas

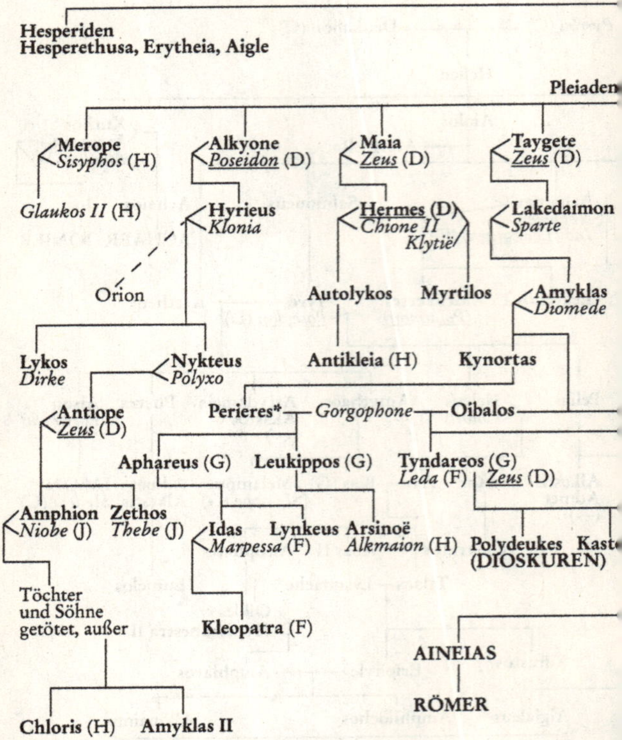

* Perieres wird auch als Sohn von Aiolos und Enarete angesehen

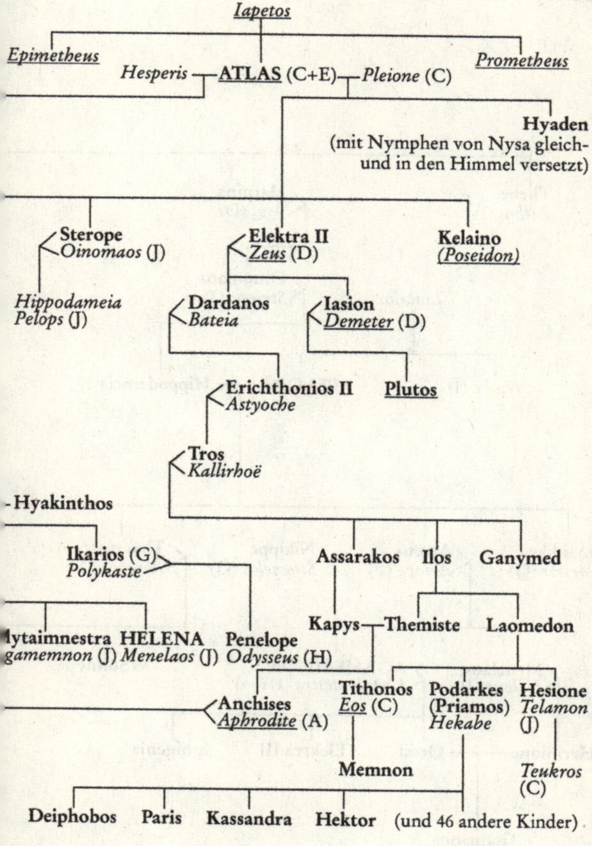

Iapetos
Epimetheus
Prometheus
Hesperis
ATLAS (C+E)
Pleione (C)
Hyaden
(mit Nymphen von Nysa gleich- und in den Himmel versetzt)
Sterope
Oinomaos (J)
Elektra II
Zeus (D)
Kelaino
(Poseidon)
Hippodameia
Pelops (J)
Dardanos
Bateia
Iasion
Demeter (D)
Erichthonios II
Astyoche
Plutos
Tros
Kallirhoë
- Hyakinthos
Ikarios (G)
Polykaste
Assarakos
Ilos
Ganymed
lytaimnestra
gamemnon (J)
HELENA
Menelaos (J)
Penelope
Odysseus (H)
Kapys
Themiste
Laomedon
Anchises
Aphrodite (A)
Tithonos
Eos (C)
Podarkes
(Priamos)
Hekabe
Hesione
Telamon
(J)
Memnon
Teukros
(C)
Deiphobos
Paris
Kassandra
Hektor
(und 46 andere Kinder)

Tafel J: Das Geschlecht des Asopos

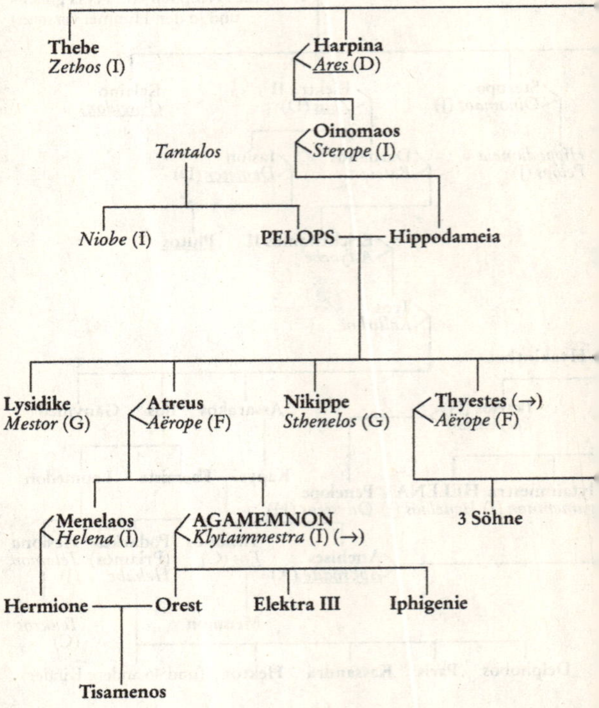

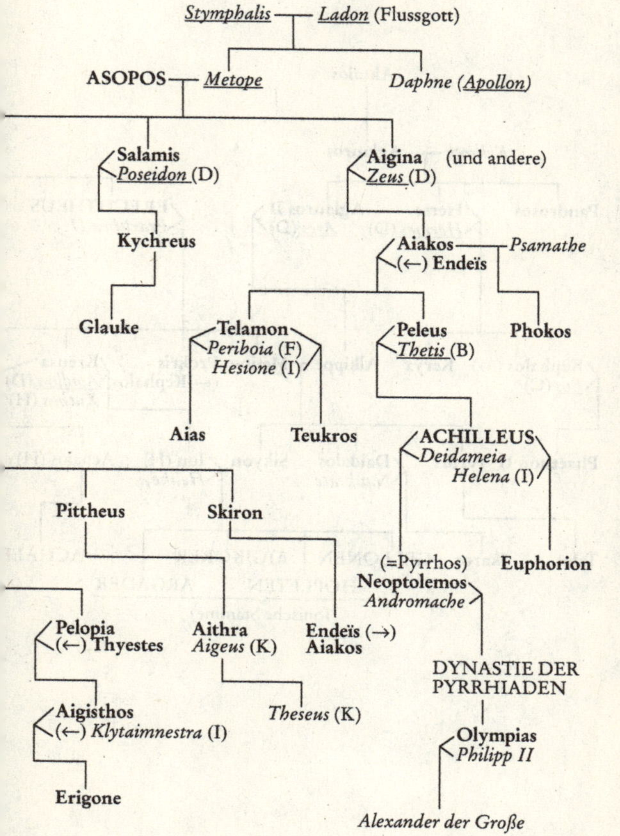
Stymphalis — Ladon (Flussgott)
ASOPOS — Metope
Daphne (Apollon)
Salamis
Poseidon (D)
Aigina
Zeus (D)
(und andere)
Kychreus
Aiakos — Psamathe
(←) Endeïs
Glauke
Telamon
Periboia (F)
Hesione (I)
Peleus
Thetis (B)
Phokos
Aias
Teukros
ACHILLEUS
Deidameia
Helena (I)
Pittheus
Skiron
(=Pyrrhos)
Neoptolemos
Andromache
Euphorion
Pelopia
(←) Thyestes
Aithra
Aigeus (K)
Endeïs (→)
Aiakos
DYNASTIE DER PYRRHIADEN
Aigisthos
(←) Klytaimnestra (I)
Theseus (K)
Olympias
Philipp II
Erigone
Alexander der Große

Tafel K: Athen

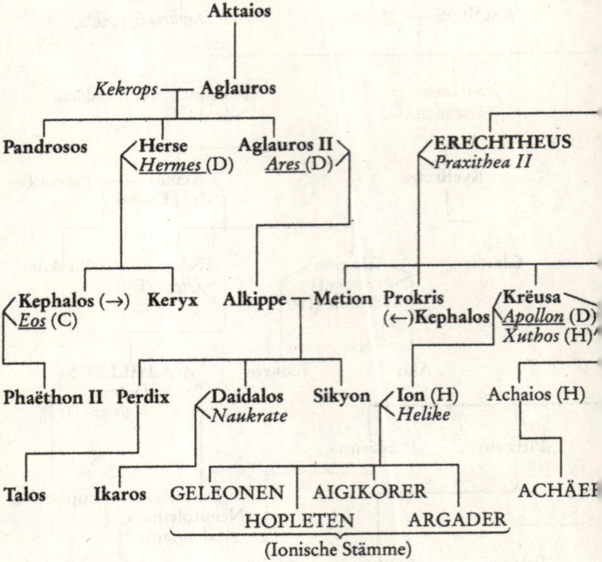

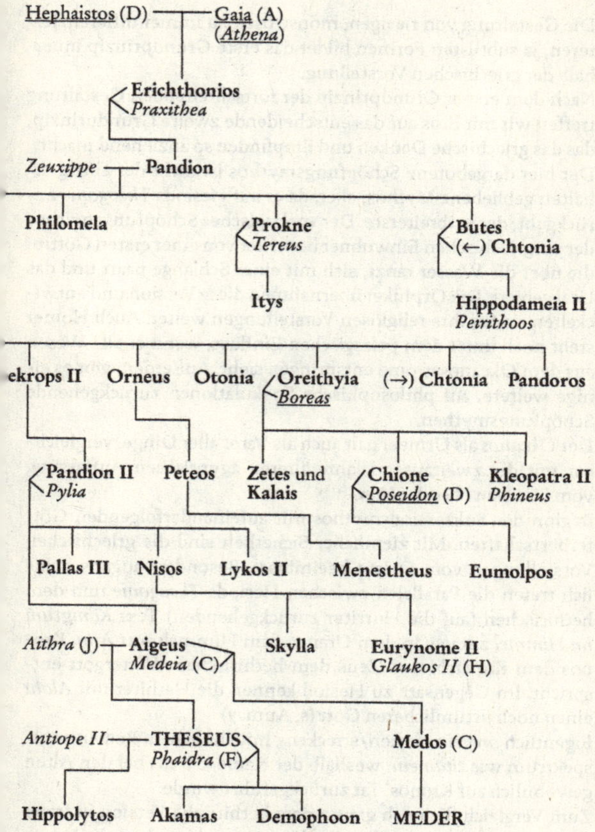
Hephaistos (D)
Gaia (A)
(Athena)
Erichthonios
Praxithea
Zeuxippe
Pandion
Philomela
Prokne
Tereus
Butes
(←) Chtonia
Itys
Hippodameia II
Peirithoos
ekrops II
Orneus
Otonia
Oreithyia
Boreas
(→) Chtonia
Pandoros
Pandion II
Pylia
Peteos
Zetes und Kalais
Chione
Poseidon (D)
Kleopatra II
Phineus
Pallas III
Nisos
Lykos II
Menestheus
Eumolpos
Aithra (J)
Aigeus
Medeia (C)
Skylla
Eurynome II
Glaukos II (H)
Antiope II
THESEUS
Phaidra (F)
Medos (C)
Hippolytos
Akamas
Demophoon
MEDER

Anmerkungen

1 Die Gestaltung von riesigen, monströsen zu immer differenzierteren, ja subtilsten Formen bildet das erste Grundprinzip innerhalb der griechischen Vorstellung.

2 Nach dem ersten Grundprinzip der fortschreitenden Gestaltung treffen wir mit Eros auf das entscheidende zweite Grundprinzip, das das griechische Denken und Empfinden so anziehend macht.

3 Der hier dargebotene Schöpfungsmythos ist nicht der einzig erhalten gebliebene Mythos, aber, da er auf Hesiods *Theogonie* zurückgeht, der verbreitetste. Der »pelasgische« Schöpfungsmythos der vorgriechischen Einwohner berichtet von einer ersten Göttin, die über die Wasser tanzt, sich mit einer Schlange paart und das Urei gebiert. Die Orphiker übernahmen diese Version und entwickelten sie für ihre religiösen Vorstellungen weiter. Auch Homer steht noch unter dem pelasgischen Einfluss, wenn er alle Wesen aus dem Okeanosstrome entspringen sieht. Außerdem gibt es einige weitere, auf philosophische Spekulationen zurückgehende Schöpfungsmythen.

4 Der *Okeanos* als Urmeer galt auch als Vater aller Dinge, vergleichbar mit der zweitausend Jahre älteren ägyptischen Auffassung vom Urozean *Nu* oder *Nun*.

5 Beginn des Sukzessionsmythos mit aufeinanderfolgenden Götterherrschaften. Mit ziemlicher Sicherheit sind die griechischen Vorstellungen vom Orient beeinflusst. Besonders augenscheinlich treten die Parallelen zwischen Hesiods *Theogonie* und dem hethitischen (auf die Hurriter zurückgehenden) Text *Königtum im Himmel* zutage, in dem Uranos dem Himmelsgott *Anu*, Kronos dem *Kumarbi* und Zeus dem hethitischen Wettergott entspricht. Im Gegensatz zu Hesiod kennen die Hethiter mit *Alalu* einen noch urtümlicheren Gott (s. Anm. 7).

6 Eigentlich *orégein* ›recken/strecken‹, mit ähnlichem Bedeutungsspektrum wie *titáinein*, weshalb der Name »Titan« bei den Alten gewöhnlich auf Kronos' Tat zurückgeführt wurde.

7 Zum Vergleich die noch grausamere hethitische Version in freier Übersetzung: »In *Anus* Lenden biss *Kumarbi* und seines Vaters

Mannheit vermischte sich in seinem Inneren wie Bronze. Als der Sohn *Anus* Mannheit heruntergeschluckt hatte, da freute er sich und lachte.«

8 Man vergleiche Botticellis Gemälde *Geburt der Venus*. – Eine andere Überlieferung sah Aphrodite als Tochter von Zeus und Dione.

9 Vielleicht die schönste Aphroditestatue ist im Vatikan zu bewundern. Bei der Aphrodite von Knidos handelt es sich um eine römische Kopie der Marmorstatue von Praxiteles.

10 Galateia (II) ist nicht mit der Meeresnymphe gleichen Namens zu verwechseln; siehe Kapitel »Galateia und Polyphem«, S. 26.

11 Die Adonis-Mythe beschreibt einen weit verbreiteten Vegetationskult, den wir im ägyptischen *Osiris*-Kult wiederfinden. Verblüffend sind die Parallelen zum mesopotamischen Vegetationsgott *Dumuzi/Tammuz*, den die Liebesgöttin *Inanna/Itar* an die Unterwelt verliert. Sein Hinscheiden fällt in den Juni/Juli, den gleichen Zeitpunkt, den wir für Griechenland annehmen dürfen, wie wir auch auf eine alljährliche Rückkehr des *Dumuzi/Tammuz*/Adonis spekulieren können.

12 Vergleichbar damit wird in germanischer Überlieferung *Sol*, die Sonne, von den mythischen Pferden *Arsvidr* und *Arsvakr* gezogen.

13 Siehe Kapitel »Kybele und Attis«, S. 216.

14 *Kurétes* ›Jünglinge, Jungkrieger‹, schon in minoischer Zeit Begleiter der Geburtsgöttin *Diktynna*. Ihr apotropäischer Tanz hat seine Parallelen in den Korybanten des antiken Dionysoskreises sowie den tanzenden Derwischen im Kloster Mewlana (Konya) in der heutigen Türkei. Im alten Griechenland waren die Kureten die Vorbilder für die hoplitischen Männerbünde mit ihrer musischen Ausrichtung.

15 Nach germanischer Überlieferung nährt die mythische Ziege *Heidrun* mit Met aus ihrem Euter die Gefallenen, die sich in Walhall als *Einherier* auf den Kampf gegen die Weltfeinde vorbereiten.

16 Im Hinduismus unterliegen sie der Wiedergeburt, nur Hauptgötter wie *Brahma*, *Vishnu* und *Shiva* sind davon ausgenommen und gelten in diesem Sinne als unsterblich.

17 Das Grab des jährlich wiederkehrenden Gottes zeigte man in Delphi. Siehe Kapitel »Zagreus, der erste Dionysos«, S. 93.

18 Der Kampf der olympischen Götter gegen die Titanen, des Geordneten gegen die Mächte des Chaos, ist vergleichbar dem Kampf der germanischen Götter gegen die Riesen und dem der Götterzwillinge *Hunahpú* und *Ixbalanqué* mit den bloßen Naturkräften in den Maya-Mythen.

19 Dem Hades entspricht in germanischer Überlieferung die *Hel* und *Xibalbá* als Unterwelt bei den Yucatan-Maya.

20 Poseidon ist am eindrucksvollsten in der Bronzestatue aus Böotien dargestellt, die sich jetzt im Nationalmuseum von Athen befindet.

21 Nach der *Theogonie* Hesiods.

22 Als heiliger Trank galt bei den alten Indern *Soma*, bei den Germanen *Met*, bei den Yucatan-Maya *Balche*.

23 Sie wurde zum Inbegriff einer unzüchtigen Alten. Goethe lässt Baubo am Schluss der Walpurgisnacht im *Faust I* als Hexe auf einem Mutterschwein in Richtung Brocken reiten.

24 Cordan verweist auf die Verwandtschaft Persephones mit der indianischen Fruchtbarkeitsjungfrau *Ixquic*.

25 Von den Griechen als erste Kulturleistung angesehen. Historisch entspricht es dem Übergang zu Ackerbau und Viehzucht.

26 Die Eleusinischen Mysterien waren der bedeutendste Mysterienkult der Antike, der auch Frauen und Sklaven Zutritt erlaubte. Nach einer langwierigen Kulthandlung galt den Eingeweihten eine besondere Stellung im Totenreich als sicher. Die in den Mysterien vermittelten Eindrücke müssen so überwältigend gewesen sein, dass kaum jemand das Schweigegelübde zu übertreten wagte und wir nur wenig darüber wissen.

27 Die berühmte Statue des Ares Ludovisi findet man im Nationalmuseum von Rom.

28 Den Männern standen mit Knaben und Hetären alle Arten und Abarten sexueller Befriedigung zur Verfügung. Bei den antiken Prostituierten finden wir die gemeinen Huren ebenso wie die hochgebildeten Hetären. Innerhalb der Päderastie, die sich ausschließlich auf 12- bis 18-jährige Knaben bezog, stand eine Art

Mentorschaft im Vordergrund, in der zwar dem reiferen Mann, nicht aber dem Zögling sexuelle Erregung beim Schenkelverkehr eingeräumt wurde (anal penetriert zu werden galt als zutiefst demütigend).
Die ehrbaren Frauen waren nahezu im Haus eingeschlossen, also galten Heras Ansprüche uneingeschränkt nur für Frauen.

29 Die jungfräuliche Geburt Athenas aus unnatürlichen Organen bringt Cordan in Verbindung mit der von *Hunahpu'* durch Speichel auf der Hand der *Ixquic*.

30 Zum Beispiel im Westgiebel des Aphaia-Tempels aus Ägina, heute in der Staatlichen Antikensammlung zu München.

31 Dem Apollon verwandt ist im Germanischen der Gott *Balder*.

32 Es ist archäologisch erwiesen, dass Delphi ein uraltes vorapollinisches Orakel ist. Die mythologische Rückerinnerung hat auch bewahrt, dass vor dem Eintreffen der Indoeuropäer hier andere Götter verehrt wurden, die später von den griechischen überlagert wurden. Insbesondere Apollon steht darüber hinaus in dem wohl berechtigten Verdacht, dass er als ein nichtgriechischer noch später importiert wurde.

33 Aufgrund seiner Verwandtschaft zu den Delphinen erhielt Apollon den Beinamen Delphinios, Herr der Delphine.

34 Als die Athener anfragten, wie man ihre Stadt vor den Persern schützen könne, verstand Themistokles die erhaltene Antwort: »Baut eine Mauer aus Holz!« richtig und setzte alles auf den Seekrieg, was den gewaltigen Sieg der Griechen erst ermöglichte. Im Gegensatz dazu interpretierte Kroisos sein Orakel »Wenn du über den Halys schreitest, wirst du ein großes Reich zerstören!« fehl. Er überschritt den Fluss, griff das persische Imperium an und wurde besiegt. Er hatte nicht bedacht, dass auch sein Land Lydien ein großes Reich war.

35 Die Statue der klassischen Jagdgöttin ist als Artemis von Versailles im Louvre von Paris zu betrachten.

36 Die Listen der ›sieben Weltwunder‹ weichen voneinander ab. Neben dem Artemistempel von Ephesos werden meistens noch die ägyptischen Pyramiden, die Mauern Babylons, die hängenden Gärten der Semiramis, die Zeusstatue in Olympia, das Mausole-

um von Halikarnassos, die Heliosstatue auf Rhodos und manchmal auch der Leuchtturm auf Pharos genannt.

37 Manche berichten, Kallisto sei keine Nymphe gewesen, sondern Tochter des Lykaon (II). Dieser wölfische Herrscher wiederum war Sohn des autochthonen Pelasgos, des ersten Menschen in Arkadien. Pelasgos galt als Stammvater der Pelasger. In späterer Zeit gebrauchte man das Wort ›Pelasger‹ als Sammelname, unter dem die gesamte vorgriechische Bevölkerung zusammengefasst wurde.

38 Maia galt im Homer zugeschriebenen Hymnos als Nymphe, ansonsten als Göttin. Ihre Eltern waren Atlas und Pleione, und sie und ihre sechs Schwestern wurden Pleiaden genannt, von deren Begegnung mit Orion später noch zu berichten ist.

39 Die Statue des *Apollon Kitharodos*, des Leier spielenden Apollon, befindet sich im Vatikan.

40 Im Unterschied zum Urgott bei der Weltentstehung wurde Eros später oft als leichtsinniger Knabe dargestellt, der mit seinen Pfeilen sogar bei Göttern Liebe entflammte.

41 Phlegra kann mit Pallene, dem westlichen Chalkidike-›Finger‹ (heute als Kassandra bekannt), identifiziert werden.

42 Bei diesen Knochen handelt es sich um Mammutknochen, die im dortigen Museum ausgestellt sind. Dies ist ein Beispiel dafür, wie der Mythos versucht, Erscheinungen der Realität in einen sinnvollen Zusammenhang zu stellen.

43 Die Hurriter und eine arische Oberschicht bildeten im 15./14. Jh. v. Chr. das mächtige Mitanni-Reich, das für seine Streitwagengeschwader berühmt war. Hurritische Sagen sind uns in hethitischer Sprache überliefert. Die Hethiter übernahmen nicht nur Mythen von den Hurritern, sondern auch die Keilschrift aus dem sumerisch-akkadischen Raum.

44 Eisen blieb im Altertum durchweg selten und kostbar. Der Übergang zur Eisenzeit fand am Ende des 2. Jh.s v. Chr. in Kleinasien statt. Nach Griechenland kam das Metall erst später, und die minoische wie die mykenische Kultur gehören noch zur Bronzezeit. Doch auch in der späteren griechischen Eisenzeit verwendete man weiterhin Bronze.

45 Da die Sage von einer großen Flut sich in vielen Zivilisationen finden lässt, scheint die Annahme, dass es sich hierbei um historische Begebenheiten handelt, schwer von der Hand zu weisen. Insbesondere weil die Sage sowohl in amerikanischen wie eurasischen Kulturen vorkommt, die sich nach unserem Erkenntnisstand unbeeinflusst voneinander entwickelt haben. Die biblische Erzählung von Noah und seiner Arche, die im Abendland populärste, geht zweifelsfrei auf das mesopotamische Gilgamesch-Epos zurück. Möglicherweise handelt es sich bei der Sintflut um Folgen der abschmelzenden Eismassen nach Ende der Eiszeit vor 10 000 Jahren, um Überschwemmungen infolge des weltweit angestiegenen Meeresspiegels, beispielsweise des Schwarzen Meeres, dessen Spiegel 100 m tiefer lag.

46 Hesiod und andere Autoren, denen Zeus' Allwissenheit wichtig war, glaubten, dass der Göttervater nur so tat, als ob er Prometheus' List nicht erkenne.

47 Eigentlich das vulkanische Feuer, denn Prometheus ist ein vorgriechischer Erdgott.

48 Nach germanischer Überlieferung kommt *Gullveig*, die zauberkundige Vertreterin des Göttergeschlechtes der *Vanen*, zu den Menschen, verteilt Gold und löst so einen Krieg mit dem Göttergeschlecht der *Asen* aus.

49 Oftmals wird die Okeanostochter Klymene als Mutter des Phaëthon angesehen. Allerdings bleibt unklar, wie die große Göttin, immerhin Mutter des Prometheus und Atlas, plötzlich mit Merops, dem König von Ägypten, einen Sterblichen heiratet.

50 Atalante wurde ausgesetzt, da ihr Vater einen Sohn wollte. Eine Bärin säugte sie, und Jäger zogen sie auf. Trotz ihrer Schönheit lebte sie ein keusches Jägerleben. Die vielen Bewerber mussten sich in einem Wettlauf stellen, den sie ausnahmslos gewann; danach erschoss sie die Freier. Der schöne Hippomenes begann den Lauf besser gerüstet. Er warf goldene Äpfel zu Boden, wenn Atalante dabei war, ihn zu überholen. Sie bückte sich und verlor. Ihre Ehe war glücklich und kurz. Aphrodite erzürnte, dass Hippomenes ihr nicht genügend für die goldenen Äpfel dankte. So sandte sie beiden unstillbare Lust, die sie an Ort und Stelle befriedigten. Da dies

am Altar des Zeus geschah, verwandelte er beide in ein Löwenpaar, sie so zur ewigen Keuschheit verdammend, denn die Griechen glaubten, dass sich Löwen nur mit Leoparden paaren.

51 Früher interpretierte man das Labyrinth einfach als Gefängnis oder als die verwirrend vielen Zimmer des Knossos-Palastes. Zunehmend hat sich die Einsicht durchgesetzt, dass es vielmehr einen Tanzplatz mit verwirrender Gangführung oder eine Tanzfigur beschreibt, die Theseus nach Delos gebracht haben soll, wo sie als Kranichtanz berühmt wurde.

52 Die Bedeutung des Stierkultes in der minoischen Kultur ist sowohl historisch wie archäologisch belegt. In Knossos selbst kann man allenthalben die stilisierten Stierhörner finden, und in historischer Zeit übten sich die Männer im Stierkampf, dessen Ziel allerdings nicht die Tötung, sondern das artistische Überspringen des Stieres war.

53 Daidalos (ein Erechtheus-Nachfahre) war in Athen zu großem Ruhm gelangt und hatte Talos (II), den Sohn seiner Schwester, als Lehrling aufgenommen. Dieser Talos begann ihn schon im Alter von zwölf Jahren zu übertreffen. Er war nicht nur geschickt, sondern erfand auch die Säge. Der Eifersüchtige stürzte den Jüngling in den Tod und floh nach Kreta.

54 Daidalos flog nach Sizilien zum König Kokalos. Minos begab sich mit seiner Flotte auf die Suche nach dem Entflohenen. Er versprach überall demjenigen reichen Lohn, der einen Faden durch eine Tritonmuschel fädeln könne. Daidalos bohrte die Muschel an, band einer Ameise einen Faden um und lockte sie mittels Honig durch die Spiralen. Als König Kokalos die aufgefädelte Muschel übergab, wusste Minos, dass Daidalos dasein musste. Aber seine Bitten um Auslieferung wurden nicht erhört, vielmehr leitete Daidalos kochend heißes Wasser in die Wanne des Königs. Die Leiche wurde später nach Kreta zurückgebracht, Daidalos aber begab sich nach Sardinien.

55 Der Hergang wiederholt sich bei Iason und wird im Kapitel »Die feuerschnaubenden Stiere« (S. 193) genauer erzählt.

56 Die Darstellung des Knaben mit einem Füllhorn geht auf Plutos zurück. Plutos ist in der griechischen Vorstellung der Sohn von

Demeter und Iasion und der Gott des Reichtums und der Fülle. Ursprünglich war diese minoische Gottheit mit dem unterirdisch aufbewahrten Getreidevorrat verbunden, aus dem neues Leben sprießt und von dem ihr chthonischer Aspekt herrührt.

57 Im Gegensatz zu Hesiods Version von der schaumgeborenen Aphrodite, die wir im Kapitel »Aphrodite wird geboren« (S. 20) berichteten, hielt Homer die Göttin für eine Tochter des Zeus und der Dione.

58 Salmakis im Westteil des antiken Halikarnassos (Bodrum) gelegen. Hier befand sich der Tempel der Aphrodite und des Hermaphroditos (beim türkischen Arsenal).

59 Die Kabiren wurden ursprünglich als dämonische, schatzhütende und metallverarbeitende Zwerge gedacht, gleich den Daktylen (nebst den ihnen eng verwandten Kureten) und Telchinen (siehe Goethes *Faust II*, Klassische Walpurgisnacht), deren Zwergengestalt allerdings nicht überliefert ist. Über Zahl und Herkunft der Kabiren herrscht Unstimmigkeit. Die zentrale Rolle scheint aber eine große Muttergottheit mit ihrem Begleiter und ihrem Sohn gespielt zu haben.

60 Auf Tenedos behandelte man für *Dionysos Anthroporráistes* (Menschenzerschmetternder Dionysos) eine Mutterkuh wie eine Wöchnerin, zog ihrem Kälbchen Kothurne an (Kothurne sind Jagdstiefel und mit Artemis und Zagreus verbunden), erschlug es mit dem Beil, und der Henker wurde von den übrigen Bewohnern mit Steinwürfen bis ans Meer verfolgt.

61 Den Opfertod erleiden auch im Maya-Mythos *Einsjäger* und *Siebenjäger*.

62 Auch bei den Maya fanden während großer Kultfeste Wettkämpfe statt, das mythische Ballspiel, das hier den Kampf der Götter gegen die Herren der Unterwelt *Xibalbá* ausdrückte. Wie bei den Griechen gehörten bei den Maya große Stadien zu jedem bedeutenden Kultort.

63 Gemeint ist Schillers Ballade *Die Kraniche des Ibykus*.

64 Diesen Augenblick stellt Praxiteles' Hermesstatue in Olympia dar.

65 Nysa wird mit verschiedenen Orten identifiziert (Helikon, Türkei, Afrika oder allgemein: als Osten). Eine Lokalisierung ist

letztendlich nicht möglich. Nysa soll einen mythischen Ort repräsentieren.

66 Die Eltern der Nymphen von Nysa (bzw. Naxos oder Dodona) werden äußerst unterschiedlich angegeben: Okeanos und Aithra (Pleione, Hya), Atlas und Aithra, Hyas und Boiotia; oder die Nymphen werden mit den Heliaden oder gar mit den Töchtern des Erechtheus gleichgesetzt. Wir halten uns an die Haupttradition und führen nur an wichtigen Stellen ausgewählte Abweichungen an.

67 Der Thyrsos ist der Stab der Dionysosanhänger und konnte im mainadischen Rausch zu einer fürchterlichen Waffe werden, obwohl er in der Regel nur ein Narthexstöckchen war, auf den ein Pinienzapfen gesteckt wurde, umkränzt von Efeu, Weinlaub und Binden. – Das Harz der Pinie wurde schon im Altertum dazu verwandt, die Weinamphoren zu versiegeln. Auch heute noch trinken die Griechen geharzten Wein mit dem Namen Retsina.

68 Siehe Kapitel »Proitos' Töchter widersetzen sich Dionysos«, S. 205.

69 Auf der Exekias-Schale, heute in der Staatlichen Antikensammlung von München, erblickt man den Gott in seinem Rebenschiff, wie es von Delphinen umspielt übers Meer segelt.

70 Triumph kommt von *thríambos*, Festlied und -tanz im Dreischritt zu Ehren von Dionysos. Die Römer übernahmen es in der Bedeutung *triumpháre* ›als Sieger einziehen‹.

71 Thyone ›die schwärmerisch Rasende‹ lieh ihren Namen den Dionysospriesterinnen (Thyias) auf dem Parnass. Es heißt, das Grab des Dionysos (des ersten?) liegt in Delphi. Jedes Jahr erwecken die Thyias den *Dionysos Liknites*. Liknos ist die Getreideschwinge, in der, von Früchten verborgen, Liknites liegt (im Kult durch einen Phallos vertreten).

72 Verwiesen sei auf Tizians Aktaion-Gemälde.

73 Eine andere Überlieferung von Chrysippos' Ende wird im Kapitel »Pelops erobert seine Insel« (S. 250) beschrieben.

74 Siehe Anm. 28.

75 Ursprünglich war Eteokles der mustergültige und Polyneikes der Bruder, der seit der Geburt mit seinem Schicksal haderte. Als Polyneikes zwischen Thebens Thron und Kadmos' Brautgeschen-

ken wählen sollte, entschied er sich für die Kostbarkeiten, mit deren unschätzbaren Werten er seinen Bruder vernichten wollte. Spätestens seit Sophokles ist die Schuldfrage nicht mehr so eindeutig und die alte Bedeutung nur noch in den Namen enthalten.

76 Kolonos ist nicht nur ein Hügel, sondern auch ein attischer Demos, aus dem Sophokles stammt, der unter anderem die Dramen *König Oidipus* und *Antigone* schrieb und seinen Heimatort mit der Tragödie *Oidipus auf Kolonos* unsterblich machte.

77 Abas hatte seinen beiden Söhnen Akrisios und Proitos das Königreich Argolis unter der Auflage vererbt, abwechselnd zu herrschen. Nach Ende seiner Regierungszeit trat Akrisios nicht ab. Proitos floh zum lykischen König Iobates, heiratete dessen Tochter Stheneboia und kehrte mit einem Heer zurück. Die Schlacht blieb unentschieden, und so einigte man sich auf die obige Teilung.

78 Eine überdimensionale Medusa ist auf dem Giebel des Artemis-Tempels von Korfu (Korkyra) zu sehen.

79 Den Namen Pallas legte sich Athena nach ihrer versehentlich getöteten Freundin zu.

80 Mephisto taucht in Goethes *Faust II* mit ihnen, dort patronym Phorkyaden genannt, in die Unterwelt.

81 Siehe Kapitel »Kephalos hilft Amphitryon«, S. 263.

82 Taphier sind nach Taphios, Sohn von Poseidon und Hippothoë, benannt. Sie bewohnten die taphischen Inseln vor Akarnanien bis hin zu Kephallenia. Taphios' Sohn Pterelaos übernahm die Herrschaft, und dessen Söhne töteten bei dem Überfall auf die Rinderherden Elektryons Söhne.

83 Siehe Kapitel »Atreus wird Mykenes König«, S. 302.

84 Herakles ist eine der schillerndsten Gestalten der griechischen Mythologie, in der unterschiedlichste Mythenstränge zusammenflossen. Sein Ursprung liegt mit Sicherheit in der vorgriechischen Zeit, aber auch später kamen immer neue Aspekte und Geschichten hinzu.

85 Die stattlichste Erscheinung zeigt wohl die Statue des Herakles Farnese im Nationalmuseum Neapel.

86 Der Kampf gegen Ungeheuer ist Gegenstand vieler Mythen: Im germanischen Nibelungenlied tötet Siegfried den Drachen, in der

Mythologie der Yucatan-Maya besiegen *Hunahpú* und *Ixbalanqué* das Vogelungeheuer *Ucub-k'aquix* (Siebenpapagei).

87 Die Hydra soll bei der Quelle Amymone inmitten eines Platanenhains gehaust haben.

88 Das letzte Haupt soll angeblich unsterblich gewesen sein. Auf dem Rückweg begrub es Herakles und wälzte einen großen Stein darüber.

89 Diese Hirschkuh war der Artemis von der Pleiade Taygete aus Dankbarkeit geweiht worden. Einst war Taygete von Zeus verfolgt worden, doch Artemis verwandelte sie in eine Hirschkuh, und so entkam sie fürs erste dem Liebestollen.

90 Die Siegerlisten der alle vier Jahre gefeierten Olympischen Spiele beginnen um 776 v. Chr. und enden 393 n. Chr. Sie wurden einen Monat nach der Sommersonnenwende für fünf Tage abgehalten. Zu dieser Zeit herrschte Frieden in Griechenland. Jeder freie männliche griechische Bürger war zugelassen, wenn er sich nicht eines Verbrechens oder einer Gotteslästerung schuldig gemacht hatte. Der Sieger erhielt einen Zweig vom wilden Olivenbaum, sein Name wurde in ganz Griechenland verkündet, er wurde fortan in seiner Heimatstadt hoch geehrt und in der Regel zeitlebens auf Staatskosten verköstigt. Es kam vor, dass man für die Heimkehr eines Olympiasiegers Teile der Stadtmauer einriss, insbesondere wenn er im prestigeträchtigen Wagenrennen gewonnen hatte.

91 Wir weichen hier von der griechischen Hauptüberlieferung ab, die von Hera zu berichten weiß, welche die Amazonen zum Kampf aufstachelte. Es kommt zum Blutbad, in dem Herakles Hippolyte tötet. Derselben Geschichte begegnen wir noch einmal, wenn wir das Schicksal Penthesileas und Achilleus' ausführlich berichten.

92 Sohn der Okeanide Kallirhoë und dem aus dem Medusaleib entsprungenen Chrysaor.

93 Nach glaubhaften Berichten Herodots waren es die Phönier, die während ihrer Umrundung Afrikas diese Säulen passierten.

94 Vergleichbar mit den Äpfeln der Hesperiden sind die goldenen Äpfel der Verjüngung der germanischen Göttin *Idun*.

95 Entweder traf Herakles hier oder in Lixos auf Antaios. Für einige der frühen Griechen, deren geographische Kenntnisse um so ungenauer wurden, je entfernter das Gebiet lag, mag es sich auch um das gleiche gehandelt haben. Grundsätzlich entschieden sich die Erzähler dann für genaue Ortsangaben, wenn es für die griechische Vorstellungswelt erkenntnisbringend schien. Wo nicht oder wo die geographische Vorstellung nur verwirrte (wie zum Beispiel die Route der zurückkehrenden Argonauten), wurde auf sie verzichtet.

96 Lat. Phoenix, mythischer Vogel, beheimatet in Ägypten, als Symbol der Ewigkeit, gemäß späterer Überlieferung, nach Selbstverbrennung Neuerstehung aus der Asche.

97 Anderen galten die Hesperiden als Töchter der Nacht, des Zeus und der Themis und anderer.

98 Dieser Moment wird in der Metope des Zeustempels von Olympia dargestellt.

99 Vier Jahre vorher waren Theseus und Peirithoos in der Unterwelt erschienen, um Persephone fortzuführen. Seitdem büßten sie ihren Frevel auf dem Sessel der Lethe. Herakles befreite Theseus.

100 Siehe Kapitel »Die Giganten greifen an«, S. 57.

101 Es war Iphitos, Sohn des Eurytos (II), der als einziger Herakles' rechtmäßigen Sieg im Bogenwettbewerb um Iole gegen seinen Vater anerkannte und der sich weigerte, zu glauben, dass Herakles als Vergeltung für die Verweigerung der Iole Rinder gestohlen habe.

102 Jeder weigerte sich, ihn von der Blutschuld reinzuwaschen. Selbst die Pythia wies ihn schroff ab. Herakles raffte Votivgaben zusammen und zog sogar den heiligen Dreifuß unter der Pythia weg. Apollon bekämpfte den Dieb, bis beide von Zeus getrennt wurden, der seinen Söhnen Versöhnung befahl und Herakles mit Hermes nach Lydien schickte. Hermes verkaufte Herakles als namenlosen Sklaven an Omphale, wobei der Erlös für die Familie des Iphitos gedacht war, was Eurytos (II) aber nicht akzeptierte.

103 Troia wurde zum ersten Mal von Herakles erobert und zum zweiten Mal von den Griechen unter Agamemnon. Erstaunli-

cherweise hat die Archäologie ebenfalls zwei größere Zerstörungsschichten in Troia ausgemacht. Nach Grabungen am Hügel Hisarlık ergeben sich Perioden I bis X. Das Troia Homers wird im allgemeinen als die Ebene VIIb angesehen (um 1300 bis Anfang des 12. Jh.s.) – als eine stark zerstörte Stadt wieder aufgebaut, wurde sie offenbar nach 100 Jahren durch Krieg erneut zerstört. Dass u.a. Korfmann das Troia (Ilion) mit der hethitischen Vasallenstadt Wilusa gleichsetzt, ist noch umstritten.

104 Die Berichte, wofür sie sühnten, sind konfus. Manche glauben, es sei die Strafe für die Beteiligung am Aufruhr gegen Zeus. Für Apollon sind zwei andere Hauptgründe auszumachen. Entweder sühnte er für die Tötung des Pythons oder aber der Kyklopen.

105 Erscheinungen in der Menschenwelt haben ihre Präfiguration in der Welt der Götter. So wie die Päderastie im antiken Griechenland verbreitet war, war es Zeus selbst, der sie durch seine Liebe zu Ganymed vorlebte. Siehe Kapitel »Ganymed wird Mundschenk des Zeus«, S. 210.

106 Siehe Kapitel »Telamon in Salamis«, S. 313.

107 Telamon soll dabei dem Herakles immer einen Schritt voraus gewesen sein. Als er jedoch bemerkte, dass Herakles hinter ihm herstürzte, um ihn zu töten, warf er sich auf den Boden und sammelte Steine. Auf die Frage des Herakles antwortete er, dass er das tue, um »Herakles dem Sieger« einen Altar zu bauen, und rettete auf diese Weise sein Leben.

108 Ebenjener Iole, die Herakles rechtmäßig bei dem Bogenwettbewerb mit ihrem Vater gewonnen hatte. Seinerzeit hatte Eurytos (II) sein Wort gebrochen und Herakles mit Schimpf und Schande fortgejagt. Jetzt rächte sich der Held, tötete den König und dessen Familie und führte die widerspenstige Jungfrau als Gefangene nach Trachis.

109 An ebenjenem berühmten Thermopylen-Pass hielt der spartanische König Leonidas 480 v. Chr. mit wenigen Kampfgenossen das gigantische Heer der Perser auf, damit sich die Griechen absetzen konnten.

110 Nach anderen Versionen tötete Iolaos den Eurystheus, oder er

wurde gefangengenommen und von Alkmene gegen den Widerstand der Athener zum Tode verurteilt. Vor seiner Enthauptung prophezeite Eurystheus, er werde Athen gegen die Nachkommen des Herakles schützen. Teile seines Körpers wurden an strategischen Punkten der Befestigungsanlagen beigesetzt.

111 Siehe Kapitel »Die große Flut«, S. 65.

112 Die Athener erzählen eine andere Version. Siehe Kapitel: »Athen versinkt in Intrigen, Kämpfen und Unruhen«, S. 272.

113 Siehe Kapitel »Der verschollene Sohn Ion«, S. 268.

114 Siehe Kapitel »Dionysos bei Ino und Melikertes«, S. 95.

115 Ein hellenischer Christophoros.

116 Der griechische Begriff ›Barbar‹ stand einfach für alle Ausländer, die kein Griechisch sprachen und von denen man nicht mehr verstand als ›bar-bar‹-Lallen. Erst viel später erhielt das Wort seine heutige Pejoration.

117 Siehe Kapitel »Der goldene Widder«, S. 162.

118 Dodona liegt in den Hängen des Tomaros, rund 30 km südwestlich von Ioanina. Diese uralte Orakelstätte geht auf prähellenische Zeit zurück, bis sie an den griechischen Zeus und seine eigentliche Gattin Dione überging. Dione ist das weibliche Gegenstück zum Göttervater. Später trat Dione fast völlig hinter Hera zurück, wurde aber mancherorts weiter verehrt. Homer sah Dione und Zeus als Eltern der Aphrodite an und versetzte so die Liebesgöttin in die olympische Generation.

119 Nach der Sage flohen die Kabiren entsetzt, kehrten aber später wieder zurück.

120 Am Eingang des Marmarameeres, das unter dem Namen Propontis bekannt war.

121 Zwischen den türkischen Städten Erdek und Edincik gelegen.

122 Das heutige Gemlik.

123 Eine eindeutige Lokalisierung ist nicht möglich. Entweder handelt es sich um Lampsakos, das heutige Lâpseki, das allerdings entgegen der Fahrtrichtung liegt, oder um Chalkedon, den heutigen asiatischen Stadtteil Istanbuls mit dem Namen Kadiköy. Die Tatsache, dass sich Kalchedon in Fahrtrichtung befindet, muss nicht allzuviel bedeuten, da gerade der Rückweg der Argo-

nauten, auf dessen detaillierte Darlegung wir verzichten, um nicht zu verwirren, große Lücken in der antiken Geographie offenbart.

124 Erst später sollte bei den Griechen und insbesondere bei den Römern der Boxsport mit metallbeschlagenen Handschuhen und Schlagringen zur Grausamkeit verkommen.

125 Der thrakische Küstenabschnitt Salmydessos mit der gleichnamigen Stadt, dem heutigen Midia.

126 Weibliche Windgeister mit Frauen- und Vogel-Mischkörpern. Eng mit den Sirenen, deren Vogelartigkeit offensichtlich noch weiter entwickelt ist, und mit den Gorgonen verwandt.

127 Die Symplegaden werden allgemein mit dem heutigen unspektakulären Rumali identifiziert.

128 Selbstverständlich weiß der Mythos auch hier von einer Fülle kleinerer Abenteuer zu berichten, wie zum Beispiel von den Aresvögeln, denen wir schon im Kapitel »Stymphalische Vögel« (S. 139) unsere Aufmerksamkeit gewidmet haben.

129 Das antike Kolchis lag im Gebiet des Phasis (des heutigen westgeorgischen Rioni). Die kolchische Stadt Aia wurde später das griechische Kytaia (Kutaisi) am mittleren Rioni.

130 In oligarchischen und demokratischen Gesellschaften ist die Redekunst ein probates Mittel, seinen politischen Willen durchzusetzen.

131 Als Priesterin der Hekate konnte sie Zaubermittel brauen und so auch die sogenannte Promethëische Salbe. Diese wurde aus dem Saft einer kaukasischen Blume gewonnen, die dem Blut des Titanen entwuchs. Rund zwanzig Zentimeter hoch soll sie gewesen sein, ähnlich dem korykischen Krokos, doch safranfarben, doppelstielig und mit roter Wurzel.

132 Hekate ist sicher ursprünglich eine große Göttin, die sich oftmals im griechischen Pantheon mit einer untergeordneten Stellung begnügen musste. Hier gilt sie vor allem als eine nächtliche Zaubergöttin mit chthonischen Aspekten. Sehr verbreitet ist die dreigestaltige (bzw. dreiköpfige) Hekateia-Darstellung. Gestaltung und Benennung variieren. In der Regel als Dreieinigkeit (Hekate, Persephone und Demeter) angesehen.

133 Dieser Drache soll aus dem Blut des Typhon geboren sein, über den Zeus den Ätna geworfen hatte.

134 Die Insel trägt den Namen Aiaia. Homer nimmt eine östliche Lage an, während Spätere sie im Norden des Adriatischen Golfes suchten und manchmal mit dem heutigen Lussin bei Polla identifizierten. Wir verzichten hier und auch bei der *Odyssee* auf genaue Lokalisationen, da die Rückreiseroute der Argonauten völlig verworren ist und Odysseus' Abenteuer in ›unendlich weit entfernten‹ mythischen Ländern stattfanden.

135 Kirke und Medeia sind verwandt. Manche sahen die beiden großen Zauberinnen als Töchter der Hekate, für andere waren Kirke und ihr Bruder Aiëtes Kinder des Helios, was Kirke zu Medeias Tante macht.

136 Talos war ein voll gepanzertes Wesen, das mit seinem rasenden Lauf Kreta täglich dreimal umrundete. Entweder ist er ein Überbleibsel des »ehernen Geschlechts« und von Zeus als Wächter Kretas eingesetzt oder ein Kunstwerk des Hephaistos, das der Göttervater Minos zu diesem Zwecke schenkte. Näherten sich Fremde der Insel, trieb Talos sie mit Steinwürfen zurück oder sprang mit ihnen, wenn sie es wirklich wagten zu landen, ins Feuer, wo sie verbrannten. Medeia zog den Nagel aus der Ferse, der seine Blutbahn schützte – der einzige verwundbare Punkt –, und Talos verblutete.

137 Von seiner Vorgeschichte ist wenig bekannt. Er soll der Sohn der Muse Kalliope und des Thraker-Königs Oiagros gewesen sein. Apollon soll ihm die Leier geschenkt und die Musen sollen ihn gelehrt haben, sie zu spielen.

138 Aristaios war Sohn der Nymphe Kyrene und Apollons. Viele hielten ihn für synonym mit Apollon oder gar Zeus. Nach dem Tode Eurydikes starben alle seine Bienen, für die er so berühmt war. Er sühnte seine Schuld und opferte auf Proteus' Geheiß vier junge Stiere und vier Kühe. Er ließ ihre Kadaver acht Tage liegen, kam am neunten Morgen mit Mohn, einem schwarzen Lamm und einem Kalb, das er ebenfalls opferte, und aus den verwesenden Därmen entbrauste eine riesige Wolke Bienen, die Aristaios einfing und in seinen leeren Bienenstöcken beherberg-

te. Später heiratete er Autonoë und musste erleben, wie ihr Sohn Aktaion (s. Kapitel »Aktaions unerlaubter Blick«, S. 102) zerfleischt wurde.

139 In späterer Zeit wird Helios von Apollon verdrängt, ebenso wie Selene der Artemis Platz machen musste. Orpheus ging weiter, indem er die Sonne als größte Gottheit verehrte. Auch wenn in der Zeusreligion Züge zum Monotheismus wahrnehmbar sind, erstaunt diese Auffassung. Derartige Neuerungen sind in Griechenland eigentlich jüngeren Datums. Vielleicht gibt der mythische Bericht, dass Orpheus auch in Ägypten weilte, einen Fingerzeig. Hier führte der Ketzerpharao Echnaton um 1370 v. Chr. eine reine Sonnenreligion ein.

140 Das Apollinische und das Dionysische gelten als die beiden Grundkonstituenten der Kunst: siehe Nietzsche, *Die Geburt der Tragödie.* Das greift zwar philologisch-historisch fehl, aber ist vom philosophischen Standpunkt aus höchst aufschlussreich.

141 Es gibt viele Abbildungen, die uns diese Begräbnisfeierlichkeiten näherbringen. Der eigentliche Grund für die Beliebtheit dürfte wohl darin bestanden haben, dass sich hier die meisten der größten griechischen Helden versammelt hatten.

142 Ursprünglich gingen beide nach Korinth, da hier Medeia rechtmäßige Königin war. Helios und Poseidon hatten sich um die Stadt gestritten, die letztendlich dem Meeresgott zugesprochen wurde, wobei der Sonnengott Akrokorinth erhielt (Helios soll es dann Aphrodite geschenkt haben). Helios' Sohn Aiëtes war bis zu seiner Auswanderung nach Kolchis Herrscher, und seine Tochter Medeia wurde Erbin dieses Amtes. Euripides' Version der Fremden, die man aus der Stadt verbannt, verdrängte allerdings die ältere Version.

143 Nach der voreuripideischen Version hatte Medeia sieben Töchter und sieben Söhne. Allen Kindern versprach Hera Unsterblichkeit, da Medeia die Annäherungsversuche von Zeus abgewiesen hatte. Warum trotzdem alle starben, ist umstritten. Eine Überlieferung besagt, dass Iason sie bei dem Unsterblichkeitszauber überraschte und diesen in seiner Unwissenheit zerstörte, ganz wie die Mutter des Demophoon oder der Vater von Achilleus.

Seither mussten die Korinther sieben Knaben und sieben Mädchen in den Tempel schicken. Ein ganzes Jahr lang lebten diese dort abgeschieden, und man brachte ihnen Opfer dar, wie zürnenden Gottheiten.

144 Es gibt auch Erzählungen, nach denen nicht Dionysos, sondern Aphrodite oder Hera die Mädchen strafte, weil sie Gold von ihrer Statue in Tiryns gestohlen hatten.

145 Hesperis ist die Tochter von Hesperos, dem Abendstern (von *hespéra* ›der Abend‹). Die Hesperiden werden auch als Kinder von Phorkys und Keto oder als Töchter der Nacht angesehen. Die erwähnte Herakles-Geschichte benötigt allerdings Atlas als Vater der Hesperiden, und ihr Gewicht überwog die anderen Traditionen.

146 Pallas war die Tochter des Flusses Triton, an dem Athena aus dem Haupt des Zeus entsprungen sein soll. Triton wurde ihr Lehrer und seine Tochter ihre Spielgefährtin.

147 Apollon »der Feldmäuse«, um dessen Tempel die Stadt Sminthion wuchs und der später die Pest in das Lager der Griechen senden sollte.

148 Es wird erzählt, dass Dardanos auf Samothrake mit Chryse verheiratet gewesen ist, die den Mysterienkult auf der Insel eingeführt haben soll und ihrem Gatten Erichthonios gebar, der seinem Vater in die Troas folgte.

149 Astyoche als Mutter des Tros gilt manchen als Nymphe, anderen als Tochter des Simoeis.

150 Tros hatte Kallirhoë, Tochter des Flussgottes Skamandros, geheiratet und bekam mit ihr die drei erwähnten Kinder. Bei Skamander verschwimmen die Gestalt des alten Flussgottes (Sohn des Okeanos und der Tethys), dessen früherer Name vielleicht Xanthos gewesen ist, und die Gestalt des aus Kreta stammenden Skamander ineinander.

151 Ares wurde dem lateinischen Mars und Aphrodite der Venus gleichgesetzt. Zu den lateinischen Entsprechungen der griechischen Götter siehe Anhang, S. 502.

152 Nicht nur Podarkes und Hesione entgingen dem herakleischen Massaker, sondern auch Tithonos. Eos hatte sich in ihn verliebt,

ihn geraubt und nach Äthiopien gebracht. Hier gebar sie ihm Emathion und Memnon, den wir im Troianischen Krieg wiedertreffen werden.

153 Später verliebte sich Aisakos unsterblich in Asterope, die ihn auch erhörte, aber nur zu bald starb. Der Gatte konnte ihren Tod nicht verwinden und versuchte sich selbst zu töten, indem er wieder und wieder von einer Klippe ins Meer sprang. Die Götter erbarmten sich seiner und verwandelten ihn in einen Tauchvogel, damit er seinen Liebeswahn mit mehr Anstand genießen konnte.

154 Agdys ist nach der Göttin benannt, denn Kybele heißt in der hier dargebotenen Geschichte Agdistis.

155 Die *Tiara* ist eine Kopfbedeckung, die nicht nur aus Phrygien, sondern aus vielen asiatischen (hauptsächlich iranischen) Gebieten bekannt ist. Die kegelförmige Mütze wurde meist aus Filz gefertigt. Die *Tiaren*, die asiatische Könige trugen, waren freilich aus wertvollerem Material. Die persische *Mitra* ist mit der Mundbedeckung eine Abwandlung der *Tiara*.

156 Eine andere Überlieferung sieht in Periëres einen Sohn des Aiolos (Stamm des Prometheus).

157 Sein Bruder Ikarios zeugte Penelope, die spätere Frau des Odysseus.

158 Es gibt eine Vielzahl von unterschiedlichen Überlieferungen, die nur auf den ersten Blick widersprüchlich sind. Bedenkt man nämlich, dass Leda (lykisch *lada* ›Frau‹, also Urfrau) in alten Zeiten sicherlich eine Göttin war, erkennt man in der Mutterschaft der Nemesis die Gleichsetzung von Nemesis und Leda. Manche behaupten, Zeus hätte Nemesis in Gestalt eines Schwanes überwältigt. Die Göttin hätte dann das von ihr geborene Ei der in den Wehen befindlichen Leda in den Schoß geworfen und ihr den Traum ihrer Paarung mit Zeus eingegeben. Auch bei der Abstammung der Kinder divergieren die Meinungen. Einmal entspringt nur Helena als Zeustochter dem Ei, nach anderer Ansicht befanden sich auch noch die Dioskuren in ihm.

159 Siehe Kapitel »Theseus in der Unterwelt«, S. 298.

160 In Therapne wurde das Grab der Dioskuren gezeigt. Auf diesem Höhenrücken sollen ebenfalls die Gräber von Idas und Lynkeus

und ihres Vaters Aphareus liegen. Später verdrängte der Kult des Menelaos die ersteren, und der Ort heißt fortan Menelaion.

161 Damit rücken sie in die Nähe des Samothrakischen Mysterienkults; noch dazu, da sie häufig mit einer leuchtenden Frauengestalt – Helena – in ihrer Mitte gesehen werden.

162 Die sterbliche Alkyone heiratete Keyx, den König von Trachis. Es gab kaum eine glücklichere Ehe, und Alkyone sprach ihren Gatten mit Zeus an und nannte sich selbst Hera. Dies erzürnte die Götter, und sie sandten einen Gewittersturm, in dem Keyx, der eine Schiffsreise zu einem Orakel unternahm, ertrank. Alkyone ertrug den Verlust nicht und stürzte sich in die See. Eine mitleidige Gottheit verwandelte sie in einen Eisvogel. Jedes Jahr während der sturmfreien *halkyonischen* Tage (Alkyones Vater Aiolos, der Windgott, verbietet seinen Winden zu stürmen) trägt die Eisvogelhenne ihren Geliebten mit großen Klagen zum Begräbnis.

163 Nach einer anderen Überlieferung war Orion der Sohn von Poseidon und der Minostochter Euryale.

164 Hier wird die Geschichte von Philemon und Baukis in leicht abgewandelter Form erzählt.

165 Entweder war ihm die Gabe verliehen, über Wasser zu gehen, oder aber er überbrückte die Strecke zwischen Chios und Lemnos, indem er, dank seiner riesenhaften Gestalt, durch das Wasser watete.

166 Antiope gilt anderen auch als Tochter des Flussgottes Asopos.

167 Nach einer anderen Überlieferung zeugte Zeus, der Antiope in Gestalt eines Satyrs verführt hatte, Amphion; den Zethos aber zeugte Epopeus, der König Sikyons.

168 Es handelt sich um den Quell, an dem Kadmos das Untier erlegte. Hier wurde wohl auch das Grab der Dirke gezeigt. Eine andere Überlieferung berichtet, Dirke sei in einen Fluss verwandelt worden. Dieser trägt ihren Namen wie das Bergmassiv an der attischen Grenze des Kithairongebirges, in dem die Verwandlung stattfand.

169 Es wird von vier, zwölf, vierzehn, achtzehn oder gar zwanzig Niobe-Kindern gesprochen.

170 Nach ihr wird die gesamte Seherkunst Mantik genannt.

171 Andere Quellen berichten, dass Niobes Tochter Chloris, die später Neleus heiratete, ebenso wie ihr Bruder Amyklas (II) das Massaker überlebten, da sie die zürnenden Götter mit Gebeten umzustimmen vermochten.

172 Es gibt noch eine weitere Erklärung für das Klagen der Nachtigall. Diese Geschichte handelt von Prokne und wird in den attischen Geschichten (S. 257) erzählt.

173 Manche glauben, dass Glauke Aktaios heiratete und Telamon gebar. Diese Überlieferung kennt Telamon und Peleus nicht als Brüder.

174 ›Peloponnes‹ wird manchmal maskulin gebraucht, da griechisch *nēsos* ›Insel‹ eine maskuline Endung aufweist.

175 Manche behaupten, dass Hippodameia ihrem Vater keine Liebesnacht gewährt hat. Andere hingegen glauben, er tötete die Freier nur, weil ihm ein Orakel verheißen hatte, dass der Gatte seiner Tochter ihn umbringen würde.

176 Die Nymphe Pluto wurde von Kronos und Kybele gezeugt. Sie wurde von Zeus vergewaltigt oder aber vom Berggott Tmolos geschwängert.

177 Hier könnte der Mythos historische Tatsachen widerspiegeln. Das sich ausbreitende Hethiterreich vertrieb wahrscheinlich ein Adelsgeschlecht aus dem Inneren Kleinasiens nach Lydien. Dieses Adelsgeschlecht kämpfte bereits mit dem Streitwagen. Auf der Peloponnes gewann die revolutionäre Technik bald die Oberhand, und es könnte tatsächlich das herausgehobene Königsgeschlecht der Achäer sein, mit dem der hethitische Großkönig sogar eigene Söhne austauschte. Allerdings ist die Gleichsetzung der hethitischen Landesbezeichnung *Ahhijava* (Achäerland) immer noch umstritten.

178 Die Myrte war nicht nur der Aphrodite heilig, sondern auch Dionysos und Hermes, deren Sexualität einen stark femininen Charakter hat. Jungfräulichen Göttinnen wie Athena und Artemis war die Myrte verhasst.

179 Myrtilos ist ein Sohn des Hermes. Nach anderen Angaben war er selbst in Hippodamaia verliebt, wagte aber keine Wettfahrt.

Wieder andere berichten, Pelops selbst habe ihm, falls er ihn gewinnen ließe, das Recht der ersten Nacht angeboten.

180 Oder Pelops tötete ihn mit einem Speer. Andere behaupten, Poseidons Pferde hätten mühelos den Sieg errungen, und Oinomaos tötete sich selbst oder wurde von Pelops am Ziel umgebracht.

181 Oftmals wird von dem Sturz bei Geraistos, an der Südspitze Euboias, erzählt. Demnach sei Pelops auf einer kleinen Insel gelandet, um Wasser für seine Braut zu suchen, während Myrtilos dessen Versprechen mit Gewalt einlösen wollte. Bei der Weiterfahrt kam es dann zum berichteten Tod.

182 Sie ist die Tochter des Aktaios, der manchen als der erste König Attikas gilt.

183 Eigentlich auch einen Sohn: Kranaos, über den wir ebensowenig wissen wie über seinen Nachfolger Amphiktyon.

184 Nach einer Variante hatte er sich schon vorher in Philomela verliebt, kehrte später nach Athen zurück und gab Prokne fälschlich für tot aus. Aus Mitleid erhielt er Philomeles Hand.

185 Nach der anderen Version lebte Tereus mit Philomele, sperrte Prokne ein und beraubte sie der Zunge. Die anschließende Verwandlung ist dann allerdings umgekehrt.

186 Ganz so treu scheint Kephalos doch nicht gewesen zu sein, denn einige erzählen von einem Sohn, den er mit Eos (möglicherweise nach der Vertreibung seiner Gattin) zeugte. Dieser Phaëthon (II) wurde wegen seiner Schönheit von Aphrodite entführt und zum Wächter ihres Tempels bestellt. Manche halten diesen Phaëthon für den Ahn des Adonis.

187 Siehe Kapitel »Zeus zeugt mit Alkmene Herakles«, S. 128.

188 Siehe Anm. 82.

189 Andere Versionen berichten, Erechtheus habe Eumoplos' Sohn getötet. Manchmal hören wir auch, dass Poseidon seinen Bruder bat, Erechtheus umzubringen. Zeus erschlug ihn mit dem Blitz, und Erechtheus wurde zum Heros.

190 Euripides berichtet, dass Xuthos nach Erechtheus' Tod König wurde und sein Sohn ihm auf dem Thron folgte. Andere meinen, Xuthos flüchtete nach Aigialos an der Nordküste der Pelo-

ponnes, wo er auch seine letzte Ruhe fand. Achaios ging nach Thessalien, und Ion heiratete Helike und wurde König. Ion soll seinen Tod gefunden haben, als er die Athener im Krieg unterstützte.

191 Siehe Kapitel »Ikaros fliegt sonnenwärts«, S. 84.

192 Tochter des Pylos (oder Pylas/Pylon), der die Stadt Pylos in Messenien gründete, aus der ihn Neleus vertrieb. Pylos zog nach Elis, wo er ein zweites Pylos gründete.

193 Skiron (oder Skeiron) wird normalerweise von dem Banditen unterschieden, den Theseus unschädlich gemacht hat. Allerdings glaubten die Megarer, dass er ein und dieselbe Person und mitnichten ein Verbrecher war.

194 Dieser Nisos verfügte über eine purpurne Locke, die ihn unbesiegbar machte. So bekämpfte Minos erfolglos die Stadt, bis Skylla (II), die sich in Minos verliebt hatte, ihrem Vater die Locke abschnitt. Der siegreiche Minos verachtete ihre Tat und nahm Skylla nicht mit nach Kreta. In ihrer Verzweiflung warf sie sich ins Meer, wo sie in einen reiherähnlichen Vogel namens Keiris verwandelt wurde und der in einen Seeadler verwandelte Vater sie angriff.

195 In historischer Zeit wurde ein ähnliches »Bett des Prokrustes« eingesetzt, um die Macht zu wahren. Herodot berichtet, dass Periandros, der Tyrann von Korinth, einen Boten zu Thrasybos schickte, um den Tyrannen von Milet zu befragen, was das sicherste Mittel sei, um seine Stadt in Ordnung zu halten. Doch anstatt zu antworten, führte Thrasybos den Boten ins Kornfeld, riss alle Ähren ab, die hervorragten, und entließ den verblüfften Boten ohne ein Wort. Periandros aber begriff die Bedeutung und mordete die hervorragendsten Männer Korinths.

196 Prokrustes hat entweder bei Erineos (hier und nicht auf der nysäischen Flur soll nach eleusinischer Überlieferung Hades Persephone geraubt haben), am Fluss Kephisos, ganz in der Nähe von Eleusis, gehaust oder im Korydallos-Gebirge, in der Nähe des heutigen Skaramanga.

197 Hinrichtungen in Athen erfolgten mittels des Giftbechers, wie auch Sokrates (399 v. Chr.) den Schierlingsbecher nahm, nach-

dem er für schuldig befunden worden war, die Jugend zu verführen und nicht den rechten Glauben an die Götter zu haben.

198 Ihm zu Ehren wurde das Leokorion am Panathenäenweg errichtet und eine attische Phyle Leontis benannt, da er einst auf Geheiß des Delphischen Orakels seine Töchter opferte, um die schreckliche Hungersnot in Athen zu beenden.

199 Die aus dem attischen Demos Pallene stammenden Pallantiden verfügten, dass kein Einwohner aus Pallene jemals einen aus Agnus heiraten dürfe, denn Leos stammte aus jenem attischen Demos.

200 Siehe Kapitel »Aigeus' gefährdete Herrschaft«, S. 274.

201 Eriboia sollte später Telamon heiraten und dem großen Aias das Leben schenken.

202 Manche behaupten, es sei nicht Amphitrite, sondern Thetis gewesen; und bei jener Krone handele es sich um das Geschenk der Aphrodite anlässlich Thetis' Hochzeit mit Peleus.

203 Möglicherweise handelt es sich um einen Reflex auf historische Tatsachen. Die minoische Kultur dominierte dank ihrer Seeherrschaft und wurde durch drei Katastrophen vernichtet. Nach dem Erdbeben um 1560 v. Chr. unternahmen Mykener eine Raubfahrt nach Knossos, das anschließend noch großartiger wieder aufgebaut wurde. Vielleicht stationierte man die so lebenswichtige minoische Flotte im sicher scheinenden Thera (Santorin), und sie wurde bei einem gewaltigen Vulkanausbruch vernichtet. Mykener eroberten Kreta und herrschten als Minos-Könige. Nach dem Großbrand um 1350 kam es zu einer erneuten mykenischen Invasion, die Kreta endgültig mykenisierte.

204 Manchmal wird Dia mit der gleichnamigen Insel vor Iraklion (Knossos) identifiziert oder nur mit der kleinen Felseninsel vor dem heutigen Naxos.

205 So malte es Tizian. Andere berichten von einer abgeschiedenen Begegnung.

206 Dies ist das Werk Hephaistos', das Dionysos ihr schenkte, oder das Geschenk des Theseus, wenn er selbst das Geschmeide von Thetis und nicht von Amphitrite erhielt.

207 Das ist das Amtsgebäude der Prytanen, die ihre Phylen (Stämme) vertraten. Seit Kleisthenes loste jede der 10 Phylen 50 Ratsherren, die für ihre Arbeit entlohnt wurden, aber nur zwei Amtsperioden amtieren durften. Die Beratungen fanden täglich statt, deren Vorsitz für jeweils 36 Tage die 50 Prytanen einer Phyle führten. Ein Drittel der Prytanen musste auch nachts im Prytaneion anwesend sein, wo das heilige Feuer der Hestia unterhalten wurde und einem Bürger die höchste Ehre zuteil ward, wenn er am Staatsherd speiste.

208 Angeblich soll dies auch der Geburtstag der Göttin sein, der mit viel Pomp und musischen wie hymnischen Spielen begangen wurde. Mittelpunkt war die Prozession zum Parthenontempel, wo auf einem Schiffskarren der neue prunkvolle Peplos für Athenas Statue herangebracht wurde.

209 Die Griechen tranken Wein nur vermischt. Der Rebensaft wurde mit Wasser gestreckt und oftmals mit verschiedenen Gewürzen und Süßstoffen versehen.

210 Dieses Ereignis ist auf dem Giebel des Zeustempels in Olympia dargestellt.

211 Die Kentaurenschlacht war auf dem Parthenon auf Athens Akropolis dargestellt. Heute befinden sich die Metopen im Britischen Museum zu London.

212 Er war ursprünglich Kainis, ein Mädchen, und wurde von Poseidon begehrt. Dieser gewährte ihr nicht nur die Bitte, ein Mann zu werden, sondern schenkte dem verwandelten Kaineus auch Unverwundbarkeit. Die Kentauren töteten ihn dennoch während der Schlacht, da sie ihn unter unzähligen Baumstämmen begruben, dessen Last ihn in den Hades presste – aber, so will es die Überlieferung, ohne dass ihm auch nur die Knie gezittert hätten.

213 Dies war das zweite Mal, dass Theseus seinem Vorbild begegnete, und er führte Herakles in die Eleusinischen Mysterien ein.

214 Natürlich kann das zeitlich kaum sein. Allerdings sind die Sagen des Theseus derartig verwirrend, dass es unmöglich ist, eine befriedigende Chronologie zu finden.

215 Siehe Anm. 177 und 216.

216 Der kolossale Prunk Mykenes zeigt nicht nur deutlich minoische, sondern auch ägyptische Einflüsse bis hin zu Versuchen der Mumifizierung. Offensichtlich waren die Mykener Bundesgenossen der 18. ägyptischen Dynastie, die die Hyksos vertrieb. Dies müssen bereits die Pelopiden mit Streitwagen gewesen sein.

217 Siehe Kapitel »Athen versinkt in Intrigen, Kämpfen und Unruhen«, S. 272.

218 Siehe Anm. 107.

219 Siehe Kapitel »Die Zwillingspaare im tödlichen Kampf«, S. 232.

220 Siehe Kapitel »Sisyphos überführt den Meister der Diebe«, S. 163.

221 Hier spiegelt der Mythos den Übergang vom Menschen- zum Tieropfer wider. Im Gegensatz zu älteren Zeiten opferte man in historischer Zeit äußerst selten Menschen.

222 Homer nennt sowohl Chryseis als auch Briseis nur nach ihrem Vaternamen und verschweigt ihre wahren Namen: beide hießen Astynome – Stadtbeschützerin. Solange Agamemnon und Achilleus um Briseis streiten, ist Troia bestens geschützt. Chryses holte seine Tochter Chryseis nach Chrysa zurück, wo Apollon mit silbernen Bogen herrschte. Zwar gab es einige Territorien mit diesem Namen, aber auch die kleine Insel bei Lemnos (Strati) hieß Chrysa, wo Philoktet von einer Schlange gebissen und mit stinkender Wunde und herakleischem Bogen zurückgelassen wurde. Aber nur mit diesem Bogen konnten die Griechen Troia bezwingen.

223 Siehe Kapitel »Ganymed wird Mundschenk des Zeus«, S. 210, sowie »Herakles erobert Troia«, S. 152.

224 Siehe Anm. 57.

225 Helden sind oft an bestimmten Stellen ihres Körpers verwundbar wie Aias, Kyknos, oder Siegfried.

226 Euphorion wurde von Zeus geliebt und vom Blitz erschlagen, nachdem er den Göttervater zurückgewiesen hatte. Goethe lässt den geflügelten Knaben im *Faust II* auftreten.

227 Ein solcher Gang wurde von Archäologen in den Ruinen Troias entdeckt.

228 Die Laokoon-Gruppe im Vatikan stellt diesen schrecklichen Moment eindringlich dar.

229 Seit Schliemann den Beschreibungen der *Ilias* folgte und Troia ausgrub, wird darüber spekuliert, wie weit Homers Schilderungen historischen Tatsachen entsprechen. Oftmals wird hervorgehoben, dass Troia VI (siehe Anm. 103) nicht durch Krieg, sondern durch Erdbeben zerstört wurde. Im Epos fällt Troia allerdings durch das sprichwörtliche Pferd. Auch wenn Homer hier eine Verbindung mit Athena hervorhebt, gibt es nur einen Pferdegott: Poseidon – nicht nur Gott der Meere, sondern auch der Erdbeben. Wird hier in einem mythischen Bild beschrieben, dass erst ein Erdbeben Troias Befestigung zerstörte und die Griechen danach die schutzlose Stadt plünderten?

230 Die Molosser sind nach Molossos benannt, dem Sohn des Neoptolemos, und Andromache, der ehemaligen Gattin des Hektor.

231 Aber Alexander der Große stammt angeblich nicht nur von Achilleus ab, sondern direkt von Zeus, der Olympias in einer dionysischen Orgie geschwängert haben soll. Der Gott Ammon empfing Alexander in der Oase Siwa als seinen Sohn, und fortan zierten auf Münzen das Haupt Alexanders die Widderhörner des ägyptischen Gottes *(Amana/Amun)*, den die Griechen mit Zeus gleichsetzten.

232 Aischylos brachte den Chor der Erinyen auf die Bühne, und deren Anblick und dunkler Gesang wirkten erschreckend. Dass Frauen Fehlgeburten erlitten, soll der Grund für Aischylos' Verbannung aus Athen gewesen sein.

233 Die *Eumeniden* sind der letzte Teil der *Orestie*, der einzigen erhaltenen Triologie der Antike. In Athen stritten die Autoren mit je drei Dramen und einem Satyrspiel um den Siegespreis. Lediglich das Satyrspiel der *Orestie* ist verloren.

234 Hygin hält Thoas für identisch mit dem ehemaligen König von Lemnos. Siehe Kapitel »Bei den stinkenden Lemnierinnen«, S. 181.

235 Die Phäaken wohnten auf der Insel Korfu/Korkyra.

236 Siehe Kapitel »Galateia und Polyphem«, S. 26.

237 Siehe Kapitel »Glaukos und Skylla« S. 243.

Literaturverzeichnis (Auswahl)

Angegeben werden nur die deutschen Titel der verwendeten Werke. Die Originale sind in den Oxford- und Teubner-Ausgaben zugänglich. Neben den zweisprachigen Ausgaben der Tusculum-Reihe sei auf die zweisprachigen Reclam-Texte, besonders die Ausgaben der Tragödien verwiesen. Aus der Vielzahl guter Übersetzungen bieten wir lediglich eine Auswahl. Für eine Reise nach Griechenland sollte man Pausanias im Gepäck haben.

Aischylos: Der gefesselte Prometheus. Die Schutzsuchenden. Übers. und Nachw. von W. Kraus. Stuttgart 1965. (UB. 988.)

Aischylos: Die Orestie. Übers. und Nachw. von E. Staiger. Stuttgart 1987. (UB. 508.)

Aischylos: Die Orestie. Übers. und hrsg. von K. Steinmann. Mit einem Nachwort von A. Bierl. Stuttgart 2018. (UB. 19535.)

Aischylos: Die Sieben gegen Theben. Übers., Anm. und Nachw. von H.-D. Blume. Stuttgart 2017. (UB. 19434.)

Aischylos: Die Tragödien. Übers. von E. Staiger und W. Kraus. Stuttgart 2002.

Die griechische Sagenwelt. Apollodors mythologische Bibliothek. Übers. von C. G. Moser und D. Vollbach. Leipzig ²1992. (Sammlung Dieterich. 354.)

Apollonius von Rhodos: Die Fahrt der Argonauten. Gr./Dt. Übers. und Komm. von P. Dräger. Stuttgart 2002. (UB. 18231.)

Bakchylides: Lieder und Fragmente. Hrsg. von H. Maehler. Berlin 1968. (Schriften und Quellen der Alten Welt. Hrsg. von der Sektion für Altertumswissenschaft bei der Deutschen Akademie der Wissenschaften zu Berlin.)

Catullus. Gaius Valerius: Gedichte. Übers. von V. Ebersbach. Leipzig 1981.

Euripides: Ausgewählte Tragödien. Gr./Dt. 2. Bde. Hrsg. und erl. von B. Zimmermann. München/Zürich 1996. (Sammlung Tusculum.)

Euripides: Die Bakchen. Tragödie. Übers. von O. Werner. Stuttgart 1968. (UB. 940.)

Euripides: Iphigenie bei den Taurern. Tragödie. Übers. Von J. J. C. Donner und C. Woyte. Stuttgart 1966. (UB. 737.)
Euripides: Iphigenie bei den Taurern. Übers. und hrsg. von P. Dräger. Stuttgart 2012. (UB. 18911.)
Euripides: Iphigenie in Aulis. Tragödie. Nach der Übers. von J. J. C. Donner. Stuttgart 1978. (UB. 7099.)
Euripides: Iphigenie in Aulis. Übers., Anm. und Nachw. von H.-D. Blume. Stuttgart 2014. (UB. 19223.)
Euripides: Medea. Tragödie. Gr./Dt. Übers. und hrsg. Von K. H. Eller. Stuttgart 1983. (UB. 7978.)
Euripides: Die Troerinnen. Tragödie. Gr./Dt. Übers. und hrsg. von K. Steinmann. Stuttgart 1987. (UB. 8424.)
Herodot: Historien. Gr./Dt. Hrsg. von J. Feix. Bd. 1: Bücher I–V. Bd. 2: Bücher VI–IX. München/Zürich 1995. (Sammlung Tusculum.)
Hesiod: Theogonie. Gr./Dt. Übers. und hrsg. von O. Schönberger. Stuttgart 1999. (UB. 9763.)
Hesiod: Werke und Tage. Übers. von E. Eyth. Berlin [5]1855–1921 (Langenscheidtsche Bibliothek sämtlicher griechischen und römischen Klassiker. Bd. 2.)
Hesiod: Werke und Tage. Gr./Dt. Übers. und hrsg. von O. Schönberger. Stuttgart 1996. (UB. 9445.)
Homer: Ilias. Hrsg. von Hans Rupé. München [9]1989. (Sammlung Tusculum. Hrsg. von K. Bayer, M. Fuhrmann und G. Jäger.)
Homer: Ilias. Übers., Nachw. und Reg. von R. Hampe. Stuttgart 1979. (UB. 249.)
Homer: Odyssee. Übers., Nachw. und Reg. von R. Hampe. Stuttgart 1979. (UB. 280.)
Die Homerischen Götterhymnen. Verdeutscht von Th. von Scheffer. Leipzig [o. J.]. (Sammlung Dietrich. 97.) [Fälschlich Homer zugeschrieben.]
Musaeus: Hero und Leander. Übers. von Stolberg. Leipzig 1852. (Bibliothek der griechischen und römischen Klassiker. 2.)
Nonnos: Dionysiaka. In: Nonnos: Werke in zwei Bänden. Aus dem Griech. übertr. von D. Ebener. Berlin/Weimar 1985. (Bibliothek der Antike, Griechische Reihe. Hrsg. von J. Werner und W. Hofmann.)
Orpheus: Altgriechische Mysteriengesänge. Übers. von J. O. Plassmann. Jena 1928. [Sonst als »Orphische Hymnen« bekannt.]

Publius Ovidius Naso: Metamorphosen. Übers. von E. Rösch. München [12]1990. (Sammlung Tusculum. Hrsg. von K. Bayer, M. Fuhrmann und G. Jäger.)

Ovid: Metamorphosen. Epos in 15 Büchern. Übers. und hrsg. von H. Breitenbach. Stuttgart 1971. (UB. 356.)

Pausanias: Beschreibung Griechenlands. Ein Reise- und Kulturführer aus der Antike. Ausgew., übers. aus dem Griech. und Nachw. von Jacques Laager. Zürich 1998.

Pindar: Pindars Dichtungen. Übers. von F. Dornseiff. Leipzig [2]1965.

Plautus: Amphitruo. Übers. von W. Hofmann. Leipzig 1971.

Plutarch: Theseus. Übers. von J. F. S. Kaltwasser. Hrsg. von O. Güthling. Leipzig [o. J.].

Quintus von Smyrna: Die Fortsetzung der Ilias. Übers. von J. J. C. Donner. Berlin [5]1855–1921. (Langenscheidtsche Bibliothek sämtlicher griechischen und römischen Klassiker. 2.)

Sophokles' Dramen. Gr./Dt. Hrsg. und übers. von W. Willige. München/Zürich 1995. (Sammlung Tusculum.)

Sophokles: Aias. Tragödie. Gr./Dt. Übers. und hrsg. von R. Rauthe. Stuttgart 1990. (UB. 677.)

Sophokles: Antigone. Tragödie. Gr./Dt. Übers. und hrsg. von N. Zink. Stuttgart 1981. (UB. 7682.)

Sophokles: Antigone. Übers., Anm. und Nachw. von K. Steinmann. Stuttgart 2013. (UB. 19075.)

Sophokles: König Ödipus. Tragödie. Übers. und Nachw. von K. Steinmann. Stuttgart 1989. (UB. 630.)

Vergil: Georgica. Vom Landbau. Lat./Dt. Übers. und hrsg. von O. Schönberger. Stuttgart 1994. (UB. 638.)

Sekundärliteratur

Die klassische Antike ist Gegenstand so vieler Veröffentlichungen, dass wir hier nur die Standardwerke anführen.

Grundlegend sind »Der neue Pauly« (in der Tradition von »Pauly's Realencyclopädie«), und eine Taschenbuchausgabe »Der kleine Pauly«.

Der neue Pauly. Enzyklopädie der Antike. Hrsg. von H. Cancik und H. Schneider. Bd. 1–12. Stuttgart/Weimar 1996–2002.
Der neue Pauly. Bd. 13–16: Rezeptions- und Wissenschaftsgeschichte. In Verb. mit H. Cancik und H. Schneider hrsg. von M. Landfester. Stuttgart/Weimar 1999–2003.
Der kleine Pauly. Lexikon der Antike. Hrsg. von K. Ziegler und W. Sontheimer. Bd. 1–5. Müchen 1979.

Der Einführung und dem schnellen Überblick dienen:

Tripp, Edward: Reclams Lexikon der antiken Mythologie. Übers. von R. Rauthe. Stuttgart 1999.
Reclams Lexikon der Antike. Hrsg. von M. C. Howatson. Stuttgart [6]1999.

Bengtson, Hermann: Griechische Geschichte. München 1994.
Burkert, Walter: Griechische Religion der archaischen und klassischen Epoche. In: Die Religionen der Menschheit. Hrsg. von C. N. Schröder. Bd. 5. Stuttgart 1977.
Nilsson, Martin Persson: Geschichte der griechischen Religion. In: Handbuch der Altertumswissenschaften. Hrsg. von W. Otto. Abt. V, 2. Bd. 1. München 1941.
Otto, Walter Friedrich: Die Götter Griechenlands. Frankfurt a. M. 1987.
Roscher, Wilhelm Heinrich: Ausführliches Lexikon der Griechischen und Römischen Mythologie. Leipzig 1884–1937.
Wilamowitz-Möllendorf, Ulrich von: Der Glaube der Hellenen: Bd. 2. Unveränd. Aufl. Darmstadt 1984.